태양은
움직이지
않는다

이 도서의 국립중앙도서관 출판예정도서목록(CIP)은 서지정보유통지원시스템
홈페이지(http://seoji.nl.go.kr)와 국가자료공동목록시스템(http://www.nl.go.kr/kolisnet)에서
이용하실 수 있습니다. (CIP제어번호: CIP2020019105)

태양은 움직이지 않는다

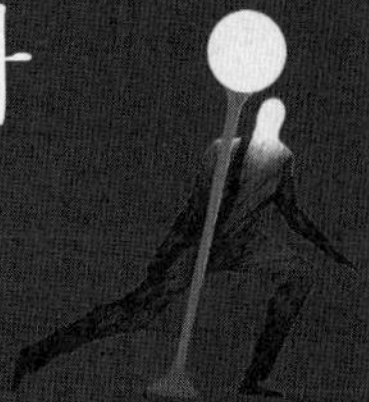

요시다 슈이치 장편소설

서혜영 옮김

은행나무

차례

등장인물

다카노 가즈히코	AN 통신 정보부 정보원
다오카 료이치	AN 통신 정보부 정보원, 다카노의 부하
아오키 유	AN 통신 상하이 지국의 문화 담당 기자
가자마 다케시	AN 통신 정보부 부장, 다카노의 상사
기타조노 후미코	가자마의 집에서 일하는 가정부
AYAKO	수수께끼의 미녀
데이비드 김	다카노의 경쟁자
앤디 황	홍콩 트러스트 은행 대표
앨런 화이트	대학 교수, 스탠리 정보 컨설팅 고문
지미 오하라	중국의 국영 종합 에너지 거대기업 CNOX 사원
장하오	중국에서 기예단을 운영, 암흑사회의 소식통
장위	기예단 단원, 로프를 사용한 곡예가 특기
샤마르	위구르 반정부 과격파 조직의 수령. 무장 투쟁파
이전펑	아시아 전역에서 인기를 모으고 있는 중국 가수
궈젠	중국 공산당의 젊은 정치가

주손지 노부타카	전 자민당 국회의원으로 정계의 중진
이가라시 다쿠	민주당 국회의원, 시즈오카 현 출신 초선의원
단덴 고스케	이가라시의 제1비서, 대학 후배
마쓰노 가오리	이가라시의 고교 여자 동창, 이가라시와 내연관계
히로쓰 가즈요시	시즈오카 현 고텐바시에서 정밀기기 제조공장 경영
히로쓰 리쿠	가즈요시의 아들, 기계를 만지작거리는 일이 특기

오타베 겐조	교토 대학 교수, 마이크로파 연구의 일인자
오타베 가즈코	겐조의 아내
오타베 나나	겐조와 가즈코의 외동딸
가와카미 미쓰타로	일본의 거대 전력회사 MET의 이사
가와카미 아사코	미쓰타로의 아내

프롤로그—GNN 구상

1982년에 방송법이 개정되면서 영리사업에도 출자할 수 있게 된 NHK는 3년 후인 1985년, NHK 엔터프라이즈라는 상호로 제작 전문 자회사를 설립했다. 오노 요시쿠니가 쓴 책《진심으로 거대 미디어를 바꾸려 했던 남자》및 인터넷에 여기저기 흩어져 있는 정보에 따르면, 그 무렵 NHK는 교육방송 개설 등 무리한 사업 확장으로 인해 극심한 적자 상태에 빠져 있었다. 그래서 수신료에 의존하는 기존의 경영 방식으로는 가망이 없다고 본 NHK는 프로그램 판권 수입과 민영방송에서 방영되는 프로그램의 외주 제작 도입 등으로 적자 체질을 해소하고자 했다.

1989년에 회장 자리에 앉자마자 조직 개혁 프로젝트에 착수한 시마 게이지는 "NHK는 주파수를 지나치게 많이 갖고 있다."고 공언, 교육방송과 라디오 제2방송을 없애겠다고 했다. 그리고 적당한 시기에 NHK를 24시간 뉴스 전문 채널인 '제1NHK'와 오락·스포츠를 중심으로 하는 '제2NHK'로 분리하고, '제2NHK'는 최종적으로 민영화하겠다는 방침을 세웠다.

"지금 중요한 것은 일본뿐만이 아니라 아시아의 모든 정보를 우리의 손에 그러모아 미국이나 유럽을 향해 발신하는 것, 그리고 그 기반이 될 아시아 네트워크를 설립하는 것입니다. 지구는 자전하고 있으니까 아시아의 정보는 NHK가, 유럽의 뉴스는 유럽의 방송국이, 미국의 뉴스는 미국의 방송국이 모아서 매일 각각 여덟 시간씩 분담하는 겁니다. 그렇게 하면 '24시간 월드 뉴스'가 완성됩니다. 우리는 이것을 'GNN 계획'이라고 이름 붙였으며, 현재 파트너를 찾고 있는 중입니다. CNN의 미스터 터너를 흉보려는 건 아니지만, 그것은 뉴스를 통하여 미국의 가치관을 전 세계에 강요하는 시스템이라고 볼 수 있습니다. 그것보다는 아시아의 문제는 아시아의 방송국이, 미국, 유럽과 관련된 문제는 해당 지역의 방송국이 대등한 파트너가 되어 저마다의 소재를 내놓고 24시간 월드 뉴스를 만드는 것이 더 멋진 일이 아니겠습니까. CNN이 독주하는 것보다는 좀 더 다양한 뉴스 네트워크가 있는 게 좋지 않겠습니까."

1990년 12월 시마 게이지는 일본외국특파원협회에서 이렇게 연설했다.

이때 시마는 미국 ABC 사장인 룬 알레지와는 이미 GNN 구상의 실현 방도에 대한 검토에 착수하기로 거의 합의한 상태였고 이후 영국 BBC 회장, EBU(유럽방송연합) 회장 등에게도 GNN 구상을 설명하여 그중 의욕을 보이지 않은 BBC는 제외하고 EBU의 유로뉴스와 손을 잡게 되었다.

다음 해인 1991년, 시마는 GNN 구상을 정식으로 발표하고 뉴스 교환 시스템 구축을 위한 위성 로켓을 미국 제너럴 일렉트릭사에 의뢰했다. 이때 시마는 국산 위성을 선택해야 한다는 자민당의 족의원(族議員, 특정 이익단체 등과 인맥을 맺고 그와 관련된 분야에서 권력을 행사하는 국회의원을 이르는 말—옮긴이)들과 우정성(郵政省)의 목소리를 무시하고 비용이 싸다는 이유만으로 외국제를 선택했다. 그런데 이것이 그 후 '시마 역풍'의 발단이 되었다. 같은 해 NASA가 아틀라스에서 쏘아 올린 BS-3H가 궤도를 벗어나고 말았는데, 이것은 방송위성 발사상 두 번째 실패였다. NHK의 방송위성 발사가 연속해서 실패한 것이 계기가 되어 '시마 역풍'이 본격화했다.

국회의 체신위원회에 불려 나간 시마는 "로켓 발사 실패 당시, 시마 회장은 무엇을 하고 있었습니까?"라는 질의에 "제너럴 일렉트릭사의 본사에서 모니터를 보고 있었다."라고 답변했다. 그러나 위원장은 시마가 그 시간에 로스앤젤레스의 호텔에서 모 여성과 함께 있었다는 내부 정보를 이미 얻어 놓은 상태였다. 내부 정보의 출처는 아직껏 밝혀지지 않았으나 NHK 안팎의 '반(反)시마 그룹'이 슬쩍 흘린 거라는 소문이 돌았다.

체신위원회에서의 답변 후 〈아사히 신문〉이 조간 사회면 머리기사로 「NHK 시마 회장의 국회 답변 의문. 동 위원회는 국회 경시라며 시마 회장을 질타」라는 제목의 특종을 게재했다. 다른 신문들 역시 일제히 그날 석간에서 동일한 기조의 기사를 쏟아 냈다. 며칠 후 〈도쿄 스포츠〉가 「NHK 시마 회장, 정부(情婦)와 해외 출장」이라고 기사를 싣자 〈주간 신초〉, 〈주간 분슌〉, 〈주간 아사히〉 등 여러 잡지에서 '정부 의혹'을 실어 날랐다.

국회에서의 허위 답변과 여자 문제에 더하여, 차츰 경비 유용 의혹까지 보도되기 시작하자 국회 출석 이후 3개월이 채 지나지 않아 시마는 회장직에서 물러나게 되었다.

"이와 같은 사태는 공공방송의 중대한 위기로, 이를 초래한 책임자로서 진심으로 죄송하다는 말씀을 드리는 바이며 책임을 지고 사임하고자 합니다."

기자회견에 나선 시마는 이와 같은 말을 남기고 NHK를 떠났다.

시마의 후임으로 취임한 가와구치 미키오 회장은 "조직을 못쓰게 만든 방만 경영"이라면서 시마 노선을 전면 부정하고, 태동 중이던 GNN 구상을 백지화했다.

이 일련의 스캔들로부터 수개월이 지나 특종 기사가 한 건 나왔다. GNN 구상을 위해 설립됐던 기업 명의의 '해외 은닉 계좌'가 존재한다는 기사였다. 그러나 들어 있는 돈이 10억이네 1백억이네 하고 말이 돌았던 그 은닉 계좌에 관한 기사는 더이상 이어지지 않았고, 그 계좌의 실체는 불분명한 상태로 지금껏 봉인되어 있다.

1장

파크하얏트 사이공

비구름이 갑자기 머리 위를 덮더니 돌연 격렬한 스콜이 지면을 때리기 시작했다. 코코넛 주스 포장마차를 끌고 가던 초로의 여자가 당황하여 오래된 전화 부스로 뛰어들었다. 전화 부스 유리는 아래쪽 절반이 깨져 있어서 땅에서 튀어 오른 빗물이 샌들을 신은 여자의 발과 정강이를 적셨다. 여자가 쥐고 있던 2천 동짜리 지폐도 이미 젖었다. 여자는 그것을 주머니에 쑤셔 넣더니 지폐 냄새가 나는 손으로 이마를 닦았다. 비인지 땀인지 알 수 없는 것이 여자의 손가락 끝을 적셨다.

장소는 호찌민 시의 중심, 벤타인 시장 앞 원형 광장이었다. 스콜이 퍼붓는 원형 광장을 차와 오토바이들이 클랙슨을 빵빵대면서 물보라를 일으키며 달려갔다. 스콜이 내리자 광장을 덮고 있던 거무칙칙한 빛깔이 빗물에 씻겨 나가 주변의 경치가 깨끗해졌다.

포장마차의 여자는 정강이를 긁었다. 어디서 베인 건지 상처가 난 젖은 피부에서 피가 흘러나왔다. 상처에 침을 바르고 얼굴을 드니 원형 광장의 차와 오토바이 사이를 요령 좋게 빠져나오는 젊은 남자의 모습이 보였다. 동양인이긴 한데 중국인인지 일본인인지 한국인인지는 알 수 없었다. 10년쯤 전이라면 어찌어찌 구별할 수 있었는데 최근에는 일본인 관광객이라고 생각해서 코코넛 주스 가격을 바가지 씌울라치면 중국인이라서 거꾸로 값을 깎이고, 중국인이라고 여겨 정해진 요금대로 요구하면 이번에는 일본인이라 손해를 보기 일쑤다.

횡단보도가 없는 이 원형 광장에서는 막상 길 위로 발을 내딛기는 했으나 건너지도 돌아가지도 못한 채 우왕좌왕하는 관광객의 모습을 자주 볼 수 있다. 그러나 지금 이쪽으로 건너오는 남자는 발길이 거침없는 걸로 보아 여기 호찌민의 걸음걸이에 이미 익숙해져 있는 것 같았다.

건너온 남자가 쏟아지는 빗속에서 포장마차 앞에 멈춰 서더니 "하나 주세요." 하고 전화 부스의 여자에게 신호를 보내왔다. 전화 부스에서 나가는 게 귀찮은 여자가 고개를 옆으로 저었더니 그 사내는 목이 많이 말랐는지 2천 동짜리 지폐를 이쪽에 펼쳐 보이고 나서 포장마차에 올려놓고는 비닐봉지에 든 주스를 손에 쥐고 걷기 시작했다.

남자는 입고 있는 베트남제 하얀 셔츠가 피부에 달라붙어 말라 보였으나 셔츠 위로 튀어나온 가슴이나 배의 근육은 운동선수처럼 단단해 보였다.

'분명 어딘가의 군인이겠지.' 하고 여자는 생각했다. 그렇게 생각한 순간 어렸을 때 처음으로 본 미군 병사와 그 병사가 다리에 발라 주던 화상 약의 냄새가 떠올라 비에 젖은 몸이 한순간 부르르 떨렸다.

레로이 거리를 걸어간 남자가 사이공 병원으로 걸어 들어간 순간 갑자기 빗발이 약해지고 거리는 다시 왁자하게 소란스러워졌다. 여자는 전화 부스를 나와 보도에 내버려 뒀던 포장마차로 되돌아왔다.

그녀가 알루미늄 대에 놓인 2천 동 지폐를 확인하고 있을 무렵, 앞으로 15분 남은 퇴근 시간을 기다리며 책상 위에다 손톱을 갈고 있던 여자 접수원이 흠뻑 젖은 남자가 현관으로 들어오는 것을 보고 얼굴을 들었다. 남자는 너무 흠뻑 젖어 있어서 안으로 들어오는 것을 잠시 망설였으나 결국 어찌할 수 없다는 듯 현관을 넘어 들어와 손에 늘어뜨린 코코넛 주스 봉지를 덜렁덜렁 흔들며 다가왔다. 단정한 얼굴이었다. 친구가 좋아한다는 한류 배우와 어딘가 닮았다.

남자가 아무 말 없이 작은 메모지를 내밀었다.

Hiroyuki Majima

메모지에는 그렇게만 쓰여 있었다. 접수원은 처음에는 무슨 문장인 줄 알았다가 다시 보니 외국인의 이름인 것 같아서 바로 앞의 컴퓨터로 검색해 보았다. 내과 병동에 입원해 있는 일본인의 이름과 일치했다.

접수원은 베트남어로 "앞으로 15분이면 면회시간이 끝나는데요." 하고 말했다. 그러나 흠뻑 젖은 남자는 베트남어를 알아듣지 못하는지 아무 반응이 없었다. 영어로 말하는 것이 귀찮아서 그녀는 남자가 내민 메모지 아래에 '204'라고 병실 번호만 써 넣어 도로 내밀었다.

남자는 종이를 받아 들고 입가에 미소를 짓더니 복도를 걸어갔다. 남자가 서 있던 장소에 작은 물웅덩이가 생겼다. 접수원은 때마침 화장실에서 나온 청소부 아주머니에게 얼굴을 찌푸리면서 바닥의 물웅덩이를 가리켰다.

"미끄러져 넘어져도 여기는 병원이니까 괜찮잖아."

아주머니가 자루걸레로 바닥을 닦으면서 접수원에게 툴툴거렸다.

접수원은 컴퓨터 화면에 떠 있는 마지마 히로유키의 자료를 아무 생각 없이 바라봤다.

당뇨병 검사차 입원. 진료 입원비 지불 완료. 57세 남성. 일본인. 호찌민 시 거주. 자영업. 담당의사 구엔 환 독.

특별히 흥미로운 내용은 없었다. 접수원은 컴퓨터를 초기 화면으로 되돌리고는 다시 손톱을 다듬기 시작했다.

204호실이라면 마침 접수대 바로 위에 있는, 내과 병동에서도 가장 사용료가 비싼 개인 병실이다. 콜로니얼풍의 작은 테라스도 딸려 있고 팔을 뻗으면 안뜰의 야자 잎에도 손이 닿는다. 접수원이 손톱을 갈며 멍하니 그런저런 생각에 빠져 있을 때였다. 갑자기 머리 위에서 '빵' 하고 건조한 소리가 났다. 접수원은 청소부 아주머니와 함께 천장을 올려다봤다. 하얀 천장에는 금이 가 있었는데, 전부터 그런 상태였다. 그녀는 아주머니와 얼굴을 마주 보며 동시에 고개를 갸우뚱했다.

그때 계단 위에서 여자의 비명이 들려왔다. 로비에서 약을 기다리던 외래환자들이 일제히 벤치에서 일어섰다. 청소부 아주머니도 손에 들고 있던 자루걸레를 꽉 쥐고 고개만 뻗어 계단 쪽을 살폈다.

"뭐예요?"

저도 모르게 접수원이 물었다. 손톱 파일을 세게 쥐는 바람에 손바닥에 통증이 느껴졌다.

"경찰! 빨리! 전화!"

귀에 익은 간호사의 목소리가 위층에서 울리나 싶더니, 어느 틈엔가 계단을 내려온 간호사가 2층을 올려다보고 있던 외래환자들을 헤치며 로비로 달려왔다.

접수원은 2층에서 무슨 일이 일어났는지도 모르면서 간호사의 험악한 얼굴에 질려 수화기를 집어 들었다. 1, 1, 3, 숫자 버튼을 누르는 손가락이 심상치 않을 정도로 떨렸다. 신호음만 울릴 뿐

상대는 좀처럼 전화를 받지 않았다. '빨리, 빨리.' 마음속으로 재촉하는 가운데 "입원 환자가 총에 맞았어." "남자가 안뜰로 뛰어내려 도망쳤어." "머리를 맞았어." "벽에 피가 튀었어." 등등 단편적인 정보가 그녀의 귀로 파고들어 왔다.

겨우 전화가 연결됐다. 접수원은 이제 통증조차 안 느껴지는지 손톱 파일을 꽉 쥐고 있었다.

"저, 저, 사이공 병원에서……."

초조한 마음을 억누르고 간신히 말을 잇고 있는데 상대 여성이 말을 끊고, "네. 지금, 다른 쪽에서도 알려 왔습니다. 현재 경찰이 그쪽으로 가고 있으니까 잠시만 기다려 주십시오." 하고 마치 녹음된 안내 음성 같은 목소리로 대답했다.

"네, 네. 알겠습니다."

접수원은 수화기를 내려놓았다. 그 순간 "아!" 하고 저도 모르게 소리가 새어 나왔다.

조금 전의 남자! 아까 204호실 면회를 왔던 흠뻑 젖은 남자! 얼굴! 얼굴!

경찰이 오면 정확히 전달할 필요가 있다. 그녀는 눈을 감고서 방금 전 자신의 앞에 서 있었던 남자에 대한 기억을 머릿속에 붙잡아 둬야 한다는 생각을 하며 자기도 모르게 이를 악물었다.

빨리! 빨리 와요! 지금이라면 생각해 낼 수 있어! 일본인 남자. 나이는 서른 살 정도. 아니, 일본인인지 어쩐지는 잘 모르겠어. 어쨌거나 동양인이고, 신장은 180센티 이상이었어. 체격이 다부졌어. 하얗고 고운 피부에 머리카락은 짧고 손에 코코넛 주스 봉지를 늘어뜨리고 있었고…….

2층에는 다른 의사와 간호사들도 모여 들었다. 고함소리와 비명이 들려왔다. 방에 들것이 들어갔는지 바퀴소리가 드르륵 드르륵 기분 나쁘게 울려왔다.

접수원은 우두커니 선 채 꼼짝도 할 수 없었다. 한 발이라도 움직이면 그 즉시 천장이 갈라지고 그 사이로 피범벅이 된 남자가 떨어질 것만 같았다.

사이공 병원에서 일어난 충격 사건이 베트남 국영 텔레비전에서 톱뉴스로 흘러나오기 시작할 무렵, 사건 현장에서 1킬로미터도 채 떨어져 있지 않은 파크하얏트 사이공의 리셉션 홀에서는 음력 설날을 축하하는 성대한 연회가 막 시작되려는 참이었다.

파크하얏트 사이공은 2005년에 문을 연 프렌치 콜로니얼 스타일의 호텔로, 호찌민 시내에 남아 있는 여러 콜로니얼풍 건축물 중에서도 특히 그 위풍당당한 위용으로 유명하다.

호텔 주변에는 여전히 오래된 거리의 정경이 남아 있었다. 구식 오토바이를 부자나 모녀가 둘이서 타고 달리는 모습을 쉽게 볼 수 있는 골목길 양옆으로는 당장이라도 무너질 것 같은 건물이 늘어서 있다. 길가에 놓인 낮은 의자에 앉아서 베트남 커피를 마시는 지역민의 모습도 흔히 볼 수 있다. 하지만 이 호텔은 기본적으로 특권계층 이외의 베트남인은 '오프 리미트', 즉 출입이 금지되어 있는 곳이다. 그래서 위로 몇 개 층이 뻥 뚫린 시원한 로비와 우아한 라운지에서는 외국인의 모습밖에 볼 수 없었다. 하얀 벽과 주위에 심어져 있는 짙은 야자 잎의 대비는 이 호텔의 그러한 폐쇄성을 상징적으로 보여 주는 것 같았다.

격렬한 스콜에 의해 깨끗하게 씻긴 공기 속, 호텔의 포치에는 정장 차림의 초대 손님들이 속속 고급차를 갖다 댔다. 파티를 주최하는 측은 베트남의 거대 국유 석유회사 '페탄'이다. 미국, 러시아, 일본, 한국 자본이 참여한 합작기업이기 때문에 각국 대사 부부를 비롯하여 베트남 정부 관계자, 관련 기업 간부, 베트남의 유명 여배우 등 총 3백 명의 쟁쟁한 이름이 초대 손님 명단에 올라 있었다.

방금 호텔 포치에 댄 리무진에서 턱시도 차림의 미국 대사가 순백의 아오자이 스타일 드레스를 몸에 두른 부인과 함께 내렸다. 대사가 부인을 에스코트해서 연회장으로 걸어가는 모습은 마치 아카데미상 시상식의 한 장면 같았다.

당당한 발걸음으로 시원하게 트인 입구의 홀을 빠져나가 연회장으로 향하는 대사 부부를 라운지에서 한 남자가 바라보고 있었다. 그랜드피아노 그늘에 몸을 숨기듯 앉아 있는 그 남자는 턱시도가 잘 어울렸다. 그 남자가 라운지에 들어왔을 때 조금 떨어진 자리에 있던 일본 여자 관광객들 사이에서 "혹시 한류 스타 아니야?" 하는 소리가 새어 나왔다. 여자들이 그가 한국인이라고 판단한 것은 바로 조금 전까지 남자가 한국말로 전화를 하고 있었기 때문이다.

미국 대사 부부가 연회장으로 들어가자 남자도 자리에서 일어나 안내 데스크 쪽으로 가는가 싶더니 불현듯 발길을 멈추고 테이블로 돌아가 글라스에 남아 있던 샴페인을 쭉 들이켰다. 그 모습을 바라보는 일본인 여성들 사이에서 작은 한숨이 새어 나왔다.

샴페인을 다 마시고 자리에서 일어선 이 남자는 통명 데이비드 김이라는 한국인으로, 겉으로는 한국계 통신기기 회사의 로스앤젤레스 지사에 근무하는 회사원이지만 실은 대한민국 국가정보원과 매우 깊은 관계를 갖고 있는 인물이었다.

데이비드 김이 미국 대사 부부를 쫓아 연회장으로 모습을 감추자 라운지의 카운터석에서 그의 움직임을 훔쳐보고 있던 다카노 가즈히코는 글라스에 남아 있던 얼음 띄운 진을 입 속에 털어 넣고 김의 뒤를 쫓았다.

다카노는 안내 데스크에서 사인을 하고 거대한 샹들리에가 늘어진 연회장으로 발을 들여놓았다. 식순에 쓰여 있는 대로 일본의 저명한 여성 바이올리니스트가 연회장의 구석에서 연주를 시작했고 연회장 안을 가득 메운 정장 차림의 초대 손님들은 서로 뒤섞여 베트남어, 영어, 프랑스어 등 다양한 언어로 환담을 나눴다.

미국 대사 부부는 중앙에 놓인 얼음 조각 앞에서 다수의 사람들에게 둘러싸여 있었다. 낮고 무거운 대사의 말소리와 대사 부인의 화사한 웃음소리만으로도 그들은 이미 파티의 주역이 되었다.

연회장의 구석에는 어색한 턱시도 차림의 남자들이 무리 지어 모여 있었다. 그들은 페탄 그룹에 자본을 제공하고 있는 일본 회사 '닛키'의 사원들로 연회장의 분위기에 압도된 것이 분명했으나, 바이올린의 음색에 넋을 잃은 듯한 표정을 짓는 것으로써 그 불편한 심정을 감추려 하고 있었다.

다카노는 데이비드 김이 어디에 서 있는지 둘러보았으나 그는 어디에도 보이지 않았다. 안쪽으로 나아가려는 다카노의 어깨를 누군가 등 뒤에서 강하게 붙잡았다. 돌아본 다카노의 앞에 그가 찾던 김이 서 있었다.

"내가…… 널 좋아하지 않는다고 전에도 말했지?"

김이 얼굴에 차가운 웃음을 올리며 영어로 말했다. 다카노는 친근한 몸짓으로 어깨에 놓인 손을 치우고 말했다. "나를 좋아하지는 않더라도, 내가 좋아하는 건 너도 좋아할 거라고 생각했는데 말이야."

김은 다카노의 말을 잠시 무표정하게 음미하더니 "글쎄, 어떨까." 하고 고개를 갸우뚱하며 걸음을 옮기기 시작했다. 다카노도 그 뒤를 따랐다. 어느 베트남인 부인이 열대 식물원에서나 맡을 수 있는 향취를 뿌리며 지나갔다.

"사이공 병원의 일이라면 난 아무것도 몰라."

연회장 중앙에 있는 미국 대사 부부 곁으로 다가가면서 김이 중얼거렸다.

"네가 모른다고 하는 건 알고 있다는 얘기겠지." 하고 다카노가 웃었다.

멈춰 선 김이 돌아보며, "한 번 더 말하지. 난 네가 싫어." 하고 씨익 웃었다.

다카노는 김의 말을 무시하고 얼음 조각 뒤에 서 있는 남자 쪽을 턱으로 가리켰다.

"저기, '홍콩 트러스트 은행'의 앤디 황이지?"

시선을 돌린 김이 "그래." 하고 고개를 끄덕이면서 그 옆에 서 있는 여자를 보며 말했다.

"누구야, 저 여자?"

검은색 구찌 원숄더 드레스를 입은 동양인 여자가 트레이드마크인 듯한 노란 나비넥타이를 맨 앤디 황과 백인 남자의 대화를 지루한 표정으로 듣고 있었다.

"여배우나 뭐 그런 거 아닐까?"

다카노의 말에 "글쎄." 하고 김이 고개를 갸우뚱했다.

그때 한 백인 남자가 두 사람의 시야를 불쑥 가로막으며 김에게 악수를 청해 왔다.

"데이비드 아닌가. 호찌민에는 무슨 일로?"

남자에게 손을 내밀면서 "화이트 씨야말로 이런 곳에 어쩐 일로?" 하고 김이 되물었다.

"휴가차 가족과 아시아 여행을 온 거라고 해 두세. 포틀랜드에서 추위에 떨며 겨울을 나는 것보다는 이쪽이 좋잖아."

"그런 게 아니겠죠. 선생님한테 가족이 있다는 얘기는 들어 본 적이 없는데요."

"그런가? 그럼 맘 편한 '나 홀로 여행'이라고 해 두자고."

"……3월 초순인 모양이에요, 베트남 정부의 정식 발표."

김이 그렇게 말한 순간, 화이트라고 불린 미국인이 힐끗 다카노를 쳐다봤다. 다카노가 손을 내밀자 화이트가 조심스럽게 손을 마주 내밀었다.

"소개하겠습니다. 이 녀석은 다카노. 퍼스트 네임은 몰라요. 'AN 통신'의 기자입니다. 그리고 이쪽은 앨런 화이트 씨. 포틀랜드 대학에서 정치학 교수로 계신 분이야."

두 사람 사이에서 김이 귀찮다는 듯이 양쪽을 소개했다.

"아, 그, 스탠리 정보 컨설팅에서 고문을 맡고 계시는?" 하고 다카노가 물었다.

화이트는 그 질문에는 대답하지 않고 "AN 통신?" 하고 의아스러운 얼굴을 했다.

"'아시아 네트 통신'이라고, 취재한 뉴스를 인터넷으로 여기저기 보내는 회사입니다." 다카노가 대답했다.

"처음 듣는 회산데."

"나트랑의 리조트 정보 같은 걸 보내는 작은 회사니까요."

화이트는 다카노의 말을 믿지 않는 것 같았다.

그러나 'AN 통신'은 실제로 그런 일을 하는 회사였다. 적어도 외견상으로 AN 통신은 아시아 각지의 리조트나 패션 정보도 전하고 아시안 게임의 뒷이야기도 전하는, 아시아라는 키워드만 있으면 어떤 내용이라도 기사로 만들어서 인터넷으로 전하는 작은 통신사였다.

다카노와 더 이상 이야기해 봤자 이득이 없다고 생각한 건지 화이트가 데이비드 김 쪽으로 얼굴을 돌리고 "좀 전에 말한 베트남 정부의 정식 발표 건인데." 하고 얘기를 되돌리더니 또다시 힐끗 다카노를 훑어보았다. 그 모습을 본 김이 "화이트 씨, 아마도 이 녀석은 벌써 알고 있을 겁니다." 하고 포기한 듯이 쓴웃음을 지었다.

두 사람은 베트남 정부가 발표한 남중국해의 유전에 관한 얘기를 나누려는 것이었다. 3년쯤 전부터, 이미 개발이 끝난 바크호 유전, 란돈 유전, 현재 개발 중인 훈돈 유전에 이어 제4의 유전이 발견되었다는 소문이 떠돌기 시작했다. 현존하는 유전의 생산 실적과 비교하자면 새 유전은 이들 세 개를 합친 정도의 대규모일 거라는 정보도 있었다.

"여기서 'CNOX(중국해양석유)' 녀석들 봤나?"

조금 목소리를 낮춘 화이트의 질문에 김이 "아니요." 하며 고개를 흔든다.

"지난번 훈돈 유전에서도 튕겨 나간 중국이 이대로 베트남을 포기할 것 같지는 않은데 말이야."

"하지만 문제의 CNOX가 이 안건으로 움직이고 있다는 흔적은 아무데도 없어요. 다만 CNOX 녀석들 대신에, 보세요."

김이 얼음 조각 뒤에 있는 홍콩 트러스트 은행의 앤디 황을 눈짓으로 가리켰다.

"아니, 앤디 황도 이번 유전에는 관계하지 않는 모양이야." 화이트가 고개를 옆으로 흔든다.

"앤디 황도 CNOX도 관여하지 않는다면 중국은 베트남의 유전에 관심이 없다는 건가?"

"이상하지?"

"이상한 정도가 아니라 수상하네요."

"유전 이상으로 돈 벌 건수가 있다는 건가?"

"설마, 유전인데요. 그것도 자국에 가까운 거대한 유전이에요. 거기에 중국이 손을 내밀지 않을 리가 없어요."

다카노는 이야기를 계속하는 두 사람으로부터 조금 떨어졌다. 이미 다카노가 알고 있는 내용이라 더 이상 새로운 것은 없었다. 마침 다가온 웨이터의 쟁반에서 샴페인 잔을 손에 들고는 앤디 황 옆에 있는 여자에게 시선을 고정했다. 여자의 하얀 가슴 위에 빛나고 있는 건 아마도 수천만 엔은 족히 나갈 다이아로, 파티장의 조명을 한곳에 모은 듯이 반짝였다. 스타일이나 거동, 화장법 등으로 보아 대륙의 여자 같기도 하지만, 어쩌면 미국이나 유럽 태생의 홍콩인일지도 모른다.

다카노는 샴페인 잔에 입을 대면서 아무렇지도 않게 얼음 조각으로 다가갔다. 멀리서 봤을 때는 태양을 조각한 것인가 싶었는데 가까이에서 보니 베트남 동백을 깎은 것이었다. 연회장 안의 열기로 인해 이미 꽃잎 부분이 녹기 시작했다. 호텔 안의 냉방은 완벽했으나 남국의 밤이라는 환경은 어쩔 수 없다. 턱시도 안 다카노의 등판도 땀으로 젖어 있었다.

다카노는 얼음 조각에 손가락을 대 봤다. 차가움이 온몸으로 전해지면서 한순간 등의 땀이 몸속으로 들어가는 것 같았다. 손을 댄 부분의 얼음이 녹아 손끝에서 물방울이 되어 떨어졌다.

CNOX. 중국의 국영 종합 에너지 거대 기업.

다카노는 마음속으로 중얼거렸다. 김과 화이트는 별거 없다는 듯이 얘기했지만 이 시기에 CNOX의 관계자가 한 명도 호찌민에 와 있지 않은 건 확실히 심상치 않은 일이다. 당초 CNOX의 주된 개발지는 중국 국내의 보하이 해 연안이었으나 지금은 주장 강 하구 앞바다, 하이난 섬 주변 등 남중국해로 손을 뻗치고 있는 중이었다. 베트남의 란돈 등 기존의 유전과 관련해서는, 그 당시 미국 진출을 꾀하던 중이기도 해서 너무 뒤늦게 뛰어드는 바람에 참여할 기회를 놓쳤는데, 그렇다면 이번 건에는 누구보다도 먼저 나서는 게 자연스럽다.

베트남 정부로서도 중국은 유전 개발 후 석유를 사 줄 유력한 구매자인 만큼 중국과 손잡고 싶은 마음이 태산 같을 것이다. 그렇다면 미국 진출을 포기한 뒤 아프리카로 눈을 돌려 나이지리아나 적도 기니 등의 나라에서 큰 성공을 이룬 CNOX와 홍콩 트러스트 은행의 앤디 황이 손을 잡고, 거기에 미국이나 일본, 한국 등의 자본이 유전 개발에 함께 참여하는 형태가 베트남으로서는 가장 유리한 방법이 될 터였다.

그러나 CNOX와 앤디 황, 그 양자의 얼굴이 전혀 보이질 않았다.

최근 일본과 중국 당국이 동중국해 시라카바 가스전의 공동개발 협약을 체결하기 위해 교섭하기로 했는데, CNOX 간부가 독단적으로 "이미 생산 단계에 있다."고 언급하는 바람에 중국 정부가 당황하여 교섭을 취소하는 해프닝이 있었다. 그 이후로 일개 기업인 CNOX와 중국 정부 사이에 엇박자가 나는 일이 늘어나게 되었다. 중국과 사업을 추진할 때 중앙정부의 움직임만 보면 되던 시대는 끝났다.

기업이 정부와 엇박자를 놓는 경향은 CNOX만이 아니라 다른 중국 대기업 그룹(특히 연안부의)에서도 현저하게 나타났다. 간단히 말해 이것은 중국의 기업이 사리사욕을 향해 달리기 시작하여 중앙정부의 규율을 지키지 않게 되었다는 증거인데, 중국 기업들에 흘러들어 가는 미국, 일본 등지의 자금은 그러한 경향을 더욱 촉진시키고 있었다.

어쨌든 CNOX는 이번 남중국해 베트남 유전 개발 건에 모습을 보이지 않고 있다. 그렇다면 CNOX는 지금 동중국해에 전력을 쏟아붓고 있으며 드디어 본격적으로 생산을 시작할 단계에 이르렀다는 것인가. 한편 앤디 황이 이 유전 건에 손을 내밀지 않은 건 또 뭔가? 유전보다 더 매력적인 건수가 있다는 얘긴가.

손끝을 계속 얼음에 대고 있었더니 감각이 없어졌다. 다카노가 얼굴을 드니 얼음 조각 너머로 검은 드레스의 그 여자가 가만히 서서 다카노의 손끝을 보고 있었다.

"일본 분?"

여자가 먼저 유창한 일본어로 말을 걸어왔다. 다카노는 "네." 하고 고개를 끄덕였다.

"이 얼음 조각이 샴페인으로 만들어졌으면 좋았을 텐데, 그런 생각 안 해요?"

쿠프 글라스(운두가 넓고 바닥이 얕은 잔—옮긴이)의 샴페인을 흔들며 여자가 당돌하게 말을 걸어왔다.

"샴페인, 좋아하시나요?" 하고 다카노가 물었다.

"샴페인을 싫어하는 여자 본 적 있어요?"

다카노는 "아니요." 하고 말했다.

"그래요, 잘됐네요. 그렇게 여자 운이 나쁜 남잔가 하고 걱정했어요."

쭉 여자 곁에 머물던 홍콩 트러스트 은행의 앤디 황은 어느 틈에 미국 대사를 둘러싼 원 안에 들어가 떠들썩하게 웃고 있었다.

"호찌민에 살고 계신가요? 아니면 홍콩?" 다카노가 물었다.

다카노를 흉내 내어 얼음 조각에 손을 대고 있던 여자가 "당신은?" 하고 되물었다.

"도쿄에 삽니다. 아시아 각지를 돌아다니느라 나와 있는 경우가 많지만."

"그래요. 그럼 나랑 비슷하네요."

다카노는 가만히 여자를 바라봤다.

"왜 그런 눈으로 보세요?"

"아니, 일본 분이었군요."

"그게 어때서요?"

"그렇게 보이지 않았으니까."

"화장 탓 아닐까요? 일본 여자는 이런 파티에서 스모키 계열의 메이크업을 하지는 않으니까요."

여자가 집게손가락으로 자신의 눈가를 빙글빙글 가리켰다.

듣고 보니 강한 인상을 주는 메이크업이었다. 그것이 연회장 안에서 그녀의 지위를 한층 높이고 있었다.

"저기요, 아까 같이 얘기하던 사람도 일본 분?"

여자가 다카노의 등 뒤로 시선을 준다. 돌아보니 아직 화이트와 얘기하고 있는 김의 모습이 보였다.

"아니, 그는 한국인이에요." 하고 다카노는 대답했다.

"그렇군요."

"관심 있어요?"

"글쎄, 어떨까. ……어떤 사람이에요?"

"글쎄……. 뭐, 미스터 황하고는 달리 하찮은 월급쟁이인 것만은 틀림없지요."

다카노의 말을 무표정하게 듣고 있던 여자가 "그래요. 아쉽네." 하고 혀를 차는데 그 모습이 진심 같기도 하고 농담 같기도 했다.

그때 여자의 휴대전화가 울렸다. 그녀는 작은 파티 백에서 휴대전화를 꺼내면서 명함도 한 장 함께 꺼내 먼저 다카노에게 건네준 뒤 전화를 받았다. 누군가에게 부탁했던 비행기 예약이 완료된 걸 알리는 전화인 듯했으나 언제 어디로 가는 비행편인지는 알 수 없었다. 여자는 가만히 바라보고 있는 다카노에게 미소를 던지고 휴대전화를 귀에 댄 채로 연회장 입구 쪽으로 걸어갔다.

다카노의 손에 들린 명함에는 'AYAKO'라는 이름과 휴대전화 번호만 쓰여 있었다. 시선을 명함에서 연회장 입구 쪽으로 돌렸으나 이미 그녀의 모습은 사라지고 없었다. 다카노는 명함에 쓰인 번호를 기억 속에 넣어 두었다.

김을 찾으니 그는 이미 화이트와 헤어져 베트남 기업 페탄과 자본 제휴를 맺고 있는 한국 기업의 간부와 얘기를 하는 중이었다.

다카노는 김의 등 뒤로 다가가 두 사람의 대화가 끝나기를 기다린 다음 말을 걸었다. 돌아본 김이 "너한테는 무리야." 하고 당돌하게 웃었다. AYAKO와 얘기하는 모습을 보고 있었던 모양이다.

"난 슬슬 갈 거야." 하고 다카노가 말했다.

"벌써?"

"끝까지 있으면 천장에서 돈이라도 떨어지나?"

다카노의 말에 김이 코웃음 쳤다.

김의 어깨를 툭 치고 떠나려다가 다카노는 발을 멈췄다.

"아, 그래. 가끔은 여자라도 소개해 줄까? 뭐, 너 같은 놈이 여자가 아쉬울 거라고는 생각하지 않지만."

"아까 라운지에 있던 일본 여자 관광객들이라면 됐어."

"왜? 너를 한류 스타 같다고 하던데."

"일본 여자는 좋아하지만 무리 지어 있으면 모두 돌같이 딱딱해. 일본 여자는 눈앞의 남자보다는 여자끼리의 우정이 먼저라지?"

다카노는 손에 들고 있던 명함을 내밀었다.

"누구야?"

김이 명함에는 손을 대지 않고 물어 온다. 다카노는 아무 대답 없이 AYAKO의 명함을 김의 가슴 주머니에 넣었다.

"아, 참. 그 여자, 샴페인을 싫어하는 것 같았어."

"그래? 보기 드물군."

"하지만 싫은 남자를 눈앞에 두면 돌연 샴페인이 마시고 싶어지는 모양이야."

주머니에서 꺼낸 명함을 바라보는 김을 남겨 두고 다카노는 연회장을 빠져나갔다.

2장
크레이지 플레이스

파크하얏트 사이공에서 사이공 강을 향해 뻗어 있는 돈코이 거리의 어느 골목에 다카노가 근무하는 AN 통신의 호찌민 지국이 있다.

지국이라 해 봤자 골목 안에 있는 잡거빌딩 3층의 방 하나로, 구형 에어컨은 24시간 고장 나 있고, 1층에 인도 요리점이 있는 탓에 창문을 열면 늘 강한 향신료 냄새가 올라왔다.

이 호찌민 지국에는 일본인 기자와 베트남인 기자가 각각 한 명씩 상근을 했다. 둘 다 20대의 여성으로 찜통같이 더운 사무실에서 일하는 것은 이미 포기한 듯 대부분의 시간을 노트북 컴퓨터를 들고 근처 카페에 가서 지냈다. 그들이 내보내는 기사는 베트남의 야간 명소나 신진 디자이너의 컬렉션 소식 같은 것들이다.

호텔의 연회장을 나온 다카노는 턱시도 차림으로 후덥지근한 밤거리를 걸어 지국으로 돌아왔다. 오렌지색 빛을 내는 가로등 아래로 밤길을 걸으면서 일찌감치 재킷을 벗고 넥타이를 푼 채로 셔츠 자락을 가슴께에서 펄럭여 보지만 그래도 온몸에서 땀이 쏟아진다. 지국이 있는 잡거빌딩 앞에는 오늘 밤에도 바인미(베트남의 샌드위치 — 옮긴이) 포장마차가 나와 있었다. 다카노는 땀이 줄줄 흐르는 손가락을 들어 포장마차 주인에게 프랑스빵에 끼울 내용물을 가리켜 두툼한 바인미 두 개를 만들게 한 다음, 그것을 들고 3층까지 계단을 뛰어 올라갔다. 도중에 층계참에서 세 살 정도의 남자아이가 물총으로 다카노를 겨냥하고는 사정없이 쏘아 댔다. 다카노는 일부러 셔츠를 더 풀어 헤치고 최대한으로 물대포를 맞았지만 전혀 시원해지지 않았다. 도리어 미지근한 물이 땀에 섞여 배를 타고 흘러내리는 통에 더 끈적거리기만 했다. 쓰레기통이 늘어선 복도를 지나 지국의 낡은 문을 열자 상근하는 여성 둘은 이미 퇴근한 뒤였고 실내에는 가로등의 오렌지색 불빛만이 희미하게 비쳐 들고 있었다.

그때 아무도 없는 줄 알았던 어둠침침한 소파에서 다오카 료이치가 불쑥 몸을 일으켰다.

"전깃불 정도는 켜 놔." 하고 다카노가 벽의 스위치를 올렸다.

창백한 형광등이 천천히 깜빡였다. 다오카는 자고 있었는지 눌린 머리를 긁적이면서 "꺼 주세요. 그냥 있어도 더우니까." 하고 입을 삐죽 내민다.

다카노는 다오카의 말을 무시한 채 "마지마 히로유키에 대한 정보는 뭐 좀 나왔나?" 하고 물었다. 그러면서 바인미를 던져 주었는데, 다오카가 제대로 못 잡는 바람에 달걀과 햄이 삐져나와 가슴과 배 위로 흩어졌다.

"윽, 오늘 첫 끼니인데……."

손가락으로 집은 햄을 입에 던져 넣으면서 다오카가 한숨을 쉬었다.

창은 열려 있지만 방 안의 공기는 1년이나 움직이지 않은 것 같았다. 바인미를 한입 가득 물고서 "파티 어땠어요?" 하고 다오카가 느긋하게 물어 왔다.

"마지마 히로유키 관련 정보는?"

다카노가 땀으로 젖은 셔츠를 벗으며 되물었다.

"도쿄 쪽에서 마지마 히로유키의 메일 주소는 확인할 수 있었던 모양이에요. 바로 받아서 찾아봤지만 휴대전화 메일 주소라서 건질 게 별로 없는데, 다만 딱 한 통 그럴듯한 내용이 있더라고요."

다카노는 다오카의 손에서 그 메일을 복사한 종이를 받아 들었다.

2/5 상하이발 애틀랜타행 오후 6시 15분발
델타 항공 34편 동일 오전 8시 15분 도착 예정

"어디다 보냈는데?" 하고 다카노가 물었다.

"미국에 있는 마지마의 여자겠지요. 이 메일 전에도 몇 통쯤 주고받았는데 '호텔에서 가능한 한 나오지 마.'라든가, 마지마가 보낸 지시가 대부분이고 여자는 거기에 짧게 대답만 했어요."

"어째서 여자라고 보는 거지?"

"그게, '호텔 방에 매니큐어용 드라이어가 있었어.' 따위의 내용이 쓰여 있어서."

"흠, 그렇군."

"그리고 이 여자는 '가짜'예요. 아마도 마지마가 믿게 하기 위해서 준비된 여자일 겁니다."

"어떻게 알지?"

"아까 마지마인 척하고 여자에게 '괜찮아?' 하고 메일을 보내봤어요. 그랬더니 '넌 누구냐?'라고 답신이 온 거예요. 미국에서는 아직 사이공 병원 사건에 대한 보도가 전혀 없었는데 말이죠."

다오카와 얘기하는 잠깐 사이에도 다카노는 온몸에 땀이 났다.

"물이라도 끼얹을게. 잠깐 머리를 식혀야겠어."

다카노의 말에 "아, 욕실 배수구가 막혔으니까 베란다에서 하라네요."라고 다오카가 서둘러 불러 세운다.

"베란다에서?"

"아까 나도 거기서 물을 끼얹었어요."

베란다에는 다오카가 사용한 듯한 양동이가 놓여 있었다.

"그래도 비누는 지금 베트남에서 유행하는 재스민 비누인 모양이에요."

베란다에 나가니 정말 양동이 안에 비누가 들어 있었다. 여기 주재하는 여기자가 준비해 둔 모양이다.

다카노는 양동이에 물을 채우면서 주위를 둘러봤다. 가까이에 불을 켠 창은 있지만 베란다가 어두워서 보일 걱정은 없었다. 다카노는 재빨리 옷을 다 벗고는 양동이의 물을 머리에서부터 뒤집어썼다. 달아 있던 몸이 급격히 식자 열풍 같았던 호찌민의 강바람조차 기분 좋게 느껴졌다.

"마지마의 베트남 출국 예정일은?"

다카노는 다시 양동이에 물을 채우며 물었다.

"2일 오후에 상하이행 예약이 잡혀 있었어요."

마지마는 이곳 베트남에서 상하이로 가서 3박 4일간 머무른 후 5일에 애틀랜타로 향할 예정이었던 모양이다.

"그럼, 2일부터 5일 사이에 상하이 근교의 스타디움에서 무슨 경기가 있지?" 하고 물었다.

"큰 경기장인 상하이 스타디움이나 상하이 홍커우 스타디움에는 이 기간 동안 아무 일정도 잡혀 있지 않아요. 다만 상하이에서 조금 거리는 떨어져 있지만 톈진의 스타디움에서 5일 오후에 한일 축구 대항전이 있을 예정이에요."

"톈진이라……. 하지만 한일전이라면 그게 틀림없어. 상하이와 톈진 간 거리는?"

"비행기로 두 시간 좀 안 걸려요. 현재로선 상하이, 톈진 간의 비행기에 마지마로 보이는 남자의 예약은 찾을 수가 없어요."

발밑의 양동이에서 물이 흘러넘쳤다. 흘러넘친 물이 다카노의 발가락 사이로 흘러 들어왔다. 다카노는 양동이의 물을 또 머리에서부터 뒤집어썼다.

다카노가 흠뻑 젖은 채로 실내로 들어오려 하자, "우왓, 그러지 마요. 안 그래도 눅눅해 죽겠는데." 하고 다오카가 지긋지긋하다는 듯 목욕타월을 던져 준다.

다카노는 목욕타월을 허리에 둘렀다. 그러자 그때를 기다리고 있었다는 듯이 "그래, 어떻게 생각하나?" 하고 컴퓨터 화면에 나와 있던 상사 가자마 다케시의 목소리가 들렸다. 다오카가 일부러 회선을 연결한 채로 놔두어서 이쪽 대화가 모두 도쿄의 가자마에게도 들린 모양이었다.

"마지마와 CIA의 관계가 틀림없다면 아마도 마지마는 스타디움 폭파 실행범과의 최종 연락책이었겠지요. 아까 데이비드 김을 만났는데 마지마를 죽인 건 틀림없이 녀석이에요."

"그렇다면 앞으로 어떻게 될까?"

"모르겠어요. 다만 위구르 과격파가 축구 한일전이 열리는 스타디움을 폭파해서 희생자가 나온다면 한일 양국의 국민감정이 아무래도 함께 피해를 입은 중국 정부에 우호적인 방향으로 기울 겁니다. 그렇게 되면……."

"신장위구르의 '신위안 석유'가 중국 정부를 무시하고 일본의 '고와', 한국의 '남성' 그룹과 직접 제휴하려는 일도 어려워지는 건가? 뭐, 중국 정부가 일본이나 한국과 연계한 지방 재벌의 폭주를 미국의 손을 빌려서라도 필사적으로 막으려 하는 거라고 생각하면, 그리 신기하지도 않은 얘기겠지. 그런데 위구르의 신위안 석유와 그 두 회사 사이의 제휴가 중도 결렬된다면 그 뒤엔 어디가 떠오르지?"

"이번 마지마 건에 데이비드 김이 관련되어 있다고 한다면 '사운데 그룹'이겠죠."

"사운데도 같은 한국 기업이지?"

"네, 하지만 본체는 손을 내밀지 않을 거예요. 1년 전에 미국의 '굿윌'과 새 회사를 설립했어요."

"그럼 일본은? 튕겨 나가는 건가?"

"아니요, 닛키가 나설걸요. 역시 본체가 아니라 대만과 합작한 회사 쪽이."

컴퓨터 화면에 가자마가 신음하는 모습이 비치고 있었다. 컴퓨터 옆에는 다오카가 흘려 쓴 듯한 메모가 놓여 있다. 자기 나름대로 정리한 모양이었다.

위구르 신위안 석유+고와(일)+남성(한)→제휴 예정

중국 중앙정부+CIA?→제휴 저지

↓

스타디움 폭파→의뢰→위구르 과격파

폭파 성공의 경우→위구르족의 실태 폭로→한일여론 악화→위구르 신위안 석유를 비난→'고와+남성' 제휴를 단념→위구르 신위안 석유 고립→중국 중앙정부 주도로→닛키(일)+사운데 그룹(한)과 제휴?

"……마지마란 녀석이 사라졌으니 이제 계획은 어떻게 되는 거지?"

컴퓨터 화면 속에서 계속 고개를 숙이고 있던 가자마가 드디어 얼굴을 들었다.

"글쎄요. 반반이겠죠. 이미 폭파 준비는 다 되어 있을 테고 마지마를 대신할 놈이라면 얼마든지 찾을 수 있어요. 원래 마지마는 이 단계에서 사라질 예정이었겠죠. 미국에서 기다리고 있는 마지마의 여자도 하나의 장치였을 테고. 다만 조심스러워진 일부 부대가 폭파 계획에서 빠지고 당초의 60~70퍼센트 정도 규모로 실행되지 않을까요."

"중국 정부는 저지하지 않을 작정인가?"

"일단 방조하겠지요. 사실상 미국과 짜고 이 계획을 세운 장본인이라고도 할 수 있을 테니까."

다시 가자마가 신음했다. 다카노는 테이블에 놓여 있던 바인미를 깨물었다. 입 안에 돼지비계의 맛이 퍼졌다.

"여기가 승부처인가? 위구르의 신위안 석유와 제휴를 추진하고 있는 일본의 고와와 한국의 남성한테 이 정도에서 정보를 팔아넘길까?"

가자마의 질문에 다카노는 바인미를 어금니로 깨물면서 "아니요, 아직 일러요." 하고 대답했다. "지금 정보를 넘겨 봤자 고와나 남성이 대항할 수단은 아무것도 없을 테니까요. 그보다 내일이라도 얼른 중국으로 날아가서 마지마가 연결되어 있던 위구르의 과격파 조직 주변을 알아보겠습니다. 그들은 아마도 이 계획이 중국 정부를 이롭게 하는 것임을 모르고 있을 테고, 그렇다면 가능성은 낮지만 조건에 따라서는 그들이 테러를 포기하고 고와와 남성을 돕는 쪽으로 돌아설 수 있을지도 모르니까요. 그때 양자를 대면시키는 형태로 고와와 남성 측에 금액 교섭을 하는 쪽이 더 비싸게 팔 수 있는 길이지요."

"위구르의 신위안 석유에 파는 건?"

"그게 가능하다면 가장 좋겠지만, 우리에 대해서나 우리가 가져가는 이 정보에 대해서나 믿게 할 만큼의 시간이 없어서요. 지금까지 우리와 위구르의 신위안 석유 사이에는 전혀 관련이 없었고 중개해 줄 사람을 찾을 시간도 없습니다. 하지만 어쨌든 신위안 석유는 중국 중앙정부에 기운 기업이 아닌 만큼, 이번 위구르의 과격파 조직과 고와, 남성의 의도가 일치할 가능성은 있습니다."

"만약 자네의 계획이 실패했을 경우, 텐진 스타디움은? 못 본 체할 건가?"

화면 속의 가자마에게 표정은 없다.

"이런 장사 방법을 가르쳐 준 사람이 부장님 아닌가요?" 하고 다카노는 거꾸로 물었다.

화면 속에서 가자마가 코에서 바람 빠지는 소리를 냈다.

회선을 끊으려는 가자마에게 "아, 남중국해의 신유전과 관련해서 CNOX와 앤디 황의 동향에 대해 뭐 들어온 건 없습니까?" 하고 다카노가 물었다.

"CNOX에서 그쪽으로 아무도 안 왔다면서?"

"네, 이상해요. 좀 조사해 주지 않으시겠어요? CNOX와 앤디 황이 베트남의 유전을 그렇게 쉽게 포기할 거라고는 생각되지 않아서."

회선을 끊자 다오카가 지긋지긋하다는 얼굴로 다카노를 올려다본다.

"혹시…… 위구르에 가는 겁니까?"

"아니, 내일은 일단 상하이로 날아갈 거야."

"내일요?"

"불만 있어?"

"있어요. 호찌민에 온 지 아직 열 시간도 채 지나지 않았어요. 잠시라도……."

"불평 그만하고 얼른얼른 준비해."

다카노의 명령에 다오카가 뿌루퉁한 표정을 노골적으로 얼굴에 떠올리며 컴퓨터를 쳐다봤다.

"상하이에 간다고 뭔 수가 생기나요? 위구르의 과격파 조직과 접촉하려는 거죠?"

"상하이에 한 명 있어. 위구르 과격파와 연결해 줄 만한 사람이."

다카노는 소파에서 다오카를 일으켜 세우고는 벌렁 드러누워 "잠깐 잘 테니까 전깃불 좀 꺼 줘." 하고 명령했다.

컴퓨터를 끌어안고 이동한 다오카가 불을 껐다.

"여권과 신분증은 지금 사용하고 있는 놈을 가져갈 거죠?"

"그래."

다카노는 눈을 감고 그 위에 팔을 올려놓았다. 호찌민으로 날아오는 기내에서 위구르의 신위안 석유 관련 자료를 읽느라 잠을 한잠도 못 잤다. 감은 눈이 저릿저릿 저려 왔다. 서른 시간 만에 처음으로 눈을 감는 것 같다.

"아침 6시 20분 출발로 예약 완료."

1초 뒤면 잠들어 버릴 것 같았는데 컴퓨터 뚜껑이 닫히는 소리와 함께 다오카의 목소리가 들렸다. 다카노는 "응." 하고 짧게 대답했다.

"그 밖에 또 시킬 거 있어요?"

"아니."

"그럼, 전 놀러 나가겠습니다. 선배랑 달라서 아직 젊거든요. 이런 남국의 밤에는 나가서 춤을 춰야죠."

방을 나가는 다오카의 목소리가 들린다. 다카노는 눈을 감은 채로 불러 세웠다.

"하나 더."

"뭡니까?"

"AYAKO라는 여자에 대해서 조사해 봐. 급한 건 아니야. 좀 전에 연회장에서 만난 여잔데 홍콩 트러스트 은행의 앤디 황하고 같이 있었어."

다카노는 그녀의 명함에 쓰여 있던 휴대전화 번호를 알려 줬다.

"……그것뿐이에요?"

관련된 정보가 더 있을 거라고 생각하여 기다리고 있었는지 다오카가 기가 막힌 말투로 물었다.

"연회장에서 찍어 온 여자 얼굴 사진이 휴대전화에 들어 있어."

"급한 건 아니죠?"

다카노는 "응." 하고 대답했지만 너무나도 졸려 목소리도 나오지 않았다. 방을 나간 다오카의 발소리가 서서히 멀어져 갔다.

잡거빌딩의 계단을 뛰어 내려간 것만으로도 목덜미에 땀이 흘렀다. 오렌지색 가로등 아래에 선 다오카는 손목시계로 시간을 확인하고 빈 닭장과 오래된 계량기가 매달려 있는 골목길을 나섰다. 나온 순간 오토바이를 탄 남자가 다가왔다. 모른 척하고 걷기 시작한 다오카의 옆에 오토바이가 딱 달라붙어서 쫓아왔다. 처음에는 무슨 말을 하는지 알 수 없었지만, 남자는 "걸(girl), 걸."이라고 말하는 것 같았다. 하도 끈질기게 나오는 바람에 다오카는 발을 멈췄다. 남자가 엉덩이 쪽 주머니에 찔러 뒀던 낡은 노트를 내밀었다.

"차이니즈? 재패니즈?"

남자의 질문에 다오카는 대답하지 않았다. 남자가 내민 노트에는 각국의 남자들이 쓴 추천 글이 적혀 있는 것 같았다. 다오카는 노트를 빼앗아 들고는 우선 일본어로 적힌 글을 읽었다.

"여자는 호텔로 데리고 가도 OK. 업소의 방이 더럽기 때문에 그쪽을 권함. 바가지 쓸 걱정은 일단 없음. 단, 끈질기게 팁을 요구함. 나랑 잔 아이는 중상 정도. 나이 20대 중반. 그럭저럭 안심할 만함. 그럼 좋은 여행의 추억을! (^^)"

그 밖에도 비슷한 글들이 영어, 중국어, 한국어, 스페인어로 쓰여 있다.

다오카는 오토바이의 남자를 봤다. 양손에 독수리 문신을 새기고 노란 이에 담배를 끼우고 있는 이 남자가 이렇게 여러 나라의 말을 할 수 있을 리가 없다. 아마도 실제로 가게에 데리고 간 남자들에게 써 달라고 한 모양이었다.

다오카는 노트를 돌려주고는 다시 걷기 시작했다. 오토바이의 남자도 바로 쫓아와서 "걸, 걸." 하고 반복했다. 다오카는 멈춰 서서 "여자는 필요 없어. 그보다 춤출 곳은 없나?" 하고 간단한 영어로 물었다. 고개를 갸우뚱거리는 남자에게 팁을 내밀고 "크레이지 플레이스" 하고 덧붙였다.

남자는 팁을 받아 들고 "크레이지 플레이스" 하고 반쯤 웃으며 다오카의 말을 반복하더니 오토바이 뒤에 타라는 듯이 턱으로 가리켰다. 다오카는 순순히 오토바이에 걸터앉았다.

오토바이가 좁은 골목을 달려갔다. 한순간 호텔이 늘어선 환한 대로로 나서나 싶더니 바로 다시 어두운 골목으로 들어갔다. 덥고 습한 밤바람이 얼굴에 와 닿았다. 남자의 몸에서는 땀 냄새가 났고 구형 오토바이의 뒷좌석은 불편했다.

5분쯤 달린 뒤에 오토바이가 멈춰 섰다. 창고 거리 같았는데 사람 그림자는커녕 가로등도 없었다. 바로 가까이에 강이 있는 것 같기는 했으나 다오카가 내린 곳에서는 보이지 않았다. 오토바이의 남자가 눈앞에 있는 창고를 가리켰다. 어두컴컴한 끄트머리에 시선을 고정하니 문 틈새로부터 희미하게 새어 나오는 불빛 속에 남자 두 명이 서 있었다. 다오카는 불빛 쪽으로 걸어갔다. 등 뒤에서 가볍게 오토바이 엔진 소리를 낸 남자가 "신넨콰이러(新年快樂)" 하고 중국어로 외치고 사라져 갔다.

두 남자가 서 있는 문 앞으로 다가가자, 소리가 아니라 땅에서부터 진동이 전달되어 왔다. 두 남자는 정장을 입고 있었다. 가까이 다가온 다오카를 한번 훑어보더니 문을 열어 줬다. 안에서부터 새어 나온 빛에 다오카는 눈을 가늘게 떴다. 동시에 내장을 움켜쥐는 것 같은 중저음의 음악이 들려왔다. 빛에 익숙해지자 지하로 길게 뻗어 있는 긴 통로가 눈에 들어왔다. 발이 닿는 부분에만 조명이 되어 있어서 출렁다리처럼 보이기도 했다. 서서히 음량이 높아지자 다오카의 발걸음도 빨라졌다.

지하는 남국에 있을 법한, 빨강과 노랑 불빛이 빙글빙글 도는 장소가 아니었다. 플래시 같은 하얀 섬광만이 번쩍이고 비트가 강한 음악 속에서 남자와 여자들이 분방하게 몸을 흔들고 있었다.

"빙고."

저도 모르게 신이 난 다오카는 재빨리 주머니에 숨겨 놓았던 알약을 혀 위에 올리고 그 상태로 혼잡한 바의 카운터로 사람을 헤치며 다가가 주문한 진을 목 안으로 흘려 넣었다. 카운터에 팔꿈치를 대고 두 잔째 술을 기다리고 있는 사이에 허리 아래가 리듬에 맞춰 움찔움찔 움직이기 시작했다.

손님은 70퍼센트 정도가 서양인이고 나머지는 베트남인, 혹은 다른 동양인들이었다. 춤추고 있는 남자들은 거의 대부분이 상반신을 벗고 있고 개중에는 유방을 드러낸 여자들도 있었다.

다오카는 두 번째 잔을 단숨에 비우고는 군중들에게 몸을 맡긴 채 이리저리 밀리면서 플로어 중앙으로 헤엄치듯 나아갔다. 실제로 이대로 비벼지는 상태로 있노라면 사정을 할 것만 같은 성적인 흥분이 느껴졌다. 다오카는 천장을 향해 크게 소리를 질렀다. 다오카가 아무리 외쳐 대도 그 소리는 바로 옆에 있는 사람에게조차 들리지 않았다. 이대로 숨이 다하여 바닥에 가라앉은 자신의 몸이 여자들의, 남자들의 발에 밟히는 모습이 떠올랐다. 배, 가슴, 얼굴, 넓적다리를 사정없이 누군가가 짓밟았다.

다오카는 땀투성이가 된 티셔츠를 벗어 버렸다. 바닥에 떨어진 티셔츠가 방금 상상한 자신의 몸처럼 사람들의 발에 밟혀 눈 깜짝할 사이에 어디론가 사라졌다. 아까부터 여태껏 춤추고 있는 여자의 액세서리가 가슴 근육 아래쪽을 찔러 왔다. 다오카는 일부러 여자에게 몸을 부딪쳤다. 부딪칠 때마다 통증이 더해지고 와락 땀이 쏟아졌다.

다오카는 한 달째 계속 입고 있는 청바지 주머니에 손을 쑤셔 넣었다. 완전히 발기된 상태였다. 손가락 끝에 알약이 닿았다.

지국으로만 돌아갈 수 있으면 그다음은 다카노가 어떻게든 해 줄 거다. 설령 의식불명으로 돌아가도 다카노라면 분명 등에 떠메어서라도 상하이까지 데려갈 것이다.

다오카는 주머니에서 알약을 꺼내 또 혀 위에 올려놨다. 옆에서 춤추고 있는 여자가 가만히 그 혀를 바라보았다. 다오카는 혀를 앞으로 쑥 내밀어 보였다. 입가에서 침이 흐른다. 여자는 다오카의 혀를 향해 자신의 혀를 뻗어 왔다. 여자의 혀가 뜨겁다. 다오카는 자신의 혀를 여자의 입 속으로 집어넣었다.

여자와 어울려 춤을 추다가 정신을 차려 보니 다오카는 맨 안쪽에 놓인 소파 가장자리까지 밀려가 있었다. 최근 며칠 잠이 부족하기도 해서 다리가 후들거렸다. 다오카는 소파에 쓰러졌다. 조금 전 정제를 입에서 입으로 건네준 여자도 함께 쓰러졌는지 훤히 드러난 넓적다리가 다오카의 얼굴 아래에서 버둥대고 있었다. 다오카는 그 넓적다리를 눌렀다. 고양이같이 뒤집힌 여자가 조금 비린 숨을 내쉬면서 얼굴을 가까이 댄다. 다오카는 여자의 티셔츠 안으로 손을 집어넣고 유방을 움켜쥐었다.

"나가요." 하고 여자가 귓가에서 고함쳤다.

검은 머리의 동양인 같았으나 기분 나쁠 정도로 파란 눈이었다.

"한 명 더." 하고 다오카도 영어로 맞받아 소리쳤다.

"어느 쪽?" 여자가 얼굴을 더 가까이 갖다 댄다.

다오카는 주위를 둘러봤다. 마침 건너편 소파에서 거무스름한 피부의 남자가 이쪽을 바라보고 있다. 동양인으로도 보이지만 눈가에 이국적인 인상이 서려 있었다. 다오카는 가만히 그 남자의 눈을 봤다. 점멸하는 불빛 속, 남자의 손이 자신의 사타구니에 놓여 있다. 다오카도 마찬가지로 자신의 사타구니를 문질러 보였다. 신호를 주고받는 두 남자를 바라보고 있던 여자가 다오카의 무릎 위에 걸터앉은 채 괴성을 질렀다. 남자가 "밖으로 나가지." 하고 출구 쪽으로 시선을 돌렸다.

다오카는 자세를 유지한 채 여자를 안아 올렸다. 땀범벅인 여자의 넓적다리 사이에서 손이 미끄러진다. 여자를 끌어안고 걷기 시작한 다오카의 등 뒤에서 남자가 덮쳐 왔다. 그 무게로 다오카는 바닥에 주저앉았다. 무너진 다오카와 여자 위에 남자가 덮쳤다. 세 사람이 동시에 버둥댔다. 이제 누가 누구의 팔을 잡고 누가 누구의 발을 차는지도 알 수 없었다. 바닥은 흘러넘친 술로 끈적끈적했다. 껌과 더러운 종이 냅킨과 땅콩이 여기저기 흩어져 있었다. 누군가가 내뱉은 흰 거품이 하얀 섬광 속에서 번쩍번쩍 빛났다.

창문에 설치된 에어컨의 진동으로 창유리가 덜컥덜컥 소리를 냈다. 에어컨에서 찬 공기가 쉴 새 없이 흘러 나왔다. 동시에 열어젖힌 창문으로는 뜨거운 밤바람이 불어왔다. 두 종류의 바람이 뒤섞여서 침대 위에 겹쳐져 있는 세 명의 피부에는 뜨거운 혀와 얼음의 감촉이 동시에 덮쳐 왔다.

벌거벗은 다오카의 몸은 땀으로 푹 젖어 있었다. 아직 멈추지 않는 땀이 이마와 옆구리를 타고 내려 젖은 침대 시트로 떨어졌다. 다오카의 배 위에는 축 늘어진 여자가 역시 벌거벗은 채 올라와 있고, 서로의 호흡을 따라 움직이는 배 사이에서 때때로 땀이 질척이는 소리가 났다. 다오카의 옆에는 또 한 사람의 남자가 고양이처럼 작게 코를 골며 자고 있었다. 팔과 팔이 서로 닿아 있는 건 아니지만 가만히 있으면 남자의 체온이 다오카의 팔까지 전해져 왔다.

두 시간쯤 전에 클럽을 나온 다오카 일행 셋이 남자의 오토바이에 올라타고 달려온 곳은 사이공 강가를 따라 늘어선 작은 싸구려 여관이었다. 여관 주인은 중국인인 듯 다오카 일행을 데리고 온 남자와 완벽한 베이징어로 말을 주고받았다. 방에 들어가 곧바로 침대에서 몸을 핥으면서 서로를 알렸다. 클럽에서 알게 된 남자는 중국인이고, 여자는 베트남계 미국인이었다. 여자의 몸에서는 땀과 복숭아 냄새가 났다. 남자의 몸에서는 마늘과 민트 냄새가 났다.

여자가 다오카의 배 위로 기어 바닥에 떨어져 있는 자기 가방 안에서 담배를 꺼냈다. 땀으로 몸을 미끄러뜨려 다시 자세를 되돌린 여자가 라이터에 불을 붙였다. 그 열기가 다오카의 옆구리를 뜨겁게 했다.

"언제 일본으로 돌아가?"

여자가 물어서 다오카는 "내일." 하고 짧게 대답했다.

"일본은 경기가 좋아?"

"왜?"

"만약 경기가 좋다면 일본에 가려고."

다오카는 질문에는 대답하지 않고 여자의 손에서 라이터를 빼앗았다.

"저기. 뭐야, 이거?"

여자가 담배를 낀 손가락으로 다오카의 가슴 근육 아래에 있는 피부의 융기를 건드렸다. 담배의 열기가 가슴에 느껴진다.

"지방 덩어리인가? 뭐야, 이게?"

여자가 묻자 다오카 역시 그 피부의 융기를 만졌다.

"이건 폭파 장치."

진지한 얼굴로 그렇게 말하자 여자가 다오카의 얼굴을 놀란 눈으로 들여다본다.

"일이 실패하면 여기에 묻어 놓은 캡슐이 '빵' 하고 폭발해."

담배를 낀 여자의 손가락이 순간 피부의 융기에서 멀어졌다.

"거짓말이지?"

"정말이야."

"거짓말이야."

여자가 기분 나쁜 듯한 표정으로 가슴의 융기 부분을 바라보았다. 다오카는 참지 못하고 웃음을 터뜨렸다. 여자는 마음이 놓인 듯 다시 담배를 쥔 손가락으로 융기 부분을 만졌다.

"정말 그런 장치가 있다면 내 가슴에도 묻어 놓고 싶어. 그래서 가장 사랑하는 남자한테 그 스위치를 맡기는 거야. 내 생명은 그가 맘먹는 대로. 스릴 있는 인생이라고 생각 안 해?"

"믿을 만한 남자가 있어?"

다오카의 질문에 여자가 어이없다는 듯이 담배연기를 내뱉은 다음 "있는 것처럼 보여?" 하고 자신들이 있는 침대 위를 새삼 바라보았다.

여자의 넓적다리가 옆에 누운 남자의 사타구니에 올라가 있었고, 여자가 움직이면 그 진동으로 잠들어 있는 남자의 얼굴이 이리저리 방향을 바꾸었다.

"지금 몇 시쯤 됐지?"

다오카는 베갯머리의 디지털시계를 봤다. 파란 글자로 '12:05'라고 나와 있는데, 시간이 되돌아간 것도 아니고 그렇다고 해서 열 시간이나 이 방에 있었던 것도 아니다. 여자가 침대 아래로 팔을 뻗어 자기 손목시계를 들어 올리더니 "4시가 지났어." 하고 가르쳐 준다. 다오카는 여자를 밀치고 몸을 일으켰다.

"슬슬 갈게."

"이른 비행기?"

여자에게 고개를 끄덕이고 다오카는 침대에서 내려와 청바지를 입었다. 티셔츠는 클럽에서 벗어 던져서 없다. 창밖으로 상반신을 내밀고 숨을 들이마셨다. 기분은 나쁘지 않았다. 양동이의 찬물을 머리 위로 뒤집어쓰고 싶었다.

3장

기예단의 남자와 허머를 모는 여자

상하이 푸둥 공항의 입국 창구에는 일본인 관광객들로 긴 행렬이 만들어져 있었다. 마침 하네다발 ANA와 JAL, 두 비행기가 동시에 도착했는지 다카노와 다오카의 앞에는 《지구를 걷는 법》을 펼친 여자들이 오늘 밤엔 어디서 무얼 먹을까를 놓고 재잘거리고 있었다.

다카노는 주머니에서 여권을 꺼냈다. 얼굴 사진은 다카노 자신의 것이지만 익숙하지 않은 이름과 생년월일이 쓰여 있었다. 팔락팔락 넘기니 홍콩, 하와이 등 입국 기록이 몇 개쯤 보이는데 중국은 이번이 처음인 것으로 되어 있다. 일 관계로 세계를 돌아다니는 남자는 아닌 듯했다. 다시 여권을 주머니로 쑤셔 넣자 뒤에서서 벌써 컴퓨터를 들여다보던 다오카가 "말씀하신 AYAKO란 여자 말인데요." 하고 말을 걸어왔다.

"뭔가 알아냈나?"

"가르쳐 주신 휴대전화 번호는 강력한 안티바이러스 소프트웨어가 깔려 있어서 지금 갖고 있는 시스템으로는 아무 데이터도 끌어낼 수가 없어요. 다만 다카노 씨가 찍은 여자의 사진을 도쿄로 보내 조회했더니 반년쯤 전부터 홍콩 트러스트 은행의 앤디 황과 파티 같은 데에서 함께 있는 모습이 빈번히 목격된 모양이에요."

"앤디 황의 여자라고 봐도 된다는 건가?"

"아니요. 홍콩 지국에서도 여자의 정체를 찾으려 해 봤는데, 어디에서 나타난 여자인지 알 수 없나 봐요. 예전에 앤디 황의 사촌 한 명이 우리와 거래가 있었던 모양인데, 그자의 말로는 앤디 황은 그 여자를 자기 친족 누구에게도 소개한 적이 없답니다. 예전에 대만 여배우나 러시아 모델과 약혼을 했을 때에는 비교적 이른 단계에서 소개를 했다더군요."

컴퓨터를 한 손에 들고 설명하는 다오카의 얼굴을 다카노는 뚫어져라 바라보고 있었다.

"……너, 얼굴색이 안 좋군."

"오늘 아침에 돌아왔을 때 4시 반이 넘었거든요. 하지만 비행기 안에서 푹 잤으니까 괜찮아요."

말 그대로 다오카는 옆자리에서 크게 코를 골고 침까지 흘리면서 정신없이 잤다.

다카노와 다오카는 결국 20분 가까이 기다린 뒤에야 입국심사 창구를 빠져나올 수 있었다. 두 사람은 트렁크를 받아 들고 빠른 걸음으로 출구로 향했다.

"위구르 과격파와 연결해 줄 녀석은 도대체 누굽니까?"

등 뒤에서 다오카가 작은 소리로 물어 왔다.

"기예단의 단장이야."

"기예단?"

"상하이에 극장을 갖고 있는 유명한 극단은 아니고 1년의 대부분을 지방으로 도는 작은 극단이야."

군인이 위협적인 총기를 들고 서 있는 출구를 벗어나자 마중 나온 수많은 사람들이 이름이 쓰인 플레이트를 제각각 가슴께에 들어 올리고 나오는 사람들을 살피고 있었다.

"AYAKO란 여자의 정체, 조금 더 시간이 있으면 뭔가 알아낼 수 있을 것 같나?"

인파를 가르며 다카노가 물었다.

"여자가 그 휴대전화로 누군가에게 전화하는 순간을 포착할 수 있다면 그때의 대화 정도는."

"그 상대가 데이비드 김이라도?"

"김? 그건 어려워요. 녀석의 휴대전화에 숨어드는 건 인민해방군의 기밀정보를 빼내는 일보다 어려울걸요."

건조한 공항 안에서 한 걸음 밖으로 걸어 나온 순간 더욱 건조한 대륙의 바깥 공기가 다카노와 다오카를 휩쌌다. 황사의 계절이 아니라서 파란 하늘에 하얀 구름이 떠 있었다.

"호텔은 어디지?" 하고 다카노가 물었다.

"모셔다 드리죠."

들려온 건 다오카가 아니라 여자의 목소리였다. 어느샌가 옆에 젊은 여자가 서 있었다.

"당신은?" 하고 다카노가 물었다. 다오카도 여자에 대해서는 모르는 듯 경계하는 표정을 떠올렸다.

"처음 뵙겠습니다. 상하이 지국의 아오키 유라고 합니다."

"아아, 상하이 지국의?"

다오카는 반가워하며 "마중 나온 거군." 하고 말하고는 택시 승차장의 장사진을 바라보면서 마음이 놓인다는 얼굴을 했다.

"연락을 못 받았는데." 하고 다카노는 여자를 살폈다.

"그래요? 아, 어쩌면 두 분이 비행기에 타고 있는 동안에 지시를 받은 건지도 몰라요."

아오키 유라고 이름을 밝힌 여자는 조금 난처한 얼굴을 했지만 진심으로 난처해하는 것처럼 보이지는 않았다. 길고 검은 머리는 건강해 보였고 주근깨가 있는 뺨과 화장기 없는 얼굴은 소녀같이 보였으나 곧바로 다카노의 시선을 되받아 쳐다보는 눈동자에만큼은 뭔가 형용하기 어려운 강한 기운이 있었다.

다카노가 움직이려고 하지 않자 아오키 유는 목에 늘어뜨리고 있는 AN 통신의 ID 카드를 내밀어 보였다.

"상하이, 오래됐나?" 하고 다카노가 물었다.

"이제 곧 1년이 됩니다. 어떻게 하시겠어요? 우선은 호텔에 체크인하실 거죠?"

아오키 유의 질문에 다오카가 "그래야지. 푸둥 지구의……." 하고 호텔명을 말하려 하자, "샹그릴라지요. 보고받았습니다." 하고 먼저 아오키가 대답했다.

아오키 유의 운전은 아무리 좋게 말하려 해도 안전운전이라고는 할 수 없었다. 타고 있는 차가 허머 H3이라 가만있어도 눈에 띄는 데다가 앞에 보이는 것은 모두 추월하지 않으면 안 된다는 식의 운전이라서, 그렇지 않아도 클랙슨을 많이 눌러 대는 상하이의 길거리에서 다른 어느 차보다도 더 크게 경적을 울리며 달렸다.

"이거, 아오키 씨 차?"

뒷좌석에서 손으로 천장을 짚고 있는 다오카의 질문에 "네." 하고 아오키가 또 차선을 획 변경하면서 대답했다. 차가 이동한다기보다도 앞 유리 밖의 풍경이 획 하고 움직이는 것 같다.

"이런 차를 좋아하는군?"

"이왕이면 큰 쪽이 좋지 않은가요? 타면서 기분도 좋고."

"보통 이걸로 다니면서 취재하나?"

"네."

한가로운 두 사람의 대화를 들으면서 다카노는 예의 기예단 단장에게 전화를 걸었다. 장하오가 기다렸다는 듯이 바로 전화를 받더니 굵은 목소리로 상하이 역 근처 임시거처로 쓰고 있는 아파트로 바로 오라고 했다.

"알았어."

"하지만 아직 협력할지 어떨지는 결정하지 않았어."

"위치를 자세히 말해 줘."

그렇게 말하고 다카노는 핸들을 쥔 아오키에게 휴대전화를 건넸다. 유창한 상하이어로 아오키가 정확한 위치를 물었다.

전화를 끊은 아오키에게 "알았나?" 하고 다카노가 물었다.

"위치는 알았는데요. 그 부근은 최근에 철거된 게 확실한데."

"어쨌든 그리로 가."

"지금 말입니까? 호텔에 안 들르고."

"그래."

순간 아오키가 갑자기 핸들을 꺾었다. 다카노와 다오카의 몸은 물론이고 룸 미러에 걸어 놓은 일본 신사의 부적도 찢어질 듯 흔들렸다.

"윽, 귀신도 겁나서 내리고 싶은가 봐."

다오카가 마침 그 신사 부적이 흔들리는 걸 보고 있었는지 한숨을 내쉬며 말했다.

아오키가 운전하는 폭주 차가 도착한 곳은 상하이 역 뒤 구석진 곳이었다. 역 주변에는 버스 터미널이 있고 거리에서 김을 내며 국수를 파는 가게와 버스를 기다리는 승객들의 모습이 보였다. 하지만 거기를 조금 더 지나가자 조금 전 아오키 유가 말했듯이 재개발 지구인 듯 군데군데 오래된 벽돌 벽이 남아 있으나 전체적으로는 붉고 건조한 흙으로 덮인 빈터가 눈에 들어왔다.

"여기만 남아 있네요. 여기 2층인 것 같은데."

아오키가 눈을 돌린 곳은 빈터에 오도카니 서 있는, 당장이라도 기울 것 같은 오래된 3층 건물이었다. 그래도 1층에는 이발소가 들어 있었는데, 어두컴컴한 가게 안에서 어린 남자아이가 점주의 바리캉에 의해 까까머리가 되어 가고 있는 모습이 보였다.

다카노는 건물의 모습을 확인하고 차에서 내렸다. 함께 내리려는 다오카와 아오키에게는 "먼저 호텔에 가 있어." 하고 말했다.

다오카는 바로 그러겠다고 했으나 아오키가 "저, 돌아올까요? 호텔 근처이기도 하니까." 하고 제안했다. 다카노는 필요 없다고 대답하고 차에서 내렸다. 이발소의 남자아이는 이미 반 이상 까까머리로 변해 있었다.

다카노는 바깥 계단으로 2층까지 뛰어 올라갔다. 등 뒤로 허머가 급발진하는 소리가 들렸다. 2층 바깥 복도에는 쇠로 된 격자가 끼워진 창들이 줄지어 나 있었다. 모든 창에서 몹시 강렬한 붉은색 커튼이 밖으로 삐져나와 혀처럼 날름거렸다. 그 장면을 보고 있는데 맨 앞의 알루미늄 문이 열렸다. 긴장된 몸의 젊은 남자가 얼굴을 내밀더니 안으로 들어오라고 턱짓을 했다.

방 안은 텅 비어 있었다. 조금 전까지 사람이 몇 있었는지 중앙의 테이블에 놓여 있는 몇 개의 찻잔에서는 아직 김이 나고 있었다.

"장하오는?" 하고 다카노가 물었다.

"다른 장소에 있다. 지금부터 데리고 갈 테니 여기로 들어가라."

다카노는 눈앞의 젊은 남자가 눈에 익었다. 장하오가 이끄는 기예단의 단원으로 천장에서 밑으로 늘어뜨려진 로프에 매달려 곡예를 하는 모습을 본 적이 있었다. 그를 본 것은 4~5년 전이었는데, 그때는 몸도 얼굴도 아직 완성되기 전이라 조금 전 계단 아래 이발소에서 까까머리로 변해 가던 소년 같았었다.

"많이 컸군." 하고 다카노가 말을 걸었으나 남자는 아무런 대답 없이 그저 발밑의 큰 대나무 바구니에 들어가라고 턱짓을 했다.

다카노는 대나무 바구니에 들어갔다. 닭이라도 들어 있었는지 동물 냄새가 났다. 몸을 구부릴 틈도 없이 남자가 난폭하게 뚜껑을 닫자 그와 동시에 옆에서 강한 힘이 미는 느낌이 왔다. 한순간 무중력과도 같은 상태가 되었다. 대나무 바구니는 어딘가를 미끄러져 내려가는 것 같았다. 몇 초 후에 강한 충격과 함께 움직임이 멈췄다. 대나무 틈새로 새어 들어오는 햇빛이 강해진 것으로 보아 밖으로 나왔다는 것을 알 수 있었다. 다카노는 손가락으로 밀어 틈새를 벌렸다. 바구니는 낡은 오토바이가 끌고 가는 짐칸에 실려 있었다. 곧바로 오토바이가 시동 거는 소리를 내더니 대나무 바구니를 실은 채로 달리기 시작했다. 짐받이의 스프링이 약해서 울퉁불퉁한 지면을 지날 때마다 온몸에 통증이 내달렸다.

오토바이는 5분 정도 가서 멈췄다. 틈새로 밖을 바라본 다카노는 그곳이 쑤저우 강가라는 것을 알 수 있었다.

대나무 바구니 뚜껑을 열고 밖으로 나오자 오토바이에서 내린 남자가 눈앞의 빌딩을 가리켰다. 아까와는 달리 유리를 끼운 반

듯한 빌딩으로 1층에는 영어회화 학원이, 위층은 비즈니스호텔 같은 것이 자리하고 있었다.

다카노는 남자의 뒤를 따라 엘리베이터에 올라탔다. 5층에 도착하자 남자가 "505호실이다." 하고 알려 주고 등을 밀었다. 다카노는 혼자 엘리베이터에서 내렸다. 닫히기 시작한 문을 향해 "어이, 기예단 그만두고 싶어지면 연락해. 얼마든지 다른 일을 소개하지." 하고 말을 걸었다. 처음으로 남자가 다카노의 눈을 바라봤다.

지시받은 방에 장하오가 있었다. 위협적인 체구에 칼로 내리치면 오히려 칼날이 부러져 버릴 것 같은 피부를 지닌 남자다. 침대가 하나 놓여 있을 뿐인 좁은 방이었으나 창문으로는 쑤저우 강이 내려다보였다. 다카노는 악수를 나누고 창틀에 걸터앉았다. 그리고 우선 "시간이 없어." 하고 말을 시작했다.

다카노의 말에 "엉터리 중국어는 여전하군." 하고 장하오가 웃음을 터뜨렸다.

"뜻만 통하면 되는 거 아닌가."

"자네의 중국어를 듣고 있으면 찬밥을 억지로 먹는 것 같은 기분이 들어."

"시간이 없다고." 다카노는 반복했다.

"대나무 바구니 탑승은 어땠나?"

"그 젊은 놈, 훌륭하게 컸더군."

"장위 말인가? 붙임성은 없지만 머리는 좋아."

"어디서 주웠어?"

"글쎄, 어디였더라. 시안이었나, 쿤밍 부근이었나."

장하오의 기예단은 대부분 고아들로 구성되어 있었다. 시설을 도망쳐 도시에서 구걸을 하던 아이도 있고, 유괴되어 노천에서 팔리게 될 뻔하다가 도망쳐 나온 아이도 있다고 했다.

"그래, 왜 나를 이런 곳으로 데려왔지?" 다카노가 화제를 바꿨다.

"자네와 만나지 말라는 말을 들었거든." 장하오가 태연히 말했다.

"누구한테?"

"자네의 적은 도처에 있잖나?"

"데이비드 김인가?"

"글쎄. 어쨌든 자네가 무엇을 어디까지 알고 있는지 그 녀석들한테 보고하면 나는 아무것도 하지 않고도 5만 달러를 손에 넣게 돼."

"알릴 건가?"

"알리지 않으면 얼마가 들어오지?"

장하오의 거친 질문에 다카노는 저도 모르게 쓴웃음을 지었다.

"주선해 주는 걸로 그 두 배. 이 상담(商談)이 잘 마무리되면 다섯 배를 내놓지."

"다섯 배? 25만 달러란 얘긴가?"

장하오가 마음을 진정시키려는 듯이 테이블에 놓인 낡은 가정용 주전자를 들어 유리잔에 차를 따랐다. 그는 입 안에 들어간 찻잎을 손가락으로 끄집어내어 테이블에 문질러 붙였다. 모든 것이 새로운 실내에서 그 낡은 주전자에만 옛 중국의 모습이 남아 있었다.

"보수를 교섭할 여지는?"

장하오의 질문에 다카노는 고개를 옆으로 흔들었다.

"뭐, 자네가 없다고 한다면 없는 거겠지."

"나는 손님은 속이지만 정보 제공자는 속이지 않아." 하고 다카노가 말했다.

"알았어. 믿지."

장하오가 담배에 불을 붙이기를 기다렸다가 다카노는 일의 경위를 요약해서 들려줬다.

신장위구르 자치구를 본거지로 하는 신위안 석유와 일본의 고와, 한국의 남성 3사가 위구르의 중가르 유전 공동개발을 놓고 합의 직전에 와 있다.

당초 경쟁에 참가해 놓고서 조건이 맞지 않아 신위안 석유와의 교섭을 중단했던 일본의 닛키와 한국의 사운데가 고와와 남성을 물러나게 하기 위해 위구르 반정부 과격파 조직을 교사하여 톈진 스타디움에서 축구 한일전이 한창일 때 폭파를 일으키려고 계획하고 있다. 이 일을 뒤에서 조종하고 있는 것은 중국 중앙정부와 CIA로 추정된다.

폭파가 성공하여 한국과 일본의 국내 여론이 악화되어 고와와 남성이 물러나면 궁지에 몰린 신위안 석유는 중국 중앙정부의 조정에 따라 닛키, 사운데와의 공동개발 협약을 받아들이지 않을 수 없다.

CIA와 연결되어 있을 것으로 추정되는 미국의 군수업체도 한

묷 거들고 있는 것으로 보이며 위구르의 과격파에 대한 무기 조달은 이미 끝났을 것이다.

아마도 위구르의 반정부 과격파는 이번의 폭파 작전이 완전한 한인(漢人) 지배 기업인 신위안 석유 자체를 궁지에 몰 수 있는 민족 독립투쟁의 거사라고 생각할 것이다. 하지만 설령 폭파로 이번 공동개발이 무산되더라도 이미 후임자인 한일 양국의 기업(닛키와 사운데)이 결정되어 있어서 이렇게 위험을 무릅쓰고 폭파 작전을 수행해 봤자 신위안 석유를 궁지로 모는 계획은 완전히 헛수고로 끝날 게 분명하다.

다카노의 임무는 위구르의 반정부 과격파 조직에 이런 정보를 알리고 조직의 대표를 어떻게든 설득해서 고와와 남성과의 교섭의 장으로 끌어내는 것이다.

이 자리에서 삼자의 절충을 이뤄 내면 폭파 계획을 중지시킬 수 있으며 다카노의 AN 통신은 고와와 남성으로부터 거액의 정보료를 받을 수 있다.

중간중간 영어를 섞어 가며 다카노는 침을 튀기면서 역설했다. 가만히 듣고 있던 장하오가 "그 한일전은 언제지?" 하고 덤벼들었다.

"2월 5일. 앞으로 나흘밖에 안 남았어."

장하오가 심호흡을 했다. 다카노는 다음 말을 숨죽이며 기다렸다.

"그 폭파 계획이라면 내 귀에도 들어왔어. 다만 위구르의 반정부 조직이기는 해도 중국 정부가 그 존재를 인정하는 정규 조직이 아니야. 내가 들은 바로는 이번 조직은 좀 더 취약한 어중이떠중이들의 그룹이야.”

“만날 수 있나?” 하고 다카노는 재촉했다.

“24시간만 기다릴 수 있겠나?”

“그러지.”

장하오는 더 이상 입을 열지 않았다. 다카노는 문 쪽으로 향했다. 등 뒤에서 장하오가 차를 마시는 소리가 들렸다.

다카노가 일련의 흐름을 장하오에게 설명하고 있을 무렵 다오카는 푸둥 지구 호텔 32층의 창문 밖으로 둥팡밍주(東方明珠) 탑을 바라보고 있었다. 텔레비전 영상에서 보면 참으로 악취미라 할 만한 건물인데, 이렇게 실제로 와서 보니 사람의 힘으로는 도저히 어떻게 할 수 없는 뭔가를 형상화해 놓고서 보라고 들이미는 것 같아 보는 사람으로 하여금 두려운 마음과 함께 힘이 넘치는 듯한 신기한 느낌을 갖게 만들었다.

다오카는 문득 등 뒤의 기척을 느끼고 돌아봤다. 그러나 실내에는 전혀 이상한 낌새가 없었다. 허머를 난폭하게 운전해서 여기까지 데려다 준 아오키 유는 로비 층의 라운지에서 대기하고 있었다.

아오키는 다오카를 호텔로 태우고 오면서 묘한 질문을 했다. 다카노가 자신에게 흥미를 가질 것인가 하고. 한순간 다오카는 질문의 의미를 알 수가 없어서 “부하로서? 여자로서?” 하고 물었다. 그러나 아오키는 그 질문에는 대답하지 않고 액셀을 밟았다.

"……아마 아닐걸." 다오카는 한참 뒤에야 대답했다.

"부하로서? 여자로서?" 하고 이번에는 아오키가 물어 왔다.

"어느 쪽이든."

"어떻게 알 수 있죠?"

"그 사람은 자신에게 관심이 있어 보이는 사람을 대하는 데 서툴러."

"내가 다카노 씨에게 관심이 있는 것처럼 보여요?"

다오카는 핸들을 쥐고 있는 무표정한 아오키의 얼굴을 바라봤다. 다람쥐, 그냥 다람쥐가 아닌 사나운 다람쥐 같은 눈을 하고 있었다.

아오키 같은 현지 채용 사원들은 다카노나 다오카가 어떤 일을 하고 있는지 전혀 알 수 없게 되어 있다. 아오키도 보통은 상하이의 가벼운 뉴스를 전하고 있을 터이고, 이번 다카노와 다오카의 방문에 관해서도 간단한 도움을 주라고 도쿄로부터 지시를 받은 것에 지나지 않는다. 그런 것치고는 분위기가 다르다고 다오카는 생각했다. 뭐가 어떻게 다른지는 알 수 없었으나 어쨌든 어제까지 머물렀던 호찌민 지국의 여자들하고는 달랐다.

창가를 떠난 다오카는 냉장고에서 캔 맥주를 한 개 꺼내 침대에 걸터앉아 마셨다. 며칠 동안 갈아입지 않은 속옷을 갈아입고 싶었다. 깔끔하게 목욕을 한 지도 오래되어 몸 전체가 때에 절어 있었다. 벨이 울린 것은 그때였고, 다오카는 아오키가 올라왔다고 생각했다. 계속 아오키에 대해서 생각하고 있던 중인 데다가 좀 전에 로비에서 헤어질 때 아오키가 방까지 따라오려고 했었던 탓도 있었다. 다오카는 캔 맥주를 손에 든 채 확인도 하지 않고 문을 열었다.

다음 순간 잘 닦인 가죽구두가 문 틈새로 밀고 들어오는 모습이 다오카의 시선 속에 들어왔다. 순간 안면에 스프레이가 뿌려졌다. 의식이 희미해져 가는 가운데 다오카는 바닥에 웅크리면서 쥐고 있던 휴대전화를 침대 밑으로 던졌다. 휴대전화가 바닥을 미끄러지며 어렵사리 침대 밑으로 들어갔다. 그것이 기억에 남은 마지막 광경이었다.

약속한 15분이 지나도 다오카가 내려오지 않자, 호텔 1층 라운지에서 기다리고 있던 아오키 유는 조금 걱정되기 시작했다. 아오키는 얼음만 남은 유리잔에서 물같이 밍밍해진 오렌지 주스를 다 마셔 버렸다.

또 10분이 지나자 아오키는 안 되겠다 싶어 가르쳐 준 휴대전화 번호로 전화를 걸어 봤지만 응답이 없었다. 그래서 라운지에 있는 호텔 전용 전화로 객실을 호출했지만 역시 벨만 울릴 뿐이었다. 가슴이 두근거리기 시작한 아오키는 프런트로 가서 아까 응대해 준 여직원에게 다오카의 객실 카드키를 한 장 더 받을 수 없느냐고 물어봤다. 숙박 명부를 살펴보려고 하던 직원은 아오키를 기억하고 있던 터라 아오키가 "남편하고는 따로 움직이는 일이 많아서."라고 덧붙이자 쉽사리 카드키를 건네주었다.

아오키는 32층 객실로 향했다. 엘리베이터에서 내리자 사람 그림자는 없고 텅 빈 복도만 뻗어 있었다. 다오카의 방을 찾아가 문을 두드렸지만 역시 대답이 없었다.

"다오카 씨!"

아오키는 카드키를 집어넣었다. 녹색 빛이 들어오는 것을 보고 문을 밀었다. 순간 암모니아 같은 자극적인 냄새가 코를 찔렀다. 아오키는 손으로 입과 코를 가린 채 문을 열고서 방 안쪽으로 고개를 뻗었다.

아무도 없었다.

침대도 욕실도 사용한 흔적이 없고 다오카가 가지고 왔을 트렁크도 없었다. 발에 밟혀 찌그러진 맥주 캔만이 구르고 있었다.

아오키는 아무도 없는 것을 확인하고 실내로 들어갔다. 입구에서 맡은 냄새 탓에 눈이 조금 아팠다.

아오키는 침대에 걸터앉아 실내를 둘러보면서 휴대전화로 근무처 지국에 전화를 걸었다.

"여보세요, 아오키입니다. 수고 많으십니다. 지금 두 분을 호텔에 안내해 드렸어요."

아오키의 보고에 "수고했어요. 미안. 모처럼 휴간데."라고 말하는 동료 오이카와 아쓰코의 목소리가 들려왔다.

"이제 끝났지? 오늘은 그대로 집에 가도 돼요."

"그게, 조금 더 차로 안내를 해 줬으면 하는 곳이 있다고 해서."

하고 아오키는 거짓말을 했다.

"아오키 씨 운전에 놀랐지요?"

"조금."

아오키는 빨리 전화를 끊고 싶어서 얼른 웃었다.

"난 아들 마중하러 지금 나가니까 만약 무슨 일이 있으면 휴대전화로 연락해 줘요."

"알겠어요. 수고하셨어요."

아오키는 전화를 끊고 다시 실내를 천천히 둘러봤다. "짐과 함께 사라졌다……, 그런 얘기지?" 하고 확인하듯 중얼거렸다. 그리고 문득 생각이 나서 바닥에 납작 엎드렸다. 먼지가 많은 침대 아래를 들여다보니 휴대전화가 떨어져 있었다. 아오키는 침대 아래로 팔을 뻗었다. 잡아 꺼낸 휴대전화는 본 적도 없는 기종으로 시험 삼아 화면에 손을 대도 기동조차 하지 않았다. 일반적으로 팔리는 기종이 아닌 모양이었다. 혼자 남은 그 묵직한 휴대전화가 다오카가 처한 상황을 말해 주는 것 같았다.

다카노가 호텔 로비에 나타난 것은 그로부터 한 시간 후였다. 라운지에서 기다리던 아오키가 달려 다가오자 "아직까지 있었나?" 하고 다카노가 놀란 얼굴로 말했다.

"저, 다오카 씨가 아직 내려오지 않는데요." 하고 아오키는 말했다.

"내려오질 않아?"

"네. 일단 방에 짐을 갖다 놓고 15분 후에 내려올 테니 기다리라고 했는데, 휴대전화를 걸어도 방으로 전화를 해도 받질 않아요."

다카노는 일절 표정을 바꾸지 않았으나 손가락 끝까지 긴장되는 기색이 아오키에게도 전달되어 왔다.

"알았어. 이제 가도 돼. 수고했어."

오싹할 정도로 차가운 말투였다.

"아, 네, 수고하셨습니다."

"누구한테 연락했나?"

프런트를 향해 가려던 다카노가 갑자기 발을 멈추고 물었다.

"네?"

"그러니까, 다오카와 연락이 안 된다고 누군가에게 알렸어?"

"아니요, 아무한테도."

"아, 그래. 아마 자고 있을 거야."

다카노는 이미 걷기 시작하고 있었다. 침착한 발걸음이지만 그 등에는 조바심치는 기색이 역력했다.

흠뻑 젖어 있었다. 의식은 아직 몽롱했다.

바로 가까이에 누군가가 서 있었다. 자신이 바닥에 내던져진 상태라는 것을 알 수 있었다. 함석 양동이를 내려놓는 소리가 났다. 아마도 방금 양동이 물을 뒤집어썼을 것이다. 머리와 등, 어깨 부근에서 아직 물이 흐르고 있었다. 몸 어디에도 통증은 없었으나 온몸이 에이는 듯한 추위가 느껴졌다.

다오카는 천천히 눈을 떴다. 눈썹을 적시고 있던 물방울이 눈꺼풀 안으로 스며들어 왔다. 흐려진 시야 앞에 남자의 다리가 보였다. 잘 닦인 그 가죽구두는 어디서 본 듯했다.

자신이 어떤 자세로 바닥에 팽개쳐져 있는지를 알 수가 없었다. 손가락과 발끝을 움직여 보려 했지만 마치 팔다리가 몸에서 잘려 떨어져 나간 것처럼 꼼짝도 하지 않았다. 자유로이 움직일 수 있는 건 눈꺼풀뿐이고 눈꺼풀을 움직일 때마다 물방울이 눈 안으로 들어왔다.

시야 안으로 가죽구두가 다가왔다. 구두소리를 들으니 바닥이 콘크리트인 모양이었다. 초점이 흐려질 정도로 가까이 다가온 그 발이 느닷없이 옆구리를 찼다.

"으윽."

저도 모르게 새어 나온 목소리를 신호로 몸에서 떨어져 나가 제각각 따로 놓여 있던 팔다리가 겨우 연결된 것 같이 느껴지기 시작했다. 발로 차여 한 번 몸을 뒤집자 얼굴이 천장을 향하게 된 것을 보고 자신이 지금까지 엎드려 있었다는 걸 알았다.

한 번도 본 적 없는 남자가 위에서 내려다보고 있었다.

다오카는 남자의 나이가 서른대여섯이라고 짐작했다. 키는 그다지 크지 않았다. 170센티가 될까 말까. 체격은 땅딸막하고 짧은 팔과 짧은 목. 털투성이 얼굴에 달려 있는 구멍 같은 눈은 그것만으로 이 남자가 둔감한 사나이라는 걸 알 수 있게 했다. 분명 자신의 욕망에 대해서 아무것도 이해하지 못하는 남자일 것이다. 자신이 무얼 하고 싶은지, 자신이 무얼 바라는지도 모르는 채 눈앞에 있는 것은 뭐든 손에 넣으려든다. 다만 손에 넣으려고 할 뿐 그 가치를 몰라 어찌할 바를 모른다. 누군가의 명령에 따르고 있을 때가 가장 편하다. 그러나 그것을 스스로 인정 못 하는 사디스트의 전형이다. 형편없는 상상력과 성욕이 결합되어 있다. 아마도 상대가 여자든 남자든 상관없을 것이다. 자신이 상처 입힌 상대의 아픔 같은 건 상상할 수 없고, 그래서 그 초조함이 성적인 흥분으로 전이되는 그런 녀석이다.

"……누구냐?" 다오카는 기침을 하면서 자신을 들여다보는 남자에게 물었다.

변함없이 우둔한 표정으로 내려다보고 있던 남자는 다오카가 소리를 내자 놀란 것 같기도 하고 기뻐하는 것 같기도 한 불가해한 표정을 지으며 더럽고 커다란 이를 내보였다.

"누구냐?" 하고 다오카는 한 번 더 물었다. 그 순간 남자의 발이 올라가더니 그 기세로 다오카의 배를 향해 떨어졌다. 다오카는 필사적으로 견뎠다. 소리를 내면 낼수록 남자는 더욱 그 소리를 듣고 싶어 할 것이다.

다오카는 내장이 찢기는 것 같은 통증을 견디면서 눈을 감았다. 호찌민의 클럽에서 춤추던 때의 감각을 필사적으로 떠올렸다. 남자는 계속해서 발길질을 했다. 다를 것 없다고 다오카는 이를 악물고 생각했다. 붐비는 사람들 속에서 떠밀리며 춤추는 거나 둔감한 남자에게 발로 차이는 거나, 바닥에 납작 엎드려 있는 거나 침대에서 펠라티오를 받는 거나.

그때였다. 초조해진 남자의 발이 다오카의 고환을 찼다. 골반이 깨지는 것 같은 격통이 왔다. 눈앞이 새하얘진 다오카는 입에 흰 거품을 물었다.

4장

슬픔의 가격

다음 날 정오경에 장하오로부터 연락이 왔다. 어제 오후 아오키 유에게서 다오카가 로비에 내려오지 않는다는 말을 들은 뒤로부터 이미 스무 시간이 지났다. 다오카 본인은 물론이고 다오카를 납치한 녀석들로부터도 전혀 연락이 없었다. 다오카를 납치한 거라면 닛키, 사운데 그룹, 데이비드 김 등등 떠오르는 얼굴이 여럿 있었다. 하지만 허투루 움직이면 자신들의 계획이 드러날 수도 있다. 결국 다카노는 한잠도 못 자고 호텔 객실에서 뜬눈으로 밤을 새웠다.

장하오는 용건만을 일방적으로 말하고는 바로 전화를 끊었다.

"지금부터 장위를 보내겠다. 그다음은 녀석의 지시에 따라라."

"상대와 만날 수 있다는 건가?" 하고 다카노가 물었으나 이미 전화는 끊겨 있었다. 전화가 끊기는 순간 방의 벨이 울렸다. 문 건너편에서 이쪽 소리를 듣고 있었을지도 모른다.

다카노가 문을 열자 먼지투성이 재킷을 걸친 장위가 서 있었다.

"만날 수 있나?" 하고 다카노는 물었다.

장위가 눈초리만으로 그렇다고 대답했다.

"조직의 우두머리인가?"

다카노의 질문에 "나는 몰라."라고만 대답하고 장위는 바로 엘리베이터 쪽으로 걷기 시작했다. 다카노도 침대에 던져 둔 재킷을 집어 들고 장위의 뒤를 따랐다. 엘리베이터가 올라오기를 기다리는 동안 "내 동료가 없어졌어." 하고 중얼거려 봤다. 장위는 눈썹 하나 까딱하지 않았다. 그 옆얼굴에는 동요도 없고 뭔가를 알고 있는 듯한 낌새도 없었다. 바로 그때 휴대전화가 울려 혹시나 하고 꺼내 보았으나 다오카도, 모르는 번호도 아니었다.

"먼저 내려가 있어. 바로 갈게."

마침 열린 엘리베이터 문 앞에서 다카노가 말하자, "지하 주차장에 차가 있어."라고만 대답한 장위가 엘리베이터를 탔다. 엘리베이터가 내려가는 것을 확인하고 나서 다카노는 전화를 받았다. 들려온 가자마의 목소리에, "지금 장하오에게 갈 겁니다." 하고 다카노는 말했다.

"그 위구르 과격파 조직의 누군가와 만날 수 있는 건가?"

"아직 어느 정도의 인물과 만날 수 있는지는 모르겠지만, 어쨌든 가 보겠습니다."

"시간이 없어."

"알고 있습니다. ……그리고."

다카노는 거기서 말을 끊었다.

"뭐야?" 하고 가자마가 의아해했다.

"오늘 정오의 시한 말인데요. 다오카 몫까지 제가 하겠습니다."

"왜?"

"지금, 어떤 장소에 잠복시켰습니다."

"나한테도 말할 수 없는 건가?"

"죄송합니다. 지금은 말할 수 없습니다."

"다오카는 자네 부하야. 딱 한 번이라면 자네가 대신하는 것도 용납돼. 하지만 알고 있는 대로 두 번째는 없어. 규칙대로야."

"알겠습니다."

전화를 끊고, 다카노는 지하 주차장으로 내려갔다. 장위가 운전하는 낡은 왜건이 옆으로 다가왔다.

호텔을 나온 차는 정체된 시가지를 지나 훙차오 공항 방면으로 가고 있는 것 같았다. 고가도로를 달리는 차창을 통해 양쪽에 서 있는 새로운 고층 빌딩의 모습이 눈에 들어왔다. 고층 빌딩이야 어디나 비슷한 법이지만 중화권에는 그 나름의 미의식이 있어서 어느 고층 빌딩이나 상층 부분이 화려하게 디자인되어 있다. 세계 각국의 유명 건축가들이 자신의 기발함을 경쟁하기라도 하듯이 그런 고층 빌딩을 세웠다. 기발한 디자인 때문에 유리창 닦이도 생명을 걸고 일을 해야 한다는 얘기를 다카노는 들은 적이 있었다. 전에 알고 지내던 중국인에게 들었는데, 내륙에서 돈을 벌기 위해 온 젊은이들이 작은 회사를 만들어 대기업에서는 수주하지 않는 위험한 창 닦이 일을 하는 모양이었다. 지상에서 보면 뒤집어진 것 같은 빌딩 창을 닦기 위해서 그들은 최상층의 지붕에서부터 빌딩의 벽면에 거미집같이 망을 치고 그 망에 매달려 창을 닦아 나간다. 지상 백수십 미터. 조금이라도 바람이 불면 거미집이 흔들리고 그것에 붙들린 젊은이들의 몸도 공중에 내던져진다. 젊은이들은 이곳 상하이의 한구석에서 공동생활을 한다. 해체 직전의 싼 아파트에서의 공동생활. 서로 가져온 식재료로 요리를 만들고 싼 맥주를 반주 삼는다. 상하이에서는 통하지 않는다는 그들의 고향 말로 다음 날의 작업 계획을 짜는 생활. 그래도 그들은 고향에 돌아가면 영웅이었다. 상하이에서 번 돈으로 고향에 큰 저택을 세우고 두고 온 가족들의 생활을 지탱한다.

다카노는 핸들을 쥔 장위를 봤다. 좀처럼 움직이지 않는 차량의 줄을 초조해하는 기색 없이 가만히 바라보고 있다.

"너, 가족은 있니?" 하고 다카노는 물었다.

앞만 바라보며 장위가 "없어." 하고 대답했다.

다카노가 다시 밖으로 시선을 되돌리려 하자 "아는 사이야?" 하고 장위가 룸 미러를 시선으로 가리켰다. 조수석에서는 보기 힘들었지만 몇 대 뒤에 눈에 익은 허머가 따라오고 있었다.

핸들을 쥐고 있을 아오키 유의 얼굴까지는 보이지 않았지만 어린아이같이 호기심에 찬 눈으로 뒤를 쫓고 있을 그녀의 모습은 쉽게 상상할 수 있었다.

"어딘가에서 따돌려 줘." 하고 다카노가 부탁하자 장위는 그저 고개를 끄덕였다.

"그보다……." 다카노는 화제를 바꾸어, "그 옆에 있는 화려한 차, 분명 지리 엠그랜드일 텐데, 그것도 호텔부터 쭉 함께야." 하고 알려 줬다.

장위는 이미 알고 있었던 듯 대답도 하지 않았다.

"또 어딘가에서 대나무 바구니에 들어가야 하나?" 다카노가 쓴웃음을 지었다.

"이제 그럴 필요는 없어."

"나와 만나는 게 알려져도 괜찮다는 건 장하오가 완전히 이쪽에 붙었다는 뜻인가?"

다카노의 말에 장위는 역시 아무 대답도 하지 않고 정체된 길에서 참을성 있게 핸들을 쥐고 있었다.

30분쯤 달린 뒤에 차는 고가도로에서 일반도로로 내려왔다. 내려온 순간 신호를 무시한 장위가 갑자기 액셀을 밟더니 앞에서 달리는 여러 대의 차들 사이를 지그재그로 빠져나갔다. 짐받이에 배추를 산처럼 싣고 가는 오토바이가 앞을 가로막았으나 벌레에 먹힌 잎이 이쪽 차체에 닿기 직전에 그것도 비켜 갔다.

아오키 유의 허머와 호텔에서부터 따라오고 있는 지리 엠그랜드는 신호 때문에 멈춰 선 모양이었다.

장위는 더욱 속도를 올려 넓디넓은 길을 직진했다. 같은 모양의 가늘고 긴 맨션이 줄지어 선 교외 지구에는 거리를 걷는 사람의 모습이 거의 보이지 않았다. 시내에서 사람들만 사라져 버린 것 같은 기분 나쁜 분위기였다.

차가 멈춰 선 곳은 낡은 공회당 같은 건물 앞이었다. 콘크리트가 그대로 드러난 벽에 '○○ 체육 센터'라고 빨간 글씨가 새겨져 있는데, 체육 센터의 이름은 색깔이 벗겨져 보이지 않았다. 아마도 공공시설이었을 듯싶은 그 건물은 지금은 사용되고 있는 기미가 없었다.

차에서 내려 장위를 따라 건물 안으로 들어갔다. 간이 문을 열자 바로 체육관 같은 널찍한 먼지투성이 공간이 펼쳐졌고 그 한쪽 구석에 깔린 파란 매트 위에서 아직 소녀 같은 여자아이들이 몸을 기묘한 형태로 구부리고 조용히 유연체조를 하고 있었다. 장위가 뭐라고 부르자 그중 한 소녀가 달려오더니 커다란 눈동자로 다카노를 쏘아봤다. 곧게 뻗은 하얀 목덜미가 묘하게 어른스러웠다.

장위가 "어디 있어?" 하고 묻자 소녀는 "2층 맨 안쪽 방."이라고만 대답하고 다시 유연체조를 하는 동료들에게 돌아갔다.

"언제나 이런 곳에서 연습을 하는 거야?" 하고 다카노가 물었다.

"상하이에서는 언제나 여기야."

짧게 대답한 장위가 턱으로 계단 쪽을 가리켰다.

"맨 안쪽 방이지?" 하고 다카노가 물었다. 장위는 말없이 고개를 끄덕이더니 차 있는 데로 돌아갔다.

다카노는 계단을 달려 올라가 복도를 걸어갔다. 맨 안쪽에 양쪽으로 열리는 문이 있었는데 한쪽이 열려 있었다. 문 쪽으로 다가가자 기예단의 무대에서 사용하는 용구들이 난잡하게 쌓여 있는 광경이 눈에 들어왔다. 다카노는 노크도 하지 않고 문을 지나 땀 냄새, 그리고 왠지 피 냄새도 섞여 나는 매트와 의상과 밧줄을 밟으며 안으로 들어갔다. 맨 안쪽에 문이 하나 더 있고 반투명 유리 너머로 사람의 기척이 났다. 다카노의 발소리를 알아차린 듯 안쪽에서 문이 열리며 장하오가 얼굴을 내밀었다.

용구들이 흩어져 있는 바로 앞방과는 다르게 문 너머에는 정돈된 응접실이 있었다. 커다란 창의 안쪽에 대어 놓은 나무판 틈새로 비쳐 들어오는 강한 햇살 속에서 먼지가 춤을 추고 있었다.

"들어오게."

장하오가 문을 활짝 열었다. 다카노가 안으로 한 걸음 들어갔을 때 한 여자가 창가에 서 있었다. 청초한 복장이었지만 머리에는 금실 자수가 들어간 선명한 스카프를 두르고 있었다. 아름다운 여인, 한 번도 웃은 적이 없는 것 같은 차가운 아름다움을 가진 여인이었다. 위구르 여성답게 굵고 씩씩해 보이는 눈썹 아래 색깔이 옅은 눈동자가 빛났다. 화장기가 없는데도 화사해 보이는 건 혈색이 좋은 입술 탓인 것 같았다. 20대 후반, 혹은 서른 남짓일 거라고 다카노는 생각했다.

마찬가지로 여자도 다카노를 살펴보고 있다는 것을 알 수 있었다. 다카노는 그 시선을 꿈쩍 않고 견디며 살짝 목례를 건넸다.

"이쪽이 다카노 씨."

두 사람 사이에 서 있던 장하오가 긴 침묵 뒤에 입을 열었다.

"그리고 이쪽은 샤마르 씨."

장하오의 두툼한 손바닥이 여자 쪽으로 향했다.

"사마르…… 바람?"

다카노가 베이징어로 중얼거렸다. 순간 여자의 눈가가 잠시 움직였다. "사마르는 위구르어로 바람이라는 뜻이지요?" 하고 다카노가 덧붙였다.

"위구르어를 할 줄 알아요?"

여자가 비로소 입을 열었다. 완벽한 베이징어였다.

"아니요. 어쩌다가 아는 것뿐입니다."

여자는 창가에서 움직이지 않았다. 나무판 틈새로 가늘게 새어 들어오는 햇빛이 약간은 거무스레한 여자의 뺨 위에 어리자 그 자리가 마치 칼에 베인 상처 같아 보였다.

"자, 자리에 앉지그래요? 조금 전에 고기만두를 사 오게 했어요. 아직 뜨거워요."

분위기를 바꾸려고 장하오가 소파에 털썩 앉아 테이블에 놓인 종이봉투를 찢자, 순간 진한 김과 함께 마늘의 구수한 향이 퍼졌다.

"자, 두 분도 어서 함께 드시지요. 곧 차도 대접하리다."

장하오가 솜씨 좋게 찻잔을 늘어놓고 늘 가지고 다니는 듯한 오래된 찻주전자에서 차를 따랐다.

"이 고기만두에는 무가 들어 있소. 원래는 장시 성 부근의 명물인 모양인데, 최근에는 상하이에도 파는 가게가 생겼지."

여자가 천천히 창가를 떠나 장하오 앞의 의자에 앉았다. 액세서리라도 달고 있는지 팔다리가 움직이자 찰랑찰랑하고 얇은 금

속이 서로 닿는 소리가 났다.

여자가 앉기를 기다렸다가 다카노도 장하오 옆에 걸터앉았다. 김이 나는 고기만두를 한 개 집어 입에 넣었다. 뜨거운 육즙이 입 안에서 터지자 "앗 뜨거."라는 소리가 저도 모르게 새어 나왔다. 다카노의 입에서 나온 일본어를 듣고 찻잔으로 손을 뻗으려던 샤마르의 손이 한순간 멈췄다. 다시 긴장이 차오를 것 같은 분위기를 바꾸려는 듯이 "대강의 얘기는 내가 샤마르 씨한테 해 뒀어." 하고 장하오가 말했다.

샤마르는 우선 천천히 차를 마셨다. 그러고는 "당신은 중국과 위구르의 관계에 대해서 어떻게 생각하나요?" 하고 물어 왔다.

"나한테는 관심 없는 일입니다." 하고 다카노는 즉답했다.

"관심이 없어요?"

"네."

"돈이 전부인가요? ……전형적인 일본인이군요."

"전형적인 일본인이 어떤 사람인지는 모르겠지만, 나는 일본을 대표하여 이 일을 하고 있는 게 아닙니다. 일본을 대표하는 것은 어디까지나 변변치 않은 일본 정부입니다."

"가진 자들이 그런 일에 관심이 있을 리 없지요."

다카노의 말에 샤마르는 노골적으로 혐오감을 드러냈다.

"위구르족 중에도 중국 중앙정부를 위해 일하는 사람이 있지요?" 하고 다카노는 계속 말을 이었다.

"그건 위구르족이 아니야."

샤마르의 말투가 약간 거칠어졌다.

"자, 자, 샤마르 씨, 진정해요. 이 사람을 상대로 천하 국사를 논해 봤자 아무것도 해결될 게 없어요." 하고 장하오가 당황해하며 끼어들었다. "하지만 천하 국사를 논할 수는 없다 해도 이 사람에게도 할 수 있는 일이 있어요. 나는 당신과 이 사람의 생각이 일치한다고 봤는데요."

장하오의 침착한 말투에, 몸을 앞으로 내밀듯이 기울이고 있던 샤마르도 소파에 몸을 가라앉혔다.

"신위안 석유가 어떤 회산지 다카노 씨, 당신은 아세요?"

샤마르가 조용히 말을 꺼냈다. 다카노는 작게 고개를 끄덕였다. 조금 갈라진 그녀의 목소리는 마른 대지를 소리 없이 지나가는 바람을 상상하게 했다.

"신위안 석유는 우리 땅의 자원을 자기네 맘대로 다루려 하고 있어요. 1천 명이 넘는 종업원 중 몇 퍼센트가 위구르족인지 아세요?"

샤마르의 질문에 다카노는 대답할 수 없었다.

"제로예요. 신위안 석유는 단 한 명도 우리를 고용하지 않아요."

다카노는 가만히 샤마르를 바라봤다. 눈앞에 있는 이 아름다운 여자는 그 건조한 대지에서 어떤 소녀 시절을 보냈을까 하고 상상해 보았다. 좋아하는 남자에게 안겨 본 적은 있을까. 남자의 가슴에서 울어 본 적은 있을까. 마른 피부를 뜨거운 혀로 핥아 준 이는 있을까. 위구르족의 명예를 위해 일생을 바치려고 결심했을 때 이 여자는 무엇을 버릴 각오를 했을까.

"샤마르 씨, 이번 계획을 실행해도 신위안 석유는 한일 양국의 다른 기업과 제휴하게 되어 있습니다. 당신들은 이 일과는 무관한 톈진 스타디움의 관중들만 죽이게 될 뿐, 신위안 석유에는 아무런 타격을 줄 수 없습니다."

다카노는 딱 잘라 말했다.

"그럼, 우리가 계획을 중지한다면 신위안 석유와 한패가 될 두 나라의 기업은 우리에게 뭘 해 줄 건가요?"

"그건 내가 확약할 수 없습니다. 다만 그 기업들은 당신들의 폭파 계획을 지렛대로 삼아 신위안 석유에게 상당히 불리한 조건을 받아들이게 만들 수 있을 겁니다. 그때 당신들의 의견을 반영할 수 있는 가능성은 제로가 아닐 테고요."

"우리에게 일본과 한국의 기업을 믿으라고? 우리가 지금까지 일본과 한국의 기업에게 얼마나 속아 왔는지 알아요?"

샤마르는 코웃음 쳤다.

"계획을 실행해도 아무런 득이 없습니다."

다카노는 흐름을 바꾸려고 빠르게 말했다.

"적어도 신위안 석유의 당초의 제휴 계획은 망칠 수 있어."

"그러니까 그걸 망쳐도 이미 다른……."

"그때는 또 망칠 거야."

"그런……."

다카노가 저도 모르게 한숨을 내쉬었다. 샤마르가 분연히 일어섰다. 또 몸 어딘가에서 찰랑거리는 소리가 났다.

"장 선생님, 당신이 중개하는 거라서 조금 더 내실 있는 얘기가 오갈까 기대하고 왔는데, 아쉽네요."

샤마르가 장하오에게 차갑게 말했다.

"다시 생각할 여지는 없는 건가?"

장하오의 질문에 샤마르가 고개를 조용히 옆으로 흔들었다.

"다카노 선생님 같은 사람들과 우리는 분명 다른 세계에 살고 있다고 생각해요."

장하오에게 그렇게 말한 샤마르가 이번에는 다카노를 내려다봤다.

"당신들은 뭔가의 그늘에 숨는 것으로 이익을 얻을지 몰라요. 하지만 우리는 그 뭔가의 그늘에 숨는 것은 이제는 질색입니다."

샤마르는 의연히 방을 나갔다. 그 발소리가 더 이상 들리지 않게 됐을 때 장하오가 불쑥 "계속해서 슬픔과 싸워 온 여자야." 하고 중얼거렸다.

"죄송합니다. 결국 상대방의 요구에 대한 이쪽 제안이 너무나 변변치 못했던 거라고 생각합니다."

장하오와 헤어져 체육 센터를 나온 다카노는 빠른 발걸음으로 큰길 쪽으로 향하면서 일본의 가자마에게 보고를 하고 있었다.

"상대는 어디까지 요구하는 건데?"

샤마르를 모르는 가자마의 말이 어딘가 살풍경하게 들렸다.

어디까지? 다카노는 생각해 봤다.

"일시금으로는 만족하지 못하는 건가? 신위안 석유의 상당 부분의 지분인가? 경영권까진가?"

잇단 가자마의 질문에 "아니요, 그게 아닙니다. ……그녀가 요구하고 있는 것은 위구르족의 역사라고 생각합니다." 하고 다카노는 대답했다.

수화기 건너편에서 가자마가 말문이 막히는지 "……그러니까, 우리 같은 사람이 나설 자리가 아니라는 건가?" 하고 자조 섞인 웃음을 지었다.

다카노는 통화를 하다가 옆을 지나치는 택시를 세워 급정차한 택시에 올라타서 푸둥 지구의 호텔명을 말했다. 운전사는 대답도 하지 않고 급발진했다.

"이렇게 됐으니까 고와와 남성 측에 연락을 취해 주시지 않겠습니까?" 하고 다카노가 얘기를 계속했다.

"고와와 남성에게 폭파 계획을 팔 수밖에 없나?"

"팔아 봤자 고와와 남성 둘 다 손을 쓸 방도가 없겠지만요."

"그들이 할 수 있는 일이라면, 중국 정부에게 도움을 청하든가 일본이나 한국의 매스컴에 흘려서 소란을 일으키든가……."

"요전번에도 말했지만 중국 정부는 움직이지 않을 겁니다. 묵살당할 겁니다. 양국의 매스컴에 흘리는 것도 좋은 방법이 아니지요. 실제로 계획이 실행된 뒤에 아무리 자신들은 희생자라고 말해 봤자 폭파 사건이 있을 것을 알면서도 기업 합병을 추진했다는 얘기를 들을 것이고, 그 기업 합병과 관련해서도 세상은 결코 기업 측이 청렴결백하다고는 보지 않을 테니까요."

"그럼, 나 몰라라 하면서 이 정보를 사지 않겠다는 답도 나올 수 있다는 건가?"

"아니요, 그건 아니겠죠. 피해를 입는다 해도 그 원인을 아는가 모르는가에 따라 손을 떼는 방식도 달라질 테니까요."

가자마는 "그럼, 한 시간 내로 고와의 상하이 지사장과 약속을 잡겠네." 하고 약속하고 전화를 끊었다. 아마도 오늘 밤에는 다카노가 그 지사장과 만나게 될 것이다.

휴대전화를 주머니에 넣고 나서 다카노는 뒷좌석의 창문을 열었다. 전화를 하고 있을 때에는 알아차리지 못했는데 운전사의 체취인지 벌써 며칠이나 목욕을 하지 않은 듯한 쉰내가 차 안에 가득 차 있었다. 문득 톈진 스타디움에서 몇 명이 죽을까 하는 생각이 떠올랐다.

창문으로 바람이 불어 들어온 것도 한순간, 빨간 신호에 걸려 차가 멈춰 섰다. 그 순간 배후에 뭔가 닿는 것 같더니 곧이어 강한 충격이 왔다. 한순간 공중에 뜬 몸이 앞좌석에 부딪쳤다가 다시 시트에 내동댕이쳐졌다.

운전사의 팔에 눌려 있는 듯 클랙슨이 길게 울렸다. 다카노는 통증을 참으며 뒤를 돌아봤다. 택시 뒤쪽에 낯익은 허머가 충돌해 있었다. 충격에 비해 차가 입은 손상은 그렇게까지 크지 않은 모양이었다. 뭐라고 욕설을 퍼부으면서 택시 운전사가 차에서 내렸다. 다카노도 목을 잡고서 밖으로 나왔다.

핸들을 쥐고 있는 건 아오키 유가 아니라 낯모르는 남자였고 조수석에도 역시 모르는 남자가 타고 있었다. 다카노는 안 좋은 예감이 들었다. 택시 운전사가 소리를 질러 대면서 허머로 다가갔다. 다카노는 그 자리에서 바로 골목으로 뛰어 들어갔다. 그 순간 후진했던 허머가 급하게 핸들을 꺾어 다카노를 쫓아왔다. 차에 깔릴 뻔한 택시 운전사가 당황해서 길옆으로 펄쩍 뛰어 물러나는 모습이 다카노의 시야 한구석에 들어왔다. 다카노는 좁은 골목을 달려 빠져나갔다. 거리에 놓인 쓰레기통과 자전거, 짐차를 밀어 쓰러뜨리는 파괴음이 들려왔다. 허머가 따라오고 있는 것이 분명하다. 허머는 틀림없이 아오키 유의 차였다. 그러나 그녀의 모습은 보이지 않았다.

다카노는 골목을 단숨에 통과했다. 오래된 벽돌 벽이 눈앞을 가로막았다. 고적(古蹟)인 듯한 벽돌 벽이 앞을 가로막고 좌우로 끝없이 이어졌다. 좌우 어느 쪽으로 가든 차로부터 도망칠 수는 없다. 다카노는 도움닫기를 하여 벽돌 벽에 달라붙었다. 오른손 손가락이 벽 끝을 가까스로 붙잡았으나 발을 지탱하던 벽돌이 무너지는 바람에 중심을 잃었다. 그래도 있는 힘 없는 힘 다 짜내어 손가락에 힘을 주고 몸을 끌어 올렸다. 겨우 한쪽 다리를 벽에 걸었을 때 달려온 허머가 벽을 코앞에 두고 멈춰 섰다. 이미 다카노는 벽 위에 있었다. 도망칠 수 있다고 생각한 순간 뒷좌석에서 아오키 유가 땅 위로 내던져졌다.

"어이, 기다려!"

세 명의 남자가 차에서 내렸다. 일본어였다. 다카노는 벽 위에서 움직임을 멈췄다.

"이 여자, 아무 사정도 모르는 것 같은데 당신 여자지?" 구식 양복을 입은 큰 남자가 고함쳤다. 일본인이지만 대륙에서의 생활이 오래됐다는 것을 그 풍모로 알 수 있었다.

겨우 핏기가 가신 얼굴로 땅 위에서 일어선 아오키 유가 "이거 놔." 하고 자신의 팔을 잡은 남자의 손을 떨치려고 했다.

"당신한테 잠깐 할 얘기가 있는 사람이 있어. 당신이 와 주면 이 여자한테는 아무런 해도 가하지 않을 거야. 말해 두겠는데, 이 여자가 우리를 따라온 거라고. 너무 방해가 돼서 얌전히 있게 했을 뿐이야."

덩치 큰 남자의 말을 듣고 다카노는 허머의 보닛으로 뛰어내렸다. 체중 때문에 차체가 크게 흔들렸다.

"그 여자는 이 자리에서 놔줘." 하고 다카노가 말했다.

아오키 유의 팔을 잡고 있던 남자가 바로 팔을 놓았다. 아오키가 비난하는 눈빛으로 남자를 노려보고는 붙잡혔던 손목을 문지르면서 다가왔다. 다카노는 보닛에서 내려와 "이 차로 바로 돌아가." 하고 말했다. 순간적으로 뭔가 변명을 하려고 생각했는지 아오키가 입을 삐죽거렸으나 다카노는 다시 "돌아가." 하고 말했다.

"하지만……."

"됐다니까. 저 녀석들은 빚쟁이가 보낸 거야. 내가 개인적으로 빌린 돈이야. 회사나 업무하고는 관계없어. 그러니까 아무한테도 말하지 말아 줘."

다카노의 말을 믿었는지 어쨌는지 아오키가 불만스러운 얼굴을 하면서도 차에 올라탔다. 다카노는 허머가 달려가는 것을 보고 나서 남자들의 뒤를 따라갔다.

남자들의 차로 간 곳은 푸둥 지구에 들어선 고층 오피스 빌딩의 지하 주차장이었다. 이 빌딩의 위층에는 고와의 상하이 지사가 자리하고 있다. 그렇지 않아도 다카노가 몇 시간 후에 가자마의 지시로 이번 정보를 팔기 위해 방문하려던 곳이었다.

다카노는 남자들에게 아무것도 묻지 않고 차에서 내렸다. 리더로 보이는 덩치 큰 남자와 둘이서 엘리베이터를 타고 위층으로 올라갔다. 역시 도착한 곳은 고와의 상하이 지사가 있는 층이었다. 뭐가 어떻게 되어 가는 건지 몰라서 한순간 망설이는 다카노를 덩치 큰 남자가 뒤에서 강하게 떠밀었다.

안내받아 들어간 지사장실의 커다란 유리창을 통해 1920년대에 세워진 아르데코 양식의 빌딩들이 줄지어 선 와이탄 지구가 내려다보였다. 지사장실에서는 한눈에 봐도 바느질이 잘된 양복을 입은 초로의 두 남자가 다카노를 기다리고 있었다. 무슨 일이 일어나고 있는지 다카노는 아직 파악할 수 없었다.

"불러내서 죄송합니다. 나는 고와의 상하이 지사장을 맡고 있는 아라이입니다. 그리고 이쪽은 한국의 남성 그룹 아시아 지사를 맡고 있는 박 지사장."

양쪽 다 일류기업의 중역이라기보다 베테랑 희극배우 같아 보였다. 다카노는 더욱 혼란스러웠다.

"저, 저희 회사의 가자마라는 사람으로부터 연락이 있었을 텐데요……."

다카노가 살피듯이 묻자 "네. 있었어요. 뭔가 구매를 권할 정보가 있다면서."라고 아라이 지사장이 상냥하게 대답했다. "……하지만 우리는 그 사실을 이미 알고 있었거든요."

다카노는 표정이 변하지 않도록 어금니를 깨물었다.

"데이비드 김이란 사람은 아시지요?"

이번에는 박 지사장이 영어로 물어 왔다. 그 말을 듣자 다카노의 몸에서 기분 나쁜 땀이 분출했다.

"그에게서 이미 들었다고 하면 믿으실는지."

"하지만 그는 사운데 그룹 측의 사람이……."

다카노의 말에 두 사람이 크게 웃음을 터뜨렸다.

"당신들도 우리를 위해서만 일하는 건 아니잖아요. 상황에 따라서는 사운데나 닛키 쪽에 정보를 팔 생각이었던 거죠? 데이비드 김도 마찬가지예요. 그나 당신들이나, 이를테면 동종의 업에 종사하고 있는 거 아닌가요?"

생각하라. 다카노는 마음속으로 중얼거렸다. 어떻게 된 일이지? 김은 이번에 사운데 그룹에 붙은 게 아니었나? 그러니까 폭파 계획이 다 정비되자 예정대로 더 이상 쓸모가 없어진 마지마를 입막음을 위해 베트남 병원에서 죽였다. 그다음은 눈앞에 있는 '고와+남성'과 신위안 석유와의 제휴가 무산되고, 그 대신에 사운데와 일본의 닛키가 신위안 석유와 손을 잡을 차례였다. 그런데 그 데이비드 김이 폭파 계획이 있다는 사실을 이 녀석들 '고와+남성'에 흘렸다고? 왜? 김이 사운데와의 사업에서 중간에 물러났다는 얘긴가? 원래 마지마 살해만을 의뢰받았던 김이 본래의 폭파 계획을 알아차렸다? 그래서 사운데로부터 등을 돌리고, 게다가 우리들까지 제치고 폭파 계획에 대한 정보를 이 녀석들 '고와+남성'에 흘렸다? 데이비드 김이라면 그럴 수 있다. 아니, 내가 그 입장이라면 나도 그랬을지 모른다.

"그런대로 사정은 파악한 것 같군요."

한동안 잠자코 있던 아라이 지사장이 사람을 우습게 보는 듯한 웃음을 떠올린다. "이번에는 데이비드 김이 갖고 있지 않은 으뜸패를 다카노 씨 당신이 갖고 있었어요. ……그래요, 장하오예요. 실행 그룹과 연결될 수 있는 확실한 인맥입니다."

"하지만."

저도 모르게 입을 연 다카노를 아라이 지사장이 막았다.

"네. 하지만 실패했지요? 우리는요, 실행 그룹과의 대화를 기대하고 있었어요. 그러지 않으면 난처해지거든요. 우리는 폭파 계획이 있다는 정보를 기대하고 있던 게 아닙니다."

아라이 지사장의 얼굴에서 갑자기 핏기가 사라졌다.

"그러나 위구르의 조직하고는 조금 전에 교섭이 결렬됐습니다. 저희가 할 수 있는 건 이제 없습니다." 하고 다카노는 말했다.

얼버무려 봐야 소용없다. 이번 장사는 실패다.

"아니, 아니, 그래선 곤란하다고! 우리가 이번 건에 어느 정도의 돈을 쏟아부었다고 생각합니까? 폭파됐으니 어쩔 수 없다, 그런 말로는 넘어갈 수 없는 금액인 건 알고 있죠?"

"그러니까, 이제 저희로서는……."

"아니, 좀 더 적극적으로 나서지 않으면 곤란해요!"

아라이 지사장이 침을 튀기며 말했다.

"안타깝게도 이번에는 당신들에게 기댈 수밖에 없어요. 정말로 안타깝지만 그것 말고는 방법이 없어. ……이걸 보세요."

아라이가 한 장의 사진을 내밀었다. 다카노는 사진을 집으려다 순간적으로 소리를 지를 뻔했다. 사진에 찍혀 있는 건 얼굴이 두 배로 부어오른 다오카의 모습이었다. 묶여 있는 몸에는 생생한 상처가 여러 군데 나 있었다.

"이 사진 속 남자는 다소 난폭한 방법이기는 하지만 현재 우리가 맡아 두고 있습니다. 그리고 조금 전 톈진으로 옮겨졌습니다. 그래요, 사흘 후 폭파될 장소에 말이에요."

사진을 쥔 다카노의 손이 떨렸다.

"다카노 씨, 그리 쉽게 '이젠 무리다'라는 말은 하지 말아 주세요. 당신들은 돈이 되지 않는다는 걸 알면 바로 손을 떼지요. 하지만 우리에게는 사활이 걸린 문젭니다! 우리가 어떤 심정인지 이 사진을 보면 조금은 알겠지요!"

아라이 지사장의 입에서 튄 침이 손에 든 사진에도 튀었다. 보라색으로 부어오른 다오카의 눈꺼풀이 그 침으로 부풀어 갔다.

"말해 두겠는데, 이제 당신들에게 줄 돈은 없습니다. 우습게도 이 프로젝트가 무산되는 걸 기뻐하는 내부 사람도 있어요. 그들은 이미 움직이기 시작했습니다. 나와 여기에 있는 박 지사장이 스타디움과 함께 날아가 버리는 날을 기다리고 있는 거예요. 이제 초읽기입니다. 카운트가 제로가 되면 우리는 가차 없이 추방당해요. 모든 걸 잃습니다. 우리는 필사적이에요! 당신도 필사적이어야지요! 소중한 부하가 죽어도 좋습니까! 어떻게 해서든 이 폭파를 막아야 합니다!"

다카노는 두 사람의 얼굴을 바라봤다. 둘 다 어조는 단호했지만 얼굴은 창백했다. 이 남자들이 미쳐 가고 있는 게 아닐까 하고 다카노는 생각했다. 이전에 어느 은행 지점장이 자신의 실패로 실직하게 된 걸 알았을 때, 갑자기 실성한 것처럼 그 자리에서 발을 동동 구르며 주위의 시선도 아랑곳 않고, "엄마! 엄마! 아……!" 하고 울부짖던 광경이 생생하게 다카노의 뇌리에 되살아났다.

5장

모 아니면 도

이날 도쿄에는 오후부터 눈보라가 쳤다. 마치 하늘이 가루가 되어 무너져 내리는 것처럼 쏟아지는 눈이 긴자 거리를 하얗게 덮어 버렸다. 길 가는 사람들의 두꺼운 코트 어깨에도 하얗게 눈이 쌓였다.

히가시긴자의 교차로에서 택시를 내린 데이비드 김은 검은 가죽 코트의 칼라를 세우고 빠른 발걸음으로 골목으로 뛰어 들어갔다. 수십 미터밖에 안 되는 거리였는데도 어깻죽지의 솔기와 단춧구멍까지 눈이 소복이 쌓였다. 가죽장갑을 낄 틈도 없었다. 김은 하얀 입김으로 손을 녹였다.

목적지인 초밥집은 바로 눈에 들어왔다. 초밥집의 원목 격자문이 배경으로 들어오자 눈 내리는 정경이 한결 운치 있어졌다. 오래된 일본 영화에서 이와 같은 장면을 본 적이 있는 것 같았는데 제목은 기억나지 않았다. 분명 무협영화였을 것이다.

격자문을 열자 기다랗게 놓인 중후한 느낌의 원목 카운터 안쪽 끝에 AYAKO의 모습이 보였다. 아름다운 기모노 차림이었다. 호찌민에서의 드레스가 강렬했던 탓인지 머리를 틀어 올리고 엷은 화장을 한 그녀를 보자 김은 자기도 모르게 숨을 삼켰다. 기모노에 대해서는 잘 알지 못하지만, 긴자에 내리고 있는 눈을 짜 넣은 것같이 하얀 목덜미가 인상적이었다.

기모노를 바라보는 김에게 "기모노가 신기해요?" 하고 AYAKO가 미소 지었다. 김은 눈앞의 여자가 엄숙한 일본의 신사에서 조용히 합장하고 있는 모습을 상상해 보았다. 문득 지금 쌓이고 있는 눈도 이 여자가 내리게 한 건 아닐까 하고 생각했다.

가게 안은 조금 썰렁했다. 원목 카운터에서 편백나무 향기가 났다. 여기에 사람 체온 정도의 온기를 머금은 초밥이 나온다면 분명 이곳은 완벽한 초밥집이다.

다른 손님은 없었다. 김은 그녀의 옆에 앉았다. 머리를 푸르게 다 밀어 버린 다이쇼(일본의 식당에서는 주방장을 겸한 식당 주인을 다이쇼라고 부른다—옮긴이)가 뜨거운 물수건을 건넸다.

호찌민의 호텔에서 AN 통신의 다카노로부터 AYAKO의 명함을 받은 다음 날, 김은 그녀에게 전화를 걸었다. AYAKO는 마치 전화가 걸려 온 게 당연하다는 듯한 목소리로, "지금 도쿄로 가요. 괜찮다면 내일 밤에 도쿄에서 식사라도 하지 않을래요?" 하고 초대해 왔다.

도쿄에 갈 예정은 없었으나 김은 "그러죠."라고 가볍게 응답했다. 지금 초대를 거절하면 앞으로 평생 못 만날 거라고 생각하게 만드는 초대 방법이었다.

"그럼, 내일 도쿄에서 가장 맛있는 초밥을 먹기로 해요."

AYAKO는 이렇게만 말하고 전화를 딱 끊었다. 그리고 도쿄에서 가장 맛있는 초밥집의 장소와 만날 시간을 그녀가 알려 온 건 지금으로부터 두 시간 전의 일이었다.

광어 지느러미살로 시작하여 단새우, 그리고 전복의 간을 먹을 때쯤, 두 사람은 이미 고쿠류의 다이긴조(고쿠류는 일본의 주조회사, 다이긴조는 쌀과 쌀누룩, 양조 알코올을 사용하여 정미율 50퍼센트 이하로 만드는 일본의 청주이다—옮긴이)를 한 홉씩 비우고 있었다. 바지락 조림, 보리새우, 붕장어, 오마산(産) 참치 등, 다이쇼가 묵묵히 만들어 내놓는 초밥은 김의 직감대로 사람 체온 정도의 온기를 머금고 있었다. 두 사람은 다이쇼에게서 생선회의 산지(産地)에 대해 듣고 초밥과 니혼슈(일본의 청주—옮긴이)의 맛을 즐길 뿐 서로 간에는 거의 말을 나누지 않았다. 컷글라스에 담긴 니혼슈를 핥는 AYAKO의 옆얼굴은 우아했고 초밥을 집는 그 손가락은 몹시 외설스러웠다. 이를테면 일본 여자가 초밥을 집고 있을 때, 한국 여자가 뜨거운 찌개를 은수저로 맛보고 있을 때, 인도 여자가 카레를 젓고 있을 때, 혹은 이탈리아 여자가 파스타를 입으로 가져갈 때나 프랑스 여자가 트뤼프 초콜릿을 한입 가득 물고 있을 때, 김은 불가항력의 욕정을 느꼈다. 우아한 겉모습 아래에 깊이 숨겨져 있는 욕망, 짐승같이 뭔가를 먹는 그 진짜 모습이 우아한 겉

모습과 대비될 때 '더 탐욕스럽게 먹어라! 더 천해져라!' 하고 속으로 외치며 말할 수 없는 흥분을 느끼고 마는 것이었다.

"호찌민에서의 일은 정리됐어요?"

계속 일본어로 말하던 AYAKO가 갑자기 영어로 입을 연 것은 뜨거운 녹차가 나왔을 때였다.

"그래, 끝났어." 김은 짧게 대답했다.

"끝났다? 포기했다는 건가?"

AYAKO가 의미심장한 웃음을 떠올렸다.

"……사이공 병원에서 있었던 사건, 당신이죠?"

김은 카운터 너머에 서 있는 다이쇼에게로 눈길을 줬다.

"괜찮아요. 안심해도 돼요. 일본은 굉장히 신기한 나라예요. 정치가와 정부 고관으로부터 정보가 새어 나오는 일은 있어도, 긴자의 초밥집에서는 결코 그런 일이 없어요. 물론 일류 초밥집의 얘기지만."

다이쇼가 영어를 알아듣는지 어떤지 김은 알 수 없었다. 아까부터 이쪽 얘기를 듣고 있으면서도 얼굴색 하나 바뀌지 않는다.

"이런 촌스러운 질문은 하고 싶지 않지만 당신, 뭐지?" 하고 김은 솔직히 물었다.

"안심해요. 난 당신의 일에 전혀 관심 없으니까."

"내가 어떤 일을 하고 있는지 안다는 말투군."

"물론 자세히는 몰라요. 알고 싶지도 않고."

"그럼, 왜 나한테 다가온 거지?"

김의 성급한 말에 "있잖아요, 잠깐. 조금 앞서 가는 거 아니에요?" 하고 AYAKO가 웃음을 터뜨렸다.

"미안." 하고 김은 사과했다.

여자에게서 주의를 듣자 김은 겸연쩍었다. 평소라면 이런 일은 없었다. 여자와 함께 있을 때에 리드하는 것은 항상 자신이었다. 그러나 AYAKO와 함께 있으니 왠지 자신이 뒤를 쫓아가는 처지가 되었다.

"나에 대해 무엇을 알면 안심하겠어요?"

바보 취급 하는 것 같은 그런 말을 듣자 김은 쓴웃음을 지었다.

"글쎄. 당신이 무엇을 알고 있는지 그것을 알면 평소의 나로 돌아올 수 있을 텐데."

"뭐야, 그런 거예요?"

"맞아, 그런 거야."

"그럼, 말하지요. 톈진에서 무슨 일인가가 벌어질 거라는 건 알고 있어요. 하지만 그게 무슨 일인지는 몰라요. 아마도 신위안 석유와 한일의 공동개발에 관한 일이라는 것밖에는. 당신은 처음엔 뭔가가 일어나기를 바라는 쪽에 붙었어요. 그래서 사이공 병원에서 일을 벌였죠. 하지만 그러고 나서 그게 어떤 일인지 알아차렸죠. 거기서 당신은 등을 돌려 적 쪽에 붙으려 했어요. 뭔가가 일어나는 것을 바라지 않는 쪽에. 하지만 그 이상은 개입할 수 없었어요. 이번에는 당신에게 안타깝게도 그 일에 필요한 인맥이 없었으니까요. 뒤를 이은 건 AN 통신의 다카노? 그에게는 당신이 갖고 있지 않은 실행범과의 연락책이 있던가? 지금쯤 그는 상하이나 톈진에서 분투하고 있다. 뭐, 그 정도?"

그녀는 거기까지 단숨에 말하고 조금 지친 듯이 숨을 쉬고는 "다만, 그건 나로서는 전혀 관심 없는 일이지만." 하고 미소 지었다.

김은 조금 식은 녹차를 마셨다. 입 안이 산뜻해졌다. 어느샌가 다이쇼는 안으로 들어갔고 가게 안에는 정적이 흘렀다. 밖에서 내리고 있는 눈의 기척만이 있을 뿐이다.

"그럼 당신은 무엇에 관심이 있지?" 하고 김은 침묵을 깼다.

"당신은?" AYAKO가 바로 되물었다.

"눈 오는 밤에 기모노 입은 여자와 함께 지낸 적이 없어." 하고 김은 말했다.

"기모노를 벗기는 방법은 알아요?"

"아니, 몰라."

"당신한테 좋은 걸 가르쳐 줄까요? 후학을 위해."

AYAKO가 그렇게 말하고 아름다운 소매를 펼쳐 보였다. 옅은 보라색의 학이 희미하게 수놓여 있었다.

"……기모노의 소매는요, 입구가 넓어요. 여기에 손을 넣으면 그 끝에서 무엇에 닿을 거라고 생각해요?"

김은 상상 속에서 소매 입구로 슬쩍 팔을 넣어 봤다. 손끝이 기모노에 눌려 있는 젖가슴에 닿았다. 안으로 팔을 더 집어넣어 젖가슴을 움켜쥐었다. 그 움직임으로 빳빳하던 옷깃 언저리가 단정치 못하게 축 늘어졌다.

"저기요, 나하고 함께할 생각 없어요?"

김의 시선을 무표정하게 받아들이고 있던 AYAKO가 불쑥 그렇게 말했다.

"얘기에 따라 다르지……. 이번 건하고 관계있는 건가?"

"이번이라니?"

"그러니까 신위안 석유 말이야."

김의 말에 AYAKO가 재미있다는 듯이 웃음을 터뜨렸다.

"아까도 말했잖아요. 나는 그런 것에는 전혀 관심 없다고."

김은 새삼 여자를 바라봤다. 아름다울 뿐인 여자에게는 흥미가 없다. 거기에 돈의 냄새가 나지 않으면 김은 마음이 움직이지 않았다. 호화로운 다이아몬드 목걸이를 하고 있는 여자가 아니라 아무것도 없는 가슴께에 왠지 다이아몬드 목걸이의 이미지를 떠올리게 만드는 여자에게 마음이 끌렸다. 이 여자에게 속아 볼 마음은 있나? 김은 자문해 봤다. 그러자 바로 '있어.'라고 답하는 자신의 목소리가 들렸다.

"하나만 물어도 될까? ……당신 얘기, CNOX나 홍콩의 앤디 황 같은 중국 세력이 이번 베트남 신유전에 일절 관여하지 않은 것과 뭔가 관계가 있나?"

"왜요?"

"이상해서 견딜 수가 없거든. 그 정도 유전이라면, 유통과 비용을 고려해도 CNOX나 앤디 황에게는 상당히 매력적인 건일 텐데. 그런데도 전혀 관심을 보이지 않는 것처럼 보여서."

"만약에 그들이 석유 같은 것보다 좀 더 좋은 걸 노리고 있다면 당신은 믿을 거예요?"

"유전보다 더 좋은 거?"

"그래요. 유전 같은 것보다 더 매력적인 에너지."

김은 표정을 바꿨다. 사냥감에 달려들기 직전의 짐승같이 숨을 죽이고 다음 말을 기다렸다. 그러나 아무리 기다려도 AYAKO는 움직이지 않았다. 조바심이 난 김을 앞에 두고 "관심이 있는 것 같아 보이네요." 하고 말하며 무척 작게 웃음 지을 뿐이었다.

도쿄에 눈이 쌓이고 있을 무렵, 고와의 상하이 지사를 뛰쳐나온 다카노는 다시 장하오에게로 돌아와 샤마르와 연락이 되기만을 기다리고 있었다. 이미 해가 떨어진 상하이의 구름 한 점 없는 저녁 하늘에는 재깍재깍 지나가는 시간에 초조해진 다카노를 비웃기라도 하듯이 하현달만이 덩그렇게 떠올라 있었다. 다카노가 대기하고 있는 곳의 옆방은 식당으로 쓰이는 듯 단원들의 시끌벅적한 웃음소리가 얇은 벽을 통해 들려왔다. 다카노 앞에는 조금 전에 여자아이가 가져다준 요리 접시가 몇 개 놓여 있었지만 이미 다 식어서 그중 닭고기 수프에는 노란 기름이 떠 있었다. 옆에서 들려오는 시끌벅적한 웃음소리에 드디어 화가 난 다카노는 옆에 있던 의자를 벽을 향해 발로 찼다. 발로 찬 의자가 벽에 부딪히자 한순간 옆방에서 들려오던 웃음소리가 그쳤다. 장하오가 돌아온 것은 그때였다.

"어때? 만날 수 있을 것 같은가?"

달라붙듯이 다가간 다카노의 가슴을 굵은 팔로 민 장하오가 "힘들겠어. 그녀는 이미 상하이에 없어." 하고 고개를 옆으로 흔들었다.

"톈진에 가면 만날 수 있겠나?"

"그것도 어려워. 이미 만날 필요 없다는 것이 그녀의 최종적인 답이야. 나로선 어떻게 해 볼 방법이 없네."

팽팽하던 실이 '툭' 하고 끊긴 것처럼 다카노는 한 걸음 뒤로 물러났다.

샤마르와의 대화가 불가능하다면 달리 다오카를 구출할 방법이 없다. 다카노는 자신이 발로 찬 의자를 세우고 "생각하라, 생각하라." 하고 중얼거리며 걸터앉았다.

"어쨌든 톈진으로 가는 수밖에. 시합은 5일 정오에 시작돼. 앞으로 사흘 남았어."

장하오의 말에 다카노가 손목시계를 봤다.

"톈진에서 샤마르와 만날 수 있는 확률은?" 다카노가 기어 들어가는 목소리로 물었다.

"안타깝게도 제로야. 다만 자네의 부하를 폭파 전에 찾아낼 수는 있겠지."

"나도 그런 건 알고 있어!"

장하오의 냉정함에 다카노는 그만 울컥해서 소리를 질렀다.

"미안해……. 그런 건 알고 있어."

다카노는 장하오에게 사과하고 방을 나왔다. 곰팡내가 나는 복도 벽을 주먹으로 치고 크게 심호흡을 하고 나서 일본의 가자마에게 전화를 걸었다.

기다리고 있었다는 듯이 전화를 받은 가자마가 "지금 다오카가 어디에 있는지 본부로 보고하라는 연락이 들어왔다." 하고 짜증난 목소리를 냈다.

"왜죠? 오늘 정오에 내가 대신해서 확인을 하지 않았습니까? 내일 정오까지 시한이 연장됐을 텐데요."

"그 녀석이 약으로 문제를 일으키고 나서 아직 1년도 채 지나지 않았어. 있는 장소만이라도 보고하라는 본부의 지시야."

다카노는 말을 잃었다.

"어디에 있나? 혹시 자네의 감시를 벗어난 건가?"

"아, 아닙니다!"

"그럼 어디야? 말해!"

본부에서는 이미 이번 신위안 석유에 관한 사안은 중단하는 걸로 처리했다. 고와와 남성이 정보에 관심을 나타내지 않은 시점에서 장사는 실패한 거였다.

"부장님, 저를 톈진으로 보내 주지 않으시겠습니까?"

"톈진? 왜지?"

"폭파를 저지할 수 있다면 고와, 남성으로부터 상당액의 돈을 끌어낼 가능성도……."

다카노는 반응을 살폈다. 그러나 가자마의 목소리는 들려오지 않았다.

"부장님……."

"이번 신위안 석유 건은 이미 중단됐어. 변경은 없다."

다카노는 다음 말을 꺼낼 수가 없었다.

"……그보다 다오카가 문제야. 어디에 있지? 자네, 뭘 숨기고 있나?"

더 이상 가자마를 속이는 것은 무리였다. 다카노는 "죄송합니다." 하고 우선 사과한 다음 최근 몇 시간 동안 생각해 낸 것들 중에서 최선이라고 생각되는 거짓말을 했다.

"다오카는 병원에 있습니다."

"병원? 또 약인가?"

"네."

몹시 낙담한 듯한 가자마의 한숨이 생생하게 전해졌다.

"왜 말하지 않은 거야!"

"죄송합니다. 지난번 일도 있고 해서."

"알고 있어! 그러니까 다오카를 잘 지켜보라고 했잖나!"

"결코 도망을 치려고 하거나 정보를 꺼내 가거나……."

"그런 건 나도 알아……."

가자마가 몹시 지친 듯한 목소리로 다카노의 말을 막았다.

"얼마나 걸릴 것 같나?"

"사흘 정도면." 하고 다카노는 즉답했다.

"약 때문에 다오카가 문제를 일으킨 게 이것으로 두 번째야. 복귀한다 하더라도 앞으로 녀석의 행동은 제한할 수밖에 없어."

"네……."

"위에는 내가 설명한다. 병원에서 다오카가 뻗어 있는 증거를 오늘 밤 안으로 제출해."

"네, 정말 죄송합니다."

다카노는 전화를 끊었다. 자신이 무슨 행동을 했는지 냉정하게 생각하는 것이 두려워져서 또다시 주먹으로 벽을 때렸다. 문득 시선을 느끼고 돌아보니 장하오가 서 있었다. 노려보는 다카노에게 그는 "왜 사실대로 말하고 지원을 부탁하지 않나? 톈진에는 자네 혼자 가 봤자 무리야." 하고 엄한 말투로 말했다.

다카노는 눈을 내리깔고 벽을 치느라 더러워진 주먹을 바지에 문질렀다.

"당신도 알고 있잖아? 위험한 상황에 있다는 것이 알려지면 우리는 한순간에 사라져. 우리는 정보가 꽉 들어찬 가방이고 그 열쇠는 스스로 갖고 있을 수 없게 되어 있어. 누군가가 정보가 든 가방을 갖고 도망치면 열리기 전에 산산조각이 나서 날아가 버리는 구조로 되어 있지."

"하지만 자네의 부하는 배반한 게 아니잖은가."

"물론 그래. 하지만 누가 그것을 증명할 수 있지? 나? 내가 증명한다면 그다음엔 누가 나를 증명해 주나! 우리에게는 시간이 정해져 있다고! 그 시간 내에 배반하지 않았다는 것을 스스로 증명하는 것 이외에는 아무것도 믿어 주지 않아!"

저도 모르게 거친 목소리를 낸 다카노를 장하오가 동정하듯이 바라보았다.

"미안……. 당신하고는 상관없는 일이야."

사과하는 다카노의 어깨를 장하오가 툭 쳤다.

"옛날부터 물어보고 싶은 것이 있었어." 하고 다카노는 말했다. "당신 밑의 젊은 녀석들은 왜 도망가질 않지? 당신하고 있으면 돈이 될 만한 정보가 얼마든지 손에 들어와서 거금을 쥐려고 마음만 먹으면 언제든 도망칠 수 있어. 젊은 녀석들을 의심한 적이 없나?"

다카노의 얘기를 가만히 듣고 있던 장하오가 "의심해서 어쩌라고?" 하고 코웃음 쳤다.

"그럼, 배반하면 어떻게 하지?"

"찾아내."

"그래서?"

"죽여."

다카노도 코웃음 쳤다.

"그렇다면 우리와 다를 게 뭔가? 장기짝의 생명을 시간이 결정하느냐, 당신이 결정하느냐, 그 차이밖에 없지 않은가!"

격앙된 다카노에게 "그럼 왜 그런 비참한 일을 하고 있는 건가?" 하고 장하오가 물었다.

다카노는 새삼 장하오를 노려봤다.

"왜냐고? 그런 건 밑에 있는 젊은 녀석들한테 물어봐!"

다카노는 자리를 뜨려고 했다. 곧바로 "어이, 기다려." 하는 소리가 들렸다.

"자네 혼자서는 무리야. 조금 냉정해지라고."

장하오가 말한 대로였다. 다카노는 움켜쥔 주먹에 힘을 주면서도 순순히 멈춰 섰다.

"내가 뭘 해 주면 좋겠나?"

장하오의 말에 다카노가 돌아봤다. 그러고는 "샤마르를 만나게 해 준 중개료는 틀림없이 지불하겠네." 하고 말했다.

"알고 있어. ……그래, 내가 뭘 할 수 있지? 이번에는 무료야."

"왜지?"

"글쎄, 지금 그런 마음이 들었을 뿐이야. 빨리 말해, 마음 바뀌기 전에."

"누구든 빌려 주지 않으려나?" 하고 다카노는 말했다.

"알았어. 우선 장위를 붙여 주지. 만약 톈진에서 더 필요하면 장위에게 사람을 모으라고 해."

"미안하네."

다카노는 머리를 숙였다. 장하오가 '빨리 가게.'라고 말하듯이 그 큰 손을 흔들었다.

푸둥 지구의 호텔로 돌아오자 라운지에 아오키 유가 앉아 있었다. 다카노는 못 본 척 지나치려고 했는데 그녀가 알아보고 엘리베이터 홀까지 쫓아왔다.

"왜 그래?" 하고 다카노는 냉정하게 말했다.

"다오카 씨, 찾았나요?"

살펴보는 그녀의 시선은 진지했다.

"찾았냐고? 애초에 없어지지 않았어. 한 번 더 말하지. 다오카는 깜박 잠이 들어서 호텔 로비로 내려가겠다는 약속을 어겼을 뿐이야. 지금은 급한 일로 나갔어. 그리고 아오키가 낮에 목격한 것은 돈 문제 때문에 생긴 내 사적인 일이고 지금은 이미 해결이 됐어. 아오키를 말려들게 한 건 사과하지. 이것으로 됐나?"

말이 끝났을 때 마침 엘리베이터 문이 열렸다. 다카노가 타려 하자 그 팔을 아오키가 붙잡았다.

"다오카 씨는 누군가에게 끌려갔어요. 다오카 씨의 방에 들어가서 확인했다고요."

"그래서, 어떻다는 말인가." 다카노는 아오키의 손을 뿌리쳤다. 그래도 또 아오키는 팔을 잡으려 했다.

"제가 할 수 있는 일이 있다면 말해 주세요!"

홀 전체에 울리는 목소리였다. 뿌리칠 생각으로 움직이던 다카노의 손이 순간적으로 멈췄다.

"아오키, 다오카의 얼굴 기억나지?" 하고 다카노는 물었다. 갑자기 태도를 바꾼 다카노를 쭈뼛쭈뼛 올려다보면서 "네, 네." 하고 아오키가 고개를 끄덕였다.

"혹시 아는 사람 중에 녀석하고 풍모가 닮은 사람이 있나?"

"다오카 씨를 닮은 사람요?"

"그래. 여기 상하이에 있는 사람 중에 바로 연락을 취할 수 있는 녀석으로."

잠시 고개를 갸우뚱거리던 아오키가 "저, 꼭 닮은 건 아니지만 이쪽 대학에 유학 와 있는 일본인 남자 중에 어딘지 모르게 비슷한 사람이 있어요." 하고 입을 열었다.

"지금 어디 있는지 아나?"

"지금요?"

"난처하게 만들거나 그러진 않을게. 그 녀석이 지금 어디에 있는지 알아봐 주지 않겠나?"

다카노가 급한 표정을 짓자 아오키가 서둘러 휴대전화를 꺼냈다.

"혹시 몰라서 그러는데, 그 녀석하고는 어떤 관계지?"

다카노의 질문에 전화를 걸고 있던 아오키가 "관계 같은 거 없어요. 여기서 중국인 여자를 꼬여 섹스하는 모습을 인터넷에 올려놓고 좋아하는 바보니까." 하고 혐오감을 노골적으로 드러냈다.

"그렇다면 딱 좋아." 하고 다카노는 말했다.

전화가 연결되었는지, 아오키가 눈으로 신호를 보내왔다. 다카노는 "만나자는 게 아니라 지금 어디에 있는지만 알면 돼." 하고 작은 소리로 알렸다. 아오키는 능란하게 요전번에 같이 갔던 레스토랑 이름을 물은 다음에 "지금 어디 있어?" 하고 묻더니, "아, 그래. 그럼 또." 하고 전화를 끊었다.

"자기 아파트에 있는 것 같아요."

"장소는 아나?"

"여기서 차로 5분 정도예요."

"그리로 데려다 줘. 차는?"

"지하 주차장에 있어요. 지금 가요?"

"그래, 지금."

다카노는 아오키의 등을 밀었다.

"차, 괜찮았나?" 하고 묻자, "앞이 조금 패었는데, 튼튼한 차라서." 하고 아오키가 대답했다.

지하 주차장에서부터는 다카노가 운전했다. 조수석에 앉은 아오키가 "아, 거기 오른쪽이에요. 다음엔 바로 왼쪽이고요." 하고 지시를 했다.

도착한 곳은 새로 지은 고층 맨션이었다. 앞쪽은 오토 록 장치가 되어 있고 관리인도 있었다. 차로 건물을 한 바퀴 돌자 쓰레기 수거장으로 통하는 듯한 뒷문이 보였다. 다카노는 뒷문을 막듯이 하고 차를 세웠다.

"돌아가라고 해도 기다리겠지?" 하고 다카노가 말하자 "저에 대해서 점점 많이 이해하시게 된 것 같네요." 하고 아오키가 기분 좋게 고개를 끄덕였다.

다카노는 차에서 내려 뒷문 자물쇠를 쉽사리 열었다. 문을 연 순간 음식물 쓰레기 썩는 냄새가 코를 찔렀다. 가르쳐 준 방은 12층이었다. 다카노는 엘리베이터는 사용하지 않고 비상계단을 뛰어 올라갔다.

벨을 누르자 추리닝 차림의 젊은 남자가 아무런 경계심도 없이 문을 열었다. 풍모는 어딘지 모르게 다오카와 닮았지만 소재는 철과 종이만큼이나 달랐다. 멍청히 서 있는 남자의 배에 다카노는 있는 힘껏 주먹을 찔러 넣었다. "윽!" 하고 신음을 내뱉은 남자가 눈을 까뒤집으며 속절없이 다카노의 어깨로 쓰러졌다. 다카노는 그 몸을 밀쳐 내고 다시 얼굴을 몇 방 때렸다. 앞니가 부러지는 둔한 소리가 나면서 입에서 피가 울컥 넘쳐 나왔다. 왼쪽 눈꺼풀이 벌써 부어오르기 시작했다. 몇 시간 후에는 생김새를 알아볼 수 없을 정도로 얼굴이 변형될 것이다.

다카노는 그대로 남자의 몸을 짊어지고는 비상계단으로 향했다. 인간의 몸이란 건 들고 있으면 더 무거워지는 법이라서 한 계단씩 내려갈 때마다 남자의 몸이 어깨를 파고들어 계단을 내딛는 넓적다리의 근육에 경련이 일어났다. 축 늘어진 남자의 손이 콘크리트 벽에 닿을 때마다 손톱이 쓸리는 기분 나쁜 소리가 났다. 위를 압박당한 남자는 자기도 모르게 구토를 하고 있는 것 같았다. 시큼한 냄새와 함께 다카노의 등이 뜨뜻미지근한 토사물로 젖어 들었다.

뒷문으로 남자를 둘러메고 나온 다카노를 보고 아오키는 한순간 놀란 표정을 보였으나 바로 차에서 뛰어내려 뒷좌석의 문을 열었다. 다카노는 남자의 몸을 좌석 뒤의 짐칸으로 던져 넣었다. 옆으로 누운 남자의 얼굴을 본 아오키가 "헉!" 하고 숨을 삼켰다. 다카노는 윗옷을 벗어 남자의 얼굴을 덮었다.

"타."

다카노는 멍한 기색의 아오키를 반쯤 억지로 조수석에 밀어 넣고 자신도 운전석에 올라탔다.

"부탁이 있어." 하고 다카노는 차를 급발진하며 말했다.

"지금부터 이 남자를 병원에 데리고 가는 거야. 내 동료가 소개해 준 병원이야. 얘기는 다 돼 있어. 이 녀석은 중증 약물중독 환자로 입원하는 거야. 의식이 돌아오지 않도록 수면제가 투여될 거야. 물론 죽지 않을 정도로. 나는 오늘 밤 가짜 차트와 남자가 자고 있는 사진을 찍어서 가져갈 거야. 그리고 부탁하고 싶은 건, 내일과 모레 각각 낮 12시와 밤 12시에 오늘처럼 이 녀석의 사진을 찍어서 가짜 차트와 함께 나한테 보내 달라는 거야. 사진을 찍을 때 가슴팍에다 당일 신문을 날짜를 알 수 있게끔 올려놓고 찍어. 그리고 가능한 한 다오카로 보일 만한 각도에서 찍도록 해. 만약 아무래도 무리일 것 같으면 가제나 다른 뭔가로 얼굴을 가려."

잇따른 다카노의 지시를 아오키는 멍하니 듣고 있었다.

"알았나?"

다카노가 소리치자 "네? 네." 하고 아오키가 고개를 끄덕였다.

"보낼 곳은 나중에 알려 주겠다. 실수로라도 지금 알고 있는 내 휴대전화로는 보내지 마."

다카노는 액셀을 더 세게 밟았다. 남자의 몸이 짐칸에서 뒹굴뒹굴 구르며 기분 나쁜 소리를 냈다.

6장

톈진 스타디움

톈진 스타디움은 최대 6만 명을 수용하는 대형 경기장으로 4년의 세월이 걸려 2007년에 완성됐다. 설계를 담당한 곳은 일본의 건축사무소로 총 공사비 16억 위안이 든 거대한 프로젝트였다. 스타디움은 톈진 역에서 5킬로미터쯤 떨어진 교외에 위치하고 있으며, 예전에 톈진이 구수이(중국 산시 지역과 산둥 지역 사이에 흐르는 강. 톈진은 구수이의 중간 경유지이다—옮긴이)라 불렸던 만큼 물의 도시를 상징하는 수상공원과 함께 짝을 이루는 형태로 지어졌다. 스타디움 자체도 네 개의 인공호에 떠 있는 형태로 만들어졌으며 폴리카보네이트와 강화유리로 아름다운 곡선을 만들어 낸 외관 때문에 '물방울'이라는 애칭으로도 불렸다.

톈진 시가에서 스타디움을 향해 차로 달려가자니 다양한 시대를 타임 슬립(time slip)하는 것 같은 느낌이 들었다. 명나라 시대 이후 바다의 수호신을 모셔 온 톈허우궁을 중심으로 조성된 고

(古)문화 거리가 있고, 거기를 지나자 19세기 중반 제2차 아편전쟁 후에 체결된 톈진 조약에 따라 구미 각국과 일본이 건설한 조계 시대의 건축물이 눈에 들어왔다. 이어서 현대적인 텔레비전탑과 함께 현대 중국을 상징하는 고층 아파트들이 등장했다. 그 뒤로 나타난 톈진 스타디움은, 말하자면 현대 이후의 건축물이라 할 만했다. 인간이 만들어 낸 건축물이라기보다는 미래 도시의 호수에 돌연 떠오른 거대한 곤충 같기도 하고, 착륙한 우주선이 지구인들의 기색을 가만히 살피고 있는 것처럼도 보였다.

스타디움이 정면에 보이는 큰길에 차를 세우고 나서, 다카노는 컴퓨터를 열고 톈진 스타디움의 상세한 설계도를 화면에 띄웠다. 어젯밤 호텔에 돌아가서 한 사립대학교의 컴퓨터에 들어가 확보한 상세한 설계도였다. 그 대학교가 스타디움을 설계한 일본의 건축사무소와 관계가 있어 보여서 뒤져 본 건데 예상이 맞았다.

"다오카가 벌써 이 안에 옮겨져 있을 거라고 생각하나?"

다카노는 돌연 조수석의 장위에게 물었다. 마찬가지로 거대한 스타디움을 올려다보고 있던 장위가 "아니." 하고 곧바로 대답했다. "내일모레면 6만 명이 모여들어. 누구의 눈에도 들키지 않게 장시간 동안 한 사람을 숨겨 놓기란 어렵지."

다카노는 장위의 옆얼굴을 바라봤다. 아직 어린 느낌이 남아 있는 턱에는 솜털이 희미하게 자랐다.

"스태프는 몇 명쯤이나 될까?" 다카노가 물었다.

"중국에서 열리는 일본 팀의 축구 경기는 전부터 꼭 말썽이 생졌어. 아마도 경비원을 포함해서 1천 명은 넘을걸."

"스타디움 측의 스케줄 좀 보여줘."

장위가 재킷 안주머니에서 자료를 꺼냈다. 어디서 손에 넣은 건지 이번 경기에 관한 스태프의 준비 순서가 그득히 쓰여 있었다. 다카노는 손가락으로 더듬으며 자료를 읽어 나갔다. 준비는 이미 사흘 전부터 시작되었고 지금 시간에는 티켓 판매 및 안내에 대한 교육, 오후 2시부터 8시까지는 경비원 D, E, F반의 리허설이 있을 예정이었다. 그리고 내일은 오전 중에 스태프들이 모두 집합하여, 오후부터 밤 10시까지 시합의 처음부터 끝까지를 재현하는 최종 리허설이 진행될 예정이었다.

"옮겨진다면, 오늘 밤이나 내일 밤."

다카노가 그렇게 말하자 "아니, 오늘 밤은 무리야. 조명 설비 점검이 있어. 아마도 스태프들이 귀가한 뒤에 할 테니까, 심야부터 아침까지가 될 거야." 하고 장위가 말했다.

그때 경찰이 다가오는 모습이 룸 미러에 비쳤다. 차를 세운 지 아직 5분도 채 지나지 않았지만 큰길에 주차하고 있어서 눈에 띈 모양이었다. 다카노가 서둘러 사이드 브레이크를 내렸고 장위는 창문을 내리고 얼른 카메라를 꺼내서 스타디움을 촬영하는 흉내를 냈다. 관광객이라고 판단한 듯 룸 미러 속 경관들의 발걸음이 눈에 띄게 느려졌다.

다카노는 액셀을 밟고 스타디움을 떠났다. 고층 맨션이 줄지어 선 거리를 지나 구시가 방면으로 차를 몰았다.

"하루 종일 스타디움 앞에서 감시하고 있을 수도 없는데."

저도 모르게 중얼거린 다카노에게, "우선 아저씨 친구를 만나러 가." 하고 장위가 말했다.

"장하오의 친구? 뭘 좀 알아냈나?"

"일본과 한국의 기업을 위해서 일하는 중국의 암거래 조직은 그리 많지 않아. 고와라는 일본 회사나 한국의 남성과 연결되어 있을 법한 조직 중에 이번 건으로 움직이고 있는 낌새를 보이는 데는 하나도 없어."

"그렇다면?" 하고 다카노는 재촉했다.

"중국에 진출해 있는 일본 조직이든가 아니면 한국의 조직이 다오카라는 녀석을 데리고 간 거야. 어느 쪽이든 작은 조직이야. 아저씨의 친구에게 물어보면 대충 짐작이 갈 거야."

차가 적신호로 멈춰 서자 다카노는 장위를 뚫어져라 쳐다봤다.

"왜?"

다카노의 시선에 턱을 끌어당기면서 장위가 의아한 얼굴을 했다.

"네 말투, 장하오를 닮아 가는군."

다카노는 문득 웃음이 나왔다. 바보 취급을 당했다고 생각했는지 장위가 표정을 굳히고 노려봤다. 다카노는 사춘기 소년 같은 장위의 태도에 실소를 하며 다시 액셀을 밟았다.

톈진의 거리는 해는 비치고 있었지만 영하의 추위에 휩싸여 있었다. 히터를 켜 놓은 차 안으로도 밖의 냉기가 스며들어 왔다.

피부를 아리게 하는 차가움이었다. 차창으로 스쳐 가는 먼지투성이 거리의 풍경과 두꺼운 옷을 입은 사람들이 그 자리에 얼어붙어 있는 것처럼 보였다.

다카노는 장위가 알려 주는 방향으로 차를 몰았다. 톈진 역을 지나자 가로수가 얼어붙은 채로 늘어서 있는 큰 대로가 나왔다. "세워. 저기야." 장위가 1층에 휴대전화 판매점이 있는 잡거빌딩 앞에서 말했다.

차를 세운 다카노가 운전석 문을 열려고 하는데, "당신한테 물어보고 싶은 게 있어." 하고 장위가 멈춰 세웠다.

"뭔데?"

"왜 우리 아저씨가 당신을 돕는 거지?"

단도직입적인 질문이었다. 다카노는 한순간 생각을 하다가 "글쎄. 아저씨한테 물어봐." 하고 대답했다.

장위는 더 이상 묻지 않았다.

둘은 보도에 서서 10층짜리 잡거빌딩을 올려다봤다. 1층의 휴대전화 판매점에는 최신식 모델이 주르르 진열되어 있었다. 오래된 건물의 낡은 진열장 속에 놓인 최신식 디자인이어서 그런지 어딘가 가짜 같아 보였다.

장위의 뒤를 따라 잡거빌딩 계단을 올라갔다. 올라가는 동안 한약 냄새가 점점 강하게 코를 찔러 왔다. 장위가 발을 멈춘 곳은 3층의 낡은 문 앞이었다. 층 전체가 한약방의 창고로 쓰이는 듯, 복도에도 강한 냄새를 풍기는 골판지 상자가 산처럼 쌓여 있었다.

장위가 낡은 문을 열자 난잡하게 쌓아 올린 골판지 상자 맨 끝에 백 년은 사용한 듯한 약 선반이 있고 때에 전 흰옷을 입은 노인이 서 있었다.

"호오, 장위구나."

놀란 듯이 말을 걸어온 노인이 목구멍에 걸린 가래를 함석 통에 뱉으면서 "너무 말랐어. 고기를 먹어, 고기를." 하고 장위에게 말했다. 노인은 몇 번이나 토하듯이 해서 목에 찬 가래를 겨우 다 뱉고 나더니 얼굴을 들고 흐린 눈으로 가만히 다카노를 바라봤다.

다카노가 고개를 숙여 인사했다.

"얘기는 장하오한테서 들었네. 가르쳐 줄 건 별거 없어."

노인이 유창한 일본어로 말했다. 다카노는 노인에게 다가가 "도움이 될 겁니다." 하고 다시 고개를 숙였다.

"10년쯤 전에 당시 고와의 상하이 지사장이었던 사람의 딸이 유괴된 적이 있어. 범인은 몸값을 노린 상하이의 똘마니였어. 고와 측은 바로 일본 엔화로 3천만 정도의 몸값을 지불했지. 그때 범인 측과 중개를 한 것이 천도단이라는 상하이의 폭력단이야. 사건 후 고와는 천도단에게 범인의 처리를 부탁했어. 도로 빼앗아 온 몸값의 60퍼센트를 주는 조건으로. 그 후로 고와는 중국 국내에서 무슨 문제가 일어나면 언제나 천도단에 의뢰를 했지."

노인이 검버섯투성이 손으로 낡은 지도를 한 장 펼쳤다. 톈진항 지도인 듯했다.

"천도단은 여기 톈진에는 지반이 없어. 연고가 있는 조직도 없지. 유일하게 부탁할 법한 데는 이쪽에서 중견 선박회사를 운영하고 있는 차오웨이라는 남잔데, 천도단 간부의 동생이야."

노인이 장위를 손짓으로 불러 지도에 있는 톈진 항의 창고 거리를 가리켰다.

"이곳이 베이장 항 지구의 보세구역, ……여기서부터 여기까지가 차오웨이의 회사 창고."

노인의 말에 장위가 고개를 끄덕였다. "머리 좀 제대로 감아라." 지도 위에 몸을 내밀고 있던 장위의 머리카락을 노인이 거머쥐었다. 장위는 고양이처럼 몸을 비틀어 노인의 손에서 벗어났다.

"차오웨이의 집은 가능성이 없어. 최근 결혼한 젊은 아내와 아직 어린 쌍둥이 딸이 있거든. 차오웨이가 부하에게 부탁했을 수도 있지만 이틀 사이에 그 모든 것을 확인하기는 어려워. 회사에 안성맞춤인 창고가 있는데 일부러 시내에 자네 부하를 숨기는 것도 생각할 수 없어. 결국 이 창고에 없으면 나로서는 속수무책이란 얘기지."

그러고는 노인이 입을 다물었다. 다카노는 "아니요, 도움이 되었습니다." 하고 다시 머리를 숙였다.

"자, 가라고. 시간이 없잖은가. 창고라고 해도 하나가 수백 미터나 돼."

머리를 숙인 다카노를 쫓아내듯이 노인이 검버섯이 뒤덮인 큰 손을 흔들었다. 다카노는 다시금 감사인사를 하고 골판지 상자가 쌓인 방을 나왔다. 앞서서 계단을 내려가는 장위를 불러 세우고, "너, 일본어를 알아듣는구나." 하고 다카노가 말했다. 한순간 시선을 허둥거리던 장위가 아무 대답 없이 다시 계단을 내려갔다.

보도로 나서자 다카노는 다시 장위를 불러 세웠다. 그리고 일본어로 "저기서 휴대전화를 한 대 사 와. 바로 사용할 수 있고 가장 성능이 좋은 놈으로." 하고 돈을 건넸다.

장위는 이유도 묻지 않고, 일본어를 안다고도 말하지 않고 곧바로 가게 안으로 들어갔다.

몇 분 후 차로 돌아온 장위에게서 휴대전화를 받아 들고 다카노는 상하이의 아오키 유에게 전화를 걸었다.

신호음이 제대로 울리기도 전에 바로 전화를 받은 아오키가 "사진 찍었어요." 하고 말했다.

"지금부터 말하는 메일 주소로 보내 줘."

다카노가 방금 손에 넣은 휴대전화의 메일 주소를 찾자, 그것을 알아차린 장위가 휴대전화 상자에 펜으로 써 줬다.

톈진 항을 향해 달리기 시작하자마자 다카노가 불러 준 주소로 아오키로부터 사진 첨부 메일이 전송되어 왔다. 핸들을 쥔 채로 휴대전화를 열어 보니 눈꺼풀과 입술이 완전히 부풀어 오른 대학생의 모습이 또렷이 찍혀 있었다. 언뜻 봐서는 다오카로 보일 법도 했다. 다카노는 그 사진을 첨부되어 온 차트와 함께 일본의 가자마에게 송신했다.

수십 초 후에 가자마가 연락을 해서는 화가 단단히 난 듯한 목소리로 "톈진에서 뭘 하고 있나?" 하고 물었다.

다카노는 "오늘 아침 비행기 편으로 이쪽으로 왔습니다. 사진은 상하이의 장하오 밑의 젊은 녀석한테 찍어 달라고 부탁해서 받았습니다." 하고 거짓말을 했다.

"톈진에서 무엇을 하느냐고?"

다시 초조한 목소리로 가자마가 물었다.

"CNOX의 간부들이 톈진에 나타날 거라는 정보가 들어왔습니다."

가자마의 대답은 들려오지 않았다. 가자마가 다카노의 말을 안 믿는다는 것은 분명했다.

"부장님……?"

"다오카 일은 이것으로 내가 어떻게든 처리하겠다. 하지만 한 번 더 말하는데, 고와와 남성의 건은 중단됐어."

전화는 끊겼다.

헤드폰을 책상 위에 집어 던진 가자마는 등받이에 몸을 맡겼다. 녹슨 스프링이 허리 뒤쪽에서 기분 나쁜 소리를 냈다. 내던진 헤드폰의 이어 패드를 손에 쥐니 아직 체온이 남아 있었다. 가자마는 헤드폰을 잠시 손가락으로 만지작거리다 다시 머리에 썼다. 본부로 연결하여 컴퓨터 화면에 나온 여자에게 미소를 지어 보였다. 여자는 무표정한 얼굴로 이쪽의 지시를 기다렸다.

"지금부터 내 승인하에 다오카 료이치의 자료를 보내겠다. 바로 심사부로 올려 줘."

화면 속에서 여자가 고개를 끄덕이고 잠시 손끝으로 시선을 떨어뜨리더니 "받았습니다. 심사부에 전송하겠습니다." 하고 무표정하게 말했다.

"결과가 나오면 연락 부탁하네."

"알겠습니다."

대답과 동시에 여자가 사라지고 화면이 캄캄해졌다.

가자마는 다시 헤드폰을 벗었다. 목이 몹시 말라 책상 위에 놓인 글라스를 손에 잡았지만 바닥에서 1센티 정도밖에 물이 남아 있지 않았다. 그것을 남기지 않고 다 마셨지만 계속 목이 탔다. 가자마는 왼손으로 글라스를 쥐고 오른손으로 팔걸이에 달려 있는 레버를 잡아당겼다. 전동 휠체어가 책상을 벗어나더니 레버를 쥔 손가락의 움직임에 따라 문 쪽으로 굴러갔다. 열어 놓은 문을 지나 복도로 나가 부엌으로 향했다. 카펫이 깔린 복도와 달리 마루방인 부엌에 들어서자 바닥이 삐걱삐걱 소리를 냈다.

부엌의 커다란 창문을 통해 정문까지 이어지는 완만한 경사의 앞마당이 보였다. 지난주에 내린 뒤로 녹지 않고 남아 있는 눈 속에서 군데군데 마른 잔디가 얼굴을 내밀고 겨울 햇볕을 쬐고 있었다. 마당을 둘러싼 오래된 돌담을 돌아가면 나오는 뒷문 밖에 택배 차가 서 있었다. 최근 사내아이가 태어났다고 기뻐하던 배달원이 짐을 꺼내려고 운전석에서 내려 차 뒤로 돌아가는 모습이 보였다.

가자마는 휠체어를 타고 현관으로 향했다. 먼저 가 있으려고 했는데 배달원이 앞마당을 뛰어 올라왔는지 휠체어가 현관에 도달하기 전에 먼저 벨이 울리더니 "선생님!" 하고 소리가 들렸다.

배달된 것은 인터넷으로 주문한 대량의 서적이었다.

"요전번에 배달한 책은 벌써 다 읽으신 거예요?" 놀랍다는 듯이 묻는 젊은 배달원에게 "활자 중독이지." 하고 대답하며, 가자마는 골판지 상자를 평소처럼 거실까지 가져다주는 그를 휠체어로 따라갔다.

다다미 스무 장쯤 되는 크기의 거실 벽은 모두 책장으로 채워졌고 선반마다 책들이 가득 꽂혀 있었다. 거실 중앙에 설치된 장작 스토브 옆에는 오래된 가죽 소파가 놓여 있었다.

"여기 있는 책을 전부 다 읽으셨어요? 와, 역시 대학 교수님은 굉장하구나."

배달원이 새삼 사방의 책장을 둘러봤다.

"자네는 책을 읽지 않는다고 했었지?" 하고 가자마가 물었다.

"읽는다고 해 봤자 스포츠 신문 기사 정도예요. 책을 읽으려고 하면 바로 졸음이 와서요."

"부인도?"

"아니요, 우리 집사람은 제법 읽어요. 이웃 마을 도서관의 단골인 모양이에요. 다행이지요. 우리 아들은 나처럼 스포츠 신문밖에 못 읽는 사람이 안 되었으면 하거든요."

쾌활한 배달원의 웃음소리를 책장에 빼곡히 늘어선 한 권 한 권의 책들이 가만히 귀를 기울이며 듣고 있는 것 같았다. 평소에

이 거실에서 나는 소리란 가자마의 휠체어가 내는 삐걱거리는 소리밖에 없다.

"홍차라도 마시고 가겠나?" 하고 가자마가 말을 걸었다.

"아니요, 아직 배달이 남아 있어서요. 요즈음 이 주변 별장은 시즌이 지나서 거의 아무도 없는 통에 나카가루이자와 역에서부터 그 너머까지도 제가 담당하게 되었거든요. 아, 그렇지. 요전번에 말했던 아들 사진, 오늘 가지고 있어요. 보시겠어요?"

이쪽의 답도 듣지 않고 배달원이 바지 뒷주머니에서 지갑을 꺼내 안에 잘 넣어 놓은 사진을 빼냈다. 받아 든 사진에는 통통하게 살이 찐 아기와 아기를 사랑스러운 듯 안고 있는 아름다운 여자가 찍혀 있었다.

"이 사람이 자네 부인인가?"

"아, 네. 미인이죠?"

"뭐야, 아들이 아니라 부인 자랑을 하고 싶었던 거군?"

가자마는 다시 사진을 봤다.

"부인이 책을 좋아한다면 언제든지 놀러 오라고 말해. 읽고 싶은 것이 있으면 얼마든지 가져가도 되고."

"네, 정말입니까? 말하면 그 사람, 사양 않고 올 거예요."

"책도 여기서 먼지를 뒤집어쓰고 있는 것보다 누가 읽어 주는 걸 더 기뻐할 테니까."

배달원이 돌아가자 가자마는 현관문을 잠그고 다시 거실로 향했다. 현관에서 들어온 바깥공기가 찼는지 거실 온도가 내려가 있었다. 가자마는 스토브를 열고 장작을 몇 개 던져 넣었다. 불티가 가자마의 움직이지 않는 다리 쪽으로 날아와 바지에 떨어지기 직전에 재가 되었다. 문득 조금 전에 전송되어 온 사진 속 남자는 다오카 본인이 아닐지도 모른다는 생각이 들었다. 가자마는 빨리 작업실로 돌아가야겠다고 생각하며 휠체어의 레버를 당겼다. 그게 다오카 본인이 아니라면 다오카는 지금 어디 있는 거지? 다카노는 톈진에서 뭘 하고 있는 건가? 스타디움의 폭파를 저지하려는 걸까? 고와와 남성과의 거래는 결렬됐는데 이제 와 그걸 저지한들 무슨 득이 있지?

거기까지 자신의 사고를 언어화하던 가자마의 머릿속에 불현듯 다른 장면이 떠올랐다.

그건 가자마가 처음으로 다카노를 만나던 날의 일이었다. 지금으로부터 20년 전, 다카노는 열한 살의 소년이었다. 입고 있는 옷이 마음에 안 드는지 몇 번이나 소매나 칼라를 잡아당기며 자신의 몸에 억지로 맞추려 했다. 테이블 위의 식사에는 전혀 손을 대지 않았고, 대신 자신을 둘러싼 어른들의 손길이 조금이라도 자신의 몸에 닿으면 사정없이 물어뜯겠다는 표정으로 주위를 살폈다.

"저 타워에 오를 수 있나?"

다카노는 펜스 건너 암벽 끝에 보이는 관리 타워를 가리켰다. 공항에 있는 관제탑을 작게 만든 것 같은 건물이었다. 바다로부터 불어오는 찬바람 때문에 톈진 항의 베이장 항 구역은 시가지보다도 기온이 더 낮았다. 회색 바다가 얼지 않는 것이 신기할 정도로 바람이 찼다.

"저 타워라면 가능은 해. 하지만 올라가도 관리실에 사람이 있어."

장위의 말에 "그 위 말이야." 하고 다카노는 말했다.

다시 타워를 올려다보는 장위도 뺨이 추위로 빨개졌다.

평일 오후, 암벽에서는 크레인에 매달린 컨테이너 여러 개가 공중을 이동하고 있었다. 바다에서 불어오는 강풍으로 와이어가 흔들리면서 비명 같은 소리를 냈다. 다카노와 장위는 당초 이 크레인에 오를 작정이었다. 그러나 실제로 옆에 와서 보니 암벽에 작업원들이 많아서 위로 기어 올라가기도 전에 발각될 것 같았다.

그때 대형 덤프트럭이 펜스 안쪽에서 달려오는 것이 보였다.

"간다."

다카노의 말에 장위의 손가락이 눈앞의 펜스를 잡았다. 트럭이 눈앞을 달려 벗어나는 시점에 맞춰 두 사람은 펜스를 뛰어넘었다. 철사 줄이 다카노의 넓적다리 피부를 파고드는 바람에 깊이 1미터 정도의 도랑에 굴러떨어진 뒤 피가 뿜어져 나왔다. 순식간에 피가 바지에 퍼져 나갔다. 몸이 언 탓에 피가 뜨거웠다. 다카노는 도랑 안에 몸을 누이고 손수건으로 상처를 묶었다.

"간다."

다카노가 지시하자 장위도 도랑 안을 낮은 포복으로 기어 뒤따라왔다. 관리 타워에 오르면 차오웨이라는 남자가 소유한 창고 주변이 보일 터였다. 두 사람은 도랑을 기어 앞으로 나아갔다. 대형 덤프트럭이 또 두 사람 옆을 달려가면서 뒷바퀴 타이어에 튕긴 돌이 도랑 안으로 날아 들어왔다. 찬바람은 도랑 안에도 사정없이 불었다. 움직임을 멈추면 당장이라도 얼어 버릴 것 같은 상황에서 상처 입은 넓적다리가 뜨거웠다.

도랑은 운 좋게도 관리 타워까지 이어졌다. 주위를 살피며 땅 위로 올라가 탑 내부로 숨어들었다. 안쪽 계단 위에서 남자가 웃는 소리가 들려왔다. 두 사람은 안 되겠다 싶어 다시 밖으로 나와 암벽에서는 보이지 않는 바다 쪽으로 돌아가서 타워 바깥벽에 말뚝으로 박혀 있을 뿐인 사다리를 올라가기 시작했다. 사다리를 오르는 것 자체는 쉬웠으나 등으로 불어 대는 바닷바람이 가차없이 두 사람의 몸을 오른쪽으로 왼쪽으로 밀어붙였다. 그때마다 두 사람은 녹슨 사다리를 필사적으로 붙들고서 다른 한쪽 손을 한 칸 한 칸 위로 뻗었다.

지상 30미터 정도의 위치에 관리실이 있었다. 안에는 세 사람의 남자가 있었는데 다행히 모두 다 창 바깥에 달라붙은 두 사람에게 등을 돌린 채 컴퓨터 화면을 들여다보고 있었다. 다카노는 난간을 넘어 그대로 관리실 창을 타고 옥상으로 올라갔다. 장위도 바로 뒤따라 올라왔다.

생각한 대로 타워 위에서는 차오웨이의 창고가 바로 아래 내려다보였다. 비바람에 노출된 옥상에 배를 깔고 엎드린 채 양손 양발을 뻗어서 바람에 날려가지 않도록 버텼다.

다카노는 휴대전화를 꺼내 적외선 서모그래피로 전환시킨 후 아래쪽의 창고를 비추었다.

"이것을 보면 알 수 있어?"

장위가 옆에서 들여다봤다.

"성능은 장난감 같은 거야. 하지만 한번 봐. 땅 위도 창고도 얼어 있기 때문에 사람이 어디에 있는지는 확실히 알 수 있어." 다카노는 렌즈를 줌 업하고 나서 화상을 보여 주었다. 짙은 파랑 계열의 차가운 색으로 표시된 창고 안에서 드문드문 사람 같은 오렌지색 물체가 움직이고 있는 것이 보였다. 다카노는 바로 앞의 창고부터 살피기 시작했다. 사람이 걷고 있는지 지게차에 타고 있는지는 움직이는 속도로 알 수 있었다. 첫 번째에서부터 세 번째 창고까지 살펴봤지만 다오카로 생각되는 사람의 모습은 없었다. 마지막 네 번째 창고에 부자연스럽게 사람들이 모여 있는 모습이 보였다.

"있다고 한다면 저기야." 다카노는 장위에게 화상을 보여 주었다.

"이것으로 보면 망보는 사람이 다섯…… 아니, 여섯이야."

장위가 겹쳐진 오렌지와 빨간색 부분을 눈을 가늘게 뜨고 하나하나 셌다. 아마도 불이라도 지피고 있는 건지 사람 형태가 아닌 뭔가가 극단적으로 새빨갛게 나타나 있었다.

"다오카는 여기 있어. 틀림없어."

다카노는 창고의 먼지투성이 바닥에 엎드린 채 옆에서 마찬가지로 숨을 죽이고 있는 장위에게 속삭였다. 두 사람이 숨어든 창고 안, 망을 보는 듯한 남자들이 포장된 업무용 에어컨이 쌓인 한쪽 구석에 모여 있었다. 나무상자와 차가운 바닥 틈새를 통하여 불을 둘러싸고 서 있는 남자들의 발이 보이고 조금 떨어진 곳에 다오카가 사용했던 트렁크와 가방도 보였다. 양쪽 다 이미 찢어졌고 내용물은 바닥에 흩어져 있었다. 다오카의 컴퓨터도 있었겠지만 그들이 만지작거려 본들 보안이 걸려 있어서 아무 정보도 끄집어낼 수 없었을 것이다.

들려오는 남자들의 목소리는 모두 앳되다고 말해도 좋을 정도였다. 의자에 다리를 벌린 채 앉아 있는 남자는 아직 열대여섯 정도로밖에는 보이지 않았는데 빡빡 깎은 옆머리에 전갈 문신이 새겨져 있었다.

"다오카는 아마 저 문 안쪽에 있을 거야. 상대는 여섯 명. 단숨에 간다." 하고 다카노가 말했다.

"내가 여섯 명을 유인할게. 무기는 없는 것 같아. 갖고 있어 봤자 나이프 정도일 거야. 그동안 당신이 문까지 달려."

장위가 창고에 숨어들다가 발견한 쇠 파이프를 단단히 고쳐 쥔 다음 괴성을 지르며 남자들 쪽으로 달려갔다. 갑작스러운 괴성에 남자들은 순간 아무도 움직이지 못했다. 의자에 앉아 있던 전갈 문신의 남자가 놀란 나머지 의자에 앉은 채 뒤로 넘어갔다.

"뭐야! 누구야!"

겨우 남자들이 소리를 지르기 시작했을 때 장위는 이미 가장 가까이에 있는 남자의 넓적다리를 쇠 파이프로 내리치고 있었다. 남자의 비명과 함께 바닥에 부딪힌 쇠 파이프가 날카로운 소리를 내며 울렸다. 넓적다리를 강타당한 남자가 바닥에 웅크렸다. 장위가 또 남자들에게 덤벼들었다. 일제히 도망치기 시작한 남자들이 서둘러 나이프를 꺼냈다.

다카노는 그 틈에 문으로 돌진했다. 갑자기 나타난 또 다른 사람에게 시선을 빼앗긴 남자들에게 장위가 달려들어 그중 한 명의 손목을 쇠 파이프로 때렸다. 그때 가장 몸집이 큰 남자가 장위의 등 뒤로 돌아가는 모습이 보였지만 다카노는 기세를 누그러뜨리지 않고 문을 발로 차 열었다.

안은 텅 빈 사무실이었다. 테이블 위에 남자들이 뭔가를 해 먹었으리라 여겨지는 냄비와 지저분한 그릇이 널브러져 있었다. 잔반 냄새 같은 것이 실내에 가득했다. 다카노는 방으로 뛰어들자마자 소파 위에 부풀어 있는 담요를 벗겼다. 없다. 선반 뒤, 낡은 캐비닛, 눈에 띄는 것은 모두 열어 보았지만 다오카의 모습은 어디에도 없었다. 달리 사람을 숨길 만한 공간도 없다.

밖에서 쇠 파이프와 나이프가 부딪히는 소리가 들려왔다. 다카노는 벽에 걸려 있는 긴 갈고리를 손에 쥐고 냄비가 놓인 테이블을 발로 걷어차며 밖으로 뛰어나왔다.

몸집이 큰 남자에게 뒤로 겨드랑이가 붙들린 상태이면서도 장위는 자신의 가슴과 배를 노리며 다가오는 나이프를 발을 움직여 피하면서 쇠 파이프로 응전하고 있었다.

다카노는 잔걸음으로 달려가 몸집이 큰 남자의 등에 달려들어 발로 찼다. 신음소리를 내며 남자가 장위와 함께 땅바닥에 쓰러졌다. 쇠 파이프를 쥔 장위의 손가락이 바닥에 뭉개지는 것이 보였다.

다카노는 바닥에 쓰러진 남자의 옆구리를 걷어차 올렸다. 남자의 몸이 떠오르자 그 틈을 타고 장위가 기어 나왔다.

"없어!" 다카노가 고함쳤다.

"없어?" 하고 장위가 되물었다.

쇠 파이프를 쥔 장위의 팔이 몇 군데 나이프로 베여 있었다. 찢긴 다운재킷에서 피에 물든 깃털이 삐져나왔다.

바닥에서 일어선 덩치 큰 남자가 다카노와 장위를 보고 히죽 웃는가 싶더니 갑자기 불을 피우던 커다란 깡통을 들어 올려 괴성과 함께 내던졌다. 둘이 동시에 좌우로 비켜 불 깡통의 직격은 피했으나 등 뒤의 벽에 부딪힌 깡통 안에서 불이 붙은 종이와 목재가 일제히 두 사람의 발밑으로 쏟아져 나왔다. 다카노는 불 밖으로 뛰어나와 깡통을 던진 남자에게 달려들었다. 바닥재인 리놀륨이 타는 냄새가 났다. 다카노는 남자의 팔을 비틀어 엎드리게 하고 등 뒤로 돌았다. 멍청히 서 있는 다른 남자들 앞에 서서 팔 안에서 몸부림치는 남자의 목에 갈고리 끝을 갖다 댔다.

"움직이지 마!" 하고 다카노가 외쳤다. 소리 지르는 것만으로도 날카로운 갈고리 끝이 남자의 목에 몇 밀리미터 파고들었다. 손목을 조금이라도 움직이면 갈고리는 소리 없이 남자의 목을 찌를 것이다. 다른 남자들은 미동도 않고 꼼짝없이 이쪽을 바라봤다.

"일본인 남자는 어디 있나?"

소리를 지른 건 장위였다. "어디야? 이 일본인은 진짜로 너희 동료의 목을 찌를 거야!"

남자들이 일제히 다카노의 팔 안에서 움직임을 멈추고 있는 동료에게로 시선을 돌렸다.

"말해! 어디냐!"

다카노는 남자의 귓가에 대고 고함쳤다. 남자가 얼굴을 돌리자 다시 갈고리가 피부를 파고들면서 피가 한 방울 흘렀다.

"……이제 여기엔 없어."

팔 안의 남자가 대답했다. 목이 움직일 때마다 갈고리가 피부를 파고들었다.

"어디야?" 하고 다카노가 고함쳤다.

"몰라. 우리는 여기서 망을 볼 뿐이야. 아까 어딘가로 끌려갔어."

남자가 가능한 한 목을 움직이지 않으면서 말했다. 거짓말을 하고 있는 것 같지는 않았다.

소란스러운 소리를 듣고 왔는지, 창고 입구에 창백한 얼굴을 한 경비원이 서 있었다. 다카노와 눈이 마주치자 갑자기 발길을 돌려 밖으로 달려 나갔다. 장위가 "가자. 사람이 와." 하고 신호를 보냈다. 다카노는 팔 안의 남자를 놔주고 그 등을 한 번 더 발로 찬 다음 앞서 달리기 시작한 장위를 쫓았다.

"하하하! 이제 와서 그자를 찾아내 봤자 소용없어! 자기 혼자서는 기지도 못해! 여기서 오줌똥을 질질 쌌다니까. 하하, 처참하기가 이루 말할 수 없었다고!"

등 뒤에서 남자들의 웃음소리가 들려왔다.

7장

이전펑

얇은 유리창이 새하얗게 흐려져 있었다. 손바닥으로 닦아 내니 얼어붙은 톈진 시가가 내려다보였다. 다카노는 유리 위에서 미끄러진 자신의 손이 조금 떨리고 있는 것을 느꼈다. 지금 주먹을 쥐면 눈앞의 유리창을 깨 버릴 것 같았다.

"빨리 와서 먹어. 그런 데 우두커니 서 있어 봤자 소용없어."

목소리가 들려와서 다카노가 돌아봤다. 김이 오르는 요리가 놓인 테이블에 장위와 한약방 노인이 앉아 있었다. 테이블에는 채소와 새우 볶음, 돼지고기 조림, 흰 살 생선 요리 등 정성 들인 음식이 놓여 있고 장위가 그것들을 차례차례 흰밥에 올려 젓가락으로 쓸어 넣고 있었다.

한 번 더 자리에 앉으라고 노인이 눈짓을 하자 다카노는 어쩔 수 없이 의자에 걸터앉아 젓가락을 쥐었다.

"아까도 말했듯이 오늘 밤 스타디움은 경찰과 경비원으로 가득

할 거야. 섣불리 움직이면 들켜. 내일은 각국의 방송국 사람들과 여러 업자들의 출입이 많아질 테니 그때까지 기다리게."

노인이 돼지고기 조림을 젓가락으로 집으면서 조용히 타일렀다.

다카노는 초조함을 깨끗이 잘라 버리겠다는 듯이 먹기 시작했다. 돼지고기 조림과 채소와 생선을 모두 한꺼번에 뒤섞어 흰밥과 함께 입에 쓸어 넣었다. 갑자기 허겁지겁 먹어 대는 다카노를 장위가 놀란 듯이 힐끗 올려다보더니 다시 밥그릇에 얼굴을 파묻듯이 하고 먹기 시작했다.

"오늘 밤은 여기서 자고 가면 돼."

돼지고기 조림의 비계를 장위의 밥그릇에 옮기면서 노인이 말했다.

"다오카는 이미 스타디움 안으로 옮겨졌을까요?" 하고 다카노가 물었다.

"글쎄, 그건 모르지. 녀석들이 자네의 부하를 스타디움 안으로 옮기는 건 그리 어렵지 않아."

"중국 당국은 폭파될 것을 알면서 왜 손을 쓰지 않는 겁니까? 국제적으로도 큰 문제가 될 겁니다."

"지금의 중국은 국제 문제보다도 신위안 석유와 같은 지방 기업이 제멋대로 구는 것을 더 두려워하고 있어. 외국에서 해 대는 비난 따위는 얼마든지 넘길 수 있지만 중국인이 배반하기 시작하면 감당하지 못한다는 것을 당사자인 중국이 가장 잘 알고 있지. 외국의 비난 같은 건 어린아이의 울음소리 정도로밖에는 생각하지 않아. 게다가 이번 신위안 석유의 움직임에 제동을 걸려는 중앙정부 고관과 모레 있을 시합의 책임자는 서로 정적일지도 몰라. 만약 그렇다면 그 중앙정부 고관에게는 폭파가 일석이조인 셈이지. 상층부의 어디까지 연결된 사람인지는 나도 몰라."

노인의 얘기를 듣던 다카노는 텅 비었던 위가 차오르는 데다가 조금 전까지 창고 거리를 뛰어다녔던 피로까지 덮쳐 오면서 몸이 무거워졌다. 다카노는 일단 젓가락을 놓고 뜨거운 차를 마셨다. 차의 쓴맛에 얼굴을 찌푸리자 "몸에 좋아. 억지로라도 마셔." 하고 노인이 말했다.

다카노는 뜨거운 차를 다 마시고 나서 "선생님의 성함은?" 하고 불쑥 물었다.

"내 이름?"

"네. 아직 듣지 못해서요."

"이름 같은 건 얼마든지 있어. 중국 이름, 일본 이름, 거기에다가 영어 이름도 있어. 하지만 가장 마음에 드는 호칭은 라오예예야. 그냥 할아버지지. 자네도 그렇게 불러 주게."

다카노는 상하이의 장하오와 어떤 관계인지 묻고 싶었으나 물어본들 제대로 된 답이 돌아올 것 같지 않아서 혼자 사는 초라한 실내를 돌아다봤다. 페인트가 벗겨지기 시작한 벽에는 누레진 〈런민(人民)일보〉나 〈톈진 신문〉이 발려 있었다.

그날 밤 다카노는 아오키 유가 보내온 다오카의 가짜 사진을 다시 가자마에게 보냈다. 바로 뭔가 말해 줄 거라고 여겨 휴대전화를 쥔 채로 기다렸으나 보내온 것은 "언제까지 병원에 있는 건가?"라는 짧은 메일뿐이었다. 바로 "모레 오후에는 퇴원할 예정입니다." 하고 답장을 보냈다.

역시 한동안 기다렸으나 답신이 없었다. 다카노는 낡은 소파에 누웠다. 얇은 쿠션 아래로 딱딱한 스프링이 등을 찔렀다. 방의 전깃불은 꺼져 있었지만 거리 건너편에 있는 가라오케의 핑크색 네온사인이 방을 구석구석까지 비춰 주었다. 테이블을 가운데 두고 맞은편 소파에 누워 자던 장위가 몸을 뒤집자 바닥에 늘어져 있던 담요가 소리 없이 그의 몸으로 말려 올라갔다. 다카노는 눈을 감고 옆방에서 라오예예가 보고 있는 텔레비전의 소리에 귀를 기울였다.

"……이봐, 당신들 가슴 속에 폭파 장치 캡슐이 들어 있다는 게 정말이야?"

잠들었다고 생각했던 장위의 목소리가 불현듯 들려왔다.

다카노가 아무 대답도 하지 않자, "그래서 당신들은 도망치지 않는다고 우리 아저씨가 전에 말했어." 하고 계속 말을 이었다. "나라면 가슴을 갈라 그걸 꺼내서 산산이 부숴 버릴 텐데……."

다카노는 소리가 들려오는 쪽의 반대편으로 등을 돌리고 돌아누웠다.

"이봐! 정말이냐고? 무슨 말이든 해 봐!"

갑자기 장위가 안달이 난 목소리를 냈다. 담요를 발로 차 버렸는지 따뜻한 바람이 다카노의 목덜미에 와 닿았다.

"너하곤 상관없는 일이야." 다카노는 조용히 말했다.

두 사람의 목소리가 옆방에도 들렸는지, 벽 너머에서 텔레비전 소리가 작아지고 장위의 거친 숨소리만이 실내에 남았다.

"빨리 자. 내일 해가 뜰 무렵에는 나갈 거야." 하고 다카노가 말했다.

톈진 스타디움의 입구 앞 승하차 구역에 검게 칠한 벤츠를 선두로 차량들이 줄지어 들어와 섰다. 그 뒤로는 왜건과 소형 트럭이 이어졌다. 선두의 벤츠 조수석에서 젊은 남자가 내려 뒷좌석의 문을 열었다. 안에서 한 여성이 그다지 밝지 않은 표정을 하고 내려섰다. 밍크를 걸친 그 여성은 이전평이라는 인기 가수였다. 근처에서 반입 작업을 하고 있던 스태프들은 물론이고 차를 유도하던 경비원들까지 "아, 이전평이다!" "어이, 정말이야. 이전평이야!" 등등 입을 모아 외치며 흥분해서 달려왔다. 왜건과 트럭에서 내려선 남자들이 바로 이전평을 둘러싸고 가까이 다가오는 구경꾼들을 익숙한 몸짓으로 밀어냈다.

"이전평!"

"여기 좀 봐요!"

뒤로 밀리면서도 구경꾼들은 휴대전화를 꺼내 필사적으로 이전평의 사진을 찍으려 했다. 남자들에게 둘러싸인 이전평은 고개를 숙인 채 재빠른 발걸음으로 스타디움 안으로 들어갔다.

홀을 빠져나가 관계자 이외에는 출입이 금지된 복도에 이르자 이전평은 “대기실의 난방, 껐겠지요!” 하고 누구에게랄 것 없이 말했다. 선도하던 스태프 한 명이 “아니요.” 하고 죄송스럽다는 듯이 대답하자, “난방은 켜지 말라고 말해 뒀을 텐데요! 바로 꺼요! 그러고 나서 여기에 있는 가습기를 전부 대기실로 가져오세요!” 하고 이전평이 명령했다.

스태프는 그 목소리에 놀라 바로 트랜스시버를 귀에 대고, “여기는 선도를 맡은 린페이, 린페이입니다! 지금 당장 가습기를 이전평 씨의 대기실로 가져와 주세요!” 하고 고함쳤다.

이전평은 초조한 모습으로 걸음을 재촉하여 앞서 가던 스태프를 추월해서 지나갔다. 앞장선 이전평의 매니저가 대기실 문을 열었고 이전평을 선두로 메이크업 도구니 의상이니 하는 짐들을 끌어안은 스타일리스트와 조수들이 줄줄이 안으로 들어갔다. 트랜스시버를 한쪽 손에 들고 선도하던 스태프가 그 뒤를 따라 들어가려고 하자 매니저가 재빨리 손으로 막았다.

“무슨 일이 있으면 이쪽에서 알릴 테니까.”

어안이 벙벙해진 스태프의 코앞에서 매니저가 문을 닫았다.

이전평은 실내를 둘러본 후 조명이 켜진 커다란 거울 앞에 앉았다. 가져온 짐이 테이블과 바닥에 놓이고 옷상자에서 여러 벌의 의상이 나왔다.

“리허설에서 전부 입어 본 후 내일 본방송 때 뭘 입을지 결정할 거야. 어느 정도의 조명이 비칠지, 리허설에서 알 수 있겠죠?”

이전평은 옷걸이에 걸린 의상을 비교해 보면서 말했다. 그 옆에서 메이크업 도구를 펼친 여성이 이전평의 어깨에 손을 톡 올려놓았다.

“있잖아, 그렇게 무뚝뚝하게 굴면 팬이 줄어.”

그렇게 말하며 미소 짓는 여성을 이전평이 어이없다는 듯이 바라보더니 “샤마르 언니는 그렇게 쉽게 말하지만, 애교를 부리는 것도 한계가 있으니까요.” 하고 어리광 피우듯 입을 삐죽거렸다.

메이크업 도구를 펼쳐 놓은 샤마르는 어리광을 부리려 하는 이전평을 부드럽게 되밀며 등 뒤에서 긴장하고 있는 남자들에게 시선을 돌렸다.

“동선은 확인 가능해?”

샤마르의 말에 네 명의 남자들이 말없이 고개를 끄덕였다.

“지금부터 동선을 확인하러 스타디움 무대까지 갈 테니까 각자 예정대로 장소를 확인할 것. 그다음엔 순서대로 여기서부터 장치를 나르면 돼. 장치를 나를 때는 여기서부터 직접 자신의 담당 장소로 가선 안 돼. 우선 이전평한테 와서 지시를 들은 것처럼 하고 돌아간다. 알았지? 그리고 감시 카메라의 위치는 모두 기억하고 있겠지?”

남자들이 또 말없이 끄덕였다.

이전평의 머리를 빗기기 시작한 진짜 헤어 · 메이크업 담당자의 손이 떨렸다. 이전평이 그 손을 부드럽게 쥐고 “괜찮아. 침착해.” 하고 말을 건넸다. 복도에 나가 있던 매니저가 몇 번이나 노크를 하고 나서 문을 열고는 “우리가 먼저 동선을 확인하러 갑시

다." 하고 약속해 둔 말을 했다. 복도에는 이전평의 얼굴을 보려고 몰려든 스타디움의 스태프들이 멀리서 대기하고 있었다.

"저기요, 내일 본방송은 11시 반부터인 거 맞죠?"

이전평의 질문에 문을 연 채로 서 있던 매니저가 "그래. 정오에 정확히 시합이 시작되니까." 하고 대답했다.

이전평의 목소리를 들은 구경꾼들이 "지금 것이 이전평의 목소리야." 등등 소란을 떨었다.

스태프의 안내를 받으며 매니저와 샤마르 일행이 대기실을 나갔다. 방에는 이전평과 헤어·메이크업 담당자, 그리고 진짜 스타일리스트, 이렇게 여자 셋이 남겨졌다. 헤어·메이크업 담당자와 스타일리스트는 몹시 긴장하고 있었는지, 둘 다 바로 이전평에게 안겨 울었다. 이전평은 두 사람을 끌어안고 "괜찮을 거야." 하고 속삭였다.

실내가 조용해지자 문밖에서 구경꾼들의 소리가 들려왔다.

"〈난 천사가 아니다〉나 〈향수〉, 그런 발라드가 좋겠어."

"그래? 나는, 그 뭐더라, 일본 노래를 리메이크한 댄스곡이 좋은데."

"여하튼 순식간에 인기를 얻었지."

"해방군 예술학원에 재학 중일 때부터 일본, 한국의 레코드 회사들하고도 계약을 했대."

"어머니가 위구르족이라며?"

"어, 그런가?"

"확실해. 어쨌든 그 엷은 색의 눈동자가 매력적이야. 아무리 간소한 드레스를 입고 있어도 빛이 나."

문 너머에서 들려오는 목소리를 들으며, 이전평 일행은 여전히 서로 끌어안고 있었다.

관중석으로 향하는 긴 통로를 벗어나자 갑자기 시야가 열렸다. 잔디 구장을 덮고 있는 미래적인 돔. 그 돔 중앙에 뚫린 구멍으로부터 햇살이 운동장과 서쪽 관객석의 가장자리를 따라 오로라처럼 둥글게 비쳐 들어왔다. 좁은 복도에서 걸어 나온 탓인지 눈앞의 광경이 작은 창문으로 바라다본 우주 공간 같아 보였다.

다카노는 운동장을 바쁘게 돌아다니는 사람들을 바라보며 다운재킷의 지퍼를 턱 아래까지 올렸다. 겨울 하늘은 맑았지만 칼로 에듯이 차가운 바람이 다운재킷마저 뚫고 들어왔다. 운동장에 있는 스태프들의 얼굴까지는 보이지 않았지만 그들이 내뱉는 숨이 하얬다.

등 뒤에서 발소리가 다가오자, 다카노는 돌아보지 않고 벽 뒤로 숨었다. 통로에서 튀어나온 것은 장위였다.

"여기야." 다카노가 두리번두리번 주위를 둘러보는 장위를 계단석에서 불렀다.

돌아본 장위가 "이게 있으니까 이제 자유로이 돌아다닐 수 있어." 하고 두 장의 스태프 출입증을 내밀었다.

"당신 것은 일본 텔레비전 방송국 스태프, 내 것은 FIFA 스태프의 출입증이야. 이거라면 아마도 어디든지 들어갈 수 있을걸."

내민 스태프 출입증에는 일본인의 이름이 기입되어 있었다. 다카노는 출입증을 목에 걸고 "어떻게 구한 거지?" 하고 장위에게 물었다.

"간단해. 스타디움의 안에만 들어갈 수 있으면 그다음은 천 위안으로 얘기 끝."

"우리를 여기에 들여보내 준 트럭 운전사는 어디서 찾았지?"

"라오예에야. 스타디움의 매점에 상품을 도매로 납품하는 업자를 가르쳐 줬어."

일일이 질문에 대답하는 것이 귀찮기라도 한 듯 "가지." 하고 장위가 턱짓을 했다. 걷기 시작하려던 다카노의 눈에 그라운드에 몰려 있는 사람들이 들어왔다.

"누구지?" 하고 다카노가 물었다.

운동장에 시선을 준 장위가 "아, 아마도 이전평이란 가수일 거야. 내일 시합 전에 뭔가 노래를 한다나 봐. 아까 사무국 녀석들이 얘기하고 있었어." 하고 얘기해 줬다.

이미 걷기 시작한 장위의 뒤를 쫓아가면서 다카노는 몇 번인가 운동장을 돌아다봤다. 긴 드레스 차림의 여자가 수많은 스태프들과 구경꾼들에게 겹겹이 둘러싸인 채 천천히 운동장 중앙으로 나아가고 있었다.

"이 스타디움, '쿨'하군."

통로 벽을 만지며 걸어가던 장위가 문득 중얼거렸다.

“쿨?” 다카노가 코웃음을 치자 조금 당황했는지, “어렸을 때 이런 것을 만드는 건축가가 되고 싶었어.” 하고 장위가 변명하듯이 말했다.

“지금부터라도 될 수 있어. 아직 젊잖아.”

장위가 발을 멈추더니 “그렇군.” 하고 중얼거리고 나서 다시 걸어갔다.

통로를 벗어나자 유리를 끼운 내부 복도가 나왔다. 아래층을 내려다보니 A부터 F까지의 출입구가 눈에 들어왔고, 스태프들이 각종 기계 등을 반입하느라 바쁘게 오가고 있었다.

“지상 층에는 뭔가를 숨길 만한 장소가 없어. 사람들의 출입이 너무 많아.”

장위가 잘 닦인 유리를 만지며 말했다.

“그렇다면 가능성이 있는 건 지하군.” 하고 다카노가 대답했다.

“그래. 도면으로 볼 때, 전기 설비실 주변부터 도는 게 좋겠어.”

두 사람의 옆을 같은 스태프 출입증을 목에 건 한 떼의 사람들이 스케줄을 확인하면서 지나갔지만 어느 누구도 다카노와 장위에게 시선을 주지 않았다.

다카노와 장위는 몇 시간에 걸쳐 스타디움 안을 돌아봤다. 여기저기에 설치된 카메라에 찍히지 않도록 주의하면서 지하의 전기 설비실을 시작으로 보일러실에서 덕트를 통해 주차장 천장 위까지 들어갔다. 쳐 놓은 로프를 넘어가 선수들의 라커 룸과 사용하지 않는 회의실 등 모든 장소를 뒤졌지만 다오카는 물론이고 그를 지키고 있을 것으로 여겨지는 의심스러운 인물조차 발견할 수 없었다.

운동장에서는 이전평이라는 가수가 리허설을 하고 있는지 노랫소리가 크게 울렸다. 두 소절쯤 노래하고는 끝나는 과정이 몇 번이나 반복되었다.

다카노는 커다란 팬이 도는 터빈 펌프실에서 스타디움의 도면을 바닥에 펼쳤다. 난방은 들어오지 않지만 작동 중인 펌프 덕분에 실온이 높아서 곱은 손가락 끝에도 피가 돌기 시작했다. 다카노는 이미 체크한 구역을 빨간 펜으로 표시해 갔다. 도면 전체가 거의 다 빨갛게 물들었다.

"앞으로 두 시간이면 스태프들의 최종 리허설이 끝나. 당신 부하를 옮겨 오는 건 그 뒤일지도 몰라. 사람들이 몰려들기 시작할 내일 아침 6시 전에 말이야."

옆에서 바닥의 도면을 들여다보던 장위가 중얼거렸다.

"이대로 스타디움 안에 있는 게 좋겠군. 모니터실의 영상을 볼 수는 없을까?" 하고 다카노가 물었다.

"쉬워. 모든 화상을 볼 수 있을지 어떨지는 모르지만, 컴퓨터 한 대만 있으면 가능해. 조금 전의 설비실에 있던 서버에서 끌어오면 돼."

다카노는 다시 도면에 시선을 떨어뜨렸다. 어딘가에 빠져나갈 구멍이 있을 거야.

"사마르 일행은 어떻게 폭파를 시도할 거라고 생각하나?" 하고 다카노는 물었다.

"글쎄, 몇 명 정도 침입시켜서 자폭하게 하든가, 차로 박든가. 어느 쪽이든 성공할 가능성은 낮아. 경비가 저 정도니."

장위의 말대로였다. 그러나 어찌 되었건 샤마르는 한다고 했다.

다음 날 시합 당일, 톈진 상공에는 화창한 겨울 하늘이 펼쳐졌지만 기온은 그다지 오르지 않아 스타디움을 둘러싼 인공 연못에는 얇게 얼음이 얼어 있었다. 여러 대의 헬리콥터가 얼음을 진동시키며 스타디움의 상공을 날고 있었다. 이미 흥분한 수많은 관중들이 출입구 부근에 집합하여 응원 나팔과 큰북을 울리면서 양국의 선수단이 버스로 도착하기만을 이제나저제나 하며 기다리고 있었다. 응원단 사이에 우려했던 충돌은 없었고 출입구 앞에서 진행되는 양국 텔레비전 방송국의 취재에는 '울트라스(일본 축구 대표팀의 응원단 이름 — 옮긴이)'와 '붉은 악마'가 각자의 유니폼 차림으로 서로 어깨를 걸고 밝게 대답하고 있었다.

그러더니 드디어 개장이 된 모양이었다. 출입구가 일제히 열리면서 뜨거운 동요가 입구 가까이 서 있던 관중으로부터 그 뒤로 파도처럼 전달되었고, 땅울림 같은 환성에 인공 연못의 엷은 얼음이 다시 진동했다.

이 땅울림 같은 환성이 스타디움 안 이전평의 대기실에도 전달되었다. 거울 앞에서 이전평의 머리를 빗기고 있던 헤어·메이크업 담당자의 손이 순간적으로 멈추자, "문을 연 것뿐이야." 하고 이전평은 거울 속에서 미소 지어 보였다.

가습기가 세 대나 돌아가고 있는 대기실 안에는 톈진의 정부 고관에서부터 친한 가수와 배우까지, 각양각색의 사람들이 보내온 꽃들이 가득하여 숨 막힐 듯이 달콤한 향기가 떠돌았다. 대기실은 사람들의 출입이 빈번하여 문을 열어 둔 채였다. 본방송까지는 앞으로 두 시간. 큰 무대에 익숙한 이전평이지만 6만 명을 앞에 놓고 노래하는 건 처음이다.

묶어 올리려고 머리를 하나로 모은 상태에서 다시 바닥과 벽이 흔들리는 것 같은 환성이 들렸다. 거울 안에서 얼굴을 마주 본 이전평과 헤어·메이크업 담당자에게 "어느 한쪽 선수단이 도착한 겁니다." 하고 스타디움의 스태프가 알려 줬다. 이전평은 다시 거울 안에서 메이크업 담당자를 안심시키듯이 미소를 지어 보였다.

샤마르 일행의 모습은 30분쯤 전부터 보이지 않았다. 운동장과 대기실을 잇는 통로에는 이미 폭탄이 설치되어 있다고 했다. 어디에 어느 정도의 폭탄이 설치되었는지는 이전평도 몰랐다.

지금부터 두 시간 후, 관중들의 입장이 절정에 이를 무렵 최초의 폭발이 일어날 것이다. 이전평 일행이 있는 대기실로부터 상당히 먼 장소인 모양인데 그 제1의 폭발이 일어나는 시점에 이전평 일행은 피난하기로 되어 있었다. 주차장으로 가는 데 2분, 차에 올라타 스타디움을 떠나기까지 1분, 합쳐서 3분이 경과했을 때 일제히 다른 폭탄들의 시한장치가 작동될 예정이었다.

이전평은 거울에 비친 민낯을 가만히 바라보면서 벌써 몇 번이랄 것 없이 머릿속에서 반복한 피난 순서를 다시 떠올려 보았다. 그때 샤마르가 남자 부하들과 함께 대기실로 돌아왔다. 거울 너머로 보이는 샤마르는 추운 날씨임에도 뺨에 땀이 맺혀 있었다. 긴장하고 있는 것이 분명했다. 얼굴은 창백했고 목이 몹시 마른지 몇 번이나 입술을 핥았다.

"샤마르 언니." 이전평은 불안해져서 말을 걸었다.

거울로 시선을 돌린 샤마르가 "괜찮아. 아무 문제 없어. 이제부터는 모든 게 예정대로 진행될 거야." 하고 침착한 목소리로 말했다.

그 순간 또 헤어·메이크업 담당자의 손이 떨렸다. 이전평은 "계속 내 곁에 있으면 괜찮아."라고 말하며 그 손을 꽉 잡았다.

사방의 콘크리트 벽이 희미하게 떨리고 있었다. 작동 중인 기기로부터 전해지는 진동이 아니라 좀 더 생생한 진동이었다.

드디어 개장한 건가.

다카노는 바닥에 등을 대고 하늘을 향해 누워 배관이 드러난 천장을 원망스러운 듯이 올려다봤다. 발밑에서는 장위가 여전히 웅크리고 앉아 스타디움 안 곳곳에 설치된 모니터 영상을 컴퓨터로 확인하고 있었다.

밤새도록 다카노와 장위는 이 모니터 영상을 바라봤다. 그러나 다오카는커녕 불온한 움직임을 보이는 테러리스트들의 기미도 발견할 수 없었다. 가끔 인적 없는 장소를 오가는 사람이 있으면 바로 둘 중 하나가 탐색하러 갔지만 그들은 모두 숨어서 담배를 피우거나 휴대전화로 애인에게 전화를 걸거나 하는 야근 중인 스태프들이었다. 새벽 무렵 다카노는 모니터 감시를 장위에게 맡기고 혼자서 다시 스타디움 안을 돌아보고 온 터였다. 이미 몇 번쯤 확인한 방이라도 한 번 더 꼼꼼히 확인했다. 사람의 출입이 없는 장소는 이미 남김없이 확인한 상태였다. 그렇다면 다오카는 아직 옮겨져 오지 않았고 샤마르의 동료들도 침입하지 않은 상태란 얘기다.

다카노는 바닥에서 몸을 벌떡 일으켜 가까이에 있던 빈 캔을 찌그러뜨리더니 벽에다 내던졌다. 튕겨 나온 캔이 '바보야'라고 말하듯 통, 통, 통 소리를 내며 다카노 쪽으로 되돌아왔다. 바닥에는 다카노와 장위가 먹고 마신 잔해가 흩어져 있었다. 장위가 매점에 몰래 숨어 들어가 훔쳐 온 것들인데 하룻밤에 이 정도나 먹고 마시고 했나 싶을 정도로 비닐과 포장과 캔이 어지러이 흩어져 있었다. 그때 다카노가 "으음." 하고 소리를 냈다. 장위가 그 소리에 다카노를 쳐다봤다.

"쓰레기……." 하고 다카노는 중얼거렸다.

"어이, 쓰레기 하치장은 어디지?"

다카노는 바닥에 펼쳐져 있는 스타디움 도면 위로 기어갔다. 6만 명이 모여드는 스타디움이니만큼 거대한 쓰레기 하치장이 있을 터였다. 그러나 도면에는 표시되어 있지 않았다. 보통은 닫혀 있다고는 하나 리허설 때만 해도 1천 명이 넘는 스태프들이 들어와 있었으니 반드시 쓰레기가 나왔을 거다. 나온 쓰레기를 그대로 둘 리

없다.

"쓰레기 하치장이라……." 신음하듯 중얼거리면서 다카노는 도면 위를 손가락으로 더듬었다.

"쓰레기…… 쓰레기……."

장위도 뭔가를 생각해 내려는 듯이 반복했다.

"인공 연못의 지하야!"

장위가 갑자기 소리를 질렀다.

"이 스타디움하고 연못의 지하가 운동장 서쪽의 지하 통로로 이어져 있어. 지상에서 직접 차로 내려갈 수 있는 통로가 분명 인공 연못 둘레에 있어."

장위가 도면 위에서 그 장소를 가리켰다.

스타디움의 내부에만 정신을 빼앗겨서 지하로 연결된 쓰레기 하치장을 미처 생각하지 못했다. 다카노는 일어나 설비실을 뛰쳐나갔다. 장위가 바로 뒤따라왔다.

"이미 지하 통로는 사용할 수 없어. 사람이 너무 많아."

장위에게 어깨를 붙잡힌 다카노는 그 자리에서 발길을 돌려 복도 반대 방향으로 내달렸다. 연못 바닥처럼 조용했던 어젯밤과는 달리 수만의 관객이 들어온 스타디움은 마치 살아 있는 유기체로 돌변한 것 같았다. 긴 복도를 빠져나가 계단을 올라갔다. 거기서 뻗어 있는 통로 끝에 홀이 있었고 그곳은 다양한 색깔의 스태프 출입증을 목에 건 관계자들로 붐비고 있었다. 이전평 일행의 대기실로 보이는 방 앞에는 의상을 맞춰 입은 수많은 아이들이 줄을 맞추어 나란히 바닥에 웅크리고 앉아 있었다. 아마도 시합 전의 여흥으로 이전평과 함께 출연할 아이들인 모양이었다. 두 사람은 사람들과 어깨를 부딪치면서 통로를 나아갔다.

"일단 밖으로 나가서 인공 연못 건너편으로 내려가는 거야."

장위의 제안에 "알았어." 하고 고개를 끄덕일 때였다. 왼쪽 방문이 열리더니 고급스러운 하얀 면 가운을 입은 여자가 휙 나타나 통로를 가로지르려다 다카노와 세게 부딪혔다.

"죄송합니다." 하고 다카노가 사과하자 조금 비틀거리던 여자가 벽에 손을 대고 노려봤다. 장위가 가르쳐 준 이전평이라는 가수였다. 머리를 높이 묶어 올리고 화려하게 화장한 모습은 양귀비 인형의 목이 면 가운 위에 꽂혀 있는 것처럼 보였다.

다카노는 여자가 나온 실내를 힐끗 봤다. 여러 명의 스태프들이 보였고 방 안 가득 꽃들이 장식되어 있었다. "죄송합니다." 다카노는 한 번 더 이전평에게 머리를 숙이고 장위를 따라갔다. 그때였다. 이전평의 대기실에 아는 얼굴이 있는 것 같은 느낌이 들었다.

다카노는 걸어가는 장위를 놔둔 채 발길을 멈췄다. 돌아보니 닫히려는 문 틈새로 샤마르로 보이는 여자가 쓱 가로지르는 모습이 순간적으로 보였다. 다카노는 닫힌 문을 바라봤다. 이전평과 그녀의 헤어·메이크업 담당인 듯한 여자가 다카노의 옆을 지나 홀을 향해 갔다. 메이크업 담당자는 왠지 죽은 사람처럼 창백한 얼굴로 홀에 모여 있는 아이들을 바라봤다. 제대로 걷지도 못

할 만큼 무릎을 떨고 있다는 것을 한눈에 알 수 있었다.

둘과 스쳐 지나친 다카노는 샤마르가 있는 방으로 다가갔다. 그리고 문손잡이에 손을 대고 밀려는 순간, "도망쳐!" 하고 발광한 것 같은 여자의 목소리가 울렸다. 외친 이는 이전평과 함께 있던 헤어·메이크업 담당 여자였다.

"도망쳐! 모두 도망쳐! 싫어! 나는 싫어! 여기에, 여기에 폭탄이 설치되어 있어! 거짓말 아니야!"

여자가 외치고 비명을 질렀다. 순식간에 홀 전체가 조용해졌다. 다음 순간 어른들의 긴장에 겁먹은 아이들이 서로 얼굴을 마주 보고는 공포가 전염된 듯 비명을 지르기 시작했다. 그 소리가 서서히 높아져 주위가 소란스러워졌다. 헤어·메이크업 담당 여자는 망연자실한 이전평의 발밑에 맥없이 털썩 주저앉은 뒤에도 머리를 흩뜨리며 "도망쳐! 부탁이야, 빨리! 앞으로 15분밖에 없어! 폭발한다고! 모두들 도망쳐!" 하고 떨리는 목소리로 말했다.

다카노가 쥐고 있던 문손잡이가 움직이더니 벌컥 밖으로 열렸다. 반사적으로 물러난 다카노의 앞에 눈에는 핏줄이 서고 얼굴에서는 핏기가 사라진 샤마르가 나타났다.

한순간 샤마르는 무슨 일이 벌어졌는지 혼란스러운 듯했다. 그녀는 다카노를 노려보고 바닥에 웅크린 헤어·메이크업 담당 여자와 이전평을 바라보고 나서 이미 서로 밀치며 통로를 도망쳐 나가려는 아이들과 스태프들, 그리고 트랜스시버로 고함치는 남자들에게 차례차례 시선을 줬다.

웅크린 헤어·메이크업 담당자를 어디에선가 나타난 사복 경찰들이 억지로 일으켜 세우려 했다. 밀쳐진 이전평은 벽에 등을 대고 스르륵 바닥으로 가라앉았다. 여자를 억지로 일으켜 세운 남자들의 분위기는 일반 경비원들과 달랐다. 여자를 도우려는 것이 아니었다. 굵은 손이 여자의 목 위에 놓여 있었다. 남자들은 여자를 벽으로 밀치더니 귓가에 대고 협박을 하듯이 뭔가 속삭였다. 다카노는 뒤에서 모여든 스태프들에 뒤섞여 남자들의 앞을 빠져나갔다. 그 순간 "위구르족"이라고 속삭이는 메이크업 담당 여자의 목소리가 귀에 들어왔다.

돌아보니 여자는 샤마르를 가리키고 있었다. 남자들은 여자를 바닥에 내팽개쳤다. 이미 통로를 내달리기 시작한 샤마르는 소란에 놀라 이쪽을 향해 오는 사람들을 능란하게 피하며 도망쳤다. 따라가려는 남자들은 몸집이 커서 제대로 속도를 낼 수 없었다.

홀에서의 소란은 엄청난 속도로 퍼져 갔다. 저쪽 계단에서도 이쪽의 통로에서도 "도망쳐!" "이쪽이야." "폭발이다." 하는 소리와 함께 수많은 관중들이 통로로 쏟아져 들어왔다. 다카노는 그 흐름을 타고 이미 모습이 보이지 않는 장위를 쫓았다. 사람이 지나치게 많아서 좀처럼 앞으로 나아갈 수가 없었다. 스타디움 안의 비상벨이 울리기 시작했고 수만 명의 사람들이 겁에 질려 숨을 삼키는 기색이 전해져 왔다. 다카노는 지상으로 나가는 계단을 달려 올라갔다. 요란한 비상벨 소리를 타고 유난히 느긋한 말투로 "문제가 발생했습니다. 일단 스타디움 밖으로 대피하시기

바랍니다."라고 말하는 안내방송이 반복해서 흘러나왔다. 다카노가 스타디움 밖으로 뛰쳐나갔을 때 마침 방송이 끝났다. 하지만 사람들의 겁에 질린 아우성은 더욱 커졌다.

인공 연못 끝에 장위의 모습이 보였다. "무슨 일이야?" 하고 외치는 장위에게 "서둘러! 시간이 없어!" 하고 다카노가 되받아 외쳤다. 인공 연못의 엷은 얼음에 무수한 금이 갔다. 스타디움의 소동이 다카노의 뒤를 쫓아왔다.

다카노는 장위와 함께 지하로 뻗은 경사로를 달려 내려갔다. 쓰레기의 자극적인 냄새가 서서히 강해졌다. 쓰레기 수거차 한 대가 멈춰 서 있었다. 그 안쪽으로 반쯤 열린 셔터가 보였다.

다카노는 너무나도 자극적인 냄새에 숨을 멈추고 안으로 뛰어들었다. 높이가 10미터는 되어 보이는 어두컴컴한 공간에 빈 캔, 페트병, 폐지, 음식물 쓰레기가 함께 뒤섞여서 높게 쌓여 있었다. 미래적인 스타디움 속에서 이곳만큼은 재개발 와중에 버려진 슬럼가처럼 방치되어 있는 것 같았다.

안으로 뛰어든 다카노의 발이 바닥에 질펀한 액체에 미끄러졌다. 끈적끈적한 액체는 캔과 페트병에 남아 있던 주스가 썩은 것인 듯, 들척지근한 냄새와 함께 뭐라 표현할 길 없는 역겨운 냄새가 콧구멍을 찔렀다. 그러나 하치장 안에 사람 그림자는 없었다.

"다오카!"

다카노가 외쳐 봤지만 올려다본 쓰레기 산에서는 아무런 반응이 없었다. 다카노는 가까이에 있는 각목을 손에 쥐고 쓰레기 산으로 달려 올라가 "다오카! 어디 있는 거냐!" 하고 외치면서 쓰레기를 휘저었다. 각목에 의해 파내어져 이리저리 날아간 쓰레기가 사방의 벽에 부딪혀 허무한 소리를 냈다. 스륵스륵 다리가 쓰레기에 잠겨 들어갔다. 각목으로 쓰레기를 파낸 장소에 위에서부터 다른 쓰레기가 흘러 떨어졌다. 아무리 각목을 휘둘러 봐도 눈앞의 쓰레기 산은 요지부동이었다.

"어이!"

그때 쓰레기 산 너머에서 장위의 목소리가 들렸다.

"있어! 여기 있어!"

장위의 목소리에 다카노는 쓰레기 산을 기어 내려갔다. 벽과 쓰레기 산 틈새에 장위의 등이 보이고 그 안쪽으로 사람의 팔 같은 것이 튀어나와 있었다. 다카노는 장위의 몸을 밀치고 그 팔을 잡아당겼다. 표면의 쓰레기가 사람 형태로 무너지더니 원래 모습을 잃어버린 다오카의 얼굴이 나타났다.

"다오카!"

다카노는 쓰레기 속에서 다오카를 안아 일으켰다. 다행히 쓰레기가 표면에만 살짝 덮여 있었는지 질식은 하지 않았다.

"다오카! 알아보겠나! 나다!"

다오카의 부어오른 눈꺼풀이 희미하게 움직였다. 거기서부터 피가 섞인 눈물이 흘렀다.

다카노는 다오카를 어깨에 메고 쓰레기 산을 내려왔다. 뒤따르던 장위가 "저거야!" 하고 쓰레기 수거차로 달려갔다. 지상으로 뻗어 있는 경사로로부터 땅울림 같은 진동이 전해져 왔다. 수만의 군중이 일제히 스타디움 밖으로 도망치는 발소리였다.

장위가 트럭의 운전석에 올라타 시동을 걸고 있는 동안 다카노는 지독한 냄새가 나는 짐칸에 다오카를 밀어 넣었다. 짐칸의 문을 닫으려다가 다오카가 부풀어 오른 눈꺼풀 사이로 이쪽을 보고 있다는 것을 알아차렸다.

"괜찮아!" 하고 다카노가 말을 걸었다.

미소를 짓는 건지 다오카가 입술을 씰룩거리더니, "……왜 안 죽는 거야. 한참 전에 시한이 지났잖아."라고 말하고는 피거품을 물었다.

"말하지 마."

다카노는 짐칸의 문을 닫았다. 그리고 그대로 조수석으로 돌아가려는 순간, 스타디움과 연결된 지하 통로를 따라 이쪽으로 달려오는 사람들 그림자가 눈에 들어왔다. 발소리가 통로를 울리며 서서히 다가왔다. 그리고 그들을 쫓는 수많은 이들의 발소리가 그 등 뒤에서 희미하게 들려왔다. 통로의 조명에 비친 얼굴이 샤마르라는 걸 알아차린 순간, 통로 안쪽에서 첫 번째 폭발음이 울리더니 똑바로 서 있을 수 없을 정도의 폭풍이 다카노의 얼굴을 덮쳤다. 저도 모르게 붙잡은 수거차가 폭풍으로 몇 센티 떠올랐다. 다카노는 폭풍에 맞서 버티면서 눈을 가늘게 떴다. 폭풍에 날아간 샤마르와 젊은 남자가 종잇조각처럼 바닥을 굴러 왔다. 등 뒤에서는 쓰레기 산이 무너지기 시작했다.

다카노는 몸을 힘주어 끌어당겨 수거차 조수석에 올라탔다. 올라타자마자 장위가 액셀을 밟았다.

통로 안쪽에서 샤마르를 쫓아온 남자들이 뒤엉켜 아우성치고 있는 모습이 연기 너머로 보였다. 폭풍 탓에 벽과 바닥으로 내동댕이쳐졌는데, 아직 숨은 붙어 있는 것 같았다.

그때 달리기 시작한 차 앞을 샤마르가 양손을 펼치고 막아섰다. 장위가 급브레이크를 밟아 하마터면 칠 뻔한 상황에서 차가 겨우 멈춰 섰다. 눈앞에 샤마르의 얼굴이 있었다. 샤마르는 바로 다카노를 알아봤다. 어떤 표정을 지으면 좋을지 스스로도 모르겠다는 듯, 다만 미간에 주름을 잡았다.

"가!" 하고 다카노가 장위에게 말했다. 주저하던 장위가 다카노에게 시선을 준 순간, 샤마르가 앞 유리에 달라붙었다.

"가!" 하고 다카노는 한 번 더 고함쳤다.

그때 조수석 문이 열리더니 젊은 남자가 다카노를 끌어내려 했다. 다카노는 남자를 발로 찼다. 문 쪽으로 돌아온 샤마르가 "거래야! 손해 보게 하진 않아!" 하고 외쳤다. 다카노는 샤마르의 엷은 색 눈동자를 바라봤다. 거기에는 아무것도 쓰여 있지 않았다.

"……타라! 빨리!" 다카노는 고함쳤다.

등 뒤로 돌아간 샤마르와 젊은 남자가 짐칸을 열고 올라타는 것이 그 진동으로 전해져 왔다.

장위가 액셀을 밟았다. 짙은 연기를 가르며 남자들이 통로를 쫓아왔다.

차는 타이어 마찰음을 울리며 경사로를 달려 지상으로 올라갔다. 기울어진 차 안에 타이어 타는 냄새가 났다. 인공 연못의 둔덕으로 달려 나가자 스타디움의 모든 출입구로부터 관중들이 밖으로 도망쳐 나오는 모습이 보였다. 조금 전의 폭발로 모두 비명을 지르며 우왕좌왕 도망치고 있었다. 이미 대부분의 관중들은 밖으로 나온 듯했으나 그 때문에 통로에 사람이 넘쳐흘렀고 개중에는 빨강, 파랑 유니폼 차림으로 엷게 얼음이 언 인공 연못을 가로질러 도망치는 사람도 있었다.

장위는 클랙슨을 울리며 일반도로로 차를 몰았다. 반대 차선으로 뛰어들자 맞은편에서 오던 차가 급하게 핸들을 돌렸다. 그때였다. 등 뒤의 스타디움에서 두 번째 폭발음이 울렸다. 첫 번째보다 더욱 강한 폭발이 연속해서 일어났다. 진동으로 도로가 파도치는 것처럼 보였다. 유리를 끼운 스타디움의 돔이 깨지고 조각난 유리 파편이 다카노 일행이 탄 트럭 앞 유리에까지 날아와 후드득 떨어졌다.

모든 차가 급정거한 거리에서 장위는 차를 유턴시켜 꼼짝달싹 못하고 있는 차들 사이를 빠져나가 스타디움에서 멀어져 갔다. 거리에 나온 구경꾼들이 아연한 표정으로 스타디움 쪽을 바라보고 있었다. 룸 미러에 연기가 피어오르는 스타디움이 비쳤다.

장위는 돌연 핸들을 꺾어 차를 골목으로 몰았다. 좁은 골목에는 더 많은 구경꾼들이 나와 있었다. 스타디움 쪽을 향해 목을 길게 뺀 사람, 불안한 듯이 큰길로 몰려 가는 사람들 때문에 차의 속도가 떨어졌다. 그때 짐칸에서 사람이 움직이는 기척이 있더니 차가 두 번 들썩거렸다. 사이드 미러로 시선을 돌리자 짐칸에서 뛰어내린 샤마르와 젊은 남자의 모습이 보였다.

"어떡해?"

장위의 질문에 "그대로 가." 하고 다카노는 말했다.

샤마르는 딱 한 번 돌아보고는 젊은 남자와 함께 구경꾼들 속에 섞여 들어가서 큰길로 모습을 감췄다.

이것이 다카노 일행이 3개월에 걸쳐 진행한 임무의 마지막 장면이었다. 위구르의 신위안 석유와 '고와+남성'의 제휴를 저지하려는 폭파 계획을 알았으면서도 결국 그것을 막아 내 고와와 남성에게 붙지도, 반대로 실행하려는 쪽에 붙지도 못한 채 손에 쥔 정보만을 낭비한 완전한 실패의 광경이었다.

다카노는 샤마르 일행의 모습이 사라진 사이드 미러를 한참 동안이나 바라보고 있었다.

8장

벚꽃 축제

바람이 조금 불기 시작했다. 저 멀리 아직 눈을 뒤집어쓴 후지산이 보여서 그런지 하천 부지의 광장을 휘감고 지나가는 바람이 몹시 차게 느껴졌다. 만개한 벚꽃의 꽃잎이 춤을 추자 광장에 모인 사람들이 환성을 올렸다. 꽃잎은 구수한 냄새를 내는 야키소바 철판 위에도 떨어진 모양이었다. 커다란 프라이팬 주걱을 양손에 들고 야키소바를 섞고 있던 청년이 "지금 오시면 벚꽃 꽃잎 첨갑니다." 하며 손님을 불러 모았다.

지역 에비스 상점가가 주최하는 벚꽃 축제에는 매년 많은 유권자들이 모였다. 아이들은 이리저리 뛰어다니고 어른들은 술을 주거니 받거니 하면서 경기가 어렵다며 걱정하고 교외에 생긴 대형 쇼핑센터를 놓고 흉을 보는 등 매년 같은 얘기를 했다.

"이가라시 의원님! 저희와 함께 이쪽에서 사진 좀 찍어 주세요."

상점가 조합 부회장의 술잔을 받고 있던 이가라시 다쿠는 부인회의 아주머니들에게 팔을 잡혀 그네들이 이끄는 대로 배경에 후지 산이 또렷이 들어오는 장소에 세워졌다. 다른 아주머니들도 모여들어 순식간에 그를 둘러쌌다.

"의원님은 잘생기셨으니까 텔레비전에 더 많이 나와야 해요."

옆에서 팔을 끼고 선 아주머니의 말에 "나 같은 의원 초년생이 나와 봤자 허점만 드러날 뿐이에요. 게다가 정치하고 얼굴은 아무 상관 없고." 하고 이가라시가 대답하자 "어머나, 우리는 의원님이 제일 잘생겼기 때문에 투표한 거예요. 그렇지?" 하고 다 같이 웃음을 터트렸다.

이가라시는 넥타이를 고쳐 매고 웃음 띤 얼굴을 만들었다. 카메라를 든 부인회 회장이 "됐나요? 찍어요." 하고 셔터를 눌렀다.

"자, 이번에는 회장님이 들어오세요."

팔을 끼고 있던 아주머니가 부인회 회장이 서 있던 곳으로 뛰어가고 대신 부인회 회장이 이가라시의 팔을 잡았다.

사진 촬영이 끝나자 "의원님, 올해 서른넷이죠? 좋은 사람 없어요?" "어머, 정말 그러네. 이제 결혼을 해야지요. 국회의원으로서 관록이 안 서잖아요." 등등 늘 듣던 공격이 시작됐다. 이대로 조금 더 있으면 "미국에 유학 가 있는 조카가……." "도쿄에서 변호사를 하고 있는 우리 사위의 여동생이……." 등등 혼담을 권하는 얘기가 나올 터였다.

이가라시는 웃는 얼굴을 계속 보이면서도 비서인 단텐 고스케를 찾았다. 다음 순간 누군가가 등 뒤에서 어깨를 툭 쳐서 돌아보니 단덴이 서 있다. 이미 눈치를 챈 듯 "의원님, 즐거우시겠지만 부인분들만 상대하시지 말고 다른 분들께도 인사를 하셔야죠." 하고 절묘한 타이밍에 말을 걸어왔다. 단덴의 말재간에 기분이 좋아진 듯 "맞아. 우리가 의원님을 독점하면 안 되지." 하고 회장이 기분 좋게 이가라시를 보내 줬다.

남자들이 빙 둘러앉아 술을 마시고 있는 텐트로 향하면서 이가라시는 "살았어." 하고 한숨을 쉬었다. "앞으로 30분쯤 후에 자리를 털고 일어나 그대로 도쿄로 돌아갈 예정입니다."

"뭐? 오늘은 여기 묵는 거 아니었어? 모처럼 고향집에서 여유롭게 지내려 했는데."

"그건 어렵습니다. 내일 오전 중에 우주기본법 점검을 위한 의원평의회와, 이쿠타 의원님 쪽하고의 학습회 일정이 잡혀 있으니까요."

"아, 그 우주회의 말이지. 그거 정말로 졸린데. 훌륭한 학자님들의 얘기는 뭔 소린지 모르겠고, 이거다 하고 급하게 서두르는 사안도 없고."

"무슨 한가한 소리를 하시는 겁니까. 어쨌든 그런 회의에서 힘 있는 의원들하고 관계를 잘 맺어 둬야지요."

"관계고 뭐고, 바로 그 힘 있는 의원님들이 잠만 잔다니까."

계속 투덜거리려 하는 이가라시의 등을 단덴이 툭 밀었다. 이가라시는 고꾸라질 듯한 자세가 되어 "아, 잠시 끌려갔다 왔습니다" 하고 말하며 텐트 아래에서 흥이 나 있는 상점가 이사들 쪽에

합류했다.

“아, 이가라시 의원님, 마침 잘됐네.” 하고 술 냄새 나는 숨을 내쉬며 상점가 조합의 이사장이 바로 어깨를 안았다. “잠깐 소개할 사람이 있어요. 이쪽은 나의 오랜 친구 히로쓰 가즈요시 씨, 고텐바 쪽에서 작은 공장을 하고 있어요. 그러니까 종업원이 아들을 포함해서 다섯 명이던가? 뭐, 어쨌든 이런 데는 별로 얼굴을 내밀지 않는다니까요.”

고텐바라면 유권자 중의 한 명이라서 이가라시도 바로 악수를 청했다.

“어떤 걸 만드십니까?”

이가라시의 질문에 “뭐라더라, 나는 들어도 어려워서 모르겠는데, 복잡한 의료 기구였던가?” 하고 이사장이 대신 대답했다.

“복잡한 의료 기구?” 이가라시는 고개를 갸우뚱했다.

“레이저 메스 말인가? 그런 것도 만들고 있지요.”

조금 신경질적으로 보이는 히로쓰라는 남자가 이사장과 이가라시에게 연달아 대답했다. 이가라시는 레이저 메스라는 것을 머릿속에 그려 볼 수는 있어도 그 이상으로 화제를 이끌어 갈 지식도 없고 해서 “아, 그러세요, 그렇습니까.” 하고 감탄하는 시늉을 하면서 가까이에 있던 캔 맥주를 히로쓰에게 따르려 했다.

“중소기업을 대상으로 하는 융자 제도 변경 자료 같은 게 제대로 가고 있는지요?”

틈을 두지 않고 단넨이 옆에서 도움을 줬다.

"아, 이거 송구스럽군요. 의원님이 친히 술을 따라 주시고."

히로쓰가 황송하다는 태도로 종이컵을 들면서, "우리는 자금 조달 쪽은 그럭저럭 되고 있는데요. 문제는 후계입니다." 하고 단덴에게 대답했다.

"아드님이 계신가요?" 하고 이가라시가 물었다.

"네, 보세요. 저기서 한가하게 야키소바를 만들고 있어요."

히로쓰의 시선을 좇아가자 조금 전 "벚꽃 꽃잎 첨갑니다." 하고 소리를 지르던 청년이 이쪽을 향해 고개를 까딱했다. 이가라시도 고개를 숙여 인사를 보내자, 프라이팬 주걱을 다른 사람에게 건넨 아들이 가까이 다가와서 "처음 뵙겠습니다. 저는 이가라시 의원님의 후배입니다." 하고 말을 걸어왔다.

"신조 고등학교?"

"네. 의원님과 같은 검도부입니다."

"어? 그럼, 정말로 후배네."

이가라시가 손을 뻗자 아들은 그 손을 기쁜 듯이 세게 쥐었다.

"아버지 공장을 이을 건가?"

조금 전 얘기를 이어서 이가라시가 묻자, 아버지가 "믿을 만하지가 못해서." 하고 대신 끼어들었다.

"잘해 보게." 하고 이가라시는 그 어깨를 두드렸다.

"네." 멋쩍은 듯이 고개를 끄덕이는 모습은 분명 믿음직스러운 느낌은 아니었다.

야키소바 코너에서 부르자 아들은 몇 번이나 이가라시에게 고개 숙여 인사하고는 다시 자기 자리로 돌아갔다. 그걸 눈으로 뒤쫓던 아버지가 "어렸을 때부터 기계를 만지는 걸 좋아했기 때문에 우리 일하고 잘 맞긴 한데요, 일하고 놀이의 구분이 없는 게 문제예요. 틈만 나면 공장 구석에서 뭔가 영문을 알 수 없는 거나 만들고 있고." 하고 한숨을 쉬었다.

"그런 말씀 마세요. 저도 아드님 정도 나이일 때에는 비슷했어요. 게다가 아직도 공부 중이니까."

이가라시는 또 캔 맥주를 손에 들었다. 아버지가 서둘러 맥주를 들이켜고는 "아, 이거, 송구스럽게" 하며 종이컵을 내밀었다.

단덴의 재치로 조금 일찍 벚꽃 축제 자리에서 빠져나올 수 있었기 때문에 행락철 귀갓길 정체에 빠지지는 않을 듯했다. 이가라시는 뒷좌석에서 독서용 라이트를 켜고 미처 제대로 읽지 못했던 조간을 펼쳤다. 독서용 라이트는 이동 중에도 여러 가지 자료를 읽고 공부할 수 있도록 단덴이 생각해서 달아 준 것이다.

단덴은 이가라시의 대학 1년 후배였다. 둘 다 교토 대학 법학부를 졸업했으며 졸업 후 이가라시는 유명 학원의 강사가 되었고, 단덴은 대형 증권회사의 연구소에 입사했다. 2년쯤 지나 일에 질린 단덴의 권유로 이가라시는 민주당 의원이 주재한 정치 학원을 단덴과 함께 다니게 되었다. 그 후 정신을 차리고 보니 정치권으로 들어가기 위해 이인삼각으로 뛰고 있었으니 신기한 일이었다. 사실 단덴 쪽이 정치에 더 맞았지만 앞으로 나서는 데 서툴러서 결과적으로는 사람을 좋아하는 이가라시가 앞에 나서고 단덴이 시키는 대로 움직이는 모양새가 되었다. 물론 처음에는 이가라시도 그 나름의 주의, 주장이 있었지만 무엇을 해도 단덴 쪽이 앞날을 더 잘 읽어 냈기 때문에 간신히 민주당의 공천 후보가 되고 나서부터는 단덴의 의견을 무조건 따르는 습관이 붙었다.

"어이, 단덴."

신문을 읽던 이가라시가 기사 하나에 시선을 고정하고 핸들을 쥔 단덴에게 말을 걸었다.

"이전평이 벌써 복귀 콘서트를 한다네."

갑작스러운 이가라시의 말에 "누구요?" 하고 되물으며 단덴이 룸 미러를 통해 이가라시를 쳐다봤다.

"거 왜, 중국 가수 말이야. 톈진 스타디움 폭파 때 테러리스트에게 억지로 협력을 했다던."

"아, 그 가수라면 벌써 한 달쯤 전에 폭파로 다친 관중들이 있는 병원에 병문안 갔다고 뉴스에 나왔어요."

"그건 나도 봤어. 하지만 사건이 발생한 지 아직 두 달밖에 안 지났는데 복귀 콘서트라니, 좀 빠르지 않나?"

"글쎄요, 그 사건 이후로 일본에서도 굉장히 인기가 올라갔잖아요. 유튜브인지 뭔지에서 그 여자의 노래가 1천만 건 이상 조회됐고. 뭐, 다친 사람이 다수 나오긴 했지만 기적적으로 사망자가 한 명도 없었던 것이 컸겠지요."

"거참, 아무리 그래도……."

이가라시는 지면에 실린 이전평의 사진을 들여다봤다. 사건 직후보다 상당히 마른 모습이었다. 두 달 사이에 무슨 일을 당한 걸까 상상하게 만들 정도로 측은해 보였다.

"저기 있지." 이가라시는 사진을 바라보면서 또 말을 걸었다. "역시 체포되고 나서 당국으로부터 고문도 받고 그랬겠지."

"뭐, 육체적인 것이라기보다 정신적인 거였겠지요."

이가라시는 정신적인 고문이라는 게 어떤 것인지 상상해 보려고 했다. 그러나 구체적인 이미지가 좀처럼 떠오르지 않았다.

한 달 전에 분명 이가라시도 이전평이 병원으로 병문안 간 뉴스를 봤다. 양옆에서 부축을 받은 이전평은 혼자서는 걸을 수도 없을 정도로 초췌했다. 스타디움에서 왼쪽 팔에 골절상을 입었다는 소녀가 누워 있는 침대 앞에 이르러 갑자기 몸을 비틀며 통곡했고, 바닥에 쓰러져 몇 번이나 이마를 바닥에 문지르며 용서를 구했었다.

전해 오는 얘기로는, 이전평은 그 사건의 주모자에 의해 완전히 세뇌당했다고 했다. 한 달에 걸친 구속 기간 후 그녀는 스스로 죄를 인정하고 자신이 얼마나 어리석은 범죄에 손을 담갔는가를 고백했고, 나아가 국내외의 수많은 기자들이 모인 회견장에서 중국의 국가인 〈의용군 행진곡〉을 울면서 열심히 부르기도 했다.

그 영상을 보면서 이가라시는 인간이라는 존재가, 아니 인간의 심지 같은 것이 어떤 힘에 의해 부러진 모습을 목격한 듯해서 등줄기가 서늘해지는 느낌이었다.

"있잖아, 단덴." 이가라시는 문득 불안해져서 말을 걸었다. "나 말이야, 국회의원 같은 것이 되면 일본의 암부라고 할까, 그런 것에 좀 더 가까이 가닿을 수 있을 거라고 생각했었어."

"일본의 암부라니요?"

단덴이 조금 어이없다는 듯이 웃었다.

"아니, 그러니까 말이야. 뭐랄까. 도시 전설(근현대를 무대로 한 전설의 일종으로 산업화되기 전의 전통 전설과 대비된다—옮긴이) 같은 거. 예를 들어 누구누구는 프리메이슨에 가입해 있다든가, 일루미나티와 연계되어 있다든가, 도쿄의 지하에 핵 방공호가 있다든가, 황실의 비밀이라든가, 일반인에게는 결코 밝혀지지 않는 뭐 그런 것들 말이야. 그런데 결국 그런 건 없는 거지?"

"글쎄, 어떨까요?"

"그러니까, 그런 얘기는 한 번도 들어 보질 못했잖아."

"뭐, 그렇긴 하죠. 그래도 말이에요. 우리는 아직 숫자를 채우는 장기짝에 불과한 의원이지만 조금 더 위로 올라가면 뭔가 받을 수 있을지도 모르지요. 그런 기밀 정보에 접근 가능한 키 같은 것 말이에요."

"그럴까? 그 누구냐, 의원을 네 번, 다섯 번씩 하고 있는 장관급의 요네쿠라 의원님을 보라고. 나와 마찬가지로 이번 주말에는 출신 지역에서 벚꽃 놀이나 한다잖아."

"그야 요네쿠라 의원님은 그렇겠지만. 정말 생각해 보니 뭔가 있을 것도 같아요. 지금까지는 경력을 쌓아서 위로 올라가면 그런 정보가 들어올 거라고 막연하게만 생각했었는데, 어쩌면 일본이라는 나라에는 '초(超)일본' 같은 게 있을지도 모르겠어요."

"초일본?"

"거참, 나도 잘 몰라요. 하지만 분명 거기는 정말로 특별한 세계라서 국회의원 정도로는 상대가 되지 않을지도 모르죠."

단덴의 얘기를 듣고 이가라시는 또 '초일본'인지 뭔지를 상상해 봤다. 그러나 무도회가 개최되는 베르사유 궁전 같은 장면밖에는 떠오르는 게 없었다.

이가라시는 국회의원이긴 했지만 이번 톈진 스타디움 폭파 사건에 관해서는 소위 매스컴에 보도된 정보밖에 아는 게 없었다. 위구르족의 반정부 과격파 조직에 의한 테러 사건이라는 것, 일본의 매스컴에 따르면 이 조직은 지금까지 얘기되어 온, 비폭력주의를 주장하는 위구르 반정부 조직의 본류와는 전혀 다른 것으로, 샤마르라는 여성을 중심으로 하여 '동 투르키스탄 독립'을 목표로 활동하는 무장파 집단이라는 것 정도가 전부였다.

톈진 스타디움에는 모두 일곱 곳에 폭탄이 설치되어 있었다고 한다. 관중의 피신이 늦었다면 다수의 사망자가 나왔겠지만 다행히 이전펑의 메이크업 담당자가 폭탄이 있다고 소리쳤던 스타디움의 서쪽에 폭탄이 집중적으로 설치되어 있었던 덕분에, 이후 폭발까지는 겨우 15분이라는 짧은 시간밖에 남아 있지 않았으나 서쪽에서부터 관중들의 피신이 시작되어 기적적으로 한 명의 사망자도 나오지 않았다고 한다. 중국 당국에 의하면 톈진 스타디움 폭파 사건에서 중상자는 세 명, 경상자는 마흔여섯 명이 발생했다. 그들이 입은 부상도 폭파가 아니라 피신 중에 넘어지는 등의 이유에 의한 것이었다고 한다.

사건 후 일본의 논조는 평소와는 전혀 다른 흐름을 보였다. 통상 중국에서 이런 종류의 소수민족 봉기 뉴스가 전해져 왔을 경우, 일본 정부는 물론 매스컴도 소수민족에 대한 중국 정부의 인도주의를 촉구하는 정도로 그치는 게 상례였고 그에 비해 인터넷 언론은 소수민족을 강력히 옹호하고 중국 정부를 비판하곤 했다. 그런데 이번만큼은 공격의 대상이 한일전이요, 일본인 응원단을 포함한 관광객이었다는 점에서, 평소라면 중국 정부를 비판하는 논조로 흘러갔을 인터넷 언론에서조차 테러 집단 및 협력자에 대한 중국 정부의 엄격한 태도를 전면적으로 지지했다. 그리고 이 흐름은 한국에서도 비슷했다고 한다. 참고로 일본인과 한국인 피해자는 합쳐서 세 명이었다. 셋 다 피신 중에 넘어져서 전치 3주 정도의 골절상을 입었다. 이 폭파 사건으로 중지됐던 한일전은 후일 장소를 바꾸어 한국 대구시의 스타디움에서 속개되었는데, 거기서 0 대 2로 한국이 이기자 일본에서는 테러 집단에 대한 증오의 감정이 더 커지게 되었다.

벚꽃 축제 다음 날, 이가라시는 오전 중에 우주기본법 점검을 위한 의원평의회와 선배 의원과 함께 하는 학습회를 무난히 끝내고는 단덴과 함께 최근 자주 다니게 된 아카사카의 한국 요릿집에서 점심을 먹었다.

원래 매운 것을 좋아하지만 이 가게의 두부찌개는 특히 입맛에 맞아서 반숙한 계란을 푼 찌개 하나로 공깃밥을 세 그릇은 먹을 수 있었다. 이가라시가 땀을 흘리며 찌개를 홀짝이고 있는데 "아, 그러고 보니……." 하고 이미 냉면을 다 먹고 입가를 닦고 있던 단덴이 입을 열었다.

"어제, 톈진 스타디움 얘기를 했었죠?"

"그래, 했었지. 이전평이었나."

"좀 전에 의원님이 평의회에 나가 있는 동안 노토 의원님 쪽에 오래간만에 얼굴을 내밀고 왔는데요. 재미있는 얘기를 들었어요."

"뭔데, 재미있는 얘기란 게?"

이가라시는 얼굴도 들지 않고 빨간 국물을 홀짝였다.

"그 폭파 사건이 겉으로는 위구르의 독립을 노리는 집단의 반정부 테러 사건으로 되어 있지 않습니까? 하지만 실제로는 사정이 좀 더 복잡한 모양이에요."

"복잡하다니?"

"물론 반정부 집단에 의한 테러인 것은 틀림없지만 위구르의 신위안 석유라고, 위구르 지역에서 유전을 개발하는 회사가 최근에 일본의 고와, 한국의 남성하고 손을 잡고 신유전 공동개발을 추진했던 모양이에요. 하지만 이번 사건으로 무산됐다더군요."

"왜?"

"그 부분이 복잡해요. 이 신위안 석유라는 곳이 최근 중국 중앙정부가 골치 아파하는, 그러니까 중앙정부의 말을 듣지 않는 이익 추구 회사라서 멋대로 외국 자본을 받아들이려고 했다는 거예요. 그래서 중앙정부가 신위안 석유의 폭주를 막을 작전을 세웠다는 거죠. 그것이 이번 사건의 계기라더군요."

"지금 무슨 소릴 하는 건지 잘 모르겠는데."

"그러니까 간단히 설명하면 이런 겁니다. 중국 정부는 신위안 석유와 고와, 남성의 제휴를 저지하고 싶었다, 저지한 다음에 힘이 빠진 신위안 석유를 자신들이 원하는 대로 움직이고 싶었다, 이겁니다. 그래서 중국 정부가 일본의 닛키와 한국의 사운데에게 얘기를 꺼냈다. 닛키와 사운데 입장에서도 손해 볼 얘기는 아니라서 여기에 미국을 끌어들여……."

"왜 거기서 갑자기 일본을 뛰어넘어서 미국이 나오는 거야?"

"뭘 모르시네. 닛키로부터 이 이야기를 들은 일본의 어느 정치인이 당연히 그걸 미국으로 가지고 간 거겠지요."

"'당연히'라니……."

"어찌 됐건 CIA가 테러 집단에게 자금과 물자를 제공해서 사건은 일어났다."

"그럼 그 폭탄의 몇 퍼센트쯤은 '일본제'란 얘긴가? 그렇다면 일본인이 일본인 응원단을 노려서 폭파했다는 얘기잖아."

"그래요."

"그래도 되는 거야? 너무하군."

"분쟁은 모두 비슷한 거잖아요. 어쨌든 그 결과, 고와와 남성의 제휴 얘기는 없었던 게 되어 버린 거지요."

"왜?"

"스타디움이 폭파됐잖아요. 그런 사건이 일어난 배경에 신위안 석유가 있는데, 그 신위안 석유와 제휴하겠다는 고와와 남성에게 돈을 내줄 은행이 있겠어요? 게다가 일본인 부상자도 나온 사건인데, 일본의 고와가 곧바로 그 사건의 당사자인 신위안 석유와 제휴를 한다면 고와 자체가 끝장나는 거예요."

"결국 고와는 발을 뺄 수밖에 없었다. 그래서 그 기회를 타고 닛키와 사운데가 신위안 석유와 손을 잡게 된 건가?"

"그래요. 물론 각각 별개의 회사를 세워서요. 중국 정부 보증기업이라는 형태로. 그래서 이 별개 회사의 주주로……."

"어? 이봐, 설마…… 일본이나 한국의 의원들이 들어가 있다는 거야?"

"오호, 점점 잘 이해하시네요. 그 말대롭니다. 물론 그들이 만든 페이퍼 컴퍼니의 이름으로 들어가 있는 거겠지만요. 위구르 테러 집단의 폭파 작전에 필요한 자금도 중국 정부와 손을 잡은 닛키와 한국의 사운데가 대 준 겁니다. 좀 더 자세히 말하자면, 그러한 일에 이 두 회사와 결탁한 일본과 한국의 정치인이 개입되어 있다는 거지요."

"그렇게 된 거라면, 체제 유지에 필사적인 중국의 약점을 이용해서 일본과 미국과 한국이 장난질을 했다는 건가."

"뭐, 그렇긴 하지만, 중국으로 보자면 정부를 무시하고 제멋대로 움직이는 기업을 방치했다가는 그 영향으로 체제가 무너질 위험이 있는 거니까 어쩔 수 없었겠지요. 청 왕조의 멸망도 상하이 자본가들의 배반에서부터 시작되었다고들 하니까요."

"그래? ……아, 그런데 거기에 연루된 일본의 정치인은 누구야?"

"그걸 알 수가 없어요."

"노토 선생님도?"

"네. 노토 선생님도 비서인 이시카와 씨도 모르겠다네요. 최근에 국회 내에서 그럴싸하게 속닥거려지는 얘기를 종합해서 대충 짐작하는 정도지요."

"흐음, 그렇군. 뭔가 드디어 일본의 암부에 가닿은 느낌이야."

"그런 한가한 소릴……."

"글쎄, 신문이나 텔레비전이나 하나같이 위구르족의 반정부 테러 얘기 말고는 아무 말도 한 게 없잖아. 뒤에서 이런 돈이 움직이고 있다는 건 아무도 눈치채지 못했어."

"그러니까 말입니다! 앞으로 이런 정보를 꿀꺽꿀꺽 흡수할 수 있어야 합니다."

"거참, 그러면 좋지. 하지만 방법이……."

"찾아봐야지요."

"그래도 그게 혹시 사실이라면, 좀 그러네. 이전평이 기자회견 자리에서 국가를 부르고 병원에서 울며 무너지는 모습도, 일본인의 입장에서는 좀 마음이 편치 않은 일이군. 그 테러 사건은 어쨌든 일본이 개입된 일 아닌가."

얘기에 몰두하는 사이 두부찌개는 완전히 식어 버렸다. 이가라시는 국물을 한 입 들이켰으나 식은 찌개는 그다지 먹을 만하지 않았다.

9장
교토의 딸기

교토의 야사카 신사 뒤편 완만한 언덕 위에 문을 연 지 얼마 안 되는 카페가 외따로 서 있었다. 말차 등도 취급하고 있지만 매장은 현대적인 인상이었고 흰 벽 뒤로는 줄리안 오피의 일러스트가 보였다. 입구 옆의 테라스 자리에 앉아서 커다란 카페오레 잔을 위태롭게 입에 갖다 대는 여자가 보였고 그녀 앞에 놓인 테이블 위에는 딸기를 가득 올린 쇼트케이크가 있었다. 가게 안의 다른 젊은 손님과 달리 그녀가 어딘지 모르게 검소해 보이는 것은 수수한 복장 탓도 있지만 그보다 몇 년은 신은 듯한 하얀 플랫 슈즈 탓인지도 몰랐다.

"저 애야."

거리 반대편에서 카페를 들여다보고 있던 AYAKO가 중얼거렸다.

"당신이 말한 그대로인 것 같군." 옆에서 데이비드 김이 쓴웃음을 지었다.

"어때?"

"어떻냐니? 내가 저 여자를 함락시킬 수 있겠냐고? 그거야 전혀 문제없지."

둘은 햇볕을 흠뻑 받은 돌이 깔린 거리를 건너 카페로 향했다. 테라스 자리의 테이블로 뻗어 온 두 사람의 그림자에 여자가 얼굴을 들었다.

"미안해, 늦어서."

손을 맞잡은 AYAKO에게 "괜찮아, 괜찮아. 나도 지금 막 왔는걸." 하고 대답하면서 여자가 김을 주의 깊게 바라봤다.

"아, 요전번에 얘기한 우리 그이. 이쪽은 오타베 나나 씨. 교가시(교토에서 만들어지는 과자—옮긴이) 교실에서 알게 된 낙제생 2인조야. 그렇지?"

AYAKO가 김을 소개하면서 나나에게 미소 지었다. 어리둥절해하는 나나에게 "일본어를 조금 할 줄 알아요." 하고 김이 말했다.

"조금이라니요, 굉장히 잘하시는데요."

"일본에서 일할 기회도 많으니까요."

"네. AYAKO 씨한테서 얘기 많이 들었습니다. 코디네이터 일을 하고 계시다면서요."

"네. 이번에도 한국의 잡지 취재 일로 교토에 왔어요. 모처럼 온 김에 그대로 며칠 휴가도 냈지요."

나나가 긴장을 풀고 얼굴에 웃음을 띠자 AYAKO는 "앉아요." 하고 김의 팔을 잡아당기며 자리에 앉았다.

“저기, 나나 씨, 오늘 뭔가 예정된 일이 있지 않았어요?”

주문을 받으러 온 웨이터에게 홍차와 시폰 케이크 세트를 부탁한 AYAKO가 물었다.

“네. 하지만 결국 안 갔어요. 처음부터 별로 마음 내키지 않는 초대였고.”

“그 데모?”

“그래요. 권해 준 친구의 마음도 잘 알겠고 원전을 반대한다는 취지에도 공감하지만, 최근 이런 유의 데모 참가자 중에 감정적인 사람이 많아졌거든요. 조금 무서워요.”

메뉴에 적힌 디저트를 살펴보던 김은 결국 커피만을 주문했다.

“나나 씨는 환경보호 활동을 하는 NGO에서 자원봉사를 하고 있어요.”

AYAKO의 말에 김은 처음 들었다는 듯이 “그러세요? 나도 시간이 있으면 그런 자원봉사를 좀 하고 싶은데.” 하고 말했다.

“뭐, 활동을 한다고는 하지만, 얼마나 도움이 되고 있는지는 잘 모르겠어요.” 나나가 겸손하게 말했다.

“전에 대학 선배의 권유로 일본에서 맹인 안내견 육성 사업에 협력하는 한국 기업의 일을 도운 적이 있기는 해요.”

김의 말에 나나의 얼굴에 호감의 표정이 떠올랐다.

휴대전화가 울리고 AYAKO가 자리를 떠난 것은 주문한 음료가 막 날라져 왔을 때였다. 돌이 깔린 거리로 나가 누군가와 얘기하는 그녀의 모습을 김은 조금 걱정스러운 표정으로 바라보았다.

돌아온 AYAKO가 "미안, 나는 일 때문에 지금 바로 돌아가야 해." 하고 두 사람에게 말했다.

"어, 지금? 늦어지나?"

조금 기분 나쁜 듯이 묻는 김에게 "미안……. 하지만 당신도 너무 갑작스럽잖아. 갑자기 나타나서 지금 교토에 있다고 하니." 하고 AYAKO가 대꾸했다. 언쟁하는 두 사람의 얼굴을 나나는 쭈뼛쭈뼛하면서 번갈아 쳐다봤다.

"불러 놓고 미안." AYAKO는 막 생각난 듯이 나나에게도 사과했다.

"아, 난 괜찮아. 저녁에는 정말 아무 약속도 없었으니까."

"그래도……. 아, 그래. 만약 싫지 않다면 데이비드를 맛있는 교토 요리점에라도 안내해 줘."

"응? 내가?" 놀라는 나나에게 "아니, 안 그러셔도 됩니다. 저는 호텔로 돌아갈 테니까." 하고 김이 말했다. 자신이 김을 강하게 거부한 것으로 받아들였나 싶어 나나가 "아니, 저는 괜찮은데요. 하지만……." 하고 당황스러워했다.

"어쨌든 정말 미안해." AYAKO가 나나에게 깊게 머리를 숙이고는 "정말로 나 이제 가 봐야 해. 정말 미안." 하고 가방을 들고 떠나갔다. 어이없는 얼굴로 그 모습을 바라보던 김과 나나의 테이블에 마침 AYAKO가 주문한 시폰 케이크가 놓였다. 김은 나나와 얼굴을 마주 보고 쓴웃음을 지었다.

"봐요, 내 것은 주문하지 않은 게 잘한 거죠? 배는 고팠었지만."

힘없이 미소 짓는 김에게 나나가 위로하듯 미소를 보냈다.

"저, 괜찮으시다면 이것도."

아직 손도 대지 않은 딸기 쇼트케이크를 나나가 접시째 김에게 밀었다.

"안 먹어요?"

"세트 쪽이 이득이라서 주문하긴 했는데, 실은 집에서 나오기 전에 커다란 딸기 다이후쿠를 먹었어요."

"다이후쿠?"

"그거요, 팥소가 들어 있는 떡."

"딸기를 좋아하는군요?"

"아……, 그러고 보니 그러네요."

나나는 이미 AYAKO를 통해 두 사람의 관계가 끝나 가고 있다는 얘기를 들었을 것이다. 새 애인이 생겼지만 좀처럼 김에게 헤어지자는 얘기를 꺼낼 수 없다고 AYAKO는 나나에게 말했었다.

"저……."

시폰 케이크와 딸기 쇼트케이크를 번갈아 가며 빰이 불룩해지도록 먹기 시작한 김에게 나나는 말을 걸었다. "만약 괜찮으시면 맛있는 두부 요리점에라도 갈까요?"

"그래도 되겠어요? 저야 호텔로 돌아갈 수밖에 없는 상황이려니 했었으니까 당연히 기쁘지만."

김은 지그시 나나를 쳐다봤다. 나나가 얼른 눈을 돌리며 "바로 이 근처예요." 하고 수줍게 말했다. 김은 그래도 시선을 돌리지 않았다.

4월로 접어든 지 얼마 안 됐는데도 홍콩의 기온은 30도를 넘어섰다. 센트럴 지구에 즐비한 고층빌딩은 낮의 열기에 달아올라 있어 해가 지기 시작한 지금도 뜨거웠고, 트램이 달리는 길바닥에서도 타오를 듯한 열기가 올라왔다.

겨우 달리기 시작한 트램의 2층 자리에도 창문을 통해 바람이 불어 들어왔지만, 그것은 배기가스와 남국의 과일과 향신료가 혼합된 것 같은 끈적거리는 뜨거운 바람이었다. 바람은 혼잡한 트램 안에서 승객들의 땀을 쓰다듬고 나서는 더욱 뜨거워졌다. 다오카 료이치는 셔츠 단추를 하나 더 풀고 바람을 가슴으로 끌어들였다. 눈앞에 선 젊은 남자가 아까부터 거리낌 없는 시선을 다오카에게 보내고 있었다. 다오카는 넌더리 난다는 듯이 창틀에 팔꿈치를 걸치고 흘러가는 거리로 시선을 돌렸다.

겨우 몸을 움직일 수 있게 되고 나서 근 한 달 동안 다오카는 매일 찬물로 피부를 씻고 마사지를 해 왔다. 하지만 쉬지 않고 전신을 얻어맞아 생긴 울혈의 흔적은 여태 사라지지 않았다. 검게 변한 피부에는 자신의 손으로 침을 찔렀다. 어떤 부위에서는 푸른빛을 띤 피가, 또 어떤 부위에서는 자색 피가 대량으로 뿜어져 나왔다. 머리의 상처를 치료하기 위해서 최근에는 쭉 까까머리를 하고 있었다. 다행히 두개골에 손상은 없었지만 귀 뒤에서부터 머리 꼭대기까지 입을 딱 벌린 상처가 나 있어서, 바로 얼마 전까지 머리 전체에 붕대를 말고 있었다. 지금은 실밥도 다 뽑았지만 거기만 하얀 흔적이 남아 있어서 누가 봐도 이상했다.

트램이 또 빨간 신호에 멈춰 섰다. 삐삐삐삐 하고 귀에 거슬리는 횡단보도의 신호음이 울리자 보도를 꽉 채우고 서 있던 보행자들이 횡단보도로 밀려 들어왔다. 삐삐삐삐, 삐삐삐삐 하고 재촉하는 신호음이 트램 안의 모든 사람들을 짜증 나게 하는 것 같았다.

바람이 멈춘 차내에 또 땀 냄새가 찼다. 다오카는 창밖에서 시선을 되돌려 아직도 자신의 머리에 난 상처를 쳐다보고 있는 눈앞의 남자를 노려봤다. 다오카의 시선에 남자는 눈을 깜빡거렸으나 그래도 시선을 거두지 않았다. 다시 보니 육감적인 남자였다. 꽉 끼는 바지는 굵은 넓적다리에서 찢어질 것 같았고 티셔츠의 가슴께에는 땀이 배어 진한 얼룩이 져 있었다.

"교통사고야." 하고 다오카는 영어로 말을 걸었다.

가만히 바라보고 있던 상처가 말을 하기 시작했다고 생각하여 놀라기라도 했는지, 남자가 "엇!" 하고 소리를 냈다. 트램이 달리기 시작했고 다시 차내에 끈적끈적한 바람이 불어 들어왔다.

다오카의 말에 남자는 아무 대답도 하지 않았다. 시선을 창밖으로 돌리고 땀이 솟은 목을 길게 뽑았다.

다오카는 손잡이를 잡고 있는 남자의 주먹으로 두들겨 맞는 자신의 모습을 상상해 봤다. 남자가 더러운 트램 바닥에 쓰러진 다오카 위에 걸터앉아 겨우 상처가 나아가는 얼굴을 때린다. 다오카의 시야에는 승객들의 다리만 보인다. 그중에서 가장 가느다란 여자의 다리를 잡으려고 팔을 뻗지만 그 팔도 다른 누군가의 딱딱한 구둣발에 짓밟힌다. 맞을 때마다 입에서 비릿한 숨이 새어 나온다. 자신의 내장 냄새를 억지로 맡는 것 같아서 구역질이 난다. 숨이 막히기 직전에 겨우 여자의 다리를 붙잡는다. 그러나 그 순간 여자의 다리가 마른 나무처럼 소리를 내며 부러진다. 자신이 트램 바닥이 아니라 쓰레기 속에 누워 있다는 것을 깨닫는다. 호흡을 할 때마다 폐에 오물이 흘러들어 오는 것 같아서 위에 경련이 나기 시작한다. 눈을 감아도 악취가 스며들어 눈물이 멈추지 않는다. 안구를 도려내고 싶은데 이제 자신의 팔이 어디에 있는지조차도 알 수 없다.

주머니에서 휴대전화가 진동하고 있는 것을 알아차리고 다오카는 눈을 떴다. 상상 속에서 자신의 몸 위에 걸터앉아 있던 남자는 이미 트램에서 내린 후였고 전신에 땀을 흘린 자신만이 거기에 있었다.

"어디냐?"

다카노였다.

"이제 곧 도착합니다."

"늘 만나는 '바이룽왕(白龍王)'에 가 있겠다. 그쪽으로 직접 와."

전화가 끊겼다. 창밖에 홍콩 상하이 은행 빌딩이 보이자 다오카는 자리에서 일어섰다. 그 순간 트램이 급정거하여 옆에 있던 백인 중년 여자가 한 입 베어 물려던 사과가 손에서 떨어졌다. 다오카는 즉시 손을 뻗었다. 잡을 뻔했지만 손바닥의 땀에 미끄러지는 바람에 다시 기세가 붙어 결국 사과는 소리를 내며 1층석으로 떨어졌다. 여자가 포기한 듯 미소 지었다. 다오카도 웃음을 보이며 사과를 쫓는 모양새로 좁은 계단을 내려갔다. 사과를 찾아 고개를 돌려 보았지만 1층석 바닥에서는 보이지 않았다.

트램에서 내리자 수많은 필리핀 가정부들이 횡단보도를 건너왔다. 그들은 일주일에 한 번 있는 휴일인 일요일마다 이 주변에 모여드는 모양이었다. 모처럼의 휴일이라고는 하나, 본국에 송금하기 위해서는 쓸데없이 카페 같은 데에서 돈을 써서는 안 된다. 그렇다고 해서 고용주의 집에 있는 것도 재미없다. 결국 각자 간단한 먹을거리를 지참하고 진종일 이렇게 공원이나 광장에 모여 불평을 토로하거나 트럼프를 하거나 노래를 부르거나 하면서 지내는 거다. 홍콩 정부는 이 주변의 광장을 그들을 위해 개방한다고 한다.

다오카는 횡단보도를 지나가며 필리핀 가정부들의 얼굴을 봤다. 내일부터 다시 시작될 일을 생각하며 지긋지긋해하는 것처럼도 보였고, 바로 조금 전까지 띠고 있었을 웃는 얼굴이 남아 있는 것처럼도 보였다.

란콰이퐁으로 향하는 가파른 언덕길을 올라가자 다카노가 기다리고 있는 광둥요리점 '바이룽왕'이 시야에 들어왔다. 세련된 이탈리안 레스토랑과 카페가 밀집한 지역이지만 '바이룽왕'이 있는 모퉁이만은 시간이 거꾸로 흘러간 것처럼 보였다. 에어컨이 없어서 거리에 내놓은 둥근 테이블에 앉아 손님들이 땀을 흘리며 식사를 하고 있었고 그들의 발밑에는 닭 뼈가 흐트러져 있었다.

다오카가 가게 앞에 서자 가게 주인의 아내가 살진 목에 건 수건으로 얼굴의 땀을 닦으며 나타나 아무 말 없이 다오카의 턱을 붙잡고 좌우로 돌려 보고는 "찬물로 상처를 잘 씻고 있어?" 하고 힐문했다. 다오카는 그 손을 부드럽게 밀치며 "씻고 있어."라고 대답했다. 그래도 그녀는 물러나지 않고 이번에는 발돋움을 해서 다오카의 머리 상처를 확인했다. 다오카는 도망치듯이 몸을 비틀며 "다카노 선배는?" 하고 물었다.

"아직 안 왔어."

다오카가 안으로 들어가려 하자, "안은 더우니까 여기서 먹어." 하고 가게 안주인이 지저분한 간이 테이블 위를 종이 냅킨으로 닦았다. 앞선 손님이 흘린 닭 뼈가 아래로 떨어져 흩어졌다. 다오카는 의자에 앉았다. 낡은 파이프 의자는 양쪽 발 중 하나로 균형을 잡지 않으면 넘어질 태세였다. 란콰이퐁에서 쾅쾅거리며 흘러나오는 댄스 음악이 여기까지 들렸다.

삶은 닭을 안주로 찬 맥주를 마시고 있자니 언덕을 올라오는 다카노의 모습이 보였다. 다오카는 입 안에서 닭 뼈를 뱉어 냈다.

"의사가 뭐라고 해?"

테이블에 놓여 있던 삶은 닭을 손에 쥔 다카노가 다오카의 머리를 난폭하게 쳤다.

"아직 아프다니까요." 하고 다오카는 몸을 비틀었다.

다카노는 그대로 가게 안으로 들어가 주방의 가게 주인에게 뭐라고 말하더니 냉장고에서 찬 맥주를 멋대로 가지고 나왔다.

"앤디 황이 움직이기 시작했어. 베트남의 유전에는 손도 대지 않고, 무슨 꿍꿍인지 아직 알 수는 없지만 노토 마사쓰구라는 국회의원과 접촉하려 한다는군."

맥주를 나발 불듯 들이마신 다카노가 트림을 섞어 가며 말했다. 다오카는 그 모습을 바라보며 "내 상처 얘기는 이제 끝인가요?" 하고 한숨을 쉬었다.

"아까 상하이의 장하오가 네 치료비를 대신 내 줬다며 눈깔이 튀어나올 만큼의 거액을 청구했어."

다카노가 그렇게 말하며 다시 삶은 닭을 손에 쥐었다.

"톈진에선 제대로 된 병원에 있지도 못했어요. 상하이로 옮겨진 뒤로는 계속 체육관 같은 장소의 매트 위에 누워 있었고요. 매일매일 차디찬 죽밖에 못 먹었고."

다카노는 다오카가 하는 말을 무시하고 가게 안의 안주인에게 뭐든 좋으니 가져다 달라고 말했다. 다카노의 광둥어가 너무나도 엉터리라서 안주인뿐만이 아니라 옆 테이블에 있던 가족 동반 손님까지 웃음을 터뜨렸다.

"장위라는, 장하오 밑의 그 젊은 녀석을 빌린 값도 넣었겠지."

"네?"

"그 눈깔이 튀어나올 만큼의 청구 내용 말이야. 무료라고 해 놓고 결국은 받아 간다니까."

"아, 아아."

다오카는 새삼 다카노를 바라봤다. 때때로 다오카는 이 다카노라는 남자를 잘 알 수 없었다. 무슨 생각을 하고 있는지, 어떤 기분 상태인지 따위의 감상적인 얘기가 아니다. 실제로 눈앞에 있는 다카노가 어제의 다카노인지 어떤지를 알 수 없었다. 하룻밤 자고 일어나면 다른 사람이 되어 있는 것처럼 생각되기도 하고, 처음 만난 그날부터 한잠도 안 자고 서서히 뭔가가 무너져 내려 형태를 바꿔 오고 있는 것처럼 느껴지기도 했다.

"……앤디 황은 '동아시아 홀딩스'와 뭔가 일을 벌일 작정이겠지. 노토가 고문을 맡고 있는 동아시아 홀딩스라는 투자회사는 너도 알지?"

주문했던 삶은 새우에 달려들며 던진 다카노의 질문에, 다오카는 "네." 하고 짧게 고개를 끄덕였다.

"동아시아 홀딩스는 최근 수년간 에너지 사업에 주력하고 있어. 요즘 시마네에서 대규모 풍력 발전을 하고 있는 기업이나 가정용 태양광 발전 시스템을 보급하는 기업 같은 곳에 투자하고 있는 것 같던데, 앤디 황과 손을 잡는다면 그건 뭔가 큰일을 벌이려는 걸 거야. 지금 단계에서 중국의 CNOX도 얽혀 있는지 어떤지는 잘 모르겠어."

"하지만 풍력 발전이나 태양광 발전 시스템이 아무리 규모가 크다 해도, 그게 베트남의 거대 유전을 차면서까지 도전할 가치가 있는 사업일까요?"

"그건 그래. 확실히 네 말대로야."

다카노는 기름으로 끈적끈적해진 굵은 손가락으로 또 뜨거운 새우의 다리를 잡아 뜯고 머리를 찢어 입에 물고는 껍질은 발밑으로 내뱉었다. 다오카는 발밑을 봤다. 씹혀 뭉개진 새우 껍질이 가게의 불빛을 받아 번쩍거렸다. 그 번쩍번쩍 빛나는 땅바닥이 눈 덮인 대평원으로 바뀌어 갔다. 다오카는 당장이라도 흘러넘칠 것 같은 기억을 억지로 지우려 했으나 이미 늦었다.

눈 덮인 들판을 한 남자가 필사적으로 달려갔다. 눈에 발이 빠져 허우적대던 남자는 거의 앞으로 나아가질 못했다. 다오카는 뚫어져라 그 등을 바라보고 있었다. 옆에 선 다카노가 누군가에게 전화를 걸었다. 다오카의 첫 번째 임무 때였다. 다카노는 "지금 후치가미 본인에게서 확인을 했습니다. 역시 그놈들과 만났던 모양입니다." 하고 전화에 대고 말했다. 다카노의 숨결이 눈보다도 하얬다. 눈 덮인 들판을 달려 도망치던 후치가미는 그사이에 세 걸음 더 앞으로 나아갔다. 그리고 네 걸음째를 내딛으려던 순간 뒤로 자빠지듯 눈 위에 쓰러졌다. 소리는 전혀 나지 않았다. 다오카는 빙산이 무너지는 것 같은 굉음이 울릴 거라고 기대했었다. 인간의 흉부가 폭파되는 소리는 그런 소리일 거라고 늘 생각하고 있었다. 그러나 배신한 전 동료 후치가미가 쓰러졌을 때 주위에는 네무로 해협에서 불어오는 바람소리만 무겁게 울리고 있을 뿐이었다.

후치가미는 눈 위에 대자로 쓰러져 있었다. 단정치 못하게 입

안에는 피가 고였고, 하늘을 향하고 있는 두 눈에서는 피눈물이 흐르고 있었다. 그리고 가슴에는 구멍이 뻥 뚫려 있었다. 어린 시절 다오카는 차에 치인 고양이 시체를 본 적이 있었다. 마치 그 시체가 후치가미의 가슴에 쑤셔 넣어져 있는 것 같았다.

"……드디어 정치권까지 끌어들여서 일본 에너지 산업의 규제 완화를 추진하려는 건지도 몰라. 10년 전 도쿄 전력이 정치력으로 짓밟은 '발전·송전 분리 법안'이 다시 통과되면 에너지 산업 지도가 크게 바뀔 거라는 건 너도 알고 있지? 원자력이 여의치 않은 지금의 일본을 생각한다면 풍력, 수력, 태양광, 티끌 모아 태산이 될까? 아마도 그렇게 되면 NTT(일본 통신—옮긴이)의 민영화 뒤에 일어났던 것 이상의 일이 벌어질 거야. 제2의 소프트뱅크, au(일본의 휴대전화 회사—옮긴이)가 에너지 분야에서도 탄생한다는 얘기야. 그리고 우리는 그 흐름으로부터 정보를 많이 알아내면 알아낼수록 돈을 벌게 돼."

거기까지 단숨에 떠들더니 다카노는 남아 있던 맥주를 들이켰다. 입가에 묻은 기름을 손등으로 닦고 맥주를 한 병 더 가지러 가려고 일어섰다.

"왜……."

정신을 차리고 보니 다오카는 그렇게 말하고 있었다. 뇌리에는 설원에서 숨이 끊어진 후치가미의 모습이 아직 남아 있었다.

"왜 살렸지요?"

엉거주춤하게 선 채로 다카노가 고개를 갸웃했다.

"왜 살렸지요?"

다카노가 말의 뜻을 확인하듯이 따라 말했다.

"왜 나를 살린 겁니까! 나는 그대로 죽을 거라고 생각했어요. 시간이 다 됐었으니까. 그런데 선배가 살렸어."

목소리가 높아졌다.

무슨 말인지 이해한 듯 다카노가 의자에 앉았다. 다오카에게로 향해진 눈에는 아무런 감정도 떠올라 있지 않았다.

"살려 주길 바라지 않았다, 그런 얘긴가?"

조용한 말투였다. 다오카는 저도 모르게 시선을 발밑으로 돌렸다. 씹어 내뱉은 새우 껍질과 고기를 다 뜯어 먹은 닭 뼈가 떨어져 있었다.

"……다카노 선배, 선배님은 무엇을 위해 사나요? 죽고 싶지 않기 때문에 사는 거예요? 다만 그것뿐입니까!"

갑자기 거친 목소리를 내는 다오카를 주위 테이블의 손님들이 이상한 듯이 바라봤다. 가게 안쪽에서 안주인이 나올까 말까 망설이고 있는 모습이 보였다.

"죽고 싶으면 죽어."

돌아온 다카노의 말은 그거였다.

"죽고 싶으면 죽어. 여기는 홍콩이야. 뛰어내릴 빌딩이라면 얼마든지 있어. 죽고 싶으면 맘대로 뛰어내려. 그렇게 못하는 주제에 뭘 죽여 달라는 거냐. ……웃기지 마."

다오카는 얼굴을 들지 않았다. 다카노가 어떤 얼굴로 자신을 보고 있을지 알고 싶지 않았다. 다카노의 말대로다. 죽고 싶으면 죽어라. 살고 싶으면 일해라. 간단한 일이다. 굳이 자신이나 다카노에게만 한정된 말이 아니다. 옆 테이블에 있는 놈들도, 이 가게 안주인조차 마찬가지다.

갑자기 테이블 다리가 발로 차이더니 접시와 병이 미끄러져 땅바닥에서 깨졌다. 옆 테이블에 있던 여자가 작게 비명을 질렀다. 가게 안주인이 얼른 뛰어나왔다. 깨진 접시에서 돼지고기 조림이 튀었다. 그걸 밟으며 다카노가 떠나가는 발소리를 다오카는 고개를 숙인 채 듣고 있었다.

화가 난 탓인지 아니면 삐삐삐삐 귀에 거슬리는 소리를 내는 횡단보도 신호기 탓인지 다카노는 전신에 땀을 흘리고 있었다. 빌딩 계곡 사이의 좁은 거리에 빈 택시가 줄지어 서 있었고 앞으로 나아가지 못하는 일반 차들이 계속해서 클랙슨을 울려 댔다. 클랙슨 소리가 거리를 둘러싼 빌딩에 부딪쳐 메아리치면서 십자가 모양으로 뚫린 밤하늘로 빨려 올라갔다. 거리에는 구찌, 발렌티노, 보테가 베네타 등의 브랜드 가게가 늘어섰고 신상품을 걸친 마네킹들이 유리 너머에 세워져 있었다. 마네킹들은 바쁜 발걸음으로 거리를 걷는 사람들을 무심히 바라보고 있는 것처럼 보이기도 했고, 자신도 언젠가는 유리를 벗어나 밖을 돌아다닐 수 있기를 기대하고 있는 것같이도 보였다.

다카노는 지상의 보도가 아니라 빌딩과 빌딩을 잇는 구름다리를 통해 주룽 항 쪽으로 걸어갔다. 홍콩을 걷고 있노라면 자신이 지금 어느 정도의 높이에 있는지를 알 수 없게 된다. 빌딩 사이를 잇는 연결 통로 탓도 있고 빅토리아 피크처럼 솟아 있는 땅이 초고층 빌딩과 바로 옆에서 경쟁하고 있기 때문이기도 하다.

최근 며칠째 머무르고 있는 만다린 오리엔탈 호텔에 도착한 다카노는 조금 전 다오카와의 대화로 짜증이 난 기분을 해소하고 싶은 마음에 프런트에 이발소 예약을 부탁했다. 보통은 어디에 있든 시간을 잠시 내서 시내의 이발소에 뛰어들곤 하지만 홍콩에 있을 때만은 반드시 이곳 만다린 오리엔탈 호텔의 이발소를 이용한다. 50년쯤 전에 호텔이 개업했을 당시부터 있어 온 이발소로, 진짜 가죽 소파에서 여유롭게 궐련을 피우다가 프로의 실력을 갖춘 스태프에게 머리 손질을 맡긴다. 오래 써서 길들여진 가위도, 잘 갈아 둔 면도날도, 면도용 비누도 브러시도, 모든 것이 아름답다. 다카노는 여기서 머리를 깎는 짧은 시간을 소중히 여겼다.

다행히 이발소는 한 시간 후라면 개인실을 준비해 주겠다고 했다. 다카노는 프런트 직원에게 고맙다고 말하고 20층의 자기 방으로 돌아갔다. 노크 소리가 들린 건 냉장고에서 꺼낸 라프로익과 탱커레이의 미니 병을 잇달아 나발 불기로 마신 직후였다. 이발소에서 데리러 오기에는 너무 일렀다. 다카노는 발소리를 죽이며 문으로 다가가 내다보는 구멍에 얼굴을 갖다 댔다. 서 있는 건 아오키 유였다. 시선을 느꼈는지 엘리베이터 홀을 보고 있던 눈을 돌려 곧장 구멍 속 다카노를 바라봤다.

"뭐야?" 다카노는 문 너머를 향해 말했다.

"열어 주시지 않겠어요?"

"무슨 볼일이야? 요전번의 아르바이트비라면 상하이의 네 계좌에 넣었을 텐데."

"잠깐이면 됩니다. 잠깐만 좀 들어가게 해 주세요. 안 그러면 여기서 소란을 떨 거예요."

진심인 것 같았다. 다카노는 문을 열었다. 아오키가 문 틈새로 스르륵 다카노의 몸을 피해 들어와 멋대로 안으로 걸어 들어갔다. 다카노는 그 등을 눈으로 좇았다. 창문 앞까지 걸어간 아오키가 눈 아래 경치를 내려다보며 감탄의 숨을 내쉬었다.

"주룽 쪽에서 보는 편이 아름다울 거라고 생각했는데, 홍콩 섬에서도 항구 가까이에서는 이렇게나 아름답군요."

웃음을 띠며 돌아본 아오키에게 "무슨 볼일이야?" 하고 다카노가 다시 차갑게 물었다. 실망한 듯이 한숨을 쉰 아오키가 "먼저 아르바이트비 말인데요. 그렇게 많이는 필요 없어요." 하고 말했다.

"그렇다면 무슨 볼일이야? 홍콩엔 왜 왔지?"

"그럼, 단도직입적으로 말할게요. 나도 다카노 씨와 같은 일을 하고 싶어요."

아오키의 눈은 진지했다. 웃으며 넘기는 것도 가능했지만 아오키에게는 빚이 있고 그녀가 어디까지 알고 있는지도 알 수 없다. 다카노는 아오키를 세워 둔 채 혼자 의자에 앉았다.

"AN 통신이라는 회사가 그늘에서 어떤 일을 하는지, 난 알고 있어요. 그걸 알면서도 상하이 지국의 현지 채용에 응모한 거예요."

서 있는 아오키의 등 뒤에서 주룽 반도 쪽의 야경이 반짝이고 있었다. 다카노는 표정을 바꾸지 않았다. 잠시 대답을 기다리고 있던 아오키가 포기한 듯이 얘기를 계속했다.

"입사하고 나서 계속 별 볼 일 없는 일을 해야 했지만 기회를 엿보고 있었어요. 나 나름대로 회사 내부자료 같은 걸 찾아보기도 했지만 아무런 실마리도 못 찾았고요. 상사에게 아무렇지도 않은 듯이 물어봤지만 다들 아무것도 모르는 것 같았어요. 그래서 막 포기하려 했을 때 다카노 씨와 다오카 씨, 그래요, 본래의 일을 하는 사람들과 만날 수 있었던 거예요."

아오키의 얘기가 끝나자 다카노는 "지금 무슨 얘기를 하는 건지 난 전혀 모르겠는걸." 하고 코웃음 쳤다. 그러자 아오키도 "분명 그렇게 말할 거라고 생각했어요." 하고 웃어 보였다.

"그만 돌아가지." 하고 다카노가 말했다.

하지만 아오키는 움직이려 하지 않았다.

"당신들은 정보를 모아서 보상이 많은 쪽에 그 정보를 팔죠. 그러면 정보를 산 쪽은 살아남고 정보를 못 산 쪽은 살아남지 못하고요. 다카노 씨, 생각해 본 적 없나요? 그 살아남을 수 없었던 사람들에게도 그 후의 인생이 있다는 것을."

무표정을 고수하고 있던 다카노도 거기서 저도 모르게 미간에 주름이 잡혔다.

"무슨 얘기야?"

"그 살아남을 수 없었던 측의 사람에게 딸이 있었다면, 다카노 씨, 당신은 그 딸에게 어떤 말을 하겠어요? 당신이 아직 그 세계에 없던 시절, 하지만 당신과 비슷한 사람이 지금의 당신과 비슷한 일을 했고, 그래서 그 딸의 아버지가 '살아남을 수 없었다'고 한다면, 당신은 어떤 말로 위로하겠어요?"

"……나하고는 관계없는 얘기야."

그렇게 대답하는 다카노의 목소리가 조금 갈라졌다.

"나는 AN 통신을 원망한 적이 없다고 말한다면 믿으시겠어요? 나는 그 승부에 진 아버지가 한심했어요. 재도전하지 못했던 아버지를 원망했죠. 아버지가 자살하고 나서 어머니는 정신병에 걸렸어요. 지금도 병원에 있어요. 나는…… 다카노 씨, 나는, 나만은 이기는 쪽에 서겠다고, 계속 그렇게 스스로에게 말하며 살아왔어요."

아오키의 눈에 눈물이 어렸다. 눈물이 떨어지는 것을 막기 위해 눈에 필사적으로 힘을 주고 있다는 것을 알 수 있었다.

다카노는 말없이 일어서더니 냉장고에서 보드카 미니 병을 꺼내 단숨에 나발 불듯 마셨다. 강한 알코올의 기운이 코로 빠져나왔다.

"뭘 알고 있다는 건지는 모르겠지만……."

"아니요, 나는 제대로 알고 있다고 생각해요. 아버지는 죽기 전에 모든 것을 써서 남겼어요. AN 통신이 어떤 조직이고 어떤 사람들에게 정보를 팔고 있는지, 정보원들이 어떤 규율 속에서 살고 있고 어떻게 모집되며 어떻게 죽어 가는지. 아버지는 당신들을 이용해서 정보를 사는 쪽에 있던 사람이었어요."

다카노는 미니 병을 하나 더 꺼냈다. 이제는 무슨 술인지도 보지 않고 단숨에 들이켜고는 의자에 털썩 앉았다.

"다카노 씨, 나를 추천해 주세요. 뭐든 하겠습니다. 나는 이기는 쪽 사람이 되고 싶어요."

아오키의 등 뒤로 항구가 보였다. 주룽을 출발한 스타 페리가 천천히 파도에 흔들리면서 다가오고 있었다.

"그럼……." 다카노는 조용히 입을 열었다. "그럼, 지금 거기서 옷을 벗어 봐."

순간 아오키의 몸이 뻣뻣하게 굳었다.

"네?"

"뭐든 한다고 했잖아. 그렇다면 지금 당장 거기서 알몸이 되어 봐."

"하, 하지만…… 그럴 이유가……."

"이유 같은 거 상관없어. 우리 조직이 어떤 조직인지 안다고 했지? 명령을 받으면 뭐든 한다고?"

갑자기 욕조의 수도꼭지에서 물이 똑똑 떨어지는 소리가 들려왔다. 놋쇠 수도꼭지에서 떨어진 물방울이 욕조를 흘러 배수구로 흘러갔다.

아오키가 꼼짝도 하지 않고 가만히 이쪽을 바라봤다. 삼킨 침이 넘어가면서 그 가는 목을 울렸다. 다음 순간 다카노는 소리 내어 웃기 시작했다. 조금 전 목을 통과한 강한 알코올의 냄새가 났다.

아오키가 셔츠 버튼을 풀기 시작한 건 그때였다. 손가락이 떨려 몇 번이나 실패하면서 하나, 둘, 차례로 단추를 풀어 갔다. 누군가가 복도를 걸어갔다. 젊은 여자들인 듯 시끌벅적한 웃음소리가 들려왔다. 아오키는 순간적으로 손을 멈추고 다카노를 봤다. 다카노는 여전히 말이 없었다. 아오키는 셔츠를 벗어 한쪽 손에 든 채로 청바지를 내렸다. 창 너머로 흐린 달이 떠 있었다. 아오키는 팔을 등 뒤로 돌려 브래지어 훅을 풀었다. 브래지어가 벗겨진 순간 유방이 작게 휘었다. 모양 좋은 유방이 드러난 순간 아오키가 다시 다카노를 봤다. 그래도 다카노는 아무 말도 하지 않았다. 셔츠와 브래지어를 한쪽 손에 꼭 쥔 채로 아오키가 팬티에 손가락을 걸고 천천히 내렸다. 테이블의 바구니에 담긴 과일에서 향내가 났다. 다카노는 그 과일을 나이프로 조각조각 자르는 모습을 떠올렸다. 복숭아와 망고와 용과의 껍질은 조각이 나서 바닥에 흩어지고 끈적끈적한 과즙이 테이블을 흘러 온 방 안에 달콤한 냄새가 퍼져 간다.

10장

발명품

미나토미야 민박 소유의 배 '쇼토쿠마루'는 서쪽으로 기울기 시작한 여름 태양 빛을 받으며 푸른 파도를 가르고 있었다. 잘게 부서진 파도가 아름다운 물보라가 되어 쇼토쿠마루의 양옆으로 튀어 날아갔다. 키를 잡은 민박집 주인 옆에서 오타베 겐조는 갑판에 선 젊은 남자의 등을 바라보고 있었다. 갑판 위로는 강한 햇살을 정면으로 받고 서 있는 남자의 진한 그림자가 뻗어 있었다. 파도를 넘어설 때마다 선체가 크게 흔들렸다. 겐조는 그때마다 조타실의 손잡이를 잡았지만 갑판의 남자는 선 채로 양다리의 무게 중심을 바꾸는 것만으로 몸의 균형을 잡았다.

"그러고 보니 오타베 선생님이 저희 민박에 해마다 오시게 된 지도 벌써 30년인가요?"

키를 잡은 민박집 주인이 목에 건 수건으로 땀을 닦으며 문득 입을 열었다.

"처음에 오셨을 때는 교토 대학 학생이라고 하기에 어떤 인텔리 녀석일까 했었는데, 얘기를 나눠 보니까 낚시를 좋아하는 보통 남자 아니겠어요."

웃음소리를 내는 주인에게 "그런 생각을 했었어요?"라고 말하며 겐조도 웃었다.

"정말 그랬다니까요. 회를 먹을 때도 무슨 어려운 계산을 하면서 먹는 건 아닐까 생각했으니까요."

"아하하, 설마."

"아니, 정말이라니까요. 어색함을 피하려고 '어떤 연구를 하고 계십니까?' 하고 혀를 꼬아 가며 물었더니 '네, 마이크로파를 연구하고 있습니다.'라고 대답을 하시더군요. 그래서 '도대체 그 마이크로파란 뭡니까?'라고 내가 물으니까, '간단히 말해서 전파의 주파수에 의한 분류 중 하나인데'라는 얘기로 시작하여 '파장은 뭐다, 주파수는 뭐다' 하면서 길고 긴 설명을 하셔서, 나는 말이죠, '이상한 걸 묻고 말았구나, 언제 끝날까' 하고 머리를 감싸 쥐었다니까요."

"말을 중단시키지 그랬어요?"

"어떻게 그럽니까? 아니, 하지만요, 최근에 선생님이 신문이나 잡지에 나오는 일도 많아져서 그 기사니 뭐니 읽고 있다 보면 흐릿하게나마 그게 뭔지 내 나름대로 알게 되더라고요. 선생님이 도대체 뭘 연구하고 있느냐? 요컨대 이런 거지요? 여기에 어떤 에너지가 있다고 치고, 그걸 선생님이 연구하고 있는 마이크로파를 사용해서 멀리까지 보낼 수 있다는 거예요. 바다 저 건너든, 땅끝이든. 맞지요? 틀린 거 아니지요?"

"뭐, 그런 겁니다."

"아, 다행이다. 이것으로 겨우 30년간 내가 도대체 어떤 사람과 만나 왔는지를 알게 됐어요. 그래도 참 생각해 보니 빠르기도 하네요. 만났을 때는 교토 대학의 학생이었는데 어느새 그곳의 교수가 됐고, 다음에 왔을 때는 아시야 가의 아가씨와 결혼해서 부인도 함께 오시게 됐나 싶더니 그다음 해에는 나나 아가씨가 태어나고, 그리고 올해에는 그 나나 아가씨의 애인까지 함께 왔으니까요. 왠지 나까지 감개무량한걸요. 좋은 녀석 아닙니까?"

주인의 시선을 좇아 겐조는 다시 갑판의 남자를 바라봤다. 이쪽의 시선을 알아차렸는지 남자가 볕에 탄 얼굴로 돌아봤다. 겐조는 조타실에서 얼굴을 내밀고 "덥지 않나?" 하고 말을 걸었다.

"더워요! 하지만 땀을 줄줄 흘리며 바람을 맞으니까 기분이 좋습니다!"

남자의 말에 겐조는 어이없다는 듯이 웃음 지었다. 옆에서 마찬가지로 미소 짓고 있던 주인이 "결국 녀석이 낚은 참돔이 오늘 조과(釣果) 중 최고였지요." 하고 말했다.

"데이비드예요." 하고 겐조는 중얼거렸다.

"네?"

"녀석 이름 말이에요. 데이비드 김."

"아, 그래, 맞아. 데이비드. 하지만 이상한 일이네요. 같은 동양인인데 이름만 서양풍이니. 본명이 있겠지요?"

"그야 있지요. 김지환이라고 했나. 해외를 돌아다니는 일을 해서 영어 이름 쪽이 편하다네요."

겐조의 설명에 "아, 그런 거였군요." 하고 주인이 대답했다.

쇼토쿠마루가 단고 반도의 서쪽에 위치한 작은 어항으로 돌아온 건 오후 5시가 조금 지나서였다. 어항이라 해도 작고 후미진 곳에 간단한 호안 공사를 해 두었을 뿐, 주위에는 아름다운 모래사장이 펼쳐져 있었다. 평일이기도 해서 해수욕객은 많지 않았지만 그래도 울긋불긋한 파라솔이 여기저기 펼쳐져 있었다.

배가 항구에 닿자 데이비드가 갑판에서 암벽으로 뛰어 올라가 주인이 던져 준 계류 로프를 비트에 옭매듭으로 묶었다. 듣자 하니 대학 시절에 해군으로 병역을 마친 모양이었다.

겐조는 낚시도구를 암벽의 데이비드에게 건넸다. 계속해서 참돔 따위의 전리품이 든 아이스박스를 안아 올리려 하자 "아버님, 그러다 또 허리 삐끗하신다니까요." 하고 데이비드가 서둘러 배로 펄쩍 뛰어 건너왔다.

"호오, 한국에서는 허리를 '기꾸리'하는(삐는) 걸 '삐끗'이라고 하나." 하고 민박 주인이 웃었다.

"그런 모양이에요. 말은 달라도 통증은 비슷하다는 거겠지요."

겐조는 아이스박스를 데이비드에게 맡기고 위태로운 발걸음으로 암벽으로 건너뛰었다. 미나토미야 민박에도 쇼토쿠마루의 엔진 소리가 들렸는지 멀리서부터 겐조의 아내 가즈코와 외동딸 나나가 하얀 양산을 쓰고 암벽으로 걸어왔다.

"뭐 좀 낚았어요?"

큰 소리로 묻는 나나에게 "낚았어! 참돔!" 하고 데이비드가 무거운 아이스박스를 가볍게 끌어안은 채 대답했다.

"어머나, 그렇게 많이 탔으니 오늘 밤은 아파서 잠도 못 자겠어요."

다가온 가즈코가 어이없다는 듯 말했다.

"괜찮아." 하고 겐조는 대답했다.

"아버지, 민박집 아주머니가 목욕물 데워 주셨어요. 하실 거죠?"

"그래, 그러자."

"아플 거예요." 옆에서 가즈코가 재미있어했다.

나나는 어머니의 양산 밑에서 나와 민박집 주인을 도와 짐을 내리는 걸 끝낸 데이비드에게 다가갔다. "데이비드도 아버지랑 같이 목욕하고 오지그래요?" 하고 나나가 권하자, "더우니까 우선은 여기서 헤엄칠 거야." 하고 데이비드는 작은 만을 둘러봤다.

"수영복은?"

"여기 봐."

데이비드는 바지를 조금 내리고 이미 입고 있는 수영복을 내보이나 싶더니 암벽 끝으로 달리기 시작했다. "잠깐 기다려요." 하고 나나가 뒤를 쫓아갔다. 끝에서 멈춰 선 데이비드는 땀에 젖은 티셔츠와 바지를 벗고 잠시 되돌아온 뒤 도움닫기를 하여 번쩍번쩍 빛나는 바다로 큰 소리를 내며 뛰어들었다. 바닥까지 보이는 투명한 바다에 물거품과 함께 데이비드의 몸이 가라앉았다.

바라보고 있던 겐조 일행이 걱정할 정도로 데이비드는 바닷속에서 한동안 올라오지 않았다. 그러나 그가 벗어 내던진 옷을 주워 올리는 나나에게는 보이는 듯, 겐조 일행을 향해 "벌써 저기까지 헤엄쳤어요!" 하고 앞바다 쪽을 가리켰다.

나나가 가리킨 쪽으로 겐조 일행도 시선을 돌렸다. 햇빛이 반사되는 해면에 물보라를 일으키며 데이비드가 기세 좋게 떠올랐다.

"돌고래 같아." 옆에서 가즈코가 중얼거렸다.

겐조는 옷을 끌어안은 나나의 뒷모습을 가만히 바라보고 있었다.

"여보, 좋아 보이죠, 저 둘?"

"응? 뭐가?"

"'뭐가'라니요, 알면서."

"나는 처음부터 반대 같은 거 하지 않았어. 반대한 건 당신 쪽이잖아. 국제결혼은 어렵다느니, 사귄 지 얼마 안 됐다느니, 이런저런 트집을 잡은 건."

"그야 그렇지만……. 하지만 좋은 집안 아들인 것 같아요. 아버지는 큰 방적 공장을 하고 있고, 3형제의 막내아들이고, 회사는 장남이 잇는다고 하고, 차남은 의사 선생님. 데이비드도 처음에는 여행 가이드 같은 건가 했는데 잘 들어 보니 규모는 작지만 사원들을 이끄는 여행 대리점의 사장이고. 정말 착실하고, 무엇보다도 나나가 저러니까 우리가 아무리 뭐라고 해 봤자죠."

앞바다에 떠오른 데이비드에게 손을 흔드는 나나의 모습을 가즈코도 바라보고 있었다. 가즈코가 남몰래 데이비드의 신원 조사를 의뢰한 것은 겐조도 알고 있었다. '뭘 요즘 같은 때에' 하고 생각했지만 그래도 나나의 장래를 생각하면 그 결과가 궁금하지 않은 것은 아니었다. 그런데 불평을 할 여지가 없는 좋은 청년이라는 기쁜 보고가 전해졌던 것이다.

그날 밤, 데이비드 김은 민박의 뜨거운 목욕물에 몸을 담그고 나서 2층 손님방으로 올라가 에어컨을 끄고서 창문을 열었다. 뜨거운 물로 목욕을 한 뒤라 땀이 솟았으나 에어컨의 찬바람에 어정쩡하게 말리기보다는 몸 안의 땀을 다 내보내고 싶었다. 창으로는 습한 바닷바람이 불어 들어왔다. 형광등 아래 다다미가 깔린 작은 방에는 이불이 펴져 있었다. 풀을 먹인 새하얀 이불 위에 김은 팬티 한 장만 걸치고 땀범벅인 채로 아무렇게나 드러누웠다.

저녁밥은 여기서 조금 떨어진 미나토미야 민박에서 오타베 일가와 함께 먹었다. 김 자신도 같은 민박에 묵는 게 편하겠지만, "아직 결혼한 것도 아닌데요." 하고 김 쪽에서 물러나와 가까이에 있는 다른 민박을 빌렸다. 저녁 식사 때는 미나토미야 민박의 주인도 도중에 술자리를 같이했고, 김은 찬 니혼슈를 한 되 가까이 마셨다. 뜨거운 목욕물에 몸을 담근 덕분에 취기는 거의 사라졌지만 그래도 몸의 심지는 달아올라 있었다.

김은 이부자리에서 굴러 다다미 위로 나왔다. 땀으로 젖은 등에 에어컨 바람으로 차가워진 다다미가 닿자 기분이 좋았다. 잠시 창밖에서 들려오는 파도소리에 귀를 기울이며 희미한 취기를 맛보고 있는데 1층 현관에서 "실례하겠습니다." 하는 오타베 나나의 목소리가 들렸다. 민박의 주인 노부부는 이미 잠들었는지 1층의 안쪽에서는 대답이 없다. 귀를 기울이고 있자니까 나나가 멋대로 좁은 계단을 삐걱거리며 올라왔다.

"데이비드."

부르는 소리와 함께 장지문이 열렸다. 다다미에 누워 있는 김을 내려다본 나나가 "괜찮아요? 취했죠?" 하며 들어왔다. 김은 누운 채로 한쪽 팔을 올려 '이쪽으로 와'라고 말하는 듯이 손짓했다.

"창문을 열어 놓다니, 덥지 않아요?"

김은 자신의 몸을 건너뛰어 창문을 닫으러 가려던 나나의 발목을 붙잡았다. 중심을 잃고 쓰러지는 나나의 몸을 양팔로 끌어안아 붙들었다.

"괜찮아? 이렇게 나와도?" 하고 김이 물었다. 팔 안에서 조금 허둥대며 "이거, 땀? 아직 젖어 있어요?" 하고 나나가 가슴의 땀을 만졌다.

"아버지 어머니한테 들키면 어쩌려고." 하고 김이 말했다.

"두 분 다 벌써 잠들었는걸요."

김은 나나를 이불로 안아 올리고는 그 목덜미에 얼굴을 묻었다. 술 탓인지 목욕을 방금 한 탓인지 온몸에서 또 땀이 솟았다.

"전깃불 끌까?" 하고 김이 말했다.

땀투성이가 된 김의 목에 나나가 맹렬한 기세로 달라붙듯이 팔을 돌려 끌어안았다.

“켠 채로도 괜찮아.”

“부끄럽지 않아?”

김은 나나와 입술을 겹치며 속삭였다. 자신의 뜨거운 숨결이 반쯤 열린 나나의 입 속 깊은 곳으로 떨어져 갔다.

“나, 데이비드랑 사귀기 시작하고 나서 내가 대담한 여자라는 걸 깨달았어요.”

데이비드는 나나의 몸 위로 올라탔다. 자기가 한 말에 나나는 얼굴이 새빨개졌다.

“난 대담한 여자가 좋아.”

김은 그렇게 말하면서 나나의 티셔츠를 올리고 브래지어를 벗겨 냈다. 형광등 아래로 하얀 배가 드러났다. 깊고 모양이 좋은 배꼽을, 김은 혀로 핥았다. 새하얀 시트 위에서 나나가 입술을 깨물고 몸을 꼬았다.

“나나를 위해서라면 난 뭐든 할 거야.”

“나도 뭐든지 할 거야. 데이비드를 위해서라면 뭐든지 해.” 하고 나나가 헐떡이며 말했다.

“그럼, 이 땀, 핥아 줘.” 하고 김이 말했다.

순간 나나는 놀란 얼굴을 하더니 천천히 몸을 일으켜 김의 가슴에 얼굴을 묻었다. 창밖에서는 파도소리만이 들려왔다. 나나의 뜨거운 혀가 머뭇거리기는 했지만 천천히 피부에 와 닿는 것을 김은 느꼈다.

한밤중에 나나를 미나토미야 민박에 데려다 준 김은 혼자서 달빛이 환한 해변을 걷고 있었다. 눈앞에 펼쳐진 바다가 한국까지 이어진다고 생각하니 달빛이 반짝이는 바다의 색깔도 달라 보였다. 김은 일부러 파도치는 젖은 모래 위를 걸었다. 민박에서 빌린 샌들을 신은 발이 복사뼈까지 젖은 모래에 빠졌고 때때로 밀려든 파도가 그 모래를 씻어 갔다.

휴대전화가 울린 것은 숙소 옆의 소나무 숲이 보이는 근처에 다다랐을 때였다. 김은 전화를 받자마자 "이거, 언제까지 연애놀이를 해야 하는 거야." 하고 웃었다.

"좋아하는 걸 하면서 일도 되니까 좋잖아. 그런 아가씨는 겉보기와는 달리 그쪽이 강하지? 아니면 나나 씨의 음탕함에 졌나?"

AYAKO의 웃음소리를 김은 무시했다.

"'음탕'이 무슨 말인지 알아?" 하고 AYAKO가 계속했다.

"알고말고. 이래 봬도 나는 다니자키(다니자키 준이치로. 에로티시즘과 전통주의를 특징으로 하는 작품들을 쓴 일본의 대표적인 소설가—옮긴이)의 책으로 일본어를 공부했어." 하고 김이 웃었다.

그러나 AYAKO는 더 이상 웃지 않고 사무적인 말투로 결과 보고를 시작했다. 김은 발을 파도에 씻으며 들었다.

"역시 오타베 박사의 연구팀, 꽤 정밀하게 마이크로파의 전송 제어 시스템 실험에 성공했어. 우리가 생각한 것 이상으로 실용화 수준에 접근했어. 연구소의 발표에 의하면 수십 킬로미터 떨어진 장소로 정확히 전송할 수 있는 실험 단계라고 했는데, 그건 완전히 거짓말이었어. 더 앞서 있었어."

김은 흥분한 AYAKO의 목소리를 들으며 눈에 보이지 않는 마이크로파를 발밑을 간질이는 파도 위에 겹쳐 보았다.

"……다만, 이것도 예상대로이긴 한데 오늘 오타베 박사의 자택에 침입해서 확인한 바로는 연구소 컴퓨터에 들어 있는 정보가 3분의 1, 박사의 서재 컴퓨터에 있는 것이 3분의 1, 나머지 3분의 1은 박사의 머릿속에 있어. 그 세 개가 합쳐져야 겨우 모습을 드러내게 되어 있어."

"그럼, 정보만 훔쳐 내는 건 아무 소용 없다는 얘긴가?" 하고 김은 물었다.

"물론 그것만으로도 사려고 들 기업은 있겠지. 하지만 정작 중요한 비밀번호를 모르는 금고를 누가 비싸게 사겠어?"

"그러니까 오타베 박사의 뇌까지 포함한 패키지가 아니면 팔리지 않는다는 거군."

"그런 얘기지……. 그래, 그쪽은 어때?"

AYAKO의 질문에 "이쪽? 슬슬 결혼할 것 같아." 하고 김은 웃었다.

"하지그래. 축하 선물 보내 줄 테니까."

AYAKO가 놀리는 것을 김은 무시했다.

"어쨌든 이쪽은 괜찮아. 내가 부탁하면 그 여자는 뭐든 해 줄 거야. 그리고 딸을 위해서라면, 그 아버지는 동료든 나라든 다 배신할 수 있을 거야."

김은 또다시 땀투성이가 된 가슴에 손을 올려놨다. 나나의 뜨거운 혀의 감촉이 아직 남아 있었다.

나가타 초의 의원회관을 둘러싼 나무에서 매미 울음소리가 끊임없이 들려왔다. 국회의사당을 중심으로 그 주변에는 오래되고 큰 나무들이 많아 여름이 되면 귀를 막고 싶어질 정도로 매미 울음소리가 시끄러웠다. 새파랗게 갠 하늘에는 여름 구름이 한 점 떠 있고 지글지글 내리쬐는 햇볕이 교통량도 별로 없는 아스팔트 3차선 도로를 달궈 이 일대의 기온을 한층 더 높였다.

정례회의를 마치고 사무실로 돌아온 이가라시 다쿠는 앞방으로 발을 들이밀자마자 "방 온도를 더 낮출 수 없나?" 하고 비서에게 말했다.

"에너지 절약 때문에 설정 온도가 정해져 있어요."

매번 같은 대답을 하다 보니 비서인 이치카와 스미레의 말투도 겉날림이었다. 이가라시는 비서의 책상과 응접세트가 놓인 앞방을 지나쳐 안쪽의 전용 사무실로 들어갔다. "바로 찬 녹차를 내오겠습니다. 그리고……." 뒤를 쫓아온 이치카와 스미레가 이후 일정을 확인하려 했다. 이가라시는 "우선, 녹차부터." 하고 손을 펼쳐 입을 막는 제스처를 취했다. 이치카와 스미레와 교대하듯이 이번에는 제1비서인 단텐 고스케가 얼굴을 내밀었다.

"어이, 오늘 고구레 게이코 의원이 입은 옷 봤어?" 하고 이가라시가 말을 꺼냈다. "난 게이코 의원이 어디 무도회라도 초대받으셨나 했어. 그 옷차림을 볼 때마다 웃음이 나와서 말이야, 참느라고 혼났어. 거참, 대체 어떤 잡지를 보고 어느 옷가게엘 가서 그런 로쿠메이칸(정부 고관과 국내외 신사 숙녀의 친목을 도모하기 위해 메이지 정부가 세운 사교장 — 옮긴이)의 싸구려 복제판 귀부인처럼 입혀 달라고 한 걸까."

이가라시는 얘기하면서 또 생각이 나는지 배를 쥐고 웃었다.

"그런 것보다 다음 주……."

어이없어하며 입을 여는 단덴의 말을, 이가라시는 "우선, 찬 녹차부터." 하고 아까와 같은 몸짓으로 막았다. 그때 찬 녹차를 가져온 이치카와 스미레가 "면회 오신 분이 계신데요." 하고 말했다.

"면회? 약속은?"

"그냥 오신 것 같아요."

"그럼, 그냥 돌려보내. 어차피 지역에서 진정하러 온 거겠지?"

"네, 지역 분이긴 한데 의원님 고등학교 후배이신 것 같아서."

"그런 사람이야 넘칠 정도로 많잖아."

"하지만 같은 검도부이고 지역의 벚꽃 축제 때 한 번 뵀다는데요."

이가라시는 기억을 더듬어 봤지만 부인회 간부들과 사진을 찍고 선보는 얘기를 한 것밖에는 기억나지 않았다.

"그 후배가 뭐라고 했는데?"

"뭔가 의원님께 보여 드릴 것이 있다고 했어요."

이치카와 스미레는 벌써 거절할 작정인 듯 그렇게 말하고는 앞방으로 돌아가려 했다.

"뭐야, 보여 드릴 것이라는 게?" 이가라시가 그녀를 불러 세웠다.

돌아본 이치카와 스미레가 "글쎄요." 하고 고개를 갸우뚱했다.

선배 의원으로부터 소개를 받아 얼굴과 스타일만 보고 그녀를 채용해 버렸는데, 미인은 사흘이면 질린다는 건 정말 맞는 말이었고, 도리어 그 미모가 그녀가 얼마나 일을 못하는지를 더 도드라지게 만들었다.

"그럼, 만나 보지 뭐. 기다리고 있지?" 하고 이가라시가 말했다.

"1층 로비에 있어요."

이치카와 스미레가 아름다운 맨다리를 흔들거리며 방을 나갔다.

"기억나?" 이가라시는 단텐에게 물었다. "글쎄." 하고 단텐도 고개를 갸우뚱했다.

몇 분 후, 방에 안내되어 들어온 젊은이를 보고서야 이가라시는 '아.' 하고 기억을 떠올렸다. 상점가 조합의 이사장에게 소개받은 철공소인지 공업기계 회사인지를 경영하는 사장의 아들로, "지금 오시면 벚꽃 꽃잎 첨갑니다"라나 뭐라나 떠들면서 기분 좋게 야키소바를 만들고 있던 청년이었다.

"아!" 이가라시는 새삼 탄성을 내질렀다.

"실례합니다, 기억하시겠어요? 히로쓰 리쿠라고 하는데요……."

"기억하고말고. 검도부 출신의 야키소바지?"

"아, 그래요, 야키소밥니다."

히로쓰라고 이름을 말한 젊은이가 기쁜 듯이 몇 번이나 고개를 끄덕였다.

"잘 왔군. 뭐? 도쿄 구경?"

"아니요, 오늘은 선배님께, 아, 그러니까 의원님께……."

"선배라고 해도 돼. 거 뭐, 검도부 후배이기도 하니까."

"아, 네, 오늘은 이가라시 선배님께 보여 드릴 것이 있어서."

히로쓰 리쿠가 어깨에 걸치고 있던 가방에서 뭔가 커다랗고 얇은 상자를 꺼냈다. 미대생이 그림을 넣어 다니는 것 같은 상자였다. 이가라시는 옆에 선 단덴과 얼굴을 마주 봤다.

"저, 이건데요."

히로쓰가 '따각' 하고 상자를 열었다. 특별한 잠금 장치가 되어 있는 건 아니었다.

이가라시와 단덴은 동시에 고개를 뻗어 상자 안을 봤다. 그리고 또 동시에 자세를 되돌리며 "알루미늄…… 포일?" 하고 입을 맞춰 말했다.

상자 안에는 신문 유인물 크기 정도의 납작한 알루미늄 포일 같은 것이 한 장 들어 있을 뿐이었다. 아마도 일부러 도쿄까지 가지고 온 것이니 단순한 알루미늄 포일은 아닐 테지만, 이가라시와 단덴은 그 이상의 것은 생각해 낼 수가 없었다.

"아니, 이건 알루미늄 포일이 아니라……."

당연하게도 히로쓰는 두 사람 앞에서 고개를 옆으로 흔들었다.

"응, 응, 그렇겠지." 이가라시는 그다음 말을 재촉하듯이 고개를 끄덕였다.

"저, 이건 간단히 말하자면 실리콘 모듈의 개량판인데요."

이가라시는 일찌감치 고개를 꼬았다.

"아, 그러니까, 좀 더 쉽게 말하자면 태양광 패널이란 거 있잖아요?"

"아, 그거라면 알지. 지붕에……. 앗, 알았다. 그 알루미늄 포일은 그 패널에 붙이는 거구나."

먼저 손뼉을 친 것은 단덴 쪽이었다. 한 박자 뒤늦게 이가라시도 고개를 크게 끄덕였다.

"네. 그 패널에 붙어 있는 발전 장치의 개량판이 이것인데, 제 입으로 말하기엔 좀 그렇지만 성능이 굉장히 좋아요."

"성능이 좋다니, 어느 정도?" 하고 단덴이 성급하게 물었고, "아, 쉽게 말해서." 하고 이가라시가 덧붙였다.

"음, 쉽게 말해서, 기능으로 치자면 지금까지 나온 것들보다 백 배 정도는 좋을 겁니다."

"백 배라면?"

숫자가 개입되면 이가라시는 둔감해진다.

"그러니까 보통 집 한 채의 지붕에 붙어 있는 것이 대충 20평방미터라 치고, 여기 있는 것이 40×50센티미터인데, 이것 한 장으로 집 한 채 분량의 전력을 해결할 수 있다는 계산이 나와요."

"어! 이것으로 한 채 분량! 이런 유인물 같은 것이?"

이가라시는 저도 모르게 상자 속의 알루미늄 포일을 통째로 손으로 집으려다 얼른 손을 뒤로 뺐다. 만졌다가 혹시 감전이라도 될까 봐 겁나서였다.

"만져도 괜찮아요. 참고로 이건 아직 시제품이고요. 아, 물론 생산 설비만 갖춰지면 바로 실용화할 수 있습니다."

히로쓰가 손끝으로 잡아서 두 사람 앞에 내밀었다.

"이것으로 한 채 분량이라니, 굉장하지 않아?"

단덴의 입에서 새어 나온 솔직한 감상에 "네, 굉장하다고 생각합니다. 평균적인 집이라면 이거 한 장도 너무 클지 몰라요." 하고 히로쓰가 태연히 대답했다.

"그런데 이걸 왜 우리에게? 아니, 이가라시 의원님께?" 하고 단덴이 한 번 침을 삼키고 나서 물었다.

"간단히 말해서, 어렵게 만든 거니까 비싸게 팔고 싶어요." 히로쓰가 순순히 대답했다.

"그야, 그렇겠지." 하고 단덴도 고개를 끄덕였다.

"그래서 이가라시 선배님이라면 국회의원이시니까 가장 좋은 기업이라든가, 어쩌면 국가 차원의 사업이라든가, 그런 방면에서 힘이 돼 주시지 않을까 하고."

히로쓰라는 젊은이는 대담한 얘기를 꺼내는 것치고는 전혀 감정의 기복이 없었다. 차량 검사 기한이 끝난 중고차라도 파는 사람처럼 말했다.

"어, 어쨌든 이 일은 아무도 모르겠지?" 하고 단덴이 확인했다. 저도 모르게 말이 빨라졌다.

"네, 우선은 이가라시 선배님께 상담하려고요. 아직 아버지께도 말하지 않았습니다."

"아, 그런데 왜 나지? 아니, 뭐랄까, 내가 그런 일에 도움이 된다고 생각하는 건가?"

이런 마당에 이르러 이가라시가 마음 약한 소리를 하자 단텐이 재빨리 그 어깨를 잡았다.

"저는 이가라시 선배님을 존경하고 있습니다. 그런 시골에서 자신의 힘으로 국회의원까지 올라갔고, 그리고 우리 같은 사람들도 잘난 체도 않고 만나 주시고."

이가라시는 다시 옆에 선 단텐의 얼굴을 쳐다봤다. 너무나도 갑작스러운 얘기라서 이가라시에게는 아무런 아이디어도 떠오르지 않았지만, 아마도 단텐이라면 뭔가 좋은 제안을 해 줄 것이 분명하다.

이가라시는 히로쓰에게 시선을 되돌리고는 "알겠네. 힘이 되어 주지. 가장 좋은 조건을 찾아서 히로쓰 군이 절대 손해를 보게 하지 않겠어." 하고 이 일을 떠맡았다. 저도 모르게 평소의 버릇대로 손을 내밀었다. 그 손을 히로쓰의 양손이 힘차게 감싸 쥐었다.

이가라시와 단텐은 방금 자신들이 나온 대저택을 몇 번이나 돌아보며 순환선인 7호선에서 조금 들어간 어두컴컴한 밤길을 걷고 있었다. 바로 가까이에서 7호선이 달리고 있는데도 나무가 많은 이 일대는 무서울 정도로 조용해서 여름밤의 바람에 나뭇잎이 흔들리는 소리밖에 들리지 않았다.

"도쿄에 아직도 이런 장소가 있었군."

나무에 둘러싸인 공원 같은 대저택에서 멀어지며 이가라시는 새삼 한숨을 쉬었다. 두 사람이 방문한 곳은 은퇴한 전 자민당 중진인 주손지 노부타카의 저택이었다. 두 사람은 방금 전까지 주손지 앞에서 몸이 떨릴 정도의 긴장을 강요당했다.

"처음 저 집을 봤을 때는 공원인가 했어요."

다시 돌아본 단텐이 작은 소리로 말했다.

"그러게 말이야. 게다가 문패에 '주손지(中尊寺)'라고 쓰여 있잖아. 난 커다란 절인 줄 알았다니까."

"정말 그래요. 주손지 선생님도 그야말로 에이헤이지(후쿠이 현에 있는 오래된 절 ― 옮긴이)나 히에이 산(시가 현과 교토에 걸쳐 있는 산. 천태종의 총본산인 엔랴쿠지가 있다 ― 옮긴이) 속 유서 깊은 절의 주지 스님 같았잖아요."

주손지 노부타카는 총리의 자리에 취임한 적은 없지만 그의 뜻을 따르는 주손지 파벌 출신의 총리를 연속해서 세 번이나 배출한 정치계 거물로, 1980년대부터 1990년대에 걸쳐 일본의 에너지 정책을 원자력 발전으로 크게 바꿔 놓은 주역이기도 했다.

히로쓰 리쿠라는 지역의 젊은이로부터 어떻게 다루면 좋을지조차 알 수 없는 발명품을 맡게 된 뒤에 이가라시와 단텐은 하룻밤 동안 얼굴을 마주하고 고민에 고민을 거듭했다. 그러다가 결국 그냥 쉽게 태양광 패널 제조 기업에 파는 것보다는 이왕이면 국제적인 시장에서 승부를 걸거나, 혹은 거국적인 에너지 정책의 흐름에 올라타는 것이 좋겠다는 결론에 도달했다. 다음 날 바로 단텐이 움직였다. 평소에 신세를 지고 있던 선배 국회의원의 소개로 주손지 노부타카의 비서를 소개받고 무모하게도 면회를 요구했다. 그러나 당도 다르고 아직 초선의원에 지나지 않는 이가라시의 면회 요청 같은 건 당연히 딱 잘라 거절당했다. 소개해 준 선배 의원을 통해 다소의 정보를 그쪽에 흘려 주면 상대도 만날 마음이 들 거라는 건 알았지만, 이번 건은 분발하여 단독으로 행동하자는 결론에 도달하였고, 그 결과 이렇게 오늘 밤 약속도 없이 주손지의 자택으로 달려왔던 것이다.

단덴의 작전은 훌륭하게 성공했다. 처음에는 약속을 잡고 오라며 문지기에게 쫓겨날 판이었으나, 히로쓰 리쿠에게서 맡아 놓은 태양광 패널을 내놓고 이것을 봐 주기만 해도 좋다고 고집을 피웠다. 문밖에서 기다리기를 30분, 주손지는 둘을 집 안으로 들어오게 했다.

7호선 역까지 돌아와서 단덴은 택시를 잡았다. 공용차를 사용하지 않은 것은 극비로 일을 추진하고 싶었기 때문이었다. 택시에 올라타서 이가라시는 새삼 크게 심호흡을 했다. 운전사에게 행선지를 말한 뒤에 단덴이 "정말 피곤하네요." 하고 말을 걸어왔다.

"목이 칼칼해."

"자동판매기 앞에 세워 달라고 해서 뭐 좀 마시겠습니까?"

"그보다…… 우리, 잘한 거겠지?"

이가라시는 불안한 목소리를 냈다.

"괜찮아요. 잘했다고 생각합니다." 하고 단덴이 고개를 끄덕였다.

주손지의 저택 마당에 면한 응접실로 안내된 이가라시와 단덴은 다시 20분쯤을 더 기다렸다. 아름다운 일본 정원은 조명이 잘 되어 있었고 정교하게 세공한 용 문양 창틀이 빙 둘러쳐진 실내 여기저기에는 아마도 국보급일 듯한 접시와 항아리가 아무렇지도 않게 놓여 있었다. 복도를 삐걱거리며 모습을 드러낸 주손지는 기모노 차림이었다. 허둥지둥 소파에서 일어서는 두 사람을 보고 "먼지 나잖아. 그렇게 허둥대지 마시게." 하고 웃었다.

우선 이가라시는 갑작스럽게 찾아온 무례를 사과하고 소속 정당이 다른 것을 넘어서 이번에는 선생님께 상담을 드리고 싶은 일이 있어 찾아뵈었다는 취지를 직립 부동자세로 말했다. 맞은편 소파에 앉은 주손지는 잠자코 이가라시의 얘기를 들은 뒤에 조용한 말투로 이렇게 말했다. "바람을 피우고 싶기 때문에 결혼한 거라고 말한 작가가 있었는데, 당 같은 거는 그런 정도의 것이에요."

그 후에 주손지는 이가라시가 테이블에 올려놓은 태양광 패널을 보고도 그것이 무엇인지를 묻지 않았다. 대신 마당의 연못에 있는 잉어 얘기를 하고 눈에 띈 큰 접시와 항아리의 유서를 이러쿵저러쿵 말했다. 먼저 초조해진 건 단덴 쪽으로, "오늘 밤은 선생님께 의논드릴 일이 있어 찾아뵈었습니다." 하고 그만 몸을 앞으로 내밀었다. 그 순간 주손지의 표정이 변했다. 두 사람을 쏘아보는 듯한 눈빛이었다.

"자네들은 돈을 벌고 싶은 거야. 이러니저러니 해 봤자 결국은 분명 그런 얘기가 될 테고. 그렇지요?"

얘기를 시작한 주손지의 표정은 이미 큰 접시나 항아리 얘기를 할 때의 그것으로 돌아와 있었다.

"이가라시 의원님, 질문이 하나 있는데, 왜 돈을 벌고 싶지요?"

갑자기 주손지가 쏘아보자 이가라시의 등줄기가 쭉 뻗었다.

"저는, ……저는 일본이라는 나라를 더 낫게 만들고 싶다는 생각에 정치를 시작했습니다. 국민들이 한 명이라도 더 행복해졌으면 합니다. 이 마음에 거짓은 없습니다. 나라를 더 낫게 만들려면 의원들이나 관료들을 움직일 필요가 있습니다. 그러기 위해서는 돈이 필요합니다. 그리고 저 자신이 강해지고 싶습니다. 그러기 위해서도 돈이 필요합니다. 저는 진심으로 그렇게 느끼고 있습니다."

준비했던 말은 아니었다. 그러나 순간적으로 그렇게 얘기해 버린 뒤에, 이가라시는 그것이 완전한 본심이며 거짓이 아니라는 것을 새삼 깨달았다. 보통은 미덥지 못한 이가라시를 어이없는 얼굴로 보는 일이 많은 단넨도 이때만큼은 눈부신 듯이 그를 바라보고 있었다.

이가라시의 짧은 연설을 듣고 나서 주손지는 소리 내어 웃었다. 친근함이 섞인 웃음소리로, 이가라시의 말이 마음에 들었다는 걸 알 수 있었다.

"그래, 이건 도대체 뭡니까?"

그때에서야 드디어 주손지는 테이블 위의 패널에 눈길을 줬다. 단넨은 바로 이때다 싶어 침을 튀기며 설명했다. 주손지는 눈썹도 까딱하지 않고 얘기를 듣고 있었다. 그러다 마지막에 "흠. 흥미롭군요." 하고 중얼거리고는 다시 이가라시에게로 눈길을 돌렸다.

"이가라시 의원님, 일본을 더 낫게 만들기 위해서는 어떻게 하면 좋을까요?"

주손지의 질문에 이가라시는 어서 단덴이 도와주기를 바랐다. 그러나 여기서 단덴이 끼어들 수는 없었다.

"저, 그러니까, 일본을 더 낫게 만들려면…… 저로서는…… 앞으로 일본만이 풍요로워지는 것이 아니라 세계의 여러 나라가 함께 발전하고, 거기에 아울러 상승적으로 일본도 풍요로워져야 한다고 생각하고 있습니다."

쾌적한 온도로 시원해진 방이었으나 이가라시는 땀을 많이 흘렸다.

"이가라시 의원님은 젊지만 이미 아이가 아닙니다. 나같이 은거한 노인네가 손발을 잡아 가며 하나부터 가르쳐 주는 건 실례라고 생각합니다. 다만 이 늙어 빠진 퇴물에게도 걸어온 인생이 있어요. 그 안에서 여러 가지로 배운 것도 있고요. 이 세상에서 가장 가치 있는 것은 정보입니다. 정보는 보물이에요. 보물찾기에 뛰어난 자가 이 세상을 제압할 겁니다. 만약 이런 늙어 빠진 몸이 성공한 사람이라고 불리고 있다면, 그건 아마도 내가 그 보물찾기에 재능이 있었던 거겠지요. 물론 혼자서는 정보가 숨어 있는 깊은 구멍을 팔 수 없습니다. 사태를 판단하여 효율적으로 구멍을 파 주는 우수한 스태프들이 있어요. 이가라시 의원님, 벌써 20년도 더 된 얘긴데, NHK가 CNN에 대항하려 했을 때의 일을 기억하고 있나요? 어쩌면 그때 의원님은 아직 어렸을 때일지도 모르겠네요. 결국 그 얘기는 당시 회장이었던 사람의 쓰잘머리 없는 스캔들 때문에 날아가 버렸지만. 뭐, 직접 조사해 보면 알겠지요. 그 프로젝트가 그 후 어떤 길을 걸었는지. 당신들한테 열의와 야심이 있다면 조금 전에 내가 말한 우수한 보물찾기 프로 집단을 분명 찾아낼 겁니다. 만약 도중에 벽에 부딪힌다면 나에게로 다시 오면 돼요. 도울 수 있는 일이 있다면 뭐든 손을 빌려 드리지요."

11장
빅토리아 하버

정장을 차려입은 초대 손님들이 호텔 연회장으로 이어지는 빨간 카펫 위를 걸어갔다. 그들을 찍으려고 모여든 수많은 카메라맨들이 저명인사가 나타날 때마다 일제히 플래시를 터뜨리면 한순간 시야가 새하얘졌다. 초대 손님들은 센트럴의 대극장에서 상연된 오페라 〈일 트로바토레〉를 관람한 후, 제각각 리무진으로 파티 장소인 여기 '포시즌스 홍콩'으로 모여드는 중이었다.

다시 일제히 플래시가 터졌을 때 조금 떨어진 장소에서 상황을 지켜보고 있던 다카노가 눈을 가늘게 떴다. 창백한 섬광 속, 홍콩을 대표하는 영화배우와 그의 아내가 싱글벙글 웃고 있었다. 〈일 트로바토레〉 공연이 어땠느냐는 질문에는 웃는 얼굴로 답했으나 최근 소문이 돌고 있는 이혼 문제에 질문이 미치자 서둘러 연회장 안으로 모습을 감췄다.

앤디 황이 주최하는 오늘 밤의 파티에는 홍콩의 연예계는 물론, 정재계의 쟁쟁한 면면들도 참가하고 있었다. 다카노가 보았을 때 오늘 밤 이 파티 장소에 와 있는 참가자의 지분만 다 더해도 홍콩 내 총자산의 30퍼센트가 넘지 않을까 싶었다.

초대 손님 대부분이 연회장으로 모습을 감췄을 때쯤 한층 더 굉장한 플래시가 터졌다. 하얀 리무진에서 모습을 보인 것은 주최자인 앤디 황이었는데 오늘 밤에도 하얀 턱시도에 트레이드마크인 노란색 나비넥타이를 하고 있었다. 플래시 속에서 앤디 황의 에스코트로 리무진에서 내려선 이는 AYAKO였다. 순간 카메라맨과 기자들이 소란스러워졌다. 다카노의 곁에 있던 한 기자가 "어라, 누구지? 여배운가?" 하고 던진 질문에, "앤디의 최근 애인이야."라고 다른 누군가가 대답했다.

AYAKO의 존재감은 압권이었다. 지금까지 지나간 이름 높은 여배우들의 잔상도 그녀가 빨간 카펫을 걷기 시작한 순간 모두 사라졌다. 기자들은 마치 그녀의 등장만을 기다리고 있었다는 듯이 다시금 격렬하게 플래시를 터뜨렸다.

AYAKO가 몸에 두르고 있는 드레스는 베트남에서 처음 만났을 때와 같은 검은색이었지만, 아마도 샤넬인 듯한 오늘 밤의 드레스는 등에서부터 둔부까지 크게 V자로 파여 있었다. 플래시 불빛에 하얀 피부가 더욱 하얗게 빛났고 한 걸음 앞으로 옮길 때마다 다이아를 박은 목걸이가 등에서 우아하게 흔들렸다.

기자의 질문에 정중하게 대답하는 앤디 황 옆에서 AYAKO는 단지 입가에 미소만 짓고 있었다. 기자가 질문하려고 시도했으나 그녀는 미소만 돌려줄 뿐 앤디 황이 대신 대답했다.

다카노는 플래시를 받고 있는 AYAKO의 모습을 가만히 바라보았다. 빛속이라 이쪽이 확실히 보일 리 없는데도 AYAKO가 똑바로 자신을 보고 있는 느낌이 들었기 때문이다. 다카노는 표정을 바꾸지 않고 되받아 바라봤다. 아마도 서로를 바라보고 있을 테지만 서로에게서 시선을 돌리지 않았다. 끈기에 진 다카노가 시선을 돌리려 한 순간 앤디 황에게 등을 밀린 AYAKO가 파티장 안으로 모습을 감췄다.

"직접 본 건 처음인데, 어쩐지 굉장한 여자 같네요."

등 뒤에 서 있던 다오카가 말을 걸어왔다. 다카노는 아무런 대답도 하지 않고 "간다." 하고 매스컴용으로 쳐 놓은 로프를 넘어 연회장으로 걸어갔다.

"저 AYAKO라는 여자, 일본인이죠?"

뒤를 따라온 다오카가 물었다.

"글쎄, 일단 그런 걸로 되어 있긴 한데." 하고 다카노가 대답했다.

"저런 여자가 두세 명만 더 있으면, 일본 여성에 대한 이미지가 확 바뀌겠네요."

다오카의 의견을 흘려들으면서 다카노는 연회장 안으로 발을 들이밀었다. 이미 앤디 황 주위에는 사람들이 몰려 있었지만, AYAKO의 모습은 보이지 않았다.

"저기, 국회의원 노토가 있어요."

다오카가 가리킨 쪽을 보니, 바 카운터에서 뭔가 주문하고 있는 중의원 의원 노토 마사쓰구의 모습이 보였다. 발음이 나빠서 바텐더에게 주문이 제대로 전달되지 않는지 그가 고함치는 소리가 다카노가 서 있는 곳까지 희미하게 들려왔다. 다카노는 노토에게서 시선을 돌려 장내를 돌아봤다.

"봐, 저기에 중국 CNOX의 간부들이 모여 있어. 그 옆에는 홍콩 입법회 의원 량웨이사오가 있어. 량웨이사오는 중국의 전국인민대표회의에서 파견된 거나 마찬가지니까, 실질적으로는 중국의 대기업과 중국의 정치권이 나란히 참가하고 있다는 얘기야. 역시 베트남의 유전에 손을 대지 않은 데에는 뭔가 이유가 있어."

"앤디 황과 중국의 CNOX가 손을 잡고 유전보다 더 매력적인 뭔가를 노리고 있다는 건가요?"

"그렇겠지?"

"하지만 유전보다 더 매력적인 거라니, 그런 게 있을까요?"

"바로 그거야. 그게 뭔지……. 어이, 저기 있는 사람이 미스터 화이트야."

다카노는 앤디 황 곁에 다가서 있는 화이트에게 시선을 줬다.

"아, 다카노 씨가 베트남 호텔의 신년회에서 데이비드 김으로부터 소개받았다는 미국 포틀랜드 대학 교수요?"

"그래. 하지만 대학 교수는 물론 위장이야. 본업은 정보 기관인 스탠리 정보 컨설팅의 고문."

"그렇다면 CIA입니까?"

다카노는 마침 지나가던 웨이터에게서 샴페인을 받아 들어 한

입 마시고는, "데이비드 김의 모습이 안 보이는군." 하고 중얼거렸다.

"그러네요."

다오카도 샴페인을 손에 받아 들고는 물처럼 단숨에 다 들이켰다. 다카노는 문득 안 좋은 예감이 들었다.

"다오카, 상하이의 아오키 유라는 여자, 기억나나?"

"물론."

"그 여자도 지금 홍콩에 있어."

"왜요?"

"어쨌든 상관하지 마. 어쩌면 네 앞에도 나타날지 몰라."

"무슨 얘기예요?"

거기서 다카노는 저도 모르게 웃음이 나왔다.

"글쎄 그 여자, 우리와 같은 일을 하고 싶은 모양이야."

"그 여자가 뭘 알고 있나요?"

다카노는 다오카를 뚫어져라 쳐다보더니, 다시 웃으며 "어쨌든 일절 관여하지 마."라고만 말했다.

다카노는 호텔 방에서 모습을 드러냈던 아오키 유의 나체를 떠올렸다. 여성스러운 곡선이 훌륭한 몸인데도 긴장과 분기 때문에 두 다리로 버티고 선 그 모습은 아무리 좋게 말하고 싶어도 섹시하다고는 말할 수 없었다. 얼마 동안이나 그녀의 몸을 바라보고 있었던 걸까. 다카노는 듬뿍 창피를 준 다음, "이제 됐어. 옷을 입어." 하고 명령했다. 아오키 유가 당황해서 옷을 주워 들었다. 그 순간에 긴장이 풀렸는지 허리 주변의 살이 섹시하게 흔들렸다.

옷을 입은 아오키 유는 "이제 나를 추천해 주는 거죠?" 하고 강한 어조로 말했다. 다카노는 "무리야."라는 단 한마디만 던지고 그녀를 방에서 내쫓았다. 황망해진 아오키 유는 거의 아무런 저항도 못 하고 방을 나갔다.

아오키 유에 대한 기억을 떠올리면서 다카노는 연회장 안의 분위기를 구석구석 살펴보았다. 앤디 황이 중국과 뭔가를 기획하고 있고 그것을 미국이 감시하고 있는 건지, 아니면 그가 미국과 중국 사이에 서서 뭔가 큰 건을 올리려고 하는 건지, 아직 그 그림은 보이지 않았다. 오늘 밤 이 자리에서 뭔가가 결정될 것 같은 긴박감도 느껴지지 않았다.

"굳이 일본에서 불러 온 노토 의원은 아무래도 단순한 구색 맞추기 용도인 것 같군." 하고 다카노는 중얼거렸다.

"그런 것 같네요. 저렇게 혼자서 요리를 먹고 돌아다니는 걸 보면." 하고 다오카도 웃었다.

다카노는 더 이상 뭔가를 찾는 것을 단념하고 연회장을 떠났다. 마지막에 한 번 더 뒤돌아서서 파티장 안을 둘러봤지만 역시 AYAKO의 모습은 없었다.

앤디 황이 주최하는 파티가 열린 호텔 상층에는 빅토리아 하버를 내려다볼 수 있는 수영장이 있다. 마치 마천루의 야경 위에 떠올라 있는 것 같은 이 수영장에 와 있으면 손을 뻗기만 하면 탐

나는 물건은 모두 손에 들어올 것 같은 착각에 빠지게 된다. 불을 환하게 밝힌 수영장에는 영국인 커플 한 쌍이 찰싹 달라붙어 있을 뿐이었다. 이미 한 번 헤엄을 친 다카노는 데크 체어에 누워 홍콩의 뜨거운 바람이 젖은 피부를 핥고 가는 감촉을 즐기며 커플을 바라보고 있었다. 여자는 선명한 빨강 머리였다. 젖은 빨강 머리는 홍콩의 야경에 무척 잘 어울렸다.

몇 시간 전 연회장을 나온 다카노가 춤추러 가겠다는 다오카와 헤어져 택시를 타고 호텔로 돌아가는데 휴대전화로 AYAKO가 연락을 해 왔다.

"벌써 가요?" 하고 AYAKO가 말했다.

"이제 이런 말 듣는 것도 지겹겠지만 오늘 밤은 당신이 가장 아름다웠소." 하고 다카노는 말했다.

AYAKO는 한잔 마시지 않겠느냐며 이따가 호텔의 수영장 테라스에서 보자고 했다.

AYAKO가 나타난 것은 다카노가 데크 체어에 누운 채 찬 화이트 와인 한 잔을 다 마셨을 때였다. 오늘 밤 파티에서 입었던 드레스와 같은 칠흑의 비키니 차림으로 수영장 가장자리를 줄타기 하듯 걸어왔다. 다카노는 물론 바 카운터에 있는 웨이터들과 수영장에서 빨강 머리 연인을 안고 있던 영국인 남자까지 그녀에게서 한순간도 눈을 떼지 않았다.

AYAKO는 다카노 곁까지 다가와서는 인사도 없이 우선 물속으로 뛰어들었다. 물보라가 강한 불빛을 받으며 흩어졌고 수면에는 아름다운 파문이 번져 갔다. 맑은 물속에서 AYAKO의 몸이 앞으로 나아갔다. 그대로 수영장을 뛰쳐나와 빅토리아 하버로 떨어져 버릴 것처럼 보였다. 수영장 저편에서 그녀가 떠오르자 바텐더들이 박수를 보냈다. 박수 속에서 천천히 수영장 밖으로 나온 그녀가 물방울을 떨어뜨리며 이쪽으로 걸어왔다.

"왜 데이비드 김은 안 온 거요?" 다카노는 바스 타월을 건네주며 바로 물었다.

"난 말이에요, 이 호텔 타월이 제일 좋아요. 타월의 질은 호텔의 질과 직결한다고 생각 안 해요? 만약 이마바리(일본 타월 생산량의 60퍼센트를 차지하는 도시로, 이마바리 타월은 일본 제일의 품질을 자랑한다—옮긴이)의 타월 업자가 호텔업에 뛰어든다면 분명 좋은 호텔을 만들 거예요."

주문을 받으러 온 웨이터에게 AYAKO가 "올리브를 두 개로 해서." 하고 마티니를 부탁했다.

"괜찮은가? 앤디 황을 혼자 내버려 둬도."

AYAKO는 그렇게 묻는 다카노를 자못 우스꽝스럽다는 듯이 바라보더니, "우리가 서로 사랑하기라도 한다고 생각해요?" 하고 웃었다. "앤디와 나는 분명 비슷한 유형의 인간이긴 해요. 봐요, 저기에 70층짜리 빌딩이 있죠. 만약 저 빌딩이 통째로 당신의 것이라면 매달 임대료 수입만으로도 굉장한 금액이 될 거예요. 그러면 당신은 행복하겠어요?"

AYAKO의 질문에, "행복할지 어떨지는 모르겠지만 만족은 하겠지." 하고 다카노가 대답했다.

"어머, 그래요? 비교적 평범한 남자군요. 하지만 나는 달라요. 만약 그 빌딩이 내 것이라면 분명 옆에 선 저 80층짜리 빌딩도 내 것으로 만들고 싶어질 거예요."

영국인 커플이 수영장을 나갔다. 마지막으로 생긴 파문이 조용히 다카노와 AYAKO의 발밑으로 다가왔다.

"데이비드 김은 왜 홍콩에 없는 거요?" 다카노는 다시 물었다. 조금 지겹다는 듯이 AYAKO는 "왜 내가 그에 대해서 안다고 생각해요?" 하고 얼버무렸다.

"나는 당신한테 받은 명함을 녀석한테 제대로 건네줬어. 녀석이 당신에게 연락하지 않았으리라고는 생각 못 하겠는데."

"나는 데이비드 김 따위는 몰라요. 내가 하는 말을 못 믿어요?"

"물론 못 믿지."

즉답한 다카노를 AYAKO가 바라봤다.

"그렇다면 물어볼 거 없잖아요." 웨이터가 마티니를 가져왔다. AYAKO는 그것을 한 모금 마시고 데크 체어에 누웠다. 빛나는 어깨에서 물방울이 스르륵 흘렀다.

"왜 나를 불렀지?"

다카노는 AYAKO의 허리께를 흐르는 물방울을 눈으로 좇으며 물었다.

"또 질문? 어차피 내가 무슨 말을 해도 믿지 않을 거잖아요." AYAKO는 웃고 나서 "가끔은 일본 남자랑 마셔 보고 싶었던 것뿐이에요." 하고 조금 피곤한 말투로 중얼거렸다.

스스로도 신기했지만, 다카노는 왠지 AYAKO의 이 말만큼은 믿어도 좋을 것 같은 마음이 들었다. 다카노는 웨이터를 불러 풀리니 몽라셰를 한 병 주문했다. AYAKO가 훌륭한 선택이라고 칭찬해 줬다.

이가라시 다쿠는 탈의실 거울에 비친 자신의 몸을 한참 바라보고 나서 늘어진 배를 '팡' 하고 한 번 두드렸다. 도쿄의 아카사카에 있는 의원 숙소는 몇 년 전에 다시 세워진 건물이다. 그 호화로움에 대해 당시 언론이 일제히 공격을 했지만 이곳에 사는 사람으로서는 아무리 공격을 받아도 역시 쾌적하다고밖에 달리 할 말이 없다.

탈의실 안으로 부엌에서 만들고 있는 맛있는 카레 냄새가 풍겨왔다. 이가라시 다쿠는 젖은 몸을 대충 닦고 팬티만 걸친 채 부엌으로 향했다.

"더운데 목욕했어?"

이미 땀투성이가 되어 있는 이가라시를 보고 국자로 맛을 보던 마쓰노 가오리가 말을 걸어왔다.

"목욕을 하지 않으면 하루가 끝난 기분이 안 들어서." 이가라시는 냉장고에서 캔 맥주를 꺼내 참을 수 없다는 듯이 선 채로 마셨다.

"바로 먹을 수 있어?"

"먹을 거야. 냄비째 먹고 싶어질 정도로 배가 고프니까."

"오늘은 여름 채소로 카레를 만들어 봤어."

가오리가 가스 불을 끄고 냄비를 기울여 보여 줬다.

"이야, 나 오쿠라(아욱과의 일년초—옮긴이) 정말 좋아하는데."

이가라시가 캔 맥주를 한 손에 들고 자리에 앉자 가오리가 김이 나는 카레를 수북하게 떠 줬다.

"에어컨 끄고 창문 열까? 여름 카레는 땀을 줄줄 흘리면서 먹는 게 맛있어."

이가라시는 그렇게 말하며 베란다로 통하는 문을 열었다. 에어컨으로 차가워진 공기가 밖으로 흘러 나가고 대신에 숨 막힐 듯 달궈진 도시의 밤공기가 흘러 들어왔다.

말한 대로 땀을 흘리며 카레를 쓸어 넣기 시작한 이가라시의 모습을 어이없다는 듯 한동안 바라보고 있던 가오리도 자신의 몫을 그릇에 담고 냉장고에서 캔 맥주를 꺼냈다. 스스로 글라스에 따르려고 하는 것을 보고 이가라시가 손을 뻗었지만 가오리는 "괜찮아." 하고 웃으며 그 손을 밀어냈다. 이가라시는 고개를 젖히고 찬 맥주를 마시는 가오리를 바라봤다. 가스 불 앞에서 요리를 하느라 앞머리가 땀에 젖어 이마에 달라붙었다.

"내일 몇 시 신칸센이야?" 하고 이가라시는 물었다.

"점심 지나서니까 괜찮아."

"남편이 의심하지 않아?"

"왜?"

"글쎄, 이번 달에는 두 번째잖아. 여기 묵는 거."

깊은 뜻도 없이 말한 거였지만 이가라시가 얼굴을 들자 가오리가 의아한 시선으로 쳐다보고 있었다.

"아, 아니. 난 좋아서 한 말이야. 가오리가 와 주는 게 좋아. 좀 더 자주 왔으면 할 정도라니까."

"난 요즈음 내가 왜 다쿠와 만나고 있는 걸까, 하고 스스로 생각해 봤어."

내놓는 걸 잊었던 듯 후쿠진즈케(절임 식품의 하나—옮긴이)를 냉장고에서 꺼내며 가오리가 말하기 시작했다.

"어쩌면 다쿠가 국회의원 같은 것이 됐기 때문에 예전에 헤어진 게 손해라고 여기고 있는 건지도 모른다고 생각하니까 나 자신이 좀 싫어지기도 했지만, 좀 더 깊이 생각해 보니 그런 건 아니야. 다쿠가 국회의원이 되지 않았더라도 그때 동창회에서 재회한 후 이렇게 됐을 것 같아. 다쿠와 있으면 고등학교 시절의 나 자신을 떠올릴 수 있어. 그래서 앞으로도 열심히 살아갈 수 있을 것 같은 기분이 들어."

가오리는 밀봉 팩을 열어 숟가락으로 뜬 후쿠진즈케를 이가라시의 접시에 담고 나서 마지막으로 탕탕 숟가락으로 접시를 두드려 달라붙은 것을 떨어뜨렸다. 이가라시는 아무 대답도 않고 후쿠진즈케를 카레에 섞어서 입으로 가져갔다. 가오리도 자신의 마음을 토로하고 싶었을 뿐이었는지, 자신의 말에 대한 이가라시의 감상 같은 걸 요구하지는 않았다.

고등학교 시절 3년 동안 사귀었던 가오리와의 관계는 1년 전 동창회에서 재회하고 나서 다시 이어졌다. 현재 가오리는 시즈오카 지역 자산가 집안 아들의 아내였다. 남편은 맨션 몇 동과 토지를 관리하는 관리회사의 사장으로 있지만, 요컨대 선조 대대로 내려오는 땅에 안주하며 살고 있는 남자에 지나지 않았다. 가오리의 결혼은 동급생들로부터 부러움을 샀지만 가오리 자신은 시간만 죽이는 것 같은 결혼생활에 바로 질려 버렸다. 그러더니 인테리어 디자이너 자격증을 땄고, 원래 그쪽에 재능이 있었는지 지역에서는 이름이 알려진 존재가 되었다. 2년쯤 전부터는 한 달에 한두 번꼴로 도쿄의 전문학교에서 강사로 수업을 하게 되었다. 이가라시와의 관계가 시작되고 나서는 그 수업을 이틀 연속으로 맡아 남편에게는 학교의 숙박시설에서 머무는 것으로 해 놓고 이렇게 이가라시에게 와서 하룻밤을 보내고 갔다.

"아, 그런데 콘돔은 사 놨어?" 이가라시는 카레를 한 그릇 더 달라고 재촉하면서 가오리에게 물었다.

"아, 잊었어. 하지만 아직 몇 개쯤은 남아 있을 텐데. 어쨌든 그 정도는 스스로 사."

"아무리 그래도 국회의원이 편의점에서 캔 커피를 사는 김에 콘돔을 살 수는 없잖아."

"왜?"

"왜라니……."

"국회의원은 콘돔 안 써?"

"아니, 그야 쓰긴 하지."

"그럼 괜찮잖아."

"아, 그렇군. 괜찮은 거였구나."

자신들도 무엇을 얘기하고 있는지 모르게 되어 둘은 동시에 웃음을 터뜨렸다. 그때 현관 벨이 울렸다. 이가라시가 일어나 팬티 차림으로 문 쪽으로 가자 문 건너편에서 비서인 단덴 고스케의 목소리가 들렸다. 이가라시는 "무슨 일이야?" 하고 물으며 문을 열었고, 바로 밀고 들어오려는 단덴에게 "가오리가 와 있어." 하고 말했다.

단덴은 그 말에 신경도 쓰지 않고서 "아, 그래요."라고 대꾸하며 신발을 벗었다. "뭐, 급한 일이야?" 하고 이가라시가 물었다.

이미 복도를 걸으며 "아니요, 태양광 발전에 대해 이것저것 조사해 봤는데요. 제법 여러 곳에서 각종 프로젝트가 진행되고 있었어요." 하고 단덴이 손에 든 파일을 팔랑팔랑 흔들어 보였다.

"어머, 안녕하세요. 단덴 씨도 카레 드실래요?"

가오리가 말을 걸자 단덴은 "아, 저한테 줄 것도 있어요? 실은 복도에까지 맛있는 냄새가 나던데." 하고 기쁜 듯이 대답했다.

단덴은 아직 카레 냄새가 남은 식탁에 가져온 자료를 펼쳐 놓고 입에서 카레 냄새를 내뿜으며 꼼꼼히 설명을 하기 시작했다.

"결국 크게 나누면, 현재 일본에서 추진되고 있는 대규모 태양광 발전 시스템에는 두 종류가 있어요. 뭐, 양쪽 다 아직은 설계

단계에 지나지 않지만. 우선 하나는 전국의 휴경 농지를 이용하는 것, 그리고 다른 하나는 각 지역의 해상에 패널을 설치하는 거예요. 휴경 농지의 경우 전국에 20만 헥타르, 경작포기지도 넣으면 50만 헥타르 정도 되니까, 그 20%인 10만 헥타르 정도에 패널을 꽉 채워 깔면 도쿄 전력의 발전 능력에 필적하는 5천만 킬로와트를 생산할 수 있어요. 해상에 설치하는 경우도 비율은 마찬가지고요."

"어, 이봐, 이봐."

이가라시가 단덴의 얘기를 막았다. 이미 에어컨을 켜 놓아서 상반신을 벗은 채로 있는 이가라시는 조금 서늘했다.

"나하고 오랫동안 만나 왔잖아? 그러니 내가 숫자에 약한 건 누구보다도 잘 알 거 아닌가?"

이가라시는 티셔츠에 팔을 집어넣으며 '좀 봐줘.' 하듯이 한숨을 쉬었다. 역시 한숨을 내쉰 단덴이 "그러니까 현재 추진되고 있는 계획을 실행에 옮기려면 방대한 토지와 자금이 필요하다는 겁니다. 상당한 각오를 하지 않으면 기업도 발을 들이밀 수 없어요." 하고 말을 바꿔 설명했다.

"거참, 자주 사용하는 도쿄 돔 몇 개 분량이라든가 하는 걸로 말해 봐."

"그러니까……."

단덴이 휴대전화로 도쿄 돔의 면적을 조사하기 시작했다. 이가라시는 그 틈에 가오리에게 눈짓을 보냈다. 시간이 좀 걸릴 것 같으니까 먼저 목욕이라도 해 두라는 듯이. 가오리도 태양광 발전에는 흥미가 없는 듯, "나중에 복숭아 깎아 줄게요."라는 말을 남기고 욕실로 사라졌다.

"아, 알았습니다. 도쿄 전력 분량의 발전이라면 도쿄 돔 21,378개 분량이 필요한데, 히로쓰 군의 발명품을 사용하면 213개 분량으로 해결되는 셈이에요."

단덴이 휴대전화의 계산기 기능을 사용하여 가르쳐 줬다.

"거봐, 갑자기 알기 쉬워졌잖아. ……그렇다면 계획을 추진하고 있는 기업에 이것을 가져가기만 하면 굉장한 일이겠군."

"네, 그건 그렇지만 주손지 선생님의 얘기를 들은 뒤다 보니, 눈앞에 손님이 있다고 바로 팔아 버리는 게 잘하는 건지 모르겠어요."

이가라시는 자료 한 장을 손에 쥐었다. 해상 설치 계획에 대한 것으로, 북쪽은 아오모리의 무쓰 만부터 남쪽은 미야자키 현의 휴가나다까지 건설 예정지가 기록되어 있고 바다 위에 패널을 꽉 채워 깐 일러스트가 딸려 있었다.

"이 해상 발전 계획안은 지역의 반대가 심하겠군. 상당한 보상금을 내놓지 않고는 실현 불가능해." 하고 이가라시는 중얼거렸다. 단덴도 동감이란 듯이 고개를 크게 끄덕였다. "휴경 농지 쪽도 그래요. 해가 비치지 않게 되는 지면을 도쿄 돔 2만 개 분량이나 만드는 일이니까. 여론이 잠자코 있지 않을 거예요. 뭐, 현재로선 양쪽 다 아이디어만 있고 추진 중인 건 아무것도 없긴 하지만

요." 하고 단텐이 덧붙였다.

이가라시는 리모컨으로 에어컨의 바람 세기를 '약'으로 바꿨다.

"추워요?" 단텐이 묻자, "절전이야." 하고 대답했다.

"저기, 그쪽 조사는 그대로지?" 하고 이가라시가 물었다.

"네. 사흘 전에 건넨 자료 이상의 것은 아직 아무것도……." 단텐이 어두운 표정을 지었다.

주손지의 입에서 나온 NHK의 이야기는 20년도 더 지난 일이었는데, 이가라시도 어디선가 들은 적이 있는 것 같았다. 아시아판 CNN을 만들겠다는 장대한 프로젝트는 좌절되었고 이후 NHK는 엔터테인먼트에 주력했다. 국내 재해 보도 같은 경우 철저히 이재민 측에 서서 보도하는 자세로 인해 민방에 비해 좋은 평판을 받고는 있지만 근래 20년 사이에 민방과의 차이가 서서히 없어지고 있는 감은 부정할 수 없었다.

그 프로젝트가 좌절된 배경은 이가라시 측에서도 쉽게 조사할 수 있었다. 당시의 신문, 잡지나 폭로 서적 등등이 좌절에 이른 상세한 경위를 잘 파헤쳐 놓았기 때문이다. 그러나 주손지의 말투는 틀림없이 그 이상의 내막이 있다는 냄새를 풍겼다. 하지만 일련의 스캔들로부터 수개월 후에 나온 한 건의 특종 기사(GNN 구상을 위해 설립됐던 기업 명의의 '해외 은닉 계좌'가 있으며, 그 계좌에 들어 있는 10억인지 1백 억인지에 이르는 은닉 재산이 불투명한 상태로 남아 있다는 것)를 마지막으로 모든 실마리가 사라져 버렸다.

우선 이가라시는 그 최후의 특종 기사를 쓴 기자가 있던 출판사에 접촉해 봤다. 아쉽게도 해당 기자는 40대의 젊은 나이에 이미 퇴사했으며 그 후 필리핀으로 이주했다가 현지에서 불의의 교통사고로 죽었다고 했다. 단덴의 연줄로 이 출판사와 관계가 깊은 인물을 내세워 알아봤지만, 신기하게도 이 특종 기사에 관해 아는 동료는 한 사람도 없으며 지금은 편집부 내에서도 잊혀 가고 있다고 했다.

그러나 그 프로젝트가 완전히 소용없는 일로 끝난 건 아니었다. 이 시기에 설립된 회사 중에 '아시아 네트 홀딩스'라는 것이 있었는데, 프로젝트의 좌절과 동시에 다른 모든 회사가 도산 절차를 밟았지만 유일하게 이 아시아 네트 홀딩스만이 경영진을 모두 갈아 치운 후 'AN 통신'으로 지금까지 존속하고 있다는 거였다. 그러나 이 AN 통신이 주손지가 암시했던 집단이 아니라는 것은 바로 알 수 있었다. AN 통신 자체는 사원이 겨우 수십 명 수준이며 아시아 각지에 소규모의 지국과 파견원을 두고 주로 해당 국가의 엔터테인먼트 정보를 인터넷에 올리고 있는 일개 중소업체에 지나지 않았다. 혹시 몰라서 단덴이 더 상세히 조사해 봤지만 그들이 올린 인터넷 정보 및 간행물에 의심스러운 냄새는 조금도 없었고 결산 보고서 등을 봐도 이익이 많지는 않지만 깨끗한 기업임이 분명했다.

이가라시는 땀에 젖어 미끄러운 가오리의 몸에서 떨어지자마자 콘돔을 벗겨 냈다. 깊게 호흡하는 가오리의 배 위를, 누구의 것인지 모를 땀 한 줄기가 스르륵 흘러서 배꼽으로 들어갔다. 에어컨을 켰는데도 이가라시의 등에서는 몇 줄기인지 모를 땀들이 흘렀다. 이가라시는 다시 몸을 웅크려 땀 냄새가 나는 가오리의 목덜미에 얼굴을 묻었다.

"더워." 가오리가 한숨을 내쉬듯이 중얼거렸다.

"나 샤워하고 올게. 같이 할까?"

"난 나중에. ……저기, 거기 티슈 좀 줘."

이가라시는 침대에서 내려가 바닥에 떨어져 있던 티슈 상자를 가오리의 배에 올려놨다. 욕실로 가려던 이가라시의 발이 갑자기 멈췄다.

"무슨 일이야?"

상반신을 일으킨 가오리의 가슴이 어쩐지 평소보다 힘없이 휜 것같이 보였다.

"응? 아니, 별일 아냐."

복도로 나오자, 식탁 위에 단텐이 놓고 간 자료가 보였다.

"아……."

이가라시는 벌거벗은 채로 식당으로 가서 충전 중인 휴대전화를 손에 들고 단텐의 번호를 눌렀다. 단텐은 벌써 자고 있었는지 잠꼬대 같은 목소리로 전화를 받았다.

"미안하군, 이런 시간에."

"아니요, 괜찮아요. 그런데 무슨……?"

"저기 있잖아. 텐진 스타디움이 폭파됐을 때 그 뒤에서 실은 엄청나게 돈을 번 회사가 있었지?" 하고 이가라시가 물었다.

"그런 얘기가 있었죠. 분명 일본의 닛키와 한국의 사운데 그룹. 다만 정보는 전혀 나오지 않았지만요."

거기까지 대답하고 단덴은 직감적으로 뭔가 느낀 모양이었다.

"혹시 주손지 선생님이 말씀하신 보물찾기 팀이 관계한 걸까요……."

"아니, 나도 확신은 없지만 지금 갑자기 생각이 났어."

"내일 바로 닛키 쪽에 알아보겠습니다."

"아니야. 이런 경우 돈을 번 쪽이 아니라 실패한 쪽에 묻는 게 좋지 않을까?"

"맞아요. 의원님은 그런 점에서는 정치인다워요."

"그거, 칭찬이야?"

"물론이지요. 그럼 일본의 고와와 한국의 남성. 내일 바로 고와 쪽에 접촉해 보겠습니다."

통화를 끊고 이가라시는 휴대전화를 다시 충전기에 돌려놨다.

보소 반도의 동쪽에 위치한 가쓰우라에서 차로 20분 정도 달려가면 산마을 요양소가 나온다. 근대적인 병동의 창문을 통해 동쪽으로는 웅대한 태평양, 서쪽으로는 아름다운 잔디가 펼쳐진 골프장이 내다보이는 곳이다. 이미 경찰로부터 연락을 받은 의사 곤도 도시고와 간호사 구로다 다이스케는 약속시간에 맞춰 1층 로비에서 경찰의 도착을 기다리고 있었다. 입원 중인 환자의 외동딸이 후지 산 기슭에서 목을 맨 사체로 발견됐다는 연락이 왔던 것이다.

이미 진찰 시간도 지나 로비는 텅 비었고, 서쪽 창으로부터 새빨간 저녁노을만이 비쳐 들어오고 있었다.

두 사람의 예상과 달리 병동으로 이어지는 완만한 언덕길을 올라온 것은 순찰차가 아니라 검게 칠한 세단이었다. 곤도는 손목시계를 확인하더니 "분명 저거군." 하고 옆에 선 구로다 간호사에게 중얼거렸다.

병동 현관 앞에 멈춰 선 세단에서 마치 형사 드라마에서 튀어나온 것 같은 전형적인 중년 형사와 역시나 전형적인 젊은 형사 2인조가 내렸다. 로비에서 기다리는 동안 두 사람은 지루함을 견디기 위해 찾아올 형사의 풍모를 예상하고 있었는데, 너무나도 예상대로라서 중년 형사가 손수건으로 이마의 땀을 닦았을 때 젊은 구로다는 웃음을 참아야만 했다.

"바쁘신데 진심으로 죄송합니다. 저는 야마나시 현경의 야나기, 이쪽은 나카가미입니다."

두 사람 앞에 선 중년 형사가 머리를 깊이 숙였다. 두 사람은 왠지 모르게 경찰수첩을 보여 주기를 기다렸으나 "그럼, 이제." 하고 중년 형사가 병실로 안내해 줄 것을 청했다. 구로다 간호사는 당황하여 "아, 이쪽입니다." 하고 엘리베이터 홀로 그들을 안내했다.

"저, 전화로도 말씀드렸습니다만, 이 환자가 시신의 신원을 정확하게 확인해 줄 수 있을지 모르겠습니다. 아오키 유키에 씨의 병상(病狀)은 이미 설명드렸다시피 제대로 의사소통을 하기가 힘든 상태라서……."

엘리베이터로 향하는 형사들의 등에 대고 곤도가 말했다.

"네. 그건 알고 있습니다. 발견된 시신 옆에 자필로 감정된 유서와 본인의 휴대전화 등 소지품이 놓여 있었고, 상하이의 직장에 문의한 결과 2개월쯤 전에 갑자기 사표를 내고 모습을 감췄다는 사실도 확인됐습니다. 여름철이라 쉬이 부패하기는 하지만, 저희로서는 정황으로 봐서 자살 말고는 달리 생각할 여지가 없다고 판단하고 있습니다. 이제 남은 건 유서에 있던 대로 어머님 아오키 유키에 씨의 승낙을 얻어 시신을 지자체 쪽에서 화장하는 일입니다."

중년 형사는 이만큼의 얘기를 엘리베이터 안에서 다 쏟아 냈다. 엘리베이터가 3층에 도착하자 네 명이 차례로 내렸다.

"타살 가능성은 없다는 건가요?" 하고 곤도가 물었다.

"네, 없습니다. 유서에 의하면 외국 생활에서 스트레스가 많이 쌓였던 것 같습니다. 회사 선배에게 정중한 감사인사를 쓴 것으로 보아 회사 일만이 아니라 사생활에서도 뭔가 고민이 있었을지도 모르겠습니다. 젊은 아가씨니까 연애 고민도 한두 가지쯤은 있었겠죠."

구로다 간호사가 발길을 멈추고 307호실의 문을 열었다. 동쪽의 이 병실에서는 눈 아래로 태평양이 내려다보인다.

"아오키 씨, 조금 전에 말씀드린 형사분들이 오셨어요."

구로다 간호사가 먼저 들어가 이쪽으로 작은 등을 보이고 침대에 걸터앉아 있는 아오키 유키에의 어깨에 손을 얹었다. 그러나 그 작은 등은 전혀 반응을 보이지 않았다.

"저, 간단히 말하면 어떤 상황인가요?" 중년 형사가 문 입구에 선 채로 의사의 귓가에 속삭였다. 곤도는 목소리를 죽이지도 않고, "아오키 유키에 씨의 병상은 간단히 말해서 살 기력을 잃은 상태입니다." 하고 대답했다.

형사들은 아오키 유키에의 곁으로 향했다. 아오키 유키에는 초점이 맞지 않는 눈으로 꼼짝 않고 창밖의 바다를 바라보고 있다.

"아오키 유 씨의 어머님이시죠?" 하고 중년 형사가 물었다. 바다를 바라보는 아오키 유키에의 표정에 변화는 없었다.

"이번 일로 얼마나 애통하십니까. 오늘은 따님의 유서를 가지고 왔습니다. 이겁니다."

젊은 형사가 어깨에 걸치고 있던 가방에서 비닐에 든 봉투를 꺼내 아오키 유키에의 앞에 내밀었다. 그러나 아오키 유키에는 여전히 아무런 반응을 보이지 않았다. 어쩔 수 없이 중년 형사가 유서 낭독을 시작했다. 곤도와 구로다는 등 뒤에서 전문을 들었다. 유서다운 유서였다. 앞서 가는 불효를 빌고, 지금까지의 인생에서 즐거웠던 일들을 써 놓았다.

"담당 지자체 쪽에서 화장하는 데 대해 이의는 없으시죠?" 하고 중년 형사가 부드럽게 물었다.

반응이 없을 것이라고 생각했는데 바다를 바라보고 있던 아오키 유키에의 눈동자에서 그때 갑자기 한 줄기 눈물이 흘렀다. 그러나 그 후 입을 여는 일은 없었다.

형사들이 곤도 의사를 쳐다봤다. 곤도는 작게 고개를 끄덕였다. 형사들은 마음이 놓여 저도 모르게 미소를 지을 뻔하다가 당황해서 표정을 굳혔다.

한 줄기 눈물을 흘린 뒤, 아오키 유키에는 평소와 마찬가지로 모든 감각을 닫아 버린 것 같았다. 구로다 간호사가 커튼을 닫아도 아직 창밖으로 바다가 보이는 것처럼 가만히 커튼을 바라보고 있었다.

형사들을 현관으로 배웅하는 동안 곤도는 아오키 유키에의 외동딸 아오키 유에 대해서 몇 가지 얘기를 들었다.

중학생 때 아버지가 책임을 맡았던 사업에 실패하여 회사에서 해고당한 후 자살했다. 그 후 아오키 유는 어머니 유키에와 둘이서 살았는데 중학교를 졸업할 무렵에 어머니 유키에에게 이상 징후가 생겼다. 집에서 한 걸음도 나가지 않는 건 물론이고 하루 온종일 방구석에서 정좌한 채 한곳만을 바라보게 된 것이었다. 아오키 유는 고등학교를 다니던 3년 동안 그런 어머니를 씩씩하게 돌보았다. 중학교 때부터 친구라고 불릴 만한 존재는 없었고, 친가나 외가 어느 쪽에서도 손을 내밀어 주지 않았다. 고등학교 졸업 후 그녀는 유키에를 이 요양소에 입원시켰다. 당시 곤도 의사는 아직 재직하고 있지 않았는데, 면회 기록에 의하면 그 후

유키에를 병문안 온 사람은 한 명도 없었다. 어머니를 입원시킨 후 그녀는 도쿄의 대학을 졸업하고 작은 상사에 취직했다. 어느 날 일신상의 이유로 갑자기 퇴사한 후, 홀로 상하이로 건너가 AN 통신이라는 인터넷 정보 회사에서 즐겁게 일하며 지냈으나 얼마 전 후지 산 기슭의 넓은 숲에서 부패된 사체로 발견되었다.

12장

여름 벌레

홍콩 국제공항에서 택시를 내린 다카노와 다오카는 각자 큰 트렁크를 하나씩 끌며 체크인 카운터로 향했다. 홍콩 국제공항의 출발 게이트는 입구부터 다리를 건너가도록 설계되어 있어서 걸어갈 때 다리 아래로 도착 로비 층이 내려다보였다.

"오래간만이네요, 도쿄."

옆에서 걷던 다오카가 기쁜 듯이 중얼거렸다. 오랜만의 귀경이 꽤나 좋은 듯 다오카는 평소와 달리 발걸음이 가벼웠다. 다카노의 휴대전화가 울린 것은 그때였다. 바로 옆에 늘어선 벤치 한 구석을 점령한 대가족이 집에서 가져왔는지 먹을 것을 펼쳐 놓고 시끌벅적하게 광둥어로 웃어 대고 있었다. 다카노와 다오카가 멈춰 선 장소에도 맛있는 고기와 향신료 냄새가 날아왔다. 다카노는 다오카에게 먼저 체크인을 끝내라고 지시한 후 전화를 받았다. 가자마로부터 온 전화였다

"지금 어디지?"

늘 그랬지만 인사도 없이 가자마가 물었다.

"공항입니다." 하고 다카노가 대답했다.

"어디로 갈 예정인가?"

"도쿄인데요. 어제 전화로도……."

"국회의원 노토는 단순한 구색 맞추기용이라고 보고했지?"

가자마의 목소리가 엄격해졌다.

"네. 그렇게 보였는데요."

"특별히 주의를 기울일 만한 동행자나 접촉자가 없었다고도 보고했지?"

"네, 네."

목소리가 들렸는지 다오카가 조금 앞에 멈춰 서서 걱정스러운 얼굴로 다카노를 쳐다봤다.

"앤디 황이 주최한 파티가 있고 나서 그다음 날, 그 노토라는 너구리 녀석이 MET의 간부와 홍콩에서 합류해 CNOX 녀석들을 만났어."

MET라면 소니, 파나소닉과 어깨를 나란히 하는 일본 최대의 전력 회사 중 하나로 몇 년 전에 자연 에너지 사업에 진출한다고 선언한 기업이었다.

다카노는 답할 말이 없었다.

"골프장에도 호텔의 스파에도 노토 본인이 모습을 나타냈을 텐데요." 다카노는 초조해하며 대답했다.

"직접 봤나?"

"아니요……."

파티의 분위기에 녹아들지 못하고 혼자서 뷔페 요리를 마구 먹어 대던 노토의 모습이 떠올랐다. 원래대로라면 체재 중 계속 미행해야 했지만 다오카가 입수한 스케줄로 보자면, 파티 다음 날은 아무런 일정 없이 낮에는 동행 비서들과 골프, 밤에는 숙박하는 호텔 스파에 갔다가 다음 날 아침 일찍 비행기로 귀국하기로 되어 있었다.

"골프장에는 간 모양이야. 다만 스파를 예약했던 시간에 호텔 차로 CNOX의 홍콩 영빈관으로 갔어."

가자마의 말에 다카노에게서 핏기가 가셨다. 그러나 아무리 머리를 굴려도 엄청 먹어 대던 노토의 모습밖에 떠오르지 않았다.

"이쪽에 남아 조사해 보겠습니다." 하고 다카노는 말했다.

"아니, 노토가 이미 귀국했으니까 이제 와서 자네들이 거기 남아 있어 봤자 소용없어. 돌아와."

"네. 오후 4시에는 하네다에 도착합니다."

"그럼, 그대로 가스미가우라로 가게."

"가스미가우라라면 이바라키의? 거긴 노토의 출신 지역일 텐데요."

"그래, 맞아. 최근에 노토가 가스미가우라 일대의 어협 관계자와 빈번히 만나고 있는 모양이야."

"어업 협동조합이라면, 가스미가우라에 뭔가 만든다는 건가요? 매립해서? 하지만 MET가 선도하고 중국의 최대 에너지 기업이 협력한다고……."

다카노는 거기서 한 번 말을 끊고 나서 "그렇다면 해상 태양광 패널 설치 말고는 없겠는데요." 하고 말했다.

"아마도 그럴 거야. 다음 국회에서 드디어 전력 사업에 대한 신규 참여를 허용하는 법안이 통과될 전망이야." 하고 가자마도 동의했다.

"하지만 좀 이상한데요. 가스미가우라가 넓다고는 해도 기껏해야 사방 3킬로미터 정도가 확보할 수 있는 면적의 한계일 겁니다. MET가 반쯤은 실험적으로 이 프로젝트에 거액을 투자하는 건 이해가 가지만, 자국에 얼마든지 사용할 수 있는 토지가 있는 CNOX가 관여하기에는 조금 규모가 작지 않습니까?"

다카노의 의문에 가자마도 준비한 답은 없는 것 같았다.

"물론 일본의 전기요금은 다른 곳과 비교해서 고액이고 잘하면 그 나름의 이익은 있을 거라고 생각하지만, 그런 걸 고려한다 해도……."

다카노도 거기서 말이 막혀 버렸다. "어쨌든 귀국하자마자 가스미가우라로 가겠습니다. 지역 사람들 사이에 어느 정도의 얘기가 오가고 있는지 확인해 보겠습니다."

다카노는 전화를 끊었다. 어느 틈엔가 다오카가 곁으로 돌아와 있었고, "귀국하자마자 이바라킵니까?" 하고 얼굴을 찌푸렸다.

다오카는 귀국한 그날 밤을 넘기기 전에 가스미가우라 동부 일대를 대표하는 어업 협동조합의 이사장, 하야카와의 집 전화와 휴대전화를 도청할 수 있게 조치해 놓았다. 다카노와 다오카는 가스미가우라가 바라다보이는 언덕의 한 폐가에 몸을 숨기고 있었는데, 원래는 어부의 오두막이었던 듯 집 안의 썩은 봉당에는 아직 비린내 나는 그물 같은 게 쌓여 있었다. 전기는 들어오지 않았지만 다행히 밤이 되자 바다로부터 바람이 불어왔고 더욱 운 좋게도 수도가 살아 있었다.

도청을 시작한 다음 날에는 눈에 띄는 대화가 하나도 없었다. 집 전화로는 하야카와의 아내가 입원하고 있는 친척 얘기를 다른 친척에게 길게 했을 뿐이고, 그 밖에 걸려 오는 전화는 없었다. 이사장인 하야카와의 휴대전화도 비슷해서 조합원들의 어획고 집계를 확인하는 통화, 그리고 지역의 술집 여자에게서 온 짧은 영업용 전화가 전부였다. 밤까지 중요한 사항이 나오지 않으면 다오카를 혼자 놔두고 다카노는 도쿄로 돌아갈 작정이었다. 이런 유의 일에 대한 정보는 관계하는 지자체의 우두머리보다는 어업 조합의 이사 주변에서 새어 나올 확률이 높지만, 비린내 나는 폐가에서 다오카와 둘이서 시간을 죽이고 있는 것도 우스꽝스러워서 다카노는 다른 루트로 가스미가우라에 인접한 각 지역의 우두머리를 캐 보기로 했다.

하야카와 이사장 부부가 밤 9시에 잠자리에 든다는 것은 다오카가 이미 조사를 끝낸 사실이었고, 결국 그 9시가 될 때까지도 도움이 될 만한 통화는 없었다. 그러나 포기한 다카노가 막 도쿄로 갈 준비를 시작했을 때 하야카와 이사장의 휴대전화가 울렸다. 다오카가 얼른 자신이 끼고 있던 헤드폰을 다카노에게 건넸다. 다오카가 장시간 끼고 있었던 탓에 귀에 대는 부분이 눅눅했다.

'여보세요. 미안하군. 자고 있었어?'

'아니, 자리에 누웠을 뿐이야. 더워서.'

전화를 건 쪽은 쓰치우라 시의 어업조합원 노카미라고 다오카가 가르쳐 줬다.

'내일 해도 되는데, 어쩐지 잠이 안 와서 말이야.'

노카미의 말에 하야카와 이사장이 하품으로 답했다.

'그 건 말이야, 빙 에둘러서 우리 조합원한테 물어봤는데…….'

'어때? 어떤 분위기야?'

하야카와가 갑자기 목소리를 바꿔 얘기를 재촉했다.

'음……. 뭐, 결국은 모두 보상금을 보고 결정하겠다는 건데, 젊은 녀석들은 역시 반대를 하겠지. 반대하지 않으면, 거 뭐, 자기들이 진 것같이 생각하는 부분도 있고. 다만 하야카와 씨 쪽도 그렇겠지만, 우리 조합원들도 대부분이 65세 이상 아닌가. 회사로 치자면 벌써 정년이야. 그러니 퇴직금 대신 그 보상금인지 뭔지를 받아내야겠다, 그렇게 생각하는 건 뭐, 나로서도 이해가 돼.'

다카노는 노카미의 한가로운 목소리를 들으면서 마음속으로 애를 태웠다. 조금 더 구체적인 내용을 말해 보라고.

'만약 말이야, 가스미가우라가 거부하면 어떻게 되는 거지?' 하고 노카미가 물었다.

'뭐, 바로 옆 후보지로 넘어가겠지.' 하야카와가 대답한 후 계속 말을 이었다. '가로세로 2킬로미터 정도의 바다에 뜬 섬을 만든다는 거니까. 뭐, 전부 다 메워 버리는 것도 아니고 말이야. 같은 이바라키 현에서 가시마나다 쪽이 손을 들지도 모르지.'

'그렇겠지. 뭐, 굳이 매립한다는 얘기도 아니니까. 그런데 말이지, 그 가로세로 2킬로미터 정도의 뜬 섬에서 태양광을 모아 봤자 대단한 전력을 만들어 내지는 못한다는 얘기잖아. 그런 것치고는 보상금이 꽤 높은 게 매력이긴 한데, 달리 생각하면 그 부분이 의심스럽다면 의심스럽지 않나?'

'뭐, 원자력 발전소를 만드는 것에 비하면 싼 거지, 분명.'

'하긴 그렇지.'

그 후로는 공통으로 아는 사람이 위암으로 입원한 얘기로 넘어가더니 다시 화제가 되돌아오는 일 없이 전화는 끊겼다.

다카노는 헤드폰을 다오카에게 돌려주고 나서, "사방 2킬로미터 크기로 바다에 뜬 섬을 만들고 거기에 태양광 패널을 붙이면 어느 정도의 전력량이 나오지?" 하고 물었다.

"대충 계산해서, 20여만 세대분이죠." 하고 다오카가 대답했다.

"도쿄가 5, 6백만 세대라 치면 30분의 1인가." 다카노가 중얼거렸다.

"뭐, 완성되면 굉장하긴 하겠지만요."

"다만 지역과의 교섭이나 보상 같은 성가신 일들을 끌어안으면서까지 중국의 대기업 CNOX가 고개를 처박을 정도의 건은 아니지 않나. 중국 기업이 관련되어 있다는 것만으로도 지역에서는 더욱 반발할걸."

거기서 둘은 얼굴을 마주 봤다. 그러나 그래 봤자 뭐가 번쩍 떠오르는 것도 아니었다.

"……어쨌든 너는 여기에 조금 더 머무르도록 해. 나는 도쿄로 돌아가서 MET가 노토 이외의 국회의원과도 관계를 맺고 있는지 조사해 볼게. 여기만이 아니라 다른 지역에서도 비슷한 계획을 추진하고 있을지도 모르고 말이야."

다오카가 웅크리고 있던 바닥에서 일어나 "알겠습니다."라고 말하고는 크게 기지개를 켰다.

폐가 밖으로 나오니 구름 한 점 없는 밤하늘에 보름달이 떠서 주위의 대나무 숲을 하얗게 비추고 있었다. 다카노는 마을에서는 안 보이게 덤불 안에 세워 놓은 차를 향해 걸어갔다. 자신이 밟는 자갈소리 이외에는 아무 소리도 들리지 않았다. 주머니에서 차 열쇠를 꺼내려다 다카노는 발을 멈췄다. 바람이 아닌 부자연스러운 공기의 움직임이 느껴진 순간 대나무 숲 그늘에서 남자들이 일제히 뛰어나왔다. 다카노는 "다오카! 도망쳐!" 하고 외쳤다. 그러나 그때는 이미 일고여덟 명의 남자들이 자신을 둘러싸고 있었다.

"누구냐, 너희들은?" 하고 다카노는 냉정하게 말했다.

둘러싼 남자들은 말쑥한 모습이었고 개중에는 양복 차림인 사람도 있었다. 그 양복 차림의 남자가 한 발 앞으로 나왔다.

"당신을 데리고 오라는 지시를 받았습니다. 난폭한 짓은 하고 싶지 않습니다. 가능하다면 시간을 내 주시지 않겠습니까?"

정중한 말투였다. 다카노는 이들을 뿌리치고 도망칠 수 있을지 생각해 보았으나 상대가 너무 많았다.

"어디로?" 하고 다카노가 물었다.

"당신을 만나고 싶어 하는 사람이 있습니다."

"그러니까 어디의 누구란 말이냐?"

"시간을 내 주실 수 없을까요?"

남자들의 발이 슬슬 다카노에게로 다가왔다. 폐가를 조사한 듯 다른 남자가 "다른 한 명의 모습이 보이지 않습니다." 하고 리더 격으로 보이는 양복 차림의 남자에게 고했다. 남자들은 무기를 갖고 있는 것 같지는 않았다. 근처 덤불에 버려진 오래된 어망에서 나는 비린내가 바람을 타고 흘러왔다.

"좋다. 가지." 하고 다카노가 대답했다.

리더 격인 남자가 안심했다는 듯 덤불 끝에 세워 놓은 차를 가리켰다. 다카노는 남자들에게 둘러싸여 차로 향했다. 뒷좌석에 혼자 태워졌는데 옆에 감시자가 앉지도 않았다. 리더 격인 남자는 조수석에 올라탔다.

"가자."

남자의 신호로 운전사가 천천히 액셀을 밟았다. 타이어가 기분 나쁜 소리를 내며 고목을 넘고 앞으로 나아갔다. 어두운 풀숲에서 이쪽의 모습을 엿보고 있는 다오카의 모습이 보였다. 다카노는 '가라.' 하고 말없이 신호를 보냈다.

가스미가우라를 나온 차는 고속도로를 타고 도심을 향해 달렸다. 차 안에서는 대화가 전혀 없었고 다카노도 입을 열지 않았다. 차는 도심에서 고속도로를 내려서나 싶더니 그대로 세타가야 방면으로 향했다. 15분 정도 더 달려서 요가 인터체인지를 통해 고속도로를 빠져나왔다. 차가 들어간 곳은 한적한 주택가였다. 집장사들이 지어서 파는 작은 주택이 늘어선 지역이 아니라 돌담이나 산울타리를 둘러친 저택이 모여 있는 고급 주택가였다. 차는 그중 어느 집 앞에서 멈춰 섰다. 중후한 돌로 만든 집으로, 차를 두 대쯤 세울 수 있는 주차장도 딸려 있었다. 집 안에서 작은 개가 시끄럽게 울어 대는 소리가 났다.

다카노는 리더 격인 남자의 뒤를 따라 현관 쪽으로 걸어갔다. 문패에 훌륭한 서체로 '가와카미 미쓰타로'라는 이름이 쓰여 있었다. 안쪽에서 문을 연 건 초로의 고상한 부인이었는데 그 뒤로는 남편으로 보이는, 역시 고상한 신사가 서 있었다.

"어서 들어오세요."

부인이 조금 긴장한 기색으로 말했다. 안내 역할의 남자는 차로 돌아갈 요량인지 다카노만을 안에 들여보내려고 등을 밀었다. 다카노는 순순히 부인의 말에 따랐다. 슬리퍼를 내놓고는 "자, 안으로." 하고 두 사람이 불러들였다.

안내된 방은 특이한 구석이 없는 보통의 응접실이었다. 선반에 늘어놓은 고급 술과 유리잔, 벽에 걸린 그림으로 보아 상당한 지위에 있는 사람의 집이란 걸 알 수 있었다. 다카노는 부인의 권유로 큰 테이블 한쪽에 자리를 잡았다. 조금 늦게 남편으로 보이는 남자가 나타나 두 사람이 다카노의 맞은편에 나란히 앉는가 싶더니, 부인 쪽은 바로 일어나 부엌으로 가 버렸다.

"거친 짓을 해서 참으로 죄송합니다. 먼저 내 소개를 하지요. 나는 MET의 이사를 맡고 있는 가와카미 미쓰타로라고 합니다. 지금 부엌으로 간 사람은 나의 아내 아사코입니다."

남자가 미안한 표정을 지으며 입을 열었다. 다카노는 MET라는 말에 반응을 했지만 굳이 입을 열지는 않았다. 실내에는 알맞게 냉방이 들어와 있었는데, 땀투성이인 자신의 몸에서는 악취가 났다. 다카노가 대꾸 없이 앉아 있자 가와카미가 당황해하면서 말을 이었다.

"……오늘 밤 이런 짓을 한 이유를 간단히 설명하겠습니다. 당신에게 더 이상 위해를 가하는 일은 없을 거니까, 그 점은 안심해도 됩니다."

"별로 거친 일을 당하지는 않았습니다. 정중한 응대였습니다." 다카노가 대답하고 부엌 쪽으로 시선을 돌렸다. 가와카미의 아내가 기둥 뒤에 몸을 숨기고 이쪽을 엿보고 있었다.

"어쨌든 겨우 AN 통신에 속한 분과 만날 수 있게 됐군요. 얘기로는 듣고 있었습니다만 실제로 만나는 건 처음입니다." 하고 가와카미가 긴장하며 말했다.

다카노는 진의를 살피려고 뚫어져라 상대를 쳐다봤다.

"당신들이 현재 어느 정도까지 우리의 프로젝트에 대해 알고 있는지, 나는 아직 모릅니다. 다만 당신들이 움직이고 있는 걸 보면, 벌써 그 나름의 그림은 그리고 있을 거라고 생각합니다. 간단히 말하자면, 우리 MET로서는 이번에 당신들이 움직이는 걸 원치 않는다는 겁니다. 당신들이 이 정보를 가지고 어떻게 하려는 건지 나는 모릅니다. 하지만 요전번 톈진 스타디움에서 무산된 일본의 고와와 위구르의 신위안 건을 생각하면 우리도 당신들을 그냥 놔둘 수만은 없습니다. 참고로…… 알고 있는지요? 신위안 측과 협상을 진행했던 고와의 전 상하이 지사장 아라이 씨가 그 후 어떻게 됐는지?"

다카노는 질문에 대답하지 않았다. 대신 아라이의 얼굴이 떠올랐다. 다오카를 납치한 후 "좀 더 적극적으로 나서지 않으면 곤란해요! 우리는 필사적이에요!" 하고 창백한 얼굴로 고함을 치던 아라이의 얼굴이.

"현재 아라이 씨는 시가 출장소의 소장입니다. 고와라고 하면 전 세계에 2만 명의 사원을 두고 있는 대기업이에요. 그 회사에서 다섯 손가락 안에 들었던 사람이 그때의 실패로 인해 지금은 부하 네 명을 거느린 작은 출장소의 소장으로 강등된 겁니다. 나는 그 얘기를 처음 들었을 때 몸서리가 쳐질 정도로 분노를 느꼈습니다. 그건 처음에는 아라이 씨가 평생을 바친 회사 측의 처사에 대한 것이었습니다. 물론 사내의 파벌 싸움이 있었겠지만, 그래도 너무 심한 처사에 분노를 느끼는 거라고 생각했습니다. 하지만 좀 더 생각해 보니 그럼에도 회사를 그만둘 수 없는 아라이 씨라는 사람이 아무래도 나 자신과 겹쳐서요. 그런 아라이 씨와 동류일 수밖에 없는 한심한 나 자신에 대해 화가 났다는 걸 깨달았습니다."

다카노는 일방적으로 말하는 가와카미에게 "물 한 잔 주실 수 없을까요?" 하고 부탁했다. 부엌에서 가와카미의 아내가 서둘러 물을 가져다줬다. 다카노는 유리잔을 받아 들고 단숨에 마셔 버렸다. 물을 마시는 자신의 모습을 바로 옆에서 가만히 바라보고 있는 가와카미의 아내의 시선이 거슬렸다.

"나더러 뭘 하라는 말씀이십니까?" 다카노는 유리잔을 내려놓고 물었다.

다카노 쪽에서 질문을 하자 조금 마음이 놓인다는 표정을 지은 가와카미가 "아니, 그 반대입니다." 하고 얼른 대답했다.

"뭘 해 달라는 게 아니라 아무것도 하지 말아 달라는 겁니다. 아마 이르건 늦건 당신들은 우리가 추진하는 프로젝트의 전모를 알게 될 겁니다. 그리고 알게 된 정보를 어딘가에 팔려고 할 겁니다. 그건 틀림없겠지요. 그러니까 먼저 이쪽에서 그 전모를 알려 드리겠습니다. ……우리 MET는 현재 가스미가우라를 비롯하여 전국 열두 곳에서 대규모 태양광 발전 사업에 참가할 준비를 하고 있습니다. 지역적으로나 규모 면에서나 지금까지 없었던 일대 국가적 프로젝트가 될 겁니다. 물론 이쪽도 장사니까 좋은 소리만 늘어놓을 생각은 없습니다. 그러나 이번 프로젝트는 앞으로 일본 에너지 정책의 큰 전환점이 될 것입니다. 아시다시피 나라도 국민도 좀처럼 새로운 방향으로 방향을 틀 수가 없었습니다. 지금까지의 비즈니스 모델을 버릴 수가 없었습니다. 그러나 이번에 내각 주도의 형태로 이 프로젝트가 추진된다면 미래 에너지에 대한 생각에 대대적인 변화가 올 겁니다. ……당신들에게 아무것도 하지 말아 달라고 말했는데 그건 조금 더 나아가서 말하자면, 오히려 이 프로젝트를 지켜 달라는 겁니다. 정보를 쥐고 파는 것이 당신들의 장사라는 것을 알고 있습니다만, 이번에는 그 반대로 이 프로젝트가 밖으로부터 방해받지 않고 성공할 때까지 지켜 주기 바랍니다. 다행히 지금까지는 프로젝트가 순조롭게 추진되고 있습니다. 이대로 가면 가까운 장래에 그 전모가 대대적으로 발표될 겁니다. 하지만 최근 들어 불온한 공기가 느껴지고 있습니다. 그것이 어디로부터 어떻게 흘러 들어오는 것인지는 안타깝게도 우리도 모릅니다. 그러니까 뭔가 새로운 정보가 있으면 그 출처나 진위를 조사해서 바로 알려 달라는 겁니다."

단숨에 거기까지 말하고 나서 가와카미가 탐색하는 시선으로 다카노를 바라봤다.

이 프로젝트의 정보를 원하는 쪽은 누구일까 하고 다카노는 생각해 봤다. 이와 같은 큰 프로젝트가 성공하면 전력 생산의 자유화가 속도를 더하게 될 것이다. 원자력 관련 기업은 물론이고 그 쪽에 선 정치권, 그동안 전력 사업을 독점해 온 각 지역의 전력회사들은 온 힘을 다해 이 프로젝트를 중단시키려 들 것이다. 그들에게 있어서 태양광은 자기네 돈벌이의 적이다. 돈벌이의 적을 그리 쉽게 내버려 둘 거라고는 생각할 수 없다. 지역에 파고들어 반대 운동을 일으킬 테고, 그러면 MET 측은 더욱 큰 비용을 쓰게 되어 채산이 맞지 않게 될 것이다.

"중국 CNOX와의 관계는?" 하고 다카노는 물었다.

가만히 다카노를 바라보던 가와카미가 대답했다. "그들이 35퍼센트, 우리가 65퍼센트의 비율로 공동 사업자가 되는 것으로 합의되어 있습니다. 에너지 사업에 외국 자본, 그것도 중국의 자본이 들어오는 것에 대해 국내에서 거부반응을 보이리라는 것은 알고 있습니다. 그러나 이 정도의 큰 프로젝트를 지금 우리가 외국 자본을 빼고서 단독으로 진행하는 것은 무리입니다."

"그것뿐입니까?" 하고 다카노는 다그치듯이 물었다. 순간 말을 더듬거리던 가와카미가 "……아마도 CNOX 측은 일본에서의 비즈니스 모델을 전 세계로 확산시킬 계획일 겁니다. 아쉽게도 우리에게는 거기까지 손을 펼칠 자금력이 없습니다." 하고 중얼거렸다.

"그렇다 쳐도 CNOX와 같은 대기업이 유전을 포기하면서까지 할 만한 프로젝트는 아닌 것 같다는 생각이 드는데요." 다카노의 질문에 가와카미가 "장래성을 본 게 아닐까요." 하고 불안한 목소리로 말했다.

"처음부터 뭔가를 숨겨서는 얘기가 진전될 수 없습니다. 숨기고 있는 것이 있다면 말씀해 주시지 않겠습니까?"

엄격한 다카노의 말투에, 가와카미는 꽤 오랜 시간을 침묵했다.

"실은……, 정말로 여기서만의 얘기로 해 주지 않으면 난처한데."

가와카미가 갈라진 목소리로 말하기 시작했다.

"물론 여기서만의 얘기로 하겠습니다. 우리는 비밀은 목숨을 걸고 지킵니다."

"알겠습니다. 그럼 모두 얘기하겠습니다. 우선 현시점에서 태양광 발전이 좀처럼 보급되지 못하는 원인으로 축전지의 문제가 있는 건 아시겠죠? 요컨대 축전지가 없으면 태양이 떠 있는 동안에만 전기를 만들어 보내야 합니다. 물론 지금도 축전지가 있기는 하지만 비용이 너무 높아서 실용적이라고 할 수 없습니다. 당연히 우리가 추진하는 대규모 태양광 발전 시스템도 그 문제를 해결해야 합니다."

"혹시 MET가 그 문제를 해결할 수 있는 축전지 기술을 갖고 있다는 겁니까?"

저도 모르게 다카노가 끼어들었다. 잠시 주저한 끝에 가와카미가 "일절 공표되지는 않았지만." 하고 순순히 고개를 끄덕였다.

"그렇다면 CNOX는 그 축전지 기술을 갖고 싶어서 이번 프로젝트에 참가했다고 할 수도 있겠네요?"

"물론 그것도 있겠지요. 그러나 우리로서도 희생을 감수할 수밖에 없습니다. 우리가 개발한 리튬이온의 축전지 기술을 독점하려면 당연히 CNOX와 손을 잡아서는 안 됩니다. 그러나 손을 잡지 않으면 이런 대규모 프로젝트를 움직일 수 없습니다."

가와카미는 침통한 표정이었다.

"얘기해 주셔서 감사합니다. 무슨 말씀인지 알겠습니다. 그리고 당연한 얘기지만, 일을 맡을 경우 비용도 듭니다." 하고 다카노는 말했다.

"그건 물론 알고 있습니다." 가와카미가 얼굴에 웃음을 지었다. 긴장됐던 방의 공기가 한순간 부드러워진 것을 보고 "저, 말씀이 끝나셨으면……." 하고 부엌에서 가와카미의 아내가 말을 걸어왔다.

"아, 그렇지. ……저, 이렇게 오시게 해 놓고서, 이런 말을 하는 건 좀 그렇지만, 혹시 괜찮으시다면 아내가 직접 만든 요리를 드시고 가시지 않겠습니까?"

갑작스러운 제안에 다카노는 대답을 망설였다. 그러나 그런 다카노를 개의치 않고 가와카미의 아내는 이미 준비되어 있었던 듯 요리를 내왔다. 다카노는 살짝 기분이 안 좋아져서 시선을 가와카미에게로 돌렸다.

"독 같은 건 들어 있지 않으니까." 하고 가와카미가 웃었다.

앞에 놓인 쟁반에는 아이들이 기뻐할 것 같은, 케첩으로 별 모양을 그려 넣은 오므라이스가 있었다.

"미안하군요. 백화점 레스토랑 메뉴 같은 거라서." 하고 아내가 미소 지었다.

다카노는 혼란스럽긴 했으나 이 요리에 뭔가 책략이 있을 거라고는 생각되지 않았다

"어이, 그렇게 당신이 뚫어지게 보고 있으면 음식이 어떻게 목으로 넘어가겠어." 가와카미가 아내에게 야단을 쳤다.

"그러게요. 미안해요. 입에 맞을지 어떨지 걱정이 돼서."

다카노는 왠지 갑갑함을 느끼고, 의자 위에서 상반신을 크게 비틀어 뻗었다.

"그런데 왜 나를 회사가 아니라 자택으로?"

"그게, 실은 말이지요, 우리에게 아들이 있었어요." 하고 가와카미가 얘기를 시작했다. 가와카미의 아내는 반쯤 억지로 다카노의 손에 스푼을 쥐여 주었다.

"……있었다고 말한 건, 일곱 살에 행방불명이 됐기 때문입니다. 살아 있다면 딱 당신 정도의 나이가 됩니다. 가족이 함께 마닐라에 가 있을 때였습니다. 몸값을 노리고 벌인 유괴였어요. 필사적으로 돈을 준비했지만 범인들은 도망쳤고 아들의 행방도 그 후 알 수가 없게 되었습니다."

다카노는 스푼을 내려놓고, "나하고는 아무런 관계도 없는 얘기라고 생각하는데요." 하고 차갑게 말했다.

"네, 물론 아무 관계도 없는 얘기입니다만, 아내가…… 살아 있으면 아들과 같은 나이대의 사람을 만나면……."

말문이 막힌 가와카미 대신, "일부러 만든 거니까요." 하고 그의 아내가 또다시 다카노에게 스푼을 쥐여 주려 했다. 다카노는 포기한 듯이 스푼을 쥐고 오므라이스를 한 입 먹었다.

"조금 달게 됐나요?"

걱정스럽게 묻는 가와카미의 아내에게 "아니요." 하고 고개를 흔들었다.

"정말로 사양 말고 많이 드세요."

다카노는 거절하는 것도 귀찮아져서 오므라이스 위에 그려진 별 모양의 케첩을 스푼 바닥으로 뭉개고 크게 잘라 입으로 날랐다. 텅 비었던 위가 갑자기 움직이기 시작했다. 먹기 시작하자 멈출 수가 없었다. 얼굴을 드니 가와카미 부부가 맞은편에서 가만히 쳐다보고 있었다.

"어머, 또 우리가 하는 짓 좀 봐. 뚫어져라 보고 있으면 먹기 힘들지요."

스스로도 어이없다는 듯이 가와카미의 아내가 자신의 이마를 탁 쳤다. 다카노는 식사를 계속했다. 물을 한 잔 더 마시고 싶었지만 왠지 물을 달라는 한마디가 입에서 나오지 않았다.

저녁 식사는 아직 해가 있는 동안에 시작되었는데, 생선회가 치워지고 사이쿄 미소(교토의 된장—옮긴이) 옥돔구이가 나왔을 무렵에는 어느덧 연회석의 장지문 너머 보이는 마당에 여름밤의 어둠이 내려 있었다. 작은 잔에 남아 있던 술을 쭉 들이켠 이가라시 다쿠는 대면하고 있는 고와의 부사장 모리 마사오미에게, "그 하카타 돈다쿠의 '돈다쿠'라는 것은 무슨 뜻이죠?" 하고 물었다. 모리가 젊은 시절 후쿠오카에서 장기간 근무했었다는 얘기 끝에 물어본 거였다. 모리 본인은 모르겠는지 옆에 앉은 영업 본부장인

쓰가하라 다카시를 쳐다봤는데 역시 그도 고개를 갸우뚱했다.

이가라시의 옆에서 마지막까지 남겨 두었던 큰 참치회를 입으로 가져가려던 단텐 고스케가 "그거 네덜란드어 같은 게 아니었나요?" 하고 끼어들자, 접시를 치우던 기모노 차림의 젊은 여성이 "네. 네덜란드어로 휴일이란 뜻입니다." 하고 대답했다.

"아가씨는 하카타 출신인가?" 하고 이가라시가 젊은 여성에게 물었다.

"네."

"그래. 하카타에는 미인이 많지."

이가라시의 말에 객쩍은 듯 미소를 짓는 여성은 아르바이트 학생인지, 차려입은 기모노의 칼라 주변에 기모노에 익숙하지 않은 흔적을 남기고 있었다.

식당 여점원들이 연회석에서 물러가자, "좀 전의 얘긴데요, 우리를 포함해서 누구도 그 상세한 실태는 모릅니다." 하고 부사장인 모리가 작은 소리로 화제를 되돌렸다.

"하지만 AN 통신이라는 조직이 실제로 존재하고 뒤에서 산업스파이 같은 일을 하고 있다는 건 역시 사실이었군요." 하고 단텐이 말을 이었다.

"네. 이가라시 의원님이시니까 여기까지 얘기하는 겁니다. 우리도 요전번 위구르의 신위안 석유와 맺으려던 제휴가 무산되어 한쪽 팔을 잡아 뜯긴 것 같은 상황이라 지금부터라도 재기를 하기 위해서는 사원이 한마음이 되어 애쓰지 않으면 안 될 때입니다. 이런 때에 이가라시 의원님 같은 분과 우연히 가까워지게 된 건 좋은 징조라고, 이리로 오는 차 안에서도 여기 이 쓰가하라와 얘기했습니다."

모리가 벙글벙글하는 얼굴을 더욱 환하게 만들며 웃었다.

"하지만 고와 정도 되면 막역한 정치계 인사들이 얼마든지 있겠죠?"

단덴의 질문에 쓰가하라 본부장과 얼굴을 마주 본 모리가 "네. 여러 의원님들께 지도를 받고 있는 건 사실이지만, 뭐랄까, 역시 이제부터는 이가라시 의원님 같은 젊고 활기 넘치는 분과 관계를 맺고 싶다고 생각하던 차입니다." 하고 대답했다.

"그 AN 통신 말인데요." 하고 이가라시는 얘기를 되돌렸다. "실태도 모르는데 어떻게 만납니까?"

"네, 실태는 아무도 모릅니다. 어느 정도 규모의 조직인지, 전 세계에 어느 정도의 첩보원이 있는지……. 우리로서는 상대편이 접촉해 오길 기다릴 뿐입니다."

"상대편이 접촉해 오길 기다릴 뿐이라고요?"

이가라시는 단덴과 얼굴을 마주 봤다.

"네. 그들은 팔고 싶은 정보가 있으면 접촉해 옵니다. 다만 유익한 정보는 누구나 다 사고 싶어 하는 것이니만큼 정보를 팔 상대를 그쪽이 어떤 기준으로 고르는지는 아직 수수께끼라서."

"그럼, 아무도 그 모습을 본 적이 없다는 겁니까?" 하고 단덴이 끼어들었다.

"아니, 아니요, 접촉할 때 만나게 되지요. ……다만 정보가 탐이 나서 그쪽 첩보원을 붙잡아 뒷거래를 하려고 들면, 바로 '빵'이에요."

"빵?"

이가라시와 단덴은 동시에 되물었다.

"네. 글쎄, 녀석들 여기에는……."

모리가 의미심장한 웃음을 띠며 자신의 심장 부분을 손가락으로 두드렸다.

"여기에 소형 폭탄이 묻혀 있다나 봅니다. 정보가 새지 않게 하려고, 원격 조정으로 빵 터뜨려서. ……버러지같이 죽임을 당하는 겁니다."

"버러지?"

이가라시는 어떻게 반응해야 좋을지 몰라 단덴을 쳐다봤다. 그러나 단덴은 그다음 얘기를 듣고 싶은 듯 몸을 앞으로 내밀고 있었다.

"그, 그 현장을 모리 씨는 본 적이……?" 하고 단덴이 물었다.

"아니, 아니요, 없습니다. 다만 실제로 목격한 사람과 안면이 있는 사람이라면 알고 있습니다."

이가라시는 다시 단덴에게로 시선을 돌렸다. 이가라시 자신은 어디까지 믿어야 좋을지 망설였지만, 단덴은 이미 완전히 믿는다는 듯이 "여기에 묻어 놓은 폭탄이 빵 터진다는 겁니까? 버러지같이." 하고 반복하고 있었다.

맹장지 너머로부터 목소리가 들리더니 다음 요리가 나왔다. 이가라시 일행은 자연스럽게 골프 얘기로 넘어갔다.

이가라시와 단텐은 요정 앞에서 모리 일행의 배웅을 받으며 콜택시를 타고 의원회관으로 돌아왔다. 달리기 시작한 차 안에서 먼저 입을 연 것은 단텐 쪽인데, "생각한 것 이상으로 여러 얘기가 나왔네요." 하고 들뜬 목소리를 냈다. "……AN 통신에 대한 것도, 어디까지 사실인지는 별개로 치고라도 왠지 형태가 그려지기 시작했고, 무엇보다도 다음 기부터는 우리 이가라시 의원님이 고와의 고문을 맡게 되지 않았습니까."

이가라시는 얼굴을 들여다보는 단텐에게서 고개를 돌려 창밖을 바라보며 "저기 있지, 우리, 정말로 잘하고 있는 걸까?" 하고 무심결에 중얼거렸다.

"뭐가 말입니까?"

"그러니까 고와의 고문 제안을 받아들인 거. 결국 고와의 전속 정치가로 몸을 판 거잖아?"

"아니에요! 고와가 우리의 전속 기업이 된 거예요." 단텐이 마음 약한 소리를 하는 이가라시의 넓적다리를 탁 하고 쳤다. 이가라시는 맞은 부분을 천천히 문질렀다. 냉방으로 차가워진 차 안에서 그곳만이 뜨거웠다.

"……고문 얘기도 그렇지만, 아까 그 '빵' 한다는 얘기, 자넨 어떻게 생각하나?" 하고 이가라시가 물었다.

"어떻게 생각하느냐니요?"

"글쎄, 그게 만약 정말이라면 '아, 그렇습니까?'로 끝날 얘기가 아니야. 미흡하나마 국회의원인 나로서는."

"뭐, 그렇긴 하지만. 글쎄, 그건 뭐랄까 도시 전설 같은 거라고 생각하는데요."

단덴이 태연히 대답했다.

"잘도 둘러대네. 그 이야기 할 때 혹해서 덤벼들더니만."

마침 차가 의원회관에 도착하여 대화는 거기서 중단됐다.

의원회관의 사무실에는 불이 켜져 있지 않았다. 비서인 이치카와 스미레는 이미 퇴근한 뒤였고 이가라시의 책상에는 둥근 글씨로 부재중 연락 사항을 적어 둔 메모가 놓여 있었다. 이가라시는 일단 메모를 손에 들었지만 읽지 않고 책상에 도로 놓고는 의자에 쓰러지듯이 앉았다. 냉장고에서 캔 맥주를 두 개 꺼내 온 단덴이 "자요." 하고 하나를 이가라시에게 건넸다. 이가라시가 막 맥주를 마시려고 할 때 전화가 울렸다. 전화를 받은 단덴이 갑자기 직립 부동자세가 되어 "네, 네." 하고 대답하면서 이가라시를 바라봤다. 그 모습에 이가라시까지 의자에서 반쯤 일어났다.

"지금, 바꾸겠습니다."

단덴이 송화구를 손으로 가리고 내밀었다. "누구야?" 하고 이가라시가 속삭였다.

"주손지 선생님 전화입니다."

단덴의 긴장한 마음이 전해져서 이가라시도 직립 부동자세가 되어 수화기를 받아 들고 "네, 이가라시입니다." 하고 갈라진 목소리를 냈다.

"이가라시 의원님, 역시 의원님은 내가 생각한 대로 감이 날카로운 분인 것 같군요." 수화기 너머로 주손지의 목소리가 들려왔다. "아, 다녀간 뒤로 나도 뭔가 이가라시 의원님에게 도움이 되지 않을까 하고 여러 가지로 알아봤지요. 그래서 가까운 시일 내에 고와를 이가라시 의원님에게 소개할까 하고 생각하던 차였는데, 조금 전에 고와의 모리로부터 전화를 받았어요. 얘기를 듣자하니 이가라시 의원님 쪽에서 연락을 주셔서 만나 뵙게 되었다고, 어쩌면 의원님의 눈에 든 것 같다고 모리가 기뻐하더군요."

이가라시는 저도 모르게 방 안을 둘러봤다. 조금 전의 일을 모두 알고 있는 주손지가 어쩐지 으스스해서 도청기라도 있는 건 아닐까 하고 의심이 갔다.

"이가라시 의원님, 아직 고와 측에 그 발명품 얘기는 하시지 않은 것 같더군요?"

주손지의 질문에 "아, 네, 아직." 하고 이가라시는 당황해서 대답했다.

"현명한 판단입니다. 모리라는 남자는 그나마 나은 편이지만 그런 부류의 인간들은 목전의 이익만 생각할 뿐 전혀 대국을 생각할 줄 몰라요."

이가라시는 "네, 네." 하고 응대하는 것이 고작이었다.

"이가라시 의원님, 그거, 그 발명품 말입니다. 크게 쓰일지도 모르겠습니다."

"크게요?"

"오늘 전화한 건 여행에 초대하기 위해서입니다. 나는 이미 나이가 이러니 멀리 갈 기운이 없어요. 그러니 의원님이 가능하다면 우리 쪽 사람하고 꼭 함께 가 주셨으면 하는 곳이 있어요."

"여, 여행을 말입니까?"

"물론 바쁘신 건 잘 알고 있지만 다다음 주에 어떻게 좀 며칠 비워 주실 수 있을까요?"

"그, 물론 어떻게든 해 보겠습니다만."

"아, 다행입니다. 그럼 자세한 건 우리 쪽 사람을 통해 다시 연락드리도록 하겠습니다."

주손지가 전화를 끊으려 해서 이가라시는 서둘러 "아, 저, 선생님, 그 여행지는 어디죠?" 하고 물어봤다.

"아, 그렇지, 그래. 중요한 걸 잊고 말을 안 했군요. 나이 탓을 하기는 뭐하지만, 정말 부끄럽습니다."

"아, 아닙니다."

"다네가시마입니다."

"다네가시마? 소총이 전래됐다는?"

"아하하. 그래, 맞아요. 소총이 전래된 다네가시마입니다. 그럼 이만."

전화가 탁 끊겼다. 이가라시는 수화기를 쥔 채로 단덴을 바라봤다.

"다다음 주, 다네가시마에 가래."

확실히 말을 전한 셈인데 단덴의 표정에는 변화가 없었다. 거울을 보는 것처럼 두 사람은 서로 고개를 갸우뚱하고 있었다.

13장

상공 1천 킬로미터

다카노는 급상승하기 시작한 엘리베이터의 천장 위에서 희미하게 떨리는 진동을 견디고 있었다. 불안정한 발판이었다. 세게 움켜쥔 엘리베이터의 굵은 케이블에서 끼익끼익 비명과도 같은 느낌이 전해져 왔다. 이미 다카노의 눈은 어둠에 익숙해져 있었다. 발밑의 엘리베이터에는 경비원들이 타고 있을 터였다. 각 층의 문 뒤에 붙여진 숫자 표시가 고속으로 차례차례 눈앞에서 낙하해 갔다. 엘리베이터는 이대로 경보가 울린 38층까지 경비원들을 나를 것이다. 38층부터 40층까지는 케이블을 타고 오를 수밖에 없다.

갑자기 엘리베이터의 속도가 떨어지더니 35, 36, 37…… 눈앞의 숫자들이 낙하하는 속도도 떨어져 갔다. 다음 순간 엘리베이터가 멈췄다. 경비원들이 본부와 무선으로 연락을 주고받으며 엘리베이터에서 내리는 것이 천장 위에 서 있는 다카노의 발밑에 진동으로 전해져 왔다. 다카노는 케이블에 달라붙어 가볍게 위로 오르기 시작했다.

이곳 상하이 푸둥 지구의 국제무역센터 빌딩 40층에는 CNOX 상하이 지사가 있다. 이틀 전에 상하이에 도착한 다카노는 CNOX로 침입하는 문제를 놓고 우선 장하오와 의논을 했다. 장하오는 지난번과 마찬가지로 젊은 장위를 빌려 줬다. 그로부터 하룻밤에 걸쳐 장위와 작전을 짠 결과, 장위가 CNOX의 아래층에 세 들어 있는 상하이 홍다 건설 내의 비상벨을 울림과 동시에 다카노가 잠복하고 있는 3호기 이외의 엘리베이터를 정지시키기로 했다. 상하이 홍다 건설 내에서 비상벨이 울려도 경비원이 조사해서 뭔가 이상이 발견되지 않는 한 위층의 별개 회사인 CNOX로 연락이 가지는 않을 것이다.

다카노는 2층 높이의 케이블을 기어 올라가 반동을 붙여서 40층의 문 뒤로 건너뛰어 달라붙었다. 순간 붙잡으려던 벽의 턱이 깊지 않아 손이 미끄러졌다. 아슬아슬하게 버텼지만 손바닥은 물론 온몸에서 땀이 솟았다. 다카노는 허리에 숨겨 온 막대를 사용하여 40층의 엘리베이터 문을 비틀어 열었다. 비상등이 비치는 복도는 어두컴컴했고 인기척은 없었다. 복도로 굴러 나온 다음, 우선 지하에서 대기하고 있는 장위에게 연락을 넣었다.

"지금, 40층이다."

"알았다. 지금부터 15초 후에 모든 층의 감시 카메라를 끊겠다." 장위의 목소리가 들려왔다.

감시 카메라가 꺼지면 큰 소동이 벌어질 것이다. 주어진 시간은 딱 3분. 다카노는 정확히 15초를 센 후에 단숨에 목적하는 방까지 뛰었다.

지사장실로 통하는 문 앞에서 오토 록을 열었다. 일본에 두고 온 다오카가 사전에 분석해 준 패스워드가 두 번째 것에서 들어맞으면서 어이없을 정도로 쉽게 문이 열렸다. 호텔 스위트룸 같은 방의 창 쪽에 커다란 책상이 있고, 그 창밖으로는 불이 환히 밝혀진 와이탄 지구의 오래된 빌딩 숲이 내려다보였다.

다카노는 곧바로 책상의 컴퓨터에서 데이터를 빼내기 시작했다. 시간이 초조하게 흘러갔다. 장위의 손으로 감시 카메라가 복구되기까지 앞으로 30초. 드디어 데이터 복사가 끝났다는 신호음이 울렸다. 다카노는 지사장실을 뛰쳐나왔다. 엘리베이터 홀로 나와 장위에게 연락을 넣자 "2호기를 타. 지금 39층에 있어. 감시 카메라는 엘리베이터와 함께 10초 후에 복구." 하고 말하는 소리가 들렸다.

다카노는 40층의 2호기 엘리베이터의 문을 열었다. 작은 틈새로 팔을 내밀고 강하게 비틀어 열고는 밑을 확인도 하지 않고 뛰어들었다. 만약 장위의 지시가 잘못된 거라면 건물 바닥까지 거꾸로 낙하했겠지만 곧바로 느껴진 어깨의 충격을 통해 39층에서 있는 엘리베이터 천장 위로 떨어졌다는 것을 알 수 있었다.

"완료." 다카노가 고한 순간 엘리베이터가 고속으로 하강하기 시작했고, 순간적으로 몸이 공중으로 떠올랐다. 다카노는 서둘러

케이블을 붙잡았다.

푸둥 지구를 나선 차는 삶아질 것 같은 열대야의 상하이를 뚫고 북쪽을 향해 달려갔다. 핸들을 쥔 채 무선을 확인하던 장위가 "지금 경비원들이 통상 업무로 돌아간 것 같아. 경비회사에서 긴급하게 세 명이 파견됐지만 CNOX에는 아무런 연락도 가지 않았어." 하고 말했다.

다카노는 조수석에 앉아 뽑아 온 데이터를 확인하고 있었다. 양은 많지만 MET 관련으로만 좁히면 그다지 많지도 않았다. 한동안 살펴보고 있는 사이에 신경 쓰이는 파일이 눈에 들어왔다. 파일을 여니 전문이 고도로 암호화된 자료라서 언뜻 봐서는 글자가 깨져 있는 것으로밖에는 보이지 않았다. 다카노는 휴대전화를 꺼내 일본으로 전화를 걸었다. 계속 대기하고 있었던 듯 다오카가 바로 응답했다.

"지금 어딥니까?"

걱정 어린 다오카의 목소리에 "장위와 드라이브 중이야. 지금부터 맛있는 상하이 요리를 먹으러 갈 거야." 하고 다카노가 대답했다.

임무가 성공한 것을 알고, 다오카는 마음이 놓인 듯 숨을 내쉬었다.

"그것보다 CNOX에서 빼낸 데이터에서 묘한 것을 발견했어. 바로 보낼 테니까 해석 좀 해 봐. 만약 풀기 어려울 것 같으면 부장님한테 연락해서 의뢰해."

말하면서 다카노는 데이터를 보냈다. 전화기에서 "받았습니다." 하는 목소리가 들리더니, "와, 이거 확실히 성가신 암호로군요. 일단 해 보겠지만 전문 부서로 돌려도 며칠은 걸릴 겁니다." 하고 다오카가 한숨을 쉬었다.

"그쪽 상황은 어때?" 하고 다카노가 물었다.

"이쪽은 특별히 보고할 만한 게 없어요. 선배가 묘한 저녁밥을 대접받았다는 MET의 가와카미 미쓰타로의 회사 내 적대 파벌을 한번 조사해 봤어요. 가와카미와 동기로 현재 북미 지사장을 맡고 있는 나가시마 교이치라는 사람이 있는데, 가와카미에게 두 걸음 정도 뒤처져서 출세 가도를 걷고 있어요. 만약 내부에서 배신자가 나온다면 이 사람일 텐데, 지금으로서는 눈에 띄는 움직임은 없습니다. 다만 전혀 별건으로 신경 쓰이는 정보가 하나 있는데……."

"뭐야?"

"최근에 모습을 나타내지 않던 데이비드 김이 일본에서 목격됐어요."

"어디지?"

"그게 단고 반도의 해수욕장이에요."

"해수욕장?"

"조금 전 들어온 목격 정보인데요. 교토 대학의 교수인 오타베 겐조라는 사람이 있어요. 아무래도 그 일가와 함께 있었던 모양이에요. 숙소의 주인한테서 얻은 정보로는, 이 오타베 겐조의 딸 나나의 약혼자가 데이비드 김이라는 것 같아요."

"데이비드 김이 약혼자?"

다카노는 저도 모르게 소리를 내어 웃었다. "……그래, 그 오타베 겐조라는 사람은 누구야?"

반쯤 웃으며 묻는 다카노에게, "자성체를 이용한 마이크로파 연구로 주목을 받고 있는 박사인데요. 현재는 이 마이크로파의 우주 공간 활용 분야에서 제1인자입니다." 하고 다오카가 대답했다.

"마이크로파, 우주 공간……."

다카노는 다오카의 말을 반복했다. 이번에 MET가 추진하고 있는 프로젝트와는 관계없는 듯했으나 데이비드 김이 뭔가 냄새를 맡고 오타베 겐조에게 다가간 것만큼은 틀림없다.

"그 오타베 겐조라는 교토 대학의 박사를 조사해 봐." 하고 다카노는 명령했다.

차는 마침 상하이 역 앞을 통과한 참으로, 버스 터미널에 군집한 승객들이 차도에까지 밀려 나와 길을 막고 있었다. 다카노가 다시 무릎에 펼친 노트북 컴퓨터로 시선을 되돌리려 하자 "저기, 당신들, 그 MET로부터 의뢰를 받고 움직이고 있는 거지?" 하고 장위가 물어 왔다.

"그래, 맞아."

"MET와 CNOX가 손을 잡고 큰 프로젝트를 진행한다. 그렇지?"

"그래, 맞아."

"그런데 왜 그 MET와 CNOX의 내부를 조사하지? 그건 같은 편을 조사하는 거잖아."

다카노는 길을 막은 군중들에게 짜증스럽게 클랙슨을 울려 대는 장위를 돌아보며, "너, 그러고서 장하오 밑에 있는 게 용하구나." 하고 웃었다.

자기를 보고 웃는 것이 분했는지 장위가 더욱 요란하게 클랙슨을 울려 댔다. 버스를 기다리던 승객들이 넌덜머리 난다는 눈으로 이쪽을 노려보며 느릿느릿 보도로 올라갔다.

"……일이 잘 풀리지 않는 건 대부분의 경우 내부에서의 배신이 발단이 되는 거야." 하고 다카노는 설명했다.

장위는 그제야 '아, 그렇구나.' 하고 깨달은 주제에 그런 건 이미 알고 있었다는 듯이 혀를 찼다.

"의심하려면 우선 집 안부터." 하고 다카노는 덧붙였다. 분한 마음을 삭이려는 것인지 "그러니까 일본인이 미움을 받는 거야." 하고 장위가 중얼거리자, "중국인이 잘도 말하네." 하고 다카노가 되받아쳤다.

장위가 액셀을 밟았다. 갑자기 핸들을 꺾더니 앞에서 느릿느릿 달리는 왜건을 추월했다.

"아침부터 아무것도 먹지 않았어. 뭐든 맛있는 걸 먹을 수 있는 식당으로 가자." 하고 다카노가 부탁했다. 그 순간 장위가 말없이 또 갑자기 핸들을 꺾어 차를 좁은 골목으로 밀어 넣었다.

"저녁밥은 내가 사지." 하고 다카노가 말했다.

"당신하고 먹으면 맛없어."

장위가 차를 세운 곳은 뒷골목에 오도카니 자리 잡은 해물 요릿집이었다. 가게 앞의 활어조에 대하와 전복이 들어 있었다.

먼지투성이 체육관 바닥에서 지저분해진 흰색 레오타드 차림의 소녀들이 곡예와도 같은 유연체조를 하고 있었다. 아직은 소년으로 착각할 만한 체형이지만 안쪽에서 상반신을 드러낸 채 한쪽 손으로 거꾸로 서거나 뒤로 도는 연습을 하고 있는 진짜 소년들과 비교하자면 역시 그 허리 부분에 어리면서도 여성스러운 나긋나긋함이 생겨나고 있었다. 상하이 교외에 있는 이 체육관은 장하오가 운영하는 기예 연습장으로, 철거하기 직전의 것을 싸게 빌렸는지, 관내에는 냉방 설비가 없었다. 모든 창을 열어젖힌 채였지만 한여름 상하이의 바람이 실어오는 것은 대도시의 열파(기온이 40도 전후에 달하는 격심한 더위가 엄습하는 현상—옮긴이)뿐이었다.

소녀들의 모습을 멍하니 바라보고 있는 다카노의 곁으로 그중 한 명이 다가왔다. 다카노는 손에 들고 있던 컵에 담긴 라이치 주스를 마셨다. 얼음이 녹아 물맛이 나는 액체가 목을 타고 넘어갔다. 앞에 멈춰 선 소녀가 신기하다는 듯이 다카노를 가만히 쳐다봤다. 대여섯 살 정도나 됐을까, 윤이 나는 머리를 하나로 묶었는데 작은 이마에 땀방울이 솟아 있었다.

"왜?" 하고 다카노가 말을 걸었다.

다카노가 소리를 내자 조금 놀라면서도, "매일 여기에서 뭐 해요?" 하고 소녀가 고개를 갸우뚱했다. 너무나도 직설적인 질문에 다카노가 싱겁게 웃었다.

"너희들이 연습하는 걸 보고 있어."

"왜요?"

"왜라니……."

"달리 할 게 없기 때문이죠?"

소녀가 자못 당연하다는 듯이 말했다. 진지한 소녀의 표정에 다카노는 웃음을 참으며 "그래, 맞아. 달리 아무런 할 일이 없기 때문이야." 하고 대답했다. 소녀는 '역시.'라고 말하기라도 하는 듯이 미소를 짓고는 다시 유연체조를 하고 있는 동료들 곁으로 뛰어갔다.

실제로 다카노는 요 며칠 동안 매일같이 이곳에 와서 소년 소녀들이 연습하는 모습을 바라보고 있었다. CNOX의 상하이 지사에서 훔쳐 낸 데이터 해석에 시간이 걸리기 때문이기도 했지만 숙박하고 있는 호텔에서 시간을 보내기보다는 이렇게 그들의 연습을 바라보고 있는 쪽이 왠지 마음이 안정되어서였다.

유연체조를 끝낸 소녀들은 지도원이 부르자 식당으로 뛰어갔다. 다카노는 앉아 있던 평균대에서 일어나 모두가 떠난 매트 위에 누워 봤다. 소녀들의 체온이 남아 있어서 등이 뜨거워졌다. 높은 천장을 올려다보다가 천천히 눈을 감으려 할 때 일본의 가자마로부터 연락이 왔다. 다카노는 천장을 올려다보는 채로 응답했다.

"이번만큼은 해석반도 상당히 애를 먹고 있는 모양이야." 하고 가자마가 입을 뗐다.

"뭐 좀 알아냈나요?"

"그 암호는 문장이 아니라, 몇 장의 이미지인 것 같아."

"이미지?"

"아직 전부는 어렵지만, 일단 해독된 한 장을 먼저 보내지. 이것도 아직 벌레 먹은 듯한 상태지만, 어떤 장소를 찍은 위성사진이야."

다카노는 들고 있는 단말기로 전송된 사진을 살펴보았다. 해상도가 나쁜 사진이었지만 달 표면과도 흡사한 사막 안에 호수 같은 것이 찍혀 있었다. 자세히 보니 호숫가에는 무슨 시설로 보이는 건물이 몇 개 세워져 있다.

"어딥니까?" 하고 다카노가 물었다.

"위도, 경도를 해석하면 내몽골 자치구의 서쪽, 간쑤 성과 신장위구르 자치구의 경계 부근이야. 둔황이 어디 있는지는 알고 있겠지?"

"네."

"그 둔황 근처에 싱싱샤라는 동네가 있어. 거기서부터 서쪽으로 수백 킬로 더 들어가야 하는 곳이야."

다카노는 보내온 사진을 다시 살펴봤다. 처음엔 호수로 보였는데 자세히 들여다보니 자연적으로 만들어진 호수라고 보기에는 지나치게 인공적이었다.

"군사 시설?" 하고 다카노가 물었다.

"글쎄, 이쪽에서도 판단할 수가 없어. 다만 정식 군사 지역은 아닌 것 같아."

"호수같이도 보입니다만, 호수치고는 이 타원이 너무나도 대칭적이네요."

"어쨌든 가 봐."

가자마의 말에 다카노는 그저 "알겠습니다."라고 대답했다. 통신을 끊으려 하자, "그리고 하나 더." 하고 가자마가 막아섰다. "자네가 훔쳐 낸 정보에서 이 이미지와는 별도로 재미있는 걸 찾은 것 같아."

"재미있는 것?"

"아마도 CNOX가 중국 정부의 간부에게 상납한 뇌물을 상세히 기록한 자료일 거야."

"그런 것이?"

"그래. 어느 정도의 정보가 들어 있는지 아직 확실하진 않지만 만약 상세한 내용이 확인된다면 크게 도움이 될 거야. ……뭐, 지금은 어쨌든 화상에 찍힌 시설을 조사하는 것이 먼저야. 서둘러 가도록 해."

"알겠습니다."

통신을 끊고 다카노는 새삼 사진을 들여다보았다. 기업에서 정치권으로 흘러 들어갔다는 뇌물성 돈보다도 눈앞의 기분 나쁜 시설 쪽이 더 신경 쓰였다. 만약 이것이 비밀리에 추진되고 있는 계획이라면 아마도 경비가 엄중할 것이다. 날이 밝은 상태에서는 장애물이 없는 사막에서 시설에 다가가기가 어렵다. 지상이 무리라면 하늘에서 다가갈 수밖에 없다. 그때 누군가가 다카노의 등을 찔렀다. 놀라서 돌아보자 아까 말을 걸어온 소녀였다.

"무슨 일이지?" 하고 다카노가 물었다.

"식당 아줌마가 아저씨도 밥 먹으래요." 하고 소녀가 말했다.

"아저씨 것도 있어?"

다카노가 놀라자, "내가 부탁했어요." 하고 소녀는 조금 자랑스럽게 미소 짓고 다시 식당 쪽으로 달려갔다.

좌석에 단단히 묶어 놓은 다카노의 몸을 강한 진동이 흔들었다. 굉음은 소음 제거 장치가 달린 헤드폰을 뚫고 고막이 찢어질 정도로 울려왔다. 둔황 교외의 비행장을 날아오른 구식 헬리콥터는 지금 순조롭게 목적지를 향해 가고 있었다.

"어이, 정말로 조종 괜찮겠어?" 다카노는 마이크를 통해 조종간을 쥐고 있는 장위에게 말을 걸었다. 훈련은 받았지만 실제로 비행하는 것은 처음이라며 웃던 장위는 진심으로 비행을 즐기고 있는 듯, 다카노의 걱정 따위는 아랑곳하지 않고 엄지손가락을 세워 보였다.

눈 아래로는 달 표면 같은 사막이 펼쳐져 있고 건물은커녕 나무 한 그루 시야에 들어오지 않았다. 끝없이 이어지는 건조한 대지를 내려다보고 있자니, 몇 시간 전까지 자신들이 있던 상하이나 도쿄, 서울이 여기와 같은 행성 위에 있다는 사실이 믿기지 않았다.

2인승 헬리콥터는 장위가 급하게 마련한 것인데, 구식인 것은 어쩔 수 없다지만 다카노의 발밑으로는 철판이 녹슬어 주먹만 한 구멍까지 뚫려 있었다. 이 구멍으로도 눈 아래 사막이 보였고 발을 쭉 뻗으면 발끝이 닿을 것만 같았다. 다카노가 올라타자마자 이 구멍을 발견하고서 "이런 건 미국의 코미디 영화에나 나오는 줄 알았어." 하고 웃자, "코미디 영화에서도 기껏해야 자동차에서나 볼 수 있는 거겠지." 하고 장위까지 농을 했다.

펼쳐진 황야를 바라보고 있는 다카노의 헤드폰에 "저 언덕을 넘으면 나올 거야." 하는 장위의 목소리가 들려왔다. 다카노는 전방으로 시선을 돌렸다. 마치 껍질을 벗겨 놓은 짐승처럼 보이는 언덕이 번쩍번쩍 햇빛을 반사하고 있었다.

"이 고도에서 괜찮을까?" 하고 다카노가 물었다.

"괜찮아. 인민 해방군의 시설 위를 나는 것도 아닌데 뭐. 상대는 일개 민간 기업이야." 장위가 쉽게 말했다.

"만약 군사 지역이라면 이미 추격당하고도 남았겠지." 하고 다카노도 웃었다.

눈앞에 바위산이 다가왔다. 부드러운 짐승 같아 보이던 언덕은 가까워질수록 삐죽삐죽한 바윗덩어리로 바뀌어 갔다. 헬리콥터는 정상에 닿을 듯 말 듯 한 고도로 언덕을 넘었다. 장위가 아이처럼 환성을 올렸다.

언덕을 넘는 순간 다카노의 눈앞에 펼쳐진 것은 역시 빛나는 호수 같은 광경이었다. 새파란 하늘 아래 강하게 반짝거리는 빛 때문에 한순간 현기증이 났다. 다카노는 그 장대한 광경에 숨을 삼켰다. 가자마로부터 전송된 화상에 찍혀 있었던 건 지금 눈앞에 있는 것의 일부에 지나지 않았다.

눈 아래로 돔형 구장의 지붕 같은 거대한 패널이 펼쳐져 있었다. 지상에 모습을 드러내고 있는 부분만으로도 거대한데, 좀 더 앞쪽으로 눈길을 주니 모래에 숨겨진 부분이 한도 끝도 없이 이어지고 있었다.

"뭐야, 이거?"

먼저 소리를 지른 건 장위였다. 조종간을 쥔 채로 고개를 뺀어 전후좌우로 펼쳐진 지상의 패널들을 두리번두리번 눈으로 좇고 있었다. 다카노는 준비해 온 장치로 촬영을 시작하면서 "태양광 패널인가?" 하고 혼잣소리를 했다. 그러나 그렇게 중얼거리면서도 지금까지 다카노가 봐 온 태양광 패널하고는 확연히 다르다는 것을 알 수 있었다.

"언뜻 봐도 사방 3킬로미터는 되겠어."

장위의 어림 계산과 다카노의 예측은 일치했다.

"이대로 나아가면 시설 건물이 보일 거야. 되돌아갈까?"

장위의 말에, "유턴해서 조금 더 고도를 낮춰 봐." 하고 다카노가 부탁했다.

급선회한 기체가 서서히 고도를 낮췄다. 지상까지는 아직 꽤

거리가 있었지만 발밑에 펼쳐진 패널이 통상의 태양광 패널하고는 다르다는 것이 선명하게 드러났다.

가자마로부터 연락이 온 건 그때였다. 조금 전부터 계속 보내고 있는 영상을 이미 해석한 듯 "그게 뭔지 아나?" 하고 물어 왔다.

"뭡니까?" 하고 다카노는 물었다.

"렉테나야."

"렉테나?"

그 말을 들은 기억은 있었으나 도대체 어떤 기능을 하는 건지는 확실히 기억나지 않았다.

"렉테나 기지야. 우주로부터 보내져 오는 마이크로파를 수신하는 기지."

가자마의 설명에 다카노의 몽롱했던 이미지가 선명해졌다.

"우주 태양광 발전." 하고 다카노가 중얼거렸다.

다시 선회한 헬리콥터가 더욱 고도를 낮췄다.

"이렇게 연결되는 것이었군."

가자마의 목소리가 헤드폰으로 들려왔다.

"연결된다고요? 뭐와 뭐가 말입니까?" 하고 다카노는 물었다.

"조금 전에 해석반에서 연락이 왔어. 자네가 CNOX에서 훔쳐 낸 데이터 화상의 일부가 또 명확해졌어. 거기에 뭐가 찍혀 있는 줄 아나?"

가자마의 말과 함께 단말기로 화상이 전송되어 왔다. 화상은 아직 벌레 먹은 듯한 상태였지만 그래도 흐릿하게나마 전체 상은 보였다. 다카노는 흔들리는 기체 안에서 화상을 바라봤다.

"이게 뭡니까?"

지금 자신이 뭘 보고 있는지 알면서도, 그런 말이 새어 나왔다.

화상에는 우주 공간에 떠 있는 인공위성이 그려져 있었다. 실제의 것이 아니라 완성된 모습을 예상한 컴퓨터 그래픽 화상인데 치밀하고 완성도가 높았다. 먼 미래가 아니라 틀림없이 가까운 장래의 것이다. 화상 속의 인공위성에는 통상 볼 수 없는 거대한 날개 같은 것이 뻗어 있었다. 위성 자체의 전력을 해결하기 위해 설치된 태양광 패널이라면 기존의 위성에도 붙어 있는 것이지만 화상 속의 패널은 그것과는 비교할 수 없을 정도로 컸다. 딱 잠자리 같은 형상으로, 위성 자체의 크기로 미루어 짐작하건대 날개 하나의 길이가 수백 미터에 이를 것 같았다.

"이 날개는?" 하고 다카노가 물었다.

"선 타워야."

헤드폰에 가자마의 목소리가 도달했다.

"선 타워?"

"그래. 우주 태양광 발전용 위성. 이 위성의 날개 부분에 태양광을 모아서 그것을 지구로 보내 주는 위성이야. 1990년대에 일본에서도 이 우주 태양광 발전의 연구 개발에 대해서 한번 발표한 적이 있었지만, 당시의 기술로는 공상의 영역을 벗어나지 못했어. 그 후 계획도 좌절됐고. 당시의 여당 국회의원에게 '우주 소년 아톰 쪽이 먼저 완성되는 거 아니냐'고 바보 취급을 당했던 모양이야."

"그게 지금 현실이 된다는 겁니까? 중국에서?"

장위가 조종간을 잡아당겨 지나치게 접근한 지상으로부터 헬리콥터를 서서히 상승시켰다.

"그 계획을 CNOX가 추진하고 있다는 거군요?" 하고 다카노는 확인했다.

"자네가 지금 보고 있는 렉테나 기지와, 자네에게 보낸 우주 위성의 화상을 근거로 판단하건대 상용화에 매우 근접한 단계에 와 있어." 가자마가 냉정한 목소리로 대답했다.

"하지만 CNOX는 MET와 손을 잡고 일본에서 통상의 태양광 발전을 하려고 준비하고 있어요. 이런 차세대 계획을 추진하고 있으면서 왜 일본에서 MET와 손을 잡고, 새삼스럽게 구식의……"

거기까지 말한 다카노가 입을 다물었다.

"알아차렸나?" 가자마의 목소리가 들려왔다.

"MET와의 계획은 위장이야. ……처음부터 구식 태양광 발전에는 흥미가 없었어. 다만 MET가 개발한 신형 축전지 기술이 탐났던 것뿐이야." 다카노는 중얼거렸다.

"아마도 그럴 거야. CNOX가 MET와 손을 잡고 일본에서 구식 태양광 발전을 추진하고 있는 건 틀림없는 사실이야. 실제로 가스미가우라 이외의 다른 예정지에서는 지역민하고의 협상도 거의 끝나 가고 있어. 이제 대대적으로 발표하는 일만 남았지. 지역의 정치인들은 물론 내각까지 끌어들인, 실로 거대한 국가 프로젝트지. 이미 상당한 돈이 다양한 분야에 흘러들어 갔을 거야."

"그렇게 되면 발을 빼려야 뺄 수 없는 상황이 된다?" 다카노는 절망적인 목소리를 냈다.

"그래. 일단 굴러가기 시작한 국가 프로젝트를 백지로 되돌리는 일이 일본에서 얼마나 어려운지 자네도 잘 알겠지. 거기에 머리를 처박은 정치권이나 기업은, 설령 더 좋은 것이 나온다 해도 자신들의 계획을 중지하지 않아. 어떤 수를 써서라도 자기네 안을 밀어붙이지. 손에 들어올 거액의 돈을 나라의 미래를 위해 포기할 수 있는 놈은 그리 많지 않아. 그들은 구식 모델을 일본에 확산시켜 놓을 테고, 그사이에 중국 기업은 최신식 모델로 세계를 지배할 거야. CNOX에 낚인 거겠지. 에너지 분야에서 선두를 달릴 수 있었던 일본은 이로써 우주 태양광 발전 분야에서도 2류, 3류 국가가 되는 거야."

"하지만 어느 틈에……. 우주 태양광 발전 분야에서는 계속 일본의 기술이 앞서지 않았나요? 그런데 어쩌다 중국에게 선두를?"

"우주 태양광 발전에는 크게 세 가지 파트가 있다는 건 알고 있겠지? 하나는 지금 보낸 화상 같은 태양광 패널을 부착한 인공위성. 그리고 다른 하나가 우주 공간에서 모은 에너지를 마이크로파로 변환해서 지상으로 보내는 기술. 세 번째가 지금 자네 발밑에 펼쳐진 렉테나 기지야. 이 세 가지 중 일본의 기술이 선두를 달렸던 건 우주에서 모은 에너지를 마이크로파로 변환하여 지상에 보내는 기술뿐이고, 위성과 렉테나 기지 관련 기술에서는 미국은 물론 다른 나라들과 비교해서도 도토리 키 재기 수준이었어."

"그럼 일본의 장기였던 마이크로파 전송 기술 개발에 중국이 독자적으로 성공했다는 겁니까?"

비행을 즐기듯 기체를 왼쪽, 오른쪽으로 선회시키고 있던 장위가 뭔가 걱정이 되는 듯 몇 번이나 등 뒤를 돌아다봤다.

"무슨 일이야?" 하고 다카노는 장위에게 물었다.

"아니, 뭐 별로."

그렇게 대답은 했지만 표정이 굳어 있었다.

"그 마이크로파에 관해서 신경 쓰이는 정보가 있어."

가자마의 목소리가 귀에 돌아왔다. 다카노는 가자마와의 대화에 집중했다.

"그 분야의 제1인자, 교토 대학의 오타베 겐조 박사가 다네가시마의 우주 센터에 들어갔다는 정보가 있어. 알아봤더니 다음 주 다네가시마 섬에서 인공위성을 쏘아 올린다고 해. 쏘아 올리는 건 통상의 기상 관측 위성으로 되어 있지만 말이야."

가자마의 설명에 다카노는 "오타베 겐조……." 하고 중얼거리더니 "그, 그 오타베 겐조 박사의 가족과 데이비드 김이 함께 있는 게 일본에서 목격됐어요! 다오카에게서 연락이 들어오지 않았나요?" 하고 침을 튀겼다.

"아, 이미 다오카를 다네가시마로 보냈어. 벌써 도착했을 거야."

흥분한 다카노를 진정시키려는 듯이 가자마가 대답했다. 다카노는 심호흡을 한 번 했다.

"어쨌든 일본 측에서도 비밀리에 마이크로파 송신 시스템의 실험이 진행되고 있다는 거지요?" 하고 다카노는 물었다.

"오타베 박사가 관계되어 있다면 틀림없이 그렇겠지. 아마도 이번 실험에 성공하면 일본 국내에서도 순식간에 우주 태양광 발전이 현실화될 테고, 바로 움직이기 시작할 기업도 있을 거야. 물론 이번 MET 측에 붙지 못했던 정치권이나 기업이 바로 이거다 하고 그쪽 계획을 추진하려 하겠지."

"그렇다면 CNOX 측으로서는 그 인공위성 발사가 성공하면 곤란한 거군요. 데이비드 김은 CNOX 측의 사람이고, 오타베 겐조 박사를 조종하려 하고 있는 거고요. 그렇다면 이번 발사를……."

다카노는 말문이 막혔다.

"그래. 만약 오타베 박사가 이미 CNOX 측 혹은 데이비드 김의 손에 떨어진 뒤라면 이번 실험은 성공할 수 없어."

"다오카 혼자서 괜찮을까요?" 하고 다카노가 물었다.

"그 녀석도 언제까지나 자네 조수일 수는 없잖아. 어쨌든 자네는 상하이에 남아 있어. 그리고 MET에 연락을 취해서 구식 태양광 발전에 대한 발표를 연기할 수 없는지 타진해 봐."

"알겠습니다."

다카노의 대답과 동시에 통신이 끊겼다. 다카노는 비행장으로 돌아가라고 장위에게 지시하고 곧바로 MET의 가와카미에게 연락을 취했다. 묘한 저녁식사를 제공해 준 가와카미 부부의 온화하게 웃는 얼굴이 떠올랐다. 도쿄 본사로 전화가 연결되자 비서가 나와서 짜증 날 정도로 기다리게 하더니 한참 뒤에야 겨우 가와카미의 목소리가 들려왔다.

"지금 어디세요?"

소음이 전달되는지 가와카미가 의아하다는 듯이 물어 왔다.

"주위가 시끄러워 죄송합니다. 지금 헬리콥터에서 전화하는 겁니다. 시간을 좀 내 주실 수 있나요?" 다카노는 정중하게 말했다.

"뭔가 문제라도?"

순간 가와카미의 목소리가 긴장됐다.

"하나 확인하고 싶은데요, 이번 태양광 발전 프로젝트를 정식으로 발표하는 건 언제쯤으로 예정하고 계신가요?"

"한두 달 안에는……."

"조금 연기할 수는 없나요?"

"연기? 그, 그럴 수 없다는 거, 잘 알지 않습니까. 가스미가우라의 토지 매수도 겨우 해결이 될 듯합니다. 그다음 남은 건 정식 발표를 기다리는 것뿐이에요."

"알고 있습니다. 상세한 정보를 전해 드리려면 아직 시간이 좀 걸리겠지만, 어쨌든 이번 계획을 연기시킬 수는 없나요?"

"그, 그런……. 마미야 총리께서 직접 발표하실 겁니다! 이번 메가 솔라 계획은 내각 주도로 추진되는 일대 국가 프로젝트입니다! 일본의 획기적인 에너지 혁명에 세계가 주목할 수 있도록 회견 준비를 해 온 겁니다! 그걸 연기하라니……. 무, 무슨, 문제가 생겼나요?!"

가와카미의 침이 귓가에까지 튀어 올 것 같았다. 다카노는 "침착하세요." 하고 거듭 말했다. 그 순간이었다. "앗!" 하는 장위의 목소리가 헤드폰 안에 울렸다. 다카노가 조종석으로 눈길을 돌리려는 순간, 기체가 크게 왼쪽으로 기울더니 급상승했다.

"무슨 일이야?" 하고 다카노가 외쳤다.

가와카미와 통신이 이어진 상태라서 "네? 무슨 일입니까?" 하고 먼저 가와카미가 대답했다.

왼쪽으로 선회하는 기체의 뒤에서 두 대의 헬리콥터가 추격해 오는 모습이 다카노의 눈에 들어왔다. 동시에 기체가 강한 충격으로 푹 가라앉았다.

"으악, 총을 쏘고 있어!"

장위가 외쳤다. 베이징어도 상하이어도 아닌 출신지의 방언이었다.

추격해 오는 두 대의 헬리콥터에 기관총을 든 남자들이 타고 있었다. 다카노는 우선 가와카미와의 통화를 일방적으로 끊고서 "고도를 낮춰!" 하고 장위에게 고함쳤다. 다음 순간 꼬리 날개에 총탄이 명중했다. 쿵, 쿵 하고 기체가 더욱 가라앉았고 순간적으로 기내가 무중력 상태가 되더니 기체가 꼬리 부분 쪽부터 빙글 회전하기 시작했다.

"안 되겠어."

장위의 목소리에 "탈출이다!" 하고 다카노는 외쳤다. 균형을 못

잡은 상태에서 헬멧을 간신히 벗고 낙하산을 멨다. "철수해!" 다카노는 조종간을 필사적으로 쥐고 있는 장위에게 명령했다. 회전하면서 기체가 약간 위쪽으로 향했다. 그 순간 양쪽 문을 열어젖히고 둘은 동시에 밖으로 뛰어내렸다.

몸이 고속으로 회전하고 있어서 어느 쪽이 지상이고 어느 쪽이 하늘인지 알 수 없었다. 풍압으로 인해 아무 소리도 들리지 않고, 낙하하는 속도에 숨이 막히고, 뇌에 산소가 가지 못해 의식이 아득해졌다. 다카노는 필사적으로 양쪽 팔다리를 벌렸다. 새파란 하늘과 달 표면 같은 지상이 교대로 나타났다. 시야에 장위의 모습이 들어왔다. 의식은 있는 듯 역시 필사적으로 자세를 바로잡으려 하고 있었다.

겨우겨우 바로 밑의 땅을 시야에 포착했을 때에는 상당한 거리까지 근접한 뒤였다. 지면에 격돌하는 장면이 선명하게 떠올랐다. 다카노는 낙하산의 끈을 당겼다. 지면이 바로 코앞까지 다가왔다. 낙하하는 속도가 빨라졌다. 다음 순간 몸이 훅 끌어 올려졌다. 배와 가슴과 어깨에 전 체중이 걸리면서 저도 모르게 신음이 새어 나왔다. 수직으로 펼쳐지지 않은 낙하산 탓에 몸이 나뭇잎같이 오른쪽, 왼쪽으로 나부꼈다. 다카노는 낙하산을 수평으로 유지하려고 줄을 붙잡았다. 30미터, 20미터, 속도는 거의 바뀌지 않았다. 달 표면 같은 황야가 발밑으로 다가왔다. 10미터, 9미터, 그쯤에서 겨우 낙하 속도가 떨어지더니 다카노의 몸이 그대로 땅바닥에 내던져졌다. 강한 충격이 어깨에, 허리에, 등에 전달되었다. 굉장한 속도로 땅을 구르면서도 지면의 감촉이 느껴지자 자신이 살아 있다는 것을 알 수 있었다. 몸의 움직임이 완전히 멈춘 상황에서 다카노는 줄을 자르고 눈앞에 보이는 바위 그늘에 몸을 숨겼다. 머리 위를 선회하는 두 대의 헬리콥터가 내는 굉음이 그제야 겨우 귀에 들어왔다.

조금 떨어진 장소에서 흙먼지가 올라가고 하얀 낙하산이 쭈그러드는 모습이 보였다. 다카노는 전속력으로 그 지점을 향해 달려갔다. 낙하산에 매달린 채 흙먼지를 일으키며 장위가 굴러 왔다. 다카노가 그 몸을 받아 안았다.

"괜찮아?"

팔 안에서 장위가 웃음 지었다. 재빨리 줄을 자르고 억지로 일으켜 세워서 바위 그늘로 몸을 숨기려는데, 여러 대의 차들이 이미 자신들을 둘러싸고 있는 모습이 보였다. 둘러싼 차들의 타이어에서 흙먼지가 일어 마치 모래 폭풍 속에 서 있는 것 같았다.

다카노와 장위가 움직임을 멈춘 순간 차들이 일제히 전진해 왔다. 그 너머에서 갑자기 폭발이 일어났다. 조금 전까지 다카노가 타고 있던 헬리콥터가 추락한 모양이었다. 폭음과 함께 솟아오른 불기둥에서 시커먼 연기가 일더니 마치 검은 여름 구름처럼 새파란 하늘로 퍼져 나갔다.

14장

사탕수수밭

언덕 위에 펼쳐진 사탕수수밭에는 태양이 사정없이 내리쬐고 있었고, 주위를 둘러봐도 그늘이라고는 어느 한 군데도 찾을 수 없었다. 에어컨을 틀었는데도 핸들을 쥔 손이 타들어 왔다. 다오카 료이치는 모든 창문을 활짝 열었다. 순간 에어컨에서 나오는 어정쩡하게 찬 공기가 차 밖으로 흘러 나가고 대신 폭풍 같은 열풍이 얼굴을 때렸다. 뜨거운 바람이 덮쳐 오자 다오카는 저도 모르게 소리를 질렀다. 열린 입 속으로도 열풍은 사정없이 들이닥쳤다.

이곳 다네가시마 공항에서 빌린 렌터카는 S클래스의 소형차였는데 사탕수수밭을 가로지르는 외줄기 길, 앞에도 뒤에도 다니는 차가 없는 장소에서 액셀을 밟았더니 가까운 경치가 날아가듯이 흘러가서 마치 페라리라도 타고 있는 기분이었다.

공항의 렌터카 카운터에서 응대해 준 직원은 볕에 탄 매력적인 피부를 지닌 여자였다. 피부 색깔 탓인지 눈동자가 조금 엷게 느껴졌는데, 그것 역시 다오카의 취향이라서 대놓고 꼬여 봤지만 애인이 있어서 안 된다며 딱 잘라 거절했다.

다오카는 열풍이 불어 들어오는 외길에서 핸들을 쥔 채 티셔츠를 벗어 버렸다. 뜨거운 바람이 가슴에 부딪치면서 땀이 뿜어져 나왔다. 뭉게구름이 떠 있는 새파란 하늘이 머리 위로 떨어질 것 같았다. 다오카는 액셀을 더 세게 밟았다. 가고 있는 곳은 다네가시마 남단에 있는 우주 센터 근처의 해변이었다. 바다거북의 산란지로도 유명한 흰모래가 깔려 있는 해변으로, 로켓 발사대가 설치된 요시노부 발사장과 오사키 발사장하고는 몇 개인가의 작은 만으로 구불구불 연결되어 있다.

차는 지그재그로 나 있는 산길로 들어섰다. 고속으로 급커브를 돌 때마다 미끄러지는 뒷바퀴에서 흰 연기가 피어올랐다. 산꼭대기에 가까워지자 돌연 눈 아래로 다네가시마 우주 센터의 전모가 펼쳐졌다. 새파란 바다를 배경으로 규칙적으로 늘어선 시설의 흰 벽에서 반사되는 햇빛이 강렬했다. 원시적인 풍경 속에 인공적인 우주 센터 시설을 어설프게 끼워 넣은 합성 사진 같았다.

10여 분 후 다오카가 도착한 다케자키 해수욕장에는 샤워장, 화장실, 탈의실을 갖춘, 마을에서 운영하는 훌륭한 시설이 있었다. 그러나 그 옆의 넓은 주차장에는 차가 한 대도 없었고 시설에도 샤워실 옆에 50엔을 넣는 작은 상자가 놓여 있을 뿐, 관리자 같은 사람은 그림자도 안 보였다.

다오카는 느슨해진 샤워 밸브에서 똑똑 물 떨어지는 소리만이 울리는 무인 시설을 벗어났다. 그러자 눈앞에 흰 모래사장이 펼쳐졌다. 투명하고 푸른 바다는 멀리 수평선까지 반짝반짝 빛나고 있었다. 모래사장에도 사람 그림자는 없었지만 한 곳에 누군가가 벗어 놓은 옷이 있었다. 다오카는 바다를 둘러봤다. 그러자 바닷속을 나아가는 검은 그림자가 보이는가 싶더니 다음 순간 하얀 물보라를 일으키며 젊은 남자가 떠올랐다.

다오카는 뜨거운 모래를 밟고 바다로 향했다. 구두와 청바지를 벗고 그대로 기세를 붙여 바다로 뛰어들었다. 땀투성이였던 몸이 찬 바닷물에 휩싸였다. 깊이 잠수한 뒤 수면으로 얼굴을 내밀자 햇살이 아플 정도로 얼굴을 내리쬐었다. 다오카는 몸을 파도에 맡겼다. 시야가 파란 하늘로 가득 찼다.

남자가 천천히 모래사장을 향해 헤엄쳐 가는 모습이 보였다. 그 모습이 왠지 원시적인 광경으로 보이는 건 남자가 발가벗고 있었기 때문일 것이다. 물이 서서히 얕아지면서 걷기 시작한 남자의 몸이 햇살에 드러났다. 남자는 허리쯤 되는 깊이까지 걸어가서는 거기서부터 옷을 벗어 놓은 장소까지 내달렸다. 엉덩이만 햇볕에 타지 않고 하얗게 남아 있는 모습이 우스꽝스러웠다.

다오카는 몸을 닦지도 않고 옷을 입기 시작한 남자 쪽으로 헤엄쳐 다가가 말을 걸었다. 돌아다본 남자에게 "늘 이렇게 아무도 없나요?" 하고 묻자, "평일 이 시간에는 아무도 없어요. 주말에는 관광객이 오지만." 하고 남자는 싹싹하게 대답했다.

"섬에 사시는 분이세요?" 하고 다오카는 물었다.

"네……. 댁은? 관광?"

다오카는 바다에서 나오며 "이 근처에 싸게 묵을 곳이 없을까요?" 하고 스스럼없이 남자에게 물었다.

"나카타네까지 가면 얼마든지 있지만……."

다오카는 남자 가까이에 서서 바다를 돌아보며 "이 바다를 늘 혼자 독점합니까? 사치스럽네요." 하고 한숨을 내쉬었다.

"난 저기 우주 센터에서 경비원 일을 해요. 가 봤어요?"

"아니요, 아직."

"과학 기술관의 전시장도 유치한 것 같기는 하지만 돌아보면 그런대로 재미있어요."

"그 기술관의 경비를 하고 계십니까?"

"아니, 난 센터 본부 쪽. 여름에는 야근이 끝나면 이렇게 여기서 한바탕 헤엄치고 집에 가는 게 일과예요."

남자가 하얀 이를 보이며 웃었다. 그 웃음이 공항 렌터카 카운터의 여자와 비슷했다. 다오카는 자못 부러운 듯이 남자를 바라보면서 마음속으로는 '당첨이군.' 하고 중얼거렸다.

우주 센터의 경비원들이 일을 끝낸 후 이 모래사장에 와서 헤엄을 치고 집에 간다는 정보는 이 섬에 놀러 왔던 일반인 블로거로부터 얻어 낸 거였다.

"여기요! 조금 전이랑 같은 소주 한 병하고 물 부탁해요!"

다오카는 주방의 아주머니를 향해 말했다. 좁은 술집 안은 주방의 화로에서 올라오는 꼬치구이의 연기가 자욱했고 자리를 가득 채운 취객들이 내지르는 소리로 시끌벅적했다.

"또 됫병으로요?"

아주머니가 고함치는 소리에 "네, 아까랑 같은 걸로." 하고 다오카도 되받아 소리쳤다.

"최근에 당신같이 섬에 건너오는 녀석들이 많아."

다오카와 어깨동무를 한 채 취해서 계속 떠들어 대는 남자는 오늘 낮에 우주 센터 근처 해변에서 알게 된 시라이와 게이타였다. 테이블을 둘러싼 다른 남자들도 시라이와가 근무하는 경비회사의 동료들이었다.

"하지만 젊은 녀석들이 이주해 오는 건 우리 섬보다 야쿠 섬 쪽이 더 많아."

시라이와의 동료인 와타나베가 입을 열었다. 격투기 선수처럼 다부진 체격을 가진 남자였다.

"그야 야쿠 섬과 비교하면 상대가 안 되지만 우리 섬에도 제법 온다고. 월급쟁이 생활을 때려치우고 여기서 일을 찾으려는 젊은 녀석들이."

시라이와하고 와타나베가 서로 우기며 소리를 내질렀다. 다오카는 가게 아주머니에게서 소주와 얼음을 받아 들고 시라이와와 동료들의 빈 잔에 술을 따르며 돌았다.

"어떤 일이라도 좋아요." 하고 다오카가 끼어들었다.

"우리 회사에 소개해 주고 싶지만 지금은 모집을 안 해."

시라이와가 가득 채워진 소주를 흘리지 않으려고 몸을 숙여 테이블에 놓인 유리잔에 입을 갖다 댔다. 기분 좋게 어깨동무를 한 상태라서 다오카의 몸까지 테이블 가까이로 끌어당겨졌다.

"그건 그렇고, 시라이와 너 이따가 야근이지? 좀 과음하는 거 아냐?"

"괜찮아, 괜찮아, 이 정도 술쯤이야."

와타나베가 시라이와에게 주의를 주고 있을 때 다오카는 주머니에서 휴대전화가 울리는 걸 알아차리고 시라이와의 팔을 풀고서 가게 밖으로 빠져나갔다. 밖으로 나오자 해가 진 섬의 공기는 가게 안의 열기가 거짓말인 것처럼 냉랭해서 취기가 싹 사라졌다. 귀에 댄 휴대전화로부터 들려온 건 "어때?" 하고 묻는 가자마의 냉정한 목소리였다.

"순조롭습니다. 지금 경비원 녀석들하고 마시고 있는데요, 오늘 밤에 센터 안으로 들어갈 수 있을 것 같습니다."

"그 밖에는?"

"우선 교토 대학 교수 오타베 겐조와 그의 연구팀 스태프들은 역시 우주 센터의 숙박시설에 머무르고 있습니다. 데이비드 김의 소재는 알 수 없고요. 공공기관에 이 섬으로 건너왔다는 기록은 없습니다. 다만 그걸 알아보려고 섬 안의 숙박시설을 조사하다 보니 국회의원 이가라시 다쿠라는 이름이 있었습니다."

"이가라시 다쿠? 분명 시즈오카 출신의……."

"네, 아직 초선의원이라서 지금까지 특별히 이름이 나온 적은 없어요. 이번 건과 관계가 있는지 어떤지는 모르겠지만 그쪽 동향도 겸사겸사 조사하겠습니다."

"알았다. 그리고 요 몇 시간 사이에 다카노에게서 연락은 있었나?"

"아니요, 없는데요. 무슨?"

"CNOX의 시설을 헬리콥터로 정찰한 뒤로 연락이 없어. 아마도 뭔가 독자적으로 조사하고 있을 거라 생각하지만."

가자마는 그 말만 하고 통화를 딱 끊었다. 다오카는 하늘에 떠 있는 달을 올려다봤다. 심호흡을 한 번 하며 자신을 추스르고 소란스러운 가게 안으로 돌아갔다.

폭포 웅덩이에 빠져 죽을 상황이었다. 물에서 빠져나오려고 필사적으로 허우적댔지만 뭔가 강한 힘에 의해 더욱 밑으로 가라앉았다. 참을 수 없게 되어 숨을 들이쉰 순간 입과 코로 대량의 물이 들어오면서 폐에 격통이 느껴졌다. 다카노는 자신의 비명소리에 놀라 눈을 떴다. 그 순간 누군가가 머리카락을 움켜쥐고 머리를 물속에서 쓱 꺼냈다. 아직 꿈속인지 현실인지 알 수 없었다. 심하게 기침을 하는 다카노의 시야에 서서히 상이 맺혔다. 더러운 구두를 신은 남자들의 발이 늘어서 있었다. 물이 채워진 욕조가 있고 방금 전까지 자신의 머리가 담겨 있던 물이 안에서 크게 출렁이며 가장자리로 흘러넘치고 있었다. 다카노는 거세게 기침을 했다. 격통과 함께 입에서 끈적끈적한 물이 뿜어져 나왔다. 다카노는 통증을 참지 못하고 몸을 옆으로 뉘었다. 팔과 다리가 묶여 있어 어깨가 바닥에 부딪히면서 통증이 왔다. 거친 호흡을 계속하면서 다카노는 자신이 지금 어떤 상황에 처해 있는지 기억해내려 했다. 달 표면 같은 장소 위를 날고 있던 헬리콥터, 가자마와의 전화, 거대한 렉테나 기지. 헬리콥터로부터의 저격. 탈출.

"장위……."

다카노는 그렇게 중얼거리고 눈을 떴다. 시야에는 더러운 바닥만 보였다. 그저 넓은 창고 같은 장소로 먼지와 기름 냄새가 났다. 조금 전 보였던 남자들의 발이 눈에 선명하게 들어왔다. 그중 하나가 천천히 다가오더니 다카노의 코에 닿을 듯한 곳에서 멈추었다. 문득 한쪽 발이 떠오르나 싶더니 그대로 다카노의 어깨를 발로 찼다. 다카노는 신음하면서 등을 바닥에 대고 드러누웠다. 들여다보는 남자의 얼굴이 낯설었다. 더러운 욕조 옆에 장위의 모습이 보였다. 의식을 잃었는지 의자에 묶인 채로 고개를 꺾고 있는데, 호흡에 따라 배가 희미하게 움직이고 있지만 부어오른 얼굴은 창백하고 찢어진 입술에서는 피가 흘렀다.

장위의 상황을 확인하자 다카노는 다시 자신을 들여다보는 남자의 얼굴로 시선을 옮겼다. 거리를 두고 있는데도 입 냄새가 날 것 같은, 이가 비뚤비뚤한 덩치 큰 남자인데 눈이 마주친 순간 엄청나게 큰 발로 다카노의 얼굴을 짓밟았다.

"그만두라고 해."

광대뼈가 부러질 것 같은 기분 나쁜 소리를 내기 시작했을 때 어디선가 목소리가 들렸다. 일본어였다. 바로 다른 누군가가 중국어로 덩치 큰 남자에게 말을 전했고, 그러자 광대뼈를 부수려던 발이 멀어졌다. 그 대신 남자의 손이 다카노의 머리카락을 움켜쥐더니 억지로 일으켜 세웠다. 젖은 몸에서 물이 떨어져 순식간에 바닥으로 퍼져 나갔다. 다카노는 자신을 둘러싼 남자들을 둘러봤다. 대부분은 야비한 인상의 힘센 남자들이었는데 개중에 딱 하나, 잘 만들어진 양복을 입은 작은 남자가 섞여 있었다. 조금 전에 일본어로 말을 한 남자인 것 같았다. 다카노는 그 남자만을 노려봤다.

"너……, 누구야?"

다카노가 그렇게 입을 열자 작은 남자는 다카노가 당장이라도 자신에게 달려들 듯이 보였는지 한 발 뒤로 물러섰다. 그 움직임이 치와와를 연상시켰다.

"네놈은 누구냐!" 하고 다카노는 고함쳤다.

뒤로 더 물러난 작은 남자가 "넌 이제 끝이야!" 하고 덩치 큰 남자의 그늘에 반쯤 숨은 채로 되받아 고함쳤다. 그것은 짖고 있는 치와와의 모습이었다.

작은 남자가 지시를 내리자 남자들은 다카노를 난폭하게 의자에 앉히고 몸을 의자에 묶었다. 가만히 그 모습을 보고 있던 작은 남자가 다카노가 완전히 움직일 수 없게 된 것을 확인하고 나서 다가왔다.

"AN 통신이 MET를 위해 움직이고 있는 건 알고 있어요."

다가온 작은 남자가 신경질적으로 의자 주위를 돌기 시작했다.

"……이번에 MET는 불리한 역할을 맡을 운명이에요. 이제 와서 당신들이 알짱거리면 곤란하지요."

"그러니까 넌 누구냔 말이다!"

다카노는 작은 남자의 얼굴에 침을 뱉었다.

작은 남자가 얼굴을 붉히며 "무, 무슨 짓이야! 너 같은 건, 너 같은 건 이제 끝이라고!" 하고 화가 나서 역시 치와와같이 짖어댔다.

"그러니까 넌 누구냔 말이다! 단순한 심부름꾼이냐!" 다카노는 되받아 고함쳐 줬다.

"난, 난 CNOX 사람이다!"

작은 남자가 발작이라도 일으킨 것처럼 외쳤다.

"그러니까 꼬리 치며 중국에 붙은 일본인이라는 거군." 하고 다카노는 코웃음 쳤다.

"확실히 난 일본을 배신한 거겠지. 하지만 침몰할 게 뻔한 배에서 도망치는 건 나만이 아니야."

작은 남자도 코웃음을 쳤다. "어쨌든 이번에는 당신들이 나설 자리가 아니야. 그것뿐이야."

그렇게 말한 작은 남자는 몸을 빙글 돌려 문 쪽을 향해 가다가 도중에 문득 멈춰 서서 기분 나쁜 웃음을 떠올리며 돌아봤다.

"아, 그래, 맞아. 당신네 AN 통신 사람들에 대해서 하나 더 아는 것이 있지. 당신들, 매일 정오에 어디 있는지 확인이 안 되면 폭파

된다지 아마. 나는 말이죠, 라이브로 한번 그 모습을 보고 싶었어요. 우리가 당신을 붙잡고 나서 이미 여섯 시간. 그리고 내일 낮까지 당신이 여기서 나갈 가능성은 제로. 그렇다면 필연적으로 내일 정오가 되면 그 가슴 속 폭탄이 터지겠지? 모처럼 생긴 구경거리니까 촬영을 해 보려고. 봐, 저기에도 여기에도 카메라를 설치해 뒀어요. 이제, 아 참, 너무 늦어 버렸지만 자기소개를. 나는 CNOX의 지미 오하라라고 합니다. 앞으로 기억해 주시길."

작은 남자가 자못 우스꽝스럽다는 듯이 소리 내어 웃었다. 그가 말한 대로 다카노를 겨냥한 두 대의 카메라가 있었다.

작은 남자와 함께 남자들이 방을 나갔고 조금 전에 얼굴을 짓밟았던 덩치 큰 남자만이 남아서 의자에 묶인 다카노의 셔츠를 잡아 찢었다. 상반신이 드러난 다카노의 몸에 밧줄이 조여들었다. 맨살이 드러난 가슴 부근을 남자가 신기하다는 듯이 바라봤다.

바다에서 불어오는 바람이 툇마루에 걸린 발을 흔들고 있었다. 툇마루에 피워 놓은 모기향의 희미한 연기가 모기장 안에서 코를 골고 있는 시라이와의 곁으로 흘러갔다. 시라이와와 함께 이곳에 살고 있는 애인 미사토가 아까부터 "슬슬 일하러 나가야 할 시간이야." 하고 몇 번이나 말을 걸었지만 모기장 안의 시라이와는 일어날 기색이 없었다.

"꽤 많이 마셨거든요." 다오카는 툇마루에서 미사토에게 말을 걸었다.

"평소에는 취해도 일어나는데……. 오늘같이 코를 고는 건 처음이에요."

미사토는 알맞게 살이 붙은 남국의 미인으로 어두컴컴한 방 안에서 보니 검은 눈동자가 윤기를 머금은 듯이 반짝였다.

선술집에서 주연이 끝나갈 무렵 다오카는 시라이와가 마시는 술에 수면제를 섞었다. 열 시간은 지나야 눈을 뜰 분량이었다. 다른 동료들이 취기를 없애러 마을에서 운영하는 온천으로 간 뒤에, 수면제의 효과가 나기 시작한 시라이와를 업듯이 하여 다오카가 여기까지 데려온 거였다.

"이래 가지고는 야근은 어려워요." 하며 다오카는 모기장 안을 들여다봤다.

"하지만 무단결근을 하게 할 수도 없고. 어쨌든 와타나베 씨나 다른 누구한테 연락을 해야 해요. 아, 귀찮아."

미사토가 휴대전화를 찾기 위해 커다란 엉덩이를 들고 돗자리 위를 기어갔다.

"와타나베 씨는 아직 목욕 중일지도 몰라요. 어차피 숙소로 돌아가는 길목이기도 하니까 내가 들러서 알려 놓을게요."

"운전, 괜찮아요? 섬에서도 음주운전은 말이 많아요."

"난 술을 만들기만 했지 그렇게 많이 마시지는 않았어요."

다오카의 제안에 미사토는 마음이 놓이는 것 같았다. 시간을 정확히 맞추고 나서 다오카는 섬의 남단에 있는 우주 센터로 향했다. 관계자 이외에는 출입이 금지된 구역에 도달하여 시라이와 일행의 동료인 경비원에게 "와타나베 씨 면회 왔어요."라고 말하고 당당히 부지 안으로 차를 몰고 들어갔다.

주차장에 차를 세우고 밖으로 나오자 눈앞에 보이는 건 온통 부지를 둘러싼 검푸른 산들이었다. 위를 올려다보니 밤하늘에는 은하수까지 보였다.

중앙동 지하의 경비원 대기소까지 아무런 확인 없이 들어갔다. 문을 열자 조금 전까지 함께 마시던 와타나베가 이미 근무복으로 갈아입고 텔레비전을 보고 있었다. 와타나베 외에도 같은 근무복 차림의 동료가 두 사람 더 있었다.

"어라? 어째서 여길?"

놀라는 와타나베에게 "시라이와 씨가 오늘 밤은 오기 힘든 모양이에요. 그래서 그걸 알리려고." 하고 다오카는 웃음 지었다.

"정말? 과음하더라니……."

와타나베도 어쩔 수 없다는 듯 웃음을 짓더니, "아, 이 사람은 말이야. 도쿄에서 놀러 온 시라이와의 친구." 하고 다오카를 다른 두 사람에게 소개했다. 다오카는 머리를 숙였다. 두 사람은 간단히 인사를 받고는 바로 텔레비전의 노래 프로그램으로 시선을 돌렸다.

"그런데, 잘도 여기까지 들어왔군."

"입구에서 와타나베 씨 이름을 말했더니 바로 출입문을 열어주던데요."

"그래. 지금 검문소 쪽에 서 있는 게 야마다였던가? 뭐, 오늘까지는 그렇게 엄중하지 않지만, 내일부터는 발사 스케줄이 있어서 마을에서 여기로 오는 길 자체가 통행이 금지돼. ……아, 어쨌든 일부러 여기까지 오게 해서 미안하군."

다오카가 내내 서 있는 걸 그제야 알아차렸는지 와타나베가 인사치레를 했다.

"저, 죄송한데요. 술이 깰 때까지 이 소파에서 좀 쉬어도 괜찮을까요?" 다오카는 당돌하게 부탁했다.

"하긴 제법 마셨지. 그 상태로 잘도 운전을 해서 여기까지 왔군."

다오카의 부탁을 받아들인 와타나베가 소파에 쿠션을 던져 줬다. 다오카는 "죄송합니다." 하고 갑자기 컨디션이 안 좋은 흉내를 내며 소파에 앉았다.

세 사람이 정시 순찰을 나간 것은 예정대로 그로부터 10분쯤 뒤였다. 다오카는 그들이 나가자 바로 일어나서 관내의 열쇠라는 열쇠는 모두 복사하고 필요한 문의 패스워드를 입수한 다음 주요한 감시 카메라의 작동을 멈춰 놓았다.

다오카는 곧바로 행동을 개시했다. 대기소를 나와 어두컴컴한 복도를 걸어갔다. 아까 차를 세운 주차장과는 반대 방향이었다.

40분 후, 다오카는 대형 로켓 조립동에 도착해 있었다. 이미 종합 지령실을 포함한 대부분의 방에 들어가서 입수할 수 있는 데이터는 모두 빼낸 뒤였다.

대형 로켓 조립동은 도쿄 타워가 통째로 안에 들어갈 수 있을 정도의 거대한 격납고로, 천장 뒤의 덕트 밖으로 얼굴을 내민 다오카의 눈 아래로 발사를 기다리는 H-IIB형 로켓이 둥글게 가로썰기가 된 모양새로 질서 정연하게 놓여 있었다.

다오카는 덕트에서 빠져나와 감시 카메라의 존재도 잊은 채 낭떠러지 위에서 폭포 웅덩이를 들여다보듯이 가로로 잘려 있는 로켓을 내려다봤다.

"굉장하군."

저도 모르게 그런 말이 새어 나왔다. 어린 시절 우주 비행사가 꿈이었던 때가 있었다. 문득 그런 기억이 되살아나 좀 더 로켓을 바라보고 싶은 마음도 들었지만 시간이 촉박했다. 뒷머리를 누군가 잡아당기는 것같이 미련이 남았지만 다오카는 인접한 위성 조립동 쪽으로 옮겨갔다.

위성 조립동은 로켓의 격납고에 비하면 그다지 큰 시설은 아니었다. 그러나 거기에는 H-IIB에 실릴 인공위성이 마치 사람의 몸에서 도려낸 심장같이 오도카니 놓여 있었다. 인공물인데도 가까이에서 보자니 어떤 계기만 주어지면 당장에라도 움직이기 시작할 생물처럼 느껴졌다. 심장부에서 잠자리 날개 같은 패널이 좌우로 뻗어 나와 있었다. 아마도 궤도에 올라가면 날개가 더 길게 뻗어 나갈 것이 분명했다. 접혀 있는 부분으로 가늠해 볼 때 수백 미터는 되어 보였다. 날개가 뻗어 나온 모습은 가자마가 보내 준 CNOX의 위성 이미지와 거의 같았다. 상대방은 아직 태양광을 마이크로파로 변환하여 지상으로 보내는 실험에는 성공하지 못했다. 이번 일본 측의 실험이 성공하면 실용 가능 수준으로서는 세계 최초가 된다.

MET는 가장 불리한 역할을 맡는 게 되겠지만, 그래도 중국에 선수를 쳐서 이 분야에서는 일본이 앞서 간다는 얘기다. 아마도 이번 실험이 성공하면 MET가 추진할 구식 태양광 프로젝트는 좌절될 것이다. 그와 동시에 MET 측으로부터 다카노가 청부받은 일도 실패하게 된다. 하지만 MET로 치자면 대실패가 될 프로젝트가 중단됨으로써 그에 대한 투자를 지금 단계에서라도 중지할 수 있게 되어 불행 중 다행이 될 것이다.

그로부터 한 시간 후, 다오카가 경비원 대기소로 돌아오자 이미 정시 순찰을 끝낸 와타나베 일행이 있었다. 문을 연 다오카에게 "어라, 아직 있었나?" 하고 와타나베가 말을 걸었다. 다오카는 "속이 좀 안 좋아서 화장실에……. 하지만 토했더니 컨디션이 좋아졌어요. 이제 집에 갈게요." 하고 말하고는 안에 들어가지 않고 그대로 주차장으로 향했다.

바로 차를 발진시켜 고개를 까딱하는 것만으로 검문소를 통과했다. 액셀을 밟고 산길을 빠져나와 우주 센터로부터 꽤 멀리 떨어진 산 정상 부근에서 차를 세웠다. 라이트를 끄자, 순간 앞뒤의 길이 사라지고 차가 별과 함께 하늘에 떠 있는 것 같은 느낌이 들었다.

다오카는 방금 꺼내 온 데이터를 확인했다. 시간 제한 때문에 이번 발사 사업 자체에 관한 데이터까지는 접근하지 못했지만 사소한 사무적인 대화 속에도 뭔가 힌트는 숨겨져 있는 법이다. 한동안 데이터를 확인하다 보니 역시 한 가지 재미있는 사실이 발견되었다. 총무부에서 빼내 온 삭제가 끝난 파일 안에, '다음번 H-IIB형 로켓 발사 무기한 연기에 대하여'라는 내용이 있었다. 다오카는 이 파일을 대충 훑어보고는 바로 가자마에게 연락을 넣었다.

"여보세요, 다오카입니다. 우선 센터 내부, 로켓 및 위성 격납고 이하 주요한 장소에 의심스러운 물건이 장치된 형적은 없었습니다. 입수할 수 있었던 데이터에서도 이번 발사를 저지할 만한 흔적은 발견되지 않습니다. 물론 계속해서 조사하겠지만, 그보다도 총무부의 휴지통 파일에서 재미있는 것을 발견했습니다."

"뭐지?"

비로소 가자마의 목소리가 들려왔다.

"이 오타베 박사라는 놈, 벌써 데이비드 김의 손에 떨어졌네요." 하고 다오카는 말했다.

빨리 계속하라는 듯한 가자마의 기침소리가 들려왔다.

"이번 발사는 이미 무기한 연기가 결정되었어요. 지금부터 저지하려는 것이 아니라 이미 저지된 상태인 것 같습니다. 다음 주의 로켓 발사는 없습니다. 그 결정을 내린 회의록이 제 손에 있는데요, 그쪽에도 보내겠습니다. 읽어 보면 아실 테지만, 무기한 연기를 발언한 자가 바로 오타베 박사인 듯합니다. 초조해하는 조수들의 발언 등을 읽어 보면 우주 공간에서 태양광을 마이크로파로 변환해서 지상으로 보내는 송신 기술은 실용화 단계로서 백 퍼센트 성공할 가능성이 있음에도 불구하고, 왠지 오타베 박사가 갑자기 실험의 위험성을 주장하기 시작한 모양입니다. 다행히 JAXA 측에서는 이번 일을 일반 기상위성 발사로 발표해 놓은 상태라서 무기한 연기에 대해 공적으로 밝힐 필요는 없습니다만, 세상 누구도 모르는 곳에서 일본 에너지 정책의 희망이었던 우주로부터의 마이크로파 송신 기술이 그 제1인자에 의해 짓밟힐 위기에 처한 것은 틀림없습니다. 결국 데이비드 김이 오타베 박사를 움직이고 있는 겁니다."

다오카가 보낸 회의록을 가자마도 훑어보고 있는 것 같았다. 잠시 침묵이 이어진 뒤에 가자마에게서 짜내는 것 같은 목소리가 들려왔다.

"오타베 박사가 이미 데이비드 김, 아니 CNOX 측에 떨어졌다면 우주 태양광 발전을 일본에서 개발하는 것은 이것으로 끝인가. CNOX는 이미 지상에 렉테나 기지가 있고 인공위성 선 타워의 완성도 시간문제. 남은 것은 오타베 박사의 마이크로파 기술뿐이었어. 그것이 지금 그들의 손안에 들어간 거야."

"가능한 한 빨리 MET에 알려야 한다고 생각하는데요. 조금이라도 빨리 구식 메가 솔라 계획에서 손을 떼도록."

"그건 알고 있어. 하지만 국가 프로젝트로서 움직이기 시작한 것을 그리 간단히 멈출 수 있을지 어떨지. ……조금 다른 길을 생각해 봐야겠어."

그렇게 중얼거린 가자마의 말을 끝으로 일방적으로 통신이 끊겼다. 다오카는 캄캄한 차 안에서 시트를 뒤로 넘겼다.

"오늘의 임무, 종료."

자조 섞인 목소리로 중얼거렸다. 그 순간 긴장되어 있던 온몸의 감각이 끈이 풀리듯이 풀어졌다. 이완되어 가는 전신의 근육에 달콤한 감각이 스며들어 퍼졌다. 다오카는 미사토의 몸을 떠올렸다. 그 팔은 다오카의 팔보다 굵고 부드러워 보였다. 무거울 것 같은 유방이 움직일 때마다 흔들렸다. 그 순간 넓적다리 부근이 근질근질해졌다. 정신을 차리고 보니 다오카는 어느새 엔진을 가동시켜 시라이와의 집을 향해 차를 달리고 있었다.

구불구불한 산길을 벗어나 달빛을 받고 있는 사탕수수밭을 가로질러 갔다. 이미 자정을 지난 지금은 섬 전체가 잠들어 있는 때였다. 바다가 내려다보이는 언덕에 서 있는 시라이와의 집 앞에 차를 세우고 나서 다오카는 발소리를 죽여 툇마루로 돌아갔다. 조심은 했지만 밟히는 자갈이 희미하게 소리를 냈다. 툇마루에는 문이 닫혀 있지 않아 모기장 안에서 이불을 나란히 깔고 자고 있는 시라이와와 미사토가 그대로 보였다. 바다에서 불어오는 바람에 모기장이 여유롭게 흔들렸다. 시라이와는 변함없이 코를 크게 골고 있었다. 다오카는 툇마루에 걸터앉았다. 타월 이불 밖으로 나온 미사토의 하얀 발바닥이 이쪽을 향하고 있었다.

미사토가 잠들지 않았다는 것은 그녀의 숨소리로 알 수 있었다. 다오카는 잠자코 툇마루로 기어 올라갔다. 무릎을 앞으로 내밀 때마다 마루가 삐걱댔다.

"누구?"

모기장 안에서 미사토가 말을 걸어왔다. 다오카는 대답하지 않았다. 그 대신 두 사람의 발밑 쪽에서부터 모기장 안으로 기어 들어가 미사토의 얼굴을 들여다봤다. 미사토는 움직이지 않았다. 그 표정에 놀라움이 떠올라 있기는 했으나 눈동자는 변함없이 젖어 있었다.

다오카는 거리낌 없이 미사토의 이불을 벗겨 냈다. 미사토의 굵고 하얀 넓적다리가 드러났다. 갓 태어난 새끼 돼지 두 마리가 어미 돼지의 젖을 빨고 있는 것 같았다. 다오카는 그 사이로 손을 집어넣었다. 자신의 팔에서 나온 땀일까, 미사토의 넓적다리 안쪽의 땀일까. 집어넣은 손이 아무런 저항도 없이 미끄러져 살점 사이에 묻혔다. 다오카는 천천히 그 손을 위로 미끄러뜨렸다.

"……깰 거예요."

미사토가 소리를 냈다. 그러나 옆에서 자고 있는 시라이와가 잠에서 깰 기색은 없었다. 크게 코를 골면서 아무것도 모른 채 얼굴을 이쪽으로 향하고 있다.

다오카가 미사토의 몸 위로 올라갔을 때, 주머니에서 휴대전화가 울렸다. 미사토가 강하게 끌어안았지만 다오카는 그 팔을 부드럽게 밀쳤다. 툇마루에서 밖으로 나와 전화를 받자 갑자기 남자가 중국어로 마구 떠들어 댔다. 다오카는 "천천히 얘기해 줘." 하고 익숙하지 않은 중국어로 대답했다.

상대는 상하이의 장하오였다. 알아들은 단어를 이어 합치면, 중국의 오지를 헬리콥터로 조사 중이었던 다카노와 장위로부터 연락이 끊겼다는 얘기였다. 어디 있는지 빨리 찾아내라고 고함치고 있었다.

오전 8시가 지나자 기온이 올라갔다. 가자마 다케시는 창가에 갖다 놓은 휠체어에 앉아 해가 떠오름에 따라 시시각각 색깔을 바꾸는 아자마 산을 벌써 두 시간 가까이 바라보고 있었다. 일출 전에는 추워서 열지 못하던 창문을 시험 삼아 열어 보니 햇볕에 덥혀진 잔디 위를 스쳐 온 바람이 기분 좋게 흘러들어 왔다. 가자마는 밤중에 걸친 두꺼운 카디건을 벗었다.

마침 서재 문에서 노크 소리가 나더니, "아침식사가 준비되었는데요." 하고 출퇴근하며 집안일을 돕는 기타조노 후미코의 목소리가 들렸다. 늘 듣는 목소리지만 최근에 흰머리를 숨기지 않게 된 탓인지 어딘가 모르게 나이 든 목소리로 느껴진다. 가자마는 "지금 갑니다." 하고 대답하고 휠체어의 방향을 바꿔 서재를 가로질러 문으로 향했다. 문 너머에서 바닥이 삐걱거리는 소리를 듣고 있었는지 후미코가 딱 맞춰 문을 열어 줬다.

"계속 깨어 계셨어요?" 휠체어 뒤를 따라오며 묻는 후미코의 말에 "오늘 아침은 좀 일찍 눈이 뜨여서." 하고 가자마는 거짓말을 했다. 실은 밤 1시쯤에 다네가시마의 다오카에게서 연락이 온 이후로 서재에서 한 발짝도 떠나지 않았다. 다오카는 다카노와 장위가 행방불명이라고 보고했다. 상하이의 장하오로부터 온 전화에 의하면 다카노 일행이 빌린 헬리콥터도 아직 돌아오지 않았고 헬리콥터에 탑재된 GPS의 신호는 그들이 발견한 렉테나 기지 부근에서 갑자기 사라져 버렸다고 했다. 다카노가 헬리콥터 위에서 가자마에게 연락을 한 것은 어제 오후 1시가 지나서였다. 그 후 소식이 두절되었으나 가자마는 다카노가 독자적으로 조사를 하고 있기 때문이라고 판단했었다. 전화상으로 들려오는 목소리에 당황한 기색이 역력한 다오카에게 "독자적으로 움직이고 있을 가능성은 없나?" 하고 가자마는 물었다. 다오카의 대답은 다카노로부터의 보고가 중단된 데 더하여, 보통은 상하이의 장하오에게 바로바로 보고를 하는 장위 역시 소식을 전하지 않는 것은 부자연스럽다는 거였다.

"바로 중국으로 가게 해 주세요." 다오카는 전화에 대고 말했다.

가자마는 그저 "자네는 아직 다네가시마에서 마쳐야 할 임무가 있어. 오타베 박사의 동향, 그리고 이가라시 다쿠 의원의 목적도 알아내." 하고 대답하고는 바로 전화를 끊었다. 그러나 다오카는 곧바로 다시 걸어 왔다.

"다카노 선배의 신변에 분명 무슨 일이 생긴 겁니다! 저를 보내 주세요! 꼭 찾아내겠습니다!"

"자네가 중국에 가서 뭘 할 수 있겠나?" 하고 가자마는 차갑게 말했다. "……지금 자네가 다네가시마를 떠난다 한들, 현지에 도착할 때쯤이면 벌써 제한된 시간이 지난 뒤야."

한순간 침묵이 흘렀다.

"그래도요! 다카노 선배가 배신한 게 아니란 건 잘 알지 않습니까! 어떤 고문을 받아도 선배는 입을 열거나 할 사람이 아니에요!"

흥분한 다오카의 목소리가 주위를 울리고 있었다. 가자마는 "지금, 어딘가?" 하고 물었다. 다오카는 곧바로 "주위에 아무도 없습니다!" 하고 사춘기 아이같이 대답했다.

"알겠나, 다오카. 규정은 규정이야. 규정이 있어야 비로소 조직의 통제가 가능해. 하나의 규정이 깨지면 조직이란 건 거기서부터 서서히 무너지는 거야."

"그럼, 그때가 되면 다카노 선배를……."

"다오카, 자네한테는 할 일이 있잖아! 자신의 일을 추진해. 다카노가 없어지면 그 뒤부터는 전부 자네가 하는 거야. 그뿐이야. 언제까지나 다카노에게 의지할 생각은 하지 마!"

긴 침묵 뒤에 수화기 너머에서 "그건 너무해요……." 하고 중얼거리는 다오카의 목소리가 들렸다. 그리고 그대로 전화는 끊겼다.

식당에는 평소와 똑같은 자리에 똑같은 아침식사가 완벽하게 준비되어 있었다. 하얀 접시에는 계란 프라이 두 개와 햄 두 장. 노릇노릇 구워진 토스트와 가염 버터 덩어리가 하나, 컵에 따라 놓은 요구르트도 평소와 정확히 같은 양인 데다가 표면에 떨어뜨려 놓은 블루베리 잼까지 어제 아침과 똑같은 모양으로 소용돌이를 그리고 있었다. 후미코가 따라 준 커피를 한 모금 마시자 멍하던 머리가 조금 맑아졌다.

"저는 서재 청소를 해 놓을 테니까 무슨 일이 있으면 불러 주세요."

식당을 나가려는 후미코를, 가자마는 거의 무의식적으로 불러 세웠다.

"무슨……?"

돌아다본 후미코에게 가자마는 "아니, 아무것도 아닙니다." 하고 대답했다. 그러나 가자마가 포크를 손에 들었는데도 후미코는 자리를 떠나려 하지 않았다. 그 시선을 느끼면서도 가자마는 포크로 햄을 찍어 입으로 가져갔다.

"가자마 씨, 무슨 일이 있다면 얘기해 주세요. 나는 가정부임과 동시에 당신의 감시인이기도 하니까."

말투에 차가움은 없었다. 다만 서로 동정심을 주고받는 애잔함이 담겨 있을 뿐이었다. 가자마는 포크를 내려놓았다.

"옛날에 여기 있던 다카노 가즈히코라는 아이, 기억납니까?"

"네, 물론. 그에게 무슨 일이라도?"

"연락이 끊겼어요. 오늘 정오가 시한입니다."

"앞으로 네 시간도 안 남았잖아요……."

후미코가 잡고 있던 문손잡이를 세게 움켜쥐는 모습이 보였다.

"살려 낼 가능성은 없나요?"

기어들어 가는 목소리로 후미코가 물었다.

"모르겠어요. 다만 지금으로서는 좋은 방향으로 굴러갈 가능성이 크지 않아요."

침묵하는 후미코에게 "죄송합니다. 쓸데없는 소리를 해서." 하고 가자마가 사과했다. 잠시 바닥을 바라보고 있던 후미코가 "저는요……." 하고 조용히 입을 열었다.

"저는요……. 울고 있던 다카노를 본 유일한 사람이에요."

가자마는 얼굴을 들고 후미코를 바라봤다.

"다카노는 철이 든 무렵부터 한 번도 다른 사람 앞에서 운 적이 없어요. 자기가 그렇게 말했어요. 가자마 씨도 본 적이 없을 거예요. 하지만 딱 한 번 운 적이 있어요. 뭐, 이제 시효가 지났으니까 말하지요. 아직 여기서 생활하고 있을 때 다카노는 충치가 있었어요. 난생처음 지독한 치통을 겪었죠. 하지만 아침이 될 때까지 치과는 문을 열지 않았어요. 정말로 아팠을 거예요. 한밤중에 당시 내가 머물고 있던 방으로 남몰래 들어와서 이불에 얼굴을 묻고 소리 죽여 울었어요. '운 거 아무한테도 말하지 마요!' 하면서. 자기가 와 놓고서 '창피하니까 방으로 갈 테야.' 하고 몇 번이나 말하는 것을, '아무한테도 말 안 할게.'라고 달래면서 붙들었지요. 저는 밤새 그 등을 쓰다듬어 줬어요. 정말로 무서웠을 거예요. 태어나서 처음으로 경험하는 통증에 자기 스스로도 어쩔 줄 몰랐을 거예요."

가자마는 잠자코 후미코의 얘기를 들었다. 얘기를 끝낸 후미코는 더 이상 아무 말도 하지 않았다. 벽시계를 바라보니 8시 30분을 지나고 있었다. 다카노의 시한까지는 앞으로 세 시간 반이 채 남지 않았다.

15장

조금만 자도 될까

객실이 있는 3층에서 이가라시 다쿠는 아무 의심도 없이 1층으로 엘리베이터를 타고 내려갔다. 내려가서 빙그르르 둘러보았지만 아침밥을 먹을 만한 레스토랑은 없었다.

"뭘 찾으시나요?"

서 있는 이가라시에게 프런트 맨이 말을 걸어왔다.

"저, 아침밥은?" 하고 이가라시는 물었다.

"조식 장소는 2층입니다."

프런트 맨이 일부러 가까이 다가오려 해서, 이가라시는 "됐어요, 됐어. 2층이지요." 하고 미소 지으며 엘리베이터로 돌아갔다. 잠결인 것도 아닌데 솔직히 자신이 여기 다네가시마의 관광호텔에서 이틀 동안 무엇을 하고 있는 건지 알 수가 없었다.

아침식사 장소는 그다지 넓지 않은 연회장으로, 뷔페 요리가 잔뜩 차려져 있었지만 모두 다 완전히 식어 버린 상태였다. 벌써

9시를 넘긴 시간대라 대부분의 숙박객들은 식사를 끝낸 뒤인 듯, 연회장에는 창가의 테이블에 오도카니 앉아 있는 비서 단텐 고스케의 모습밖에 없었다.

"안녕." 하고 말을 하며 이가라시는 우선 커피만 가지고 단텐 곁으로 향했다.

"또 아침부터 양복입니까?" 단텐이 쓴웃음을 지었다.

"호텔 사람들이 내가 국회의원이란 걸 알고 있잖아. 국회의원이 평일에 놀고 있다고 뭐라고 하지 않을까 걱정돼서."

"죄송하네요. 나만 이런 모습으로. 지금 조깅하고 돌아온 참이에요."

단텐은 조깅용 추리닝 차림이었는데 얼굴을 보니 신이 났다.

"안 먹어요?"

그렇게 묻는 단텐 앞에는 일식과 양식, 2인분의 요리가 놓여 있었다.

"장소가 바뀌면 아무래도 변비가 생겨서." 이가라시는 눈앞의 요리를 바라보며 말했다.

"아니, 먹고 있는데 그런 말을."

"아, 미안, 미안. 하지만 실제 그러니까 어쩔 수 없잖아. 먹으면 배가 빵빵해지고, 안 먹으면 또 안 먹은 대로 컨디션이 안 좋고."

"그럼, 드세요."

단텐이 어이없다는 듯이 말하고 식사를 계속했다.

"결국 주손지 선생님한테서는 연락이 없는 거지?"

"없네요."

단텐이 젓가락으로 고등어를 뒤적이며 대답했다.

"도대체 우리, 다네가시마에서 뭐하고 있는 거지? 주손지 선생님이 가라고 하니까 온 건데 누가 마중을 나온 것도 아니고, 그 뒤로 연락도 없다니……. 주손지 할아버지한테 놀림당하고 있는 거 아닐까?"

이가라시의 한탄을 들으면서도 단텐은 "어쨌든 연락을 기다릴 수밖에 없잖아요." 하고 바쁘게 젓가락을 움직였다. 이가라시는 음식을 가지러 가려고 자리에서 일어선 순간 가벼운 변의를 느꼈다.

"아, 지금이라면 나올지도."

"네? 나오다니?"

얼굴을 든 단텐은 바로 의미를 알아들은 듯, "좀 봐주세요. 밥 먹고 있는데!" 하고 진심으로 항의했다.

이가라시는 배를 문지르면서 화장실로 향했다. 복도로 나와서 화장실로 들어가려 할 때 갑자기 안에서 젊은 남자가 뛰어나왔다. 소위 정면충돌을 하는 바람에 이가라시의 몸이 뒤로 날아갈 것처럼 젖혀졌다.

"뭐, 뭡니까!"

저도 모르게 거칠게 소리 지르는 이가라시의 팔을 젊은이가 그 자리에서 붙잡고 "죄송합니다." 하고 머리를 숙였다.

"아니, 뭐."

이가라시는 조금 호들갑스러웠던 자신이 창피해져서, 아마도 섬의 젊은이인 듯한 남자에게 "조심해요." 하고만 덧붙이고 화장실로 들어갔다.

식사를 끝낸 이가라시와 단덴이 1층 로비에서 한가롭게 신문을 읽고 있을 때 단덴의 휴대전화로 주손지 본인이 다네가시마에 온다는 연락이 왔다. 호텔 측에서는 체크인 후에 아무 데도 외출하지 않는 국회의원과 그 비서를 어떻게 응대해야 할지 난처한 듯, 로비에 있는 그들에게 커피와 과자를 차례차례 내왔다.

"주손지 선생님이 오셔?"

이가라시는 과자를 입에 집어넣으며 전화를 끝낸 단덴에게 물었다.

"네. 주손지 선생님의 비서한테서 온 전화였는데요. 아마도 비행기는 벌써 도착을 했고, 지금은 공항에서 이쪽으로 오고 계실 것 같네요."

"왜, 왜 갑자기 주손지 선생님이 오시는 거지?"

"몰라요. 그냥 여기서 조금만 더 대기해 달라는데요."

"대기라면 이미 쭉 하고 있으니까 괜찮지만."

이가라시는 양복 차림새였지만 아직 추리닝을 입고 있던 단덴은 "우선 옷 좀 갈아입고요." 하며 서둘러 객실로 돌아갔다.

다오카의 차는 다네가시마의 남단으로 향하는 75번 현도(縣道)를 스피드를 내며 달리고 있었다. 언덕의 사탕수수밭을 지나는 길을 오르락내리락할 때마다 멀리 앞서 달리는 왜건 한 대의 모습이 보였다 사라졌다 했다. 두 대의 차 사이에는 아스팔트 도로만이 곧장 뻗어 있고 진한 아지랑이가 하얀 차선을 흔들고 있었다. 다오카는 이어폰을 더욱 깊이 귀에 꽂았다. 앞의 왜건에 타고 있는 이가라시의 목소리가 분명하게 들려왔다.

'거참, 그렇다곤 해도 놀랐습니다. 설마 주손지 선생님께서 오실 거라고는 생각도 못 했으니까요.'

다오카가 조금 전 호텔 화장실에 들어가려던 이가라시와 일부러 부딪쳐서 그의 재킷 가슴 주머니에 몰래 집어넣은 카드식 도청기는 차내의 잡음이 들리긴 하지만 그런대로 성능이 좋았다.

'나도 말이지, 이가라시 의원님 같은 분에게 시간 낭비를 시켰다 생각하니 정말 죄송해져서요. 앉지도 서지도 못하다가 노구를 재촉해 이쪽으로 온 겁니다.'

아마도 이가라시와 오늘 아침에 도쿄에서 온 주손지 노부타카는 나란히 뒷좌석에 앉아 있을 텐데, 두 사람의 대화는 마치 그들이 다오카가 몰고 있는 차 안에서 이야기하고 있는 것처럼 선명하게 들렸다.

'조금 전에도 잠깐 얘기했지만 이번에는 정말로 면목이 없습니다. 미리 얘기하자면, 실은 이가라시 의원님께 이 다네가시마의 우주 센터에서 발사되는 로켓의 위용을 보여 드리고 싶었는데, 그게 듣자 하니 아무래도 상태가 안 좋아요. 어느샌가 실험 중지라나, 뭐 그렇게 되었어요.'

'로켓 발사를? 저한테요?'

'네, 그렇습니다. 이 로켓은 공개적으로는 기상위성 발사라고 되어 있지만, 실은 다른 실험위성을 싣고 있었어요. 뭐, 상세한 내용은 잠시 뒤에 이가라시 의원님께 소개해 드릴 교토 대학의 오타베 겐조 박사의 입을 통해 직접 들으시는 편이 정확할 텐데. 어쨌든 이번 발사에서 우리는 우주 태양광 발전에 필수인 마이크로파 송신의 실용화를 위한 최종적인 실험을 행할 예정이었습니다.'

'자, 잠깐 기다려 주세요. 너무나도 얘기가 커서 이해가 잘 안 되는……'

'간단한 얘기예요. 우주 공간에 띄워 놓은 인공위성의 날개 부분에 태양광을 모아서 그것을 마이크로파로 바꿔 지상으로 보낸다. 지금까지 소위 지상에서 받는 것뿐이었던 태양광과는 자릿수가 다른 사업입니다.'

'그, 그걸, 주손지 선생님이?'

'아니, 아니요, 내가 뭘 개발하고 그런 건 아니에요. 다만 오타베 박사의 연구팀을 지금까지 여러모로 보살폈다는 얘기지요.'

'그게, 그, 이번에 발사가 중지됐다는?'

'그래요. 이거 뭐가 어떻게 된 노릇인지. 그런 일도 있고 해서 나도 이렇게 서둘러 온 겁니다.'

잠시 대화가 끊겼다. 앞에서 달리는 왜건은 곧장 우주 센터로 향하고 있었다. 다오카는 너무 가깝지도 멀지도 않게 따라가면서도 시간이 신경 쓰여 참을 수가 없었다. 이미 10시가 지났다. 다카노의 가슴 속 기폭 장치가 작동하기까지는 두 시간도 채 안 남았다.

산길을 다 올라가 눈 아래로 우주 센터의 전모가 보이는 부근에서 이가라시와 주손지의 대화가 다시 시작됐다.

'이가라시 의원님이 갖고 있는 신형 태양광 패널 말인데요. 현재 일반적으로 사용되고 있는 패널의 1백 배가 넘는 성능을 가졌다는 얘기를 듣고, 나는 말이에요, 나는 참 운이 좋은 남자라고 스스로 생각했어요. 그 신형 패널을 지금 여기저기서 손을 들고 있는 자연 에너지 사업자에게 팔아 버리는 건 쉬운 일이에요. 그렇지만 만약 이번에 마이크로파가 실용 가능해지면 그 열 배 혹은 스무 배가 넘는 가치가 붙을 거라고 예측을 했습니다. 그래서 이 장대한 계획을 이해하려면, 어쨌든 이가라시 의원님도 한번 이곳의 로켓 발사를 봐 두시는 게 좋을 거라고 생각하여 초대를 한 거지요. 하지만 그 오타베 녀석이 왜 지금까지 아무 말 없다가 이렇게 발사 직전이 돼서야 '중지'라는 말을 꺼냈는지. 이가라시 의원님, 이 우주 태양광 발전에는 세 가지가 필요합니다. 하나는 우주에서 태양광을 모으는 인공위성. 이가라시 의원님이 가지고 계신 신형 패널은 이 인공위성의 날개에 붙일 수 있는 겁니다. 두 번째가 거기에서 지상으로 태양광을 보내는 마이크로파. 그리고 마지막 하나가 그 마이크로파를 지상에서 받는 렉테나 기지입니다. 그중 인공위성과 렉테나 기지는 어떻게든 할 수 있어요. 만약 국내에서 제조하는 데 시간이 걸린다면 해외에서 사 와도 됩니다. 다만 이 마이크로파 기술만큼은 우리 오타베 박사 말고는 전 세계 어디에서도 찾아볼 수가 없습니다. 요컨대 이번 실험만 잘 되면 나와 이가라시 의원님은 신세대 에너지의 패자(覇者)가 되는 거예요. 중동의 석유왕 같은 존재가 되는 겁니다.'

뒤차에서 다오카는 이어폰으로 들려오는 주손지의 목소리를 가만히 듣고 있었다. 이제 앞서 달리는 왜건은 우주 센터의 검문소로 들어가려 하고 있었다. 다오카는 우주 센터가 내려다보이는 급커브의 벼랑에 차를 세웠다. 일단 이어폰을 빼고 "생각하라. 생각하라." 하고 반복해서 중얼거렸다.

이가라시와 주손지가 이곳 다네가시마에 온 목적은 알았다. 그들은 교토 대학의 오타베 겐조 박사가 이미 데이비드 김에 의해 CNOX의 손에 떨어졌다는 사실을 아직 모르고 있다.

"생각하라. 생각하라."

다오카는 이마를 핸들에 부딪쳤다. 곁눈으로 시계를 봤다. 벌써 10시 반이 되려 하고 있다.

다오카의 뇌리에 홋카이도의 설원에서 목격한 남자의 모습이 되살아났다. 남자는 눈 속을 도망치기 시작했다. 눈에 푹푹 빠지는 발을 끌면서 꼴사납게 달려갔다. 남자가 쓰러졌을 때 주위에는 네무로 해협에서 불어오는 바람소리가 무겁게 울렸다. 남자는 눈 위에 벌렁 드러누워 있었다. 남자의 가슴에는 차에 치여 죽은 고양이 시체가 구겨 넣어져 있는 것 같았다.

이가라시 일행이 탄 왜건이 우주 센터 안으로 들어간 지 5분쯤 후에 다오카도 안으로 들어갔다. 이미 얼굴을 익혀 놓은 문지기에게 야근을 끝낸 와타나베를 마중하러 왔다고 말하자 문제없이 통과됐다. 경비원 대기소에 있던 와타나베에게 "이제 바다에서 헤엄칠 거죠?" 하고 다오카가 말을 걸자 와타나베는 "자네도 정말 한가하군." 하고 웃은 다음, "오늘은 잔업이니까 여기서 조금 더 기다려." 하고 대기소를 나갔다.

다오카는 아무도 없는 대기소에서 다시 이어폰을 통해 들려오는 대화를 들었다. 아마도 발사 관제동 내의 회의실에서 이가라시 일행이 오타베 박사를 둘러싸고 있는 모양이었다. 아까보다 소리 상태는 나쁘지만 그래도 대화는 알아들을 수 있었다. 왜 발사를 중지했는지 따지는 주손지에게 오타베 박사가 실험을 계속하기 힘든 문제가 발견됐기 때문이라고 냉정하게 대답하는 상황이 반복되고 있는 것 같았다.

'그럼, 언제가 되면 실험이 가능한 건가?'

서서히 주손지의 말투가 거칠어지고 있었다.

'그러니까 문제의 원인을 철저하게 조사해서…….'

'그러니까, 언제냐고!'

주손지의 고함소리가 갑자기 작아졌다. 도청기를 단 이가라시가 방을 나온 듯했다. 바로 이가라시를 쫓아 나온 듯 단덴의 목소리가 들렸다.

'어디 가는 겁니까?'

'지금 갑자기 배가…….'

'아까 호텔에서도 갔잖아요?'

'그때는 결국 안 나왔어. 어쨌든 바로 돌아올 테니까 안에 있어.'

다오카는 이미 대기소를 뛰쳐나와 관제동으로 향하고 있었다. 아마도 이가라시가 향한 곳은 2층 서쪽에 있는 화장실일 것이다.

다오카는 전날 사용했던 지하에서 이어지는 덕트를 빠져나와 관제동으로 들어갔다. 아무도 없는 복도를 지나 2층 서쪽의 남자 화장실 안을 살폈다. 맨 안쪽 문만 닫혀 있다. 화장지를 잡아당기는 소리가 난다. 변기 물이 흘러 내려간다. 다오카는 문 앞에 섰다. 안쪽에서 문이 열리는 순간 다오카는 안으로 밀고 들어가 아무 소리도 못 내고 있는 이가라시의 목 부분에 팔꿈치를 갖다 댔다. 균형을 잃은 이가라시를 그대로 등 뒤의 벽으로 밀어붙였다. 무슨 일이 일어난 건지도 모르는 듯, 이가라시의 입에서 "아, 아, 아." 하고 말이 되지 않는 소리만 새어 나왔다.

"소리 내지 마시오."

다오카는 이가라시의 배에 나이프를 들이댔다. 순식간에 이가라시의 얼굴에서 핏기가 사라졌다.

"해는 가하지 않을 겁니다. 단지 내가 하는 얘기를 들으면 됩니다." 하고 다오카는 말했다.

"누, 누굽니까? 네, 누구?"

이가라시의 무릎이 떨리고 있었다.

"나는 AN 통신이라는 조직의 사람입니다." 하고 다오카는 냉정하게 전했다.

"어, AN……. AN 통신? 그? 어? 그…… 그 AN 통신?"

횡설수설하는 이가라시의 눈이 파리를 좇듯이 황급하게 화장실 안을 움직였다. 그러다 일단 다오카의 얼굴로 시선을 되돌렸다가 다시 벽 쪽을 봤다. 이가라시는 AN 통신을 알고 있었다. 징조가 좋았다.

"진정하십시오. 얘기를 들어 주면 해는 가하지 않을 겁니다."

다오카는 다시 냉정하게 말했다.

"이가라시 의원님이 신형 태양광 패널을 가지고 계시다는 것은 알고 있습니다. 그것과 관련해서 할 얘기가 있습니다."

이가라시는 젊은 다오카를 다시 한 번 쳐다보더니 조금은 안정된 표정을 지었다. 아까 호텔 화장실에서 부딪힌 일은 기억하고 있지 않은 모양이었다.

"신형 패널이라니, 난 그런 거 없어. 없다고."

"부탁입니다. 흥분하지 말고 내 얘기를 들어 주세요. 의원님과 주손지 선생님의 대화는 전부 들었습니다."

다오카는 이가라시의 가슴 주머니에서 카드식 도청기를 꺼냈다. 이가라시는 그것이 뭔지도 모르는 듯, 자신의 옷에서 나온 것을 어리둥절해서 바라보고 있었다.

"도청기입니다. 차 안에서 이가라시 의원님 일행이 나눈 모든 얘기는 이미 AN 통신도 공유하고 있습니다."

이가라시는 자기도 모르게 그 카드식 도청기를 만지려고 팔을 뻗었다. 다오카는 바로 그 팔을 막았다.

"이가라시 의원님, 저희가 갖고 있는 정보를 모두 얘기하겠습니다. 최종적인 결단은 의원님이 내려 주십시오."

다오카는 일방적으로 얘기를 시작했다. 이가라시의 호흡이 차차 진정됐다.

"의원님이 지금 만나고 계신 오타베 겐조 박사의 연구가 성공할 일은 없습니다. 적어도 여기 일본에서는 말입니다. 왜냐하면 오타베 박사는 이미 중국의 CNOX라는 기업 편으로 돌아섰기 때문입니다."

이가라시의 입에서 "어? 잠깐, 무슨……." 등의 목소리가 새어 나왔으나 어느 것 하나 말이 되지 않았다.

"우주 태양광 발전은 일본이 아니라 중국에서 개발되는 것으로 되어 있습니다. 미래의 얘기가 아니라 가까운 현실로서 말입니다. 그래서 저희는 이가라시 의원님이 가지고 계신 신형 패널은 그쪽에서 사용되어야 할 기술이 아닐까 하고 생각하고 있습니다."

"자, 잠깐 기다려. 중국 기업에 팔라는 얘긴가?"

"그렇습니다."

이가라시의 질문에 다오카는 즉답했다.

"그, 그럴 수 없어. 나는 일본의 국회의원이라고."

"주손지는 당신을 이용하다가 마지막에는 버릴 겁니다. 주손지는 그런 사람입니다."

모 아니면 도의 도박이었다. 이가라시와 주손지가 어떤 관계인지 다오카는 모른다. 만약 이가라시가 주손지를 굳게 믿고 있다면 얘기는 여기서 끝날 것이다. 그러나 만에 하나 그렇지 않다면 아직 길은 있다. 이가라시의 눈이 생각하는 눈으로 바뀌었다. 조금 전까지의 움직임과는 그 질이 달랐다. 다오카는 기도하는 마음으로 기다렸다.

"전에 당신들 조직에 대해 조금 들은 적이 있어. 연락을 취하기 위해서는 당신들로부터의 접촉을 기다릴 수밖에 없다. 당신들은 팔고 싶은 정보가 있으면 접촉해 온다. 선택하는 것은 당신들이며, 그 기준은 수수께끼라고."

다오카는 이가라시의 목에 들이밀고 있던 팔꿈치의 힘을 조금 뺐다.

"그러니까…… 즉, 나는 이번에 당신들에게 선택됐다는 얘긴가? 당신네 AN 통신이 주손지 선생님이 아니라 나를 선택했다, 이건가."

다오카는 말없이 고개를 끄덕였다. 그리고 이가라시의 몸을 완전히 풀어 줬다.

"나가지 않겠습니까? 이곳은 남자 둘이 있기에는 좁아요."

다오카의 말에 이가라시가 따라 나왔다. 화장실에서 나오자 이가라시가 얘기를 계속했다.

"방금 전 얘기, 조금 생각해 볼 수 없을까? 바로 결정할 수 있는 게 아니라서."

"하지만 시간이 없습니다." 다오카는 저도 모르게 재촉했다.

"지금 내가 할 수 있는 말은, 당신들 제안에 흥미가 있다는 것뿐이야. 우리가 가지고 있는 신형 패널에 대해서 그 중국의 기업과 대화할 용의는 있네."

"그 정도로 충분합니다." 하고 다오카는 대답했다.

"언제까지나 여기에 있을 수는 없어. 저쪽에서 주손지 선생님이 기다리고 계셔서."

"죄송합니다. 훗날 다시 저희 쪽에서 연락을 드리겠습니다."

다오카는 정중하게 머리를 숙였다. 이가라시는 몇 번이나 뒤돌아보면서 밖으로 나가려다가, 문득 발을 멈췄다.

"저, 다음에 나타날 때는 제발 사람 좀 놀라게 하지 말게."

이가라시의 얼굴에 핏기가 돌아와 있었다. 다오카는 다시 "죄송했습니다." 하고 머리를 숙였다.

이가라시가 모습을 감추자, 다오카는 바로 밖으로 뛰어나왔다. 주차장으로 돌아와 가자마에게 연락을 넣었다.

"바로 CNOX 측과 연락을 취해 주세요. 다카노 선배를 납치한 것은 그들이 분명합니다! 다카노 선배와 교환할 수 있는 정보를 입수했습니다! 신형 태양광 패널에 대한 정보입니다. CNOX 측도 달라붙을 정보예요! 부탁입니다! 이제 시간이 없습니다! 바로 연락을 취해 주세요!"

햇볕 속에 놓여 있던 차 안에 앉은 다오카의 전신에서 왈칵 땀이 쏟아졌다.

"다오카, 침착해! 이제 늦었어. 다카노 건은 조금 전에 내 손을 떠났어. 남은 건 정해진 시간까지 다카노로부터 연락이 있느냐 없느냐야."

"그, 그런……. CNOX 측에 연락을……."

"다오카! 정신 차려! 너는 그 신형 패널의 정보를 확보해야 해! 네가 혼자서 하는 거야!"

"부탁입니다……. 연락을……."

"지금부터는 자네가 '다카노'라는 이름을 내걸고 활동해. 바로 새로운 '다오카'가 네 밑에 붙을 거야."

"그런……."

그러고는 통화가 끊겼다.

사방의 콘크리트 벽에는 창문 하나 없었다. 기온도 높고 습도도 높아서 뜨거워진 수건을 전신에 감고 있는 것 같은 불쾌감이 들었다. 땀은 멈추지 않고 솟아 나와 마치 전신에 벌레가 기어가는 것같이 흘렀다. 거미집에 걸린 것처럼 밧줄로 매달려 있는 자신의 모습이 유일한 출입구인 알루미늄 문에 비쳤다. 상반신에는 얻어맞은 흔적이 남아 있고 바닥에 어렵사리 닿아 있는 발끝은 장시간의 마찰로 인해 발톱이 갈라져 피가 흘러나왔다. 주위에는 둘러싸듯이 비디오카메라가 설치되어 있었다.

다카노는 힘을 짜내어 고개를 들고 자신의 모습을 봤다. 고개를 들기만 했는데도 묶인 손목에 찢겨져 나갈 것 같은 격렬한 통증이 왔다. 바닥에서 의식을 잃은 장위에게 벌써 몇 번이나 말을 걸었지만 자신은 이미 죽었다고 생각하고 있는지 손가락 하나 까딱하지 않았다. 이 창고에서 의식이 돌아온 후 시간이 얼마나 지난 것일까. 아까 CNOX에 고용되어 있는, 치와와처럼 보이던 일본인 지미 오하라는 이미 여섯 시간이 경과했다고 말했었다. 그로부터 몇 번이나 의식을 잃었다가 눈을 떴다. 이런 상태로라도 살아 있는 거라면 분명 아직 시간이 다소 남아 있을 것이다.

눈을 감을 뻔했던 다카노는 필사적으로 잠을 쫓았다. 아까부터 눈을 감으면 옛날 일만 떠올랐다. 좋은 추억 같은 건 없었지만 그래도 그리운 기분이 들었다.

그때 알루미늄 문이 소리도 없이 열리더니 지미 오하라가 다시 나타났다. 다카노는 이미 노려볼 기력도 없어서 피투성이가 된 자신의 발끝에 시선을 떨어뜨린 채로, "저 녀석은 아무 관계도 없어." 하고 장위 쪽으로 턱짓을 해 보였다.

"호오. 아직 동료를 감쌀 기운이 남아 있군요."

오하라가 소리를 내어 웃었다. "……하나 물어보고 싶은 게 있어서요."

오하라는 아까처럼 안으로 들어올 마음은 없는지, 알루미늄 문의 문지방을 넘지 않았다.

"슬슬 정오가 다가오네요. 그래서 말인데, 나도 악마는 아니니까 마지막으로 뭐든 바라는 게 있으면 들어줘야지 싶어서. 뭐, 먹고 싶은 건 없나요? 남기고 싶은 말은? 뭐든 괘념치 말고. 물론 반드시 준비할 수 있다고는 약속 못 하지만요."

오하라의 비위에 거슬리는 높은 목소리를 들으면서 다카노는 '마지막으로 하고 싶은 일이라.' 하고 자조 섞인 마음으로 속으로 중얼거렸다. 신기하게도 공포심은 없었다. 다만 자신의 인생이 지나치게 짧은 건 아닌가 하는 소박한 의문만이 떠올랐다.

"뭔가 하고 싶은 것은 없습니까?" 오하라가 반복해서 물었다. 다카노는 입에 고인 침을 내뱉었다. 그러고는 "그렇다면 웃게 해 줘." 하고 중얼거렸다.

"네?"

"그러니까 한바탕 웃을 수 있게 해 달라고. 어차피 죽는 거니까 배꼽을 잡고 웃으면서 죽고 싶어."

오하라를 조롱해 줄 작정으로 내뱉은 말이었지만 왠지 그것이 진심이라는 생각이 들었다.

"오호, 알았습니다. 그럼 최고로 웃기는 얘기를 하나 하죠."

말을 꺼내기도 전에 오하라는 웃음부터 터뜨렸다.

"방금 AN 통신으로부터 CNOX 본부로 연락이 왔답니다. 당신의 신병과 교환하는 조건으로 유익한 정보를 제공할 준비가 되어 있다고. 그래서요, 바로 내 쪽으로 연락이 왔기에 이렇게 대답해 줬습니다. '안타깝게도 그는 이미 죽어 버렸습니다.'라고요."

오하라가 몸을 비틀며 웃기 시작했다.

"아하하, 미안해라. 아니, 정말로 죄송해요. 당신을 웃길 작정이었는데 내가 웃어서……. 아하하."

오하라가 등을 돌리고 물러갔다. 천천히 알루미늄 문이 닫힐

때, 다카노의 시야 한구석에서 희미하게 뭔가가 움직였다. 기절한 줄 알았던 장위가 뭔가를 던지려고 필사적으로 몸을 움직이고 있었다. 손에 쥐고 있었던 걸로 보이는 작은 돌을 약한 힘으로 문 쪽을 향해 던지는 모습이 보였다.

장위의 손을 떠난 돌은 바닥을 힘없이 미끄러졌다. 마침 문이 닫히기 직전, 작은 돌은 어떻게든 그 틈새에 끼었으나 이제 와서 문이 잠기지 않게 한들 나아질 일은 아무것도 없었다. 장위는 등을 들썩이며 숨을 쉬고 있었다. 다시 의식을 잃을 것 같아 보였다.

"미안하군……. 너까지 끼어들게 해서." 하고 다카노가 말했다.

소리를 내자 다카노도 호흡이 흐트러졌다.

"이봐, 장위. 다음 생에는 둘 다 어딘가의 부잣집 도련님으로 태어나자고."

다카노의 목소리가 들렸는지 어땠는지 장위는 대답도 없이 또 완전히 의식을 잃었다.

다카노와 장위를 감금해 둔 방을 나선 지미 오하라는 얼굴에 아직 웃음을 띤 채 시설 관리실로 돌아갔다. 복도에는 감시하는 남자들이 줄지어 서서 엄중한 경비를 계속하고 있었다. CNOX와는 직접 관계가 없는, 소위 사설 경호원인 그들을 고용하는 과정에서 오하라는 CNOX 본부와 몇 번이나 절충을 해야 했다. 남자들의 출신은 불명확했으나 대다수가 용병 출신이었다.

시설 관리실로 돌아오자 오하라는 전함의 함장석을 떠오르게 하는 자리에 앉아 각 모니터의 영상을 바라봤다. 매달린 다카노의 가슴이 언제 폭발할까 하는 생각에 오하라의 흥분도 점점 고조되고 있었다. 그때 시야의 끝에 비친 별도의 모니터에 대형 덤프트럭 네 대가 서쪽 출입구에서 시설 안으로 들어오려 하는 영상이 보였다.

"저건 뭐지?" 오하라가 묻자, 서쪽 출입구에 확인을 한 직원이 "오래된 저수조의 해체 작업이 오늘 예정되어 있답니다." 하고 대답했다.

오하라는 다카노의 영상에 시선을 고정시킨 채, "저수조 쪽으로 카메라를 돌려." 하고 명령했다.

서쪽 출입구를 비추고 있던 카메라가 천천히 시설 안을 비추었다. 영상에는 출입구에서 이어지는 흰색의 낮은 담이 뻗어 있었고 그 끝에 멀리 지평선까지 이어지는 붉은 모래사막이 보였다. 이 사막에 수년 후 가동되기를 기다리고 있는 거대한 렉테나 기지가 있다.

카메라는 오래된 저수조를 비췄다. 시설 남쪽에 최신식 저수조가 신설되었기 때문에 이 오래된 저수조를 해체한 후 그 자리에 이곳에서 근무하는 종업원들의 숙박시설을 세우기로 계획되어 있었다.

"해체 작업은 얼마 동안이나 계속되나?" 하고 오하라는 물었다. 바로 자료를 들춰 본 직원이 "빈터로 되돌리기까지 2주일 예정입니다." 하고 대답했다.

"자, 이제 슬슬 시작되겠군."

오하라는 손목시계를 확인하고 나서 의자에 기대어 다카노의 영상으로 다시 눈을 돌렸다.

"어이, 녀석들 방의 음량 좀 올려 봐."

오하라가 그렇게 명령한 순간 실내에 잡음이 울렸다. 가만히 귀를 기울이자 그건 매달린 다카노와 바닥에 의식을 잃고 쓰러진 장위의 희미한 숨소리라는 것을 알 수 있었다. 오하라의 주위로 다른 직원들도 모여들었다. 모두 오하라만큼의 편집증은 없었지만 사람이 폭사하는 모습에는 흥미가 있는 듯 쭈뼛쭈뼛하면서도 영상에 시선을 모았다.

"지금 몇 시지?" 초조한 기색의 오하라가 물었다.

"갖고 있는 시계로는 앞으로 7분 후면 일본 시간으로 정오입니다."

그때였다. 갑자기 충격음이 실내에 울리더니 오하라가 앉은 의자는 물론이고 지면이 통째로 크게 흔들렸다.

"뭐, 뭐냐?"

여기저기서 남자들이 소리를 질렀다. 큰 진동은 가라앉기는커녕 바닥에서 벽으로 전달되어 갔다.

"지진인가?"

오하라가 그렇게 중얼거리자마자 커다란 소리와 함께 서쪽 벽이 크게 휘다가 견디지 못하고 균열이 생기나 싶더니 소리를 내며 무너져 내렸다. 경보 장치가 일제히 울리기 시작했다. 오하라를 포함한 남자들은 도망칠 여유도 없었다. 무너져 내린 벽 너머, 흙먼지 속에 대형 덤프트럭이 차체를 떨며 서 있었다.

오하라와 남자들이 겨우 정신이 돌아와 도망치려 했을 때, 덤프트럭이 더욱 강하게 액셀을 밟으며 안으로 돌진해 왔다. 화가 난 거대한 코끼리가 미쳐 날뛰며 덮쳐 오듯이 무너진 벽돌 더미를 밟으며 넘어왔다.

덤프트럭 몇 대에서 뛰어내린 것은 어디에서나 있을 법한 작업원 풍모의 남자들이었다. 그러나 그 몸의 움직임만으로도 그들이 군사훈련을 받은 자들이라는 것을 알 수 있었다.

"쏴라! 쏴라!" 하고 오하라가 외쳤다. 순간 양쪽의 총탄이 오가고 여기저기서 떨어져 나온 콘크리트 파편이 발밑에 떨어졌다. 남자들과 함께 긴 머리의 여자가 덤프트럭에서 뛰어내리는 것을 오하라는 확인했다. 날렵한 움직임은 다른 남자들과 다름없었다. 여자는 남자들을 이끌고 다카노와 장위가 있는 창고를 향해 갔다.

"창고 문을 잠가라!" 하고 오하라는 외쳤다. 곁에 있던 직원이 돌 더미 위를 기어가 긴급히 잠금 시스템을 작동시켰지만 왠지 에러를 알리는 소리가 났다. 경보 음량이 고막을 찢을 정도로 높아졌다.

갑작스러운 충격에 다카노가 매달려 있던 밧줄이 흔들렸다. 몸도 따라 움직이면서 손목이 찢겨 나갈 것 같은 고통이 찾아왔다. 다카노는 도대체 무슨 일이 일어난 건지 생각할 기력도 없었다. 한순간 자신의 가슴이 드디어 폭발했나 생각했다. 그러나 온몸에는 아직 통증이 있고 입에서 새어 나오는 숨은 비릿했다.

충격이 있은 후 어느 정도 시간이 지났을 때 알루미늄 문 너머에서 여자 목소리가 났다. 무슨 얘기를 하는지 알 수 없는 건 의식이 혼탁해져 있기 때문이 아니라 그것이 위구르어이기 때문이라는 걸 알기까지 상당한 시간이 필요했다. 문이 열렸다. 중무장을 한 남자들이 몇 명 뛰어 들어왔다. 다카노는 힘을 있는 대로 짜내어 얼굴을 들었다. 남자들의 등 뒤로 전투복을 입은 샤마르의 모습이 보였다.

다카노는 자기도 모르게 웃음이 나왔다. 웃으려 했으나 숨을 내뱉을 때마다 폐가 쥐어뜯기는 듯이 아팠다. 기침을 하는 다카노의 앞까지 온 샤마르가 말도 걸지 않고 다카노를 매달고 있는 밧줄을 끊었다. 갑자기 자유로워진 자신의 몸을 지탱하지 못한 채 다카노는 그대로 바닥으로 무너져 내렸다.

"시간은?"

남자들에게 양팔로 부축을 받은 다카노에게 샤마르가 표정을 바꾸지 않고 물었다.

"이미 없어." 하고 다카노는 대답했다. 참고 있던 위액이 그 순간 입 밖으로 뿜어져 나왔다. 샤마르가 통신기를 다카노의 귀에 갖다 붙였다. 들려온 것은 가자마의 목소리였다.

"다카노인가? 어이!"

다카노는 갈라진 목소리로 일곱 자리의 암호 코드를 고했다. 그 순간 통신이 끊겼다. 가자마는 바로 움직이기 시작할 거다. 이것으로 또 삶이 스물네 시간 연장됐다.

샤마르의 지시로 남자들은 다카노와 장위를 창고에서 꺼냈다. 복도를 통과하는데 총성에 섞여 관리동에서 외쳐 대는 남자들의 고함소리가 들려왔다.

"어떻게 여길 알았지?" 다카노가 물었다.

"상하이의 장하오에게서 연락이 왔어."

"설마 당신이 올 거라고는 생각하지 않았어. 톈진에서 구해 준 답례인가?"

"답례가 아니야. 그때 맺은 거래야. 단지 그뿐이야."

다카노와 장위는 덤프트럭의 짐칸에 던져졌다. 전신에 통증이 밀려오고 동시에 신음이 새어 나왔다. 총성은 조금 가라앉은 것 같았다. 샤마르 일행의 공세에 눌려 오하라 일행이 방호실로 도망쳐 들어간 것 같다는 정보가 전해져 왔다. 시동을 걸자 샤마르도 짐칸에 올라탔다. 덤프트럭이 급발진으로 후진을 했다. 돌 더미를 넘어가자 짐칸이 통째로 크게 흔들렸다. 그때마다 몸이 여기저기 부딪히는 바람에 다카노는 어금니를 악물었다.

"여기만 나가면 괜찮아. 녀석들의 차는 모두 못 쓰게 해 놨어."

짐칸의 가장자리에 걸터앉은 샤마르의 몸이 돌덩이를 넘어가는 차의 움직임에 따라 높이 들썩거렸다. 다음 순간 강한 햇살이 다카노의 얼굴에 비쳐 들었다. 저도 모르게 감긴 눈꺼풀 안으로도 확실하게 태양의 형체가 남아 있었다. 피부가 이글이글 햇볕에 타고 살인적인 사막의 열풍이 짐칸을 휩쓸고 지나갔지만, 그래도 다카노는 기분이 좋았다. 덤프트럭은 이미 시설로부터 상당히 멀어진 모양이었다. 귀에 사막의 바람소리가 났다.

"저기, 조금만 자도 될까?" 하고 다카노가 물었다.

샤마르는 짐칸 가장자리에서 먼 곳을 바라볼 뿐 아무런 대답도 하지 않았다.

자신들이 어떤 장소를 달리고 있는지 짐칸 안의 다카노는 알 수 없었다. 다만 우주의 끝까지도 보일 것 같은 짙푸른 하늘만이 눈 위로 펼쳐졌다.

16장

평범한 행복

톈진 역 부근 하이허둥루(海河東路) 변에 서 있는 고층 맨션의 테라스에서 내려다보면, 옛 조계 지구인 제팡베이루(解放北路)를 따라 서 있는 아름다운 가로수가 보였다. 요 며칠 서늘한 날이 계속되자 가로수 몇 그루가 계절을 착각하여 빨갛게 물들기 시작했다.

테라스에서 아래를 바라보고 있던 데이비드 김은 조금 추운 기분이 들어서 얇은 담요를 손에 들고 접의자에 누웠다. 실내를 들여다보니 부엌에서 오타베 나나가 즐겁게 점심식사 준비를 하고 있다. 테이블 한가운데에는 어제 둘이서 이탈리아 거리로 나가 사 온 베네치안 글라스 꽃병에 하얀 장미가 꽂혀 있었다.

김과 오타베 나나가 몇 주일 동안 머물고 있는 이 집은 본래 신혼용으로 판매된 가구 딸린 고급 아파트였다. 가구는 물론 벽지부터 문손잡이에 이르기까지 어딘가 달콤한 느낌이 들게 디자인되어 있다. 어제 이탈리아 거리를 둘이서 산책하다 보니 한 커플이 웨딩 사진을 찍고 있었다. 신부는 20대 초반의 귀여운 여자로 핑크색 드레스가 잘 어울렸다. 아마도 신부에게 억지로 이끌려 나온 듯한 신랑 쪽은 하얀 턱시도를 입고 있었는데, 상고머리에 볕에 탄 풍모를 지닌 신랑에게는 아무리 봐도 어울리지 않는 차림이었다. 촬영은 규모가 커서 카메라맨과 조명 기사를 포함한 스태프까지 열 명이 훌쩍 넘어 마치 영화라도 촬영하는 것처럼 소란스러웠다. 신랑에게 안겨 만면에 웃음을 띠고 있는 신부를 나나는 가만히 바라보았다.

테라스에서 바라보는 김의 시선을 느꼈는지 냄비 속을 휘젓고 있던 나나가 문득 얼굴을 들고 생긋 웃었다. 김은 '배 고파.' 하고 배를 쓸어 보였다.

나나가 요리로 돌아가자 김은 사이드 테이블에 놓인 노트북 컴퓨터를 배 위에 올려놓았다. 조금 전까지 읽고 있던 CNOX의 자료에 다시 눈길을 줬다.

CNOX라는 기업은 그 개요만 봐도 매우 기이한 기업이라는 것을 알 수 있었다. 모체가 되는 '중국 석유'는 1980년대 초반 중국 대륙 앞바다의 석유 채굴을 목적으로 설립된 국영기업으로, 완전히 중앙정부의 관리 아래 놓여 있었다. 석유 채굴 기술이 낙후되어 있던 CNOX는 1980년대 후반부터 개혁 개방 노선의 거센 물결을 타고 외국 자본과 손을 잡았다. 외국 자본의 힘을 빌린 CNOX는 대규모 해상 유전 개발, 동종 기업의 매수와 재편을 반복하여 오늘날에는 중국 중앙정부의 관리하에 있는 모양새를 취하면서도 세계에 이름을 내세우는 다국적 기업으로 변모하였다. 당연한 일이지만, CNOX를 이용하여 외국 자본이 이익을 올리는 것과 마찬가지로 중국 공산당 간부 중에도 이 기업을 통하여 사리를 취하는 자들이 있었다.

막연한 이미지지만 중국이라는 대국 속에서 CNOX라는 소국이 탄생했다고 생각하면 될 것 같았다. 독자의 정치적 룰을 중시하는 대국은 예를 들어 외국 자본과 제휴를 한 건 맺고자 할 때에도 뭔가 문제가 생겨 움직이지 못하게 되는 일이 빈번하다. 특히 에너지와 같은 국가의 근간을 이루는 분야에서는 장애물이 더 많다. 그런 상태에서 독자의 정치적 룰을 고집하고 있으면 국가의 발전은 없다. 그래서 CNOX와 같은 소국이 태어나 쉽게 움직일 수 없는 대국 대신에 발 빠르게 돌아다니는 거다.

당초 대국은 이 소국을 조종할 수 있다고 생각했다. 뭔가 중대한 일이 생길 때는 힘으로 규제할 수 있다고. 그러나 그사이에 대국의 간부들이 하나둘씩 소국의 간부를 겸하게 되었다. 거기서 모순이 생겼다. 막상 중대한 일이 있을 때 소국을 조종할 수 있다고 생각했던 자와 조종당할 것으로 생각되었던 자가 동일해져 버린 것이다. 범인을 쫓는 경관이 바로 범인인 거나 마찬가지다 보니, 경관은 계속 쫓을 수 있고 범인도 계속 도망칠 수 있다. 현재의 중국에는 이와 같은 소국이 온갖 곳에 생겨나 어디서나 비슷한 추적극을 연출하고 있다. 이 추적극에 끝이 있을까. 만약 있다고 한다면 그때의 승자는 소국일까, 아니면 대국일까.

김은 컴퓨터의 자료로부터 눈을 떼고 구름 한 점 없는 톈진의 하늘을 올려다봤다. 이 푸른 하늘 아래에 있는 십수 억의 인간들은 도대체 어느 쪽 결말을 선택할까.

물론 이런 일은 비단 중국만의 특수한 경우는 아니라고 김은 생각했다. 예를 들어 현재 세계 시장에서 점유율을 비약적으로 높여 가는 한국의 가전제품 회사만 보더라도 그 기술자 중에는 일본인도 많다. 한국 기업에서 일본인 기술자가 만든 텔레비전이 베트남에서 제조되어 유럽에서 폭발적으로 팔린다. 이 경우, 승자는 누구이고 패자는 누구인가. 그 텔레비전의 아이덴티티는 도대체 어디에 있는 걸까. 유럽에서 사용되고 있는 텔레비전인가, 베트남에서 제조된 텔레비전인가, 일본인이 개발한 텔레비전인가, 아니면 한국 기업의 텔레비전인가.

김은 이런 생각을 할 때마다 자신이 바보 같아졌다. 그 국적 불명의 텔레비전이 복수의 신분증을 가지고 세계를 날아다니는 자신과 비슷하다는 생각을 하다 보면 마치 자신이 텔레비전이 된 듯한 느낌이 들었다.

이번 건에서 자신은 AYAKO와 함께 CNOX 측에 결탁한 거라고 김은 생각했다. 그것은 중국 기업을 위해 일하기 위해서가 아니라 CNOX가 우주 태양광 발전이라는 미래 에너지의 개발을 주도하는 기업이라고 생각했기 때문이었다.

자신이 누구를 위해 무엇을 하고 있는지 등등, 주제넘게도 이런 감상적인 생각에 빠져드는 것은 분명 이번 일이 너무나도 쉽게 추진되고 있기 때문일 거라고 생각하며 김은 저도 모르게 쓴 웃음을 지었다. 다카노 등등과 그야말로 생사의 경계에서 정보를 서로 뺏고 빼앗기는 싸움을 할 때에는 한 번도 이렇게 감상적인 기분에 빠진 적이 없었다. 지금은 AYAKO와 함께 세운 계획이 모두 순조롭게 진행되고 있었다. 우선 오타베 나나를 유혹하는 일은 스스로도 재미있을 정도로 잘 풀렸고, 나나를 이용한 오타베 박사의 전향 작업조차 맥 빠질 정도로 쉽게 진행되었다. 김은 일찌감치 자신이 다국적 기업인 CNOX의 산업 스파이라고 나나에게 말했다. 오타베 박사를 CNOX의 우주 태양광 발전 계획에 끌어들이지 못할 경우 자신의 생명은 사라질 거라고도.

나나는 놀라움을 숨기지 않았다.

"그럼, 그걸 위해 나한테 접근한 거예요?"

"접근한 건 그걸 위해서였어. 하지만 지금은 후회하고 있어. 나나와 평범하게 만났다면 얼마나 좋은 인생을 보냈을까 생각하니 분하고 억울해서 견딜 수가 없어." 하고 김은 거짓말을 했다.

예상외였던 것은 그 후 그녀가 보인 반응이었다. 나나는 오로지 한 가지, AYAKO와의 관계를, 그녀를 사랑하고 있느냐고 집요하게 캐물었다.

"나는 이제 나를 속인 당신의 말을 믿을 수밖에 없을 정도로 당신을 사랑하고 있어. 우리의 만남이 계획된 거였다는 것도, 당신이 나를 이용하려 했다는 것도, 지금의 나는 용서할 수 있어. 당신과 앞으로 계속 함께 있을 수 있다면 뭐든지 할 거야. 하지만 딱 하나, 당신이 AYAKO를 사랑하는 것만은 용서할 수 없어."

김은 흐느껴 우는 나나를 강하게 끌어안았다. "그런 여자를 내가 사랑할 일은 없어. 내가 사랑하는 건 나나뿐이야. ……우리는 어째서 평범하게 만날 수 없었던 걸까." 하고 속삭이면서.

그 후의 사태는 생각 이상으로 빨리 진행되었다. 나나에게는 이 일련의 계획이 사랑을 위해 견뎌 내야만 하는 숙명으로 생각되었던 모양이다. 나나는 자기가 먼저 나서서 아버지인 오타베 박사와 담판을 벌였다. 현재의 연구소를 버리고 CNOX에서 연구 성과를 살려 나가 달라고. 당연히 오타베 박사는 딸의 무모한 제안을 거부했다.

당초의 계획대로라면 이 시점에서 나나를 구슬려 위장 자살극을 연출할 예정이었다. 남자에게서 강제로 떼어 놓으면 딸은 죽는다. 그러니 오타베 박사는 딸을 살리려면 연구소를 배신할 수밖에 없다고 생각할 것이다. 경찰에 맡겨 봤자 사람의 마음까지 구해 주지는 못하니 그런 짓은 하지 않을 것이다. 이러한 전제 아래 세운 계획이었지만, 지금까지 연구 비용을 후원해 준 일본의 기업, 정치가, 동료들과 자신의 딸을 저울에 올려놓은 박사가 어떻게 답을 낼지는 김으로서도 예상할 수 없었다.

그러나 위장 자살극을 연출하기 직전에 오타베 박사로부터 연락이 왔다. 조건에 따라서는 CNOX로 돌아설 준비가 되어 있다는 거였다. 김은 완전히 맥이 빠졌다. 오타베 박사는 만난 자리에서 그 나름의 심정을 다음과 같이 토로했다.

"나는 딸의 행복만을 바라며 살아왔다. 딸의 행복을 위해서라면 나는 모든 것을 버릴 각오가 되어 있다."

그러나 그렇게 박사의 입에서 어색하게 흘러나오기 시작한 말을 들으며 김은 박사의 마음속에 숨어 있는 본심을 어렵지 않게 읽을 수 있었다.

요점을 말하자면, 청색 발광 다이오드(청색 LED) 소송 건 하나만 봐도 알 수 있듯이 일본이 기술자를 소홀히 취급하는 것에 대해서 오랫동안 서운한 마음을 품고 있던 박사는, 이번에 딸을 구출한다는 대의명분이 생기자, 제대로 대접을 받아야겠다는 기술자로서의 야심과 역사적인 발명에 대해 정당한 대가를 받고자 하는 욕심을 좇기로 한 것이다.

약속대로 오타베 박사는 예정되어 있던 다네가시마에서의 로켓 발사 실험에 대해 중지를 선언했다. 그 로켓 발사가 실은 실용화를 위한 마이크로파의 실험이었다는 것은 비공개 사항이었기 때문에 발사의 무기한 연기 또한 뉴스거리가 되지 않았다. 그러나 뉴스에도 오르지 못한 다네가시마에서의 이 사건은 실은 일본의 향후 10년, 아니 1백 년 앞까지의 미래를 강탈한 사건이었다.

톈진의 옛 이탈리아 조계 지구에는 원형 광장이 있는데 그 한쪽 모퉁이에 최근 멋들어진 카페가 문을 열었다. 나나가 만들어 준 점심을 먹고 맨션을 나온 데이비드 김이 가게 안으로 들어서자 맨 안쪽의 소파에 앉아 있는 AYAKO가 보였다. 김은 점원에게 커피를 주문하고 나서 안으로 향했다.

"약속은 1시였을 텐데."

AYAKO가 앞의 컴퓨터 단말기로부터 얼굴을 들었다.

"나나가 맛있는 대구탕이랑 김치로 점심을 차려 줘서." 김은 일부러 능글맞게 웃어 보였다.

"마치 신혼 같네." 하고 AYAKO가 코웃음 쳤다.

"위장이라고는 하지만, 매일 함께 있다 보니 신기하게도 정이 솟네."

"오타베 박사는? 이미 톈진에 와 있는 거지?"

김은 옆 테이블에서 잡지를 읽고 있는 여자를 바라보면서 "응, 지난주부터 웨스턴 호텔에 있어." 하고 대답했다. 옆의 여자가 테이블 밑에서 발가락 끝에 걸고 흔들어 대는 샌들이 당장이라도 떨어질 것 같았다.

"오타베 박사와 CNOX 측과의 면회 날짜가 결정됐으니까 전해 줘." AYAKO가 사무적으로 말했다.

"조건에 대한 교섭은?"

"모두 끝냈어."

"그렇다면 오타베 박사가 평생 받을 보수는 그냥 일본에서 개발을 할 경우의 서른 배는 된다는 얘긴가?"

"아마 몇 주 안에 중국에서 로켓 발사 스케줄이 결정될 거야. 오타베 박사는 최종 실험을 중국의 인공위성으로 하게 될 테고. 당신도 여기 톈진에 세계 최대 규모의 로켓·인공위성 제조 기지가 완성되는 건 알고 있지?"

"물론 알고 있지."

"오타베 박사의 마이크로파 송신위성은 그 기지에서 개발하는 최초의 인공위성이 될 거야. 그리고 주취안 위성 발사 센터에서 그 인공위성을 실은 로켓을 쏘아 올릴 거야. 마이크로파 송신 실험이 성공할 경우, 이미 완성되어 있는 우주 태양광 발전용 위성 '더우즈(斗志) 1호'가 마이크로파 송신 장치를 달고 궤도를 돌며 렉테나 기지에 태양 에너지를 전송하게 돼. 그렇게 돼서 에너지의 대전환이 일어나면 대형 유전 한두 개쯤은 휴지 조각이나 마찬가지지. 석유 자원에 의존하고 있는 나라는 중동 국가들만이 아니야. 미국과 러시아도 그래. 세계의 세력 지도가 다시 그려질 거야."

AYAKO가 평소와 달리 흥분하고 있었다. 김은 다시 옆 테이블에 앉은 여자의 발밑에 시선을 던지면서, "그럼 홍콩 트러스트 은행의 앤디 황이 그것을 한 손에 쥐고 거액의 부를 얻게 되는 건가." 하고 덧붙였다.

테이블 밑에서는 변함없이 여자의 발끝에서 샌들이 흔들리고 있었다.

"전 세계를 독점하는 전력회사가 되는 거야. 거액의 부라는 말로 충분할까?"

"후세 사람들은 신기하게 생각하겠지. 어떻게 석유 같은 거나 다뤘던 부시 가문의 사람이 두 번씩이나 미국 대통령이 될 수 있었나 하고."

김의 말에 AYAKO는 반응하지 않았다. 가방에서 오타베 박사와 CNOX와의 면회 일시에 대해 상세히 적힌 메모를 꺼내 내미는 것으로 대화를 중단하려 했다. 김이 메모를 받아 드는데 문득 AYAKO가 거리로 시선을 돌렸다. 표정에 변화는 없었지만 그 눈동자에 그림자가 비쳤다. 김도 돌아봤다. 햇볕이 내리쬐는 돌길에서 나나가 이쪽을 노려보고 있었다.

김은 가볍게 혀를 찼다. 데리고 돌아가려고 바로 일어섰지만 나나가 가게 안으로 뛰어 들어오는 쪽이 더 빨랐다.

"나나." 김은 침착하게 말을 걸었다.

나나의 증오에 찬 시선은 곧장 AYAKO에게로 향했다.

"둘이서 무슨 얘기를 했어요?"

나나의 목소리는 기분 나쁠 정도로 떨리고 있었다. 잠자코 있는 두 사람에게 "여기서, 무슨 얘기를 했느냐고!" 하고 고함쳤다.

다행히 가게 안에 손님은 적었고 갑자기 들이닥친 정신 나간 일본인 여성에 대해 냉랭한 시선만이 날아 왔다. 김은 나나의 손목을 잡고서 "됐으니까, 집에 가자." 하고 부드러운 목소리로 말했다.

"나를 바보 같은 여자라고 생각하고 있겠지!"

김의 손을 난폭하게 뿌리친 나나가 AYAKO에게 소리쳤다. AYAKO는 작게 한숨을 내뱉고는 '빨리 데려가요.'라고 말하듯이 김에게 비난 어린 시선을 보냈다.

"무슨 말이든 해 봐! 나를 바보 같은 여자라고 비웃고 있었지!"

"미안하지만 당신한테는 흥미가 없어."

AYAKO의 말에 나나가 온몸을 떨었다. "나나." 김은 한 번 더 손목을 잡았다. 그러나 나나가 다시 그 손을 뿌리쳤다.

"AYAKO 씨, 잘 들어. 이것만큼은 당신한테 말하고 싶어. 나는 확실히 당신과 데이비드에게 속은 바보 같은 여자일지 몰라. 분명 이 일이 끝나면 나는 데이비드에게 버림받겠지? 그렇지? 그럴 거라는 거 나도 알아. 그래도 나는 후회 같은 건 하지 않아. 왠지 알아? 이봐, 당신은 그 이유를 알 수 있어?"

나나의 목소리는 조금 안정되긴 했지만 그래도 몸의 떨림은 멈추지 않는 것 같았다.

"AYAKO 씨, 당신, 진심으로 누군가를 사랑한 적 있어? 누군가에게 사랑받은 거 말고 누군가를 사랑한 일이……. 나는, 있어. 가슴을 펴고 그렇게 말할 수 있어. 이런 식의 만남이지만 나는 데이비드를 진심으로 사랑하고 있어. 당신은 모르겠지? 진심으로 누군가를 사랑할 때의 기쁨 같은 거 당신은 경험한 적 없을 거야. 나는 당신에게 속은 바보 같은 여자일지 몰라. 하지만 나는 그 기쁨을 알아. 이 사랑이 어떤 결말을 맞이하든 간에 이 기쁨만큼은 빼앗을 수 없어. 기쁨이란 당신이 생각하고 있는 것 이상으로 강한 거야. 그러니까 나는 당신에게 진 게 아니야. 나는 당신에게 이긴 거야!"

나나는 어깨를 들썩이며 크게 숨을 쉬고 있었다. 내뱉은 자신의 말에 결박당해 있는 것 같았다.

"한 번 더 말할게. 나는, 당신한테, 흥미가, 없어."

AYAKO가 한 마디씩 분명하게 끊어서 말했다. 평소의 차가운 목소리였지만 김은 그 표정에 지금까지 없던 동요가 숨겨져 있다는 걸 놓치지 않았다.

"나나, 이제 가자." 김이 나나의 어깨를 밀었다.

가게 밖으로 나오기 직전에 뒤돌아본 나나가 "데이비드와는 두 번 다시 만나지 마!" 하고 가게 안의 AYAKO에게 외쳤다.

가게를 나와 오래된 양옥집이 늘어선 제팡베이루를 걷기 시작한 순간, 나나는 온몸에서 힘이 빠져나가 그대로 땅바닥에 맥없이 주저앉으려 들었다. 당황하여 안아 올리려던 김에게 "미안해요." 하고 나나가 눈물 어린 목소리로 사과했다.

"나나가 사과할 것 없어. 사과해야 하는 건 나야." 하고 김이 대답했다.

상대가 기대하는 대로 말해 준 것뿐이라고 생각했지만 자기 힘으로 일어서려는 나나의 손에서 전해져 오는 떨림에 김은 스스로도 설명할 수 없는 기분이 솟아오르는 걸 느꼈다. 김은 불가해한 그 기분을 떨쳐 버리려고 나나를 일으켜 세운 다음 아무 말 없이 등에 업었다.

"나도 걸을 수 있어." 나나가 부끄러운 듯이 귓가에다 속삭였다. 김은 무시하고 계속 걸으면서 "나한테도 없어." 하고 엉겁결에 불쑥 말해 버렸다.

"뭐가?"

"나한테도 없어. ……진심으로 누군가를 사랑한 일 따위, 나한테도 없어."

자신도 어떡해야 좋을지 알 수 없었다. 등에 업은 나나의 얼굴이 보이지 않는 탓인지도 모른다. 마음속에 떠오른 말이 자신의 의사와는 관계없이 입에서 새어 나와 버렸다.

"……그런 말, 하지 마요."

오랜 침묵 뒤에 귓전에서 나나는 슬프게 웃었다. "그런 말…… 그런 잔인한 말은 하지 마요."

저도 모르게 멈춰 서려던 김은 억지로 발을 앞으로 내밀었다. 이렇게 꼴불견인 모습이 되어도 누군가를 사랑하려 하는 여자에 대한 안쓰러움과, 등에 업은 나나의 너무나도 가벼운 무게가 뒤섞여 김의 마음을 흔들었다. 이런 여자와 평범한 가정을 만들고 있는 자신의 모습을 떠올려 봤다. 휴일의 공원에서 아이들과 노는 평범한 행복. 그런 생활을 참을 수 없다는 걸 잘 알면서도 휴일의 공원에서 흘러갈 시간이 무척 기분 좋게 느껴졌다.

도쿄 역을 출발한 마지막 신칸센 노조미의 승객들은 오다하라 역을 통과한 즈음부터 다들 권태로운 졸음에 빠져들고 있었다. 이가라시 다쿠가 타고 있는 그린 차(일본 철도 차량의 특실 — 옮긴이)도 조금 전까지 차내에 떠돌던 에키벤(역에서 파는 도시락 — 옮긴이)의 냄새와 사람들의 얘기소리가 어느샌가 사라지고 누군가가 낮게 코 고는 소리만 멀리서부터 희미하게 들려왔다. 이가라시는 신(新)요코하마를 지나고 나서부터 계속 캄캄한 바깥 경치를 바라보고 있었다. 경치를 바라본다고는 하지만 창에는 자신의 얼굴이 또렷이 비치고 있어서 언제부턴가 자신이 지금 경치를 바라보고 있는 건지 자신의 얼굴을 바라보고 있는 건지 알 수 없게 되었다.

이가라시는 옆자리에서 코를 골고 있는 비서 단덴 고스케를 쳐다보았다. 전 총리인 시카야 준노스케가 마미야 총리를 상대로 내각 불신임안을 은밀히 계획하고 있는 정황이 포착되어 요 며칠간 그에 대한 대응을 하느라 단덴도 심각한 수면 부족 상태였다. 시카야 전 총리는 현 마미야 총리가 완전히 자신의 꼭두각시 인형이라고 보고 대표 자리를 양보해 준 셈이었는데 마미야가 총리로 지명된 순간 배은망덕하게도 손바닥을 뒤집어 독자적으로 정책을 추진하자 그에 대한 불만으로 내각 불신임을 도모한 것이었다. '발전·송전 분리 법안'을 비롯하여 마미야 총리가 차례차례 추진해 가려는 시대의 흐름에 시카야 전 총리는 완전히 뒤처지고 말았다. 국민의 눈에도 그것이 분명했는데, 시카야 전 총리가 소동을 일으키자 적지 않은 수의 의원들이 그의 편에 붙었다. 솔직히 이가라시는 왜 완전히 과거의 사람이 된 시카야 총리에게 지역의 반대를 무릅쓰고까지 편을 드는 의원이 있는지 이해되지 않았다. 단덴의 설명은 이랬다.

"그야, 이런 겁니다. 시카야 전 총리는 돈을 갖고 있잖아요. 알고 있죠? 일본의 주요 별장지 어디를 가도 그의 별장이 있어요.

그뿐인가요? '시카야 거리'라는 이름이 붙은 거리까지 있을 정도로 명문가의 도련님이거든요. 아직도 어머니한테 매월 수천만 엔의 용돈을 받고 있다니까. 시카야 전 총리를 따르기 때문에 편을 드는 게 아니라 선거에 나가려면 그의 돈이 필요하기 때문에 그런 것뿐이에요."

다시 창에 비친 자신의 얼굴을 바라보고 있던 이가라시는 "돈인가……." 하고 저도 모르게 중얼거렸다.

다네가시마의 우주 센터에서 주손지 노부타카와 오타베 박사의 만남이 끝난 뒤에 이가라시는 약속대로 AN 통신을 내걸고 접촉해 온 다오카라는 젊은이와 만나기 위해 섬 안의 작은 민박으로 향했다. 물론 그날의 마지막 비행기로 귀경한 주손지에게는 비밀로 하고서였다.

그 민박의 방에서는 바다가 보였다. 두 시간에 1백 엔이라는, 에어컨이 설치된 일본식 다다미방은 좁았고 다오카라는 젊은이와 이가라시, 단덴, 셋이 방을 채우고 앉자 에어컨을 켜도 방 안에 열기가 찼다. 다오카라는 젊은이는 우주 센터의 화장실에서 들려준 얘기를 주의 깊게 반복했다.

주손지가 공들여 키운 오타베 박사가 중국 기업인 CNOX로 돌아섰다는 것. 우주 태양광 발전이라는 것을 CNOX가 실용화시킬 계획이라는 것. 자신들이 가진 신형 태양광 패널은 그 우주 태양광 발전에 사용되는 것이 최선이라는 것. 그리고 마지막으로 주손지 노부타카는 틀림없이 자신들을 언젠가는 잘라 버릴 거라는 것.

좁은 민박의 다다미방에서 다오카라는 젊은이의 얘기를 가만히 듣고 있던 단텐은 우선 "당신이 AN 통신의 사람이라는 걸 어떻게 믿지?" 하고 의심의 말을 던졌다. 실제로 눈앞에 있는 젊은이는 불러낸 국회의원 앞에서 당당한 것 말고는 다네가시마에 놀러 온 서퍼와 큰 차이가 없었다. 단텐의 의심에 다오카라는 젊은이는 쓴웃음을 지어 보였다. 그리고 플라스틱 찻잔이 세 개 놓여 있는 상 위에 뭔가 작은 기자재를 꺼내 놓고 조작한 다음 휴대전화를 꺼내서 누군가에게 전화를 걸었다.

"현시점에서 이가라시 의원님의 최대 약점이라고 생각합니다만."

그렇게 말하고서 젊은이가 휴대전화를 내밀었다. 고개를 갸우뚱거리는 이가라시에게 억지로 쥐여 주고 귀에 대 보라고 했다. 이가라시는 시키는 대로 휴대전화를 귀에다 댔다.

"여보세요? 여보세요?"

들려온 목소리에 이가라시의 얼굴이 한순간 창백해졌다.

"여보세요." 하고 이가라시가 대답을 하자, "어머? 다쿠 씨? 이거, 누구 휴대전화로 거는 거야? 뭐야. 이 시간엔 남편이 있으니까 걸지 말라고 했잖아." 하고 불륜 관계에 있는 고등학교 동창 마쓰노 가오리의 목소리가 들려왔던 거다.

"아, 응. 미안."

이가라시는 눈앞의 젊은이를 바라보면서 전화 속의 가오리에게 사과했다.

젊은이가 전화를 끊으라고 했다. 이가라시는 "미안. 또 걸게."

하고 끊었다.

"어떻게 가오리에 대해서?"

눈을 둥그렇게 뜨는 이가라시 옆에서 겨우 상황을 이해한 듯 단덴이 "언제부터 조사한 겁니까?" 하고 상 위로 몸을 내밀었다.

"지금입니다. 이 정도라면 시간이 거의 걸리지 않습니다."

젊은이는 태연히 말했다. 이가라시는 흥분한 단덴의 어깨를 붙잡고서 "뭐, 얘기를 끝까지 들어 보자고." 하고 진정시켰다.

그 후 젊은이는 놀랄 만한 이야기를 했다. CNOX라는 중국 기업은 첨단의 독자적인 우주 태양광 발전 시스템의 개발과는 별도로 일본 굴지의 전력회사 MET와 손을 잡고 일본 국내에서 소위 기존 방식의 태양광 발전 사업을 추진하고 있다. 놀라운 것은 MET와의 공동 사업은 우주 태양광 발전 분야의 독점을 노리는 CNOX 측이 신형 축전지 기술을 손에 넣기 위해서 기획한 완전한 위장 전술이며, 나아가 더욱 놀라운 것은 이 MET 관련 사업에 나선 정치권 인사가 여럿 있고 그 대표자가 마미야 총리이며 앞으로 이것을 국가적 수준의 사업으로 추진하기로 결정되어 있다는 거였다. 그래서 마미야 총리는 그토록 서둘러 '발전·송전 분리 법안'의 가결을 추진했던 것이다.

"완전한 패전이 아닌가." 저도 모르게 이가라시는 고함을 쳤다.

젊은이는 표정을 바꾸지 않은 채, "그러니까 이가라시 의원님은 지는 전쟁에서 일찌감치 도망쳐야 합니다." 하고 말했다.

CNOX에 신형 패널을 파는 것은 일본을 배신하는 일이었다.

우주 에너지 분야에서 지금까지 선두를 달려온 일본이 길을 잘못 들어 이 분야에서도 후진국이 될 결정적인 순간을 자신은 지금 마주하고 있었다. 그냥 마주한 것이 아니라 그중 한쪽 편을 들어 신형 패널을 제공함으로써 일본을 더욱 궁지에 빠트리려 하고 있는 거였다. 물론 막대한 이익이야 얻을 수 있지만 그것은 일본을 버리는 일이 될 것이다.

계속해서 신칸센의 창에 비친 자신의 얼굴을 바라보고 있던 이가라시의 귀에 카트를 밀고 다니며 마실 것을 파는 승무원의 목소리가 들려왔다. 옆에서 자고 있던 단텐도 눈을 떴는지 한 번 크게 하품을 하더니 어두운 표정의 이가라시에게, "혹시 아직까지 고민하고 있는 겁니까?" 하고 어이없다는 듯이 말을 걸어왔다. 이가라시는 아무 대답도 하지 않고 다시 창으로 시선을 돌렸다. 몸을 일으킨 단텐의 얼굴도 창에 비쳤다.

"의원님, 보십시오. 돈이 없으면 나라를 움직일 수 없다고 주손지 선생님 댁에서 선언한 건 의원님이에요. 이번 AN 통신의 얘기에 편승하면 돈이 손에 들어오지 않습니까."

"알아. 하지만 나라를 바꾸기 위해 돈이 탐났던 건데, 그 나라를 배신해서 돈을 얻는다면 본말전도인 거잖아."

"그렇다고 일본이라는 나라가 없어지는 건 아니에요. 그야 에너지 부문에서는 중국에 뒤처질지도 모르지만."

"저기, 중국이 아니라 MET 쪽에 패널을 파는 방법은 없을까?"

이가라시는 벌써 몇 번이나 물었던 질문을 반복했다.

"온 세계가 자동차 사회가 될 텐데 인력거 회사에 가담해 봤자 소용없는 일이라니까요."

"그러면 말이지, 중국의 CNOX와 일본의 MET 양쪽 모두에게 파는 건?"

"AN 통신의 젊은이도 말했지요. 패널의 독점권을 팔아야 그게 무기가 되어서 이쪽에 유리한 계약을 맺을 수 있다고."

단덴으로부터 거듭 듣지 않아도 이가라시 역시 알고 있었다. 이가라시는 좌석 위에서 "으아아." 하고 소리를 내면서 기지개를 켰다. 그러고는 카트를 밀고 다음 차량으로 옮겨 가려는 판매원을 불러 세우더니 "여기 캔 맥주 두 개." 하고 주문했다.

"아, 그러고 보니 AN 통신의 설립에 대해서 조금 재미있는 얘기를 들려줄 법한 인물을 찾았어요. 저녁에 얘기하려다가 정신이 없어서 잊어버렸습니다."

캔 맥주 값을 지불한 단덴이 문득 생각난 듯 말했다.

"누구?" 하고 이가라시가 물었다.

"왜 NHK의 GNN 구상이 날아간 뒤에 해외 은닉 재산의 존재에 대해서 특종 기사를 쓴 기자가 있었잖아요."

"아, 그랬었지. 하지만 예전에 이미 그만두고 필리핀인가 어딘가에서 사고사를 당했다잖아?"

"그랬지요. 그런데 죽었다 하더라도 뭔가 자료가 남아 있지 않을까 싶어서 조사를 시켰었어요. 그랬더니 그 남자의 친척들 사이에서 실은 그 사람이 안 죽었고 지금은 가루이자와에서 살고 있는 것 같다는 소문이 떠도는 모양이더라고요. 물론 단순한 소문이지만."

"어째서 가루이자와야? 그리고 왜 죽은 걸로 돼 있는 거지?"

"글쎄요. 거기까지는 못 알아봤네요. 다만 먼 친척이 그 사람과 똑 닮은 사람을 본 건 틀림없는 사실인 것 같아요."

"어디 사는지도 알았다는 건가?"

"일단은요. 하지만 이름도 다르고 지금은 대학 교수가 되어 있는 모양이에요. 그런데 어쩐 일인지 휠체어 생활을 하고 있는 것 같고, 계속 집에 틀어박혀 있다더군요."

"휠체어를 탄 대학 교수라……."

"만나러 가 보지 않겠어요? 왠지 나도 그 다오카라는 젊은이를 만난 뒤로 AN 통신이라는 것이 도대체 어떤 조직인지 갑자기 흥미로워져서요."

이가라시는 단텐의 흥분된 목소리를 들으면서 캔 맥주를 마셨다. 요 며칠간의 불신임안 소동으로 인한 피로가 확 밀려왔다.

도쿄 교외에 있는 MET의 간부 가와카미 미쓰타로의 저택에서는 아내인 아사코가 부엌에서 저녁식사 설거지를 하고 있었다. 식후에 브랜디를 마시기 시작한 가와카미는 기분이 언짢은 모습으로 텔레비전 채널을 이리저리 돌리다가 결국에는 뇌경색 예방에 좋다는 식품을 소개하는 버라이어티 방송에 채널을 맞추어 보고 있었다. 마침 아사코가 그릇을 다 닦았을 때 현관의 벨이 울렸다. 벽의 인터폰으로 "네?" 하고 응대하자, "택배입니다." 하는 소리가 났다. 벌써 9시가 다 되어 가는 늦은 시각에 택배가 왔다는 것이다.

"누구야?"

현관으로 향하는 아내에게 가와카미가 말했다.

"택배 같아요."

"이런 시간에?"

얘기하는 사이에 벌써 현관에 도착해서 문을 연 아내는 숨이 넘어가는 비명소리를 냈다. 가와카미가 놀라서 현관으로 달려갔다. 저도 모르게 발로 찬 소파용 탁자 위에서 글라스가 넘어져 마시고 있던 브랜디가 쏟아졌다.

복도로 나선 가와카미의 눈에 들어온 건 커다란 나무 상자에서 힘겹게 몸을 빼내고 있는 AN 통신의 다카노 가즈히코의 모습이었다. 교통사고라도 당했는지 몸 여기저기에 붕대가 감겨 있고 머리에 감긴 붕대에서는 아직 피가 스며 나오고 있었다. 어렵사리 붕대 밖으로 나와 있는 얼굴도 온통 상처투성이라는 것을 한눈에 알 수 있었다.

"여보!"

아사코가 가와카미를 돌아다보면서도 다카노를 도와 나무 상자에서 꺼내려 했다. 가와카미는 그런 두 사람을 남겨 놓고 현관 밖으로 뛰어나갔다. 그러나 다카노를 날라다 놓은 트럭은 이미 멀리 달려가고 있었다.

신음소리를 내며 겨우 나무 상자에서 빠져나온 다카노를 가와카미와 아사코가 부축하여 겨우겨우 응접실의 소파까지 옮겼다. 다카노는 소파에 앉자 얼굴을 찌푸리며 간신히 입을 열었다. 입안에도 상처가 있는지 보고 있는 것만으로도 통증이 느껴지는 듯한 말투였다.

"연락도 못 드리고 와서 죄송합니다. 이래 봬도 일단 최선의 방법으로 일본에 돌아온 겁니다." 하고 다카노가 웃어 보였다.

다카노와 얘기를 주고받는 건 헬리콥터 안이라는 전화가 갑자기 끊겨 버린 이후 처음이었다. 그 전화에서 다카노는 MET의 태양광 발전에 관한 발표를 연기할 수 없느냐고 했다. 물론 그건 불가능한 일이었지만, 가와카미는 그 이유가 뭐냐고 물었다. 그러나 그 직후에 전화가 끊겨 버렸고, 그 후 고민하며 지내고 있던 가와카미 앞에 다카노가 지금 이렇게 상처투성이가 되어 나타난 것이다.

다카노의 처참한 모습에 가와카미와 아사코는 한동안 할 말을 잃고 그 자리에 서 있었다. 문득 정신을 차린 듯 아사코가 부엌에 가서 물을 한 컵 가져왔다. 두 사람 앞에서 다카노는 유리컵의 물을 단숨에 다 마셨다.

"어디에 계셨나요?" 하고 가와카미는 겨우 말을 걸었다.

"중국의 북서부에서 조금 전에 일본으로 돌아왔습니다. 그쪽에서 조금 어수선한 일을 겪은 터라 이런 꼬락서니입니다. 비행기로 돌아오면 좋았겠지만 이런 꼴이다 보니 무슨 귀찮은 일이 생기지나 않을까 싶어서 중국에서 러시아로 들어가 나호토카에서 배로……."

"그 나무 상자에 들어간 채로?"

아사코가 자기까지 숨이 막힌다는 듯이 물었다.

"네. 하지만 아는 사람의 배였기 때문에 바다 위에서는 자유로이 지냈습니다."

다카노가 다시 웃어 보이려 했지만, 앞에 있는 사람의 눈에는 그건 웃는 게 아니라 뺨 근육이 경련하고 있는 것으로밖에 보이지 않았다.

"……어쨌든 하루라도 빨리 가와카미 씨와 직접 얘기를 하고 싶어서요." 하고 다카노가 말했다.

"나도 하루라도 빨리 연락이 되기를 원했었지만 설마 이렇게 되어 있을 줄이야……. 정말 괜찮습니까?"

다카노는 잠자코 고개를 끄덕이고는 아사코에게 물을 한 잔 더 부탁했다.

그 후 다카노의 입에서 나온 정보는 가와카미의 사고능력을 빼앗을 정도로 아연하게 만드는 내용이었다. 파트너였다고 생각한 CNOX의 애초의 계획과 배반. 일본의 미래를 위해 추진해 왔던 자신들의 계획이 그대로 일본의 미래를 망쳐 버리는 것이라는 사실. 다카노는 하나하나의 경위를 상세하게 얘기해 주었다.

"결론을 말씀드리자면, 가능한 한 빨리 CNOX와 맺었던 메가 솔라 계획을 백지화하는 것이 최선이라는 겁니다. 그러나 정치권까지 끌어들여서 추진하기 시작한 사업을 백지화하는 일이 쉽지 않다는 것도 잘 알고 있습니다. 그래서 말씀인데, 조금만 더 저에게 시간을 주시지 않겠습니까? 그동안 가와카미 씨께서는 가능한 모든 수단을 동원해서 이번 계획의 공표를 연기시켜 주셨으면 합니다."

다카노의 이야기는 그것으로 끝났다. 충격이 너무나 커서 가와카미는 대답할 말조차 찾지 못했다. 다만 다카노가 말하는 대로 움직이지 않으면 말도 안 되는 사태를 맞게 될 것이라는 사실만은 막연하게나마 이해할 수 있었다.

얘기를 마친 다카노는 그만 돌아가려 했다. 걷는 것도 겨우겨우 하는 상태였기 때문에 아사코는 오늘 밤만이라도 자고 가라고 권했다. 하지만 다카노는 힘없이 웃으며 "나무 상자의 처분만 부탁드리겠습니다." 하고 머리를 숙이고는 그대로 발을 끌며 집을 나서서 도쿄 교외의 조용한 주택가 사이 밤길로 사라져 버렸다. 어느 집에선가 개가 짖어 대는 소리를 들으며 전신주에서 전신주로 쓰러질 듯 걸어가는 다카노의 모습을 배웅하는 가와카미의 옆에서 아사코가 눈물을 글썽였다.

"AN 통신에서 일하는 사람들은 모두 구조된 아이들이라는 소문이 있잖아요……."

넘치는 눈물을 닦지도 않고 아사코가 떨리는 목소리로 말했다.

"저렇게 상처투성이가 돼서 저토록 괴로운 일을 당하며 살고 있잖아요. 저 아이들은 구조된 것이 아니에요. 구조됐다기보다, 더 지독한 일을 당하고 있는 거예요……."

가와카미는 가만히 아사코의 말을 듣고 있었다. 제대로 걸을 수도 없는 다카노의 참상을 바로 눈앞에서 보고 있자니 아사코의 말이 틀린 것만은 아닌 것 같았다. 그러나 가와카미는 그것만은 아니라는 생각이 들었다.

"아사코, 당신은 여자니까 몰라." 하고 가와카미는 말했다. "당신도 봤지? 우리에게 얘기할 때 다카노 씨의 눈을. 나는 말이지, 그렇게 반짝반짝 빛나는 눈을 가진 젊은이를 몇십 년 동안 본 적이 없어. 당신의 눈에는 그가 상처 입은 듯이 보일지도 몰라. 아니, 실제로 그럴지도 모르지. 하지만 말이야, 아사코, 다카노 씨는 지금 잘 살고 있어. 아주 훌륭하게 살고 있는 거야."

정신이 들고 보니 가와카미의 눈에도 눈물이 어려 있었다. 솟아오른 눈물이 뺨을 타고 떨어졌다. 가와카미는 난폭하게 눈물을 닦았다. 다카노가 저런 모습이 되면서까지 가져다준 정보가 있다. 자신에게는 이 정보를 살릴 의무가 있다.

17장
여자를 미워하는 남자

싱가포르의 차이나타운, 텔록 에이어 보호구역에는 폭이 좁게 지어진 낡은 목조 건물들이 줄지어 서 있다. 건축양식은 세워진 연도에 따라 다양하다. 보호구역의 골목에는 빨간 등롱이 주르륵 늘어져 있고 금세공점, 잡화점, 간이 여관, 식당 등등 온 세계의 차이나타운을 다 끌어다 놓은 듯이 화려하다. 이 한쪽 모퉁이에 '황룡 공사'가 있다. 현재 관련 기업을 포함하여 총자산이 10조 엔이나 되는 홍콩 트러스트 은행의 총본산으로 19세기 후반 광둥 성에서 이주해 온 객가계(중국 남송 때 화난 지방, 특히 광둥 성이나 푸젠 성으로 이주해 온 화베이 출신의 사람들—옮긴이) 화교였던 앤디 황의 선조가 설립한 작은 무역회사다. 지금도 그 좁은 가게 앞에서 향신료 장사를 자잘하게 하고 있다. 총자산이 조 단위가 넘는 대기업이 된 뒤에도 차이나타운의 귀퉁이에 기업의 모체를 두고 있는 화교 기업은 여기만이 아니다. 거리에서 볼 때는 쓰러져 가는 향신료 가게로밖에는 보이지 않지만 그곳을 중심으로 거액의 돈이 움직인다.

조금 떨어진 장소에서 리무진을 내린 여자가 빨간 등롱이 늘어선 골목을 걸어왔다. 챙이 넓은 모자를 쓰고 날렵한 선글라스에 하얀 마 드레스를 몸에 걸친 그 여자는 지저분한 땅 위를 하이힐의 굽을 울리며 걸었다. 짧은 바지에 티셔츠 차림인 관광객들의 시선이 일제히 그녀에게 쏠렸다. 잡지의 화보 촬영이라도 하고 있을지 모른다고 생각해선지 주위에 카메라가 없나 두리번거리는 사람도 있었다.

여자는 주위의 시선 따위는 아랑곳하지 않고 황룡 공사 안으로 들어갔다. 어두컴컴한 먼지투성이 가게 안이 한순간 환해지는 것 같았다. 문득 여자가 거리를 돌아봤다. 그 순간을 젊은 호주인 배낭여행자가 디지털카메라에 담았다.

여자는 점포를 빠져나가 좁은 계단을 올라갔다. 삐걱거리는 복도를 지나자 거리에서 봤을 때 설마 안에 이런 공간이 있으리라고는 상상도 할 수 없는 저택이 나타났다.

대리석이 빈틈없이 깔린 테라스 주위에는 남국의 바람을 품은 하얀 천이 걸려 있었다. 물을 가득 채운 수영장 옆 유리로 된 집무실에 앉아 있던 앤디 황이 의자에서 일어나 여자에게 문을 열어 주었다.

"오후 비행기라고 생각했어." 하고 앤디 황이 반갑게 여자를 맞이했다. "모든 것이 순조로워요. 언제까지나 먼지투성이 중국에 있을 것도 없죠."

그렇게 대답하면서 하얀 소파에 앉은 AYAKO 옆에 찬 자스민 차가 날라져 왔다. 앤디 황은 차를 가져온 집사를 쫓아내고는 AYAKO 옆에 앉아서, "내가 가장 좋아하는 말은 네 입에서 흘러나오는 '모든 것이 순조로워요.'라는 말이야." 하고 웃었다.

"오타베 박사의 작업은 예상을 뛰어넘어 잘 진행되고 있어요. CNOX 시설 내에 교토 대학의 연구실과 동일한 연구실이 완성되는 것도 시간문제. 그야 그렇죠, 몇십 년 동안 그 연구만 해 온 사람인걸요. 자신의 이름과 주소를 말하는 것보다도 더 쉽게 마이크로파 전송 장치 데이터를 머릿속에서 꺼내고 있어요."

"CNOX가 계획하고 있는 '더우즈 1호' 위성 발사 때까지 맞출 수 있을까?"

"문제없어요. 오타베 박사는 실용화를 위한 실험에 성공할 확률이 99퍼센트라고 했어요."

AYAKO의 보고를 듣고 앤디 황은 소리 내어 웃었다.

"불꽃이라도 팡 쏘아 올리고 싶은 기분이군. 중국 내륙부에 완성한 렉테나 기지, 최신예 우주 태양광 발전 위성 '더우즈 1호', 그리고 오타베 박사의 마이크로파, 이것으로 세 가지가 다 갖춰졌어. 아, 그렇지. CNOX 측이 이번 역사적인 사업 계획 발표와 관련해서 재미있는 제안을 해 왔어."

"재미있는 제안?"

"그래. 물론 이 우주 태양광 발전 실용화에 대한 발표를 세계 각국의 매스컴을 모아 놓고서 대대적으로 할 건데, 발표 장소로 그들이 지정한 곳이 기가 막혀. 어디라고 생각하나?"

"글쎄, 톈안먼(天安門) 광장?"

"아하하, 아니야. 동중국해의 가스전 기지 '톈와이(天外)'야. 거기에 매스컴을 불러 모아서 대대적으로 발표하고 싶다는 거야. 통쾌하다고 생각 안 해? 일본과 중국이 서로 경쟁해 왔던 장소에서 신시대 에너지 시스템 개발에 대해 발표하는 거야. '일본의 여러분, 언제까지나 가스전 같은 걸로 서로 뿔을 들이대고 있을 시대가 아닙니다.' 그런 얘기지. 그때에는 아마도 일본은 구식 태양광 발전에 관한 발표로 들끓고 있을걸. 역시 일본은 최첨단 기술력을 가진 나라라고 축제 분위기에 젖어 있을 때 머리부터 물을 뒤집어쓰는 거지."

진심으로 유쾌해 보이는 앤디 황을, AYAKO는 무표정하게 바라보고 있었다.

"자, 우선 미리 축하하는 거야."

소파에서 일어선 앤디 황이 최고급 샴페인을 가져오라고 어딘가에 설치되어 있는 마이크에 말했다. 계속해서 "거기에다, 그렇지, 벨루가 캐비어하고……." 등등 요구하기 시작한 앤디 황을, "미리 축하하기 전에 하나만." 하고 AYAKO가 막았다.

순간 진지한 얼굴로 돌아온 앤디 황이 어딘가에 손을 흔들어 보이며 방금 말한 것을 취소했다.

"하나만? 뭔데?"

앤디 황의 얼굴이 벌써 붉게 물들어 있었다.

"아직 확실한 정보는 아니에요." AYAKO는 그렇게 전제를 달고서 "……AN 통신이 뭔가 쥐고 있는 것 같아요." 하고 말했다.

"AN 통신이? 지금 와서 뭘?"

앤디 황의 표정이 순식간에 험악해졌다.

"당신한테 신원을 밝힐 생각은 없지만 AN 통신과 가까운 사람을 찾았어요. 지금은 내 밑에서 일하고 있어요. 그 사람을 통해 들어온 정보인데, AN 통신의 다오카라는 사람이 다네가시마에서 이가라시 다쿠라는 국회의원과 접촉했나 봐요. 엿들은 대화의 단편으로 상상해 보건대, 그 이가라시 다쿠라는 국회의원이 어떤 발명품에 관한 정보를 갖고 있는 모양이에요. 에너지 분야에 관한 발명품이라는 건 알겠는데 더 상세한 것은 아직 몰라요."

"그 발명품이라는 것이 이번 CNOX의 우주 태양광 발전 시스템의 개발을 날려 버릴 만한 건가?"

앤디 황의 질문에 AYAKO는 그저 "아직 몰라요."라고만 대답했다. "AN 통신은 그 발명품을 어떻게 할 작정이지? 아니, 그게 도대체 어떤 발명품이란 거야?" 갑자기 초조함을 드러낸 앤디 황이 대리석 바닥을 돌아다녔다.

"바로 조사해!"

앤디 황이 누구에게랄 것 없이 고함을 치더니 "미안해. 말투가 나빴어." 하고 AYAKO에게 사과했다.

AYAKO는 아이같이 짜증을 부리는 앤디 황을 남겨 놓고 집무실을 나왔다. 화풀이로 그가 뭔가를 깨는 소리가 등 뒤에서 들렸다.

남자란 칠칠맞지 못한 생물이라고 AYAKO는 생각했다. 그래서 강할 때가 아니면, 이기지 않으면 살아가지 못한다. 약할 때 그리고 지고 있을 때에도 살아 내는 것은 여자뿐이다.

황룽 공사를 나온 AYAKO는 좁은 골목을 벗어나서 대기시켜 두었던 리무진에 올라탔다. 숙소인 풀러튼 호텔로 돌아가자고 운전사에게 말하고 휴대전화를 꺼냈다. 상대가 바로 전화를 받았다.

"그 후 뭔가 알아낸 것은?" AYAKO가 인사도 없이 물었다.

"AN 통신의 다카노와 다오카가 내일모레 오후에 이가라시 다쿠와 만나는 것 같습니다."

들려온 여자 목소리에, "어떤 얘기가 나올 것 같아?" 하고 AYAKO는 물었다.

"아마도 다카노까지 합류한 상태에서 신형 태양광 패널을 CNOX에 파는 일에 대해 논의하지 않을까 싶어요. 아직 확증은 못 잡았습니다."

"다네가시마에서 이가라시와 AN 통신 사이에 진행된 얘기는 다오카라는 아이 혼자서 한 거였지? 다카노도 신형 패널을 이쪽에 파는 것에 찬성했을까?"

"글쎄요. 다카노와 다오카 사이에 어떤 얘기가 오갔는지는 아직 모르지만 그들이 이가라시와 만나는 것만큼은 틀림없습니다."

"어쨌든 다카노 쪽이 그렇게 움직인다면 이쪽으로서도 바라는 바야. 하지만 그 다카노라는 남자, 뭔가 기획하고 있을 거라는 생각도 들어. ……그렇긴 해도 만약 이번에 당신이 없었다면 신형 패널에 대한 정보도 손에 들어오지 않았을 거야. 새삼 고맙다는 인사를 해야겠네. 막상 CNOX가 우주 태양광 발전을 발표할 때가 되어 그것이 시대에 뒤처진 패널이라는 걸 알게 되면 큰 창피를 당할 참이었어. 어쨌든 이번에는 당신과 손을 잡아서 정말 잘 됐다고 생각하고 있어."

"고맙습니다."

"당신도 요 며칠 제대로 잠을 못 잤지? 가끔은 우리 둘 다 제대로 잠을 자자고. 남자들은 며칠 밤을 새워도 여전히 남자지만, 여자는 잠을 안 자면 여자로 돌아올 수 없으니까. 알겠지?"

AYAKO의 말에 수화기 너머에서 작은 웃음소리가 들려왔다. AYAKO는 "잘 자." 하고 말하고 전화를 끊었다. 그 순간 황룡 공사의 집무실에서 얼굴을 붉히며 안절부절못하던 앤디 황의 얼굴이 되살아났다.

AYAKO는 그에게 거짓말을 했다. AN 통신이 에너지 분야의 발명품에 관한 중대한 정보를 쥐고 있는 것 같다는 얘기까지는 했지만, 그 중요한 발명품이 '신형 태양광 패널'이라는 사실은 일부러 말하지 않았다. AYAKO는 이 신형 패널이 어느 정도의 성능인지 빨리 알고 싶었다. 획기적인 발명품이라면 우주 태양광 발전 그 자체가 비약적으로 개량될 것이다.

리무진 창문 너머로 마리나베이에 하얀 궁전처럼 서 있는 풀러튼 호텔이 보였다. AYAKO는 평소와는 다른 피로를 느꼈다. 호텔의 고급 리넨에 싸여서 천천히 눈을 감는 자신을 상상해 봤다.

시나가와 부두로 건너가는 철교는 정체가 심했다. 신호가 파랑으로 바뀌어도 차의 행렬이 꼼짝달싹 못하자 짜증 난 운전자들이 일제히 클랙슨을 울렸다. 보통 일본에서는 이와 같은 경우에 클랙슨을 울리는 일이 없지만 오늘은 특별한 날, 도쿄 만에서 불꽃놀이 축제를 하는 날이다. 철교 위에서 정체에 휘말린 차들은 거의 모두가 그 불꽃놀이를 보러 가는 중이었기 때문에 축제에 늦을까 봐 안달복달하는 마음이 그대로 클랙슨으로 울려 퍼지는 것 같았다.

아주 조금씩밖에 앞으로 나아가지 못하는 차 안에서 핸들을 몇 번이나 다시 움켜쥐며 혀만 차고 있는 다오카에게 "너무 짜증 내지 마." 하고 다카노가 말을 걸었다.

"짜증 안 났어요."

그렇게 대답하는 다오카의 말투에는 이미 짜증이 가득했다. 다카노는 한 번 더 말을 하는 것도 귀찮아져서 에어컨을 끄고 차창을 완전히 열었다. 도쿄 만을 건너온 뜨겁고 습한 바람이 순식간에 차 안의 차갑게 식은 공기와 교체되었다.

"그러게 왜 하필이면 이런 축제 날, 가장 붐비는 시나가와 부두 같은 데서 만날 약속을 한 겁니까?"

습한 열풍에 얼굴을 찌푸리며 다오카가 입술을 삐죽거렸다. 다카노는 대답하지 않았다. 다오카 자신도 이미 그 이유를 알고 있는 터라 군이 질문을 반복하지 않았다.

이가라시 다쿠와의 만남을 이날로 결정하고 싶다고 다카노가 말을 꺼냈을 때, 이가라시 측은 "그날은 교분이 있는 선박회사가 매년 주최하는 불꽃놀이 구경을 가야 하니 하루 미룰 수 없을까?" 하고 말했다. 구경 장소를 묻자 시나가와 부두의 특설 텐트라고 했다. 가능한 한 주위에 사람이 많은 편이 좋다고 판단한 다카노는, 이가라시 측의 걱정을 무시하고 불꽃놀이가 벌어지는 밤에 만나자고 했다.

"정말 꼼짝도 안 하네."

다리 옆의 신호가 또 빨강으로 바뀌자 다오카가 혀를 찼다. 다카노는 시트를 젖혀 몸을 뻗었다. 일본에 돌아온 이후로 상처는 낫기 시작했다. 하지만 장시간 매달려 있었던 탓에 몸 마디마디에는 아직 통증이 남아 있었다.

다오카가 기분이 상한 이유는 다카노도 알고 있다. 다네가시마에서 다오카가 벌인 독단적인 행동에 대해 다카노가 강하게 질책한 탓이었다. 귀국 후 다카노는 모든 것을 알게 됐다. 이가라시 다쿠라는 국회의원이 고성능인 것 같은 신형 태양광 패널의 정보를 갖고 있으며 그것을 우연히 파악한 다오카가 독단으로 이가라시에게 접촉, 다카노와 장위를 붙잡고 있던 CNOX 측에 그 정보와 그들의 신병을 교환하자고 제안했다는 내용이었다.

다오카로부터 사정을 듣자마자 다카노는 "어떤 상황에 있든 알게 된 정보를 싸게 팔면 안 되는 거야!" 하고 고함을 쳐 댔다. 당연히 다오카는 맞서 덤벼들었다. "그렇다면 다카노 선배가 어떤 처지인지 알면서도 죽게 내버려 두라는 겁니까?"

다카노는 냉정하게 "그래, 그렇다." 하고 대답했다.

"괜히 멋있는 척하지 마요!"

다오카가 옆에 있던 의자를 발로 찼다. 그 얼굴을 다카노가 사정없이 때렸다. 그리고 어이없어하는 다오카에게 "같은 상황에 있었다면 나는 너를 죽게 놔뒀을 거야." 하고 차갑게 말했다.

"잘 들어. 우리는 자선사업을 하고 있는 게 아니야. 정보를 팔 때에는 상대가 안 사고는 못 배길 상황까지 밀어붙여서 팔아 치우는 거야. 알겠나?"

"하지만……."

"하지만이 아니야. 너, 이가라시라는 국회의원을 몰아붙였어? 이 정보에 달려들 수밖에 없는 상황까지 그자를 몰아붙였냐고?"

"……아, 아니요."

"너는 아직 이가라시가 신형 패널의 정보를 손에 쥐었다는 것밖에 몰라. 누가 어디서 개발한 것인지도 모르고서 너는 초조한 나머지 덤벼들었어. 주도권은 아직 그쪽이 쥐고 있어. 즉 그자는 이쪽에 덤벼들지 않을 가능성도 있단 얘기야. 그 경우 너는 자신의 먹잇감을 그자에게 빼앗기는 거야. 짐승의 세계라면 너는 죽은 거나 다름없어."

다오카는 다카노의 말을 잠자코 듣고 있었다. 그리고 분한 듯이 입술을 깨물었다.

그 후 다오카가 아무리 조사해도 개발자의 정보는 알아낼 수가 없었다. 이가라시로부터의 접촉은 물론 개발자로부터의 통신 기록도 제로. 아마도 양자의 만남은 빈도가 지극히 적고 모두 직접 만난 듯했다.

한 번의 청신호에 겨우 몇 대의 차량들만 철교로부터 빠져나와 시나가와 부두로 건너갔다. 결국 다카노의 차는 평소라면 수십 초 만에 건널 수 있는 다리를 15분이나 걸려서 건넜다. 다행히 이가라시가 지정한 부두는 다리에서 가까운 장소에 있었고 사전에 보내 준 통행 허가증을 사용하여 정체된 길을 빠져나와 넓디넓은 부두로 들어갈 수 있었다.

오다이바가 멀리 바라다보이는 부두에는 불꽃놀이 구경용 텐트가 여럿 설치되어 있었다. 간이 테이블에는 사람들이 가지고 온 요리와 술이 놓여 있고 부두 끝에서는 많은 사람들이 바비큐를 즐기고 있었다. 예정대로라면 불꽃을 쏘아 올릴 때까지 아직 30분 정도 남아 있었다.

차에서 다카노와 다오카가 내리자 남자 하나가 다가왔다. 다오카가 바로 "비서인 단덴 고스케입니다."라고 귓속말을 했다. 다카노, 다오카, 두 사람과 악수를 나눈 단덴이 새삼 "정말 이런 장소에서 얘기를 나눠도 괜찮습니까?" 하고 물었다. 다카노는 "오히려 딱 좋습니다. 그런데 이가라시 의원님은?" 하고 물었다.

단덴이 시선을 돌린 부두의 끝, 엄청 더운 날씨에 혼자만 양복을 차려입은 남자가 서 있었다. 다카노는 한 번 정중하게 머리 숙여 인사하고 나서 이가라시에게 다가갔다. 사전에 조사한 자료에서 본 사진보다도 호감이 가는 인상이었다.

"처음 뵙겠습니다. AN 통신의 다카노라고 합니다."

다카노의 격식을 차린 인사에 이미 맥주라도 마시고 있었는지 얼굴이 붉게 물든 이가라시가 조금 긴장하여 "잘 부탁드립니다." 하고 대답했다.

"자리를 마련해 뒀는데, 괜찮으시다면 저쪽으로."

단덴이 가리키는 쪽에 작은 테이블과 간이의자가 놓여 있었다.

"저, 한 가지 물어봐도 됩니까?"

테이블로 향하고 있는데 쭈뼛거리는 태도로 이가라시가 말을 걸어왔다.

"무엇을 말입니까?" 하고 다카노가 물었다.

"저, 그러니까…… 교통사고나 뭐 그런 일을 당하신 건지?"

자기 자신은 상처가 다 나았다고 생각하고 있었지만 다른 사람에게는 그렇게 보이지 않는 모양이었다. 다카노는 "네, 비슷한 겁니다."라고만 해 뒀다.

자리에 앉자 바로 주제로 들어갔다. 테이블에 놓인 생맥주나 안주에 손을 대는 사람은 없었다. 다카노는 우선 다오카가 다네가시마에서 이가라시와 주고받은 내용에 대해 확인했다. 아직 공표되지 않은 신형 태양광 패널의 정보를 이가라시가 갖고 있다는 것. 현시점에서는 이 패널의 판매처로서 우주 태양광 발전의 사업화를 추진하고 있는 CNOX가 가장 유력하다는 AN 통신의 견해. 그리고 마지막으로 앞으로 어떻게 교섭을 추진해 가든 간에, 우선은 누가 어디에서 그 신형 패널을 개발하고 있으며 실제로 개발자가 말하는 대로의 성능인지, 그 정보를 공유할 필요가 있다는 것.

다카노의 설명에 이가라시와 단덴은 가만히 귀를 기울이고 있었다.

"어쨌든 앞으로 어떤 식으로 CNOX와의 교섭을 추진해 가든 간에 개발자에 대한 정보의 공유가 첫째입니다." 하고 다카노는 반복했다.

"자, 잠깐만 기다려 주세요."

그 부분에서 허둥거리며 이가라시가 말을 가로막았다. 바닷바람이 불고는 있지만 양복을 입고 있기에는 역시 더운 듯 재킷을 벗었다. 와이셔츠가 땀에 젖어 피부에 달라붙어 있었다. 다카노는 기분 나쁜 예감이 들었다. 다오카를 설교했을 때의 자신의 말이 되살아났다. "그자는 이쪽에 덤벼들지 않을 가능성도 있단 얘기야. 그 경우 너는 자신의 먹잇감을 그자에게 빼앗기는 거야. 짐승의 세계라면 너는 죽은 거나 다름없어."

다카노는 필사적으로 평정을 가장하고서, "무슨?" 하고 일부러 딴청 부리는 척하며 되물었다.

"아니, 글쎄, 지금 당신은 마치 내가 벌써 그 발명품을 중국의 그 CN 뭐라고 하는 기업에 팔기로 결정하기라도 한 것처럼 얘기하네요?"

"그러지 않았나요? 그 길 이외에는 없다고 여겨지는데요."

다카노는 이가라시의 말에 무표정을 유지했다.

"나도 이것저것 충분히 생각해 봤어요. 하지만 아무리 생각해 봐도 국회의원의 입장에서 일본을 배신할 수는 없어요."

무표정을 가장하는 다카노와 다오카 앞에서 단덴이 갑자기 당황한 기색으로 "자, 잠깐 이가라시 의원님, 이제 와서 무, 무슨 말을 하는 겁니까!" 하고 끼어들었다.

"단덴은 좀 잠자코 있어."

"그, 글쎄."

"나는 말이지, 그 후로 정말로 많이 생각해 봤어. 하지만 그 신형 패널을 단지 개인적인 돈벌이를 위해서 중국 기업에 파는 것은 아무래도 내키지 않아."

"그, 그러니까 그 돈벌이는 무엇을 위해서입니까? 일본을 바꿔 나가는 데 돈이 필요해서인 거잖아요?"

"단덴, 그건 단순한 핑계야. 우리는 지금 가지고 있는 장기짝이 다 떨어진 게 아니야. 아직 쓸 말이 남아 있다고. 그런데 적 앞에서 도망치는 흉내 따위는 내고 싶지 않아."

"그, 그런……."

"저기요, 다카노 씨, 그래서 당신과도 의논을 하고 싶은데요."

갑자기 이가라시가 친근한 말투로 말을 걸어왔다. 다카노는 한편으로 눈앞에 있는 두 사람의 관계가 어떤 성격의 것인지 탐색하면서도 동시에 이 이야기가 어떻게 굴러갈 것인지에 대해 필사적으로 머리를 굴렸다.

"뭐지요?"

"저, 뭐랄까, 달리 무슨 방법이 없을까요?"

맥이 빠질 정도로 소박한 질문이었다. 이가라시에게 다음 한 수 같은 것은 없었던 거다.

"이가라시 의원님의 현재 심정을 듣고 한 가지 제안할 수 있는 것이 떠올랐는데요." 하고 다카노는 입을 열었다.

"뭔가요?"

몸을 앞으로 내민 이가라시 옆에서 단덴은 완전히 어깨를 축 늘어뜨리고 있었다.

"다오카로부터 들으셨겠지만 일본에서도 MET라는 기업이 태양광 발전 시스템의 개발을 극비리에 추진하고 있습니다. 마미야 내각의 후원도 받고 있는 국가 프로젝트입니다."

"네. 부끄러운 일이지만 다네가시마에서 다오카 씨에게 들을 때까지 몰랐는데, 실제로 추진하고 있는 것 같아요."

"이가라시 의원님이 쥐고 있는 신형 패널이 진짜라면 틀림없이 획기적인 발명품입니다. 솔직히 말해서 아직 우리도 뭐라 말할 수는 없지만, 우선 MET를 우리 편으로 만들어 앞으로의 방침을 결정해 나가는 수도 있지 않을까 하고……."

"일본에서 우주 태양광 발전 시스템을 개발하여 역전시킨다는 겁니까!"

흥분한 이가라시의 침이 튀었다. '물었구나.' 하고 생각한 다카노가 얘기를 계속하려는 순간, 무슨 이유에서인지 이가라시의 시선이 다카노의 뒤쪽으로 빨려 들어가 뭐에 꽂힌 듯이 고정되었다. 다카노는 시선을 좇아 돌아봤다. 부두의 단단한 콘크리트 위로 하이힐 굽을 울리며 다가오는 것은 AYAKO였다.

"좀 참아 줘요."

AYAKO가 완전히 기가 막히다는 목소리로 다카노를 향해 말했다.

"이가라시 의원님, 갑자기 실례하겠습니다. 저는 현재 CNOX와 일을 하고 있는 사람입니다. 대단히 무례한 일이라고 생각하지만, 의원님의 말씀을 들었습니다. 솔직히 말씀드리자면 AN 통신의 다카노가 지금 제안한 방법은 이미 시효가 끝났다고 생각합니다. 설령 MET가 신형 패널을 사용한 우주 태양광 발전 시스템 개발에 관심을 나타낸다 하더라도 현시점에서 CNOX를 따라잡으려면 상당한 시간이 필요할 겁니다. CNOX는 이미 우주 공간에서 태양광을 모으는 인공위성 '더우즈 1호', 우주로부터 마이크로파를 송신하는 기술, 그리고 지상의 렉테나 기지까지 거의 다 완성시킨 상태입니다. 만에 하나, MET가 독자적으로 개발을 진행한다 하더라도 그 시점에서 우주 태양광 발전의 주도권은 이미 CNOX가 독점하고 있을 것이고, 신규로 참가하려고 하면 상당한 악조건에 처할 거라고 생각합니다."

단숨에 여기까지 말한 AYAKO를 이가라시와 단덴은 입을 멍하니 벌린 채 바라보고 있었다. 이 후텁지근한 열대야에 길고 검은 머리를 바닷바람에 날리는 AYAKO만이 서늘해 보였다.

"저희로서는 오늘 밤 이 자리에서 이가라시 의원님이 결단을 내리시기를 기대하고 있었습니다. 그럴 경우 AN 통신 같은, 말하자면 악덕 중개업자를 개입시키지 않고 좀 더 간단하게 의원님과 저희가 일을 추진할 수 있을 것으로 생각했습니다. 그런데 얘기의 흐름이 아무래도 이가라시 의원님의 정의감 때문에 그만큼 비현실적인 방향으로 나아가는 것 같아서 이렇게 나서게 됐습니다. 다시 사과드리겠습니다."

AYAKO의 말에 이가라시와 단덴의 눈이 허공을 헤매었다. 악덕 중개업자라고 지칭된 다카노와 다오카, 그리고 갑자기 나타난 미모의 여자 사이에서.

"물론 지금 당장 대답해 달라고는 말씀드리지 않겠습니다. 천천히 생각하시고 마음이 결정되면 언제라도 저에게 연락 주세요."

AYAKO가 자신의 명함을 이가라시에게 내밀려 했다. 다카노는 그 명함을 먼저 빼앗아 "잠깐. 너무 나서는 거 아닌가?" 하고 끼어들었다.

"나선다고? 어떤 의미지?" 하고 AYAKO가 미소 지었다.

"우선, 어떻게 우리가 이가라시 의원님과 오늘 밤 여기서 만나는 걸 알았는지 말해 봐. 이가라시 의원님의 사무실에 도청기라도 장치했나?"

다카노의 억측에 이가라시와 단덴의 표정이 긴장했다.

"이가라시 의원님께 내 인상을 안 좋게 보이게 하려고? ……서

툰 수법이야." AYAKO가 기막혀했다.

"그게 아니라면, 당신한테 우리의 대화 내용이 다 들어간다는 건데……."

다카노가 다오카를 바라봤다. 당황한 다오카가 "나, 난 관계없어요." 하고 고개를 저었다.

"넌 관계없더라도 너와 이가라시 의원님이 나눈 대화가 전부 이 여자에게 새어 나갔어."

다카노는 화를 내며 일어서려 했다. 그 어깨를 AYAKO가 눌렀다.

"그만해. 꼴불견이야. 이가라시 의원님이 어이없어하시잖아."

실제로 이가라시와 단덴은 눈앞에서 펼쳐지는 대화를 따라오지 못하는 모양이었다.

"그렇게 알고 싶다면 내막을 공개해 주지."

바로 그때, 맞은편 해안의 하루미 부두에서 첫 번째 불꽃이 쏘아 올려지면서 부두를 뒤흔드는 폭음이 발밑에까지 전달되어 왔다. 다카노 일행은 일제히 불꽃 쪽으로 시선을 돌렸다. 첫 번째 불꽃을 신호로 하여 불꽃들이 차례차례 쏘아 올려졌다. 도쿄 만의 밤하늘에 색색의 불꽃이 올라가고 폭음이 부두를 흔들었다. 그때 그 폭음 사이로 부두를 걸어오는 또 한 명의 여자가 보였다. 불꽃이 작렬할 때마다 이쪽으로 걸어오는 여자가 빨갛게, 파랗게 떠올랐다.

"저, 저건……."

맨 처음 입을 연 것은 다오카였다.

"그래. 둘 다 알고 있겠지? 그녀는 지금 나를 위해서 일해 주고 있어. 그녀의 전문은 당신들을 감시하는 것. 당신들이 어디서 누구와 무엇을 하고 있는지 조사하는 거지. 특히 다카노 씨는 기억하고 있겠지? 그녀에 대해서."

AYAKO의 목소리를 들으면서 다카노는 다가오는 여자에게로 시선을 향했다. 여자의 등 뒤에서 늘어진 버드나무 가지 같은 모양의 화려한 불꽃이 쏟아졌다.

"오래간만이에요."

다카노 앞에 선 건 이전과 변함없이 천진한 웃음을 짓고 있는 아오키 유였다. 홍콩의 호텔에서 AN 통신의 동료로서 일할 수 있게 해 달라고 매달리다가 굴욕만 당하고 방에서 쫓겨난 여자다.

"왜, 당신이……."

다오카가 저도 모르게 그렇게 중얼거렸다.

"비밀로 했었는데요, 난 다오카 씨가 상하이의 호텔에서 납치됐을 때 침대 아래 남겨져 있던 휴대전화를 가지고 왔어요. 물론 바로 못 쓰게 됐지만, 그래도 나 나름대로 분석을 해 본 결과 여러 가지 사항을 알 수 있었어요. 두 분이 사용하고 있는 암호 패턴이나 통신 방법 등등. 나는 그걸 가지고 AYAKO 씨한테 접근했죠. AYAKO 씨는…… 다카노 씨, 당신과는 달리 나를 받아들여 줬어요. 그냥 그것뿐이에요."

다카노는 실오라기 하나 걸치지 않은 모습으로 호텔 객실에 서 있던 아오키 유의 몸을 떠올렸다. 그때 그녀의 떨림이 지금도 생생하게 느껴졌다.

"다카노 씨, 이제 알았겠죠? 우리는 아무것도 숨기는 거 없어요. 당신들의 행동이 나한테 모두 드러났던 건 말하자면 당신 탓. 그래요, 당신이 여자를 미워한 탓이죠. 아오키로부터 홍콩 호텔에서 있었던 일에 대해 들었어요. 나는요, 다카노 씨, 여자를 미워하는 남자를 미워한답니다."

감정이 없는 AYAKO의 말을 다카노는 코웃음으로 날렸다.

"내가 여자를 미워한다고?"

"아니에요?"

"그렇게 조급하게 답을 내지 말았으면 좋겠군. 내가 여자를 미워하는 남잔지 어떤지에 대해서는 좀 더 시간을 두고 판단해 줘."

엷은 웃음을 떠올린 다카노를 AYAKO는 흘낏 쳐다볼 뿐이었다. 그녀는 다시 명함을 꺼내 어리둥절해하는 이가라시에게 건넸다.

"연락 기다리고 있겠습니다. 빠르면 빠를수록 도움 되는 일이 많을 겁니다."

이가라시는 아직 자신이 어디서 무엇을 보고 있는지도 잘 모르는 듯, 받아 든 명함을 그저 가만히 들여다보고 있었다. AYAKO는 아오키 유와 함께 부두를 걸어갔다. 도쿄 만 상공을 물들이는 현란한 불꽃이 두 사람의 뒷모습을 또렷이 드러냈다.

옆 빌딩의 유리창에 석양이 비치기 시작하자 의원회관 사무실 안이 갑자기 밝아졌다. 사무실을 나가려던 이가라시는 "있잖아, 정말로 안 갈 건가?" 하고 돌아보며 응접실 소파에 앉아 있는 단텐을 바라봤다. 단텐은 진심으로 지긋지긋하다는 듯이 "그러니까, 안 간다니까요." 하고 입술을 내밀었다. "……그런데 정말로 CNOX의 권유를 차 버릴 작정인가요!"

"그러니까, 아직 찬다고는 말하지 않았어. 다만 AN 통신의 다카노가 한 얘기도 음미해 보고 싶다는 거야."

"이해할 수 없어요!"

이가라시는 단텐의 말을 되받아쳐 줄까 하고도 생각했지만, 불꽃놀이 이후로 두 사람 사이에서 반복되어 온 대화가 또다시 반복될 뿐이라는 것도 알고 있었다. 이가라시가 다시 사무실을 나가려고 하자, "이제 와서 AN 통신과 손을 잡아 봤자 소용없어요." 하고 단텐이 멈춰 세웠다.

"참 끈질기군. 그러니까 손을 잡든 말든 일단 대화는 해 볼 필요가 있다는 거야. 그쪽 생각을 구체적으로 들어 보고 싶어. 게다가 그 녀석들이 실제로 어떤 녀석들이고, AN 통신이라는 것이 어떤 조직인지도 궁금하고."

"그런 건 이미 알고 있잖아요. 녀석들은 독립된 산업 스파이 같은 거예요. 입수한 정보를 파는 거라고요. CNOX로부터 온 AYAKO라는 여자도 말했잖아요. 요컨대 상대적으로 비싼 중개료를 받는 중개상이라고요. 그렇게 뻔한 걸 굳이 조사할 시간이 있다면, 그 시간을 아껴서 1초라도 빨리 그 AYAKO라는 여자에게 연락을 취해야 해요! 이가라시 의원님이 아무리 '일본을 생각해서' 따위의 정의를 외쳐 봤자 그 여자가 말한 대로 이미 늦었어요. 배는 떠나려고 한다고요! 그걸 타든가 놓치든가. 놓치면 이미 다음 배는 없어요!"

결국 같은 얘기의 반복이었다. 이가라시는 "정말 안 갈 건가?" 하고 작은 소리로 한 번 더 물었다. 단덴이 낙담한 눈으로 이가라시를 쳐다봤다.

"나는 지금까지 어떤 일에서도 결국에는 이가라시 의원님의 의견을 존중해 왔어요. 하지만 이번만큼은 납득할 수 없어요. 내 꿈은 의원님을 일류 정치인으로 만드는 거예요. 나 자신의 인생에서 그것 말고는 바라는 게 없어요. 하지만 지금의 의원님은 나의 그런 꿈을 부수려고 하고 있어요."

"단덴, 그리 흥분하지 말라고. AN 통신의 다카노라는 남자도 말했지? 이 신형 패널이 있으면 아직 일본이 우주 태양광 발전 분야에서 역전이 가능할지도 모른다고."

"의원님은 바보예요. 멋만 부리려고 하면 아무것도 안 보이는 법이에요……. 아니, 그게 아니지. 의원님은 좋은 정치가가 될 사람이에요. 충분히 좋은 정치가가 될 수 있어요. 하지만 이제 알 때도 되지 않았어요? 요 몇 년 동안 함께 일해 오면서 충분히 알았잖아요. 좋은 정치가 같은 거, 아무 도움도 안 된다는 사실을 말이에요! 힘 있는 정치가가 나라를 움직인다고요! 이렇게까지 말해도 아직 내 의견을 알아듣지 못하는 겁니까!"

단덴의 눈에 엷게 눈물이 고였다. 지금은 얘기해도 소용없다고 판단한 이가라시는 아무 말도 하지 않고 방을 나왔다.

단덴이 말하는 대로 젖비린내 나는 정의감일지도 모를 일이었다. "이미 우리는 벼랑에 서 있다고요." 그런 단덴의 의견도 꼭 틀린 것만은 아닐 거라고 생각했다. 하지만 머리로는 이해해도 마음이 '아직 포기하고 싶지 않아.'라고 말하는 거였다. AN 통신의 다카노라는 남자가 믿을 만한 사람인지 어떤지는 알 수 없다. 하지만 그가 말하듯이 신형 패널이 일본이 유일하게 갖고 있는 최대의 무기라는 건 틀림없다. 앞으로 CNOX에 신형 패널을 팔든, AN 통신과 손을 잡고 한 방 역전을 노리든, 우선은 상대에 대해서 아는 것이 선결 과제였다.

이가라시는 의원회관을 나와 대기시켜 둔 공용차에 올라탔다.

"유라쿠초로 가 줘."

운전사에게 말한 목소리가 자기 목소리가 아닌 것 같았다. 부지를 나선 차는 계속 긴자 방면으로 달렸다. 석양에 물든 국회의사당을 뒤로하고 차는 사쿠라다몬으로 달려갔다. 앞 유리창 밖으로는 원시의 숲 같은 황궁이 펼쳐져 있었다.

AN 통신의 다카노가 두 번째 회합 장소로 지정한 곳은 유라쿠초에 있는 오래된 옥상 비어 가든이었다. 다카노가 말하기를, 서민적이고 소란스러운 장소만큼 이런 종류의 회합에 안성맞춤인 곳은 없다고 했다.

공용차에서 내린 이가라시는 재킷을 벗고 넥타이를 풀고 와이셔츠 소매를 걷어 올렸다. 워낙에 텔레비전 출연도 해 보지 않은 초선의원이라 이가라시의 얼굴을 알고 있는 사람은 거의 없을 것이다. 그래도 일단 비어 가든으로 향하는 엘리베이터에 올라탈 때에는 주위의 반응에 신경이 쓰였는데, 막상 부닥쳐 보니 스스로도 놀랄 정도로 일이 끝나 한잔 걸치러 가는 보통의 샐러리맨들 속에 티 안 나게 섞여 들어갔다.

사람들에 섞여 엘리베이터에서 토해지듯이 나오자 등불이 죽 늘어선 옥상의 구석 테이블의 의자에서 일어서는 다카노의 모습이 보였다. 이가라시는 친근하게 손을 들며 다가갔다. 여기저기 테이블에서는 서로 고함을 지르는 듯한 대화와 웃음소리가 나고 있었다.

"정말로 이런 데서 얘기해도 괜찮은가요?" 하고 이가라시가 다시 물었다. 다카노가 대답을 하기도 전에 이가라시의 뒤를 따라왔는지 젊은 여자 점원이 "마실 것은요?" 하고 등 뒤에서 물었다.

"아, 그럼 생맥주로."

"큰 잔으로 드릴까요?"

"아, 네."

점원이 간단한 안주로 삶은 콩꼬투리를 테이블에 쿵 내려놓고는 종종걸음으로 사라져 갔다.

"자, 앉으시죠." 하고 다카노가 말하자 이가라시는 파이프 뼈대에다 비닐 시트를 씌워놓은, 참으로 균형이 안 잡히는 의자에 걸터앉았다.

"그 후 CNOX로부터 무슨 접촉이 있었나요?"

다카노는 조급했다. 이가라시는 "아, 아니요. 아직까지는……." 하고 대답하면서 자신이 마치 스파이 영화에라도 출연하고 있는 듯한 기분이 되어 주위를 살피는 흉내를 냈다.

"그럼 아직 이가라시 의원님이 CNOX와의 교섭을 시작하겠다는 결단을 내리지 않았다고 생각해도 좋겠지요?"

"아, 네."

"오늘은 의원님께 한 가지 부탁이 있어서 이런 곳에 나오시라고 했습니다."

조금 전의 점원이 갑자기 나타나더니 얼어붙은 커다란 잔을 쿵 하고 내려놓았다. 이가라시는 잔을 들어 올려 "우선, 건배." 하고 머뭇거리며 다카노와 술잔을 마주쳤다. 맥주를 한 입 마신 다카노가 바로 얘기를 되돌렸다.

"CNOX가 어떤 형태의 기업인지는 지난번에도 조금 말씀을 드렸습니다."

"아, 네. 외자를 끌어들여 자기 멋대로 움직이기 때문에 중국의 중앙정부로 보자면 눈엣가시 같은 존재라고."

"말씀대로입니다. 중앙정부로서는 CNOX가 돈을 벌기를 바라지만, 중국 내의 질서나 사상이 흐트러지는 것은 난처한 일입니다. 그래서 부탁드리려는 건, 이가라시 의원님께서 이 CNOX 측의 뒤를 봐주는 당 간부와 적대하고 있을 법한 당내의 유력자를 소개해 주셨으면 하는 겁니다."

"네, 네? 자, 잠깐. 중국 공산당의 유력자? 그, 글쎄, 나는 그, 그러니까 작년에 어쩌다 한번 의원단의 일원으로 중국을 방문했다가 긴 줄에 섞여 서서 상대방 국가 주석과 사진 한 장 찍었을 뿐이에요. 그 사진도 아직 사무실에 걸어 놓지도 않았는데. 그, 그런데 중국 공산당 내의 유력자 중 아는 사람이라니……."

낭패스러워하는 자신의 모습을 보고 다카노가 어이없어한다는 걸 분명하게 알 수 있었다. 그러나 이런 장면에서 의원으로서의 프라이드를 보이려고 해 봤자 얘기만 오히려 복잡해진다.

"이가라시 의원님, 진정하세요."

"진정할 수 없어요."

"저희도 현재 조사하고 있습니다. 중앙정부에서 보자면 현재 CNOX의 약진은 폭주에 가까워요. 이걸 좋게 보지 않는 당내의 유력자가 반드시 있을 겁니다. 그 사람만 이쪽으로 끌어들이면 적어도 시간은 벌 수 있습니다."

"아, 그야, 그건 알지만."

"의원님은 저희와 달리 일본을 대표하는 분입니다. 교섭 상대를 찾으려 해도 중간에 의원님이 있느냐 없느냐에 따라 상대방의 태도가 크게 달라집니다."

"거참, 하지만…… 다카노 씨는 나를 과대평가하고 있어요. 나는 아직 피라미에 지나지 않아요."

"의원님, 기억해 보세요. 의원님은 저 주손지 노부타카를 벤 사람입니다. 침착하게 기억해 보세요. 이런 경우에 가장 유효한 건 결국 인맥입니다. 어떤 연줄이라도 좋습니다. 아직 서로 간에 이해관계가 얽혀 있지 않은 사람과 이야기할 때 일이 가장 잘 풀립니다."

이가라시는 아연해질 수밖에 없었다. 다카노가 뭘 말하는지는 알고 있다. 하지만 아무리 머리를 짜내 봤자 중국 공산당의 유력자 따위가 나올 리 없다.

"저, 저기, AN 통신 쪽에서는 누군가 적당한 사람이 찾아지지 않는 건가요?"

그런 심약한 말만 나왔다.

"당연히 이쪽에서도 온갖 수단을 다 동원하고 있습니다."

이가라시의 머릿속에 문득 어떤 인물이 떠오른 건 그때였다.

"저, 저……." 이가라시는 주저하면서 입을 열었다. "아는 사이라고 하기도 뭐하고, 중국의 유력자라 할 수도 없겠지만……."

이가라시가 문득 기억해 낸 것은 작년에 의원단의 일원으로 방문했을 때 중국 측 간사 역할을 맡아 일본 의원단의 스케줄을 담당했던 궈젠이라는 인물로, 이가라시와 동년배인 활달한 남자였다. 그가 당내에서 어떠한 입장에 있고 어떠한 직책인지는 모르지만 묘하게 마음이 맞아 틈만 나면 서툰 영어, 일본어, 중국어를 섞어 가며 음담패설 같은 얘기를 나누면서 함께 웃었다. 고등학교 동급생이라면 틀림없이 악우(惡友)가 되었을 타입으로, 헤어질 때 연락처조차 교환하지 않은 건 실로 헤어질 때 그러한 행동을 하는 것조차 서로 멋쩍어졌기 때문이었다. 귀국 후 방중단의 해

단식에서 의원단 단장이었던 니시무라 의원이 "그 궈젠 같은 사람이 10년, 20년 후에 중앙정치국이나 중앙서기처에 발탁될 거야." 하고 불쑥 말한 것을 이가라시는 기억하고 있다. 그때는 "네? 그 하오써퉁즈(好色同志)가?" 하고 저도 모르게 웃어 버렸지만, 당내 최고의 중국통인 니시무라 의원이 한 말이므로 그냥 웃어넘길 이야기는 아니었다.

이가라시는 다카노에게 궈젠에 대해 짧게 말해 줬다. 다카노는 흥미를 가진 듯 자기 쪽에서도 조사해 볼 테지만 바로 연락을 취해 줬으면 한다고 부탁했다. 그리고 "앞으로의 연락은 전화나 메일 말고 직접 만나는 것으로 하죠." 하고 제안했다. 바로 사흘 후에, 이번에는 히비야 공원에 있는 테니스 코트의 관중석에서 만나기로 결정하고 나서 두 사람은 거의 마시지 않은 맥주를 남겨두고 그 자리에서 헤어졌다.

먼저 일어나 엘리베이터를 타고 지상으로 내려온 이가라시는 몸 안의 뭔가가 뜨거워지는 것을 느꼈다. 열대야 탓이 아니었다. "의원님은 저 주손지 노부타카를 벤 사람입니다."라는 다카노의 말과 함께 뭔가 엄청난 일에 휘말린 듯한 두려움과 흥분이 온몸을 쓸고 지나갔다.

그때, 도쿄의 의원회관에서는 단덴이 초조한 모습으로 사무실 안을 왔다 갔다 하고 있었다. 몇 발짝만 걸으면 벽에 부딪힐 정도로 좁은 사무실에서 왔다 갔다 하자니 마음이 더욱 초조해지기만

했다.

"누구를 위해서라고 생각하는 거야? 누구를 위해서라고 생각하는 거냐고……."

같은 말을 벌써 30분 넘게 중얼중얼 반복하고 있었다.

"그 인간은 잘못됐어. 그 인간과 함께 있으면 나까지 바보 되는 거야. 다 아는 사실이잖아? 계속 보고도 못 본 체했을 뿐이잖아? 그 인간은 정치에 맞지 않아. 결국 제대로 된 정치인 같은 건 될 수 없는 인간이야. 알고 있었지? 내가 그 녀석을 배신하려는 게 아니야. 그 녀석이 나를 배신하려 하는 거야. 그렇지? ……그래. 맞아."

단덴은 문득 멈춰 서더니 휴대전화를 꺼냈다. 번호는 이미 암기하고 있었다. 번호를 누르는 손가락이 조금 떨렸다. 휴대전화를 귀에 댔다. 다섯 번의 신호음이 울린 다음 상대와 연결됐다. 상대는 목소리를 내지 않았다. 단덴은 꿀꺽 침을 삼켰다. 그리고 갈라진 목소리로 "저, 이가라시 다쿠의 비서, 단덴 고스케라고 합니다만." 하고 말했다.

"연락 기다리고 있었습니다. 전화를 주셨다는 건, 좋은 소식이라고 생각해도 될까요?"

AYAKO라고 이름을 밝힌 여자는 단덴의 초조함을 감싸 안아 줄 듯이 부드러운 목소리로 말했다.

"네. 그렇게 생각하셔도 좋습니다."

"잘됐네요. 이가라시 의원님은 옆에?"

"아, 아니요. 이 연락은 저의 독단입니다."

"단텐 씨의 독단?"

AYAKO가 되돌려 준 것은 침묵이었다. 단텐은 그 자리에서 지금이라면 아직 되돌릴 수 있다고 생각했지만 입에서 튀어 나온 말은 "파, 판단은 제 독단이지만 앞으로의 교섭에서는 저, 저를 이가라시 의원과 동등하게 취급해 주십시오! 무, 물론, 신형 패널의 개발자가 누구이며 어디에 있는지에 대해서는 나 역시 알고 있습니다." 였다.

18장

차이나타운

히로쓰 리쿠는 창문으로 보이는 아름다운 후지 산에는 눈길도 주지 않고 오로지 컴퓨터 화면에 뜬 데이터를 히죽거리면서 바라보고 있었다. 그가 있는 창고는 15년 전에 아직 기세당당하던 아버지가 회사 제품 보관 용도로 구입한 것이지만 풍수적으로 꽤나 좋지 않은 자리였던지 이 창고를 구입한 순간부터 공장 매출이 감소하면서 사업 규모 축소, 보유한 정밀기기 매각, 종업원 정리해고 등 참담한 시기에 돌입했다. 히로쓰의 아버지는 그때 맨 먼저 이 창고를 매각하려고 했지만 헐값에 산 낡아 빠진 창고 따위가 제대로 팔릴 리 없었고, 매각 시의 여러 비용을 생각하면 파는 것보다 내버려 두는 쪽이 더 낫다고 판단했다. 그 후로는 아들인 히로쓰가 연구실 겸 놀이터로 쓰게 될 때까지 그냥 비바람을 맞히며 방치했던 곳이었다.

데이터 확인을 끝낸 히로쓰는 "역시 완벽하군." 하고 자화자찬의 말을 중얼거리며 창고를 나섰다. 근처에는 폐자재 하치장을 빼면 황무지와 덤불만이 펼쳐져 있었다.

히로쓰는 창고 지붕을 올려다봤다. 지붕에는 수제 솔라 패널들이 가득 붙어서 내리쬐는 태양광을 기분 좋게 빨아들이고 있었다. 이 패널을 완성한 뒤로 벌써 몇 번이나 꼼꼼하게 데이터를 확인하고 있는데 그때마다 만족스러운 결과가 나왔다. 히로쓰는 드디어 후지 산으로 시선을 돌렸다. 익숙한 광경이지만 기분이 좋을 때 보는 후지 산은 각별한 데가 있다. 산을 향해 크게 기지개를 켜는데 주머니에서 휴대전화가 울렸다. 화면에는 '우리집'이라고 나와 있다.

"여보세요, 리쿠니? 점심 어떻게 할 거야? 먹을 거면 준비해 놓게."

어머니의 목소리였다.

"지금 집에 갈게. 오늘은 뭐야?" 하고 히로쓰가 물었다.

"뭐라니. 별거 없어."

"차오판(중국식 볶음밥) 먹고 싶은데."

"그 차사오(돼지고기 구이), 이제 없어."

"그래? 그럼, 됐어. 후쿠주켄 식당에서 먹을 거야."

전화를 끊자 마침 휴대전화의 시각 표시가 정오로 바뀌었다. 시간을 본 순간 배가 꼬르륵거렸다.

"자, 그럼 점심밥을 먹고 와서 포르노 사이트라도 한번 들여다보고 낮잠이나 잘까."

히로쓰가 스쿠터에 걸터앉아 헬멧을 쓰려 하는데 차 한 대가 달려왔다. 길은 이 앞에서 끊기므로 이곳으로 오는 차일 터인데 모양이 낯익지가 않았다. 잠시 바라보고 있었더니 핸들을 쥐고 있는 사람이 이가라시 다쿠의 비서 단덴 고스케라는 것을 알 수 있었다. 조수석에는 멀리서도 상당한 미인이라는 것을 알 수 있는 여자가 타고 있었다. 히로쓰는 최근에 자주 보는 외국 포르노 사이트의 톱 페이지에 떠 있는 이국적인 모델을 떠올려 보았다.

차는 스쿠터에서 내린 히로쓰 앞에 멈춰 섰다. 운전석에서 내린 단덴이 "여! 오래간만이야." 하고 말을 걸어왔다. "무, 무슨 일이에요? 이런 데까지." 히로쓰는 말을 하면서도 조수석의 여자에게서 눈을 뗄 수 없었다.

"오늘은 의원님 심부름으로 왔어. 최근에 의원님한테서 연락이 있었나?"

"없어요. 연락은 늘 단덴 씨가 공중전화로 하지 않았나요?"

히로쓰는 이상한 질문을 한다고 생각하면서도 그렇게 대답했다. 여자가 조수석에서 내리려 했다. 문이 열린 것뿐인데 달콤한 향기가 났다. 흙과 잡초 냄새만 가득하던 주위 풍경에 꽃이라도 핀 것 같았다.

"이쪽은 AYAKO 씨. 그 패널 건으로 이제부터 신세를 질 사람이야."

단덴이 소개한 여자가 히로쓰 앞으로 왔다. 포르노 사이트의 모델이 화면 안에서 갑자기 커진 것 같아, 히로쓰는 저도 모르게 마우스를 움직이는 것처럼 오른손을 움직이고 말았다.

"처음 뵙겠습니다."

내민 여자의 손을 잡아도 좋을지 어떨지 몰라서 히로쓰는 단덴을 쳐다봤다. 그 순간, 축 늘어져 있던 히로쓰의 손을 여자가 부드럽게 쥐었다.

"처, 처음 뵙겠습니다." 히로쓰는 간신히 인사를 했다.

"의원님하고 여러 가지로 논의한 결과, 그 패널을 활용하는 데 최적의 기업을 찾았어. AYAKO 씨는 그 담당자 격인 분이야." 하고 단덴이 설명했다.

"아! 드디어 결정된 거예요?"

히로쓰가 기쁨에 차서 소리를 지르자 "당신의 연구 결과를 최대한 유용하게 활용하고 싶습니다." 하고 여자가 미소 지었다.

"어, 그럼 자, 잘 부탁드립니다."

히로쓰는 깊이깊이 머리를 숙였다.

"그래서 좋은 일은 서두르라고 하잖나. 내친김에 이분에게 그걸 보여 드리지 않겠나?"

"아, 네. 물론. 으음……."

뭐부터 설명하면 좋을까 하고 망설이는 히로쓰 앞에서 "혹시, 저거?" 하고 AYAKO가 창고의 지붕으로 시선을 돌렸다.

"아, 그렇습니다. 패널은 저겁니다. 보시겠습니까? 아, 맞다. 그러니까 지붕에 올라가지 않아도 창고 안에도 만들어 놓은 패널이 있고, 마침 가장 최신 데이터도 정리된 것이 있어서."

히로쓰는 빠르게 떠들어 대다가 컴퓨터에 포르노 사이트의 화면이 남아 있는 것을 깨닫고는 "아, 으음, 잠깐 기다려 주시겠습니까?" 하고 두 사람을 남겨 둔 채 창고 안으로 달려 들어갔다. 곧바로 컴퓨터를 향해 앉아서 태양광 패널과 관계없는 것들을 지웠다. 그런 김에 책상에 놓인 티슈 상자도 왠지 창피하게 느껴져서 서랍 안으로 집어넣었다.

"여기서 패널을 완성시켰어요?"

등 뒤에서 AYAKO의 목소리가 들려 히로쓰는 순간 당황했다.

"아니요, 최종적인 조립은 여기서 하지만 필요한 부품은 아버지 공장에서……."

히로쓰의 설명에, "그의 부친이 가까이에서 정밀기기 공장을 하고 계셔서요." 하고 단덴이 덧붙였다.

"아, 저, 괜찮으시다면 여기……." 히로쓰는 다가온 AYAKO에게 자리를 양보했다. 낡은 사무용 의자라서 오랜 기간 동안 자신의 엉덩이를 올려놓았던 쿠션은 찢어지고 스펀지가 삐져나와 있었다.

"죄송합니다, 의자가 변변치 않아서."

AYAKO는 신경 쓰지 않고 의자에 앉아 히로쓰가 제시한 데이터를 바라봤다. 전문적인 데이터였지만 AYAKO는 가지고 온 일반적인 패널의 자료와 대조하면서 비교를 했다. 겨우 5분 정도로 확인은 끝났다. 물론 정식 검사는 훗날 진행해 봐야겠지만 AYAKO는 일단 만족하여, "어쨌든 이 데이터와 패널이 다른 사람의 손에 넘어가지 않도록 합시다."라고 말했다.

"어디 딴 곳으로 옮긴다는 얘깁니까?" 하고 히로쓰는 물었다.

"그래요. 바로 찾아봐야죠. 여기 말고 다른 장소에도 패널과 관련된 것이 있나요?"

"아버지 공장에 조금 있긴 하지만, 저런 건 개별로 하나씩 있으면 눈에 띄는 것도 아니라서요."

"그럼, 서두르는 편이 좋아요. 히로쓰 씨, 이다음 일정은?"

"일정? 어, 없어요. '후쿠주켄'에 볶음밥 먹으러 갔다 와서 낮잠을 자려던 것뿐이라서."

"볶음밥? 그렇다면 내가 세상에서 최고로 맛있는 볶음밥을 대접할게요."

AYAKO의 웃는 얼굴에 히로쓰의 얼굴도 풀어졌다. 이 신형 패널의 미래를 거는 데에 이렇게 안성맞춤인 여신은 없다고 히로쓰는 생각했다.

도쿄 아카사카의 의원회관 사무실에서 이가라시 다쿠는 머리를 감싸 쥐고 있었다. 옆에서는 여비서 이치카와 스미레의 대학 후배라는 오 요지가 키보드를 두드리고 있다. 오 요지는 중국인 아버지와 일본인 어머니 사이에서 태어난 혼혈아로, 태어난 곳과 자란 곳은 모두 일본이지만 중국어를 완벽하게 구사했다.

"저, 인사말 부분 말인데요. 정말 '하오써통즈(好色同志)에게'로 해도 됩니까?"

오 요지에게 다시 질문을 받자 이가라시는 "괜찮아, 좋아." 하고 머리를 감싸 안은 채 대답했다.

"하지만 뭐랄까, 정치인이 정치인에게 보내는 메일이잖아요."

"됐다니까. 가능한 한 편안한 글로 번역해 달라고."

이가라시는 그렇게 대답하면서도 궈젠에게 보낼 메일의 다음 문장을 생각하느라 바빴다. 첫 메일부터 바로 주제로 들어가는 건 딱딱하다. 가능하다면 단순한 친구로서 재회하는 편이 좋다. 그렇다면 중국을 방문했을 때 신세를 진 것에 대한 감사를 표한 다음 짧게 '또 만납시다.'라고 인사하는 정도가 좋을지도 모른다. 이가라시는 자신의 직감에 따라 너무 욕심내지 말고 그 정도에서 끝내기로 했다. 생각한 대로 문장을 말하자, "네? 그런 간단한 문장으로 끝내도 괜찮습니까?" 하고 오 요지가 온 보람이 없다는 듯이 실망한 투로 말했다.

"오늘은 이것뿐이지만 며칠 계속해서 여기로 나와 줬으면 좋겠어. 상대방에게서 답신이 오면 또 번역을 부탁해야 하니까."

"지금은 달리 하고 있는 일이 없어서 특별히 문제 될 건 없지만……." 하고 말하면서 오 요지는 중국어 메일을 완성했다.

"보낼까요?"

"그래, 부탁해."

얼빠진 송신음과 함께 메일이 중국으로 날아갔다.

짧은 메일을 보낸 것뿐인데도 이가라시는 몹시 지쳤다. 배도 고파서 오 요지와 이치카와 스미레를 데리고 식사하러 나갈까 하고 일어서다가 "아, 그러고 보니 단덴 녀석한테서는 아직 연락이 없나?" 하고 옆방의 이치카와에게 말을 걸었다. 문 틈새로 얼굴을 내민 그녀가 "없는데요. 싸우기라도 하셨어요?"라고 물었다.

"지금 반항기야." 하고 이가라시는 웃었다.

"그 나이에?" 이치카와가 어이없어했다.

비어 가든으로 다카노를 만나러 나가기 직전에 단덴과 논쟁을 벌인 뒤로 그와는 연락이 완전히 끊기고 말았다. 다행히 급한 안건은 없으니까 괜찮지만 휴대전화로 전화를 걸어도 전원이 계속 꺼진 상태였다.

이가라시는 둘을 근처 메밀국수 집에라도 데리고 가려고 재킷을 걸쳤다. 나가기 전에 손을 뻗어 메일을 체크하니 좀 전에 메일을 보낸 궈젠에게서 답장이 들어와 있었다. "오 군! 오 군!" 이가라시는 이미 복도에 나가 있던 오 요지를 불렀다.

"벌써 답장이 온 모양이야. 번역해 줘."

오 요지를 의자에 앉히고 한자투성이 메일을 보여 줬다. 오 요지는 우선 눈으로 훑어보더니 "으음, 그러니까……. '메일 고맙습니다. 하오써통즈(好色同志).' ……거참, 상대방도 똑같네요." 하고 입맛을 다셨다.

"괜찮아, 괜찮아. 그다음, 그다음."

"그러니까…… 아, 지금 이 사람, 도쿄에 있는 것 같아요."

"뭐? 궈젠이?"

"네. 으음, 아아, 중일 친선 스포츠 이벤트가 있어서 그제부터 도쿄에 와 있나네요. 그리고 메일 받고 기뻤다. 이가라시 의원님도 바쁘시겠지만 꼭 만납시다. 이번 주말까지 도쿄에 머무를 예정. ……으, 이게 뭐지? 여체? 스시?"

이가라시는 메일을 들여다봤다.

"아, 이건 여체 스시 얘기야. 중국에 갔을 때 이 얘기로 다들 흥분했었으니까. 모르나? 있잖아, 여성의 나체 위에 회를 얹는 거."

"알아요. '그럼, 꼭 그 여체 스시를 해 봅시다.' 그렇게 쓰여 있는데요. 참고로 드리는 말씀이지만, 이건 농담으로 한 말 같아요."

젊은 주제에 완고한 듯, 오 요지가 넌더리 난다는 표정을 지으며 그다음 말을 번역해 줬다.

이가라시는 바로 궈젠의 스케줄을 확인하는 메일을 보내 달라고 부탁했다. 휴대전화로 메일을 받고 있는지, 1분도 채 지나지 않아 '모레 저녁이라면 시간을 낼 수 있다.'라고 답신이 왔다. 흥분한 이가라시는 "그럼 모레로 하고, 시간과 장소는 어디라도 좋으니까 약속까지 잡아 버려." 하고 오 요지의 등을 두드리고 나서, 그대로 이치카와 스미레를 쳐다보며 "그거, 그건 어떻게 됐나?"라고 물었다.

"그거라뇨, 뭐 말이에요?"

"그러니까, 그거 말이야. 마미야 총리에게 면회 요청한 거."

"아아. 아직 연락이 없어요. 두 번이나 재촉 전화를 했어요."

"역시 나 같은 초선의원은 안 되는 건가? 거참, 중국 정치인하고는 이렇게 적절한 때 딱 만날 수 있는데, 왜 일본의 총리와 만나는 건 이렇게 며칠이나 걸려야 하는 거야? 도대체 단덴은 어디에 있는 거지? 이 중대한 때에!"

조바심이 난 이가라시에게 "저, 궈젠 씨와 약속이 됐어요. '뉴오타니에 숙박하고 있으니까 7시에 그곳 로비라면 미아가 되지 않을 텐데.'라고 하는데요." 하고 오 요지가 전해 왔다. "좋아, 좋아! 그럼, 7시에 뉴오타니에서 보자고 해!" 이가라시는 다시 오 요지의 어깨를 두드렸다.

도쿄 만 레인보 브리지가 바라다보이는 MET 신사옥 35층의 임원 회의실에서는 수십 분 동안 다람쥐 쳇바퀴 돌듯이 똑같은 의견과 임원들의 신음소리가 반복되고 있었다. 회의실에 모인 이사진은 사장을 필두로 부사장, 경영 기획본부장, 재무본부장, 연구 개발본부장 등 여섯 명, 그리고 본안건인 메가 솔라 계획을 지휘하는 가와카미 미쓰타로와 그 수하에 있는 에너지 디바이스 본부의 면면들이었다.

신음소리만 들리는 무거운 분위기 속에서 다시 일어선 가와카미 미쓰타로가 "현 단계에서는 AN 통신의 제안을 받아들일 수밖에 없다고 생각합니다." 하고 벌써 몇 번이나 반복해 온 의견을 말했다.

"아니, 그렇지만요, 가와카미 씨."

재무본부장이 지금까지와 마찬가지로 바로 끼어들었다. " 그리 쉽게 말씀하시지만 여기까지 진행된 계획을 중지하는 것이 얼마나 어려운 일인지 잘 아시잖아요? 이런 건 말하고 싶지 않지만,

예산이라는 건 짜인 순간에 최후의 1엔까지 누구의 손에 건너가는지가 결정되어 있는 거예요. 하청기업까지 포함하면 상당한 수의 사람들이 이미 관계되어 있고, 코스도 완전히 짜여 있습니다. 그들은 벌써 예정대로 자금 조달이니 뭐니 하며 움직이고 있습니다. 게다가 이번 계획은 대규모 국가 프로젝트입니다. 요컨대 어디의 무슨 무슨 의원에게는 얼마, 또 어디의 무슨 무슨 의원에게는 얼마, 그런 식으로 이미 결정되어 있어요. 한번 손에 들어올 거라고 알고 있던 돈을 사정이 바뀌었다면서 안 주면 '네, 그렇습니까.' 하고 포기할 사람이 있습니까?"

재무본부장의 침이 바로 앞에 놓여 있는 자료 위로 튀는 것이 가와카미의 눈에도 보였다.

"몇 번이나 말씀드리지만 이대로 추진하면 신형 축전지 기술을 CNOX에게 넘겨주게 되는 데다가, 우리 회사는 앞으로 10년도 가지 못할 구식 태양광 발전에 막대한 자금을 투자하는 꼴이 됩니다."

"가와카미 이사, 아, 알았네. 알았어. 아까부터 자네들은 같은 얘기만 반복할 뿐, 조금도 앞으로 나아가질 못하지 않는가."

사장이 못 참겠다는 듯이 거친 목소리로 말했다. "그런데 CNOX에서 오기로 한 사람은 아직 도착 안 했나? 슬슬 약속시간이 된 것 같은데?"

사장의 질문에 문 옆에 서 있던 비서가 인터폰으로 연락을 취하더니, "지금 현관에 도착한 모양입니다." 하고 떨리는 목소리로 말했다.

"다들 알겠나. 지금 여기서 가와카미 본부장으로부터 들은 이야기는 이제 들어올 CNOX 측 인사에게 일절 새어 나가서는 안 되네. 특히 AN 통신이 입수했다는 신형 태양광 패널의 정보는 무덤까지 가져갈 작정으로 엄중히 관리하게."

사장의 제언에 일동이 얌전히 고개를 끄덕였다.

그로부터 수십 초 후 문이 열렸다. 이번 메가 솔라 계획에서 처음부터 CNOX의 대표 자격으로 일본 MET와의 교섭을 관장해 온 아이하라 다다오였다. 그는 흘러나오는 이마의 땀을 손수건으로 누르면서 살아 있는 기분이 아닌 듯한 표정을 하고 회의실로 뛰어 들어왔다.

"아이하라 씨, 우선 이쪽으로." 가와카미는 선 채로 허공을 바라보고 있는 아이하라에게 자신과 마주한 빈자리를 가리켰다. 아이하라는 너무 긴장해서인지 마치 몸에서 뼈가 하나 빠져 버린 것 같은 걸음걸이로 자리를 향해 걸어갔다. 양 손발도 떨고 있어서 안고 있는 서류를 테이블에 올려놓으려다 떨어뜨렸다.

"정말 죄송합니다. 늦어졌습니다."

아이하라의 목소리는 심상치 않게 느껴질 만큼 떨리고 있었다. 가와카미는 땀이 솟아 나올 정도로 안 좋은 예감이 들었다.

가와카미는 이번 임원 회의가 열리기 전에 먼저 아이하라에게 사태를 확인해 보았었다. 물론 AN 통신의 이름도, 다카노로부터 알게 된 구체적인 증거도 명시하지 않았지만 단도직입적으로

CNOX 측이 무엇을 노리고 있는지 설명해 달라고 압박했다. 그때 아이하라가 대응하는 태도를 보고 이미 좋지 않은 예감이 들었다. 그는 CNOX의 사람이면서도 중요한 일은 아무것도 알고 있는 게 없었다. 단순한 일회용 인물이라는 걸 알 수 있었다.

회의실에 들어와 핏기가 가신 얼굴로 앉아 있는 아이하라를 보면서, 가와카미는 자신의 예상이 틀리지 않았다는 걸 알았다.

"본사에서는 저의 질문에 대해 뭐라고 하던가요?" 가와카미는 강한 어조로 아이하라에게 물었다.

"아, 저, 아니, 그, 저희로서는 가와카미 본부장님의 심려는 사실무근이라고밖에 대답할 수 없고, 나아가 말씀드리자면, 저, 뭐랄까, MET 측이 그와 같은 혐의를 가지신다면, 이쪽으로서도 지금까지의 신뢰 관계를 의심할 수밖에 없다는……."

아이하라의 힘없는 말을 들으면서 가와카미는 머리를 감싸 쥐었다. 이 사람은 이미 모체로부터 잘려 버려진 상태다. 어쩌면 창피를 무릅쓰고 이 자리에 온 것도 같은 일본인인 MET 측이 자신을 구원해 주지 않을까 하는 한 가닥의 희망 때문인지도 모른다. 아이하라의 얼굴은 순식간에 창백해졌다.

"그럼, CNOX로부터는 전화로 말한 것 이상의 설명은 나오지 않았다는 거군요." 하고 가와카미는 확인했다. 힘없이 끄덕이는 아이하라의 몸이 누구라도 분명하게 알 수 있을 정도로 떨리고 있었다. 가와카미는 안내해 온 부하 직원에게 아이하라를 옆방에서 잠시 쉬게 하라고 명령했다. 부축을 받으며 회의실을 나가는 아이하라의 등이 한 걸음 한 걸음 발을 옮길 때마다 작아지는 것 같았다.

"결국 아이하라 씨는 처음부터 일회용 인간이었던 모양입니다." 가와카미는 상황을 지켜보는 임원들에게 말했다.

"아이하라 씨의 모습만 봐도 CNOX 측의 준비가 주도면밀했다는 걸 알 수 있습니다. 여기서 한 번 더 반복하겠습니다." 가와카미는 일어나서 말을 이었다.

"이 상황에서, 혹시 우리가 계획대로 지상 태양광 방식의 메가솔라 계획을 국가 프로젝트로서 발표했다고 칩시다. 그러면 틀림없이 그 직후에 CNOX는 교토 대학에서 연구를 진행해 왔던 오타베 박사의 마이크로파 송신 실험의 성공과 우주 태양광 발전 시스템 개발을 대대적으로 발표할 겁니다. 그러면 우리 회사가 발표한 것은 완성도 되지 않은 상태에서 한 세대 전의 구형 시스템이 돼 버리는 겁니다. 그런 경우 여론은 일본을 배신한 오타베 박사와 CNOX에 대한 증오로 흘러가야 할 것 같지만 일본이 방향을 지상 태양광으로 잡았기 때문에 사정이 달라집니다. 즉 일본의 정치권과 기업이 오타베 박사의 우주 태양광 발전 연구를 내쳤다는 인상을 주게 됩니다. 일본에 배신당한 오타베 박사의 연구를 중국 기업이 구했다는 식의 구도가 될 것이고, 국민감정은 증오의 대상을 잃고 일본 정부로 향할 겁니다. CNOX는 거기까지 계산하고 있는 겁니다. 그리하여 결국 여론은 중국의 최신 태양광 발전 프로젝트에 일본 기술이 활용되고 있다는 점에 초점을 맞추어, 우리가 추진할 구식에는 눈도 주지 않고 하루라도 빨리 CNOX가 개발한 우주 태양광 발전 시스템을 보고 싶다는 쪽으로 흘러갈 겁니다. 일본에서조차 그럴 테니까, 그 후엔 세계 각국이 달려들 겁니다."

거기서 말을 끊고 가와카미는 다시 사장을 똑바로 쳐다봤다.

"사장님, 결단을 내려 주십시오. 우리는 벼랑 끝까지 몰려 있습니다. 한시라도 빨리 이 메가 솔라 계획을 멈춰야만 합니다. 그리고 모든 것을 내던지기 전에 AN 통신과 손을 잡아야 합니다."

원탁을 둘러싼 임원들은 가만히 가와카미를 바라보고 있었다. 가와카미는 문득 상처투성이로 집에 찾아온 다카노가 바로 옆에서 있는 것 같은 기분이 들었다.

샌프란시스코의 차이나타운 중심지, 그랜트 애비뉴에 있는 중화문 아래를 지나가면서 히로쓰 리쿠는 낯선 풍경을 두리번두리번 바라봤다. 옆에서 걷는 AYAKO의 매력은 후지 산이 보이는 황무지에서는 물론이고 이곳 샌프란시스코 차이나타운의 번화한 거리에서도 전혀 줄어들지 않았다. 지나가는 사람들은 하나같이 우선 AYAKO의 모습에 숨을 삼키고 나서 뒤이어 시선을 자신에게 옮기고는 마치 정해진 것처럼 의아한 얼굴을 했다. 어울리지 않는 커플을 보았을 때 취하는 반응은 세계 공통이라는 걸 히로쓰는 알게 되었다. 생각해 보면 히로쓰가 AYAKO와 알게 된 지 고작 서른 시간 정도밖에 되지 않았다. 갑자기 창고 앞에 단넨과 함께 나타나 "세상에서 최고로 맛있는 볶음밥을 대접할게요."라고 말하고 나서 데려온 곳이 바로 이곳 샌프란시스코였다.

서른 몇 시간 동안 히로쓰는 지금껏 인생에서 한 번도 경험한 적이 없는 일만 하고 있었다. 우선 태어나서 처음으로 퍼스트 클래스라는 것을 탔다. 물론 비행기를 타는 게 처음도 아니고 하와이로 1년간 어학연수를 갈 때나 부모님과 부산에 갈 때는 국제선 비행기도 탔다. 그러나 퍼스트 클래스라는 것을 타 본 지금, 이제까지의 비행에서는 자신이 짐짝 취급을 당했던 건 아닐까 하는 생각까지 하게 되었다.

AYAKO와 단덴의 재촉이 있긴 했지만 신형 태양광 패널에 관련된 기재를 모두 챙기는 데는 그다지 시간이 걸리지 않았다. AYAKO의 준비가 완벽했기 때문에 두 시간 후에는 대형 트럭이 창고에 도착했다. 단덴의 이야기로는 신형 태양광 패널이 중국 기업에 팔리게 된 모양이었다. 여권을 준비하라는 말을 들었을 때 히로쓰는 세상에서 최고로 맛있는 볶음밥은 중국에 있고 지금부터 자신들은 중국으로 가서 거기서 패널의 정밀 검사를 하게 될 거라고 생각했다. 그러나 하네다 공항에 도착하여 AYAKO에게서 건네받은 건 샌프란시스코행 티켓이었다.

하네다 공항까지는 단덴도 함께였으므로 그런대로 마음이 안정되어 있었지만 단덴이 나중에 샌프란시스코에서 합류한다며 게이트에서 작별인사를 하는 순간, 히로쓰 리쿠는 자신이 너무나도 AYAKO와 어울리지 않는 짝이라는 것을 깨닫고 갑자기 입이 무거워졌다. 그래서 왜 행선지가 중국이 아니라 미국인지도 물어 보지 못했다. 다행히 기내에서는 자리가 떨어져 있었기 때문에 조금 편히 쉴 수 있었지만, 난생처음 타 보는 퍼스트 클래스라서 어떻게 해야 좌석이 뒤로 젖혀지는지 알 수가 없었기에 모두가 잠든 뒤에 스튜어디스가 말을 걸어 줄 때까지 계속 시트를 세워 둔 채로 앉아 있어야 했다.

하지만 샌프란시스코에 도착하니 기분이 새로워졌다. 쾌청하고 푸른 하늘은 소위 말하는 캘리포니아의 그것이라서 저절로 올려다보게 됐는데, 그런 히로쓰 앞에 마중 나온 리무진이 멈춰 섰다.

"여기에?" 하고 히로쓰는 허둥거렸다.

운전석에서 종합격투기 선수 같은 흑인 운전사가 내리는 것을 보고 놀란 데다가 리무진을 타기에는 칼라가 늘어난 폴로셔츠에 청바지 차림인 자신의 행색이 너무나도 초라하다는 생각이 들었기 때문이다.

"히로쓰 씨, 그렇게 쭈뼛거리지 마요."

허둥대는 히로쓰를 보고 AYAKO가 웃었다. "강한 척할 필요는 없어요. 하지만 남자는 약한 면을 보이면 안 돼요. 알겠어요? 당신은 굉장한 걸 발명한 사람이에요. 스스로도 얼마나 위대한 사람인지 알고 있죠? 그렇다면 당신이 그려 볼 수 있는 가장 강한 모습에 스스로를 맞춰 가야죠."

목소리 때문인지 얘기하는 방식 때문인지, AYAKO의 말을 들으니 신기하게도 자신이 점점 강해지는 것 같은 기분이 들었다.

그리하여 히로쓰는 자연스럽게 AYAKO를 에스코트하여 리무진에 태울 수 있었다. 칼라가 늘어난 폴로셔츠도 자기 나름의 패션 감각이라는 생각이 들기 시작했다.

둘을 태운 리무진이 향한 곳은 샌프란시스코 시내의 언덕에 있는 호텔이었다. 그리스 양식의 격조 높은 외관, 그리고 정면에 서 있는 이오니아식의 조각이 햇빛을 받아 아름답게 빛나는 것을 보니 새삼 이국에 와 있다는 생각이 들었다. 대리석으로 바닥을 깐 로비에서 체크인을 끝내자, "저녁때까지 조금 쉬어요." 하고 AYAKO가 말했다. 듣자 하니 샌프란시스코에 오면 반드시 가는 스파가 있는 모양이었다. 직원의 안내를 받아 들어간 히로쓰의 방에서는 케이블카가 다니는 언덕길부터 푸른 바다까지 한꺼번에 조망할 수 있었다. 그 감동을 누구에겐가 전하고 싶어서 히로쓰는 시즈오카의 자기 집으로 전화를 걸었으나 아쉽게도 어머니, 아버지 둘 다 집에 없었다.

AYAKO가 데려간 레스토랑은 차이나타운의 큰 거리인 그랜트 애비뉴에서 좁은 골목으로 들어간 곳에 있었다. 공자묘처럼 아름답게 장식을 한 데다 음식도 맛있어 보이는 식당이 큰길가에 여럿 있었지만 그녀가 선택한 건 외관을 쇼와 시대의 카바레같이 꾸민 가게로, 웨이트리스가 무뚝뚝하기 이를 데 없었다. 그런데 주문한 볶음밥을 입에 넣는 순간 히로쓰는 저도 모르게 신음소리를 냈다. 무엇이 어떻게 다른지는 모르겠지만 지금까지 먹어 본 볶음밥이 단순한 백반으로 생각될 만큼 맛이 있었다.

"저, 한 가지 물어도 됩니까?" 하며 히로쓰는 얼굴을 들었다.

AYAKO는 걸쭉해 보이는 치킨 수프를 천천히 입으로 가져가는 중이었다.

"……지금 와서 새삼스럽지만, 왜 미국입니까? 중국 기업에 파는 거 아니었나요? 그 기업이 혹시 여기에 있는 건지?"

도기로 만든 숟가락을 내려놓은 AYAKO가 종이 냅킨으로 입가를 닦았다. 부드러워 보이는 입술이었다.

"나를 믿을 수 있겠어요?"

AYAKO가 지금까지와 다르게 진지한 표정을 지었다. 히로쓰는 얼른 고개를 끄덕였다.

"실은 당신이 단덴 씨에게서 들은 이야기와는 조금 다르게 갈 거니까요."

"다르다니…… 뭐가?"

"단덴 씨는 당신에게 이렇게 말했지요. 당신이 발명한 신형 패널이 중국의 CNOX라는 기업에 팔렸고 우주 태양광 발전에 사용될 거라고."

"네. 그렇게 들었습니다. 아닌가요?"

"지금은 나를 믿어 달라는 말밖에 할 수 없지만, 당신들을 속인 건 아니에요."

"당신들?"

"그래요. 단덴 씨나 이가라시 의원님도 포함해서."

"어, 어떻게 된 일입니까?"

"당신은 여기서 화이트라는 미국인을 만나게 될 거예요."

"화이트? 그게 누굽니까?"

"포틀랜드 대학에서 정치학을 가르치는 교수이기도 하고 스탠리 정보 컨설팅이라는 회사의 고문도 맡고 있는 사람인데, 간단히 말하자면 CIA의 사람."

"네……."

그 이상의 말이 나오지 않았다. 히로쓰는 플라스틱 컵의 물을 단숨에 들이마셨다.

"히로쓰 씨, 괜찮아요?"

"아, 네. 하지만, 저, 난 그런 거, 뭐랄까…… 너무 위험한 세계에는 들어가고 싶지 않다고 할까. 단지 성능이 좋은 태양광 패널을 만든 것뿐인데…… 누군가 내 생명을 노린다든가 그런 거라면, 저, 조금 얘기가 달라지잖아요?"

히로쓰의 머릿속에서는 이미 수수께끼의 조직으로부터 도망치는 자신이 그려지고 있었다.

"히로쓰 씨, 진정해요."

"그, 글쎄, 그런 거죠? 뭔가 위험한 거잖아요? 그, 게다가, 봐요, 이가라시 선배님하고 이야기하지 않은 것도 그렇고……."

"히로쓰 씨, 어쨌든 진정하고 내 얘기 좀 들어 줄래요? 됐어요? 얘기는 간단해요. 당신이 발명한 태양광 패널을 경매에 부치는 거예요. 한 명의 고객과 교섭하는 게 아니라 두 명의 고객을 경쟁

시키는 것. 당신의 발명품을 보다 높이 평가해 준 쪽이 승리. 간단한 얘기죠?"

여기까지 듣고서야 히로쓰는 겨우 평소의 호흡으로 돌아왔다. 듣고 보니 지극히 자연스러운 장사 같긴 했다.

"하지만 AYAKO 씨는 CNOX 쪽 사람 아닌가요?" 히로쓰는 다시 확인했다.

'그래요.' 하고 즉답할 거라고 생각했는데 AYAKO는 눈을 내리뜨고서 "만약에 내가 처음부터 미국을 위해서 움직였다고 말하면 당신은 믿을 건가요?" 하고 입가에 미소를 지어 보였다.

"믿는다기보다…… 너무 복잡해서, 나로서는……."

AYAKO는 모든 정황을 설명하는 것을 포기한 듯했다. 솔직히 히로쓰도 더 이상 혼란스러워지는 건 곤란했다. 내친김에 그녀가 말하는 대로만 하면 모든 일이 잘 풀릴 것 같다는 생각도 들었다.

"하지만 저, AYAKO 씨가 지금 말한 장사 방법은 이해를 했는데요. 일단 이가라시 선배님하고도 의논을 하는 편이 좋지 않을까요? 이 건에 관해서는 이가라시 선배님께 일임한다고 약속하기도 했고."

히로쓰는 만약 무슨 일이 벌어졌을 때 도망칠 구실을 찾으려는 듯이 이가라시의 이름을 꺼냈다. 어쨌거나 이가라시는 국회의원이니 무슨 일이 생기면 구해 줄 힘을 갖고 있다. 거기까지 생각하던 히로쓰는 갑자기 자신이 얄팍한 생각을 하고 있었다는 사실을 깨달았다. 처음에 이가라시에게 이 건에 대해 말을 한 건 존경하는 선배였기 때문이었다. 물론 거기에는 거짓이 없었다. 하지만 뿌리를 파고들면 결국 뭔가 문제가 발생했을 때 국회의원인 이가라시를 이용하고자 하는 마음이 있었던 것이다. 무의식적으로 그렇게 한 것이라고는 하나 히로쓰는 자신이 이토록 계산적인 인간이었나 하고 생각했다.

"저, 그 화이트라는 사람과 언제 만나면 되죠?" 하고 히로쓰는 물었다.

AYAKO가 손목시계를 쳐다보더니 "이제 슬슬 이 가게로 올 거예요." 하고 대답했다.

"여기로?"

저도 모르게 히로쓰는 입구의 문 쪽으로 시선을 돌렸다. 히로쓰의 머릿속에서는 CIA라는 조직과 쇼와 시대의 카바레를 연상케 하는 가게의 인테리어가 너무나도 부조화스럽게 여겨졌다.

히로쓰가 시선을 되돌리려 했을 때 삐걱거리며 문이 열렸다. 단골손님 같아 보이는 아시아계 남자들이 성큼성큼 가게 안으로 들어오더니 무슨 일인지 히로쓰가 앉은 테이블을 둘러쌌다. 너무나도 물 흐르듯 자연스러웠던 탓에 남자들에게 둘러싸일 때까지 히로쓰는 특별히 위험하다는 느낌도 갖지 못한 채 남자들의 움직임을 눈으로 좇았다. 그러나 자신들이 둘러싸였다는 것을 문득 알아차리자 입에서 "어?" 하는 소리가 새어 나왔다.

"우리와 함께 가시지요."

남자들 중 한 사람이 AYAKO에게 그렇게 영어로 말했다. 무조

건 따르라는 말투였다. AYAKO는 일절 표정을 바꾸지 않고 "식사 중이에요." 하고 차갑게 대답했다.

"이런 곳에서 시간을 쓰고 싶지 않아." 하고 남자가 말했다.

"누가 보낸 거지?" AYAKO가 차갑게 물었다.

"앤디 황으로부터 받은 지시입니다."

"당신들이 여기에 온 걸로 보아, 앤디는 처음부터 나를 믿지 않았군요."

"나는 모릅니다. 내 임무는 당신과 옆에 있는 히로쓰 씨를 앤디 씨의 전용기에 태워서 일본으로 데리고 돌아가는 것뿐입니다."

남자와 AYAKO가 대화를 주고받는 사이, 히로쓰는 그저 위아래로 시선을 움직이며 쳐다볼 따름이었다.

"데리고 돌아가서 어쩔 생각인데?"

AYAKO의 질문에 "일본으로 돌아가는 겁니다." 하고 남자는 반복했다.

히로쓰는 눈앞에서 무슨 일이 일어나고 있는지조차 알 수 없었다. 쓱 일어선 AYAKO가 "히로쓰 씨, 미안해요. 일정이 조금 바뀐 것 같아요." 하고 말했다.

"네? ……네?"

"그도 같이 갈 겁니다."

남자가 그렇게 말한 순간 좌우에 선 남자들이 히로쓰의 양팔을 붙들더니 일으켜 세웠다.

"히로쓰 씨, 괜찮을 거예요. 두려워하지 않아도 돼요." 하고

AYAKO가 미소 지었다. 그러나 그 눈동자 속에는 분명히 공포심이 스쳐 갔다. 히로쓰는 갑자기 무릎이 떨리기 시작했다. 양팔을 붙잡고 있는 남자들에게도 그 공포심이 전달될 것 같았다.

AYAKO가 팔을 잡으려 하는 남자를 밀치고 스스로 문으로 향했다. 남자들이 그녀의 뒤를 따랐다. 히로쓰도 다른 남자들에게 팔을 붙잡힌 채 억지로 걸음을 옮겼다. 스스로 걷고 있다고 생각했는데 무릎에 힘이 들어가지 않아 한 발 한 발 내딛을 때마다 쓰러질 것 같았다.

가게 앞의 좁은 골목에는 왜건이 세워져 있었다. AYAKO는 이미 뒷좌석에 태워진 상태였다. 히로쓰도 난폭하게 등을 떠밀려 기듯이 올라탔다. 떨면서도 창밖으로 시선을 주니 초로의 백인 남성이 못 본 척하고 가게로 들어가고 있었다. 한순간 그 남자와 AYAKO가 눈으로 신호를 주고받는 것을 히로쓰도 알아차렸다.

이가라시 다쿠는 약속한 오후 7시가 되기 전에 도쿄 아카사카에 있는 뉴오타니 호텔의 라운지에 도착해 있었다. 안내된 자리에서는 불을 밝힌 일본 정원이 바라다보였다. 통역을 위해 동행한 오 요지가 "저 사람 아니에요?" 하고 입구 쪽으로 시선을 던졌다. 아직 약속 시간까지는 5분쯤 남아 있었는데 궈젠이 벌써 와서 청바지에 티셔츠를 헐렁하게 걸쳐 입은 차림으로 입구 쪽에서 두리번거리고 있었다.

이가라시를 발견한 궈젠이 만면에 웃음을 띠며 "의원님! 의원님!" 하며 다가왔다. 그리운 얼굴을 보자 이가라시도 그만 "오! 하오써통즈!" 하고 일어섰다.

"미안하군, 바쁠 텐데." 이가라시는 궈젠의 어깨를 두드렸다.

"전혀. 나야말로 연락을 받고 기뻤어. 그동안 건강하게 잘 지냈어?"

"건강하고말고, 암. 궈젠은?"

"여기 올 때만 해도 컨디션이 안 좋았는데 스시를 먹고 나서 좋아졌어."

"여체 스시?"

"아니야. 그건 지금부터잖아?"

"진심이야?"

"농담이야."

이가라시는 일본어, 궈젠은 중국어로 말했지만 왠지 대화가 막힘없이 계속될 수 있었던 건 가운데 선 오 요지가 우수한 통역자였기 때문이었다. 이가라시와 궈젠은 여기까지 단숨에 인사를 교환하고 나서야 비로소 그걸 알아차리고는 얼굴을 마주 보며 웃음을 터뜨렸다.

"여기서 커피라도 마시고 나서 식사하러 갈까?" 하고 이가라시는 물었다. 바로 오 요지가 통역해 줬다.

"오늘 여기저기 인사하며 돌아다녔더니 피곤해. 한잔하고 싶군."

"그럼 뭘 먹을까? 역시 일식?"

"실은 매일 밤 일식이야."

"그렇겠지. 접대받고 있으니까."

"아, 맞다. 선술집이 좋겠군."

"선술집?"

"그래. 정말로 평범한 꼬치구이집 같은 데."

"그거라면 가까이에 맛있는 가게를 알고 있어."

결국 이가라시 일행은 음료도 주문하지 않고 라운지를 나섰다. 호텔 출입구로 이어지는 긴 복도에서는 누가 먼저랄 것 없이 어깨동무를 하고 걸어갔다. "아 참, 상하이에 있는 여동생, 아이 낳았어?" "낳았어. 여자아이. 귀여워. 사진 볼 테야?" 이가라시가 중국에서 궈젠을 만났을 때처럼 두 사람은 서로 죽이 맞았다.

실제로 이가라시는 단골 '도리베'에서 생맥주를 두 잔째 마실 때까지 이날 밤 자신이 왜 궈젠과 만나고 있는지조차 잊고 있었다. 그 정도로 궈젠과의 재회는 기뻤다. 최근 몇 년간은 고향 친구들과 만나도 먼저 지지표부터 생각하게 되는 바람에 순수하게 즐길 수가 없었는데, 그에 대한 반동이었는지도 모른다.

통역하는 오 요지도 술이 들어가자 실제로는 그다지 완고하지만은 않은 스타일인지, 두 사람 사이에서 약속처럼 오가는 음담패설을 깔깔깔 웃으며 통역해 줬다.

오늘 오후 이가라시는 미리 AN 통신의 다카노와 만남을 가졌었다. 다카노에게서 건네받은 건 CNOX와 관련이 깊은 당 간부 세 명의 이름과 경력, 그리고 그들과 대립하는 그룹에 속한 당 간부 일곱 명의 이름이었다. 이가라시의 첫 번째 임무는 그 명단에 열거된 당 간부들과 궈젠이 어떤 관계인지를 조사하는 것. 만약

CNOX와 가까운 인물과 관련이 있으면 얘기는 거기에서 끝내고, 반대로 대립하는 누군가와 가깝다면 이번 계획을 어렴풋이 알려 주기로 되어 있었다.

다카노가 CNOX의 상하이 지사에 침입하여 가지고 나온 렉테나 기지에 관한 파일 등에서 그 기업과 관련이 있는 당 간부 세 명에게 뇌물을 제공했다는 사실을 짐작하게 하는 자료가 여럿 나왔다. 궈젠의 입장 및 대응에 따라 이 자료를 제공할 참이었다.

중국에서 인기가 있다는 AV 여배우의 이름을 열거하는 궈젠을 오 요지에게 맡기고 이가라시는 취기를 가라앉히기 위해 화장실에 가서 찬물로 얼굴을 씻었다. 이미 마음은 결정되어 있다. 이 이야기가 어느 쪽으로 굴러갈지 모르지만, 어쨌거나 궈젠에게는 절대로 폐를 끼치지 않을 것이다. 그리고 설령 어떤 이익과 저울질을 하게 되더라도 최종적으로는 궈젠과의 우정을 선택할 것이다.

이가라시는 젖어 있는 얼굴을 양손으로 두어 번 두드렸다. 궈젠의 웃음소리가 얇은 문 너머 화장실에까지 들려왔다. 더러운 거울에 자신의 얼굴이 비치고 있었다. 여기를 나간 뒤에 어쩌면 아무 일도 일어나지 않을지도 모른다. 그러나 궈젠과의 이야기가 어떻게 흘러가느냐에 따라 일본과 중국, 양국 간의 관계에서 엄청나게 큰 전환이 일어날 수도 있다. 문득 지금까지의 역사는 어떠한 장소에서 이루어진 걸까 하는 생각이 들었다. 설마 '도리베'와 같은 선술집에서 이런 얘기가 오가게 될 줄은 상상도 해 본 적이 없었다. 이가라시는 한 번 더 얼굴을 세게 두드렸다.

19장

중대한 고비

아오키 유는 하얀 천이 덮인 테이블에 아침 식사가 차려지는 광경을 바라보고 있었다. 늘 오던 직원이 음식을 가져와서 "스크램블 에그가 조금 달콤하게 되었어요." 하고 이쪽을 보며 웃었다. 노릇노릇 구워진 토스트와 작은 병에 들어 있는 각종 잼, 값비싼 유리잔에 채워진 차가운 오렌지 주스와 잘 닦인 식기들.

아오키 유는 창밖으로 눈길을 돌렸다. 롯폰기 힐스의 창들이 아침 해를 받아 파충류의 비늘같이 빛나고 있었다. 이곳은 방위청 철거 부지에 세워진 호텔의 레지던스 동으로 AYAKO로부터 도쿄 체재 중에 사용하라고 지시받은 장소였다. 룸서비스, 침실 정리 등 호텔 서비스를 받을 수 있고 투 베드룸에 넓이는 150제곱미터 이상으로, 아마도 월세가 2백만 엔을 넘어설 것이다.

사인을 받은 직원이 방을 나가자 아오키는 우선 뜨거운 커피를 한 모금 마셨다.

"만에 하나 나와 연락이 끊겼을 경우 모든 계획은 중지. 그러고 나서 앤디 황의 움직임을 살펴."

며칠 전 AYAKO가 샌프란시스코로 떠나며 지시한 말이 되살아났다. 그녀와 연락이 두절된 지 이미 다섯 시간이 지났다.

토스트에 마멀레이드를 바르려는 순간 휴대전화가 울렸다. 아오키는 얼른 나이프를 내려놓고 휴대전화를 집어 들었다. 조금 전에 연락을 넣었던 해운회사 담당자의 목소리가 들려왔다. 그는 "조금 전의 건 말인데요. 역시 적재선이 변경되었군요." 하고 한가롭게 말했다.

"변경?"

"네. 세 시간쯤 전입니다."

"배가 변경된 것뿐입니까? 샌프란시스코로 가는 건 맞죠?"

"아니, 으음, 글쎄 나도 이유를 알 수는 없지만 갑자기 특별 취급으로 넘어간 건지, 상세한 사항이 여기까지 내려오질 않아요. 정부와 관련된 짐은 아니죠?"

거꾸로 질문을 받고 아오키는 할 말을 잃었다. 연락이 끊겼을 경우, AYAKO는 우선 컨테이너를 확보하라고 명령했었다. 물론 바로 해운회사에 연락을 취했지만 아직 선적되지 않았을 컨테이너가 왠지 찾아지지 않는다는 것이었다.

"컨테이너는 아직 거기에 있는 건가요?"

아오키는 목소리를 높여 말하고 컨테이너에 숨겨 둔 GPS의 위치를 다시 단말기로 확인했다. 컨테이너는 오이 부두에 있는 게 확실했고 아직 선적되지 않았다.

"어느 배에 실릴지 모른다니 그건 이상한 일 아닌가요?"

"그러니까 특별 취급 대상이 되어서 여기까지 정보가……."

"예정됐던 '마크슬라인사'의 배에 실리지 않은 건 확실합니까?"

"네, 네. 그건 틀림없습니다. 그 배는 이미 컨테이너 선적을 모두 끝냈으니까요."

아오키는 거기다 대고 아무리 얘기를 해 봤자 소용없다고 판단하고는 짧게 인사를 하고 나서 전화를 끊었다. AYAKO하고 연락이 끊기고 나서 다섯 시간이 지났는데도 아무 조치를 하지 않은 스스로에게 짜증이 났다. 아오키는 레지던스의 관리인에게 연락하여 바로 차를 준비해 달라고 부탁했다. 오이 부두로 가 보면 어떻게든 방법을 찾을 수 있을지도 모른다. AYAKO로부터 명령받은 건 모든 계획의 중지와 앤디 황의 동향 파악. 컨테이너도 컨테이너지만 앤디 황이 지금 어디서 무엇을 하고 있는지에 대해서는 무엇부터 조사해야 좋을지 알 수 없었다.

아오키는 오렌지 주스를 마시고 방을 뛰쳐나갔다. 엘리베이터 안에서 이가라시 다쿠의 비서 단넨 고스케에게 연락을 취했지만 부재중임을 알리는 소리만 들려왔다.

"여보세요. 아오키입니다. 잘 들어 주세요. 샌프란시스코행은 중지하세요. 다음 연락이 있을 때까지 몸을 숨기시고요. 도쿄를 떠나 있을 것을 권합니다."

엘리베이터가 1층에 도착하자 현관에는 이미 AYAKO 소유의 하얀 재규어가 세워져 있었고 아오키를 알아본 도어맨이 운전석의 문을 열어 줬다. 아오키는 차에 올라타 액셀을 있는 대로 밟았다. 신호가 바뀌는 찰나에 롯폰기 거리를 직진하여 슈토 고속도로로 올라갔다. 아오키는 느릿느릿 달리는 차들 사이를 핸들을 좌우로 꺾으며 빠져나갔다. 레인보 브리지가 시야에 들어온 부근에서 더욱 강하게 액셀을 밟았다.

오이 부두에 도착하자 아오키는 GPS의 위치 신호에 의존하여 광대한 컨테이너 하치장의 주위를 차로 돌기 시작했다. 대략의 위치는 확인할 수 있었지만 그 위치에 비슷비슷한 컨테이너들이 수없이 쌓여 있어서 육안으로는 찾고자 하는 컨테이너를 집어내기가 어려웠다. 부두에서는 컨테이너들이 차례차례 크레인으로 들어 올려져 정박해 있는 컨테이너선에 실렸다.

여기서 컨테이너가 운반되기만을 기다리고 있는 건 시간 낭비였다. 아오키는 차에서 내려 조금 전에 전화로 얘기한 담당자를 만나 보기로 마음먹고 사무소로 향했다. 살풍경한 부두의 풍경과는 반대로 사무실 안은 사람들로 북적거렸다. 바빠 보이는 접수창구의 여성에게 어떻게든 담당자를 불러 달라고 하자, 젊은 남자가 양손에 서류를 끌어안은 채 지긋지긋하다는 표정을 하고 나타났다.

남자는 아오키를 개인 화물을 맡긴 아마추어 손님이라고 보고 우습게 대했다. 아오키가 아무리 짐 주인의 대리라고 호소해도 결말이 나지 않았다. 아오키는 담당 구역으로 돌아가려는 남자의 팔을 끈질기게 잡아당겼다. 사정을 구구절절 얘기할 수도 없는 노릇이라서 "우리 컨테이너가 어느 배에 실렸는지 알고 싶은 것뿐이에요." 하고 말하며 계속 붙들고 늘어졌다.

이런 식의 소란이야 흔히 볼 수 있는 광경인지, 접수창구 앞에서 주거니 받거니 실랑이를 하고 있는 아오키에게 관심을 기울이는 사람은 아무도 없었다.

"그러니까 모르는 건 모르는 거라고요."

"그렇다면 요 며칠 사이에 컨테이너를 실을 예정인 배를 전부 가르쳐 주세요."

결국 15분 가까운 실랑이 끝에 지쳐 나가떨어진 남자가 겨우 아오키의 타협안을 받아들였다.

"간단한 자료예요."

남자가 가져다준 자료에는 앞으로 사흘 동안의 적재 예정 사항이 쓰여 있었다. 공항 발착 예정표 같은 무척 간단한 자료였다.

아오키는 자료를 받자 창가의 벤치에 걸터앉아 곧바로 훑어봤다. 미쓰이 기선, 에버그린, CP 십스 등 큰 선박회사도 있고, 들어 본 적도 없는 회사들도 주르르 열거되어 있었다. 두 번, 세 번, 긴 리스트를 거듭 확인하다가 문득 어떤 회사명에서 손가락이 멈췄다.

'YD 마린사 / 오리엔트 스타호.'

YD. 옐로 드래건(황룡)의 약어라고도 볼 수 있다. 바로 단말기로 조사해 보니 역시 짐작이 맞았다. 앤디 황의 홍콩 트러스트 은행이 출자한 작은 선박회사였다. 출항은 모레 이른 아침, 행선지는 마카오. 컨테이너를 수천 개나 쌓아 항해하는 거대 선박이 아니라 피더선이라고도 불리는 중형의 배인 것 같았다.

샌프란시스코로 운반될 예정이었던 신형 태양광 패널의 컨테이너가 아마도 앤디 황의 지시로 마카오로 향하려 하는 것 같았다. 컨테이너의 소재지가 이미 앤디 황에게 알려진 거라면 연락을 취할 수 없는 AYAKO와 히로쓰 리쿠는 그들의 손에 떨어졌다고 생각하는 편이 좋을 것이다.

그때 휴대전화가 울렸다. 번호를 보고 아오키는 주위를 살폈다. 조심하는 것 이상으로 좋은 건 없다. 그러나 접수창구는 여전히 복잡했고 이쪽의 대화를 훔쳐 들으려는 사람 따위는 없었다.

"여보세요."

휴대전화를 귀에 대자 남자의 목소리가 들렸다. 아오키는 대답을 하지 않았다.

"자, 잘 들어. 이건 미연방항공국에서 얻은 정보야. 앤디 황의 개인 제트기가 몇 시간 전에 샌프란시스코 공항을 날아올랐어. 도쿄로 향하고 있는 모양이야. 이상."

통화가 끊겼다. 아오키는 휴대전화를 귀에 갖다 댄 채 사무실 문 밖에 펼쳐진 새파란 하늘을 올려다봤다. 틀림없이 AYAKO 일행은 그 개인 제트기에 태워졌을 것이다.

"물었다. 귀젠이 물었다!"

이가라시 다쿠는 아까부터 몇 번이나 그렇게 중얼거리면서 의원회관의 좁은 실내를 돌아다니고 있었다. 가만히 있으면 무릎에서부터 올라오는 떨림이 온몸으로 퍼져 가려 해서 이렇게 조금이라도 몸을 움직이고 있어야 했다.

"오 군은 아직?"

이가라시는 응접실을 청소하고 있는 이치카와 스미레에게 말을 걸었다.

"10시까지는 올 거예요."

시계를 보자 이제 막 9시가 지났다. 옆방의 사쿠라이 의원이 매일 아침 내리는 맛있는 커피 향이 복도를 떠돌다가 실내로 들어왔다. 이가라시는 컴퓨터 앞에 서서 키보드와 마우스를 움직였다. 열어 놓은 하네다 공항의 홈페이지에서 출발 안내 정보를 다시 찾아봤다. 오늘 아침 일찍 궈젠이 탑승한 중국 국제항공 89편은 이미 이륙하여 순조로이 베이징으로 향하고 있었다.

이가라시는 컴퓨터에서 떨어져 마시던 녹차를 들고 창가로 다가갔다. 햇볕을 받은 빌딩 맞은편에 어젯밤 궈젠과 술을 마셨던 '도리베'가 있는 빌딩이 보였다. 소란스러운 가게 안, 식기가 서로 부딪치는 소리, 밀려오는 연기, 궈젠의 웃음소리……. 그로부터 아직 열두 시간도 지나지 않았는데 마치 며칠이나 지난 것같이 생각됐다. 서로 꽤 많은 술잔을 부딪친 끝에 이가라시는 단도직입적으로 얘기를 꺼냈다. 다카노에게서 받아 놓은 명단을 설명 없이 내보이며 "이 중에 아는 사람 있어?" 하고 물었던 거다.

당초 궈젠은 이가라시가 뭔가 사정이 있어 중국 측과 연결하려는 거라고 생각한 모양이었다. 특별히 의심하는 기색도 없이 "쟁쟁한 면면들이군. 나 같은 건 상대도 해 주지 않을 상급 간부들이야." 하고 한숨을 내쉬었다. 그러면서도 "뭐, 아는 사람이라고까지는 할 수 없지만 이쪽 그룹 사람들이라면 그중 누구 한 사람하고 연결될 가능성이 있긴 하지." 하고 리스트에 있는 간부를 가리켰다.

이가라시는 그 순간 환성이 절로 나올 정도로 마음이 놓였다. 궈젠이 가리킨 것은 CNOX와 관계가 깊은 그룹이 아니라 그들과 대립하고 있는, 좀 더 말하자면 이가라시가 찾아 헤매던 사람들이었기 때문이다.

"그런데 무슨 일이야? 웬만한 일은 굳이 이런 간부한테까지 얘기하지 않아도 쉽게 해결할 수 있을 텐데."

이때 궈젠은 올해 도쿄에서 진행한 스포츠 이벤트를 다음번에는 베이징에서 하자는 정도의 제안일 거라고 생각했던 모양이다.

이가라시는 더욱 단도직입적으로 얘기를 계속했다. 현재 CNOX가 추진하고 있는 우주 태양광 발전 사업의 전모, 거기에 관계하고 있는 중국 공산당 간부들과 그들이 암암리에 받고 있는 뇌물의 양상, 그리고 CNOX의 속임수에 넘어가 일본이 추진하려 하는 구식 메가 솔라 계획, 더 나아가 이가라시가 쥐고 있는 신형 태양광 패널의 유용성까지. 모든 것을 숨기지 않고 궈젠에게 털어놓았다. 그때 이가라시는 몇 번이나 "이건 나와 자네만의 얘기야. 만약에 자네가 이 얘기에 관심을 갖지 않는다면 갖고 있는 자료가 밖으로 나올 일은 없어. 그건 내가 자네와의 우정을 걸고 보증해." 하고 반복했다.

이가라시 스스로도 상당히 긴장하고 있었을 것이다. 모든 것을 다 얘기할 때까지 눈앞에 있는 궈젠의 얼굴이 마치 딴사람처럼 변한 것을 알아차리지 못할 정도였다.

궈젠은 지금까지 본 적이 없는 눈빛을 하고 있었다. 그건 정말로 신기한 눈빛으로, 굳이 비유하자면 눈앞에서 내 아이가 물에 빠지려는 찰나라는 걸 알아차렸을 때의 부모의 눈빛 같다고나 할까. 인간이 지닌 본성으로서의 자애와 공포가 뒤섞인 것 같은, 정말로 신기한 눈빛이었다. 그 눈을 보고 있자니 작년에 방중단이 귀국한 후 해단식에서 "그 궈젠 같은 사람이 10년, 20년 후에 중앙정치국이나 중앙서기처에 발탁될 거야."라고 말했던 니시무라 의원의 말이 문득 기억났다.

침묵에 잠긴 이가라시와 궈젠 사이에서 유일하게 사람 냄새를 풍기고 있었던 건 통역을 하기 위해 와 있던 오 요지였다. 자신이 통역하고 있는 사안의 중대성을 알게 되자 목소리가 떨렸고 눈의 초점이 흐려졌다. 조금 더 얘기를 길게 끌었다면 어쩌면 실신했을지도 모른다.

기나긴 침묵 뒤에 먼저 입을 연 것은 궈젠이었다. 옆에서 떨고 있는 오 요지의 어깨에 다정하게 손을 올리고는 "너에게 폐를 끼치는 일은 없어. 그건 내가 약속해." 하고 말했다. 오 요지는 몇 번이나 고개를 삭세 끄덕이면서 그 말을 이가라시에게 통역해 줬다. 그 후 궈젠은 곧장 이가라시를 봤다.

"지금 당장은 아무 말도 할 수 없어." 궈젠은 우선 그렇게 말했다.

"다만 일정을 일단 끝내고 내일 아침 첫 비행기를 타고 베이징으로 가야겠어."

이가라시는 "알았어." 하고 짧게 대답했다. 그로부터 한동안 궈젠은 말없이 접시의 어묵을 젓가락 끝으로 끊임없이 잘게 잘랐다. 자른 한천이나 무를 입으로 가져가지도 않았다.

"여기서부터는 우리 둘만의 얘기야. ……그렇다고는 하지만 아무리 나와 너 사이라 해도 여기서는 전 세계에 보도된 정도의 얘기밖에 할 수 없어."

젓가락을 내려놓은 궈젠이 조용히 얘기하기 시작했다. 이가라시도 침착하게 고개를 끄덕였다.

"CNOX로부터 돈을 받았다는 이 명단 속 간부들은 소위 상하이계의 타이허(太和) 그룹 사람들이야. 내가 속한 베이징 그룹과 그들 사이에는 전부터 치열한 권력 투쟁이 있어 왔어. 부끄러운 얘기지만, 지금의 발전된 중국에서 아직도 유괴한 아이들을 감금해 놓고 중노동을 시킨다는 뉴스가 나오곤 해. 좀 거칠게 말하자면 타이허 그룹 놈들은 그런 일에 눈을 감는 건 물론이고, 그걸 현대의 필요악이라며 인정하기까지 하지. 물론 우리는 필사적으로 막으려 하고 있어. 하지만 중국이라는 나라는 넓어. 우리가 아무리 분주하게 돌아다녀도 도저히 손이 닿지 않는 곳이 있어. 게다가 그곳에서 그들이 쌓아 놓은 권력 기반은 단단해. 바깥사람이 아무리 옳은 소리를 해도 거기 사람들에게는 안 먹혀. 팔은 안으로 굽는다고 남의 말을 안 듣는 거야."

거기까지 얘기한 궈젠은 자신의 입장으로서는 조금 도를 넘었다고 생각했는지 갑자기 입을 다물었다. 이가라시는 거기서 처음으로 웃음을 띠며 "고마워." 하고 짧게 감사인사를 전했다.

궈젠은 분명하게 말하지는 않았으나 그가 뭘 말하고자 하는지는 이가라시에게 전해졌다. 자신이 손에 들고 있는 CNOX의 자료, 타이허 그룹으로 흘러들어 간 자금 관련 자료를 궈젠이 지금부터 어떻게 사용하려고 하는지 확실히 느낄 수 있었다.

궈젠은 베이징으로 돌아가 봐야 하며 지금으로서는 아무 말도 할 수 없다고 반복했다. 물론 이가라시에게도 이의는 없었다. 마지막으로 둘이서 유리잔에 남아 있던 니혼슈를 깨끗이 비웠다.

"내일 정오가 지날 때쯤이면 베이징에 도착할 거야. 뭐가 어떻게 될지는 모르지만 결론이 나오면 제일 먼저 연락할게." 가게 앞에서 헤어질 때 궈젠은 그렇게 말했다. 그리고 이가라시가 내민 손을 그 어느 때보다 더 힘차게 잡았다.

"도대체 뭐가 어떻게 된 거야!"

싱가포르의 차이나타운, 텔록 에이어 보호구역에 있는 황룽 공사. 사면이 유리로 된 집무실에서 앤디 황은 전화를 끊자마자 고함을 내질렀다. 통화 상대는 CNOX의 최고 간부 중 한 명으로, 그가 한 말은 원래 산질을 앓고 있는 앤디를 초조하게 만들기에 충분한 내용이었다.

"도대체 뭐가 어떻게 돌아가는 거냐고!" 앤디는 다시 고함을 질렀다.

소파에서 가만히 상황을 살피던 지미 오하라는 렉테나 기지에서의 전투에서 다친 왼쪽 다리의 상처를 감싸며 일어나 "진정하세요."라고 말하는 것이 고작이었다. 오하라의 목소리를 듣고 제정신으로 돌아온 앤디가 크게 심호흡을 하고 의자에 앉았다.

"CNOX를 뒤에서 밀어 주던 중국 공산당 간부들이 수뢰 혐의로 조사를 받을지도 모른다."

앤디는 토해 내듯이 말했다.

"무슨 소립니까?"

오하라의 질문에 다시 초조해진 앤디가 "무슨 일이냐고? 지금 말한 대로야!" 하고 고함을 쳐 댔다. "지금, 그 공산당 간부들 중 하나가 CNOX 쪽으로 연락을 한 모양이야. 어디서부터 어떻게 샜는지 지금까지 CNOX로부터 건너간 돈의 흐름이 상세하게 기록된 자료가 지금 그 간부들 집에 익명으로 배달됐다는 거야!"

"그런 자료를 어디서?"

"내가 아나! 그런 것보다 만약 지금 와서 중국 공산당 간부 녀석들이 수뢰죄 같은 걸로 해임이라도 돼 봐. 지금의 중국에선 아무리 장식에 불과하다 해도 녀석들을 앞세우지 않고는 아무 일도 추진할 수 없어! 여기까지 순조롭게 진행되어 온 일들이 모두 수포로 돌아간다고. 그냥 출발점으로 돌아가면 그나마 다행인데,

다른 간부들이 다른 기업과 손을 잡고 우리가 진행하던 사업을 뿌리째 뽑아 버리려 들 수도 있어!"

앤디는 테이블에 놓여 있던 유리잔을 집어올려 투명한 강화유리 벽을 향해 내던졌다. 잔이 깨지면서 아무 흠집도 안 난 유리벽 아래로 무수한 유리 조각이 날아 흩어졌다.

유리 조각으로부터 도망친 오하라가 "그렇다면 한시라도 빨리 이 계획을 진행해야 해요." 하고 유리 조각을 밟으며 앤디에게로 다가갔다.

"수뢰죄가 드러나 그들이 해임되기 전에 한시라도 빨리 모든 계획을 발표해 버리는 겁니다! 그 AYAKO인가 하는 여자가 미국으로 가져가려 했던 최신 기술이 어느 정도의 것인지는 모르겠지만 그런 걸 기다리고 있을 시간이 더 이상 없어요. 현 단계의 시스템이라도 충분히 전 세계를 놀라게 할 수 있으니까 욕심내지 말고 여기서 손을 터는 게 현명하다고 생각합니다."

"그, 그런 건 네가 말하지 않아도 알고 있어!"

오하라의 냉정한 조언에 앤디는 증오스럽다는 듯이 고함을 쳐 주고는, "하지만 이미 완성된 태양광 패널 기술에 어떻게 눈을 감으라는 거야? 새로운 기술이 나왔다는 게 이르든 늦든 세상에 바로 알려질 텐데." 하고 질문을 던졌다.

"간단해요. 그런 건 처음부터 없었던 것으로 해 버리면 됩니다."

그 말을 음미하듯이 앤디가 오하라의 탁한 눈 속을 들여다봤다.

"생각해 보세요. AYAKO라는 여자와 히로쓰 리쿠라는 개발자는 당신의 개인 제트기로 이제 곧 도쿄에 도착할 겁니다. 원래 계획대로라면, 그 여자가 미국으로 보내려던 신형 태양광 패널이 적재된 컨테이너와 함께 그 두 사람을 배에 태워 마카오로 데려간 다음 거기서 신기술을 공개해야 하지만 이제 그럴 시간이 없어요. 그러니까……."

"그러니까?"

의미심장하게 말을 끊은 오하라를 앞에 두고 앤디는 재촉했다.

"그 모두를 함께 바닷속으로 가라앉히는 겁니다."

오하라의 제안을 구체적으로 그려 보기도 전에 앤디는 직감적으로 그 제안이 마음에 들었다.

"우리 배에 실은 컨테이너 속의 신기술과 그 개발자, 그리고 배신자인 그 여자를 바다 밑바닥으로 가라앉힌다, 이거군……."

앤디는 양 손발이 묶인 채 검은 머리를 길게 늘어뜨리며 어두운 해저를 떠도는 여자를 상상해 보았다. 만났을 때부터 지금껏 한 번도 신뢰한 적이 없고, 쓸 만큼 쓰고 치우려 했던 여자였다. 그 최후의 처리 방식이 지금 또렷하게 보이는 것 같았다.

"그 여자를 태운 제트기는 앞으로 얼마 후면 도쿄에 도착하지?"

천장을 향해 던진 앤디의 질문에 "방금 착륙 태세에 들어간 모양입니다." 하는 목소리가 돌아왔다. 앤디는 벽을 뒤덮은 세계 지도로 시선을 돌렸다. 일본에서 마카오로 이어지는 해로를 손가락으로 더듬더니 깊은 해구에서 손가락을 멈추고는 "여기서, 침몰이야." 하고 흡족하다는 듯이 손가락을 튕겼다.

히로쓰 리쿠는 비행기 창으로 들어오는 경치를 보고 착륙한 장소가 하네다 공항이라는 것을 알았다. 상공 수천 미터에서 도쿄의 야경을 내려다봤을 때는 한순간이긴 했으나 살 수 있을지도 모른다는 생각이 들었다. 그러나 등 뒤의 좌석에서 눈가리개를 한 채 꼼짝도 않고 있는 AYAKO의 모습을 보자 자신들이 여전히 잡힌 몸이라는 사실을 실감해야 했다.

샌프란시스코에서 도쿄로 향하는 기내에서는 대화를 일체 할 수 없었다. 개인 제트기를 타 본 적도 없고, 타 본 사람조차 모르고 살았던 히로쓰 리쿠는 이런 작은 비행기에 스튜어디스가 있다는 사실에도 놀랐으나 그녀들이 지금 자신들이 처한 상황을 전혀 모른 채 상냥하게 마실 것을 가져다주는 데에 더욱 놀랐다. 긴 비행 중에 딱 한 번 뒷좌석의 AYAKO가 말을 걸어왔다. 바로 가까이에 앉아 있던 감시 역할의 남자가 겨우 몇 분간 깊게 잠든 사이에 말을 건 거였다.

"반드시 당신을 구해 줄 테니까 안심해요. 다만 앞으로 어떻게 될지 나도 예측이 안 돼요. 지금은 억지로라도 잠을 자 둬요. 어쨌든 한 시간이라도, 1분이라도 더 잠을 자 둬요."

하네다 공항에서 비행기를 내리자 트랩 아래에 한 대의 리무진이 기다리고 있었다. 히로쓰는 AYAKO와 함께 뒷좌석에 태워졌고 뒤이어 감시 임무를 맡은 두 명의 남자들이 밀고 들어왔다.

AYAKO는 조금 피곤한 표정으로 차창 너머 푸른 조명등이 늘어선 활주로를 바라보았다. 그들을 태운 차는 입국 심사도 세관 검사도 없이 공항을 떠났다. 창밖으로 도쿄 만을 본 순간 지금까지 억누르고 있던 공포가 다시 솟아올랐다. 이들이 자신을 죽일 거라는 직감이 밀려들었다. 공포는 감각으로 그치지 않고 실제로 히로쓰의 입에서 토사물이 되어 뿜어져 나왔다. 다행히 바로 창을 열 수 있어서 차 안을 더럽히지는 않았지만, 그래도 침묵이 계속되는 차 안에서 호흡을 할 때마다 자신의 숨결이 비릿하게 느껴졌다.

긴 침묵을 깨듯이 차 안에 달려 있던 텔레비전이 갑자기 켜졌다. 화면에는 웃음을 띤 낯모르는 남자의 얼굴이 크게 비쳤다. 그와 동시에 입을 열기 시작한 남자의 목소리가 차 안의 스피커에서 울려 나왔다.

"AYAKO……."

남자가 갑자기 불쌍히 여기는 표정이 되어 말했다. "설명해 주지 않겠나? 너는 나의 AYAKO였을 텐데? 어째서 나한테는 아무 말도 없이 미국 같은 데를 간 거야?"

화면의 남자가 말을 걸어왔지만 AYAKO는 표정을 전혀 바꾸지 않았다.

"옆에 있는 남자가 너의 새로운 그이인가? 어쨌든 우수한 과학자인 것 같군."

"그와 나는 별도로 생각해야 한다고 봐요."

거기서 처음으로 AYAKO가 입을 열었다. "앤디, 당신은 그가 개발한 기술을 손에 넣을 수 있어요."

"그러니까 그의 목숨만은 살려 달라는 건가?"

화면의 남자가 경련하듯이 웃고는, "설마 네가 너 이외의 누군가를 위해 목숨을 구걸하는 여자일 줄은 꿈에도 생각지 못했는데. 너한테도 마음이라는 것이 있었군." 하고 내뱉었다.

"그가 개발한 기술은……."

"이제 됐어!"

남자는 AYAKO의 말을 가로막았다. "이제 그런 건 아무래도 좋아. 지금 단계에서 신기술 같은 건 방해만 될 뿐이야. 분명 너는 그 신기술인지 뭔지를 미국에 가지고 가서 미국 측과 우리 사이에 경쟁을 시키고 거기서 돈을 벌려고 했겠지. AYAKO, 비즈니스에서 과도한 욕심은 금물이야."

AYAKO는 더 이상 상대를 설득해 봤자 소용없다고 포기한 것 같았다. 긴장하고 있던 그녀의 몸에서 스르륵 힘이 빠져나가는 것을 히로쓰도 느낄 수 있었다.

"AYAKO, 너도 알다시피 지금 우리 계획은 순조롭게 진행되고 있어. 옆의 남자가 개발한 신기술의 도움 없이도 성공할 계획이야. 도움은커녕 지금에 와서는 오히려 귀찮은 게 됐어. 그래서 나는 결정했지. 처음부터 없었던 걸로 하기로. 처음부터 신기술 따위는 개발되지 않았던 것으로 하기로 말이야."

히로쓰는 숨을 삼켰다. 침이 목구멍에 걸려 격렬한 기침이 되어 터져 나왔다. 한순간 창밖에 도쿄 만이 보이자 다시 강한 욕지기를 느꼈다.

"너희들은 지금부터 컨테이너선에 타 줘야겠어. 물론 거기에는 그 남자가 개발한 기술과 관련된 모든 것도 실리게 될 거야. 다만 이 배 말인데, 무척 낡아서 마카오까지 제대로 갈 수나 있을지 모르겠어. 물론 나는 다시 너와 만날 날을 기대하고 있지만, 어쨌든 낡은 배라서 말이지. 언제 침몰해도 이상할 게 없는 배야."

히로쓰는 자신의 위가 경련하고 있는 걸 알았다. 핏기가 가시고 시야가 흐릿해졌다.

"어라? 그이한테는 내가 말한 의미가 전달된 것 같은데 너한테는 잘 전달되지 않았나? 알고는 있었지만 넌 배짱이 상당하군. 아, 그렇지. 넌 이렇게 생각하고 있겠지? 분명 CIA의 미스터 화이트가 손을 써서 살려 줄 거라고. 그렇지? 아하하, 안타깝게도 그 바람은 버리는 게 좋을 거야. 미스터 화이트하고는 얘기가 끝났어. 그는 말이지, 너와의 관계보다는 우리 계획에 한 발 들이미는 쪽을 선택했어."

히로쓰는 과호흡에 휩싸였다. 무의식적으로 차 문을 열려고 하자 감시 역할의 남자가 그의 머리를 잡아 바닥으로 처박았다. 바닥에 얼굴이 짓눌린 순간 겨우 호흡이 돌아왔다. 히로쓰는 고무 매트의 냄새를 한껏 들이마셨다.

"AYAKO, 너는 이런 순간에도 역시 아름답군. 너를 보고 있으면 미녀의 조건이 뭔지를 알겠어. 그건 바로 자기편이 없다는 거야."

화면에서 남자의 얼굴이 사라졌다. 차 안에 다시 고통스러운 침묵이 돌아왔다. 히로쓰는 남자에게 목덜미를 붙잡혀서 원래 자리로 되돌려졌다. 거칠게 숨을 몰아쉬면서 AYAKO에게 눈을 돌렸다. 그러나 그녀는 더 이상 아무것도 비치지 않는 화면을 가만히 바라보고 있을 뿐이었다.

그 후 차는 레인보 브리지를 건너지 않고 그 직전에 고속도로에서 내려갔다. 도쿄를 잘 알지 못하는 히로쓰도 이 주변이 항만 시설이라는 건 알고 있었다. 고속도로를 내려선 곳에서 우선 AYAKO의 손이 뒤로 묶이고 눈이 가려졌다. 검은 천을 두른 AYAKO의 옆얼굴은 창백한 가로등 불빛을 받아 숨을 삼킬 정도로 아름다웠고 또한 가슴 아플 정도로 슬펐다. 히로쓰는 스스로 몸을 비틀어 양손을 뒤로 묶게 했다. 머릿속으로는 '싫어! 싫어!' 하고 필사적으로 발버둥 쳤지만 눈앞의 남자들이 내보이는 냉철함에 질려선지 몸이 순순히 움직였다. 눈이 가려질 때 히로쓰는 계속 눈을 뜨고 있었다. 마지막으로 뭐가 보이는지 창밖을 바라보았다. 눈에 들어온 건 도로 옆에 놓인 하얀 꽃이었다.

에도 시대 수로의 흔적이 남아 있는 모퉁이에 하마리큐 온시 정원이 있다. 수상버스 발착장에서 조금 높은 언덕으로 올라가 정원 안으로 들어서면 수로의 흔적과 오리 수렵장, 바닷물이 드나드는 연못이 펼쳐지고 왼쪽으로는 도쿄 만, 오른쪽으로는 시오도메이 고층 빌딩들이 보인다.

바닷물이 드나드는 연못 가운데 섬이 하나 솟아 있는데 그 안에 찻집이 있다. 다카노는 섬의 찻집으로 건너갈 수 있게 이어진 다리 위에서 MET의 가와카미 미쓰타로를 만나고 있었다. 가와카미로부터 MET 사옥으로 와 달라는 부탁을 받았지만 다카노는 그곳보다는 MET 사옥에서도 내려다보이는 이곳 온시 정원에서 보자고 했다.

"지금부터 파트너가 되는 거니까 굳이 남몰래 숨어서 만날 건 없어요." 하고 가와카미가 말했다. 그러나 다카노는 "우리 같은 사람은 도움이 될 때도 있고 방해가 될 때도 있습니다. 지금은 당신들 편이어도 내일은 또 어떨지 몰라요." 하고 차갑게 대답했다.

다리 위로 도쿄 만에서 불어오는 바람이 지나갔다.

"조금 정리를 해 볼까요."

눈앞에서 다카노의 얘기를 다 듣고 나서 한동안 잠자코 있던 가와카미가 입을 열었다.

"……다카노 씨가 지금 말한 건 CNOX가 독자적으로 개발을 진행하고 있는 우주 태양광 발전 계획을 붕괴시킬 가능성이 생겼다는 얘기지요. 그 하나가 일본의 어딘가에서 개발되었다는 신형 태양광 패널의 존재를 밝혀서 CNOX의 움직임을 늦추거나, 혹은 우리 MET가 그 신형 패널을 무기로 CNOX의 계획을 막을 수도 있다는 것. 또 하나는, 지금까지 CNOX와 중국 공산당의 상하이계 타이허 그룹이 어떻게 유착되어 있었는지를 증명할 자료가 있고, 그 자료를 어떻게 사용하느냐에 따라서 현재의 CNOX 간부 조직이 타이허 그룹에서 베이징계의 간부들로 대폭 교체될 가능성이 있다는 거고요. 그 경우 계획이 계속된다 해도 큰 변화가 있을 테고, 신형 패널을 갖고 있는 우리 MET는 더 좋은 조건으로 우주 태양광 발전 시스템 개발에 참여할 길이 열린다는 얘기지요?"

가와카미의 질문에 다카노는 "어디까지나 가능성이지만 기대를 걸어 볼 가치는 있습니다." 하고 즉답했다.

"그 자료를 활용해서 CNOX와 유착하고 있던 상하이계 타이허 그룹의 간부들을 해임하는 데까지는 머릿속으로 그림을 그려 볼 수가 있겠는데, 그에 이어 곧바로 다른 그룹의 간부들이 요직에 취임하는 식의 드라마틱한 일들이 정말로 일어날까요?"

"CNOX는 불안정하나마 국영기업입니다. 최종적인 경영권은 국가에 속해 있습니다. 게다가 가와카미 씨도 지금의 중국과 사업 관계로 만남을 가져 보셨으니 그 나라가 얼마나 드라마틱한 방법으로 발전하고 있는지 아시지 않습니까?"

다카노의 설명에 가와카미가 반신반의하면서도 고개를 끄덕여 보였다.

"이건 이 자리에서만의 얘기, 저와 가와카미 씨만의 얘기로 해주셨으면 합니다." 다카노는 전제를 달고 더욱 상세하게 제안에 대해 설명했다.

"우선 CNOX로부터 상하이의 타이허 그룹으로 흘러간 돈의 자료는 AN 통신이 독자적으로 입수한 것입니다. 현재 이 자료는 일본의 어느 정치인이, A라고 하지요, 중국 공산당의 어느 정치인, 타이허 그룹과 대립하는 B라는 정치인에게 넘겨주었습니다. 지금 단계에서는 양자의 신원을 가와카미 씨에게 밝힐 수 없습니다. 이미 B는 이 자료를 베이징으로 가지고 돌아가 그룹 내에서 협의한 후에 행동으로 옮겼습니다. 현 단계에서는 상대방의 동태를 살피고 있는 중인데, 자료가 신빙성이 있다고 판단되면 대대적인 숙청이 단행될 겁니다. 그럴 경우 조금 전에도 말씀드렸듯이 CNOX의 조직 자체가 완전히 뒤바뀔 거라고 해도 과언이 아닙니다. 그동안 이 계획의 주도권을 쥐고 있었던 앤디 황 및 홍콩 트러스트 은행이 완전히 내쳐질 겁니다. 그리고 마지막으로 또 하나, 이것 또한 어떻게 굴러갈지 모르지만, 우리는 CNOX 측으로 돌아선 오타베 박사에 대한 회유를 일찌감치 시도해 왔습니다. 박사의 마이크로파 기술이 이쪽에 붙으면 CNOX가 추진하는 우주 태양광 발전 계획의 좌절에 더욱 큰 쐐기를 박을 수 있습니다."

둘이 만나고 있는 다리로 관광객들이 건너왔다. 바닷바람 소리밖에 들리지 않던 장소에 그들의 시끌벅적한 웃음소리가 섞이자 이곳이 도쿄의 도심이라는 걸 새삼 의식하게 됐다. 다카노는 관광객들이 지나가기를 기다린 뒤에 "그럼, 뭔가 움직임이 감지되면 다시 연락드리겠습니다." 하고 머리를 숙이고는 가와카미 곁을 떠나려 했다.

"잠깐, 다카노 씨."

등 뒤에서 가와카미의 목소리가 들렸다.

"다카노 씨, 한 가지 물어봐도 되겠습니까?"

멈춰 선 다카노에게 가와카미가 주저하며 물었다.

"당신은…… 부모님을 원망하고 있습니까?"

가와카미의 목소리가 떨리고 있었다. 다카노는 아무 대답 없이 가만히 가와카미를 쳐다봤다.

"……전에도 말씀드렸다시피 저에게는 아들이 있었습니다. 해외 근무지인 마닐라에서 유괴되어 결국 아직까지 찾지 못한 상태입니다. 물론 필사적으로 찾았습니다. 지금껏 한 번도 아들이 죽었다고 생각한 적은 없어요. 하지만 내 귀에도 아내의 귀에도 계속 들려옵니다. '왜 나를 찾아 주지 않는 거야.'라고 말하는 아들의 목소리가."

가와카미의 눈에 눈물이 어렸다. 쓰러질 듯 휘청거리며 난간을 짚었다. 다카노는 그래도 입을 닫고 침묵을 지켰다. 다만 숨을 쉬는 게 어려워졌을 뿐이다.

"다카노 씨, 물론 당신이 내 아들이라고 생각하는 건 아니에요. 당신이 내 아들처럼 유괴됐다고도 생각하지 않아요. 당신이 어떻게 어린 시절을 보냈는지 나는 모릅니다. 하지만 알고 싶네요. 딱 하나만 알고 싶어요. 당신이 지금 행복한지 어떤지."

다카노의 눈에는 가와카미가 갑자기 작아진 것처럼 보였다. 대기업의 중역에서 아들을 잃은 한 사람의 아버지로 돌아오는 순간 이렇게 약해지는 건가.

"가와카미 씨."

다카노는 침착한 목소리로 말했다. "가와카미 씨의 질문에 딱 하나 대답할 수 있는 게 있습니다. 그건…… 나한테는 부모 따위는 없다는 겁니다."

다카노는 그 말만 하고 가와카미에게서 등을 돌렸다. 괴로웠다. 아무리 숨을 쉬려 해도 공기가 잘 들어오질 않았다. 다카노는 천천히 걸어가다가 다리를 다 건넌 지점에서 더 이상 참을 수가 없어져 뛰기 시작했다. 나무들 사이를 전속력으로 달리자 겨우 숨이 쉬어지기 시작했다. 다카노는 더욱 속도를 올렸다.

톈진 시가의 옛 조계 지구를 내려다보는 고층 맨션의 거실에서 데이비드 김은 다카노가 보내 온 메시지가 녹화된 비디오 영상을 봤다. 화면 속에서 다카노가 얘기한 내용에 그렇게 놀라지는 않았지만 자신이 일선에서 물러나 있는 아주 짧은 기간 동안에 무서울 정도로 급변하고 있는 상황을 보고는 그만 아연해졌다. 김은 오타베 나나가 타 준 홍차를 한 모금 마셨다. 이미 식어 버려서 띄워 놓은 레몬의 향만이 강했다.

"어이, 여기 좀 가만히 있어 봐."

컵을 내려놓은 김은 베란다로 나가려는 다오카 료이치에게 말했다.

"설마 데이비드 씨가 이런 생활을 하고 있으리라고는 생각도 못 했어. 신기해."

결국 다오카는 베란다로 나가 조계 지구를 내려다보더니 나나가 키우고 있는 화분의 꽃을 하나 꺾어 손가락으로 빙빙 돌리면서 거실로 돌아왔다.

"난 이런 생활을 해 본 적이 없는데, 즐거워요? 여자가 레몬이 들어간 홍차를 타 주면 그걸 받아 꽃무늬 소파에 앉아서 마시고. 저쪽은 침실이죠? 매일 밤 하는구나? 달콤한 섹스 같은 거."

소파에 앉으려던 다오카가 다시 일어나서 부엌으로 갔다.

"우와, 굉장하네. 간장하고 소스의 뚜껑이 토끼랑 판다야."

과장되게 놀란 시늉을 하는 다오카에게 "어이, 잠깐 여기 좀 앉아 봐." 하고 김은 또다시 말했다.

"이런 생활을 오래 계속할 리 없다고 다카노 선배가 웃었지만, 실제로 이렇게 보니까 싫지만은 않은 느낌이네. ……부인을 쫓아내서 미안하네요. 갑자기 나 같은 놈이 찾아오니까 꽤나 걱정하는 눈치던데."

겨우 소파에 걸터앉은 다오카가 자못 불편한 듯이 테이블에 다리를 올려놓았다가 다시 책상다리를 했다가 하며 몸을 꿈틀거렸다. 김은 장난치는 다오카를 무시하고 본론으로 들어갔다.

"CNOX의 상황에 대해서는 이해했어. 오타베 박사한테는 바로 이쪽에서의 작업을 중지하고 앞으로의 상황을 지켜보라고 전하겠다고 다카노에게 말해 줘. 물론 오타베 박사에게는 안전한 장소에 몸을 숨기라고 해야겠지."

"저, 혹시 꼬여 낸 여자와 결혼 같은 것도 할 생각인가요?"

소파에 놓인 하트 모양의 쿠션을 가슴에 안고 다오카가 장난스럽게 몸을 비틀었다.

"그렇게 신기한가, 이런 평범한 생활이." 하고 김이 차갑게 말했다. 김의 초조함을 간파한 듯 다오카가 "뭐 별로. ……다만 데이비드 씨하고 이런 평범한 생활이 어울리지 않는다는 것뿐이에요." 하고 진지한 얼굴로 말했다. 여느 때라면 여기서 서로 살기를 띠겠지만 상대가 하트 모양의 쿠션을 안고 있는 탓에 김도 그만 힘이 빠져 버렸다.

"넌 여자랑 살아 본 적 없어?" 하고 김이 물었다.

"아뇨. 흥미도 없고."

"너한테 좋은 걸 가르쳐 줄게. 있잖아, 행복이라는 건 골(goal)이 아니라 매일 주워 모아 가는 거야."

김의 말을 다오카는 가만히 듣고 있었다. 똑바로 쳐다보는 그 눈이 진지했다. 그러나 다음 순간 "푸하하하. 조, 좀 봐줘요. 데이비드 씨가 매일 행복을 주워 모아 가면서 산다고? 푸하하, 아이고, 행복이래……." 하고 웃음을 터트렸다.

다오카의 태도에 김은 한순간 짜증이 나긴 했지만 웃음을 못 참는 다오카를 바라보고 있는 동안에 왠지 자신까지 우스워졌다.

"너 말이야, 그렇게 웃지만 난 진지하게 말하는 거라고."

"아하하, 이제 됐다니까요. 정말 좀 봐줘요. 아, 아……, 진짜 웃겨 죽겠네. 난 이제 슬슬 가 볼게요. 이런 곳에 오래 있다가는 나까지 푸하핫, 행복해질 것 같으니까."

다오카는 하트 모양의 쿠션을 안은 채로 현관을 향해 걸어갔다. 자리에서 일어선 김이 등 뒤에서 엉덩이를 세게 찼다. "그거,

놓고 가." 그렇게 말하는 목소리에 웃음이 배어 있었다.

쿠션을 던져 준 다오카가 웃음을 삼키듯이 심호흡을 했다. "그럼 이만." 다오카는 나가려다가 문득 움직임을 멈추고 돌아봤다. 그 표정에서 웃음이 사라졌다.

"그 AYAKO라는 여자가 위험한 것 같아요."

즐겁게 늘어놓던 트럼프 속에 갑자기 '죽음'이라는 카드가 섞여 든 것 같았다.

"앤디 황인가?" 하고 김은 물었다.

"다카노 씨가 비디오에서도 말했듯이, 이번에는 욕심을 좀 지나치게 낸 모양이에요."

"있는 곳은?"

"몰라요……. 뭐, 자신이 할 일을 끝낸 데이비드 씨하고는 더 이상 관계없는 일이겠지만."

다오카는 마지막으로 가만히 김을 쳐다봤다. 김은 아무 대답 없이 문을 닫았다.

다카노도 그렇지만 이 다오카라는 남자도 늘 두 번 다시 못 만날 것 같은 눈을 하고 사라진다.

이가라시 다쿠는 의원 숙소로 돌아가려던 발걸음을 문득 멈췄다. 반년쯤 전부터 운동 부족 해소를 위해 시작한 조깅을 하고 돌아가는 길이라 땀투성이였다. 당장이라도 샤워를 하고 싶었지만 내일 필요한 서류를 의원회관에 깜빡하고 두고 온 게 생각났다.

조금 멀리 돌아가게 되지만 내일 아침에 허둥대는 것보다는 낫다는 생각에 의원회관에 들렀다 가기로 했다.

"정말 이게 뭐야. 일각이 아쉬운 이런 때에 심포지엄 같은 것을 준비해야 하다니."

땀에 젖은 티셔츠가 끈적거려 불쾌하기도 하고 해서 그만 짜증 섞인 목소리를 내고 말았다. 내일부터 이틀간 나가노 시에서 '삼림자원과 생물 다양성에 대한 국제 심포지엄'이라는 행사가 있을 예정이었다. 스케줄이 결정된 건 꽤 오래전이었고, "녹색의 청정한 이미지예요." 하면서 당시 단덴이 끊임없이 권했던 행사 중 하나였다. 내일 심포지엄에서 이가라시가 긴 연설을 하기로 되어 있었는데 그 연설 원고를 의원회관에 두고 왔던 것이다.

'아무리 그래도.' 하고 이가라시는 혀를 찼다. 귀젠과의 일, 중국 공산당 내의 동향, CNOX의 앞날, 우주 태양광 발전의 향방, 이처럼 중대한 고비를 앞두고 도쿄를 떠나 전문 분야도 아닌 산림자원에 대해 연설을 해야만 하는 자신이 원망스러웠다. 게다가 제가 우겨서 권해 놓고 정작 본인은 어린애같이 실종 상태인 단덴에 대해 무엇보다도 화가 났다.

여전히 단덴하고는 연락이 안 됐다. 처음에는 바로 돌아올 거라고 내버려 두었으나 다카노와의 협의, 귀젠과의 밀회 등등 혼자서 바쁘게 움직이는 사이에 단덴의 부재가 크게 느껴져서 머리를 숙이고 들어갈 작정으로 롯폰기의 자택과 시즈오카의 부모님 댁에도 연락을 넣었다. 그러나 여분의 열쇠로 따고 들어간 자택은 비어 있었고, 본가의 어머니로부터는 벌써 반년이나 얼굴을 못 봤다는 말만 돌아왔다.

단덴을 생각하니 다시 땀이 쏟아졌다. 이가라시는 의원회관 바로 앞에 멈춰 서서 자동판매기에 동전을 넣고 찬 녹차를 꺼냈다. 찬 녹차를 한 모금 마시자 그럭저럭 머리가 상쾌해졌다. 이가라시는 크게 숨을 내쉬었다. "침착해야 해." 이가라시는 스스로에게 말했다.

"내가 아무리 초조해한들 어쩔 수 없어. 지금은 아무 일도 없다는 듯이 담담히 일상 업무를 해낼 것."

이가라시는 자동판매기에 대고 좀 전에 다카노에게서 들은 말을 혼자서 중얼거렸다.

지금으로부터 대략 20분쯤 전, 이가라시가 평상시와 같이 느릿느릿한 속도로 황궁의 주위를 달리고 있는데 갑자기 한 남자가 옆에 나란히 서더니 "그대로 계속 달리세요." 하고 말했다. 놀라서 쳐다보니 AN 통신의 다카노였다. 야구모자를 깊게 눌러쓰고 나이키 조깅복을 입은 모습은 어디에서나 볼 수 있는 시민 그 자체였다. 이가라시는 자기도 모르게 멈춰 설 뻔했으나, "그대로 달려요." 하고 다카노가 말했다.

"귀젠 씨하고는 무사히 연락을 취했습니다. 귀젠 씨 측도 우리 회사에 대해서 다소 아는 바가 있었는지, 이가라시 의원님의 정보원이 우리였다는 사실을 알려 주자 모든 걸 이해한 것 같습니다. 앞으로 중국 측과의 교섭 일체는 제가 맡습니다. 이가라시 의원님은 아무 일 없었던 것처럼 담담히 일상 업무를 하고 계세요."

거기까지 일방적으로 얘기를 들은 이가라시는 "아니, 잠깐만요. 나도 끝까지 관여할 테니까." 하고 가쁜 호흡을 참으며 말했다.

"아니요. 여기서부터는 우리에게 맡겨 주십시오. 더러운 일이 될 겁니다. 의원님은 관여할 필요가 없습니다."

"하지만……."

"아마도 궈젠 씨 역시 앞으로는 표면에 나오지 않을 겁니다. 그들은 자신들 주도가 아니라 국내의 매스컴을 이용해서 상하이계 타이허 그룹의 비리를 폭로하고 여론의 힘을 빌려 CNOX와 관련이 있는 타이허 그룹의 해체를 도모할 겁니다. 모든 관계자들은 해임 후에 당적을 박탈당할 거라고 생각됩니다."

다카노의 설명은 설득력이 있었다. 이가라시는 긴장해서 빨라지던 속도를 늦췄다. 그래도 지금부터 중국에서 일어나려 하는 일을 생각하니 온몸이 떨려 왔다.

니주바시(도쿄 황궁 안에 있는 다리—옮긴이) 앞에서부터 와다쿠라몬(에도 성 내곽 문의 하나—옮긴이)으로 향하는 참이었다. 주위의 굵은 자갈 광장에는 소나무 숲이 달빛을 받아 실루엣처럼 떠올라 있었다.

"그럼, 나는 이제 아무것도 할 필요가 없다는 겁니까?" 하고 이가라시는 물었다.

"상황은 우리가 전달하겠습니다. 모든 일이 잘 풀리면 최종적으로 이가라시 의원님과 MET의 간부가 만나도록 주선하겠습니다."

"그러니까 MET가 일본의 우주 태양광 발전 시스템을 개발한다는 겁니까?"

"아니요, 그리 간단하지는 않습니다. 궈젠 씨의 그룹이 CNOX 내의 조직을 근본적으로 바꾼 뒤에 우주 태양광 발전 사업을 잘 이어나갈 경우, 렉테나 기지나 인공위성에 대해서는 여전히 중국 측에 주도권이 있습니다. 다만 이가라시 의원님의 중개로 신형 태양광 패널을 MET가 맡는 겁니다. 또한 이번에 이가라시 의원님이 궈젠 씨에게 가져다준 정보의 중요성을 생각하면 상당히 유리한 조건에서 이 사업에 파고들 수 있을 거라 생각합니다."

어떻게든 달리기를 계속하던 이가라시는 이 시점에 이르러 체력의 한계를 느끼고 드디어 걷기 시작했다. 속도를 맞춰 주던 다카노는 땀투성이 이가라시와 달리 서늘한 얼굴을 하고 있었다.

"알겠습니다. 슬슬 한계라서 이쯤에서 조금 쉬고 싶은데."

이가라시가 멈춰 서려 하자, "앞으로 조금만 더." 하고 다카노가 등을 밀었다. 이가라시는 멈추기 직전의 다리를 억지로 앞으로 내딛었다.

"단텐 씨하고는 아직 연락이 안 되나요?" 하고 다카노가 물었다.

"안 돼요! 그 바보, 정말로 어디에 있는 건지. 집에도, 부모님 댁에도 없어요!"

저도 모르게 최근 며칠간 초조했던 마음을 다카노에게 드러내고 말았다.

"그럼, 의원님은 아직 모르십니까?"

"뭘요?" 이가라시는 생뚱맞다는 듯이 반문했다.

"저희에게 들어온 정보에 의하면, 단덴 씨는 신형 태양광 패널의 개발자인 히로쓰 리쿠 씨를 AYAKO라는 여자에게 소개시켰어요."

"네? 네에?"

저도 모르게 발이 멈췄다. 전 체중이 무릎에 실려 땅에 주저앉을 지경이 되었다. 다카노가 부축해 주지 않았으면 무릎을 꿇었을 것이다.

"천천히라도 걸어 주세요. 여기에서 멈춰 서면 눈에 띕니다."

다카노의 재촉을 받고 이가라시는 발을 내딛었다. 하지만 입은 멍하니 벌린 채였다.

"……단덴 씨는 의원님을 배신하고 히로쓰 리쿠 씨를 CNOX로 인도하려고 한 모양입니다. 현재 상황을 자세히 설명하자면, 단덴 씨에게 이끌려 간 히로쓰 리쿠 씨는 신형 태양광 패널을 모두 챙겨서 AYAKO라는 여자를 따라 미국으로 건너갔습니다. 그 후 발자취는 파악하고 있지 못합니다. 아마도 AYAKO라는 여자는 미국과 손을 잡고 뭔가 하려 했던 모양입니다. 그러나 아직 움직임이 없어요. 거꾸로 CNOX 측에 그녀의 움직임이 알려지는 바람에 히로쓰 리쿠 씨와 함께 이곳 도쿄로 되돌아오는 중이라는 정보도 있습니다. 조금 전에도 말했듯이 앞으로의 일의 전개에서 필요한 건 MET가 맡기로 되어 있는 신형 태양광 패널, 그리고 이가라시 의원님과 귀젠 씨의 관계, 이 두 가지입니다."

"단덴이? 단덴이…… 말입니까?"

이가라시는 아직 반신반의하는 상태였다. 분명히 이번 건에서 단덴은 처음부터 이가라시의 입장에 반대를 했지만, 설마 그의 머릿속에 자신을 배신할 생각까지 떠오르리라고는 상상조차 하지 못했다.

"어쨌든 신형 태양광 패널을 우리 수중에 넣지 못하면 무기의 반을 잃는 게 돼요. 우리는 전력을 다해 히로쓰 리쿠 씨와 신형 태양광 패널의 행방을 뒤쫓고 있습니다."

"단덴은? 저, 단덴은 어떻게 됩니까?"

스스로도 이해 못 할 노릇이지만, 이 큰 흐름 속에서 물에 빠지기 직전인 단덴이 걱정됐다.

"어쨌든 연락이 되면 안전한 장소에 숨어 있으라고 충고해야 합니다. AYAKO와 히로쓰 리쿠 씨의 행방을 모르는 지금, 나가 돌아다니는 건 위험합니다."

"저, 단덴도 이미 붙잡힌 건 아닐까요?"

"지금으로선 우리에게 그런 정보는 들어오지 않았습니다."

마음이 놓임과 동시에 멋대로 행동한 단덴에게 화가 났다.

"어쨌든 우리는 지금부터 전력을 다해 움직일 겁니다. 어려울지도 모르지만 이가라시 의원님은 아무 일도 없었던 듯 지내 주세요. ……막후 인물이란 그런 거니까요."

다카노는 불시에 속도를 올리더니 순식간에 이가라시를 내버려 둔 채 달려가 버렸다. 작아지던 다카노의 등이 보이지 않게 되자, 한계에 다다른 다리가 그만 멈춰 버렸다. 마지막으로 다카노가 내뱉은 '막후 인물'이라는 말이 검은 소나무 숲처럼 기분 나쁜 울림이 되어 귓속을 맴돌았다.

이가라시는 어두운 의원회관의 사무실에 땀투성이인 채로 들어가서 책상 위에 놓여 있던 대형 봉투를 집어 들었다. 바로 나오려 하다가 문득 생각이 나서 연설용 원고를 꺼내 소리 내어 처음 몇 줄을 읽어 봤다. 익숙지 않은 전문용어가 많아서 겨우 몇 줄 만에 혀가 꼬였다.

"외우는 건 무리야."

그렇게 중얼거리고는 원고를 봉투에 도로 집어넣고 방을 나오려는 순간, 등 뒤에서 '털썩' 하는 소리가 났다. 잘못 들은 건가 싶기도 했지만 어디선가 코를 훌쩍이는 소리도 들려왔다.

"누, 누가 있나?"

쭈뼛쭈뼛하며 소리를 내 봤지만 좁은 사무실 안에는 달리 누가 있을 만할 곳이 없었다. 그러나 귀를 기울이니 작은 캐비닛 안에서 누군가가 훌쩍이는 소리가 났다.

이가라시는 기분이 나빠져서 "어이! 누구야!" 하고 억지로 큰 소리를 짜내고는 가까이에 있던 빗자루 끝으로 캐비닛 문을 찔렀다. 그 반동으로 문이 서서히 열렸다.

안에 있는 건 무릎을 끌어안고서 울고 있는 단텐이었다.

"너, 거기서 뭘 하고 있는 거야……."

어이없어진 이가라시는 그만 말문이 막혔다.

"어디에도 도망칠 장소가 없어서……. 여기가 가장 안전하다고 생각해서…….”

고개를 든 단덴의 얼굴은 눈물과 콧물로 엉망이 되어 있었다. 어디를 어떻게 도망쳐 다녔는지 머리는 더럽고 하얀 와이셔츠는 회색으로 변한 뒤였다.

“AYAKO라는 여자의 부하가 전화로 생명이 위험하니까 바로 몸을 숨기라고 했어요. AYAKO란 여자와 히로쓰 군은 잡혔대요. ……나는 의원님을 위해 그런 일을 한 거예요. CNOX에 파는 것이 절대적으로 이가라시 의원님을 위한 일이라고 확신해서. 하지만 그 여자가 자기 멋대로 히로쓰 군을 데리고 미국으로 가 버리는 바람에……, 그래서 이런 지경이 된 거예요.”

단덴이 콧물을 훌쩍이면서 호소했다. 눈앞에 있는 자가 자신을 배신한 비서라는 것을 알면서도 분노보다는 처량함이 앞섰다.

“둘이 지금 어디에 있는지 모르는 거야?”

“그 여자의 부하라는 다른 여자가 연락을 해 줬는데, 도쿄로 끌려온 두 사람은 앤디 황이라는 남자의 배에 태워져서 그 배와 함께 바다에 가라앉혀질 거라고……. 그 여자가 이 정보를 이가라시 의원님에게 전하라고 했어요.”

또 단덴이 소리 내어 울기 시작했다.

“정신 차려.” 하고 이가라시는 말했다. “정신을 차리라고. 지금이 우리한테는 중대한 고비야. 엄청나게 큰 파도를 타고 있는 거라고. 그런 때에 어쩌자고 캐비닛 같은 데서 무릎을 끌어안고 울고 있는 거야…….”

20장
살아라. 살아라. 살아라

어둠에 익숙해지는 일은 없다고 히로쓰 리쿠는 멍하니 생각하고 있었다. 울다 지쳐 장시간 붙이고 있는 눈가리개가 눈물로 푹 젖었다. 그리하여 히로쓰는 어둠이라는 것에는 마른 어둠과 젖은 어둠이 있다는 것을 알게 되었다. 마른 어둠은 사람을 냉정하게 내버려 두지만, 젖은 어둠은 사람을 슬프게 하고 절망을 부추긴다.

차 안에서 결박된 뒤로는 자신이 어디를 어떻게 끌려다녔는지 전혀 알 수가 없었다. 곁에 AYAKO가 있다는 건 알았지만 그녀는 한마디도 소리를 내지 않았고 이쪽에서 물어도 아무 반응을 보이지 않았다.

차에서 내려 바람이 무척 강한 지대를 걸어갔다. 바닷바람과 녹 냄새가 났다. 그 후 창고 같은 곳에 넣어졌다. 남자들의 목소리가 불분명한 탓에 그곳이 무척 좁은 장소라는 것을 알 수 있었고, 앉혀진 엉덩이 밑에는 굵은 로프 같은 것이 말려 있었다. 강제로 먹이는 알약을 삼키고 의식을 잃었다. 얼마나 의식을 잃었는지 모르지만 정신을 차렸을 때에는 이곳에 있었다. 장소가 바뀌었다는 사실을 안 건 불안정한 바닥 탓이었다. 처음에 히로쓰는 아직 의식이 몽롱해서일 거라고 생각했는데 자신이 강제로 배에 태워진 건 아닐까 상상한 순간 바닥의 흔들림이 파도의 움직임과 일치한다는 걸 알아차렸다. 히로쓰는 공포를 느끼고 "누구, 누구 없습니까? AYAKO 씨!" 하고 저도 모르게 소리를 질렀다. 그 소리가 울렸다. 그다지 넓지 않은 장소 같았다. 다음 순간 들려온 것은 "진정해요."라고 말하는 AYAKO의 목소리였다.

"여, 여기가 어딥니까?"

두려움으로 허둥대는 히로쓰에게, AYAKO가 한 번 더 "히로쓰 씨, 진정해요." 하고 말을 걸어왔다. "아마 우린 컨테이너선에 태워진 것 같아요. 아직 출항하지 않았어요. 오이 부두에 계류되어 있는 배일 거예요."

AYAKO로부터 설명을 듣자 공포심이 더욱 커졌다.

"어, 어떻게 되는 겁니까? 우린 어떻게 되는 거냐고요!"

소리가 울렸다. 등 뒤로 묶인 손으로 뭔가 붙잡으려 했지만 손가락이 펼쳐지지 않았다. 순간적으로 접착제나 그 비슷한 것으로 굳혀 버린 주먹의 이미지가 떠오르면서 참을 수 없는 공포가 밀려왔다. 일어서려다 바닥에 구르고 또 일어서려다가 이번에는 앞으로 쓰러졌다. 까끌까끌한 바닥에 뺨이 쓸려 거기만 화끈하며 느서워졌다.

"이제 뭐든 좋으니까, 녀석들의 말을 들어줘요! 녀석들이 하라는 대로 하면 살 수 있잖아요!"

히로쓰는 바닥에 입을 댄 채로 고함쳤다. 입 안에 녹 냄새가 퍼졌다. 고함을 지르자 막혀 있던 감정이 터져 나와 히로쓰는 큰 소리로 울음을 터트렸다. 호흡이 흐트러져 꺽꺽대고 바닥을 핥듯이 하면서 계속 울었다.

"뭐든 말해! 왜 이런 지경을 당해야 하냐고! 왜 잠자코 있는 거야! 어떻게든 해 보라고!"

AYAKO는 한마디도 대답하지 않았다. 차츰 그녀에 대한 원망의 마음도 조금씩 무뎌져 갔다. 그때 뭔가로 굳혀져 있다고 생각했던 손가락이 미약하게나마 움직이는 걸 알아차렸다. 아마도 마 같은 천으로 친친 동여매 놓은 모양이었다. 그러나 그런 걸 알았다 한들 조금도 기쁠 게 없다. 실컷 울었는지 겨우 호흡이 가라앉기 시작할 무렵 AYAKO의 목소리가 들렸다.

"……당신한테는 미안하게 됐어요."

히로쓰는 곧바로 "이제 와서 그런 말을 해 봤자 소용없잖아!" 하고 고함쳤다. 그러나 다음 순간 AYAKO의 목소리가 평소와 다르다는 것을 깨달았다.

"정말로, 이제 어떻게 해 볼 도리가 없는 거예요?" 하고 히로쓰는 물었다.

AYAKO는 아무 말도 하지 않았다. 히로쓰는 그녀가 어떤 얼굴을 하고 있을지 알고 싶었다. 그러나 그럴 방법조차 없다.

"무섭지 않아요?" 하고 히로쓰는 물었다. 한참 시간이 지나고 나서 "……무서워요." 하고 작은 목소리가 돌아왔다.

그녀도 필사적으로 공포와 싸우고 있다는 것을 히로쓰는 알았다. 정말로 자신들은 이제 끝났다는 생각도 들었다. 온몸에서 힘이 빠져나갔다.

"그쪽으로 가도 됩니까?" 하고 히로쓰가 말했다.

AYAKO로부터는 대답이 없었다. 히로쓰는 그녀의 목소리가 난 방향으로 어깨를 움직이고 무릎을 굽혔다 폈다 하면서 감자벌레같이 필사적으로 바닥을 기어갔다. 걸으면 몇 걸음이었을 테지만, 무척 긴 시간이 걸렸다. 무릎을 구부렸다 몸을 뻗었을 때 머리에 쿵 하고 뭔가가 부딪혔다. 그것은 AYAKO의 무릎이었다.

"그대로 머리를 내 무릎 위에 올려놔요." 하고 AYAKO가 말했다.

히로쓰는 바닥을 더 세게 찼다. 바닥에 쓸린 얼굴이 부드러운 넓적다리 위로 올라갔다. 귀 안쪽에 그녀의 거친 호흡이 느껴졌다. 히로쓰의 눈가리개 매듭을 이로 풀려고 하는 모양이었다. 그러나 아무리 이로 물어뜯고 잡아당겨도 히로쓰의 눈에는 빛이 돌아오지 않았다. 그때였다. 히로쓰는 배 아래쪽에 지금까지는 없었던 진동을 느꼈다. 희미하게 울리던 엔진 소리가 높아졌다. 배가 움직이기 시작한 것이다. 기적이 울렸다. 눈가리개의 매듭을 필사적으로 물어뜯던 AYAKO의 이에서 천천히 힘이 빠져나가는 것을 알 수 있었다.

다카노는 배 안의 모든 컨테이너를 수납하는 화물창의 비상계단을 통해 맨 위층까지 달려 올라갔다. 거대한 화물창에 꽉 차 있는 컨테이너들은 제일 위층에서 내려다보니 날개가 돋기를 기다리는 색색의 고치들 같았다.

AYAKO와 히로쓰 리쿠 두 사람이 부두의 창고에서 어디론가 끌려간 것은 틀림없었다. 톈진에서 돌아온 다오카가 찾아낸 부두 창고의 직원 말에 의하면 남자 여러 명이 의식을 잃은 남녀 한 쌍을 데리고 나가는 것을 분명히 봤다고 했다. 다오카가 확인한 바로는, 두 사람이 잠시 감금되었던 부두의 창고에는 히로쓰의 것으로 여겨지는 스니커가 한 짝 떨어져 있었다. 그렇다면 두 사람은 이 배, 앤디 황이 소유한 회사 'YD 마린' 소속의 '오리엔트 스타' 안으로 옮겨졌을 것이다.

화물창을 빈틈없이 돌아본 다카노는 같은 배 안에서 흩어져 역시 그 두 사람을 찾고 있는 다오카에게 연락을 취했다. "어때?" 빠른 말투로 물어보자 "선실, 기관 제어실, 메인 엔진룸, 그 어디에도 없습니다." 하고 초조한 목소리가 돌아왔다.

"지금, 어디지?"

"그쪽으로 가는 중입니다."

"이쪽에도 없어." 하고 다카노는 대답했다.

"컨테이너 안에 갇혀 있을 가능성은 없습니까?"

"그건 불가능해. 두 사람이 창고에서 끌려 나왔을 때는 이미 컨테이너 선적이 끝난 후였을 거야. 게다가 히로쓰 리쿠의 태양광 패널을 모두 실어 놓은 중요한 컨테이너도 보이질 않아."

"지금 화물창에 들어왔습니다. 어딥니까?"

다카노는 난간에서 몸을 내밀었다. 배의 바닥 가까운 곳에 다오카의 모습이 내려다보였다.

"위야. 올라와."

다카노는 통신을 끊고 다시 화물창 안을 둘러봤다. 다오카와 분담하여 배 안의 거의 모든 구역을 확인했다. 중형 컨테이너선이라고는 하지만 AYAKO와 히로쓰 리쿠, 두 사람을 가두어 놓을 수 있을 만한 장소는 그리 많지 않다. 그러나 아무리 돌아보아도 찾을 수가 없다. 게다가 다카노에게는 걸리는 구석도 있었다. 두 사람이 배 안에 있다면 감시자가 승선하고 있을 텐데 그럴듯한 남자들의 모습이 안 보였다. 다오카의 보고에 의하면 출항을 기다리는 이 배 안에는 현재 여섯 명의 선원밖에 없고 그들 대부분은 선실에 있었다.

비상계단을 뛰어 올라온 다오카에게 "달리 두 사람을 숨길 만한 장소는 없나?" 하고 다카노가 물었다. 배 안을 뛰어다녔는지 다오카가 땀범벅이 된 얼굴을 소매로 닦으면서, "출입 가능한 장소는 더 이상 없습니다. 배 바닥에 의도적으로 그럴 만한 공간을 만들었다면 모를까……." 하고 얼굴을 찌푸렸다.

다카노는 다시 몸을 내밀어 배 바닥을 내려다봤다. 만에 하나 그런 공간이 있다 하더라도 찾아내는 것은 쉬운 일이 아니다.

"화재경보기를 울려 볼까요?"

"아니, 조금 기다려." 다카노는 다오카의 제안을 막았다.

"경보를 울리면 선원은 사라지겠지만 소동이 일어날 거야."

"일단은 출항을 막을 수 있어요."

다카노는 뭐가 어떻게 된 건지 생각해 보려 했으나 요 며칠 잠을 못 자서 그런지 생각을 하려고 하면 머리가 멍해졌다.

이가라시 다쿠로부터 소개를 받아 궈젠과의 연결선은 생겼다. 당연한 일이지만 궈젠은 교섭의 진두에 나서는 대신, '중국국가화공집단'이라는 기업을 AN 통신과의 교섭 상대로 내세웠다. 중국국가화공집단은 CNOX와 어깨를 나란히 하는 종합 에너지 기업으로, 현재 러시아와 공동으로 시리아에서 가스전 개발에 참여하고 있다. 궈젠이 속한 베이징 그룹은 CNOX의 사업에서 상하이계 타이허 그룹을 추방한 다음 이 기업에게 우주 태양광 발전 시스템의 개발을 맡길 계획을 갖고 있는 것 같았다.

다카노는 다시 한 번 멍해진 머리를 세게 흔들고 심호흡을 했다. 부족한 산소가 몸 구석구석에까지 전달되는 것이 느껴졌다.

"둘을 태운 것이 이 배가 아니라면……." 하고 다카노가 소리 내어 말했다. 그러자 바로 다오카가 "그건 있을 수 없는 일입니다. 이 타이밍에 이 부두에 앤디 황의 컨테이너선이 왜 와 있겠어요." 하고 어이없어했다.

"뭐든 의심해 봐야 해. 만약 이 배가 아닌 다른 배라면 어떤 가능성이 있지?"

다오카가 바로 단말기를 두드리기 시작했다.

"반나절 동안에 출항한 배들을 조사해 봐. 그중에서…… 우선은 홍콩 혹은 중국 방면으로 가는 배로 범위를 좁혀. 거기다 예를 들어 리스된 배, 그래, 갑작스레 리스 계약이 된……."

거기까지 다카노가 말했을 때, "있습니다. 있어요!" 하고 다오카가 소리 질렀다.

다카노는 단말기를 들여다봤다.

"누가 리스한 건지 알 수 있나?"

"잠깐만요. 거기까지 침입하려면 좀……. 그러니까, 아, 이거다. '신항열기.' 분명 이 회사는……."

"홍콩 트러스트 은행이 갖고 있는 가스 회사야."

다카노는 다오카에게서 단말기를 빼앗았다. 기록을 훑어보는 순간 무릎에서 힘이 빠져나갔다. 배는 겨우 수십 개의 컨테이너를 선적하고 다섯 시간이나 전에 출항했다.

"배의 현재 위치를 조사해 봐."

다오카에게 지시를 하면서 다카노는 이미 갑판 쪽을 향해 움직이기 시작했다. 다오카가 뒤따라오며 "정확한 위치는 아직 모르겠지만 통상적인 항로라면 시속 20노트일 경우 이즈 반도 이로자키 앞바다, 25노트라면 이미 오마에자키 연안을 지나서 엔슈나다로 들어가 있을 겁니다." 하고 보고했다.

"따라잡을 수 있는 장소는?"

"비행기로 때맞춰 난키시라하마까지 날아갈 수 있다면 기이 반도 연안에서……. 아니, 하지만 이렇게 하면 우리가 배를 구할 시간이 없군요. 그렇다면 가고시마, 아니 배에 접근하기 쉬운 곳이어야 하니까 미야자키로 가야겠네요. 미야자키까지 비행기로 날아간 다음 휴가나다 앞바다에서 기다리는 편이 확실합니다."

두 사람은 어두컴컴한 통로를 벗어나 갑판으로 나왔다. 아침해가 구름 속으로 완전히 들어간 도쿄 만은 으스스한 색깔로 빛나고 있었다. 다카노는 멀리 수평선을 바라보며 "간다." 하고 다오카에게 말했다.

데이비드 김은 현관을 나서려다 발을 멈추고 손에 들고 있던 가방을 잠시 바라보다가 발밑에 내려놓았다. 여기서 가지고 나갈 건 없어. 다 놔두고 가자.

아직 어둠이 가시지 않은 새벽녘, 잠이 든 텐진의 거리 어딘가를 대형 트럭이 윙 하고 달려가는 소리가 멀리서 들렸다. 김은 주머니에서 방 열쇠도 꺼내 가방 위에 얹어 놓았다. 나나가 달아 놓은 키홀더의 판다가 엎드린 자세가 됐다.

다시 돌아서 현관을 나서려 할 때 등 뒤로 시선을 느꼈다. 돌아보면 복도 끝에 나나가 서 있을 것이다. 움직임을 멈춘 김의 등에 "가요?" 하는 나나의 작은 목소리가 다다랐다. 그대로 뛰쳐나가는 것도 가능했을 테지만, 김은 "미안." 하고 돌아봤다.

빨간 물방울무늬 파자마를 입고 있는 나나는 울고 있지 않았다. 울고 있지는 않은데도 울다 지친 것 같은 얼굴이었다. 잠들었다고 생각했는데 실제로는 계속 깨어 있었던 건지도 모른다. 잠든 시늉을 하면서 자신을 버리고 가려는 남자가 내는 소리를 가만히 듣고 있었을지도 모른다.

"내가 아무리 부탁해도 소용없는 거죠?"

억양 없는 말투였다. 캄캄한 복도에 떠올라 있는 듯한 하얀 나나의 맨발이 보였다.

"당신이 이런 생활을 참을 수 없다는 거, 나도 알고 있었어요. 함께 있어도 당신은 언제나 다른 곳에 있는 것 같았어요. 하지만 시간이 지나면, 당신도 이런 생활을 마음에 들어 할 거라고 생각했어요."

"미안." 하고 김이 또 중얼거렸다.

"당신 같은 사람을 나 혼자 이런 장소에 가둬 놓으면 안 되는 거죠? 당신은 이런 곳에 가만히 있을 수 있는 사람이 아닌 거예요. 그런 사람이기 때문에 나는 이렇게 당신을 사랑하고 있는 거고요."

세게 쥔 나나의 주먹이 눈물보다도 강하게 김에게 호소해 왔다.

"당신과 당신 아버지를 이런 일에 끌어들인 건 사과할게. 하지만 어쩔 수 없었어. 여기서 나나와 사는 것에 불만은 없어. 불만은커녕 이것이 행복이라는 것도 머리로는 알아. 하지만 내 몸이 계속 말하는 거야. 행복 같은 건 필요 없다고. 행복 같은 건 네가 머무를 데가 아니라고."

"알아. 나도 머리로는 알아요. 하지만 몸이 말해요! 헤어지고 싶지 않다고! 당신을 놓지 말라고!"

김은 나나에게 등을 돌리고 문손잡이에 손을 댔다.

"저기요! 이제 못 만나나요?"

"미안."

"부탁이에요! 기다려요!"

"당신 아버지의 앞일은 내가 책임질게. 마이크로파 연구가 최대한 활용될 수 있는 곳을 찾아낼 거야. 그것만은 믿어 줘."

김이 문손잡이를 돌리려 했을 때 우는 것 같기도 하고 웃는 것 같기도 한 소리가 들렸다.

"그게 마지막 말이에요? 아버지의 마이크로파 연구가 최대한 활용될 수 있는 곳을 찾겠다. 믿어 달라. 그게 마지막 말이에요? ……나, 당신을 깨끗이 보내 줄게요. 온 힘을 다해 노력했다고 난 말할 수 있어요. 더 이상 울지 않아요. 하지만 그런 말이 마지막 말인 건 싫어요. 여자는…… 여자는요, 우주니 뭐니 하는 거에는 아무 관심 없어요. 똑똑히 눈에 보이고 확실하게 만질 수 있는 것이 좋으니까."

돌아본 김의 눈에 울면서 웃고 있는 나나의 모습이 들어왔다. 김의 발이 저절로 나나 쪽으로 향했다. 작은 나나를 있는 힘껏 끌어안았다.

"……신기하군. 지금까지 그 어느 때보다도 이런 마지막 순간에 나나에게 이렇게 끌리다니."

김의 가슴에 안겨 나나는 소리 내어 울었다. 울면서 진심과는 반대로 김의 가슴을 밀어냈다.

"가려면 빨리 가요!"

나나에게 떠밀리듯이 김은 현관으로 향했다. 더 이상 돌아보지 않았다. 문을 열고 복도를 달렸다. 나나의 울음소리가 서서히 멀어졌다.

나가노 시내의 홀에서 이틀 일정으로 개최된 '삼림자원과 생물다양성에 대한 국제 심포지엄'은 무사히 끝났다. 이가라시 다쿠가 연설을 마치고 단상에서 내려오자 심포지엄을 주최한 NGO 대표자들이 모여들어 "의원님 같은 젊은 분이 관심을 가져 주시니 일본의 미래는 밝다고 확신했습니다." 등등의 찬사를 보냈다. 이가라시는 기분 좋게 그들의 얘기를 듣는 한편으로, '앞으로 클린 에너지 분야에서 대변혁이 일어날 거야. 내가 거기에 관여하고 있지.' 하고 크게 외치고 싶은 흥분을 목구멍 속으로 삼켰다.

심포지엄이 한창일 때 궈젠이 일본어로 쓰인 메일 한 통을 휴대전화로 보내왔다.

"이쪽에서는 여러 가지 일들이 진행되고 있네. 우선은 자네에게 감사인사를 전하고 싶군. 앞으로 직접 연락을 취할 수는 없겠지만, 분명 다음번에 우리가 만날 때는 이전에 우리가 상상도 하지 못했던 큰 무대 위에 서 있을 걸세! 생애의 벗, 하오써통즈에게."

짧은 메일이었지만 위험을 감수하면서까지 마음을 전하고 싶었던 궈젠의 흥분이 여실히 와 닿는 내용이었다.

이가라시는 몇 번이나 다시 읽고 나서 메일을 삭제했다. 궈젠의 주위에서 일어나고 있을 큰 소용돌이가 느껴졌다. 초조한 마음도 솟았지만 지금은 다카노를 비롯한 AN 통신의 사람들에게 모든 것을 맡길 수밖에 없다. 아마 궈젠도 비슷한 입장이겠지. 그리고 그가 말했듯이 다음에 우리가 얼굴을 마주할 때에는 큰 무대 위에서 만나게 될 것이다.

심포지엄이 끝난 후 이가라시는 주최 측에서 준비해 준 차로 나가노 역에 도착했다. 개표구에서 신세를 진 데 대해 감사인사를 하고 혼자 신칸센 홈으로 향하고 있자니 안내판에 자신이 타고 갈 열차의 중간 기착역이 표시되어 있었다. 그중에 가루이자와가 있었다. 이가라시는 문득 한 가지 기억이 떠올라 그 자리에 멈춰 서서 다음 날 일정을 확인했다. 저녁의 학습회까지는 스케줄이 비어 있다. 20여 년 전, NHK의 GNN 구상을 둘러싼 소동 이후, 해외 계좌의 은닉 자산에 대한 특종 기사를 낸 전직 기자가 죽었다고 소문이 났으나 실은 살아 있으며 지금은 가루이자와에 있다는 것, 그리고 그를 찾으면 AN 통신이라는 조직에 대해 뭔가 정보를 얻을 수 있을지도 모른다는 얘기가 기억난 것이다.

이가라시는 나가노 역을 출발해서 30분 후 가루이자와 역에 내렸다. 이미 해가 져서 조금 쌀쌀했다.

세상을 경악시킬 만한 큰 물결 속에서 모든 것을 다카노의 팀에 맡겨 놓을 수밖에 없는 자신의 무력함에 대한 반동도 있었을 것이다. 이가라시는 AN 통신, 아니 실제로는 다카노라는 남자에 대해 좀 더 알고 싶었다.

이가라시는 역 앞에서 택시에 올라탔다. 수첩에 적어 놓은 주소를 말하자, 베테랑인 듯한 운전사는 "이 주소라면 옛 미카사 호텔 근처겠군요." 하고 즉시 차를 출발시켰다. 가루이자와 역 앞의 번화함이 순식간에 등 뒤로 사라지더니 차는 울창한 숲에 별장이 점점이 자리 잡은 교외로 들어섰다. 10여 분 후, 택시가 멈췄다. 이가라시는 이미 캄캄해진 밖을 바라봤다.

"아마도 주소는 여기일 텐데요."

운전사가 차를 댄 곳은 광대한 부지에 세워진 별장 앞이었다. 부지는 훌륭한 돌담에 둘러싸여 있었다. 정문에서 잔디가 깔린 앞마당으로 길이 뻗어 있었고, 그 길 끝의 언덕진 곳에 서 있는 오래된 석조 건물에는 불이 하나도 켜져 있지 않았다.

"여기서 내려도 괜찮겠어요?"

운전사의 질문에 이가라시는 요금을 지불하고 차에서 내렸다. 그러다 문득 정신을 차리고는 돌아가는 길에 또 부를지도 몰라서 택시 회사의 명함을 받아 놓았다. 택시가 달려가 버리자 벌레소리가 갑자기 커졌고 주위는 어둠 속에 잠겨 버렸다.

이가라시는 마음속에 한 가닥 기대를 품고 정문 옆 인터폰을 눌렀다. 카메라가 딸린 인터폰은 제대로 작동하고 있는 것 같았으나 아무리 눌러 봐도 응답이 없었다. 여기까지 와서 그냥 돌아갈 수도 없는 노릇이라 잠시 기다려 보기로 했다.

15분 정도 기다리고 있자니까 겨우 멀리서 차 한 대가 달려왔다. 이가라시는 전신주 그늘에 몸을 숨겼다. 드디어 나타난 것은 택배 트럭이었다. 그대로 지나쳐 가나 했는데 정문을 약간 지난 곳에 있는 통용문 앞에 멈춰 서더니 배달원이 내렸다. 젊은 배달원은 차 뒤쪽의 짐칸에 뛰어올라 골판지 상자 하나를 가지고 다시 내린 다음 맡아 놓은 듯한 열쇠로 통용문을 열고 경사진 길을 달려 올라갔다. 이가라시는 거의 반사적으로 닫히기 시작한 통용문 틈새로 몸을 미끄러트려 넣었다. 배달원은 벌써 현관 옆에 골판지 상자를 놓으려 하고 있었다. 이가라시는 나무 그늘에 숨었다. 짐을 놓고 길을 달려 내려간 배달원은 밖으로 나가 트럭에 올라타고 정문 앞에서 크게 유턴하여 돌아갔다.

졸지에 한 행동이었다고는 하나 이가라시는 부지 안에 있는 자신이 스스로도 믿기지 않았다. 그래도 들어와 버렸으니 어쩔 수 없다고 마음을 다독이며 현관으로 접근했다. 현관 옆에 놓인 골판지 상자는 인터넷 서점으로부터 온 것으로 보아 책이 담겨 있는 모양이었다.

이가라시는 두꺼운 오크 문을 몇 번이나 두드리며 "실례합니다!" 하고 말했다. 그러나 아무런 응답 없이 얼빠진 자신의 목소리만이 메아리처럼 멀리서 되울려 왔다.

일단 남의 집에 무단 침입을 하고 나서 마음이 조금 대담해진 이가라시의 발은 자연히 건물 뒤로 향했다. 정문 밖에서 올려다봤을 때의 인상만큼 큰 건물은 아니었다. 어느 창이나 커튼이 쳐져 있었는데 현관 반대편에 위치한 서재의 커튼만큼은 조금 열려 있어서 어두컴컴한 실내가 엿보였다. 특별할 것도 없는 서재였다.

거기서 이가라시는 문득 정신이 들었다. 다카노 일행을 만난 탓에선지 마치 스파이라도 된 것처럼 행세하고 있는 자신이 갑자기 부끄러워졌다.

이가라시는 쓸데없는 짓을 했다고 생각하면서 "극비 임무인가?" 하고 자기 자신에게 자조적인 농을 걸며 웃었다. 그러다가 자기도 모르게 뻗은 손이 창틀을 가볍게 밀었는가 싶더니 그만 창문이 스르륵 움직이는 것이 아닌가. 이가라시는 방범 벨이 울릴 거라는 생각에 당황해서 얼른 그 자리를 뜨려 했으나 벨은 울리지 않았다.

이가라시는 몇 센티 열린 창 틈새로 손가락을 넣고 가만히 밀어 봤다. 설치 상태가 좋은지 소리도 없이 창이 열렸다. 이가라시는 다시 흥분했다. 얼른 주위를 둘러봤다. 너구리는 있을지 몰라도 사람이 보고 있을 가능성은 없는 것 같았다. 다음 순간 이가라시는 훌쩍 창틀에 뛰어올라 있었다. 방해할 것은 아무것도 없었다. 이제 넘기만 하면 된다.

이가라시는 천천히 실내에 발을 내려놓았다. 어두컴컴한 실내의 바닥이 삐걱거렸다. 갑자기 전등이 켜진 건 그때였다. 이가라시는 소리도 못 내고 그 자리에 얼어붙었다.

어느 틈엔가 왼쪽 문이 열려 있었다. 휠체어를 탄 초로의 남자가 무표정하게 이쪽을 바라보고 있다.

"실례합니다. 저……."

이가라시는 즉시 용서를 구하는 자세를 취했다. 허리를 뒤로 빼고 손을 맞잡은 것은 가능하면 이대로 뒤로 물러나게 해 달라는 몸짓이었다.

휠체어가 다가왔다. 휠체어 타이어에 눌려 오래된 바닥이 삐걱삐걱 울리더니 남자가 불빛 아래까지 다가왔다.

"여기까지 오신 건 이가라시 의원님이 처음입니다."

남자의 말에 이가라시는 너무나 놀라 어떻게 반응해야 할지 알 수 없었다. "저, 아니 그게……." 하고 의미 없는 말만이 새어 나왔다.

"앉으시겠습니까? 공교롭게도 아무도 없어서 차도 못 내놓지만."

남자가 구석에 있는 소파로 시선을 돌렸다. 이가라시는 그래도 움직일 수 없었다.

"다카노의 팀이 신세를 지고 있지요. 본래는 이쪽에서 먼저 인사를 드렸어야 했는데, 정말 죄송하게 됐습니다."

"아니, 저……, 저야말로 멋대로……."

"저희는 그동안 많은 분들과 일을 해 왔습니다. 제가 있는 이런 곳은 정말 알아내려고 했다면 알아내는 게 그리 어렵지 않았을 겁니다. 하지만 지금껏 아무도 그러지 않았어요. 아마도 AN 통신이라는 조직의 존재를 끝까지 파헤치려는 마음과 모르는 편이 신상에 좋다는 마음이 서로 다투다가 결국 모르는 채 놔두는 쪽을 선택한 것이겠지요. 이건 제 추측이었는데요. 왠지 의원님은 이곳에 오실 것 같다는 생각이 들었어요. 아니, 어쩌면 내가 이가라시 의원님을 만나고 싶어서 그런 상상을 했던 것인지도 모르겠습니다. 분명 앞으로도 의원님과의 교제는 계속될 겁니다. 게다가 이렇게 모처럼 오셨으니 의원님이 알고 싶은 것을 말씀해 보세요. 대답할 수 있는 범위의 것이라면 다 말씀드리겠습니다."

이가라시도 겨우 마음이 안정됐다. 눈앞의 남자가 적이 아닌 것 같다는 생각이 들었기 때문이다. 이가라시는 권하는 대로 소파에 걸터앉았다. 겉보기와는 달리 부드러운 쿠션이 깊게 가라앉는 바람에 뒤로 넘어갈 듯한 자세가 되었다. 자신의 꼴불견을 만회하려는 듯이 "저, 저는 부족하나마 이 나라를 대표하는 사람입니다. 나 자신이 어떤 상대와 교류를 하고 있는지 정확히 알 필요가 있어요." 하고 목소리에 힘을 주어 말했다.

"맞는 말씀입니다. 당연히 그래야지요."

남자가 표정도 바꾸지 않고 끄덕였다.

"나, 나는 AN 통신이 어떤 조직인지 알고 싶어요."

목소리는 떨렸지만 이가라시는 똑똑하게 말했다.

"아마도 그건 의원님의 상상대로일 겁니다. NHK의 GNN 구상에 사용되었어야 할 돈이 기반이 되어 이 조직이 만들어졌습니다. 물론 당초의 계획과는 딴판이 되어 버렸지만, 어떻게 보면 아시아 각국에서 모은 정보를 대중을 위해 사용하는가, 일부 사람들을 위해 사용하는가, 결과적으로 달라진 것은 그 점뿐입니다."

"하지만 누가 그런 조직을? NHK가 관련되어 있다고는 생각되지 않는데요."

이가라시가 그렇게 물었을 때, 열어 놓은 창으로 바람이 들어오는가 싶더니 동시에 비가 유리창을 두드렸다. 남자는 휠체어를 움직여 창가로 이동해서 이가라시가 열어 놓은 창문을 닫았다.

"물론, 이미 NHK 본체와는 아무런 관계도 없습니다. ……의원님, 이렇게 생각해 주세요. AN 통신이라는 조직을 비구름이라고 칩시다. 그러면 나나 내 밑에서 일하고 있는 다카노 등은 빗방울 같은 존재입니다. 빗방울이 비구름에 대해 말할 수는 없습니다."

"하지만……."

"분명 의원님은 나의 신상도 조사했겠지요. 내가 말할 수 있는 건 많지 않습니다. 그러나 기자였던 내가 어째서 지금 여기에 있는가에 대해서는 설명할 수 있습니다. 나는 GNN 구상과 관련된 은닉 재산을 폭로했어요. 계속 파고들었다면 좀 더 상세한 정보를 얻을 수 있었을지도 몰라요. 하지만 나는 그렇게 하지 않았습니다. 그 대신에 내가 손에 쥔 정보를 은폐하는 것을 조건으로 AN 통신의 사람이 되었습니다. 그 이유는 쉽게 설명할 수 없습니다. 다만 내 마음이 그렇게 결정했다고밖에 달리 말할 수가 없어요."

이가라시는 남자가 하는 말이 이해되지 않았다. 아무리 생각해도 남자가 걸어온 길이 상상이 되지 않았다.

이가라시의 표정을 보고 내심을 알아차린 듯 남자가 천천히 휠체어를 책장 쪽으로 이동시켰다. 그리고 서가에서 한 권의 파일을 꺼내 무릎에 올리고 이가라시 쪽으로 돌아왔다.

"이것이 다카노 가즈히코의 파일입니다. 내게로 보내졌을 때 그는 고작 열한 살 난 소년이었습니다. 다카노는 의원님이 이 파일을 보는 걸 분명 싫어하겠지만, 이것으로 의원님의 질문에 답이 된다면 보여 드리겠습니다."

이가라시는 테이블에 놓인 파일에 손을 뻗었다.

파도 위에 오른 배가 크게 요동쳤다. 뱃마루에서 부서지는 파도가 물보라가 되어 갑판을 두드렸다. 키를 단단히 쥔 다카노는 "어때? 알아낼 수 있겠어?" 하고 바닥에서 로프에 달라붙어 있는 다오카에게 물었다.

"조금 더, 조금만 더……. 아, 이거야. 알았습니다!"

"어디야?"

"역시 계산대로, 녀석들의 배는 난카이트로프(시코쿠 남쪽 해저에 있는 수심 4천 미터 급의 깊은 해저 계곡—옮긴이)를 따라 이쪽으로 향하고 있습니다. 그러니까 우리가 이 스피드로 계속 나아간다면 대략 60킬로미터 앞에서 50분 후에 마주칠 겁니다."

다카노는 다오카의 말에 고개를 끄덕이고는 더욱 속도를 올렸다. 선체가 흔들리고 뱃머리에 세워진 큰 물고기 깃발이 요란한 소리를 내며 나부꼈다.

"이거 원, 더 좋은 배는 없었나." 하고 다카노가 혀를 찼다.

미야자키의 어항에서 올라탄 이 세이운마루는 폐선이 되기만을 기다리고 있었다고 해야 할 만큼 낡아 빠진 19톤짜리 배로, 40노트의 속도는 나오지만 막상 컨테이너선을 마주쳤을 때 부딪히기라도 하면 잠시도 버티지 못할 것 같았다.

"어쩔 수 없잖아요. 급하게 찾아낸 거니까 이 배를 얻을 수 있었던 것만으로도 감사하게 여기세요!"

높은 파도에 몇 번이나 엉덩방아를 찧으면서 다오카가 외쳤다.

"그러고 보니 너랑은 뱃놀이한 적이 없었나?" 하고 다카노가 말했다.

"없어요. 하자고 해도 거절입니다."

"자, 잘 들어. 이후에 상대편 배가 보이면 일단 배후로 돌아가서, 그런 다음에……."

"알고 있어요."

"잔말 말고 들어! 배를 옆에 대면, 동시에 내가 와이어로 먼저 건너편에 올라탈 거야. 너는 그 뒤에……."

"다 안다니까요! 요는 죽지 말라는 거죠?"

다오카의 목소리가 심하게 긴장되어 있었다. 아무렇지 않은 얼굴을 하고 있지만 다오카는 다오카대로 지금 필사적인 상태라는 걸 다카노는 깨달았다.

"……그래. 죽지 말란 얘기야." 하고 다카노는 말했다.

다카노는 바닥에 앉은 다오카에게 시선을 줬다. 일부러 시선을 돌린 다오카가 초조함을 없애려 단말기를 두드리고 있었다.

"앞으로 얼마나 남았어?" 하고 다카노가 물었다.

"상대방도 속도를 조금 올렸어요. ……아마, 앞으로 38분."

다오카가 사무적으로 대답했다.

다카노는 전방을 바라봤다. 멀리 햇살이 구름 사이의 틈새를 뚫고 내려오는 곳에서 해면이 반짝반짝 빛났다. 다카노는 문득 무슨 기척을 느끼고 시선을 선체 측면으로 돌렸다. 언제부터 다가와 있었는지 돌고래 두 마리가 나란히 달리듯 헤엄치고 있다.

"다오카, 저길 봐라."

다카노의 시선을 뒤좇은 다오카가 "앗, 돌고래다!" 하고 어린아이 같은 소리를 내고는 조타실을 뛰어나갔다. 선체 가장자리 난간에 매달려 필사적으로 뻗는 다오카의 손에 닿으려고 돌고래 한 마리가 물보라를 내며 점프했다.

"당신, 보스한테 무슨 짓을 한 거야?"

바닥에서 몸을 둥글게 말고 있던 히로쓰 리쿠의 귀에 남자의 목소리가 들려왔다. 배 안에서 의식이 돌아온 뒤로 계속 AYAKO와 둘뿐이었다. 필사적으로 서로의 눈가리개만이라도 풀려고 했지만 결국 그것조차 실패한 뒤 히로쓰는 바닥에 누워 있었다. 이제 어느 정도 시간이 지났는지 비몽사몽인 가운데 몇 사람의 발소리가 다가왔다. 히로쓰는 귀를 기울였다. AYAKO도 바로 가까이에서 숨을 죽이고 있다는 것을 알 수 있었다. 육중한 문이 열리는 소리, 이어서 그런 남자의 목소리가 들려왔다.

"당신한테 나쁜 소식이 있어. 지금 보스에게 연락이 왔는데, 이 배의 선원들한테 당신을 강간하게 하라고 하는 거야. 이봐, 당신, 보스한테 무슨 짓을 한 거야? 어차피 조금 뒤면 우리는 모두 배에서 내리고 당신과 저 젊은 녀석만 이 배와 함께 바다로 가라앉을 거야. 그런데 그 전에 선원들에게 당신을 강간하게 하라니 이게 무슨 일이야."

히로쓰는 할 말을 잃었다. 이대로 바다 밑으로 가라앉는 것도 무서웠지만, 그보다도 AYAKO에게 다가오고 있는 생생한 위험이 공포심을 더 부추겼다.

지금 자신이 어떤 장소에 있는지는 모르지만 남자 여러 명이 자신들을 둘러싸고 있는 것만은 그 발소리와 숨소리로 확실히 알 수 있었다. 바로 곁에 있을 AYAKO는 한마디도 하지 않았다. 다음 순간 히로쓰는 바닥에서 질질 끌려 벽에 세게 내동댕이쳐졌다. 등을 강타한 충격으로 숨을 쉴 수가 없었다. 필사적으로 숨을 쉬려 했지만 아무리 입을 열어도 공기가 들어오지 않았다. 공황 상태가 된 히로쓰의 뒤에서 "하지 마, 놔!" 하고 외치는 AYAKO의 목소리와 바닥을 밟는 남자들의 발소리가 울렸다. 남자들에게 둘러싸인 AYAKO가 필사적으로 기어 다니고 있는 모습이 눈에 선했다. AYAKO의 무릎이 까이는 광경이 그려졌고 그 아픔이 전달되어 왔다. 히로쓰는 정신없이 일어나서 남자들이 있는 곳이라 생각되는 쪽을 향해 묶인 다리로 펄쩍거리며 뛰어갔다.

"그만둬! 그만둬!"

뭔가에 부딪혀 볼썽사납게 또 바닥에 굴렀다. 남자들이 코웃음 치는 소리가 나더니 옆구리에 강렬한 통증이 찾아왔다.

"입 다물어!"

옆구리를 찬 남자의 발이 배에 올라오더니 내장이 터져 나갈 것 같은 힘으로 짓밟았다. 목구멍에서 기묘한 소리가 났다. 토할

지경이 되어 시큼한 위액이 목구멍을 역류해 왔다.

"하지 마! 하지 마!"

AYAKO의 비명이 바로 앞에서 들려오는데, 히로쓰는 더 이상 움직일 수가 없었다.

"그만둬! 그만둬! 제발 그만둬!"

히로쓰는 그 자리에서 울부짖었다. 누군가에게 뺨을 맞았다. 남자들의 숨이 거칠어졌다.

"그만둬! 그만둬!"

그래도 히로쓰는 외쳤다. 이번에는 안면을 짓밟혔다. 턱뼈가 무서운 소리를 냈고 반쯤 열린 입에서 엄청난 침이 흘렀다. 그래도 히로쓰는 계속 외쳤다.

"그만둬, 그만둬, 그만둬, 그만둬, 그만둬!"

입을 막힌 AYAKO의 비명이 들렸다.

"그만둬, 그만둬, 그만둬! 그 사람은 네 어머니야! 거기 있는 건 너의 여동생이야! 너의 딸이라고! 너희들은 어머니를 범하는 거야! 여동생을 때리는 거야! 딸을 강간하는 거야!"

스스로도 뭘 외치고 있는지 알 수 없었다. 남자들에게 자신의 말이 전달되는지 어떤지도 알 수 없었다. 그래도 히로쓰는 계속 외쳤다. 마지막 힘까지 짜내어 남자들의 기척이 있는 쪽으로 뛰어갔다. 차이고, 밀쳐지고, 발길질당하고, 그럴 때마다 바닥에 내동댕이쳐지면서도 다시 일어나서 남자들 쪽으로 향했다.

"어머니가, 밤을 새워, 장갑을 짜 주셨네. 초겨울바람 불면, 추울 거라며, 부지런히 짜 주셨다네."

노래하는 건지 우는 건지 알 수 없었다. 결국 일어설 수조차 없게 된 히로쓰는 그래도 큰 소리로 노래를 계속했다. 스스로도 뭘 하려는 건지 알 수 없었다. 그래도 노래를 계속하지 않으면 자신이 미쳐 버릴 것만 같았다.

히로쓰가 엉망인 음정으로 노래를 부르는 동안 어느 틈엔가 분위기가 바뀌기 시작했다. 남자들의 움직임이 느려지는 것을 알 수 있었다.

"왠지 기분이 안 나네."

"뭐야, 이 애송이는."

"난 됐어. 이래서야 어디 하겠나."

"나도. 원래 이런 건 별로 좋아하지 않아."

남자들이 입에서 입으로 그렇게 말하면서 한 명 두 명 멀어지는 기색이었다. 히로쓰는 노래를 계속했다. 같은 가락을 몇 번이고 반복했다. 그때였다. 강한 충격음과 함께 선체가 크게 흔들렸다. 히로쓰의 몸은 바닥 위로 격렬하게 굴렀다.

"뭐, 뭐야?"

"좌초됐나?"

"무언가와 부딪혔어. 제자리로 돌아가! 어쨌든 돌아가!"

남자들이 여전히 크게 흔들리고 있는 배 위에서 발소리를 내며 멀어져 갔다.

"AYAKO 씨!"

저도 모르게 히로쓰는 외쳤다.

"여기예요! 나는 괜찮아요."

히로쓰는 일어서려고 했지만 배가 크게 흔들려 몸을 일으킬 수가 없었다.

다카노 일행이 탄 세이운마루가 컨테이너선의 측면에 격돌하자 선체에서 마치 부서지는 것 같은 으스스한 소리가 났다. 두 배의 선체가 서로 마찰하는 무거운 소리가 끝없이 뻗은 바다의 수면을 타고 천천히 울려 퍼졌다. 어느 틈엔가 하늘을 가득 메운 비구름에서 격렬한 빗방울이 내리쳤다.

최초의 충격을 힘겹게 견뎌 낸 다카노는 키를 다오카에게 맡기고 갑판으로 뛰어나갔다. 중량이 무거운 컨테이너선 옆에서 세이운마루는 솟아오를 듯이 흔들리고 있었다. 걷는 것도 어려울 정도로 흔들리는 갑판 위에서 다카노는 컨테이너선을 향해 와이어를 던졌다. 흠뻑 젖은 온몸에서 김이 났다. 다행히 상대방은 아직 갑판에 나와 있지 않았다.

다카노는 팽팽하게 걸린 와이어에 매달렸다. 강풍과 극심한 흔들림을 뚫고 컨테이너선 쪽으로 몸을 끌어 올려 갔다. "배를 계류시켜!" 하고 다카노가 소리쳤다. 입 안까지 비가 흘러 들어왔다. 필사적으로 키를 조절하면서도 조타실에서 얼굴을 내민 다오카가 "알겠습니다!" 하고 되받아 외쳤다.

예상을 뛰어넘는 흔들림으로 인해 와이어에 손바닥이 쓸리면서 걸쭉한 피가 손목으로 흘러내렸다. 컨테이너선의 가장자리까지는 앞으로 수십 센티미터. 다카노는 필사적으로 팔을 뻗었다. 손가락 끝이 겨우 닿았다. 발밑으로는 두 척의 배 사이에서 격렬한 파도가 일고 있다. 여기서 떨어지면 선체에 끼어 즉사한다. 다카노는 손끝에 힘을 줬다. 체중이 서서히 그 한 점으로 옮겨 갔다. 다카노는 반동을 주며 몸을 위로 끌어 올려 배 가장자리에 발뒤꿈치가 걸리는 순간, 단숨에 몸을 끌어당겼다.

굴러떨어진 컨테이너선의 갑판은 묘하게 조용했다. 이리저리 뒹굴던 세이운마루의 상황은 거짓말이기라도 한 듯 컨테이너선의 조용한 갑판 위에는 쏟아지는 빗소리만이 들리고 있었다. 화물창의 으슥한 구석 너머에 있는 문이 열린 건 그때였다. 선원들이 달려 나오는 모습이 보였다. 다카노는 젖은 갑판을 내달려 남자들 앞으로 뛰어갔다.

"여자는 어디 있나!"

갑자기 눈앞에 달려든 다카노를 보고 한순간 어안이 벙벙해진 남자들이 "이 자식, 누구냐?" "잡아라!" 하고 입에서 입으로 외치면서 공격해 왔다. 다카노는 권총을 잡고 남자들의 발밑에 한 발 쐈다. 갑판에서 총탄이 쇳소리를 내자 남자들이 움직임을 멈췄다.

"한 줄로 서!"

다카노는 짐승이 짖듯이 고함쳤다. 그래도 움직이려 하지 않는 남자들의 발밑에 또 총을 쐈다. 흠뻑 젖은 남자들의 몸에서 김이 올라왔다. 차가운 빗속에서 남자들의 거대한 몸뚱이들이 느릿느릿 줄을 만들었다.

"여자는 어디 있나!"

한 번 더 다카노가 그렇게 고함쳤을 때, 다오카가 갑판 위를 구르는 소리가 등 뒤에서 들렸다.

"움직이지 마!" 다카노는 또다시 소리치고 나서 돌아봤다. 젖은 갑판 위에서 일어서려는 다오카의 뒤로 남자가 쇠파이프를 들고 접근하고 있었다.

"다오카! 뒤야!" 하고 외치며 다카노는 권총을 겨눴다.

내리퍼붓는 비 때문에 시야가 흐렸다. 다카노가 방아쇠를 당기려는 순간 남자가 쇠파이프를 휘둘렀다. 쇠파이프가 돌아보려던 다오카의 어깨에 파고들었고 뼈가 부러지는 것 같은 둔한 소리가 나면서 다오카는 그대로 무릎을 꿇었다. 순간적으로 이쪽을 향한 다오카의 얼굴이 왠지 미소 짓고 있는 것처럼 보였다. 다카노는 바로 달려가려 했으나 높은 파도로 배가 크게 일렁여 난간을 움켜쥐었다. 그러나 젖은 갑판에 쓰러진 다오카의 몸은 기운 선체 위를 미끄러져 난간에 한 번 부딪힌 다음 화물창 바닥으로 떨어져 사라졌다.

"다오카!" 하고 다카노는 외쳤다. 쇠파이프를 휘두른 남자의 등 뒤에서 다른 남자들 셋이 나타나 제각각 손에 든 권총으로 다카노를 향해 총알을 난사했다. 다카노는 일단 철판 뒤로 몸을 숨기고 남자들이 다가오기를 기다렸다가 남자들의 발밑으로 머리를 감싸 쥔 채 다리부터 슬라이딩했다. 갑자기 젖은 갑판의 표면을 타고 발밑으로 미끄러져 들어온 다카노 때문에 당황한 남자들의 발이 흐트러졌다. 그 바람에 남자들이 난사한 총알이 갑판 여기저기에 맞고 튕기면서 쇳소리를 냈다. 다카노는 정신없이 발을 차고 몸을 굴리면서 쓰러지는 남자들의 넓적다리들을 쐈다. 신음과 고함소리가 울리고 젖은 갑판에 피가 튀었다. 다카노는 한 남자가 놓친 권총을 발로 찼다. 갑판을 미끄러진 권총이 아까 다오카를 집어삼킨 컨테이너 화물창 바닥으로 떨어졌다. 다카노는 계속 갑판을 굴러 돌아다니면서 쓰러지는 남자들의 얼굴을 발로 차고 손에서 권총을 빼앗았다. 너무나도 가까운 거리에서 벌어지는 총격전에 남자들은 공황 상태에 빠졌다. 서로 너무 가까이에서 총을 쏘다 보니 동료의 총이 마치 자신을 향하는 것 같은 착각에 빠져 발광하는 듯한 괴성을 질러 댔다. 그때 배의 바닥에서 폭음이 울렸다. 폭음과 함께 선체가 떨리면서 기분 나쁜 진동이 계속됐다. 바닥에서 뭔가가 폭발한 것 같았다.

"보트로! 빨리 보트로 옮겨 타라!"

남자 하나가 외치자 다른 남자들도 다카노 곁에서 멀어져 갔다. 폭음의 진동은 아직 계속되고 있었고 선체가 해명(海鳴)과도 같은 굵직한 소리를 냈다.

남자들이 차례차례 바다로 뛰어들었다. 일어선 다카노가 배 가장자리에서 내려다보니 바로 밑에서 구명보트가 파도에 나뭇잎처럼 마구 흔들리고 있었다. 남자들 네 명이 보트로 뛰어들었고 격렬한 스크루 회전으로 이미 뱃머리가 휘어 올라가고 있었다.

다카노는 갑판을 달려 돌아와 컨테이너 화물창 바닥을 향해 다오카를 불러 봤다. 그러나 자신의 소리만 울릴 뿐 대답은 없었다.

"가라앉는다! 도망가라! 빨리 도망쳐!"

선원들이 입에서 입으로 서로 외치며 갑판 위를 우왕좌왕했다. 그중 한 명이 "저거다! 저기에 옮겨 타!" 하고 다카노가 타고 온 세이운마루를 가리켰다. 다음 순간 갑판이 쿵 하고 가라앉는 것 같은 진동이 일자 당황한 선원들이 배 가장자리를 뛰어넘어 차례차례 세이운마루로 옮겨 갔다.

다카노는 선원들이 나온 문으로 달려갔다. 좁고 어두운 계단을 달려 내려가 좌우의 벽에 어깨를 부딪치면서 안으로 들어갔다.

"누구 없나! 아무도 없어!"

좁은 통로에서 자신의 목소리만이 되돌아왔다. 또 쿵 하고 바닥이 가라앉았다. 막다른 곳에 반쯤 열린 철문이 있었다. 발로 차 열어젖히자 어두컴컴한 공간에 결박된 AYAKO와 히로쓰 리쿠의 모습이 보였다. 뛰어든 다카노는 우선 옷이 흐트러진 AYAKO에게 달려가 더러워진 눈가리개와 손목과 발목을 묶은 밧줄을 나이프로 끊었다.

"서둘러. 배가 가라앉고 있어." 하고 다카노는 말했다. 갑작스러운 빛에 눈도 제대로 못 뜨는 AYAKO가 그래도 히로쓰 리쿠 쪽으로 기어가 다카노의 손에서 빼앗은 나이프로 눈가리개와 밧줄을 잘라 줬다. 자신의 눈으로 AYAKO를 확인한 히로쓰가 감격에 겨운 모습으로 그녀의 가슴에 얼굴을 묻으려 했다.

"서둘러!" 다카노는 강제로 두 사람을 일으켜 세웠다.

"태양광 패널은 어느 컨테이너에 있지?"

좁은 통로에서 다카노가 물었다.

"무리예요. 이제 시간이 없어. 빨리 이 배에서 나가야 해!" 하고 AYAKO가 대답했다.

"무리인 건 알아. 알면서도 여기에 온 거야!" 다카노는 고함쳤다. 그 순간 또 쿵 하고 바닥이 가라앉았다.

"너희들은 갑판으로 나가."

다카노가 그 말을 남기고 화물창 안으로 돌진하려 했을 때, "괜찮아요! 그런 거, 또 만들 수 있어요. 머릿속에 전부 들어 있으니까." 하고 히로쓰가 외쳤다. "어쨌든 그 녀석을 데리고 빨리 갑판으로 나가!" 다카노는 AYAKO에게 말했다.

"옮겨 탈 보트는 있어요?" AYAKO의 질문에 다카노는 고개를 옆으로 흔들었다. 그때였다. 선체가 천천히 옆으로 쓰러지면서 세 사람의 몸이 뒤엉켜 벽 쪽으로 내동댕이쳐졌다.

"빨리! 빨리 밖으로 나가! 배가 가라앉고 있어!" 하고 다카노는 외쳤다. 히로쓰의 팔을 잡은 AYAKO가 옆으로 쓰러진 계단을 기어 나갔다.

"이건……."

가자마라고 이름을 밝힌 AN 통신의 남자 앞에서 이가라시는 말을 잃었다. 눈앞에 펼쳐진 파일에 끼워져 있는 사진에는 가루이자와의 멋 부린 별장 속 서재와는 너무나도 어울리지 않는 모습이 찍혀 있었다.

"그건 다카노가 발견됐을 당시의 사진입니다."

휠체어 위에서 가자마가 조용히 말했다.

"……이제 겨우 두 살쯤 된 것처럼 보이지만, 실은 이때 다카노는 이미 네 살이었습니다. 눈을 뜨고 있지 않았다면 아이 미라같이 보였겠지요? 네 살 아이의 평균 체중은 16킬로그램 정도인데 다카노는 9킬로그램이었습니다."

이가라시는 이토록 절망적인 눈을 한 아이를 지금까지 한 번도 본 적이 없었다. 이렇게 모든 것을 포기해 버린 아이의 눈은 상상 속에서도 본 적이 없었다.

"그에게는 두 살배기 남동생이 있었습니다. 어머니는 아이들을 살고 있던 원룸에 가둬 놓고 집을 나갔어요. 새 남자와 사는데 아이들이 방해가 된다는 이유로 말이지요. 어머니는 아이들이 밖으로 도망쳐 나오지 못하도록 베란다 문은 바깥쪽에서 단단히 테이프를 붙이고, 방에서 현관으로도 나올 수 없게 무거운 책꽂이와 침대로 문을 막아 놓았습니다. 발견됐을 때 다카노와 동생의 위 속에서는 플라스틱과 비닐, 이불의 솜까지 들어 있었다고 합니다. 필사적으로 살려고 한 거지요. 살아 있으면 어머니가 언젠가 데리러 올 거라고 믿고 기다렸답니다. 처음 며칠간은 '엄마! 엄마!' 하고 우는 두 아이의 소리가 이웃집에도 들렸다고 합니다. 하지만 이웃들은 늘 그랬던 거라 신경도 쓰지 않았어요. 그러는 사이에 소리는 점차 들리지 않게 되었지요. 울지 않게 된 것이 아니라 더 이상 울 수 없게 되어서 말입니다. 만약 이 아파트에서 불이 나는 소동이 없었다면 다카노와 동생은 발견되지 않았을지도 모릅니다. 다카노도 남동생처럼 아사했을 테지요. 발견됐을 때 다카노는 움직이지 않게 된 동생의 말라빠진 몸을 안고 있었다고 합니다. 그리고 구조하러 들어온 구조대에게 마지막으로 힘을 짜내어 '동생을 아프게 해서 미안해요.'라고 사과했다더군요. 그런 아이들에게 어머니가 두고 간 건 물 두 병과 빵 세 조각뿐이었습니다."

이가라시는 끓어오르는 자신의 감정을 주체할 수가 없었다. 그 비통함을 어찌해야 좋을지조차 알 수 없었다.

다카노는 옆으로 쓰러진 컨테이너선의 화물창 입구로 혼자서 뛰어들었다. 크게 좌우로 흔들리는 선체의 공동(空洞) 부분을 올려다보니 저 멀리 머리 위에서 다오카가 손으로 난간을 잡고 매달려 있는 게 보였다. 난간을 붙잡고서 필사적으로 몸을 끌어 올리려 하지만 선체의 흔들림이 방해를 하고 있었다.

"다오카! 손을 놓지 마!" 하고 다카노는 외쳤다.

주변에 낙하의 충격을 흡수할 만한 것이 없나 하고 두리번거렸지만 배에 실려 있는 컨테이너가 둔한 소리를 낼 뿐 매트는커녕 로프나 천 종류도 없었다.

"다오카! 지금 그쪽으로 가겠다! 꼭 붙들고 있어!"

다카노는 본래는 배 바닥이었으나 배가 기울어 벽처럼 서버린 곳에 달라붙었다. 그러고는 작은 돌기를 찾아 신중하게 기어 올라갔다.

"두 사람은 찾았나요?"

다리가 크게 흔들리게 놔두면서 다오카가 물었다.

"무사해! 둘 다 밖으로 나갔다!"

"태양광 패널이 실린 컨테이너는?"

"그건 무리야! 어쨌든 히로쓰만이라도 구출할 거야!"

다카노는 먼저 양다리를 크게 흔들어 그 기세를 타고 통로의 난간으로 날아서 이동했다. 그 순간, 다시 선체가 심하게 흔들려 난간에서 떨어질 뻔했다. 다카노는 간발의 차이로 난간에 다리를 휘감았다. 거꾸로 매달린 몸을 되돌려 난간 위로 올라간 다카노는 다오카 쪽으로 다가가 그의 팔을 잡았다.

"떨어졌다고 생각했죠?" 다오카는 이런 때에도 웃음을 떠올렸다.

"네가 그렇게 간단히 죽을 거라고는 생각 안 했다." 하고 다카노도 웃었다.

"잡아당긴다."

다카노는 온 힘을 다해 다오카의 몸을 끌어 올렸다. 어깨가 탈골된 듯 다오카의 왼팔이 기묘한 방향으로 흔들렸다. 다카노는 다오카를 끌어안듯이 잡아 올렸다. 두 사람은 서로 좁은 공간에 누워 거친 숨을 내쉬었다.

"이제 조금만 더 가면 돼. 갈 수 있겠나?" 다카노가 말했다. 마찬가지로 어깨를 들썩이며 숨을 쉬면서, "저쪽을 통해 갑판으로 나갈 수 있을 겁니다." 하고 다오카가 옆으로 넘어진 문을 가리켰다.

다카노는 다오카를 일으켜 갑판을 향해 나아갔다. 선체가 기울어 배의 바닥이 거의 90도까지 올라왔다.

"이가라시 의원님, 저는 이런 생각을 합니다. 인간이라고 누구나 부모가 될 권리가 있는지, 아무나 부모가 되어도 좋은 건지. 하물며 운전면허에도 시험이 있는데……."

조용히 말을 걸어오는 가자마에게 이가라시는 뭐라고 답해야 할지 몰랐다. 떨리는 손에는 파일이 있었고 펼쳐진 페이지에는 말라빠진 어린 다카노의 사진이 있었다. 혼란스러운 머릿속에 필사적으로 어머니를 불렀을 아이들의 목소리가 울렸다.

"내가 AN 통신의 존재를 알았을 때……, AN 통신이 하는 일을 알았을 때, 솔직히 분노를 느꼈습니다. 그런데 말입니다, 뉴스나 신문에 부모에게 학대받은 아이들에 대한 기사가 너무나 자주 나옵니다. 육아 방기로 굶어 죽은 남자아이, 온몸에 멍이 든 채 죽은 여자아이, 그런 건 더 이상 드물지도 않은 이야깃거리가 되었어요. 그들의 죽음을 전하는 뉴스를 보고 1분이라도, 아니 1초라도 좋아요, 그들의 비통함에 바싹 다가가서 묵념해 주는 사람이 이 나라에 하나라도 있습니까? 뉴스는 배설해 놓을 뿐이에요. 프로그램이 끝나면 다들 그들을 잊어버려요."

"하지만…… 당신들이 하고 있는 짓은 위법이야." 하고 이가라시는 중얼거렸다. 목소리를 낸 순간, 반드시 다른 방법이 있을 거라는 생각이 들었다.

"의원님, 저희가 하고 있는 일은 위법한 것은 물론이고 비인간적인 것이기도 합니다." 가자마가 조용히 말했다.

"그렇다면 왜……."

"세상 사람들은 놀라겠지요? 아니, 분명 분노를 느낄 겁니다. 글쎄 뉴스에서는 학대로 인해 사망했다던 아이들이, 실은 구출되어 남몰래 철저한 훈련을 받고 키워져서 다카노나 다오카가 하는 유의 일을 하고 있으니까요."

"그래. 그래요! 그건 너무 무자비해. 너무 무자비합니다……."

"하지만 의원님, 생각해 보십시오. 물론 의원님의 의견이 맞습니다. 나도 그렇게 생각합니다. 하지만 머리로는 이해해도, 나는 다카노 같은 아이들을…… 부모에게 돌려줄 수 없었어요. 머리로는 이해해도 마음이 말을 듣지 않았어요."

"그래도……."

"의원님, 나는 알고 싶은 것이 있었어요. 그 좁은 방에 갇혀 있을 때, 어린 다카노가 무엇을 생각하며 어머니를 기다렸을까. 그게 아무래도 알고 싶었어요. 그래서 만난 지 얼마 안 됐을 때 물어봤습니다. 다카노가 뭐라고 대답했을 거라고 생각합니까?"

이가라시는 숨을 삼켰다. 어머니로부터 받지 못한 애정을 구걸하는 아이의 모습이 떠올랐다.

"다카노는 이렇게 대답했습니다. '벽 너머로 가고 싶었어요.'라고. '이 좁은 방을 나가서 여러 곳에 가 보고 싶었어요.' '비행기를 타고, 배를 타고, 차를 타고, 여러 곳에서 동생이랑 노는 나를 상상했어요.'라고요."

이가라시는 자신도 모르는 사이에 눈물을 흘렸다. 필사적으로 참고 있던 뭔가가 무너져 내리는 것 같아서 파일을 끌어안고 소파에서 무너져 내려 바닥에 웅크렸다.

"그렇다고 용서될 일이 아니야……."

끓어오르는 감정을 억누르며 그렇게 중얼거렸다. "모르겠어. 모르겠어. 모르겠어." 그렇게 반복하는 자신의 목소리를 들으면서도, "살아라. 살아라. 살아라. 벽 같은 건 때려 부수고 살아라!" 하고 이가라시는 아이들을 향해 외치고 있었다.

다카노와 다오카는 위아래가 뒤집힌 좁은 통로를 통해서 겨우 갑판으로 기어 나왔다. 그러나 갑판은 이미 직각으로 기울어 설 수 없는 상태라서 비가 내리퍼붓는 난간을 잡고 줄타기하듯이 이동할 수밖에 없었다. 이미 직각으로 기운 갑판은 거의 3분의 1가량이 바닷속으로 가라앉았다.

다카노는 늘어져 있던 로프를 붙잡고 선체 옆면으로 올라가기로 했다. 먼저 로프를 타고 올라가 로프 끝에 묶은 다오카의 몸을 끌어 올렸다.

비가 격렬하게 쏟아지는 배 옆면에 AYAKO와 히로쓰의 모습이 보였다. 빨갛게 칠한 선체의 바닥이 수면 위로 드러나 있었다.

흠뻑 젖은 두 사람이 구명보트에 올라타려고 애를 쓰고 있었지만, 보트는 여러 번 선체에 강하게 부딪친 탓에 이미 크게 파손되어 있었다.

다카노는 하늘을 올려다봤다. 새카만 비구름에 손이 닿을 것 같았다. 360도 사방으로 보이는 건 끝없는 바다뿐이었다.

"시간이 없어! 바다로 뛰어들어. 배가 침몰한다!" 다카노는 고함쳤다. "뛰어들면…… 여하튼 멀리까지 헤엄쳐야 해!"

다카노의 말에 구명보트를 포기한 AYAKO가 히로쓰의 팔을 끌고 배 옆면을 달리기 시작하더니 그대로 어두운 바다로 뛰어들었다.

"간다!" 다카노도 다오카에게 말했다. 동시에 달리기 시작하여 하늘을 향해 양손을 펼치고 뛰어올랐다. 새카만 비구름에 손이 닿을 것만 같았다. 다음 순간, 몸이 아래로 떨어지면서 검은 바다가 발밑으로 다가왔다. 잠수한 바닷속에서 다카노는 필사적으로 허우적거렸다. 해면으로 떠올라 컨테이너선으로부터 멀어지기 위해 팔다리를 휘둘렀다. 바닷속은 놀랄 정도로 조용했다. 갑작스러운 무음의 세계에서 몸이 차츰 가벼워졌다.

떠오른 곳에서 보니 파도에 삼켜질 뻔한 히로쓰를 구하는 AYAKO의 모습이 눈에 들어왔다.

"헤엄쳐! 헤엄쳐!"

그렇게 외치며 AYAKO와 둘이서 히로쓰의 셔츠 어깨 부분을 붙잡고 필사적으로 배로부터 멀어졌다.

해안에서 80킬로미터 떨어진 지점이었다. 컨테이너선의 침몰을 확인한 구조대가 도착할 때까지 이 차가운 바닷속에서 의식을 잃지 않고 버틸 수 있을까. 더구나 해류에 흘러가고 있는 상황이다. 발견될 가능성은 없다.

의식을 잃어 가는 히로쓰의 뺨을 다카노가 몇 번이나 때렸다. 그때 한쪽 어깨가 탈골된 채로 뒤쫓아 온 다오카가 "저기!" 하고 뒤쪽을 가리켰다.

다카노가 돌아봤다. 비가 쏟아지는 바다 일부에 수면이 요동치는 곳이 있었다. 다카노는 시선을 들어 올렸다. 상공에서 한 대의 헬리콥터가 선회하고 있었다.

"저기다! 저기까지 헤엄쳐!" 하고 다카노는 외쳤다.

헬리콥터의 서치라이트가 비치는 장소까지는 그리 멀지 않았다. 히로쓰의 몸을 잡아끌면서 다카노 일행은 열심히 헤엄쳤다. 헬리콥터가 네 사람을 발견한 듯 서서히 고도를 낮췄다. 동시에 해면으로 구명조끼가 떨어졌다.

다카노는 우선 히로쓰에게 구명조끼를 입히고 나서 바람으로 크게 흔들리는 구명 로프를 붙잡았다. 로프를 히로쓰의 몸에 묶고 머리 위의 헬리콥터를 올려다보자, 거기에 데이비드 김의 모습이 있었다.

"지금 허니문 중일 텐데!" 하고 다카노는 외쳤다. 그러나 소리는 가닿지 않았고 로프에 연결된 히로쓰의 몸만이 빙글빙글 돌면서 끌려 올라갔다.

옆에 비로소 마음이 놓인 듯한 AYAKO의 흠뻑 젖은 얼굴이 있었다. 바닷물인지 눈물인지 알 수 없었다.

"살려준 대가는 받을 거야." 하고 다카노가 말했다.

"누가 부탁했나?"

AYAKO의 얄미운 말에, 다카노는 코웃음 쳤다.

"당신, 물에 빠진 상황에서도 예쁘군."

AYAKO의 얼굴에 겨우 웃음이 떠올랐다.

"있잖아, 이대로 어디론가 흘러가는 것도 나쁜 삶은 아니라고 생각 안 해?"

다카노는 망망대해를 둘러봤다. 가로막는 것은 아무것도 없었다. 어디에든 갈 수 있을 것 같았다.

그때, 두 사람 사이에 다시 로프가 내려왔다. 다카노는 힘껏 로프를 끌어당겼다.

에필로그

중국 네이멍구 자치구의 대초원 위로 마른 바람이 불어온다. 멀리 지평선까지 펼쳐진 초원에는 푸른 하늘에 떠 있는 구름 말고는 움직이는 것이 없다. 그곳에는 풍경만이 있을 뿐이다. 말없이 서 있는 장대한 풍경만이 마치 광각렌즈라도 들여다보고 있는 것처럼 육박해 온다.

초원의 조금 높은 언덕에 오보가 만들어져 있다. 오보는 유목민이 무사하기를 기원하며 길 위에 돌을 쌓아 올려 만든 이정표다. 거기에 장식하듯이 묶여 있는 몇 가닥 푸른 비단이 바람에 찢어질듯이 나부끼며 퍼덕퍼덕 마른 소리를 내고 있다.

말의 배를 차서 이 언덕으로 달려 올라온 다카노는 오보 앞에서 고삐를 당겼다. 흑마의 아름다운 털빛이 햇살을 받아 반들반들 빛났다. 발밑의 풀을 먹기 시작한 말 위에서 다카노는 주위를 빙 둘러보았다. 저 멀리 솟은 언덕에 다른 오보가 보였다. 지평선은 더욱 먼 곳에서 새파란 하늘과 교차하고 있다. 바람이 귀를 때렸다. 지구가 소리를 낸다면 분명 이런 소리일 거라고 다카노는 생각했다.

등 뒤에서 말울음소리가 들려 돌아보았다. 다오카를 태운 적마가 언덕의 경사면을 달려 올라왔다.

"다카노 선배, 나 먼저 게르에 돌아가도 됩니까? 아까 마유주를 과음해서 그런지 설사가 날 것 같아요."

듣고 보니 얼굴색이 노래진 다오카가 줄곧 배를 문지르고 있다. 다카노는 "돌아가, 돌아가." 하며 웃었다. 그래도 말에서 내린 다오카가 "시계방향으로 돌면 된다고 했던가?" 하고 확인하면서 오보를 돌기 시작했다.

"다카노 선배, 아세요? 이 오보는 이정표이자 소원을 비는 장소이기도 하고, 젊은 유목민들이 러브호텔 대신 쓰는 곳이기도 하대요. 말이 묶여 있으면 '먼저 온 손님 있음', 그러니까 '만실'이라는 사인이라서 다른 오보를 찾아야 한다고, 어제 후허하오터의 술집에서 알게 된 녀석이 말해 줬어요."

다오카의 시시한 얘기를 들으면서 다카노는 말의 목을 쓰다듬었다. 말이 기분 좋게 전신을 떨었다.

"그러고 보니, 이번 일을 하다가 조금 이상하게 생각된 점이 있는데요."

오보를 한 바퀴 돈 다오카가 다시 말에 걸터앉으며 묻는다.

“……선배는 어떻게 AYAKO란 여자의 동향을 다 알았어요? 단텐이라는 비서가 이가라시를 배신하고 그 여자에게 연락을 한 것도 그렇고, 그 AYAKO란 여자가 히로쓰 리쿠를 데리고 미국으로 날아간 것도 그렇고, 그 두 사람이 앤디 황에게 잡혀서 컨테이너선과 함께 침몰당할 뻔한 것까지, 곰곰이 생각해 보면 어디서 얻은 정보였는지 전혀 알 길이 없네요. 전적으로 가자마 부장님이 준 정보일 거라고 생각하고 움직였는데 그렇지도 않은 것 같고.”

다오카의 얘기를 들으면서 다카노는 멀리서부터 이쪽으로 다가오는 작은 흙먼지로 시선을 돌렸다.

“마침, 그 이유가 이쪽을 향해 오고 있어.”

다카노의 그 대답을 듣고 다오카가 돌아봤다.

“저건 누굽니까?”

“좀 기다려 봐.”

흙먼지가 서서히 다가왔다. 그 속에서 질주하는 백마의 모습이 또렷이 눈에 들어올 무렵, 경쾌한 말발굽소리와 함께 “꺄악! 꺄악!” 하고 외치는 여자의 비명도 같이 들려왔다.

“누구예요?” 다오카가 기가 막힌다는 듯이 물었다.

“그러니까, 내가 AYAKO란 여자의 동향을 전부 꿰뚫어 보고 있었던 이유야.” 다카노는 웃음을 참으면서 대답했다.

백마가 가까이 다가오자, 여자의 비명은 더욱 높아졌다.

“저, 저건…… 아오키 유?”

다오카의 말에, 다카노는 드디어 못 참겠는지 웃음을 터뜨렸다.

“저 여자, 다카노 선배가 AYAKO 곁으로 보냈던 겁니까?”

“그래. 너한테는 홍콩 호텔에서 아오키를 쫓아냈다고 했었지? 그래서 포기하고 돌아갔다고. 그런데 사실은 저 녀석, 포기하지 않았어. 복도에서 반라인 채로 서서 계속 문을 두드려 댔지.”

“저 여자는 우리에 대해 전부 알고 있었단 말인가요?”

“우리에 대해 아무 말도 안 했고, 앞으로도 해 줄 생각이 없어. 하지만 저 녀석은 이미 알고 있어. 앞으로 우리에게는 상하이에 있는 장하오의 여자 버전 같은 거지. 어떤 때는 동료, 어떤 때는 적.”

“흐음, 그랬구나. 이것으로 수수께끼가 풀렸어요. ……그런데 저 친구, 정말 괜찮을까요? 고삐도 다 놓치고 말 목에 달라붙어 있는데요.”

다오카의 웃음소리를 지우듯이 아오키 유의 비명이 더욱 높아졌다. 다카노는 말의 배를 발로 차서 아오키 곁으로 달려갔다. 언덕에서 내려오는 다카노의 모습을 알아본 아오키가 “세워 줘요! 세워 줘요!” 하고 도움을 요청했다. 다카노는 일단 스쳐 지나간 다음 되돌아와 나란히 달리면서 아오키의 말고삐를 잡고는 두 마리의 고삐를 동시에 세게 당겼다. 속도가 느려진 말 두 마리가 동시에 앞발을 높이 쳐들자, 목에 매달려 있던 아오키가 더 큰 비명을 질렀다.

겨우 진정한 말 위에서 아오키는 아직도 숨이 찬지 계속 헐떡였다.

"이 말, 너한테는 너무 커." 다카노가 웃으며 말하자, "말도 그렇고 차도 그렇고, 큰 게 좋아요!" 하고 아오키가 뾰로통하게 대꾸했다.

"여하튼 고삐를 놓으면 안 되잖아."

"그런 것보단 말과의 스킨십 쪽이 더 중요하다고 생각했어요!"

언덕을 달려 내려온 다오카가 "지금 말을 탄 그 모습을 보여 주면 징가로에서 바로 스카우트 제안이 올 거야" 하고 웃음을 터뜨렸다.

"뭐야, 징가로란 게!"

"징가로를 몰라? 프랑스의 기마극단."

다카노는 손을 뻗어 아오키가 탄 백마의 목을 세게 쓰다듬으면서 "이번 일의 보수는 입금됐지?" 하고 물었다.

쭈뼛쭈뼛 말 목을 놓은 아오키가 "들어왔어요! 지금까지의 연봉을 가볍게 뛰어넘는 액수라서, 원이나 동 같은 다른 나라의 통화로 들어왔나 했어요." 하고 기쁜 듯이 말했다.

"좋겠다, 프리랜서인 사람은!"

바로 다오카가 끼어들어 "그 돈으로 뭘 살 건데? 응? 뭐?" 하고 소란을 떨었다.

"실은, 벌써 하나 샀어."

"어? 벌써 샀다고? 뭔데?"

"이거."

아오키가 걸터앉은 백마의 목을 두드렸다.

"혹시, 그 말?"

"맞아, 이 말."

"어이가 없군. ……넌 허머도 그렇고, 그 말도 그렇고, 쇼핑 센스가 없어."

"무슨 말이야!"

티격태격하는 두 사람을 남겨 놓고 다카노가 떠나려 하는데 "아, 맞다. 다카노 씨, 이거 오늘 아침 후허하오터 호텔에서 입수한 위성판 〈닛케이 신문〉 조간이에요. 사흘 전 거지만 이번 일에 대한 기사가 실려 있어서……." 하고 아오키가 신문을 내밀었다.

받아 든 신문을 다카노가 펼치려 하자, 아오키가 "이렇게 신문 기사로 읽으니까 왠지 어안이 벙벙하네요. 이런 짧은 기사 하나로 끝나는 거군요. 그 이면에 무수한 일이 있었는데……." 하고 한숨을 내쉬었다.

"그걸로 된 거야." 하고 다카노는 말했다. "기사가 짧으면 짧을수록 우리의 일이 잘 풀렸단 얘기니까."

다카노는 기사를 대충 읽어 본 후 펼친 채로 하늘을 향해 던졌다. 바람에 날린 신문이 언덕 위의 오보 쪽으로 날아 올라갔다.

"간다!" 다카노는 두 사람에게 외쳤다.

말의 배를 차자, 달리고 싶어 근질근질했는지 말은 힘찬 울음소리를 내며 멀리 지평선을 향해 달려 나갔다.

바람에 날려 언덕 위로 날아간 신문은 오보의 돌에 걸려 푸른 비단과 함께 초원의 마른 바람을 받아 펄럭펄럭 기분 좋은 소리를 냈다. 이날의 조간에는 다음과 같은 짧은 기사가 실려 있었다.

> MET는 5일, 중국국가화공집단과 차세대 태양광 발전(우주 태양광 발전) 분야에서의 업무 제휴와 관련해 기본 합의에 이르렀다고 발표했다. 애초 우주 태양광 발전 계획은 중국의 종합 에너지 기업 CNOX에 의해 추진되고 있었지만, 지난달 CNOX로부터 뇌물을 받은 혐의로 상하이계 타이허 그룹의 간부들이 직위 해임, 당적 박탈 처분을 받음으로써 업무 계획이 그대로 중국국가화공집단에 승계되었다. 이번 제휴로 MET는 교토 대학에서 개발된 마이크로파 송신 기술 및 신형 고성능 태양광 패널을 제공하고 4년 후 실용화를 노릴 수 있게 되었다.

목소리가 스며 있는 스토리

컷글라스에 담긴 니혼슈를 핥는 AYAKO의 옆얼굴은 우아했고 초밥을 집는 그 손가락은 몹시 외설스러웠다. 이를테면 일본 여자가 초밥을 집고 있을 때, 한국 여자가 뜨거운 찌개를 은수저로 맛보고 있을 때, 인도 여자가 카레를 젓고 있을 때, 혹은 이탈리아 여자가 파스타를 입으로 가져갈 때나 프랑스 여자가 트뤼프 초콜릿을 한입 가득 물고 있을 때, 김은 불가항력의 욕정을 느꼈다. 우아한 겉모습 아래에 깊이 숨겨져 있는 욕망, 짐승같이 뭔가를 먹는 그 진짜 모습이 우아한 겉모습과 대비될 때 '더 탐욕스럽게 먹어라! 더 천해져라!' 하고 속으로 외치며 말할 수 없는 흥분을 느끼고 마는 것이었다.

(…)

"기모노를 벗기는 방법은 알아요?"

"아니, 몰라."

"당신한테 좋은 걸 가르쳐 줄까요? 후학을 위해."

AYAKO가 그렇게 말하고 아름다운 소매를 펼쳐 보였다. 엷은 보라색의 학이 희미하게 수놓여 있었다.

"……기모노의 소매는요, 입구가 넓어요. 여기에 손을 넣으면 그 끝에서 무엇에 닿을 거라고 생각해요?"

김은 상상 속에서 소매 입구로 슬쩍 팔을 넣어 봤다. 손끝이 기모노에 눌려 있는 젖가슴에 닿았다. 안으로 팔을 더 집어넣어 젖가슴을 움켜쥐었다. 그 움직임으로 빳빳하던 옷깃 언저리가 단정치 못하게 축 늘어졌다.

―본문 96쪽, 99쪽

이 작품《태양은 움직이지 않는다》는 2012년, 작가가 데뷔한 지 꼭 15년이 되는 해에 맞추듯이 내놓은 작품으로, 그 핵심적인 줄거리를 보면 다음과 같다.

중국의 한 거대기업이 일본의 국가차원의 태양광 발전 프로젝트 메가솔라에 참여한다. 그 속셈은 프로젝트에 참가한 일본 측 태양광 기업의 에너지 저장 기술을 빼돌리는 것, 그리고 일본의 태양광 발전 사업을 구식의 방법에 오랜 세월 묶어 놓고 자신은 비밀리에 준비한 첨단 우주태양광 발전 사업을 발진시켜 향후 태양광 발전 사업의 세계적 주도권을 잡는 것이었다. 그러한 음모를 알아챈 다카노 가즈히코와 다오카 료이치, 그리고 중국기업의 음모의 한 축을 담당한 소속 불명의 여자 AYAKO와 또 다른 경쟁자 데이비드 김, 그리고 미국 CIA 정보원 등이 베트남, 중국, 일본, 내몽고, 싱가포르, 미국 등을 오가며 정보전을 벌인다. 그 와중에 기존 패널의 100배 성능을 가진 고성능 태양광 패널을 발명한 한 순진한 시골청년과 그의 후원자가 된, 역시 순진한 초선 국회의원이 등장, 사태는 복잡하게 꼬여간다.

이 작품은 이처럼 중국이 월드파워로 부상하고 후쿠시마 원전 붕괴 사태로 신재생에너지에 대한 관심이 고조된 시점에서, 그러한 시대 분위기에 딱 맞는 흥미진진한 스토리를 마치 한편의 잘 짜인 영화처럼 그려낸 스펙터클한 규모의 액션소설이다. 작가는 이 작품에서 대중에게 너무도 친숙한, 이른바 엔터테인먼트 소설의 새로운 경지를 열었다고 할 수 있다. 그것도 그냥 엔터테인먼트가 아니라 그야말로 하드코어한, 아주 적나라하고 노골적인 의미에서.

엔터테인먼트 소설의 본색은 리얼리즘의 대극에 서서 동시대 대중의 즉물적인 환상, 예를 들어 절세미녀, 절세미남, 절세신공, 무제한의 권력, 금력, 금단의 정보에의 접근 등에 호소하는 데에 있다고 한다면, 바로 이 소설이 그런 작품이며, 바로 거기에 이 소설이 제공하는 재미의 본질이 있기 때문이다.

작가는 이미 데뷔 5년차인 2002년 《퍼레이드》로 대중소설에 주어지는 야마모토슈고로상을 수상하고 같은 해에 연이어 《파크 라이프》로 순수소설에 주어지는 아쿠타가와상을 수상하는 등 소설의 경계를 허무는 분방한 작가로서의 끼를 보여 주었지만, 어쨌든 작가가 일본의 본격 소설 문단에서 차지하는 비중을 생각해 본다면, 이 작품은 다분히 파격적이라고 할 수 있다. 하지만 작가는 남들이 뭐라던, 그 역시 다른 모든 사람과 더불어 마음속에 품고 있던 그런 환상을 이 작품 속에서 신나게, 원 없이 펼쳐 나가며 즐거워하지 않았을까 생각된다.

작가는 한 인터뷰에서 이 소설을 놓고, "예전의 작품에서는 등장인물의 마음의 움직임을 쫓으며 거기서부터 이야기가 생겨났는데, 이 작품을 쓸 때에는 스토리를 움직이는 데에 의식을 집중했다. 그런 의미에서는 지금까지와는 전혀 다른 방식으로 쓴 작품이 됐다. 인물파악 방식도 육체와 그 움직임만을 중심으로 했다."라고 말했다. 이것은 그가 예전에 밝힌 작품론을 기준으로 말한다면, 이 작품을 쓰면서 매우 의식적으로 엔터테인먼트 소설을 지향했다는 고백이라고 할 수 있다.

"대중문학과 순수문학을 당신은 어떻게 정의하는가?"라는 질문에 대해 그는 몇 년 전 이렇게 대답했다. "나는 순수문학은 '목소리', 대중문학은 '스토리'라고 생각한다. 독자가 소설에서 주인공의 목소리를 생생하게 느낀다면 순수문학, 책읽기를 중단할 수 없을 정도로 스토리가 흥미롭다면 대중문학이라고 얘기하고 싶다. 나는 항상 스토리가 재미있으면서도 주인공의 목소리가 살아 있는 작품을 쓰려고 한다. 하지만 쓰다 보면 스토리가 사는 작품에서는 목소리가 가라앉고 목소리가 강하면 스토리가 삭는다."

그렇다면 그는 이 작품에서는 작심하고 목소리를 희생하여 스토리를 살렸다고, 그렇게 하여 읽기를 중단할 수 없을 만큼 재미있는 대중소설을 만들어낸 것이라고 할 수 있다. 그러나 거침없이 이어지는 흥미로운 스토리뿐이었다면 이 작품이 비슷한 유의 다른 대중소설보다 더 뛰어난 작품이라고 말할 수는 없었을 것이다. 진정으로 이 소설을 두드러지게 만드는 것은 서두의 발췌부분(AYAKO가 데이비드 김을 자기편으로 포섭하는 장면)에서 보듯, 숨 쉴 틈 없이 넘어가는 장면과 장면의 디테일 속에 녹아 있는 등장인물들의 목소리, 그 생동감 있는 온기(溫氣)라고 하지 않을 수 없다.

하여, 독서의 긴 여정을 마치고 드디어 마지막 책장을 덮는 독자가 이 책의 속편이 어서 나오기를 기대하게 되는 것은 박진감 넘치는 스토리도 스토리지만 그 이상으로 스토리 속에 녹아 있는 목소리의 여운, 아직도 남아 있는 그들의 체온 때문이 아닐까, 하고 역자는 생각한다.

길고 길었던 번역 시간 내내 한순간도 지겹다는 느낌이 들지 않게 해준 작가, 그리고 그런 작품의 번역을 맡겨준 출판사에 감사드린다.

서혜영

태양은 움직이지 않는다

1판 1쇄 발행 2013년 12월 6일
1판 2쇄 발행 2013년 12월 16일
개정판 1쇄 발행 2020년 5월 25일
개정판 2쇄 발행 2020년 6월 24일

지은이 · 요시다 슈이치
옮긴이 · 서혜영
펴낸이 · 주연선

총괄이사 · 이진희
책임편집 · 심하은 허유민
표지 및 본문 디자인 · 이다은
책임마케팅 · 김진겸
마케팅 · 장병수 이한솔 이선행 강원모
관리 · 김두만 유효정 박초희

(주)은행나무
04035 서울특별시 마포구 양화로11길 54
전화 · 02)3143-0651~3 | 팩스 · 02)3143-0654
신고번호 · 제 1997—000168호(1997. 12. 12)
www.ehbook.co.kr
ehbook@ehbook.co.kr

ISBN 979-11-90492-68-3 (03830)